# 二十年目睹之怪現狀 下

吳趼人 著
石昌渝 校注

三民書局

# 回目

## 下冊

# 第五十六回　施奇計姦夫變兇手　翻新樣淫婦建牌坊

何理之正和我談得高興，忽然一個茶房走來說道：「何先生，去天字碼頭看殺人不去？帳房李先生已經去了。」何理之道：「殺人有甚麼好看，我不去。但不知殺甚麼人？」茶房道：「就是殺那個甚麼苦打成招的夏作人。」何理之道：「我不看。」那茶房便去了。

我問道：「甚麼苦打成招的，豈不是一個冤枉案子麼？」理之道：「論情論理，這個夏作人是可殺的。然而這個案子可是冤枉得狠，不過犯了和姦的案子，怎麼殺得他呢。」我不覺納悶道：「依律，強姦也不過是個絞罪，我記得好像還是絞監候呢，怎麼就羅織成一個斬罪？豈不是一件怪事！」理之道：「這是姦婦的本夫做的圈套。說起來又是一篇長話：這夏作人是新安縣人氏，捐有一個都司職銜。平日包攬詞訟，無惡不作，橫行鄉里，欺壓良懦，那不必說了，更歡喜漁獵女色。因此他鄉裡的人，沒有一個不恨他如切骨的了。我們廣東地方，各鄉都設一個公局，公舉幾個紳士在局裡，遇了鄉人有甚麼爭執等事，都由公局紳士議斷。這夏作人又是坐了公局紳士的第一把交椅，你想誰還敢惹他！他看上了本鄉一個婆娘，這婆娘的丈夫姓李，單名一個壯字，是在新架坡經商的，每年二三月回來一次，歷年都是如此的。夏作人設法和那婆娘上了手之後，只有李壯回家那幾天是避開的，李壯一走他就來了，猶如是他的家一般。左右鄰里，無有一個不知道的；就是李壯回來，也略有所聞，不過拿不著憑據。有一回，李

邇日中國立憲、立憲之聲遍京外，

壯有個本家也到新架坡去，見了李壯，說起這件事，說的千真萬真，並且說夏作人竟是住在他家裡。

「李壯聽了，忿火中燒，便想了一個計策，買了一對快刀，兩把是一式無異的，便附了船回家。這李壯本來是一個竊賊出身，飛簷走壁的工夫是狠熟的。從前因為犯了案，官府要捉他，纔逃走到新架坡，改業經商，居然多了幾個錢。後來事情擱冷了，方纔回家鄉來娶親的。他此番回到家鄉，先不到家，在外面捱到天黑，方纔掩了回去。又不進門，先聳身上屋，在天窗上望下一看，果然看見夏作人在那裡和那婆娘對面說話，猶如夫妻一般。他此時若跳了下去，一刀一個，只怕也殺了。他一來怕夏作人力大，殺他不動；二來就是殺了，也要到官報殺姦，受了訟累，還要把一頂戴過的綠帽子晾出來。所以他未曾回來之先，已預定下計策。

此人乃他日議員之影子也。

「此時看得親切，且不下去，跳至墻外，走到夏作人家裡，踰墻而入，掩到他書房裡，把所買的一對刀，取一把放在炕床底下，方纔出來，一逕回家去打門。裡面問是哪個，李壯答應一聲，那婆娘認得聲音，未免慌了，先把姦夫安頓藏在床背後，方纔出來開門。李壯不動聲色的道：『今天船到得晚了，弄到這個時候纔到家，晚飯也不曾吃。』他婆娘聽了，便去弄飯。一面又問他為甚麼這一回不先給一個信，便突然回來。李壯道：『這回是香港一家素有往來的字號，打電報叫我到香港去的，所以不及給信。』婆娘到廚下去了，狠不放心，恐防李壯到房裡去，看見了姦夫。喜得李壯並不進去。此時七月天氣，他只在院子裡搖著蒲扇取涼。一會兒飯好了，婆娘擺開了幾樣家常小菜，端了一壺家藏舊酒，又擺了兩份杯箸。李壯道：『怎麼只擺兩份？再添一份來。』婆娘道：『我們只有兩個人，為甚要三份？』李壯笑道：『你何必瞞我，現放著一個夏老爺在房裡，難道我們兩個好偏了他麼？』這一句話，把婆娘

穿窬之輩無非為竊物而來，此卻送來一物，奇極。且看他是如何作用。

足見從

前總是先給信，後回來，使夏作人得以預先避去也。補筆無迹。

偏能談笑而道之，從容之極。

只有三分害怕，則其人可想。

說是照應，又說感激。妙，妙。

偏說是

嚇得面如土色，做聲不得。李壯又道：『這個怕甚麼，有甚麼要緊！我並不在這個上頭計論的。快請夏老爺出來，雖然家常便飯，也沒有背客自吃之理啊。』那夏作人躲在裡面，本來也有三分害怕，仗著自己氣力大，預備打倒了李壯，還可以脫身；此刻聽了他這兩句話，越發膽壯得意，以為自己平日的威福足以懾服人，所以李壯雖然妻子被我姦了，還要這等相待。於是昂然而出。及至見了面，不知不覺的也帶了三分羞慚。倒是李壯坦然無事，一見了面，便道：『夏老爺，違教許久了。舍下一向多承照應，實在感激。』夏作人連道：『不敢，不敢。』李壯便讓坐吃酒，那婆娘倒是羞答答起來。李壯正色道：『你何必如此！我終年出門在外，家裡沒人照應，本不是事，就是我在外頭，也不放心。得夏老爺這種好人肯照應你，是最好的了。你總要和我不在家時一樣纔好；不然，就同在一處吃飯，也是乏味的。』又對夏作人道：『夏老爺，你說是不是呢？難得你老人家賞臉，不然，這一鄉裡面，夏老爺要看中誰，誰敢道個不字呢！』一席話，說得夏作人洋洋得意。李壯又殷勤勸酒，那婆娘暗想，這個烏龜，自己情願拿綠帽子往腦袋上磕，我一向倒是白耽驚怕的了。於是也有說有笑起來。夏作人越是樂不可支，連連吃酒。李壯又道：『可笑世上那些謀殺親夫的，我看他們都是自取其禍。若像我這樣，夏老爺，你兩口子捨得殺我麼？』婆娘接口道：『天下哪裡有你這樣好人！』李壯笑道：『我也並不是好人。不過想起我們在外頭嫖，不算犯法的，何以你們就養不得漢子呢？這麼一想，心就平了。』夏作人點頭道：『李哥果然是個知趣朋友。』說話間，酒已多了。

「李壯看夏作人已經醉了，便叫婆娘盛飯，匆匆吃過，婆娘收拾開去。夏作人道：『李哥，我要先走了。你初回來，我理當讓你。』李壯道：『且慢。我要和你借一樣東西呢。』夏作人道：『甚麼東西？』李壯道：『這件事，我便不計較，只是祖宗面上過不去。人家說，家裡出了養漢子的媳婦，祖宗做鬼也哭的；除非把姦夫捉住，剪了他的辮子，在祖宗跟前燒香稟告過，已經捉獲姦夫，那祖宗纔轉悲為喜呢。夏老爺跟前，我不敢動粗，請夏老爺自己剪下來，借給我供一供祖宗。』夏作人愕然道：『這個如何使得！』李壯忽然翻轉了臉，颼的一聲，在袴帶上拔出一支六響手槍，指著夏作人道：『你偷了我老婆，我一點不計較，還是酒飯相待，此刻和你借一條無關痛癢的辮子也不肯！你可不要怪我，這支槍是不認得人的！』這一下把夏作人的酒也嚇醒了，要待不肯時，此時酒後力乏，恐怕鬧他不過。況且他洋槍在手，只要把機簧一扳，就不是好頑的了。只得連連說道：『給你，給你，只求你剪剩二、三寸，等我好另外裝一條假的。不然，怎樣見人呢。』李壯重新把洋槍插向袴帶上道：『這個自然。難道好齊根剪下麼。方纔鹵莽，夏老爺莫怪。』說罷，叫婆娘拿剪子來，走向夏作人身後，提起辮子，夏作人道：『稍為留長一點。』李壯道：『這個自然。』嘴裡便這樣說，手裡早颼的一聲，把那根辮子貼肉齊根的剪了下來。夏作人覺著，已經來不及了，只得怏怏而去。幸喜時在黑夜，無人看見，且等明日再設法罷了。

「李壯等他去後，便打開一個皮包，叫那婆娘道：『你來看，這是甚麼東西？』婆娘走過去彎腰看時，他颼的一聲，拔出一把一尺四、五寸長的雪亮快刀，對準喉嚨盡力一刺，那婆娘只喊得一聲『噯』，那『呀』字還不曾喊出來，便往前倒了下去。李壯又在他左手上、左肋上，搠了幾刀，那婆娘便一縷淫魂，望鬼門關去了。李壯卻拿夏作人的辮子，纏在死婆娘的右臂上，把剪下來的一頭，給他握在手裡。纔斷氣的時候，手足還未全僵，李壯代他握了頭髮，又拿刀搠了他握髮的手兩刀，又拿自己的手握住他

賞臉。妙，妙。

竟說是「你兩口子」，妙，妙。

偏有許多解說，竟是千真萬真。妙，妙。

承情，承情。

近日剪辮子者之多，想亦因其無關痛癢也。一笑。

看他把臉皮翻

來覆去，何等靈動！安置得好。

隨口應酬，寫來一笑。

都知道今天回來。妙，一舉一動都是作用也。

絕妙的主意，還說不得主意

的手，等他凍僵了纔放。安置停當，把自己身上整理潔淨，已是三更多天了。他提了帶回來的皮包，走了出來，把門反掩了，走出村外一間破廟裡，胡亂歇了一夜。

「到天明起來，提了皮包，仍然走回家裡。昨夜他回來時，是在黑夜，鄉下人一到了斷黑時，便家家關門閉戶的了。卻又起來極早，纔破天亮，便家家都起來了，趕集的，耕田的，放牛的，往來的人已是絡繹不絕。所以他提著皮包入村，大家都看見他了，都拱手招呼說，李哥回來了，幾時到的？我們都惦記你呢，新架坡生意可好？你發財啊。李壯道：『今天一早到的。承記掛，多謝！我託福還好。』如此一路招呼到家，一村的人，都知道李壯今天回來了。到得門前，那左右鄰居，也是一般的招呼，卻是捏了一把汗，知道夏作人準在裡面，今番只怕要撞破了。看著他舉手輕輕叩了兩下門，不見答應，又叩了兩、三下，仍然沒人答應。李壯道：『怎麼這個時候，還不起來呢！』用力打了一下，那門『呀』的一聲開了，原來是虛掩著的。李壯故裝成詫異的樣子道：『唔！』一面走了進去。不一會，忽然大呼小叫的走了出來道：『不好了！我的女人給人殺死了！』眾人聽說，老大吃了一驚，都紛紛進去。看見他手裡握著一條辮子，鮮血滿地，身上傷了七、八刀。個個都稱奇道怪。一面先驚動了地保，先去報官。李壯一面奔到公局，求眾紳士作主。這天眾紳士都到了，單少了個夏作人。眾紳聽見說地方出了命案，便叫人去請他。一會回來說，夏老爺有點感冒，不能出來。李壯道：『我是今天纔回來的，平空遇了這件事，不得主意。向來地方上有事，都是夏老爺做主的，偏偏他又病了。他既然是感冒避風，說不得請眾位老爺帶著我到他府上，求個主意的了。』眾人見是人命大事，便同了李壯到夏家來。夏作人仍舊不肯相見，說是在上房睡了，不能起來。眾人道：『今天地方上出了命案，夏老爺不能起來，我們也要到，未免欺人了。

遮飾得好。

倒便宜他，享了個烈婦之名。

烟窩，南人謂

上房去相見的了。』說罷，也不等傳報，一齊蹿了進去。只見夏作人睡在床上，蓋上一床夾被窩，臉向外躺著。眾人告訴這件事，他這一嚇，非同小可，臉色登時大變起來，嘴裡裝著哼哼之聲，沒有半句說話，卻拿雙眼看著李壯。李壯故意走到床前道：『夏老爺是甚麼病？可有點發燒？』說罷，伸手在他額上去摸，故意摸到腦後，說一聲『噯呀』，回頭對眾人道：『我的死女人，手裡握了一條辮子，此刻夏老爺的辮子，是齊根沒了的，莫非殺人的是夏老爺？』眾人聽說，吃了一驚，一擁上前去看。李壯不顧眾人，便飛奔到縣裡去擊鼓鳴冤，說夏作人殺人。

「知縣官方纔得了地保的報，正要去驗屍，問了李壯口供，便帶了仵作，出城下鄉相驗。官看了這個情形，明明是拒姦被殺，倒不覺對著那屍首肅然起敬。驗過之後，叫取下辮子帶回去，順路去拜夏紳士。投帖進去，回出來說擋駕。官怒道：『有人告了他在案，我不傳他，親來拜他，他倒裝模做樣起來了，莫非是情虛麼！』說著，不等請，便自下轎進來。這夏作人喜歡結交官場，時常往來，所以他家裡的路，官也走熟的了，不用引導，便到書房坐下。那官本來聽了李壯說夏作人沒了辮子，所以要親來察看的，如何肯空回去。夏作人沒法，又不曾裝好假辮子，只得把老婆的髲❶子打了一條假辮，裝在涼帽箍裡面。匆忙之間，又沒有辮繐子，將就用一根黑頭繩打了結，換上衣冠，出來相見。因為有了虧心的事，臉色未免一陣紅，一陣白。知縣已是疑心，相見過後，分賓坐定。官有心要體察他，便說道：『天氣熱得狠，我們何妨升冠談談。』說著，自己先除了帽子，夏作人忙說『不必』，臉上的汗卻直流下來。偏偏那官帶來裝烟的小跟班，把烟窩掉在地下，低頭去拾，一瞥眼，看見炕底下一把雪亮的刀，不覺失

❶ 髲：假髻。

之烟筒頭，粵人謂之烟斗。

驚道：『這個刀是殺人的啊！』夏作人方在那裡說『不必，不必』，忽聽了這句話，猛然吃了一驚道：『哪裡有甚麼刀？』小跟班道：『炕底下的不是麼。』說著，走進彎腰伸手拾了出來。夏作人此時心虛已經到了極點，一看見了，嚇得魂不附體，汗如雨下，不覺顫抖起來。說道：『這，這，這是誰，誰放在這裡的？這，這，這不是我的啊！』這個時候，恰好一個家人在夏作人背後，把他辮子捏了一捏，覺得油膩膩的，因回道：『夏老爺的辮子是假的。』知縣登時翻了臉，喝叫把他帶了衙門裡去，這把兇刀也帶了去。說著，先出來上轎去了。

此等問案，真是怪現狀。

「回到衙門，把兇刀和屍格❷一對，竟是一絲不走的。不由分說，先交代動公事詳革了他的職銜❸，便坐堂提審。夏作人供道：『這婦人向來與職員有姦的。』只說得這一句，官喝住了，喝叫先打五十嘴巴。打完了，纔說道：『這婦人明明是拒姦被殺的，我見了他還肅然起敬，你開口便誣衊他，這還了得！這五十下是打你的誣衊烈婦。』又喝再打五十，打完了，又道：『你犯了法，這個職銜經本縣詳革了，你還稱甚麼職員！有甚麼話，你講！』夏作人道：『小人和這已死婦人，委實一向有姦的。』官大怒道：『你還要誣衊好人！』喝再打一百嘴巴。打得夏作人兩腮紅腫，牙血直流。又供道：『這婦人不是小人殺的，青天大老爺冤枉！』官怒道：『你不殺他，你的辮子，怎麼給他死握著？』夏作人要把昨夜的情由敘出來，無奈這個官不准他說和婦人犯姦，一說著，便不問情由，先打嘴巴，竟是無從敘起。又一時心慌意亂，不得主意，只含糊辯道：『這條辮子，怕不是小人的。』官叫差役拿辮子在他頭上去驗，驗

❷ 屍格：屍單、屍檢報告單。

❸ 詳革了他的職銜：凡有官銜的人犯了罪，必先申報革除官銜，方可動刑審訊。

得顏色粗細，以及斷處痕跡，一一相符。從此便是跪鐵鍊，上夾棍，背板櫈，天平架，沒有一樣不曾嘗過，熬不過痛苦，只得招了個強姦不遂，一時性起，把婦人殺死。髮辮被婦人扭住，不能擺脫，割辮而逃。於是詳上去，定了個斬決。上頭還誇獎他破案神速。他又敬那婆娘節烈，定了案之後，他寫了『節烈可風』四個字，做了匾，送給李壯懸掛。又辦了祭品，委了典史太爺去祭那婆娘。更兼動了公事，申請大憲，和那婆娘奏請旌表❹，乞恩准其建坊。今天斬決公文到了，只怕那請旌的公事也快回來了。」

正是：

世事何須問真假，內容強半是糊塗。

未知後事如何，且待下回再記。

此一回情節離奇，竟可以借此節目，另演一部傳奇也。

李壯心思之巧，設計之奇，布置之密，手段之速，式式皆備。吾恐雖有善於偵探者，亦無以得其隙也。即使鄰里咸知此婦與夏有私，而當此之時，亦必以為妒姦起釁者矣。官場中久已成為糊塗世界，而此事獨不能責此令。蓋設身處地，雖使夏得盡其詞，亦必以為設詞圖卸而已。訟事首重證據，而彼所布置之證據，皆確鑿不可移者也。

❹ 旌表：表彰。封建王朝提倡禮教，對節婦、孝子等，由官府賜匾額、立牌坊，是為「旌表」。

# 第五十七回　充苦力鄉人得奇遇　發狂怒老父責頑兒

理之述完了這件事，我從頭仔細一想，這李壯布置的實在周密狠毒。因問道：「他這種的秘密布置，外頭人哪裡知得這麼詳細呢？」何理之道：「天下事，若要人不知，除非己莫為。何況我們帳房的李先生，就是李壯的胞叔，他們叔姪之間，等定過案之後，自然說起，所以我們知的格外詳細。」說話之間，已到了吃飯時候，理之散去。

我在廣東部署了幾天，便到香港去辦事，也耽擱了十多天。一天，走到上環大街，看見一家洋貨店新開張，十分熱鬧。路上行人都嘖嘖稱羨，都說不料這個古井叫他淘著。我雖然懂得廣東話，卻不懂他們那市井的隱語，這「淘古井」是甚麼，聽了十分納悶。後來問了旁人，纔知道凡娶著不甚正路的婦人，如妓女、寡婦之類做老婆，卻帶著銀錢來的，叫做「淘古井」。知道這件事裡面，一定有甚麼新聞，再三打聽，卻又被我查著了。

原來花縣地方有一個鄉下人，姓惲，名叫阿來，年紀二十多歲，一向在家耕田度日。和他老子兩個，都是當佃戶的。有一天被他老子罵了兩句，這惲來便賭氣逃了出來，來到香港，當苦力度日。這「苦力」兩個字，本來是一句外國話 Coolie，是扛抬搬運等小工之通稱。廣東人依著外國音，這麼叫叫，日子久了，便成了一個名詞，也忘了他是一句外國話了。惲來當了兩個月苦力之後，一天，公司船到了，

粵人譯音作估

他便走到碼頭上去等著，代人搬運行李，好賺幾文工錢。到了碼頭，看見一個鹹水妹（看官先要明白了「鹹水妹」這句名詞，是指的甚麼人。香港初開埠的時候，外國人漸漸來的多了，要尋個妓女也沒有。為甚麼呢？因為他們生的相貌和我們兩樣，那時大家都未曾看慣，看見他那種生得金黃頭髮、淡藍眼珠子，沒有一個不害怕的。那些婦女誰敢近他！只有香港海面那些搖舢舨的女子，他們渡外國人上下輪船，先看慣了，言語也慢慢的通了，外國人和他們兜搭起來，他們自後就以此為業了。香港是一個海島，海水是鹹的，他們都在海面做生意，所以叫他做「鹹水妹」。以後便成了接洋人的妓女之通稱。這個「妹」字是廣東俗話，女子未曾出嫁之稱，又可作婢女解。現在有許多人，凡是廣東妓女，都叫他做「鹹水妹」，那就差得遠了）。這鹹水妹從公司輪下來，跨上舢舨，搖到岸邊，恰好碰見惲來，便把兩個大皮包交給他。問他這裡哪一家客棧最好，你和我扛了送去，我跟著你走。惲來答應了，把一個大的扛在肩膀上，一個稍為小點的提在手裡，領著那鹹水妹走。走到了一處十字路口，路上車馬交馳，一輛馬車在惲來身後飛馳而來，幾乎馬頭碰到身上，惲來急忙一閃，那邊又來了一輛，連忙閃到路旁。回頭一看，不見了那鹹水妹，呆呆的站著等了一會，還不見到。他心中暗想，這裡面不知是甚麼東西。他是從外國回來的，除了這兩個皮包，別無行李，倘然失了，便是一無所有的了，只怕性命也要誤出來。這便怎麼處呢？想了半天，還不見來，他便把兩個皮包送到大館裡去（旅香港粵人，稱巡捕房為大館），一逕走到寫字間，要報明存放，等失主來領。誰知那鹹水妹已經先在那裡報失了，形色十分張皇，一見了惲來，便登時歡喜的說不出來，一疊連聲說「你真是好人！」巡捕頭問惲來來做甚麼，那鹹水妹表明他不見了物主，送來存放待領的話。巡捕頭道：「那麼你就仍舊叫他給你拿了去罷。」

厘，若力以正音譯者，且取字義，亦通也。

只有鄉下人猶有存心忠厚者，若求之於城市，憂乎其難矣。「仔」字讀如崽。

於是兩個出了大館，尋到了客棧，揀定了房間。鹹水妹問道：「你這送一送，要多少工錢？有定例的麼？」惲來道：「沒有甚麼定例。碼頭上送到這裡，約莫是兩毫子左右（粵人呼小銀元為毫子），此刻多走一次大館，隨你多給我幾文罷。」鹹水妹給他三個毫子。他拿了說一聲「承惠」（「承惠」二字是廣東話，義自明）便要走，鹹水妹笑道：「你回來。這兩個皮包，是我性命交關的東西，我走失了，你不拿了我的去，還送到大館待領，我豈有僅給你三個毫子之理，你也太老實了。」說罷，在一個小皮夾裡，取出五個金元來給他。惲來歡喜的了不得，暗想我自從到香港以來，只聽見人說金仔（粵人呼金元為金仔），卻還沒有見過。總想積起錢來，買他一個頑頑，不料今日一得五個。因說道：「這個我拿回去不便當。我住的地方，人雜得狠，恐怕失了，你有心給我，請你代我存著罷。」鹹水妹道：「也好。你住在哪裡？」惲來道：「我住在苦力館（小工總會也，粵言）。每天兩毫子租錢，已經欠了三天租了。」鹹水妹又在衣袋裡，隨意抓了十來個毫子給他。惲來道：「已經承惠了五個金仔，這個不要了。」鹹水妹道：「你只管拿了去。你明天不要到別處去了，到我這裡來，和我買點東西罷。」惲來答應著去了。

次日，他果然一早就來了。鹹水妹見他光著一雙腳，拿出兩元洋錢，叫他自己去買了鞋襪穿了。方問他「匯豐在哪裡？你領我去」。他便同著鹹水妹出來，在路上，鹹水妹又拿些金元，向錢鋪裡兌換了墨銀❶。一路到了匯豐，只見那鹹水妹取出一張紙，交到櫃上，說了兩句話，便帶了他一同出來，回到客棧。因對他說道：「我住在客棧裡，不甚便當。你沒有事，到外面去找找房子去，找著了，我就要搬了。」又給他幾元銀道：「你自己去買一套乾淨點衣服，身上穿的太要不得了。」惲來答應著，便出去

❶ 墨銀：墨西哥銀元，幣上鑄有鷹形圖案，是最早流入中國的硬幣。

不能知其還物之功是混沌未開人。

找房子。他當了兩個多月苦力，香港的地方也走熟了，哪裡冷靜，哪裡熱鬧，哪裡是鋪戶多，哪裡是人家多，一一都知道的了。出來買了衣服，便去尋找房子，遶了幾個圈子，隨便到小飯店裡吃了午飯。又走了一趟，看了有三四處，到三點鐘時候，便回到客棧。劈面遇見鹹水妹從棧裡出來。惲來道：「房子找了三四處，請你同去看看哪一處合式。」鹹水妹道：「我此刻要到匯豐去，沒有工夫。」說著，在衣袋裡取出房門鑰匙，交給他道：「你開了門，在房裡等著罷。」說罷，去了。惲來開門進房，趁著此時沒有人，便把衣袴換了。桌上放著一面屏鏡，自己彎下腰來一照，暗想我不料遇了這個好人，天下哪裡有這便宜事！此刻我身上的東西，都是他的了。不過代他扛送了一回東西，便賺了這許多錢。想著，又鎖了房門，把兩件破衣袴拿到露臺上去洗了，晾了，方纔下來。恰好鹹水妹回來了，手裡提著一個小皮包，兩個人扛著一個保險鐵櫃送了來。惲來連忙開了門，把鐵櫃安放妥當。送來的人去了。鹹水妹開了鐵櫃，把小皮包放進去。又開了那兩個大皮包，取了好些一包一包的東西，也放了進去。又開了一個洋式拜匣，檢了一檢，取一個鑽石戒指帶上，方纔鎖起來。

惲來便問去看房子不去，又把買衣服剩下的錢繳還。鹹水妹笑道：「你帶在身邊用罷。我也性急得狠，要搬出去，我們就去看看罷。」於是一同出來，去看定了一處，是三層樓上一間樓面。講定了租錢，便交代惲來去叫一個木匠來，指定地方，叫他隔作兩間，前間大些，後間小些，都要裝上洋鎖。價錢大點都不要緊，明天一天之內，定要完工的。木匠聽說價錢大也不要緊，能多賺兩文，自然沒有不肯的了。講定之後，二人仍回到客棧裡。惲來看見沒事，便要回去。鹹水妹道：「你去把鋪蓋拿了來，叫棧裡開一個房，住一夜罷。從此你就跟著我幫忙，我每月還給你工錢，不比做苦力輕鬆些麼。」惲來暗想我是甚麼運氣，碰了這麼個好人。因說道：「我本來沒有鋪蓋，一向都是和人家借用的。」鹹水妹道：「那麼你就不要去了。」一會茶房開了飯來，鹹水妹叫多開一客，一會添了來，鹹水妹叫惲來同吃。惲來道：「那不行，你吃完了我再吃。」鹹水妹道：「這有甚麼要緊？我請你來幫忙，就和請個夥計一般，並不當你是個下人。」惲來只得坐下同吃，卻只覺著坐立不安。

吃過了晚飯，已是上火時候。鹹水妹想了一想，便叫惲來領到洋貨鋪裡去，揀了一張美國紅氈，便問惲來這個好不好，惲來莫名其妙，只答應「好」。鹹水妹便出了十八元銀，買了兩張。又揀了一床龍鬚席❷，問惲來好不好，惲來也只答應是好的。鹹水妹也買了。又買了一對洋式枕頭，方纔回棧。對惲來道：「你叫茶房另外開一個房，你拿這個去用罷。你跑了一天，辛苦了，早點去睡。」惲來大驚道：「這幾件東西，我看著買了二十多元銀，怎麼拿來給我！我沒有這種福氣，只怕用了一夜，還不止折短一年的命呢！」鹹水妹笑道：「我給了你，便是你的福氣。不要緊的，你拿去用罷。」惲來推託再三，無奈只得受了。叫茶房另外開一間房，把東西放好。恐怕自己身上髒，把東西都蓋髒了，走上露臺自來水管地方，洗了個澡，方纔回房安睡。這一夜睡的龍鬚席，蓋的金山氈，只喜得個心癢難撓，算是享盡了生平未有之福。

酣然一覺，便到天亮。鹹水妹又叫他同去買鐵床桌椅，及一切動用傢私，一切都送到那邊房子裡去。又叫惲來去監督著木匠趕緊做，「我飯後就要搬來的」。惲來答應去了。到了午飯時候，便回棧吃飯。吃過飯，便算清房飯錢，叫人來搬東西。惲來道：「只要叫一個人來，我幫著便抬去了，只有這鐵箱子重

---

❷ 龍鬚席：用龍鬚草編織的席子，質地細滑。

些。」鹹水妹道：「我請你幫忙，不過是買東西等輕便的事，這些粗重的事不要你做，你以後不要如此。」於是另外叫了苦力，搬了過去。那三四個木匠，還在那裡砰砰訇訇的做工，直到下午，方纔完竣。兩個人收拾好了，一一陳設起來。把惲來安置在後間，睡的還是一張小小鐵床。又到近處包飯人家，說定了包飯。

從此惲來便住在鹹水妹處，一連幾個月，居然養尊處優的，養得他又白又胖起來。然而他到底是個忠厚人，始終不涉於邪，並好像不知那鹹水妹是女人似的。那鹹水妹也十分信他，門上配了兩個鑰匙，一人帶了一個，出入無礙的。

一天，惲來偶然在外面閒行，遇見了一個從前同做苦力的人，問道：「老惲，你好啊！幾個月沒看見，怎麼這樣光鮮了！哪裡發的財？」惲來終是個老實人，人家一問，便一五一十的都告訴了。那人一楞道：「你和他有那回事麼？」惲來愕然道：「是哪一回事？」那人知道他是個獃子，便不和他多說，只道：「這是從金山發財回來的，鐵櫃裡面不知有多少銀紙（粵言鈔票也），好歹撈他幾張，逃回鄉下去，還不發財麼！何必還在這裡聽使喚，做他的西崽？」惲來聽了，心中一動，默默無言，各自分散。回到屋裡，恰好那鹹水妹不在家，看看桌上小鐘，恰是省河輪船將近開行的時候。回想那苦力之言不錯，便到鹹水妹枕頭邊一翻，翻出了鐵櫃鑰匙，開了櫃門，果然橫七豎八的放了好幾捲銀紙。惲來心中暴暴亂跳，取了兩捲；還想再取，一想不要拿得太多了，害得他沒得用。又怕他回來碰見，急急的忘了關上櫃門，忙忙出來，把房門順手一帶，喜得房門是裝了彈簧鎖的，一碰便鎖上了。惲來急急走了出來，逕登輪船，竟回省城去了。回到省城，又附了鄉下渡船（猶江南之航船也），回到花縣。

做了賊，還要顧失主。一笑

。

今日何處覓此古人？我欲哭也。

想是幾個月吃的太好了，所以罰他餓兩頓。一笑。

到了家，見了他老子，便喜孜孜的拿出銀紙來道：「一個人到底是要出門，你看我已經發了財了。」他老子名叫阿亨，因他年紀老了，人家都叫他老亨。當下老亨聽了兒子的話，拿起一捲，打開一看，大驚道：「這是銀紙啊！我還是前年纔見過，我歡喜他，湊了一元銀，買了一張藏著，永遠捨不得用。你哪裡來這許多？莫非你在外面做了強盜麼？你可不要在外頭闖了禍累我！」惲來是老實到極的人，便把上項事一一說了。老亨不聽猶可，聽了之時，登時三尸亂暴，七竅生烟，飛起腳來就是一腳，接連就是兩個嘴巴，大罵：「你這畜生！不安分在家耕田，卻出去學做那下流事情，回來辱沒祖宗！還不給我去死了！」說著，又是沒頭沒腦的兩三拳。惲來知道自己的錯，不敢動，也不敢則聲。老亨氣過一陣，想了個主意，取了一根又粗又大、拴牛的麻繩，來把兒子反綁了，手提了一根桑木棍，把那兩捲銀紙緊緊藏在身邊，押著下船。在路上飯也不許他吃。到了省城，換坐輪船，到了香港，叫他領到鹹水妹家裡。

那鹹水妹為失了五百元的銀紙，知是惲來所為，心中正自納悶。過了一天，忽見一個老頭子，綁著他押了來，心中正在不解。看那老頭子，又不是公差打扮，正要開言相問，老亨先自陳了來歷，又把兒子偷銀紙的事說了，取出銀紙，一一點交，然後說道：「這個人從此不是我的兒子了，聽憑阿姑（粵人面稱妓者為阿姑）怎樣發落，打死他，淹死他，殺他，剮他，我都不管了！」說著，舉起桑木棍，對準惲來頭上盡力打去。嚇得鹹水妹搶上前來，雙手接住。只聽得「噯呀」一聲。正是：

雙手高擎方撻子，一聲嬌囀忽驚人。

不知叫「噯呀」的是誰，打痛了哪裡，且待下回再記。

鹹水妹來得突兀，令人猜疑不定。

觀此一子一父，真是令人五體投地。今日復從何處得此古人。古人有言：禮失而求諸野。此則，道德淪亡而求諸野矣。現以前歷敘諸敗壞道德者，多為上流社會中人，而此回忽遇此父子二人，非其明徵歟。吾讀此不覺笑啼並作，蓋以世上尚有此人，則為世風喜；而世上僅有此人，則又為世風悲也。

香港為最澆薄最冥頑之地，忽置此人於其中，為香港增光不少。

此一回無端忽為粵文翻譯，可謂詼諧百出。

# 第五十八回　陡發財一朝成眷屬　狂騷擾遍地索強梁

原來惲老亨用力過猛，他當著盛怒之下，巴不得這一下，就要結果了他的兒子；鹹水妹搶過來雙手往上一接，震傷了虎口，不覺喊了一聲「噯呀」。一面奪過了桑木棍，忙著舀了一碗茶送過來，又去鬆了惲來的綁。方纔說道：「這點小事，何必動了真氣！老爺不要氣壞了自己，我還有說話商量呢。」這惲老亨一向在鄉下耕田，只有自己叫人家老爺，哪裡有人去叫過他一聲老爺的呢，此刻忽然聽得鹹水妹這等稱呼，弄得他週身不安起來。然而那個怒氣終是未息，便說道：「偷了許多銀紙還算是小事，當真要殺了人，纔算大事麼！阿姑你便饒了他，我可饒他不得！此刻銀紙交還了你，請你點一點，我便要帶他回去治死了他，免得人家說起來，總說我惲老亨沒家教，縱容兒子作賊。」說著又站起來，揮起拳頭，打將過去。鹹水妹連忙攔住道：「老爺有話慢慢說。等我說明白了，你就不惱了。」說罷，便把上岸遇見惲來的事，從頭說了一遍。又道：「我因為看他為人忠厚，所以十分信他敬他。就是他拿了這五百多元，我想也未必是他自己起意，必是有人唆弄他的。他雖然做了這個事，到底還是忠厚。若是別人，既然開了我的鐵櫃，豈有不盡情偷去之理？就是銀紙，一起放著的，也有十二、三捲，他只拿得兩捲；還有多少鑽石、寶石、金器、首飾，都在裡面，他還絲毫沒動。這不是他忠厚之處麼。所以我前天回來，看見鐵櫃開了，點了點數，只少了五百多元，我心中還自好笑，這個就像小孩子偷兩文錢買東西吃的行

偷了五百元，還說小事，不知何者方為大事？

明見，明見。

為。我還耽著心，恐怕他懼罪，不知逃到哪裡去，就可惜了這個人了。難得老爺也這般忠厚，親自送了來。我這一向本來有個心事，今天索性說明白了。我從十八歲那年，在這裡香港做生意，頭一個客人就是個美國人，一見了我就歡喜了，便包了我，一住半年。他得了電報要回去，又和我商量，要帶我到美國，情願多加我包銀。我便跟他到美國去了，一住七年，不幸他死了。這個人本是個富家，他一心只想娶我，我也未嘗不肯嫁他；然而他因為我究竟擔了個妓女的名字，恐怕朋友看不起，所以遲遲未果，他卻又不肯另娶別人，所以始終未曾娶親。他臨死的時候，寫了遺囑，把家財分給我二萬，連我平日積蓄的也有萬把。我想有了這點，在美國不算甚麼，拿回中國來，是狠好的一家人家了，所以附了公司船回來。不想一登岸便碰了他。見他十分老實可靠，他雖然無意，我倒有意要想嫁他了。我在外國住了七八年，學了些外國習氣，不敢胡亂查問人家底細，後來試探了他的口氣，知道他還沒有娶親，我越發歡喜。然而他家裡的人是怎樣的，還沒有知道，此刻見了老爺也是這等好人，我意思更加決定了。但不知老爺的意思怎樣？」

也慮得不錯。

惲老亨聽了，心中不覺十分詫異，他何以看上了我們鄉下人。娶了他做媳婦，馬上就變了個財主了。只是他帶了偌大的一分家當過來，不知要鬧甚麼脾氣。倘使鬧到一家人都要聽他號令起來，豈不討厭。心中在那裡躊躇不定。鹹水妹見他遲疑，便道：「我雖然不幸吃了這碗飯，然而始終只有一個客，自問和那胡拉亂扯的還不同。老爺如果嫌到這一層，不妨先和他娶一房正室，我便情願做了侍妾。」惲老亨吐出舌頭道：「我們鄉下人，還講納妾麼！」鹹水妹道：「那麼就請老爺給個主意。」惲老亨還自沉吟，鹹水妹道：「老爺不要多心。莫非疑心到我帶了幾個錢過來，怕我仗著這個，在翁姑、丈夫跟前失了規體會得出。

豈但可嘆，直是可哭。

矩麼？我是要終身相靠的，要嫁他，也是我的至誠，怎肯那個樣子呢！」惲老亨見他誠懇，便歡喜起來，一口應允。鹹水妹見他應允了，更是歡喜。只有那惲來在旁邊聽得呆了，自己也不知是歡喜的好，還是不歡喜的好，心裡頭好像有一件東西，在那裡七上八下，自己也不知是何緣故。

鹹水妹便拿了兩張銀紙給惲來，叫他帶著老子，先去買一套光鮮衣袴、鞋襪之類，惲老亨便登時光鮮起來。又叫了裁縫來，量了他父子兩個的身裁，去做長衣。因為惲老亨住在這裡不便，又買了一分鋪蓋，叫他父子兩個，先到客棧裡住下，一面另尋房屋。不到兩天，尋著了一處，便置備木器及日用傢私，搬了進去。擇了吉日迎娶，一般的鼓樂彩輿，鳳冠霞帔，花燭拜堂，成了好事。那女子在美國多年，那洋貨的價錢都知道的，到了香港，看見香港賣的價錢，以為有利，便拿出本錢，開了這家洋貨店。

我打聽得這件事，覺得官場、士類、商家等，都是鬼蜮世界；倒是鄉下人當中，有這種忠厚君子，實在可嘆。那女子擇人而事，居然能賞識在牝牡驪黃❶以外，也可算得一個奇女子了。

勾當了幾天，便回省城。如此來來去去，不覺過了幾個月。有一天，又從香港坐了夜船到省城。船到了省河時，卻不靠碼頭，只在當中下了錨，不知是甚麼意思。停了一會，來了四五艘舢舨，搖到船邊來。二三十個關上扦子手，一擁上船，先把各處艙口守住，便到艙裡來翻箱倒匣的搜索。此時是六月下

---

❶ 牝牡驪黃：指非本質的表面現象。牝牡，雌雄兩性。驪黃，黑色的馬和黃色的馬。典出淮南子卷十二道應訓：秦穆公聽說九方堙識馬，派他去求良馬，三個月後，九方堙說找到了，問是何馬，九方堙說「牡而黃」，意謂雄性黃色的馬。取來時，卻發現此馬「牝而驪」，是一匹雌性黑色的馬，但確實是良馬。原來九方堙鑒識馬，只重內在精神，不在意性別毛色，故而記錯。

旬天氣，帶行李的甚少。我來往向來只帶一個皮包，統共不過八九寸長、五六寸高，他們也要開了看看，裡面不過是些筆墨帳單之類，也舀了出來翻檢一遍。連坐的藤椅也翻轉來看過，甚至客人的身上也要摸摸。有兩起外省人帶了家眷從上海來，在香港上岸，頑了兩天，今天纔附了這個船來的，有二、三十件行李，那些扦子手便逐一翻騰起來，鬧了個亂七八糟。也有看了之後，還要重新再看的；連那女客帶的馬桶，也揭開看過；夜壺箱也要開了，把夜壺拿出來看看。忽然又聽得外面訇的一聲，放了一響洋槍，嚇得人人驚疑不定。忽然又在一個搭客衣箱裡，搜出一桿六響手槍來，那扦子手便拿出手銬，把那人銬住了，派人守了。又搜索了半天，方纔一哄出去。我要到外面看時，艙口一個關上洋人守著，搖手禁止，不得出去。此時買辦也在艙裡面，我便問為了甚麼事，買辦道：「便是連我也不知道。方纔船主進來，問那關上洋人，那洋人回說『不便洩漏』，正是不知為了甚麼事呢。」我道：「已經搜過了，怎麼還不讓我們出去？」買辦道：「此刻去搜水手、火夫的房呢，大約是恐怕走散了，有搜不到的去處，所以暫時禁住。」我道：「剛纔外面為甚麼放槍？」買辦道：「關上派人守了船邊，不准舢舨搖攏來。有一個舢舨不知死活，硬要搖過來，所以放槍嚇他的。」我聽了，不覺十分納悶，這個到底為了甚麼，何以忽然這般嚴緊起來？

扦子手何能銬人？想是此日之特別舉動也。

又等了一大會，扦子手又進來了，把那銬了的客帶了出去。然後叫一眾搭客，十個一起的，魚貫而出。走到船邊，還要檢搜一遍，方纔下了舢舨，每十個人一船，搖到碼頭上來。碼頭上卻一字兒站了一隊兵，一個藍頂花翎，一個晶頂藍翎❷的官，相對坐在馬鞁❸上。眾人上岸要走，卻被兩個官喝住，便

❷藍翎：用鶡鳥羽毛製成的翎子，色藍。是朝廷賞給低級官員的頂戴。

三四元只拿了兩元，只怕還要算取不傷廉呢。一笑。

到底為了甚麼事，如此張皇，令人悶煞。

有兵丁過來，每人檢搜了一遍。我皮包裡有三四元銀，那檢搜的兵丁便拿了兩元，往自己袋裡一放，方放我走了。走到街上，遇見兩個兵勇，各人扛著一支已經生鏽的洋槍，迎面走來。走不多路，又遇了兩個。一逕走到名利棧，倒遇見了七八對，也有來的，也有往的。

回到棧裡，我便問帳房裡的李吉人，今天為了甚麼事，香港來船搜得這般嚴緊，街上又派了兵勇，到底為了甚麼事。吉人道：「我也不知道。昨夜二更之後，忽然派了營兵，在城裡城外各客棧，挨家搜查起來，說是捉拿反賊。到底是誰人造反，也不得而知。我已經著人進城去打聽了。」我只得自回房裡去歇息，寫了幾封信。吃過午飯，再到帳房裡問信。那去打聽的夥計已經回來了，也打聽不出甚麼，只說總督、巡撫兩個衙門，都紮了重兵，把甬道變了操場，官廳變了營房。還聽說昨天晚上，連夜發了十三支令箭調來的，此刻陸續還有兵來呢。督撫兩個衙門，今天都止了轅，只傳了臬臺去問了一回話，到底也不知商量些甚麼。城門也嚴緊得狠，箱籠等東西，只准往外來，不准往裡送；若是要送進去，先要由城門官搜檢過，纔放得進去呢。兩縣已經出了告示，從今天起，起更便要關閘（街上柵欄，廣東謂之閘）。我道：「這些都不過是嚴緊的情形罷了。至於為了甚麼事這般嚴緊，還是毫無頭緒。」

正說話時，忽聽得門外一聲叱喝。抬頭看時，只見兩名勇丁在前開道，跟著一匹馬，馱著一個骨瘦如柴、滿面烟色、幾莖鼠鬚的人，戴著紅頂花翎。我們便站到門口去看，只見後頭還有五六匹馬，馬上的人，也有藍頂子的，也有晶頂子的。幾匹馬過去後，便是一大隊兵。起先是大旗隊，大旗隊過去，便有一隊扛叉的、扛刀的、扛長矛的，過完這一隊，又是一隊抬槍❹，抬槍之後，便是洋槍隊。最是這洋

❸ 馬鞁：一種可以折疊的皮面凳子。

槍隊好看：也有長桿子林明敦槍❺的，也有短桿子毛瑟槍❻的；有拿槍扛在肩膀上的，有提在手裡的；有上了槍頭刀的，有不曾上槍頭刀的。路旁歇了一擔西瓜，一個兵便拿槍頭刀向一個西瓜戳去，順手便挑起來。那瓜又重，瓜皮又脆，挑起來時便破開了，豁剌一聲，掉了下來，跌成七八塊。那兵嘴裡說了一句□□□□。我聽他這一句，是合肥人罵人的村話，方知道是淮軍❼。隨後來的兵，又學著拿槍頭刀去戳，嚇得那賣西瓜的挑起來要走，可憐沒處好走。我便招手叫他，讓他挑到棧裡避一避，賣瓜的便踉蹌蹌挑了進來，已經又被他戳破一個了。賣瓜的進來之後，又見一個老婆子，手裡拿著一個碗，從隔壁雜貨店裡出來，顫巍巍的走過去，不期誤踩了那跌破的西瓜，仰面一交跌倒，手裡那碗便摜了出去打破了。碗裡的醬油潑了出來，那一個兵身上穿的號衣濺著了一點，那兵便出了隊，抓住那老婆子要打。那老婆子纔爬了起來，就被他抓住了，嚇得跪在地下叩頭求饒，還合著掌亂拜；又拿自己衣服，代他拭了那汙點。旁邊又走過幾個人，前去排解，說他年紀大了，又不是有心的，求你大量饒了他罷，那個兵方悻悻的胡亂歸隊去了。這洋槍隊過完之後，還有一個押隊官，戴著硨磲頂子，騎著馬。看他過完之後，我們方進來。大家議論這一隊兵，又不知是從甚麼地方調來的了。此時看大眾情形，大有人心惶惶的樣子。

❹ 抬槍：也叫「抬炮」，一種以火藥發射鐵彈丸的土槍，口徑大，槍管長，須兩人扛抬。

❺ 林明敦槍：美國製造的一種連發霰彈槍。

❻ 毛瑟槍：德國製造的一種來福槍。

❼ 淮軍：為鎮壓太平天國，安徽合肥人李鴻章組建的軍隊，其官兵多為安徽人，故稱淮軍。

一個「甚麼」者，不滿之詞也。

我想要探聽這件事情的底細，在帳房裡坐到三點多鐘。忽又見街上一對一對往來巡查的兵都沒了，換上了街坊團練勇，也是一對一對的往來巡查，手中卻是拿的單刀藤牌，腰上插了六響手槍。這些團練勇都是土人，吉人多有認識的，便出去問為甚麼調了你們出來，今天到底為了甚麼事。團練勇道：「連我們也不知道，只聽吩咐查察形跡可疑之人。上半天巡查那些兵，聽說調去保護藩庫了。」我聽了這話，知道是有了強盜的風聲。然而何至於如此的張惶，實在不解。只得仍回房裡，看一回書，覺得煩熱，便到後面露臺上去乘涼。

原來這家名利棧，樓上設了一座倒朝的客廳，作為會客之地。廳前面是一個極開闊的露臺，正對珠江，十分豁目。我走到外面，先有一個人在那裡，手裡拿著水烟筒，坐去一把皮馬鞍上，是一個同棧住的客人。他也住了有個把月，相見得面也熟了，彼此便點頭招呼。我看他那舉動，頗似官場中人，便和他談起今天的事，希冀他知道。那客道：「狠奇怪！我今天進城上院，走到城門口，那城門官逼著住了轎，把帽盒子打開看過，又要我出了轎，他要驗轎裡有無夾帶，我不肯，他便拿出令箭來，說是制臺吩咐的，沒法，只得給他看了，纔放進去。到了撫院，又碰了止轅，衙門裡紮了許多兵，如臨大敵。我問了巡捕，纔知道兩院昨夜接了一個甚麼洋文電報，便登時張惶起來。至於那電報說些甚麼，便連簽押房的家人也不知道。」正說話時，有客來拜他，他就在客廳裡會客。我仍在露臺上乘涼。聽見他和那客談的也是這件事，只是聽不甚清楚。談了一會，他的客去了，便出來對我說道：「這件事了不得！剛纔我敝友來說起，他知道詳細。那封洋文電報，說的是有人私從香港運了軍火過來，要謀為不軌。已經挖成了隧道，直達萬壽宮底下，裝滿了炸藥，等萬壽那天，闔城官員聚會拜牌時，便要施放。此刻城裡這個風聲傳開來了，萬壽宮就近的一帶居民鋪戶，膽小的都紛紛搬走了。兩院的內眷，都已避到泮塘（地名）一個鄉紳人家去了。」我吃了一驚道：「明天就是二十六了，這還了得！」那客道：「明天行禮，已經改在制臺衙門了。」正是：

如火如荼，軍容何盛。疑神疑鬼，草木皆兵。

未知這件事鬧得起來與否，且待下回再記。

寫惲老亨怒其子之作竊，竟欲置之死地，是為質美而未學者。寫一白描小照，最為得神。

世俗之父母為女擇婿者，較家世，論資財；妓女之自擇婿者，趨勢利，權貧富，論都美。此鹹水妹獨以品行取人，可謂庸中佼佼者。

富室女子，每每恃其厚奩以傲其夫家，其對於此鹹水妹，不知愧否。

下半回突如其來，出人意外。閱至篇終，始知此為謠言所致。而此等謠言，粵中幾於歲歲皆有；則粵中之被擾，可想而知。記軍士之行逕，令人怒不得而笑。

# 第五十九回　乾兒子貪得被拐出洋　戈什哈神通能撤人任

我聽那同棧寓客的話，心中也十分疑慮，萬一明日出起事來，豈不是一番擾亂。早知如此，何不在香港多住兩天呢。此刻如果再回香港去，又未免太張惶了。一個人回到房裡，悶悶不樂。到了傍晚時候，忽聽得房外有搬動東西的聲音，這本來是客棧裡的常事，也不在意。忽又聽得一個人道：「你也走麼？」一個應道：「暫時避一避再說。好在香港一夜就到了，打聽著沒事再來。」我聽了，知道居然有人走避的了。便到帳房裡去打聽打聽，還有甚麼消息。吉人一見了我，就道：「你走麼？要走就要快點下船了，再遲一刻，只怕船上站也沒處站了。」我道：「何以擠到如此？」吉人道：「而且今天還特為多開一艘船呢。孖舲艇（粤東小快船）碼頭的孖舲艇都叫空了。」我道：「這又到哪裡去的？」吉人道：「這都是到四鄉去的了。」我道：「要走，就要到香港、澳門去。這件事要是鬧大了，只怕四鄉也不見得安靖。若是一哄而散的，這裡離萬壽宮狠遠，又有一城之隔，只怕還不要緊。而且我撒開的事情在外面，走了也不是事。我這回來，本打算料理一料理，就要到上海去的了，所以我打算不走了。」吉人點頭無語。

可見得人心皇皇。

我又到門口閒望一回，只見團練勇巡的更緊了。忽然一個人，扛著一扇牌，牌上貼了一張四言有韻告示，手裡敲著鑼，嘴裡喊道：「走路各人聽啊，今天早點回家。縣大老爺出了告示，今天斷黑關閘，沒有公事，不准私開的啊！」這個人想是個地保了。看了一會，仍舊回房。雖說是定了主意不走，然而

寫得張皇之至。

總不免有點耽心。幸喜我所辦的事，都在城外的，還可以稍為寬慰。又想到明日既然在督署行禮，或者那強徒得了信息，罷了手不放那炸藥，也未可知。既而又想到，他既然預備了，怎肯白白放過，雖然眾官不在那裡，他也可以借此起事。終夜耽著這個心，竟夜不曾合眼。聽著街上打過五更，一會兒天窗上透出白色來，天色已經黎明了。便起來走到露臺上，一來乘涼，二來聽聽聲息。過了一會，太陽出來了，卻還絕無消息。這一天大家都是驚疑不定，草木皆兵。迨及到了晚上，仍然毫無動靜。一連過了三天，竟是沒有這件事，那巡查的就慢慢疏了。再過兩天，督撫衙門的防守兵也撤退了，算是解嚴了。這兩天我的事也料理妥貼，打算走了。

可笑！

一天正在客廳裡閒坐，同棧的那客也走了來道：「『無罪而戮民，則士可以徙』❶，我們可以走了。」我問道：「這話怎講？」他道：「今天殺了二十多人，你還不知道麼？」我驚道：「是甚麼案子？」他道：「就是為的前兩天的謠言了。也不知在哪裡抓住了這些人，沒有一點證據，就這麼殺了。有人上了條陳，叫他們雇人把萬壽宮的地挖開，查看那隧道通到哪裡，這案便可以有了頭緒了。你想這不是極容易、極應該的麼？他們卻又一定不肯這麼辦。你想照這樣情形看去，這挖成隧道、謀為不軌的話，豈不是他們以意為之，擬議之詞麼。此刻他們還自詡為弭巨患於無形呢。」說罷，喟然長嘆。我和他談論了一回，便各自走開。

可怕！

恰好何理之走來，我問可是「廣利」到了，理之道：「不是。我回鄉下去了一個多月，這回要附『富順』到上海。」我問「富順」幾時走，理之道：「到了好幾天了，說是今天走，大約還要明天，此刻還

❶ 無罪而戮民，則士可以徙：語出孟子離婁下。意謂百姓無罪而被殺戮，那麼士便可以遷居避禍了。

上貨呢。」我道：「既如此，代我寫一張船票罷。」理之道：「怎麼便回去了？幾時再來？」我道：「這個一年半載說不定的，走動了，總要常來。」理之便去預備船票，定了地方。到了明天，發行李下船。下午時展輪出口，到了香港，便下錨停泊。這一停泊，總要耽擱一天多纔啓輪，我便上岸去走一趟，買點零碎東西。廣東用的銀元，是每經一個人的手，便打上一個硬印的。硬印打多了，便成了一塊爛板，甚至碎成數片，除了廣東、福建，沒處行用的。此時我要回上海，這些爛板銀，早在廣州貼水❷換了光板銀元。此時在香港買東西，講好了價錢，便取出一元光板銀元給他。那店夥拿在手裡，看了又看，攢了又攢，說道：「換一元罷。」我換給他一元，他仍然看個不了，攢個不了，又對我看看。我倒不懂起來，難道我貼了水換來的，倒是銅銀？便把小皮夾裡十幾元一起拿出來道：「你揀一元罷。」那店夥又看看我，倒不另揀，就那麼收了。再到一家買東西，亦復如此。買完了，又走了幾處有往來的人家，方纔回船上去。停泊了一夜，次日便開行。在船上沒事，便和理之談天，談起我昨天買東西，那店夥看銀元的光景，理之笑道：「光板和爛板比較，要伸三分多銀子的水。你用出去，不和他討補水，他哪得不疑心你用銅銀呢！」我聽了方纔恍然大悟。然而那些香港人，也未免太不張眼睛了。我連年和繼之辦事經營，雖說是躉來躉去，也是一般的做買賣，何嘗這樣小器來。

活畫出香港人肺腑來。

於是和理之談談香港的風氣，我談起那鹹水妹嫁鄉下人的事，理之道：「這個是喜出意外的。我此次回家，住了一個多月，卻看見一件禍出意外的事。」我問甚麼禍出意外，理之道：「我家裡隔壁一家人家，有兩間房子空著，便貼了一張『餘屋召租』的條子。不多幾天，來了一個老婆子，租來住了。起

❷貼水：兌換貨幣或調換票據時，因比價和成色的不同，比價低或成色差的一方補足一定差額給另一方。

倒待他說上來，作用便妙。

居動用，像是狠寬裕的；然而只有一個人，用了一個僕婦。住了兩個月，便與那女房東相好起來。他自己說是在新架坡開甚麼行棧的，丈夫沒了，又沒有兒子，此刻回來，要在同族中過繼一個兒子。誰知回來一查，族中的子姪，竟沒有一個成器的。自己身後，正不知倚靠誰人。說著便不勝悽惶，以後便常常說起。新架坡也常常有信來，有銀子匯來。來了信，他便央男房東念給他聽。以後更形相熟了。房東本有三個兒子，那第二個已經十七八歲了。那老婆子常常說他好：『我有了這麼個兒子就好了！』那女房東便說：『你歡喜他，何不收他做個乾兒子呢？』那老婆子不勝歡喜，便看了黃道吉日拜乾娘。到了這天，他還慎重其事的，置酒慶賀。乾娘乾兒子，叫得十分親熱。他又說要替乾兒子娶親了，一切費用，他都一力擔任。那房東也樂得依他。於是就張羅起來，便有許多媒人來送庚帖說親。說定了，便忙著揀日子行聘迎娶，十分熱鬧。待媳婦也十分和氣。又替媳婦用了一個年輕梳頭老媽子。房東見他這等相待，便說是親生兒子也不過這樣了。老婆子道：『我們沒有兒子的人，乾兒子就和親生的一般。我今年五十多歲，沒有幾年的人了，只要他將來肯當我親娘一般，送我的終，我的一分家當便傳授給他，也不去族中過繼甚麼兒子了。』女房東一想，他是個開行棧的人，家當至少也有幾萬，如何不樂從？便叫了兒子來，說知此事，兒子自然也樂得應允。老婆子更是歡喜，就在那裡天天望孫了。偏偏這媳婦娶了來差不多一年，還沒有喜信。老婆子就天天求神拜佛，請醫生調理身子。過了幾個月，依然沒有信息。老婆子急不能待，便要和乾兒子納妾。叫了媒婆來說知，看了幾家丫頭和貧家女兒。看對了，便娶了一個過來。一樣的和他用一個年輕梳頭老媽子。剛娶了沒有幾天，忽然新架坡來了一封電信，說有一單貨到期要出，恰好行裡所有存款，都支發了出去，放在外面的，一時又收不回來，銀行的一個存摺，被女東帶了回粵，務祈從速寄來云云。老婆子央房東翻出來念了一遍，便道：『你看，我不在那裡，便一點主意都沒了。自己的款項雖然支發出去，又何妨在別處調動呢。我們幾十年的老行號，還怕沒人相信麼。』說著，悶悶不樂。又道：『這個存摺怎好便輕易寄去，倘或寄失了，那還了得麼！』商量了半天，道：『不如我自己回去一趟罷。我還想帶了乾兒子同去。他此刻是小東家了，叫他去看看，也歷練點見識，出來經歷過一兩年，自己就好當事了。』房東一心以為兒子承受了這分大家當，有甚麼不肯之理。他見房東應允了，自是不勝歡喜，於是帶了一個乾兒子、兩房乾媳婦、兩個梳頭老媽子，一同到新架坡去了。

「這是去年的事。我這回到家裡去，那房東接了他兒子來信了。你曉得他在新架坡開的是甚麼行號？原來開的是娼寮。那老婆子便是鴇婦。一到了新架坡，他便翻轉了面皮，把乾兒子關在一間暗室裡面，把兩房乾媳婦和兩個梳頭老媽子，都改上名字，要他們當娼。倘若不從，他家裡有的是皮鞭烙鐵，便要請你嘗這個滋味。可憐這四個好人家女子，從此便跳落火炕了。那個乾兒子呢，被他幽禁了兩個月，便把他『賣豬仔（讀若崽）』到吉冷去了。賣了豬仔到那邊做工，那邊管得極為苛虐，一步都不能亂走的，這位先生能夠設法寄一封信回來，算是他天大的本領了。」

我道：「賣豬仔之說，我也常有得聽見，但不知是怎麼個情形？說的那麼苦，誰還去呢！」理之道：「賣豬仔其實並不是賣斷了，就是那招工館代外國人招的工，招去做工，不過訂定了幾年合同，合同滿了，就可以回來。外國人本來招去做工，也未必一定要怎麼苛待。後來偶然苛待了一兩次，我們中國官府也不過問。那沒有中國領事的地方，不要說了；就是設有中國領事的地方，中國人被人苛虐了，那領事就和不見不聞，與他絕不相干的一般。外國人從此知道中國人不護衛自己百姓的，便一天苛似一天起來了。」我道：「那苛虐的情形，是怎麼樣的呢？」理之道：「這個我也不仔細，大約各處的辦法不同。聽說南洋那邊有一個軟辦法，他招工的時候，恐怕人家不去，把工錢定得極優。他卻在工場旁邊設了許多妓館、賭館、酒館、烟館之類，無非是銷耗錢財的所在。做工的進了工場，合同未滿，本來不能出工場一步的，惟有這個地方，他准你到。若是一無嗜好的，就不必說了；倘使有了一門嗜好，任從你工錢怎麼優，也都被他賺了回去，依然兩手空空。他又肯借給你，等你十年八年的合同滿了，總要虧空他幾年工錢，脫身不得，只得又聯幾年合同下去。你想這個人這一輩子，還可以望有回來的一天麼，還不和賣了給他一樣麼。因此廣東人起他一個名字，叫他賣豬仔。」說話之間，船上買辦打發人來招呼理之去有事，便各自走開。

一路無事。到了上海，便登岸搬行李到字號裡去。德泉接著道：「辛苦了。何以到此時纔來？繼之半個月前，就說你要到了呢。」我道：「繼之到上海來過麼？」德泉道：「沒有來過，只怕也會來走一趟呢。有信在這裡，你看了就知道了。」說著，檢出一封信來道：「半個月前就寄來的，說是不必寄給你，你就要到上海的了。」我拆開一看，吃了一驚，原來繼之得了個撤任調省的處分，不知為了甚麼事，此時不知交卸了沒有。連忙打了個電報去問。直到次日午間，纔接了個回電。一看電碼的末了一個字，不是繼之的名字。繼之向來通電給我，只押一個「吳」字，這吳字的碼，是〇七〇二，這是我看慣了，一望而知的。這回的碼，卻是個六六一五，因先翻出來一看，是個「述」字，知道是述農覆的了。逐字翻好，卻是「繼昨已回省。述」六個字。

我得了這個電，便即晚動身，回到南京，與繼之相見。卻喜得家中人人康健。繼之又新生了一個兒子，不免去見老太太，先和乾娘道喜。老太太一見了我，便歡喜的了不得，忙叫奶娘抱撤兒出來見叔叔。我接過一看，小孩子生得血紅的臉兒，十分肥壯。因讚了兩句，交還奶娘道：「已經有了名兒了，乾娘叫他甚麼，我還沒有聽清楚。是幾時生的？大嫂身子可好？」老太太道：「他娘身子壞得狠，繼之也為了他趕回來的。此刻交代還沒有算清，只留下文師爺在那邊。這小孩子還有三天就滿月了。他出世那一天，恰好掛出撤任的牌來，所以繼之給他個名字叫撤兒。」我道：「大哥雖然撤了任，卻還得常在乾娘跟前，又抱了孫子，還該喜歡纔是。」老太太道：「可不是麼。我也說繼之丟了一個印把子，得了個兒子，只好算秤鉤兒打釘，扯直罷了。」我笑道：「印把子甚麼稀奇，交了出去，樂得清淨些，還是兒子好！」說罷，辭了出來，仍到書房和繼之說話。問起撤任緣由，未免道惱，繼之道：「這有甚麼可惱？得失之間，我看得極淡的。」於是把撤任情由，對我說了。

原來今年是大閱年期，這位制軍代天巡狩，到了揚州。江、甘兩縣自然照例辦差。揚州兩首縣是著名的「甜江都、苦甘泉」，然而州縣官應酬上司，以及衙門裡的一切開銷，都有個老例，有一本老帳簿的。新任接印時，便由新帳房向舊帳房要了來。也有講交情要來的，也有出錢買來的。這回帥節到了揚州，述農查了老例，去開銷一切。誰知那戈什哈嫌錢少，退了回來。述農也不和繼之商量，在例外再加豐了點再送去。誰知他依然不受。述農只得和繼之商量，還沒有商量定，那戈什哈竟然親自到縣裡來，說非五百兩銀子不受。繼之惱了，便一文不送，由他去。那戈什哈見詐不著，並且連照例的都沒了。那位大帥向來是聽他們說話的，他倘去說繼之壞話，撤他的任倒也罷了，誰知後來打聽得那戈什哈並未說壞話。正是：

趣語。

纔說不稀奇，卻又來道惱，也學得變了老世事了。

直照應

不必蜚言騰毀謗，敢將直道撥雷霆。

那戈什哈不是說繼之壞話，不知說的是甚麼話，且待下回再記。

上回寫得如火如荼，戛然頓止，以為此回必有一翻擾亂慌恐形象矣；誰知竟是火滅烟消，冰清水冷，絕無其事。令人回想當時，可發一笑。所殺二十餘人，殆借以解嘲者耶。不然，何旁觀者之嘖有煩言也。

拐誘婦女，本是龜鴇慣技，而此鴇獨能別出心裁，兼拐一男子以去。細玩其中情節，雖智者或亦不免受其愚。此入世之所以不能不步步留神也。

撤任事伏線已在第七回。第七回事，繼之言之；此回事，繼之自犯之。豈明於前，而闇於後耶！毋亦有不能忍受者在耳，則當日情形可想矣。

到第七回。

吾欲斷章取義以評之曰：以直報怨。一笑。

此等話，居然堂哉皇哉出之，豈非怪事！

# 第六十回　談官況令尹棄官　亂著書遺名被罵

那戈什哈，他不是說繼之的壞話，難道他倒說繼之的好話不成？哪有這個道理！「他說的話，說得太爽快了，所以我聽了，就狠以為奇怪。你猜他說甚麼來？他簡直的對那大帥說：『江都這個缺狠不壞。沐恩❶等向吳令借五百銀子，他居然回絕了，求大帥作主。』這種話，你說奇不奇！那大帥聽了，又是奇怪，他不責罰那戈什哈倒也罷了，卻又登時大怒起來說：『我身邊這幾個人，是跟著我出生入死過來的，好容易有了今天。他們一個一個都有缺的，都不去到任，都情願仍舊跟著我，他們不想兩個錢想甚麼！區區五百兩都不肯應酬，這種糊塗東西，還能做官麼！』也等不及回省，就寫了一封信，專差送給藩臺，叫撤了江都吳令的任，還說回省之後要參辦呢。」

我問繼之道：「他參辦的話，不知可是真的？又拿個甚麼考語出參？」繼之道：「官場中的辦事，總是起頭一陣風雷火炮，打一個轉身就要忘個乾淨了。至於他一定要怎樣我，那出參的考語，正是『欲加之罪，何患無詞』。好在參屬員的摺子上去，總是『著照所請，該部知道』的，從來沒有駁過一回。」我道：「本來這件事狠不公的，怎麼保舉摺子上去，總是交部議奏；至於參摺，就不必議奏呢？」繼之道：「這個未盡然。交部議奏的保摺，不過是例案的保舉；就是交部，那部裡你當他認真的堂官、司員

❶ 沐恩：明、清時軍官對其長官的自稱。

會議起來麼?不過交給部辦❷去查一查舊例，看看與舊例符不符罷了。其實這一條，就是部中書吏發財的門路。所以得了保舉以及補缺，都首先要化部費。那查例案最是混帳的事。你打點得到的，他便引這條例；打點不到，他又引那條例。哪裡有一定的呢！至於明保、密保的摺子上去，也一樣不交部議的。」我道：「雖說『欲加之罪，何患無詞』，究竟也要拿著人家的罪案，纔有話好說啊。」繼之道：「這又何必。他此刻隨便出個考語，說我『心地糊塗』，或者『辦事顢頇』，或者『聽斷不明』，我還到哪裡同他辯去呢。這個還是改教❸的局面；他一定要送斷了我，就隨意加重點，難道我還到京裡面告御狀，同他辨是非麼?」

我道：「提起這個，我又想起來了。每每看見京報，有許多參知縣的摺子，譬如『聽斷不明』的改教倒也罷了，那『辦事顢頇，心地糊塗』的，既然『難膺民社』，還要說他『文理尚優，著以教職歸部銓選』，難道儒官就一點事都沒得辦麼?把那心地糊塗的去當學老師，那些秀才們不都叫他教成了糊塗蟲麼！」繼之道：「照你這樣說起來，可駁的地方也不知多少。參一個道員，說他『品行卑汙，著以同知降補』，可見得品行卑汙的人，都可以做同知的了；這一位降補同知的先生，更是奉旨品行卑汙的了。參一個知縣，說他『行止不端，以縣丞降補』；那縣丞就是奉了旨行止不端的了。照這樣說穿了，官場中辦的事，哪一件不是可笑的。這個還是字眼上的虛文；還有那辦實事的，候選人員到部投供，以及小班子的驗看，大約一大半都是請人去代的，將來只怕引見也要鬧到用替身的了。」我道：「那些驗看王大

然則督撫到任三個月後，例參摺子何以不交部議?繼之之言亦未盡公平。

❷ 部辦：部裡的書吏。

❸ 改教：改任教官。清時教官簡稱「教」。

官場似戲場，本有此成語，又何足奇！

臣，難道不知道的麼？」繼之道：「哪有不知之理！就和唱戲的一樣，不過要唱給別人聽，做給別人看罷，肚子裡哪一個不知道是假的。碰了岔子，那王大臣還幫他忙呢。有一回一個代人驗看，臨時忘了所代那人的姓名，報不出來，漲紅了臉，楞了半天。一位王爺看見他那樣子，一想這件事要鬧穿了，事情就大了，便假意著惱道：『唔！這個某人，怎麼那麼糊塗！』這明明是告訴他姓名，那個人纔報了出來。你想，這不是串通做假的一樣麼。」

我笑道：「我也要託人代我去投供了。」繼之道：「你幾時弄了個候選功名？」我道：「我並不要甚麼功名，是我家伯代我捐的一個通判。」繼之道：「化了多少錢？」我道：「頗不便宜，三千多呢。」繼之默然，一會道：「你倒弄了個少爺官，以後我見你，倒要上手本，稱大老爺、卑職呢。」我道：「怎麼叫做少爺官？這倒不懂。」繼之道：「世上那些闊少爺想做官，州縣太煩劇，他懶做。再小的，他又不願意做。要捐道府，未免價錢太貴。所以往往都捐個通判，這通判就成了個少爺官了。這裡頭他還有個得意之處，這通判是個三府❹，所以他一個六品官，和四品的知府是平行的，拜會時，只拿個晚生帖子。都是比他小了一級的七品縣官，是他的下屬，見他要上手本，稱大老爺、卑職。實缺通判和知縣行起公事來，是下札子的，他的署缺又多，上可以署知府、直隸州❺，下可以署州縣。占了這許多便宜，

❹ 三府：清朝通判的別稱。知府的輔佐官是同知和通判。同知官階為正五品，稱「二府」；通判官階為正六品，稱「三府」。

❺ 直隸州：明清行政區劃，省之下有府、州。州屬於府的叫「散州」，州不屬於府而直屬於省的叫「直隸州」。直隸州與府平行，下有轄縣。

所以那些少爺便都走了這條路了。其實你既然有了這個功名，狠可以辦了引見到省，出來候補。」我道：「我舒舒服服的事不幹，卻去學磕頭請安作甚麼。」

繼之想了一想道：「勸你出來候補是取笑的。你回來去把那第幾卯❻，第幾名，及官照的號數，一切都抄了來，我和你設法，去請個封典❼。」我道：「又要化這個冤錢做甚麼？」繼之道：「因為不必化錢，縱使化，也化不上幾個，我纔勸你幹啊。你拿這個通判底子，加上兩級，請一個封贈，未嘗不可以博老伯母的歡喜。」我道：「要是化得少，未嘗不可以弄一個。但不知到哪裡去弄？」繼之道：「就是上海那些辦賑捐的，就可以辦得到。」我道：「他們何以能便宜，這是甚麼講究？」繼之道：「說來話長。向來出資助賑，是可以請獎的。那出一千銀子，可以請建坊，是大家都知道的了。其餘不及一千的，也有獎虛銜，也有獎封典，是聽隨人便的。甚至那捐助的小數，自一元幾角起至幾十元，那轂不上請獎的，拿了錢出去就完了，誰還管他。可是數目是積少成多的，那一本總冊在他那裡，收條的存根也在他那裡，那辦賑捐的人一定兼辦捐局，有人拿了錢去捐封典、虛銜，他便拿了那零碎賑捐，湊足了數目，在部辦那裡打點幾個小錢，就給你弄了來，你的錢他可上了腰了。所以他們那裡捐虛銜、封典，格外便宜，總可以打個七折。然而已經不好了，你送一百銀子去助賑，他不錯，一點弊都不做，完全一百銀子拿去賑饑，他可是在這一百之外，穩穩的賺了七十了。所以善人是富的，就是這個道理。這個毛病，起先人家還不知道，這又是他們做賊心虛弄穿的。有一回，一個當道薦一個人給他，他收了，派這個人

❻ 第幾卯：猶如「第幾屆」。捐官案要分期呈報朝廷，第幾期呈報就稱為第幾卯。

❼ 封典：即「誥封」。

人心可嘆。

管理收捐帳目，每月給他二十兩的薪水。這個人已經覺得出於意外了。過得兩個月便是中秋節，又送他二百兩的節敬。這個人就大疑心起來，以為善堂辦賑捐哪裡用得著如此開銷，而且這種錢又往哪裡去報銷。若說他自己掏腰包，又斷沒有這等事，一定這裡面有甚麼大弊病，拿這個來堵我的口的，我倒不可不留心查查他，以為他日要挾地步。於是細心靜意的查他那帳簿，果然被他查了這個弊病出來，自此外面也漸漸有人知道了。有知道他這毛病的，他們總肯送一個虛銜或者一個封典，這也同賄賂一般，免得你到處同他傳揚。前回一個大善士專誠到揚州去勸捐，做得那種痌瘝在抱❽、愁眉苦目的樣子，真正有『己饑己溺❾』的神情，被述農譏誚了兩句。他們江蘇人最會的是譏誚人，也最會聽人家話裡的因由。他們兩個江蘇人碰在一起，自然彼此會意。述農不知弄了他一個甚麼，他還要送我的封典，我是早講過的了，不曾要他的。此刻叫述農寫一封信去，怕不弄了來，頂多部裡的小費由我們認還他罷了。」我道：「這也罷了。等我翻著時，順便抄了出來就是。」當下又把廣東、香港所辦各事，大略情形，告訴了繼之一遍，方纔回到我那邊，和母親、嬸娘、姊姊說點別後的事，又談點家務事情。在行李裡面，取出了兩本帳簿和我在廣東的日記，叫丫頭送去給繼之。

過得兩天，撤兒滿月，開了個湯餅會，宴會了一天，來客倒也不少。再過了十多天，述農算清交代回省，就在繼之書房下榻。繼之便去上衙門稟知，又請了個回籍措資的假。我和述農都不曾知道，及至

---

❽ 痌瘝在抱：意謂把民眾的疾苦放在心上。痌瘝，病痛疾苦。

❾ 己饑己溺：意謂以人民的苦難為自己的苦難。語出孟子離婁下：「孟子曰：『禹、稷、顏回同道。禹思天下有溺者，由己溺之；稷思天下有饑者，由己饑之也，是以如是其急也。……』」

明天看了轅門抄，方纔曉得。便問為甚事請這個假？繼之道：「我又不想回任，又不想求差，只管住在南京做甚麼。我打算把家眷搬到上海去住幾時，高興我還想到家鄉去一趟。這個措資假，是沒有定期的，我永遠不銷假，就此少陪了。隨便他開了我的缺也罷，參了我的功名也罷。我讀書十年，總算上過場，唱過戲了，遲早總有下場的一天，不如趁此走了的乾淨。」述農道：「做官的人，像繼翁這樣樂於恬退的，倒狠少呢。」繼之道：「我倒不是樂於恬退。從小讀書，我以為讀了書，便甚麼事都可以懂得的了，從到省以來，當過幾次差事，做了兩年實缺，覺得所辦的事，都是我不曾經練的，兵、刑、錢、穀沒有一件事不要假手於人，我縱使處處留心，也怕免不了人家的蒙蔽。只有那回分校鄉闈試卷，是我在行的。此刻回想起來，那一班取中的人，將來做了官，也是和我一樣。老實說一句，只怕他們還不及我想得到這一層呢。我這一番到上海去，上海是個開通的地方，在那裡多住幾天，也好多知點時事。」述農道：「這麼說，繼翁倒深悔從前的做官了？」繼之道：「這又不然。寒家世代是出來做官的，先人的期望我是如此，所以我也不得不如此，還了先人的期望。已經還過了，我就可告無罪了。以後的日子，我就要自己做主了。我們三個，有半年不曾會齊了，從此之後，我無官一身輕，咱們三個痛痛快快的敘他幾天。」說著，便叫預備酒菜吃酒。

飄然而去，繼之可人。

官場中有此人，真是鳳毛麟角。

述農對我道：「是啊，你從前只嬲人家談故事，此刻你走了一次廣東，自然經歷了不少，也應該說點我們聽了。」繼之道：「他不說，我已經知道了。他備了一本日記，除記正事之外，把那所見所聞的都記在上面，狠有兩件稀奇古怪的事情。你看了便知，省他點氣，叫他留著說那個未曾記上的罷。」於是把我的日記給述農看，述農看到一半，已經擺上酒菜，三人入席，吃酒談天。

述農一面看日記，末後指著一句道：「這『續客窗閒話⑩毀於潮人』，是甚麼道理？」我道：「不錯。這件事本來我要記個詳細，還要發幾句議論的，因為這天恰好有事，來不及，我便只記了這一句，以後便忘了。我在上海動身的時候，恐怕船上寂寞，沒有人談天，便買了幾部小說，預備破悶的。到了廣東，住在名利棧裡，隔壁房裡住了一個潮州人，他也悶得慌，看見我桌子上堆了些書，便和我借來看。我順手拿了這部續客窗閒話給他，誰知倒看出他的氣來了。我在房裡，忽聽見他拍桌子跺腳的一頓大罵。他說的潮州話，我不甚懂，還以為他罵茶房。後來聽來聽去，只有他一個人的聲音，不像罵人。便到他門口望望，他一見了我，便指手畫腳的剖說起來。我見他手裡拿著一本撕破的書，正是我借給他的。他先打了廣州話對我說道：『你的書被我毀了，買了多少錢，我照價賠還就是。』我說賠倒不必，只是你看了這書，為何動怒，倒要請教。他找出一張撕破的，重新拼湊起來給我看。我看時，是一段『烏蛇巳癩』的題目。起首兩行泛敘的是：『潮州凡幼女皆蘊癩毒，故及笄須有人過癩去，方可婚配。女子年十五六，無論貧富，皆在大門外工作，誘外來浮浪子弟交。住彌月，女之父母張燈彩，設筵席，會親友，以明女癩去，可結婚矣』云云。那潮州人便道：『這痲瘋是我們廣東人有的，我何必諱他；但是他何以誣衊起我合府人來？不知我們潮州人殺了他合族，還是我們潮州人□了他的祖宗，他造了這個謠言，還要刻起書來，這不要氣死人麼！』說著還拿紙筆，抄了著書人的名字：『海鹽吳熾昌號薌厈』，夾在護書裡，說要打聽這個人。如果還在世，要約了潮州合府的人，去同他評理呢。」述農道：「本來著書立說，如此著書，亦一怪現狀也。

⑩ 續客窗閒話：文言筆記小說集，八卷，成書於道光三十年。作者吳熾昌，號薌厈，鹽官（今浙江海寧）人。正集八卷刻於道光十九年。

自己未曾知得清楚的，怎麼好胡說，何況這個關乎閨女名節的呢。我做了潮州人，也要恨他。」

我道：「因為他這一怒，我倒把那廣東痲瘋的事情，打聽明白了。」述農道：「是啊，他那條筆記說的是癩，怎麼拉到痲瘋上來？」我道：「這個是朱子的典故。他註『伯牛有疾』⓫章說：『先儒以為癩也。』⓬據說文：『癩，惡疾也。』廣東人便引了他做一個痲瘋的雅名。」繼之撲嗤一聲，回過臉來，噴了一地的酒，道：「痲瘋還有雅名呢！」我道：「這個不可笑，還有可笑的呢。其實痲瘋這個病，外省也未嘗沒有，我在上海便見過一個。不過外省人不忌，廣東人極忌罷了。那忌不忌的緣故，也不可解。大約廣東地土熱，犯了這個病要潰爛的，外省不至於潰爛，所以有忌有不忌罷了。廣東地方，有犯了這個病的，便是父子也不相認的了，另外造了一個痲瘋院，專收養這一班人，防他傳染。這個病非但傳染，並且傳種的，要到了第三代，纔看不出來，然而骨子裡還是存著病根。這一種人，便要設法過人了。男子自然容易設法。那女子卻是掩在野外，勾引行人，不過一兩回就過完了。那上當的男子，可是從此要到痲瘋院去的了。這個名目，叫做『賣瘋』，卻是背著人在外面暗做的，沒有彰明較著，在自己家裡做的，也不是要經月之久纔能過盡，更沒有張燈宴客的事，更何至於闔府都如此呢。」繼之棱棱的道：「你說還有可笑的，卻說了半天痲瘋的掌故，沒有可笑的啊。」我道：「可笑的也是痲瘋掌故。廣東人最信鬼神，也最重始祖，如靴業祀孫臏，木匠祀魯班，裁縫祀軒轅之類，各處差不多相同的；惟有廣東人，

---

⓫ 伯牛有疾：見論語雍也：「伯牛有疾，子問之，自牖執其手，曰：『亡之，命矣夫！斯人也而有斯疾也，斯人也而有斯疾也！』」

⓬ 先儒以為癩也：見朱熹論語集註卷三「雍也第六」之「伯牛有疾」注。

哪怕沒得可祀的，他也要硬找出一個來，這痲瘋院當中供奉的，卻是冉伯牛。」正是：

亨此千秋奇血食，斯人斯疾尚模糊。

未知痲瘋院還有甚麼掌故，且待下回再記。

上半回可抵得一部官場現形記。

著書立說，凡率爾操觚者，必多舛誤。記載之事，尤不可不慎。同居一國，以甲省人記乙省事，其誤尚至如此；今之動輒以甲國人記乙國事者，吾每讀其書，而不能無疑也。前年某雜誌，載有雜俎一則，言「外人每言中國人喜食蛆」。按粵中有一種水生之小蟲，名曰「禾蟲」，粵人有烹以供饌者，云味極美，余未嘗敢嘗之也；又繅繭成絲後所遺蠶蛹，粵中貧人間亦食之；亦有野蠻鄉人，取蜂窠中之蛹以蒸食者；是皆可謂之食蛆。然僅粵人耳，且粵中亦僅一部分之人為然，不盡然也，胡可以概我全國。後屢為人言之，有知者曰：否，彼指海參為蛆也。海參亦水產之涼血物，腹中具有腸臟，烏得謂之蛆？彼自蛆之耳，不知他人之內容，而為之記載者，其誤蓋每如此。

# 第六十一回　因賭博入棘闈舞弊　誤虛驚製造局班兵

我說了這一句話，以為繼之必笑的了。誰知繼之不笑，說道：「這個附會得豈有此理！麻瘋這個毛病，要地土熱的地方纔有，大約總是溼熱相鬱成毒，人感受了，就成了這個病。冉子是山東人，怎麼會害起這個病來。並且癩雖然是個惡疾，然而惡疾焉見得就是麻瘋呢？這句注，並且曾經毛西河❶駁過的。」我道：「那一班潰爛得血肉狼藉的，拈香行禮起來，那冉子纔是血食呢。」述農皺眉道：「在這裡吃著喝著，你說這個怪惡心的。」

我道：「廣東人的迷信鬼神，有在理的，也有極不在理的。他們醫家只止有個華陀，那些華陀廟裡，每每在配殿上供了神農氏，這不是無理取鬧麼。至於張仲景❷，竟是沒有知道的。真是做古人也有幸有不幸。我在江浙一帶，看見水木兩作❸都供的是魯班，廣東的泥水匠卻供著個有巢氏❹，這不是還在理

❶ 毛西河：毛奇齡，又名甡，字大可，人稱西河先生。明末諸生，康熙時授翰林院檢討，充明史纂修官。著名經學家。

❷ 張仲景：名機，字仲景。東漢著名醫學家，著有傷寒雜病論，被尊為「醫中亞聖」。

❸ 水木兩作：泥水匠和木匠。

❹ 有巢氏：遠古的先民穴居野處，傳說有巢氏教民構木為巢，居住樹上，避免野獸蟲蛇侵害。

麼。」繼之搖頭道：「不在理。有巢氏搆木為巢，還應該是木匠的祖師。」我道：「最可笑的是那搭棚匠，他們供的不是古人。」述農道：「難道供個時人？」我道：「供的是個人，倒也罷了。他們供的卻是一個蜘蛛，說他們搭棚就和蜘蛛布網一般，所以他們就奉以為師了。這個還說有所取意的；最奇的是剃頭匠，這一行事業本來中國沒有的，他又不懂得到滿洲去查考查考，這個事業是誰所創，卻供了一個呂洞賓。他還附會著說，有一回，呂洞賓座下的柳仙下凡，到剃頭店裡去混鬧，叫他們剃頭，那頭髮只管隨剃隨長，足足剃了一整天，還剃不乾淨。幸得呂洞賓知道了，也搖身一變，變了個凡人模樣，把那斬黃龍的飛劍取出來，吹了一口仙氣，變了一把剃刀，走來代他剃乾淨了。柳仙不覺驚奇起來，問你是甚麼人，有這等法力！呂洞賓微微一笑，現了原形。柳仙纔知道是師傅，連忙也現了原形，腦袋上長了一棵柳樹，倒身下拜。師徒兩個，化一陣清風而去。一班剃頭匠，方纔知道是神仙臨凡，連忙焚香叩謝，從此就奉為祖師。」繼之笑道：「這纔像鄉下人講封神榜呢。」述農道：「剃頭雖是滿洲的制度，然而漢人剃頭，有名色的，第一個要算范文程❺了，何不供了他呢？」繼之道：「范文程不過是被剃的，不是主剃的。必要查著當日第一個和漢人剃頭的人，那纔是剃頭祖師呢。」

我道：「這些都是他們各家的私家祖師。還有那公用的，無論甚麼店鋪，都是供著關神。其實關壯繆並未到過廣東，不知廣東人何以這般恭維他。還有一層最可笑的，凡姓關的人，都要說是原籍山西，是關神之後。其實三國志載，『龐德之子龐會，隨鄧艾入蜀，滅盡關氏家❻』，哪裡還有個後來？」繼之

❺ 范文程：字憲斗。先世於明初自江西謫瀋陽，遂為瀋陽人。原為明瀋陽縣學生員，後降努爾哈赤，得努爾哈赤、皇太極及順治皇帝重用，為清朝立國貢獻極大。官至太傅兼太子太師，康熙五年卒，諡文肅。

道：「這是小說之功。那一部三國演義，無論哪一種人，都喜歡看的。這部小說卻又做得好，卻又極推尊他，好像這一部大書都是為他而作的，所以就哄動了天下的人。」我道：「三國這部書，不錯，是好的；若說是為關壯繆而作，卻沒有憑據。」繼之道：「雖然沒有憑據，然而一部書之中，多少人物，除了皇帝之外，沒有一個不是提名道姓的，只有敘到他的事，必稱之為『公』，這還不是代一個人作墓碑家傳的體裁麼。其實講究敬他忠義，我看岳武穆比他還完全得多，先沒有他那種驕矜之氣。然而後人的敬武穆，不及敬他的多，就因為那一部岳傳⑦做得不好之故。大約天下愚人居多，愚人不能看深奧的書，見了一部小說，就是金科玉律，說起話來，便是有書為證，不像我們看小說是當一件消遣的事。小說能把他們哄動了，他們敬信了，不因不由的，便連上等人也跟著他敬信了，就鬧的請加封號，甚麼王咧、帝咧，鬧這種把戲，其實那古人的魂靈，已經不知散到哪裡去了。想穿了，真是笑得死人。」我道：「此刻還有人議論岳武穆不是的呢。」繼之道：「奇了，這個人還有甚批評？倒要請教。」我道：「有人說他，『將在外，君命有所不受』；況且十二道金牌，他未必不知道是假的，何必就班師回去，以致功敗垂成。」繼之道：「生在千年以後去議論古人，也要代古人想想所處的境界。那時候嚴旨催迫，自有一番必要他班師的話。看他百姓遮留時，出詔示之曰：『我不得擅留。』可見得他自有必不能留的道理，不過史上沒有載上那道詔書罷了。這樣批評起古人來，哪裡不好批評。怪不得近來好些念了兩天外國書的，

未經人道語。

---

⑥ 滅盡關氏家：見三國志蜀書關羽傳之裴松之注，其引蜀記曰：「龐德子會，隨鍾、鄧伐蜀，蜀破，盡滅關氏家。」

⑦ 岳傳：小說說岳全傳八十回之簡稱，作者錢彩，成書於清乾隆九年。

別解得妙。

便要譏誚孔子不知洋務；看得一張平圓地球圖的，便要罵孔子動輒講平天下，說來說去都是千乘之國，不知支那之外，更有五洲萬國的了。」我笑道：「天下未必有這等人。」繼之道：「今年三月裡，一個德國人到揚州遊歷，來拜我，帶來的一個翻譯，就是這種議論。」述農道：「這種人談他做甚麼，談起來嘔氣。還是談我們那對著迷信的見解，還可以說說笑笑。」我道：「要講究迷信，倘使我開個店鋪，情願供桓侯❽，斷不肯供壯繆。」述農道：「這又為甚麼？」我道：「俗人凡事都取個吉利，店鋪開張交易，供了桓侯，還取他的姓是個開張的『張』字，若供了壯繆，一面纔開張，一面便供出那關門的『關』字來，這不是不祥之兆麼。」說得述農、繼之一齊笑了。

述農道：「廣東的賭風向來是極盛的，不知你這回去住了半年，可曾賭過沒有？」我道：「說起來可是奇怪。那攤館❾我也到過，但是擠擁的不堪，總挨不到枱邊去看看。我倒並不要賭，不過要見識見識他們那個賭法罷了。誰知他們的賭法不曾看見，倒又看見了他們的祖師，用綠紙寫了甚麼『地主財神』的神位，不住的燒化紙帛，那香燭更是燒得烟霧騰天的。」述農道：「地主是廣東人家都供的，只怕不是甚麼祖師。」我道：「便是我也知道。只是他為甚用綠紙寫的，不能無疑。問問他的土人，他們也說不出個所以然來。」

述農道：「這龍門攤的賭博，上海也狠厲害，也是廣東人頑的。而且他們的神通實在大，巡捕房那

❽ 桓侯：三國時名將張飛，死後諡桓，世稱「桓侯」。

❾ 攤館：搖攤的賭場。所謂搖攤，即莊家用骰子四顆藏在容器內搖動擺定，搖出之點數以四除之，或無餘數，或餘幾點，賭者猜點數下注。

等嚴密，卻只拿他們不著。有一回，巡捕頭查得許多人，都得了他們的陋規，所以想著要去拿他，就有人通了風聲。這一回出其不意，叫一個廣東包探，帶了幾十個巡捕，自己還親自跟著去捉，真是雷厲風行，說走就走的了。走到半路上，那包探要吃呂宋烟，到一家烟店去買，揀了許久，纔揀了一支，要自來火來吸著了。及至走到賭枱時，連桌椅板櫈都搬空了，只剩下兩間大篷廠。巡捕頭也楞住了，不知他們怎樣得的信。沒奈何，只放一把火，把那篷廠燒了回來。」我驚道：「怎麼放起火來！」述農笑道：「他的那篷廠是搭在空場上面，縱使燒了，也是四面干連不著的。」我道：「這只可算是聊以解嘲的舉動。然而他們到底哪裡得的信呢？」述農道：「他們那個賭場，也是合了公司開的，有股份的人也不知多少，那家烟鋪子也是股東。那包探去買烟時，輕輕的遞了一個暗號，又故意以揀烟為名，俄延了許久，那鋪子裡早差人從後門出去，坐上車子，飛奔的報信去了。這邊是步行去的，如何不搬一個空。」

繼之道：「不知是甚麼道理，單是廣東人歡喜賭。那骨牌、紙牌、骰子製成的賭具，拿他去賭倒也罷了；那絕不是賭具，落了廣東人的手，也要拿來賭，豈不奇麼！像那個闈姓，人家好好的考試，他卻借著他去做輸贏。」述農道：「這種賭法，倒是大公無私，不能作弊的。」我道：「我從前也這麼想。這回走了一次廣東，纔知道這裡面的毛病大得狠呢。第一件是主考、學臺自己買了闈姓，那個毛病便說不盡了。還有透了關節給主考、學臺，中這個不中那個的。最奇的，俗語常說『沒有場外舉子』，廣東可鬧過不曾進場中了舉人的了。」述農道：「這個奇了！不曾入場，如何得中？」我道：「他們買闈姓的賭，所爭的只在一姓半姓之間，倘能多中了一個姓，便是頭彩。那一班賭棍，揀那最人少的姓買上一個，這是大眾不買的；他卻查出這一姓裡的一個不去考的生員，請了槍手，或者通了關節，冒了他的姓名進多少秀才，盡被他輕薄了。

場去考，自然要中了。等到放出榜來，報子報到，那個被人冒名去考的還疑心是做夢，或是疑心報子報錯的呢。」繼之道：「犯到了賭，自然不會沒弊的，然而這種未免太胡鬧了。」我道：「這個鄉科冒名的，不過中了就完了。等到赴鹿鳴宴❿，謁座主⓫，還通知本人，叫他自己來。還有那外府荒僻小縣，冒名小考的，並謁聖⓬、簪花⓭、謁師，都一切冒頂了，那個人竟是事後安享一名秀才呢。」述農道：「聽說廣東進一名學極不容易，這等被人冒名的人，未免太便宜了。」我道：「說也奇怪，一名秀才值得甚麼，聽說他們院考的時候，竟有交了白卷，拿銀票夾在卷裡，希冀學臺取進他的呢。」

繼之道：「隨便哪一項，都有人發迷的，像這種真是發秀才迷了。其實我也當過秀才，回想起來，有甚麼意味呢。我們且談正經事罷。我這幾天打算到安慶去一走。你可到上海去，先找下一處房子，我們仍舊同住。只是述農就要分手，我們相處慣了，倒有點難以離開呢。我們且設個甚麼法子呢？」述農道：「我這幾年總沒有回去過，繼翁又說要到上海去住，我最好就近在上海弄一個館地，一則我也免於出門，二則同在上海，時常可以往來。」繼之想了一想道：「也好。我來同你設一個法，但不知你要甚麼館地？」述農道：「那倒不必論定，只要有個名色，說起來不是賦閒就罷了。我這幾天也打算回上海去了，我們將來在上海會罷。」當下說定了。

❿ 鹿鳴宴：科舉考試發榜後，主考官宴請新考中的舉人的慶祝宴會。
⓫ 謁座主：拜見主考官。
⓬ 謁聖：到孔廟向孔子行禮。
⓭ 簪花：新考中的秀才披紅，頭插兩朵金花。

過得兩天，繼之動身到安慶去。我和述農同到上海，述農自回家去了。我看定了房子，寫信通知繼之。約過了半個月，繼之帶了兩家家眷到了上海，搬到租定的房子裡，忙了幾天，纔忙定了。繼之託我去找述農，我素知他住在城裡也是園濱的，便進城去訪著了他，同到也是園一逛。這小小的一座花園，也還有點曲折。裡面供著李中堂的長生祿位。遊了一回，出來迎面遇見一個人，年紀不過三十多歲，卻留了一部濃鬍子，走起路來，兩眼望著天。等他走過了，述農問道：「你認得他麼？」我道：「不。」述農道：「這就是為參了李中堂被議的那位太史公⑭。此刻因為李大先生做了兩廣，他迴避了出來，住在這裡蕊珠書院呢。」我想起繼之說他在福建的情形，此刻見了他的相貌，大約是色厲內荏的一流人了。

一面和述農出城，到字號裡去，與繼之相見。述農先笑道：「繼翁此刻居然棄官而商了，其實當商家倒比做官的少耽心些。」繼之道：「耽心不耽心且不必說，先免了受那一種齷齪氣了。我這回到安慶去，見了中丞，他老人家也有告退之意了。我說起要代你在上海謀一個館地，又不知你怎樣的纔合式，因和他要了一張啓事名片，等你想定了哪裡，我就代你寫一封薦信。」述農道：「有這種好說話的薦主，真是了不得。但是局卡衙門的事，我不想幹了。這些事情，東家走了，我們也跟著散，不如弄一個長局的好。好在我並不較量薪水，只要有了個處館的名色罷了。這裡的製造局倒是個長局。」我不等說完，便道：「好，好。我聽說那個局子裡面故事狠多的，你進去了，我們也可以多聽點故事。」述農也笑了一笑。議定了，繼之便寫了一封信，夾了片子交給述農。不多幾天，述農來說，已經投了信，那總辦已

⑭ 太史公：翰林院的翰林參與撰修國史，世人稱為「太史公」。這裡指的是第二十四回寫的廣東梁姓翰林。

經答應了。此刻搬了行李到局裡去住，只等派事。坐了一會就去了。

此時已過了中秋節，繼之要到各處去逛逛，所以這回長江、蘇、杭一帶，都是繼之去的。我在上海沒有甚事，一天坐了車子，到製造局去訪述農。述農留下談天，不覺談的晚了，述農道：「你不如在這裡下榻一宵，明日再走罷。」我是無可無不可的，就答應了。到得晚上，一同出了局門，到街上去散步。到了一家酒店，述農便邀我進去，燙了一壺酒對吃。說道：「這裡倒狠有點鄉村風味，為十里洋場所無的，也不可不領略領略。」一面談著天，不覺吃了兩壺酒。忽聽得門外一聲洋號吹起，接連一陣咯噔咯噔的腳步聲。連忙抬頭往外望時，只見一隊兵，排了隊伍，向局子裡走去。正不知為了甚麼事，等那隊兵走過了，忽然一個人闖進來道：「不好了！局子裡來了強盜了！」我聽了，吃了一驚，取出表來一看，只得八點一刻鐘。暗想時候早得狠，怎麼就打劫了呢。此時述農早已開發了酒錢，就一同出來。走到柵門口，只見兩排兵，都穿了號衣，擎著洋槍，在黑暗地下對面站著。進了柵門，便望見總辦公館門口也站了一排兵，嚴陣以待。走過護勇棚時，只見一個人，生得一張狹長青灰色的臉兒，濃濃的眉毛，一雙摳了進去的大眼睛，下頦上生成的掛臉鬍子，卻不曾留。穿一件缺襟箭袖袍子，卻將袍腳撩起，掖在腰帶上面，外面罩一件馬褂，腳上穿了薄底快靴，腰上佩了一把三尺多長的腰刀，頭上卻還戴的是瓜皮小帽。年紀不過三十多歲，在那裡指手畫腳，搬著京腔說話。一班護勇都垂手站立。述農拉我從旁邊走過，道：「這個便是總辦。」走過護勇棚，向西轉彎，便是公務廳。這裡又是有兩排兵守著。過了公務廳，往北走了半箭多路，便是述農的住房。述農到得房裡，叫當差的來問，外面到底是甚麼事，當差的道：「說是洋槍樓藏了賊呢。」述農道：「誰見來？」當差的道：「不知道。」正說話間，聽得外面又是一

活畫出這個人的小照來。想與之有

一面緣者，皆知之，固不必提著名兒叫也。不知道妙。

聲洋號。出來看時，只見燈球火把照耀如同白日，又是一大隊洋槍隊來。看他那號衣，頭一隊是督標忠字營，第二隊是督標信字營字樣。正是：

調來似虎如貔輩，要捉偷雞盜狗徒。

未知到底有多少強盜，如何捉獲，且待下回再記。

寫種種迷信情形，支離附會，原不值一笑；然阻社會之進化者，未嘗非此大魔障也。

當科舉取士之時，熱心科舉之士，種種舞弊，不一而足。要皆士子之自為之，為科名計耳。而乃竟有旁人代為之者，真是無奇不有。

無端而大張旗鼓，徵調各兵，正不知有何大盜？覷覷此局，閱者試掩卷猜之。

# 第六十二回　大驚小怪何來強盜潛蹤　上張下羅也算商人團體

述農指著西北角上道：「那邊便是洋槍樓，到底不知有了甚麼賊。這忠字營在徽州會館前面，信字營在日暉港，都調了來了。」我道：「我們何妨跟著去看看呢。」述農道：「倘使認真有了強盜，不免要放槍，我們何苦去冒險呢。」說話間，兩隊兵都走過了，跟著兩個藍頂行裝的武官押著陣，那總辦也跟在後頭，一個家人扛著一支洋槍伺候著過去。我到底耐不住，往北走了幾步，再往西一望，只見那些兵一字兒面北排班站著，一個個擎槍在手，肅靜無譁。到底不知強盜在哪裡，只得回到述農處。述農已經叫當差的打聽去了，一會兒回來說道：「此刻東柵門只放人進來，不放人出去。進來的兵只有兩哨，其餘的也有分派在碼頭上，也有分派在西炮臺。滬軍營也調來了，都在局外面團團圍住。聽見有幾十個強盜，藏在洋槍樓裡面呢。此刻又不敢開門，恐怕這裡一開門，那裡一擁而出，未免要傷人呢。」述農道：「奇了！洋槍樓是一放了工便鎖門的，難道把強盜鎖到裡頭去了？」

有了許多兵，還不敢開門。奇極。

正說話間，外面來了一群人，當頭一個身穿一件蜜色寧綢單缺襟袍，罩了一件嶄新的團花天青寧綢對襟馬褂，腳穿的是一雙粉底內城式京靴，頭上卻是光光的沒有戴帽。後面跟著兩個家人，打著兩個燈籠。家人後面跟了四名穿號衣的護勇，手裡都拿著回光燈，在天井裡亂照。述農便起身招呼，當頭那人只點了點頭，對我看了一眼，便問這是誰。述農道：「這是晚生的兄弟。」那人道：「兄弟還不要緊，局子裡不要胡亂留人住！」述農道：「是。」又道：「本來吃過晚飯要去的，因為此刻東柵門不放出去，不便走。」那人也不回話，轉身出去，跟來的人一窩蜂似的都去了。述農道：「這是會辦。大約因為有了強盜，出來查夜的。」我道：「這個會辦生得一張小白臉兒，又是那麼打扮，倒狠像個京油子，可惜說起話來是湖南口音。」說話間，忽聽得遠遠的一聲槍響。我道：「是了，只怕是打強盜了。」過了一會，忽聽得有人說話，述農喊著問是誰。當差的進來說道：「聽說提調在大廳上打倒了一個強盜。」述農忙叫快去打聽，那當差的答應著去了。一會回來，笑了個彎腰捧腹，我和述農忙問甚麼事情，當差道：「今天晚上出了這件事，總辦親自出來督兵，會辦和提調便出來查夜。提調查到大廳上面，看見角子上一團黑影，窸窣有聲，便喝問是誰？喝了兩聲，不見答應。提調手裡本來拿了一支六響手槍，見喝他不答應，以為是個賊，便放了一槍。誰知這一槍放去，汪的一聲叫了起來，不是賊，是兩隻狗。打了一隻，跑了一隻。那隻跑的直撲門口來，在提調身邊擦過，提調吃了一驚，把手槍掉在地下，拾起來看時，已經跌壞了機簧，此刻在那裡跺腳罵人呢。」說得我和述農一齊笑了。我道：「今天我進來時，看見這局裡許多狗，不知都是誰養的？」述農道：「誰去養他！大約是衙門、大局子，都有一群野狗，聽其自己孳生，左右大廚房裡現成的剩菜剩飯，總夠供他吃的。這裡的狗，聽說曾經捉了送到浦東去，誰知他遇了渡江的船，仍舊渡了過來。」我道：「狗這東西，本來懂點人事的，自然會渡回來。」述農道：「說這件事，我又想起一件事了。浙江撫臺衙門，也是許多狗，那位撫臺討厭他，便叫人捉了，都送到錢塘江當中一塊漲灘上去。這塊漲灘上面，有幾十家人家，那灘地都已經開墾的了。那灘上的居民，除了完糧以外，絕不進城，大有與世隔絕的光景。那一群狗送到之後，一天天孳生起來，不到兩年，變了好幾

有了強盜纔查夜，平日可知。

狗盜本來並稱，即以狗為盜，未嘗不可一笑。

想必奏凱而回，但不知曾開保舉否。一笑。

百，內中還有變了瘋狗的，踐踏得那田禾不成樣子。鄉下人要趕他，又沒處可趕，迫得到錢塘縣去報荒。錢塘縣派差去查過，果然那些狗東奔西竄，踐踏田禾。差人回來稟知，錢塘縣回了撫臺，派了兩蓬❶兵，帶了洋槍去剿狗。你說不是笑話麼。」我聽了，又說笑了一會。惦記著外面的事，便和述農出來望望，見那些兵仍舊排列著，那兩個押隊官和總辦，卻在熟鐵廠帳房裡坐著。

此時已有三更時分，望了一會，殊無動靜，仍回到房裡去。方纔坐下，外面查夜的又來了。當頭那人，生得臃腫肥胖，唇上長了幾根八字鼠鬚，臉上架了一副茶碗口大的水晶眼鏡，身上穿的是半截湖色熟羅長衫，也沒罩馬褂，挺著一個大肚子，腳上卻也穿了一雙靴子，一樣的帶了家人護勇，只站在門口望了一望。述農起身招呼，那人道：「還沒睡麼？」述農道：「沒有呢。外面亂得狠，也睡不安穩。」那人自去了。述農道：「這個便是提調。」我道：「這局子只有一個總辦，一個會辦麼？」述農道：「還有一個襄辦，這兩天到蘇州去了。」兩個談至更深，方纔安歇。外面那洋號一回一回的吹得嗚嗚響，人來人往的腳步聲音，又是那打更的梆子敲個不住，如何睡得著。方纔朦朧睡去，忽聽得外面嗚嗚的洋號聲，蓬蓬的銅鼓聲，大振起來。連忙起身一望，天色已經微明，看看桌上的鐘，纔交到五點半的時候。述農也起來了，忙到外面去看，只見忠字營、信字營、滬軍營、炮隊營的兵，紛紛齊集到洋槍樓外面。我見路旁邊一棵柳樹，柳樹底下放著一件狠大的鐵傢伙，也不知是甚麼東西，我便跨了上去，借他墊了腳，扶住了柳樹，向洋槍樓那邊望去。恰好看見兩個人在門口，一個拿了鑰匙開鎖，這邊站的三四排兵，都拿洋槍對著洋槍樓門口。那開鎖的人開了，便一人推一扇門，只推開了一點，便飛跑的走開了，卻又

❶ 蓬：軍隊編制，兵士十四人為一蓬。

原來是見鬼，真是笑煞人。

不見有甚動靜。忽見一個戴水晶頂子的官，嘴裡喊了一句甚麼話，那穿炮隊營號衣的兵，便一步向洋槍樓走去，把那大門推的開足了，魚貫而入。這裡忠、信兩營以及滬軍營的兵，也跟著進去。不一會，只見樓上樓下的窗門一齊開了，眾兵在裡面來來往往，一會兒又都出來了，便是嘻嘻哈哈一陣說笑。進去的是兵，出來的依舊是兵，何嘗有半個強盜影子！便下來和述農回房。

述農道：「驚天動地的鬧了一夜，這纔是笑話呢。」我道：「到底怎樣鬧出這句話來的呢？」說話時，當差送上水，盥洗過，又送上點心來。當差說道：「真是笑話！原來昨天晚上，熟鐵廠裡的一個師爺，提了手燈到外面牆腳下出恭，那手燈的火光，正射在洋槍樓向東面的玻璃窗上，恰好那打更的護勇從東面走來，遠遠的看見玻璃窗裡面的燈影子，便飛跑的到總辦公館去報，說洋槍樓裡面有了人。那家人傳了護勇的話進去，卻把一個『人』字說成了一個『賊』字，那總辦慌了，卻又把一個『賊』字聽成了『強盜』兩個字，便即刻傳了本局的炮隊營來，又揮了條子，請了忠、信兩營來。去請滬軍營請不動，還專差人到道臺那裡，請了令箭調來呢。此刻聽說總辦在那裡發氣呢。」我和述農不覺一笑。

吃過點心，不久就聽見放汽筒開工了。開過工之後，述農便帶著我到各廠去看看，十點鐘時候，方纔回房。走過一處，聽得裡面人聲嘈雜，抬頭一看，門外掛著「議價處」三個字的牌子。我問這是甚麼地方，述農道：「這不明明標著議價處麼，是買東西的地方。你可要做生意？進去看看，或者可以做一票。」我道：「生意不必一定要做，倒要進去見識見識，怎麼個議法。」述農便領了我進去，只見當中一間是空著的，旁邊一間，擺著一張西式大桌子，圍著許多人，也有站的，也有坐的。上面打横坐了三個人，述農介紹了與我相見，通過姓名，方知兩個是議價委員，一個是謄帳司事。那委員問我可是要做南京諺云：又要馬兒好，又要馬兒不吃草。

早得狠，言照此價錢猶太貴

生意，我道：「進來見識見識罷了，有合適的也可以做點。」委員一面問我寶號，一面遞一張紙給我看。我一面告訴了，一面接過那張紙看時，上面寫著：「請飭購可介子❷煤三千噸，豆油十簍，高粱酒二簍」等字，旁邊又批了「照購」兩個字，還有兩個長方圖書磕在上面。我想這一票煤，倒有萬把銀子生意，但不知那豆油、高粱酒，這裡買來何用？看罷了，交還委員。委員問道：「你可會做煤麼？這是一票大生意呢。」我道：「會是會的，不知要棧貨，還是路貨？」旁邊一個寧波人接口道：「此地向來不用棧貨的，都是買路貨。」我道：「這兩年頭番可介子狠少了。」委員道：「我們不管頭番、二番，只要東西好，價錢便宜。」我道：「關稅怎樣算呢？」委員道：「關稅是由此地請免單的。」我道：「不知要幾天交貨？」委員道：「二十天、一個月，都可以。你原船送到碼頭就是，起到岸上是我們的事。多少銀子一噸？你說罷。」我默算一算道：「每噸四兩五錢銀子罷。」一個寧波人看了我一眼道：「我四兩四。」那委員又對那些人道：「你們呢？」卻沒人則聲。委員又對我道：「你呢，再減點，你做了去。」我道：「那麼就四兩三罷。」又一個寧波人搶著道：「我四兩二。」我心中暗想，這個哪裡是議價，只是在這裡跌價。外國人的拍賣行是拍賣，這裡是拍買呢。算一算，這個價錢沒甚利息，我便不再跌了。那寧波人對我道：「你再跌罷，再跌一錢，你做了去。」我道：「三千噸呢，跌一錢便是三百兩，好胡亂跌麼。」委員道：「你再減點罷，早得狠呢。」我籌算了一會道：「再減去五分罷。」說猶未了，忽聽得一聲拍桌子響，接著一聲大吼道：「我四兩，齊頭數！」接著，哄然一聲叫好。我暗想，這個明明是欺我生，和我作對。這個情形，外頭拍賣行也有的，幾個老拍賣聯合了不肯抬價，及至有一個生人到

❷可介子：日本煤礦名，下文「蒲古」也是日本煤礦名。

也。

了要拍，他們便狠命把價抬起來。照這樣看起來，縱使我再跌，他們也不肯讓給我做的了，我何不弄他們一弄，看他們怎樣。想罷，便道：「三兩九罷。」道猶未了，忽的一聲跳起一個寧波人來，把手一揚，喊道：「三兩五！」接著又是一聲哄然叫好。委員拿了一張承攬紙，叫他寫。我在旁邊看時，那承攬紙上印就的格式，甚麼限月日交貨，甚麼不得以低貨蒙充等字樣，都是刻就的，只要把現在所定的貨物、價目，填寫上去便是了。看他拿起筆要寫時，我故意道：「三兩四如何？」那人拿著筆往桌子上一拍道：「三兩三！」我道：「三兩二。」便有一班人勸他道：「讓他做了去罷。」我心中一想，不好，他倘讓我做了，吃虧不少，要弄他倒弄了自己了。想猶未了，只聽他大喊道：「三兩一！我今日要讓旁人做了，便不是個好漢！」我笑道：「我三兩，你還能進關麼？」他搶著喊道：「二兩九！」我也搶著道：「二兩八。」他把雙腳一跳，直站起來道：「二兩五！」我道：「四錢半。」他便道：「讓你，讓你。」我一想，不好了，這回真上當了。便坐下去，拿過承攬紙來，提筆要寫，忽聽得另外一個人道：「二兩四，我來！」我聽了方纔把心放下，樂得推給他去做了。那個人寫好了，兩個委員畫了押。又議那豆油、高粱酒，卻是一個南京人做去的，並沒有人向他搶跌價錢。等他寫好時，已聽得嗚嗚的汽筒響，放工了。我回頭一看，不見了述農，想是先走了。那些人也一哄而散。

我也出了議價處，好得貼著隔壁便是述農住的地方，我見了述農，說起剛纔的情形，因說道：「這一票煤，最少也要賠兩把銀子一噸，不知他怎麼做法。你在這裡頭，我倒要託你打聽打聽呢。」述農道：「這裡是各人管各事的，怎樣打聽得出來，而且我還生得狠呢。」我道：「倒是那票油酒是好生意，我看見為數太少了，不去和他搶奪罷了。」

說話間，已經開飯。飯後別過述農，出來叫了車，回家走了一次，再到號裡去，閒閒的又和管德泉說起製造局買煤的情形來。德泉吐出舌頭來道：「你幾乎惹出事來。這個生意做得的麼！只怕就是四兩五錢給你做了，也要累得你一個不亦樂乎呢。」我道：「我算過，從日本運到這裡，不過三兩七八錢左右便彀了，如果四兩五錢做了，何至受累？」德泉道：「就算三兩八辦到了，賺了七錢銀子一噸，三七二千一到手了。輪船到了黃浦江，你要他駛到南頭，最少要加他五十兩。到了碼頭上，看煤的人來看了，憑你是拿花旗白煤代了東洋可介子，也說你是次貨，不是碎了，便是潮了，挑剔了多少；有神通的，化上二三百，但求他不要原船退回，就萬幸了。等到要起貨時，歸庫房長夫經手，不是長夫忙得沒有工夫，便是沒有小工，給你一個三天起不清；輪船上耽擱他一天，最少也要賠他五百兩，三五已經去了一千五了。好容易交清了貨，要領貨價時，他卻給你個一擱半年，這筆拆息你和誰算去！他們是做了多年的，一切都熟了，應酬裡面的人也應酬到了，所有裡面議價處、核算處、庫房、帳房，處處都要招呼到。見了委員、司事，卑汙苟賤的，稱他老爺、師爺；見了長夫、聽差，呵腰打拱的，和他稱兄道弟。到了禮拜那天，白天裡在青蓮閣請長夫、聽差喝茶開燈，晚上請老爺、師爺在窰姐兒裡碰和喝酒。這都是好幾年的歷練資格呢。」我道：「既如此，他們免不得要遍行賄賂的了。那裡面人又多，照這樣辦起來，縱使做點買賣，哪裡還有好處？」德泉道：「賄賂遍不遍，未曾見他過付，不能亂說。然而他們是聯絡一氣的，所以你今天到了，他們便拚命的和你跌價，等你下次不敢去。他吃虧做了的買賣，便拿低貨去充。譬如今天做的可介子，他卻去弄了蒲古來充。如果還要吃虧，他便攙點石頭下去，也沒人挑剔。等你明天不去了，他們便把價錢揹住了不肯跌。再不然，值一兩銀子的東西，他們要價的時候，卻要十兩，幾個人輪流減跌下來，到了五、六兩也就成交了。那議價委員是一點事也不懂得，單知道要便宜。他們那賺頭，卻是大家記了帳，到了節下，照人數公攤的。你想初進去的人，怎麼做得他們過！」我聽了這話，不覺恍然大悟。正是：

回首前情猶在目，頓將往事一攖心。

不知悟出些甚麼來，且待下回再記。

失驚打怪，請兵調將，想其終夜傍徨時，未嘗不打算擒獲強盜，居然奇功也；詎至天明，闢門搜索，蹤影全無，冰清水冷，正不知其當日何以下場耳。吳儂諺云：「笑煞七千人。」恰宜移贈。

下半回敘種種把持、傾軋、賄賂、阿諛，何足為奇。所奇者，儼然議價委員，一事不知，惟解賤值耳。

# 第六十三回　設騙局財神遭小劫　謀後任臧獲託空談

我聽德泉一番話，不覺恍然大悟道：「怪不得今日那承攬油酒的，沒有人和他搶奪。這兩天豆油的行情，不過三兩七八錢，他卻做了六兩四錢。高粱酒行情，不過四兩二三，他卻做了七兩八錢。可見得是通同一氣的了。」德泉道：「這些話，我也是從佚廬處聽來的，不然我哪裡知道。他們當日本來是用了買辦出來採辦的，後來一個甚麼人上了條陳，說買辦不妥，不如設了報價處，每日應買甚麼東西，掛出牌去，叫各行家彌封報價，派了委員會同開拆，揀最便宜的定買。誰知一班行家得了這個信，便大家聯絡起來。後來局裡也看著不對，纔行了這個當面跌價的規矩，報價處便改了議價處。起先大家要搶生意，自然總跌得賤些，不久卻又聯絡起來了。其實做買賣聯絡了同行，多要點價錢，不能算弊病；那賣貨的和那受貨的聯絡起來，那個貨卻是公家之貨，不是受貨人自用之貨，這個裡面便無事不可為了。」我道：「從前既是用買辦的，不知為甚麼又要改了章程，只怕買辦也出了弊病了。」德泉道：「這個就難說了。官場中的事情，只准你暗中舞弊，卻不准你明裡要錢。其實用買辦倒沒有弊病，商家交易一個九五回佣，幾乎是個通例的了。製造局每年用的物料，少說點，也有二三十萬，那當買辦的，安分照例辦去，便坐享了萬把銀子一年，他何必再作弊呢。雖然說人心沒厭足，誰能保他？不過作了弊，萬一給人家攻擊起來，撤了這個差使，便連那萬把一年的好處也沒了，不比這個單靠幾兩銀子薪水的，除了舞弊，再不想有絲毫好處，就是鬧穿了，開除了，他那個事情本來不甚可惜。這般利害相衡起來，那當買辦的自然不敢舞弊了。誰知官場中卻不這麼說，拿了這照規矩的佣錢，他一定要說是弊，不肯放過。單立出這些名目來，自以為弊絕風清，中間卻不知受了多少蒙蔽。」

我道：「他買貨是一處，收貨是一處，發價又是一處，要舞弊可也不甚容易。」德泉道：「豈但這幾處，那專跑製造局做生意的，連小工都是通同一氣的。小工頭，上海人叫做『籠間』。那邊做籠間的人，卻兼著做磚灰生意，製造局所用的磚灰，都是用他的。他也天天往議價處跑，所以就格外容易串通了。有一回，買了一票磚，害得人家一個痛快淋漓。這裡起造房子的磚，叫做『新放磚』，名目是二寸厚，其實總不免有點厚薄。製造局買磚，向來是要驗過厚薄的。其實此舉也是多事，一二分的上下，起造時，那泥水匠本可以在用灰上設法的。他那驗厚薄之法，是用五塊磚疊起，把尺一量，是十寸，便算對了。那做磚灰生意的，自己是個籠間，驗起來時自然容易設法，厚的薄的攙起來疊，自然總在十寸光景。他也不知壟斷了若干年了。有一回，跑了個生臉的人去承攬了十萬新放磚，等到送貨的時候，不免要請教他的小工，那小工卻把厚的和厚的疊在一處，薄的和薄的疊在一處，拿尺量起來，不是量了十一寸，便是量了九寸。收貨的司事便擺出滿臉公事樣子來，說一定不能用，完全要退回去。又說甚麼工程緊急，限時限刻，要換了好貨來。害得那家人家，僱了他的小工，一塊一塊的揀起來，十成之中，不過三成是恰合二寸厚的。只得到窯裡去商量，窯裡也不能設法一律勻淨。十萬磚，送了七次，還揀不到四萬。一面又是風雷火炮的催貨。那家人家沒了法，只得不做這個生意，把下餘未曾交齊的六萬多磚，讓給他去交貨，每萬還貼還他若干銀子，方纔了結。還要把人家那三萬多的貨價，捺了五個月，纔發出來。

何以滿臉公事，可想。

何以風雷火炮

，可想。

真難得。

照這樣看去，那製造局的生意還做得麼。這樣把持的情形，那當總辦的木頭人，哪裡知道！說起來，還是只有他家靠得住呢。」我道：「發價是局裡的事，他怎麼能捺得住？」德泉道：「他只要弄個玄虛，叫收貨的人不把發票送到帳房裡，帳房又從何發起；縱使發票已經到了帳房，他帳房也是通的，又奈他何呢？」

凡做小說的有一句老話，是有話便長，無話便短。等到繼之查察了長江、蘇、杭一帶回來，已是十月初旬了。此時外面倒了一家極大的錢莊，一時市面上沸沸揚揚起來，十分緊急，我們未免也要留心打點。一時談起這家錢莊的來歷，德泉道：「這位大財東，本來是出身極寒微的，是一個小錢店的學徒，姓古，名叫雨山。他當學徒時，不知怎樣認識了一個候補知縣，往來得甚是親密。有一回，那知縣太爺要緊要用二百銀子，沒處張羅，便和雨山商量。雨山便在店裡，偷了二百銀子給他。過得一天查出了，知道是他偷的。問他偷了給誰，他卻不肯說，百般拷問，他也只承認是偷，死也不肯供出交給誰。累得薦保的人，受了賠累。店裡把他趕走了，他便流離浪蕩了好幾年。碰巧那候補知縣得了缺，便招呼了他，叫他開個錢莊，把一應公事銀子都存在他那裡，他就此起了家。他那經營的手段，也實在利害，因此一年好似一年，各碼頭都有他的商店。也真會籠絡人，他到一處碼頭，開一處店，便娶一房小老婆，立一個家。店裡用的總理人，到他家裡去，那小老婆是照例不迴避的。住上幾個月，他走了，由得那小老婆和總理人鬼混。那總理人辦起店裡事來，自然格外巴結了，所以沒有一處店不是發財的。外面人家都說他是美人局。像他這種專會設美人局的，也有一回被人家局騙了，你說奇不奇。」

我道：「是怎麼個騙法呢？」德泉道：「有一個專會做洋錢的，常常拿洋錢出來賣，卻賣不多，不過一二百、二三百光景。然而總便宜點。譬如今天洋價七錢四分，他七錢三就賣了；明天洋市七錢三，他七錢二也就賣了，總便宜一分光景。這些錢莊上的人，眼睛最小，只要有點便宜給他，哪怕叫他給你捧屁股，都是肯的。上海人恨的叫他『錢莊鬼』。一百元裡面，有了一兩銀子的好處，他如何不買，甚至於有定著他的。久而久之，鬧得大家都知道了。問他洋錢是哪裡來的，他說是自己做的。看著他那雪亮的光洋錢，絲毫看不出是私鑄的。這件事叫古雨山知道了，託人買了他二百元，請外國人用化學把他化了，和那真洋錢比較，那成色絲毫不低。不覺動了心，託人介紹，請了他來，問他那洋錢是怎麼做的，究竟每元要多少成本，他道：『做是狠容易的，不過可惜我本錢少；要是多做了，不難發財。成本每元不過六錢七八分的譜子。』古雨山聽了，不覺又動了心，要求他教那製造的法子。他道：『我就靠這一點手藝吃飯，教會了你們這些大富翁，我們還有飯吃麼！』雨山又許他酬謝，他只是不肯教。雨山沒奈何，便道：『你既然不肯教，我就請你代做，可使得？』他道：『代做也不能。你做起來，一定做得不少，未必信我把銀子拿去做，一定要我到你家裡來做。這件東西，只要得了竅，做起來是極容易的，不難就被你們偷學了去。』雨山道：『我就信你，請你拿了銀子去做。但不知一天能做多少？』他道：『就是你信用我，我也不敢擔承得多。至於做起來，一天大約可以做三四千。』雨山道：『那麼我和你定一個合同，以後你自己不必做了，專代我做。你六錢七八的成本，我照七錢算給你，先代我做一萬元來，我這裡便叫人先送七千兩銀子到你那裡去。』他只推說不敢擔承，說之再四，方纔應允。訂了合同，還請他吃了一頓館子，約定明天送銀子去。除了明天不算，三天可以做好，第四天便可以打發人去取洋錢。到了明天，這裡便慎重其事的，送了七千兩現銀子過去。到第四天，打發人去取洋錢，誰知他家裡大門

罵盡錢儈。

此時各處都有了銀元局，造洋錢又不奇了。

欲擒故縱，妙。

關得緊緊的，門上粘了一張召租的帖子，這纔知道上當了。」我道：「他用了多少本錢，費了多少手腳，只騙得七千銀子，未免小題大做了。」德泉道：「你也不是個好人，還可惜他騙得少呢。他能用多少本錢，頂多賣過一萬洋錢，也不過蝕了一百兩銀子罷了。好在古雨山當日有財神之目，去了他七千兩，也不過是九牛一毛、太倉一粟，若是別人，還了得麼！」我道：「別人也不敢想發這種財。你看他這回的倒帳，不是為屯積了多少絲，要想壟斷發財所致麼。此刻市面，各處都被他牽動，吃虧的還不止上海一處呢。」

正說話間，繼之忽然跑了來，對我道：「苟才那傢伙又來了。他來拜過我一次，我去回拜過他一次，都說些不相干的話。我厭煩的了不得，交代過家人們，他再來了，只說我不在家，擋駕。此刻他又來了，直闖進來，家人們回他說不在家，他說有要緊話，坐在那裡，叫人出來找我。我從後門溜了出來，請你回去敷衍他幾句，說到我的事情，你是全知道的，隨意回覆他就是了。」我聽了莫名其妙，只得回去。原來我們住的房子，和字號裡只隔得一條胡同，走不多路便到了。

當下與苟才相見，相讓坐下。苟才便問繼之到哪裡去了，我道：「今天早起還在家，午飯後出去，遇了兩個朋友，約著到南翔去了。」苟才愕然道：「到南翔做甚麼？怎麼家裡人也不曉得？」我道：「是在外面說起就走的，家裡自然不知。聽說那邊有個古漪園，比上海的花園較為古雅，還有人在那邊起了個搓東詩社，只怕是尋詩玩景去了。」苟才道：「好雅興。但不知幾時纔回來？」我道：「不過一兩天罷了。不知有甚麼要緊事？」苟才沉吟道：「這件事我已經和他當面說過了。倘使他明天回來，請他儘明天給我個信，我有人到南京。」我道：「到底為甚麼事，何妨告訴我。繼之的事，我大半可以和他作承情之至。

卑汙苟賤之行遲，不打自招。

主的，或者馬上就可以說定，也未可知。」苟才又沉吟半晌道：「其實這件事，本是他的事，不過我們朋友彼此要好，特地來通知一聲罷了。兄弟這回到上海，是奉了札子，來辦軍裝的。藩臺大人今年年下要嫁女兒，順便託兄弟在上海代辦點衣料之類。臨行的時候，偶然說起，說是還差四十兩金首飾，狠費躊躇。兄弟到了這裡，打聽得繼之還在上海，一想這是他回任的好機會，能夠託人送了四十兩金子進去，怕藩臺不請他回江都去麼。」我道：「大人先和繼之說時，繼之怎樣說呢？」苟才道：「他總是含含糊糊的。」我道：「他請假措資，此時未必便措了多少，一時怕拿不出來。」苟才道：「他哪裡要措甚麼資！我看他不過請個假，暫時避避大帥的怒罷了。哪裡有措資的人，堂哉皇哉，在上海打起公館的！」我暗想，大約繼之被他這種話聒得麻煩了，不如我代他回絕了罷。想罷，便道：「大人這一個『避』字，倒是說著了。然而只著得一半，繼之的避，並不是暫時避大帥的怒，卻是要永遠避開仕路的意思。此刻莫說是要化錢回任，便是不化錢叫他回任，只怕他也不願意的了。他常常和我說，等過了一年半載，上頭不開他的缺，他也要告病開缺，還要自己去註銷這個知縣呢。」苟才愕然道：「這個奇了！江都又不是要賠累的缺，何至如此！若說碰釘子呢，我們做官的人，哪一天不碰上個把釘子？要都是這麼使脾氣，官場中的人不要跑光了麼？」我道：「便是我也勸過他好幾次，無奈他主意打定了，憑勸也勸不過來。大人這番美意，我總達到就是了。」苟才道：「就是繼翁正當年富力強的時候，此刻已經得了實缺，巴結點的幹，將來督撫也是意中事。」我沒得好說，只答應了兩個「是」字。苟才又道：「令伯許久不見了，此刻可好？在哪裡當差？」我道：「在湖北，此刻當的是宜昌土捐局的差事。」苟才道：「這個差事怕不壞罷？」我道：「這倒不知道。」苟才道：「沾著釐捐的，左右沒有壞差使。」說著，兩手拿起茶碗，往嘴脣上送了一送，並不曾喝著一點茶，放下茶碗，便站起來，說道：「費心，繼翁跟前達到這個話，並勸勸他，不要那麼固執，還是早點出山的好。」我一面答應著，便送他出去。我要送他到胡同口上馬車，他一定攔住，我便回了進來。

繼之的家人高升對我道：「這麼一個送上門的好機會，別人求也求不著的，怎麼我們老爺不答應？求老爺好歹勸勸，我們老爺答應了，家人們也沾點兒光。」我笑道：「你們老爺自己不願意做官，叫我怎樣勸呢。」高升道：「這是一時氣頭上的話，不願意做官，當初又何必出來考試呢。不要說有這麼個機會，就是沒有機會，也要找路子呢。前年鹽城縣王老爺不是的麼，到任不滿三個月，上忙❶沒趕上，下忙還沒到，為了鄉下人一條牛的官司，叫他那舅老爺出去，左弄右弄，不知怎樣弄擰了，就撤了任，鬧了一身的虧空。後來找了一條路子，是一個候補道蔡大人，和藩臺有交情，能說話，可是王老爺沒有錢化，還是他的兩三個家人，湊上了一吊多銀子，不就回了任了嗎。雖然趕回任的時候，把下忙又過了，明年的上忙還早著，到此刻，可是好了。倘使我們老爺不肯拿出錢來，就是家人們代湊著先墊起來，也可以使得。請老爺和家人說說。」我道：「你跟了你老爺這幾年，還不知他的脾氣嗎？我可不能代你去碰這個釘子，要說你自己說去。」高升道：「家人們去說，更不對了。」我正要走進去，字號裡來了個出店❷，說有客來了。我便仍到字號裡來。正是：

---

❶ 上忙：一年的田賦徵收分上下兩期：上期為二月至五月，稱「上忙」；下期為八月至十一月，稱「下忙」。田賦徵收中，州縣官員大有漁利空間。

❷ 出店：商店裡負責外勤的店員。

仕路方聆新怪狀，家庭又聽出奇聞。

不知那來客是誰，且聽下回再記。

官場辦事，每喜多立名目，故為周折，使辦事者互相牽制，亦藉以分辦事者之權。以為可以杜絕弊端，不知適足以供他人傀儡之用。觀於此而益信。

一部怪現狀，記騙術之事為多。而觀於各種行騙之術，無非動之以利，而使之卒蒙其害。俗諺之稱人之尖刻、事之劇烈者，曰「利害」。以害字緊接利字，當日造此語者，殆有深意存焉，世人奈何弗悟耶。

此書於吳繼之無貶詞，且一經撤任，即高蹈遠引，飄然竟去，不可謂非高尚之流。而數年江都，其家人即力足以墊巨款；其甘墊巨款之故，欲繼之仍得江都也。其欲繼之仍得江都何故，蓋可想矣。甚哉，臧獲❸之可畏乎！此無筆墨處之筆墨，不可囫圇讀過者也。

---

❸ 臧獲：奴婢的賤稱。

## 第六十四回　無意功名官照何妨是假　縱非因果惡人到底成空

那客不是別人，正是文述農。述農一見了我，便猝然問道：「你那個搖頭大老爺，是哪裡弄來的？」我愕然道：「甚麼搖頭大老爺？我不懂啊。」繼之笑道：「官場禮節，知縣見了同、通，都稱大老爺。同知五品，比知縣大了兩級，就叫他一聲大老爺，似乎還情願的，所以叫做點頭大老爺；至於通判，只比他大得一級，叫起來未免有點不情願，不情願，就要搖頭了，所以叫做搖頭大老爺。那回我和你說過請封典之後，我知道你於此等事，是不在心上的，所以託你令姊抄了那卯數、號數出來，託述農和你辦去。其餘你問述農罷。」我道：「這是家伯託人在湖南捐局辦來的。」述農道：「你令伯上了人家的當了，這張照是假的。」我不覺愕然，楞了半天道：「難道部裡的印信，都可以假的麼？你又從哪裡知道的呢？」述農道：「我把你官照的號碼抄去，託人和你辦封典。部裡覆了出來，說沒有這張照，還不是假的麼。」我道：「這真奇了！那一張官照的板可以假得，怎麼假起紫花印信來！這做假的，膽子就狠不小。」繼之道：「官照也是真的，印信也是真的，一點也不假，不過是個廢的罷了。你未曾辦過，怨不得你不知道。本來各處辦捐的老例，係先填一張實收❶，由捐局彙齊捐款，解到部裡，由部裡填了官照發出來，然後由報捐的拿了實收，去倒換官照。遇著急於籌款的時候，恐怕報捐的不踴躍，便變通辦

大老爺而曰搖頭，已奇，大老爺而可以在哪裡弄得來，尤奇。只怕未必是令伯上當。印信何嘗就不可假？真是少見多怪。

❶ 實收：捐官繳款收據。

理，先把空白官照填了號數，發了出來，由各捐局分領了去勸捐。有來報捐的，馬上就填給官照。所有剩下來用不完的，不消繳部，只要報明由第幾號起，用到第幾號，其餘均已銷毀，部裡便注了冊，自第幾號至第幾號作廢，叫做廢照。外面報過廢的照，卻不肯銷毀，仍舊存著，常時填上個把功名，送給人作個頑意兒。也有就此穿了那個冠帶，充做有職人員的，誰還去追究他。也有拿著這廢照去騙錢的，聽說南洋新架坡那邊最多。大約一個人有了幾個錢，雖不想做官，也想弄個頂戴。到新架坡那邊發財的人狠多，那邊捐官極不容易，所以就有人搜羅了許多廢照，到那邊去騙人。你的那張，自然也是廢照。你快點寫信給你令伯，請他向前路追問。只怕……」說到這兩個字，繼之便不說了。述農道：「其實功名這樣東西，便真的，便怎麼假的？弄一個頑頑也好。」

我聽了這話，想起苟才的話來，便告訴了繼之。繼之道：「這般回絕了他也好，省得他再來麻煩。」我道：「大哥放著現成真的不去幹，我卻弄了個假的來，真是無謂。」述農道：「這樣東西，真的、假的，最沒有憑據。我告訴你一個笑話：我們局裡，前幾年上頭委了一個鹽運同❷來做總辦。這局子向來的總辦都是道班，這一位是破天荒的。到差之後，過了一年多，纔捐了個候選道。你道他為甚麼加捐起來？原來他那鹽運同是假的。」繼之道：「假功名，戴個頂子頑頑就罷了，怎麼當起差來？」述農道：「他還是奉憲准他冒官的呢。他本是此地江蘇人，他的老兄是個實缺撫臺。他是個廣東鹽大使❸，那年丁憂回籍，辦過喪事之後，不免出門謝弔，謝過弔，就不免拜客。他老兄見了兩江總督，便代自家兄弟

功名可以作頑意，真是奇事。盡在不言中，何須再說。

❷ 鹽運同：都轉鹽運使司同知之簡稱。是鹽運使屬下、管理某一地區鹽務的官員。

❸ 鹽大使：管理鹽務的低級官員。

保功了名，弄到如此下場。

求差使，說本籍人員雖然不能當地方差使，但如洋務、工程等類，也求賞他一個。兩江答應了，他便遞了一張『廣東候補鹽大使某某』的條子。說過之後，許久沒有機會，忽然一天，這局子裡的總辦報了丁憂，兩江總督便想著了他。可巧那張條子不見了，書桌上、書架上、護書裡、抽屜裡，翻遍了都沒有。便仔細一想，把他名字想了出來，卻忘了他的官階。想了又想，彷彿想起一個『鹽』字，便糊裡糊塗給他填上一個鹽運同。這不是奉憲冒官麼。」我道：「他已經捐過了道班，這件事又從哪裡知道他的呢？」述農道：「不然哪裡知道，後來他死了，出的訃帖，那官銜候選道之下，便是廣東候補鹽大使，竟沒有鹽運同的銜頭，大家纔知道的啊。」

繼之道：「自從開捐之後，那些官兒竟是車量斗載，誰還去辨甚麼真假。我看將來是穿一件長衣服的，都是個官，只除了小工、車夫以及小買賣的，是百姓罷了。」述農道：「不然，不然。上一個禮拜，有個朋友請我吃花酒，吃的時候晚了，我想回家去，叫開老北門或新北門，到也是園濱還遠得狠，不如回局裡去。趕到寧波會館叫了一輛東洋車，那車夫是個老頭子，走的慢得狠，我叫他走快點，情願加他點車錢。他說走不快了，年輕時候出來打長毛，左腿上受過槍彈，所以走起路來狠不便當。我聽了狠以為奇怪，問他跟誰去打長毛，他便一五一十的背起履歷來。他還是花翎、黃馬褂❹、碩勇巴圖魯❺記名總兵呢。背出那履歷來，狠是內行，斷不是個假的。還有這裡虹口鴻泰木行一個出店，也是個花翎、參

❹ 黃馬褂：清朝皇帝賞賜給近臣或有功之臣的黃色馬褂，是一種榮耀的標誌。

❺ 巴圖魯：滿語「勇武」的譯音，是清朝賞給有戰功的軍人的稱號。這個稱號之上通常加上「碩勇」、「毅勇」等詞。

真的便怎麼？我遇了此輩，便欲問他：你當日何苦要出來打仗？當時想有驅逐散勇之令也。明見萬里。吃了黃連，自家情願，做啞子可憐。

將銜的都司。這都是我親眼看見的，何必穿長衣的纔是個官呢。」德泉道：「方佚廬那裡一個看門的，聽說還是一個曾經補過實缺的參將呢。」繼之道：「軍興的時候，那武職功名，本來太不值錢了；到了兵事過後，沒有地方安插他們，流落下來也是有的。那年我進京，在客店裡看見一首題壁詩，署款是『解弁❻將軍』。那首詩狠好的，可惜我都忘了。只記得第二句是『到頭贏得一聲驅』。只這七個字，那種抑鬱不平之氣，也就可想了。」當下談了一會，述農去了，各自散開。

我想這廢照一節，不便告訴母親，倘告訴了，不過白氣惱一場，不如我自己寫個信去問問伯父便了。於是寫就一封信，交信局寄去。回到家來，我背著母親、嬸娘，把這件事對姊姊說了。姊姊道：「這東西一寄了來，我便知道有點蹺蹊。伯娘又不曾說過要你去做官，你又不是想做官的人，何必費他的心，弄這東西來。你此刻只不要對伯娘說穿，有心代他瞞到底，免得伯娘白生氣。」我道：「便是我也是這個意思，姊姊真是先得我心了。」姊姊道：「本來做官不是一件容易的事，便是真的，你未必便能出去做；就出去了，也未必混得好。前回在南京的時候，繼之得了缺，接著方伯升到安徽去，那時你看乾娘歡喜得甚麼似的，以為方伯升了撫臺，繼之更有照應了。他未曾明白，隔了一省，就是鞭長不及馬腹了。俗語說的好，『朝裡無人莫做官』，所以纔有撤任的這件事。此刻譬如你出去候補，靠著誰來照應呢？並且就算有人照應，這靠人終不是個事情。並且一走了官場，就是你前回說的話，先要學的卑汙苟賤，滅絕天良。一個人有好人不學，何苦去學那個呢。這麼一想，就管他真的也罷，廢的也罷，你左右用他不著。不過……」說到這裡，就頓住了口，歇一歇道：「這兩年字號裡的生意也狠好，前兩天我聽繼之和

❻ 解弁：脫下戰衣。

只幾句話，把

伯娘說起，我們的股本，積年將利作本，也上了一萬多了。哪裡不弄回三千銀子來，只索看破點罷了。」我道：「不錯，這裡面狠像有點盈虛消息。倘使老人家的幾個錢，不這般糊里糊塗的弄去了，我便不至於出門；不出門，便不遇見繼之，哪裡能掙起這個事業來呢。到了此刻，卻強我做達人❼。」

說話之間，嬸娘走了進來道：「姪少爺在這裡說甚麼？大喜啊！」我愕然道：「嬸嬸說甚麼？喜從何來？」嬸娘對我姊姊說道：「你看他一心只巴結做生意，把自己的事，全然不管，連問他也裝做不知道了。」姊姊道：「這件事來往信，一切都是我經理的，難怪他不知道。」嬸娘道：「難道繼之也不向他提一句？」姊姊道：「他們在外面遇見時，總有正經事談，何必提到；況且繼之哪裡知道我們瞞著他呢。」說著，又回頭對我道：「你從前定下的親，近來來了好幾封信催娶了，已經定了明年三月的日子。這裡過了年，就要動身回去辦喜事。瞞著你，是伯娘的主意，說你起服那一年，伯娘和你說過好幾遍，要回去娶媳婦兒，你總是推三阻四的。所以這回不和你商量，先定了日子，到了時候，不由你不去。」我笑著站起來道：「我明年過了年，正月裡便到宜昌去看伯父，住他一年半載纔回來。」說著，走了下樓。

光陰荏苒，轉瞬又到了年下，正忙著各處的帳目，忽然接到伯父的回信，我拆開一看，上面敷衍了好些不相干的話，末後寫著說，「我因知王俎香在湘省辦捐，吾姪之款，被其久欠不還，屢次函催，伊總推稱匯兌不便。故託其即以此款，代捐一功名，以為吾姪他日出山之地。不圖其以廢照塞責。今俎香已死，雖剖吾心，無以自明。惟有俟吾死後，於九泉之下，與之核算」云云。我看了，只好付之一笑。到

❼ 達人：通達知命的人。

了晚上回家，給姊姊看了，姊姊也是一笑。

臘月的日子格外易過，不覺又到了新年。過年之後，便商量動身。繼之老太太也急著要帶撤兒回家謁祖，一定要繼之同去。繼之便把一切的事都付託了管德泉，退了住宅房子，一同上了輪船。在路走了四天，回到家鄉，真是河山無恙，桑梓依然。在上海時，先已商定由繼之處撥借一所房子給我居住，好在繼之房子多，盡撥得出來。所以起岸之後，一行人轎馬紛紛，都向繼之家中進發。伯衡接著，照應一切行李。當日草草在繼之家中歇了一天。次日，繼之把東面的一所三開間、兩進深的宅子，指撥給我。我道：「我住不了這些房子啊。」繼之道：「住是住不了，然而辦起喜事來，卻用得著。並且家母和你老太太同住熱鬧慣了，住遠了不便。我自己這房子後面一所花園，卻跨到那房子的後面，只要在那邊開個後門，內眷們便可以不出大門一步，從花園裡往來了。這是家母的意思，你就住了罷。」我只得依了。繼之又請伯衡和我過去，叫人掃除一切。原來這所房子，是繼之祖老太爺晚年習靜之處。正屋是三開間、兩進深。西面還有一個小小院落，一間小小花廳，帶著一間精雅書房；東面另有一間廚房。位置得十分齊整。伯衡幫著忙，掃除了一天，便把行李一切搬了過來。動用的木器傢伙，還是我從前託伯衡寄存的，此時恰好應用，不夠的便添置起來。母親住了裡進上首房間，嬸娘暫時住了花廳，姊姊急著回婆家去了。我這邊張羅辦事，都是伯衡幫忙。安頓了三天，我纔到各族長處走了一次，於是大家都知道我回來娶親了。自此便天天有人到我家裡來，這個說來幫忙，那個說來辦事，我和母親都一一謝去了。

有一天，要配兩件零碎首飾，我暗想尤雲岫向來開著一家首飾店的，何不到他那裡去買，也順便看看他。想罷，便一路走去。久別回鄉的人，走到路上，看見各種店鋪，各種招牌，以及路旁擺的小攤，

從前之事一掃而空，全行賴過，真大本領。

寫得出，確有此等情景。

都是似曾相識，如遇故人，心中另有一種說不出的情景。走到雲岫那店時，誰知不是首飾店了，變了一家綢緞店。暗想莫非我走錯了，仔細一認，卻並未走錯。只得到左右鄰居店家去問一聲，是搬到哪裡去了，誰知都說不是搬去，卻是關了。我暗想雲岫這個人，何等會算計，何等尖刻，何至好好的一家店關了呢。只得到別家去買。這條街，本是一個熱鬧所在，走不上多少路，就有了首飾店，我進去買了。因為他們同行，或者知道實情，順便問問雲岫的店為甚麼關了。一個店夥笑道：「沒有關。」說著，把手往南面一指道：「搬到那邊去了。往南走出了柵欄，路東第一家，便是他的寶號。」我聽了，又暗暗詫異，怎麼他的舊鄰又說是關了呢。謝過了那店夥，便向南走去，走出半里多路，到了柵欄，踱了過去，向路東第一間一望，只是這間房子統共不過一丈開闊，還不到五尺深，地下擺了兩個矮腳架子，架著兩個玻璃扁匣，匣裡面擺著些殘舊破缺的日本耍貨❽。匣旁邊坐了一個老婆子，臉上戴著黃銅邊老花眼鏡，在那裡糊自來火匣子，連櫃枱也沒有一張。回過頭來一看，卻有一張不到三尺長的櫃枱，櫃枱上面也放著一個玻璃扁匣，匣裡零零落落的放著幾件殘缺不全的首飾，旁邊放著一塊寫在紅紙貼在板上的招牌，是「包金法藍」四個字。櫃枱裡面坐著一個沒有留鬍子的老頭子，戴了一頂油膩膩的瓜皮小帽，那帽頂結子變了黑紫色的了。露出那蒼白短頭髮，足有半寸多長，猶如洋灰鼠一般。身上穿了一件灰色洋布棉襖，肩上襟前打了兩個大補釘。仔細一看，正是尤雲岫，不過面貌憔悴了好些。我跨進去一步，拱拱手，叫一聲「世伯」。他抬起頭來，我道：「世伯還認得我麼？」雲岫連忙站起來彎著腰道：「嘎，咦，啊，唔，哦，哦，哦！認得，認得！到哪裡去？請坐，請坐！」我見他這種神氣，不覺忍不住要笑。

此七個字，一

❽ 耍貨：玩具。

字作一句讀，活畫出茫然神理來。

正要答話，忽聽得後面有人叫我，我回頭一看，卻是伯衡。我便對雲岫道：「我有一點事，回來再談罷。」彎了彎腰，辭了出來，問伯衡甚麼事，伯衡道：「繼之老太太要送你一套袍褂，叫我剪料，恰好遇了你，請你同去看看花樣顏色。」我道：「這個隨便你去買了就是，哪有我自己去揀之理。」伯衡道：「既如此，買了穿不得的顏色，你不要怨我。」我道：「又何苦要買穿不得的顏色呢！」伯衡道：「不是我要買，老太太交代，袍料要出爐銀顏色的呢。」我笑道：「老太太總還當我是小孩子，在他跟前，穿得老實點，他就不歡喜。今年新年裡，還送我一條灑花腰帶，硬督著要我束上，你想怎好拂他的意思。這樣罷，袍料你買了蜜色的罷，只說我自己歡喜的，他老人家看了，也不算老實，我還可以穿得出。就勞了你駕罷，我要和雲岫談談去。」伯衡答應去了。

我便回頭再到雲岫那裡，雲岫見了我，連忙站起來道：「請坐，請坐！你幾時回來的？我這纔想起來了。你頭回來，我實在茫然，後來你臨去那一點頭，一呵腰，那種神氣，活像你尊大人，我這纔想起來了。請坐，請坐！」我看他只管說請坐，櫃枱外面卻並沒一把椅子。正是：

剩有階前盈尺地，不妨同作立談人。

櫃枱外面既沒有椅子，不知坐到哪裡，且待下回再記。

化了錢，買來一張皮紙，弄個顏色頂珠戴在頭上，不知有何意味？市儈之流，尤趨重之。無怪乎此輩不避艱險，攜贗鼎至外洋以贈之也。此編一出，當有見之而悔恨者矣。

功名云者，立功而後得名之意也。此以錢買來者，亦稱之曰功名，吾欲為功字訟冤，特宜稱之為錢名、銀名、財名耳。至於以一紙廢照抵欠，此中是誰之手段，明眼人自當一望而知。而嘆家庭怪現狀之多也。

數年之間，尤雲岫即一寒至此。紛紛營謀欺詐者，夫復何為。

# 第六十五回　一盛一衰世情商冷暖　忽從忽違辯語出溫柔

雲岫一口氣說了六七句「請坐」，猛然自己覺著櫃枱外面沒有櫈子，連忙彎下腰去，要把自己坐的櫈子端出來。我忙道：「不必了，我們到外面去談談罷。但不知這裡要看守不？」雲岫道：「好，好，我們外面去談，這裡不要緊的。」於是一同出來，揀了一家酒樓要上去，雲岫道：「到茶樓上去談談，省點罷。」我道：「喝酒的好。」於是相將登樓，揀了坐位，跑堂的送上酒菜。

雲岫問起我連年在外光景，我約略說了一點。轉問他近年景況，雲岫嘆口氣道：「我不料到了晚年纔走了壞運，接二連三的出幾件事，便弄到我一敗塗地。上前年先母見背下來，不上半年，先兄、先嫂，以及內人、小妾，陸續的都不在了，半年工夫，我便辦了五回喪事。正在鬧的筋疲力盡，接著小兒不肖，闖了個禍，便鬧了個家散人亡。直是令我不堪回首！」我道：「此刻寶號裡生意還好麼？」雲岫道：「這個哪裡好算一個店，只算個攤罷了。並且也沒有貨物，全靠代人家包金、法藍，賺點工錢，哪裡算得個生意！」我道：「那個老婆子又是甚麼人？」雲岫道：「我租了那一點點地方，每年租錢要十元洋錢，在這個時候哪裡出得起！因此分租給他，每年也得他七元，我只要出三元就夠了。」說時，不住的欷歔嘆息。我道：「這個不過暫屈一時，窮通得失，本來沒有一定的。像世伯這等人，還怕翻不過身來麼！」雲岫道：「這麼一把年紀，死期也要到快了，纔鬧出個朝不謀夕的景況來。不餓死就好了，還望翻身

動輒委之於運，此舊社會之不可救也。

從前乾沒的一百三十二元，

麼！」我道：「世伯府上，此時還有甚人？」雲岫見問，搖頭不答，好像就要哭出來的樣子。

我也不便再問，讓他吃酒吃菜。又叫了一盤炒麵，他也就不客氣，風捲殘雲的吃起來。一面又訴說他近年的苦況，竟是斷炊的日子也過過了。去年一年的租錢還欠著，一文不曾付過。分租給人家的七元，早收來用了。我見他窮得著實可憐，在身邊摸一摸，還有幾元洋錢，兩張鈔票。洋錢留著，恐怕還要買東西，拿出那兩張鈔票一看，卻是十元一張的，便遞了給他道：「身邊不曾多帶得錢，世伯不嫌褻瀆，請收了這個，一張清了房錢，一張留著零用罷。」雲岫把臉漲得緋紅，說道：「這個怎好受你的！」我道：「這個何須客氣！朋友本來有通財之義，何況我們世交，這緩急相濟，更是平常的事了。」雲岫方纔收了。嘆道：「人情冷暖，說來實是可嘆。想我當日光景好的時候，一切的鄉紳世族，哪一家哪一個不和我結交，辦起大事來，哪一家不請我幫忙，就是你們貴族裡，無論紅事、白事，哪一回少了我的！自從倒敗下來，一個個都掉頭不顧了。先母躺了下來，還是狠熱鬧的；及至內人死後，散出訃帖去，應酬的竟就寥寥了；到了今日，更不必說了。難得你這等慷慨，真是有其父必有其子。你老翁在家時，我就受他的惠不少，今天又叨擾你了。到底出門人，市面見得多，手段是兩樣的。」說著，不住的恭維。一時吃完了酒，我開發過酒錢，吃得他醺然別去。我也就回家。

晚上沒事，我便到繼之那邊談天，可巧伯衡也在書房裡。我談起雲岫的事，不覺代他嘆息。伯衡道：「你便代他嘆息，這裡的人看著他敗下來，沒有一個不拍手稱快呢。你從前年紀小，長大了就出門去了，所以你不知道他。他本是一個包攬詞訟，無惡不作的人啊。」我道：「他好好的一家鋪子，怎樣就至於一敗塗地！」伯衡道：「你今天和他談天，有說起他兒子的事麼？」我道：「不曾說起。他兒子怎樣？」

哪裡去了？答不出來也，可想。想是餓急了也。一笑。若在上海，便要釘門釘。想是良心發現了。人情冷煖，本是可嘆。如此說來，不過是個清客材料。二十元買了一頓恭維也，甚無謂。一笑。非驕縱，何至如此。想管束他，也不過為慳吝起見耳。可想。鑰匙帶在身邊，是慳吝人所為。不知出首些甚麼，真是異想天開。原來也是一位

伯衡道：「殺了頭了。」我猛吃了一大驚道：「怎樣殺的？」伯衡笑道：「殺頭就殺了，還有多少樣子的麼。」我道：「不是，是我說急了，為甚麼事殺的？」伯衡道：「他家老大沒有兒子，雲岫也只有這一個庶出兒子，要算是兼祧兩房的了，所以從小就驕縱得非常。到長大了，便吃喝嫖賭，沒有一樣不幹。沒錢化，到家來要；賭輸了，也到家來要。雲岫本來是生性慳吝的，如何受得起；無奈他仗著祖母疼愛，不怕雲岫不依。及至雲岫丁了憂，便想管束他，哪裡管束得住。接著他家老大夫妻都死了，手邊未免拮据，不能應他兒子所求。他那兒子妙不可言，不知跑到哪裡弄了點悶香來，把他夫妻三個都悶住了，在父母身邊搜出鑰匙，把所有的現銀首飾搜個一空，又搜出雲岫的一本底稿來。這本底稿在雲岫是非常秘密的，內中都是代人家謀占田產，謀奪孀婦等種種信札，以及誣捏人家的呈子。他兒子得了這個，歡喜的了不得，說道：『再不給我錢用，我便拿這個出首去。』雲岫雖然悶住，心中眼中是狠明白的，只不過說不出話來，動彈不得。他兒子去了許久，方纔醒來，任從氣惱暴跳，終是無法可施。他兒子從此可不回家來了，有時到店裡去走走，也不過匆匆的就去了。你道他在外面做甚麼？原來是做了強盜了！搶了東西，便拿到店裡，店裡本有他的一個臥房，他便放在自己臥房裡面。有一回又糾眾打劫，拒傷事主。告發之後，被官捉住了，追問贓物窩藏所在，他供了出來。官派差押著到店裡起出贓物，便把店封了，連雲岫也捉了去，拿他的同知職銜也詳革了。罄其所有打點過去，方纔僅以身免。那家店就此沒了。因為案情重大，並且是積案纍纍的，就辦了一個就地正法。雲岫的一妻一妾，也為這件事，連嚇帶痛的死了。到了今日，雲岫竟變了個孤家寡人了。」我聽了，方纔明白，日裡我問他還有甚人，他現出了一種悽惶樣子的緣故。當下又談了一會，方纔告別回去。

司馬大人。今之溺愛子孫、縱容子孫之人看者。

畢竟是多情。想是臉嫩，不好意思說也。一笑。

這幾天沒事，我便到族中各處走走。有時談到尤雲岫，卻是沒有一個不恨他的。我暗想，雖然雲岫為人可惡，然而還是人情冷暖之故。記得我小的時候，雲岫哪一天不到我們族中來，哪一個不和他拉相好。既然知道他不是個好人，為甚麼那時候不肯疏遠他，一定要到了此時纔恨他呢？這種行徑，雖未嘗投井，卻是從而下石了。炎涼之態，想著實在可笑可怕。

閒話少提。不知不覺，已到了三月初旬，娶親的吉期了。到了這天，雲岫也還備了蠟燭、花爆等四式禮物送來。我想他窮到這個樣子，哪裡還好受他的；然而這些東西，我縱然退了回去，他卻不能退回店家的了，只得受了下來，交代多給他腳錢。又想到這腳錢是來人得的，與他何干，因檢出一張五元的鈔票，用信封封固了，交與來人，只說是一封要緊信，叫他帶回去交與雲岫。這裡的拜堂、合巹、鬧房、回門等事，都是照例的，也不必細細去說他了。

匆匆過了喜期，繼之和我商量道：「我要先回上海去了，你在家裡多住幾時。從此我們兩個人替換著回家。我到上海之後，過幾時寫信來叫你，等你到了，我再回來。」我道：「這個倒好，正是瓜時而往，及瓜而代❶呢。」繼之道：「我們又不是戍兵，何必約定日子，不過輪流替換罷了。」商量既定，繼之便定了日子，到上海去了。

一天，雲岫忽然著人送一封信來，要借一百銀子。我回信給他，只說我的錢都放在上海，帶回來有限，辦喜事都用完了。回信去後，他又來了一封信，說甚麼「尊翁去世時，弟不遠千里，送足下到浙，

❶ 瓜時而往，及瓜而代：典出左傳莊公八年，春秋時齊襄公命連稱、管至父二人戍守葵丘，當時正是瓜熟時節，齊襄公說「及瓜而代」，意謂到來年瓜熟時派人接替。後來便把任職期滿，由別人接任，稱做「瓜代」。

不無微勞，足下豈遂忘之」云云。我不禁著了惱，也不寫回信，只對來人說知道了。來人道：「尤先生交代說，要取回信呢。」我道：「回信明日送來。」那人纔去了。我暗想你要和我借錢，只訴訴窮苦還好，若提到前事，我巴不得吃你的肉呢。此後你莫想我半文，當日若是好好的彼此完全一個交情，我今日看你落魄到此，豈有不幫忙之理。到了明日，雲岫又送了信來。我不覺厭煩了，叫人把原信還了他，回說我上墳修墓去了，要半個月纔得回來。

從此我在家裡，一住三年。嬸娘便長住在我家裡，姊姊時常歸寧。住房後面，開了個便門，通到花園裡去，便與繼之的住宅相通，兩家時常在花園裡聚會。這日子過得比在南京、上海，又覺有趣了。撤兒已經四歲，生得雪白肥胖，十分乖巧，大家都逗著他頑笑，更不寂寞，所以日子更容易過了。

直到三年之後，繼之纔有信來叫我去。我便定了日子，別過眾人，上輪船到了上海，與繼之相見。德泉、子安都來道候。盤桓了兩天，我問繼之幾時動身回去，繼之道：「我還不走，卻要請你再走一遍。」我道：「又到哪裡？」繼之道：「這三年裡面，辦事倒還順手。前年去年，我親到漢口辦了兩年茶，也碰了好機會。此刻打算請你到天津、京城兩處去走走，察看那邊的市面能做些甚麼。」我道：「幾時去呢？」繼之道：「隨便幾時，這不是限時限刻的事。」說話之間，文述農來了，大家握手道契闊。說起我要到天津的話，述農道：「你到那邊狠好，舍弟杏農在水師營裡，我寫封信給你帶去，好歹有個人招呼招呼。」我道：「好極！你幾時寫好，我到你局裡來取。」述農道：「不必罷，那邊路遠。今天是禮拜，我纔出來，等再出來，又要一禮拜了，我就在這裡寫了罷。」說罷，就在帳桌上一揮而就，寫了交給我，我接過來收好了。

此所謂好人難做，善門難開也。

想是新親情戀之故也。一笑。

居然有轉移風氣之功，亦足見官場趨附之醜態也。

此等巴結得未曾有。

大家談些別後之事，我又問問別後上海的情形，述農道：「你到了兩天，這上海的情形，總有人告訴過你了。我來告訴你我們局裡的情形罷。你走的那年夏天，我們那位總辦便高升了，放了上海道。換了一個總辦來，局裡面的風氣就大變了。前頭那位總辦是愛樸素的，滿局裡的人，都穿的是布長褂子、布袍子，這一位是愛闊的，看見這個人樸素，便說這個人沒用，於是乎大家都闊起來。他愛穿紅色的，到了新年裡團拜，一色的都是棗紅摹本緞袍子。有一個委員和他同姓，出來嫖，窰姐兒裡都叫他大人。到了節下，窰姐兒裡照例送節禮給嫖客，那送給委員的到了局裡，便問某大人。須知局子裡，只有一個總辦是大人，那看柵門的護勇見問，便指引他到總辦公館裡去了。底下人回上去，他卻茫然，叫了來人進去問，方知是送那委員的，他還叫底下人帶了他到委員家去。若是前頭那位總辦，還了得麼！」我道：「那麼說，這位總辦也嫖的了。」述農道：「怎麼不嫖，還嫖出笑話來呢。我們局裡的議價處，是你到過的了，此刻那議價處沒了權了，不過買些零碎東西。凡大票的煤鐵之類，都歸了總辦自己買。有一個甚麼洋行的買辦，叫做甚麼舒淡湖，因為做生意起見，竭誠盡瘁的巴結。有一回請總辦吃酒，代他叫了個局，叫甚麼金紅玉，總辦一見了便賞識的了不得，當堂給了他一百元的鈔票。到第二回吃酒，又叫了他，不住口的讚好。舒淡湖便在自己家裡，拾掇了一間密室，把總辦請到家裡來，把金紅玉叫到家裡來，由他兩個去鬼混了兩次。我們這位總辦著了迷了，一定要娶他。舒淡湖便挺了腰子，攬在身上，去和金紅玉說。往返說了幾遍，說定了身價，定了日子要娶了。誰知金紅玉有一個客人，聽見紅玉要嫁人，便到紅玉處和他道喜，說道：『恭喜你高升了，做姨太太了！只是有一件事，我狠代你耽心。』紅玉問：『耽心甚麼，客人道：『我是耽心做官的人，脾氣不好。況且他們湖南人，長毛也把他殺絕了，你看兇的還了得麼!』紅玉笑道:『我又不是長毛,他未必殺我。況且殺長毛是一事,娶妾又是一事,怎麼好扯到一起去說呢。』客人道:『話是不錯。只是做官的人家,與平常人家不同,斷不能准你出入自由的。況且他五十多歲的人,已經有了六七房姬妾了。今天歡喜了你,便娶了去,可知你進門之後,那六七個都冷淡的了。你保得住他過幾時不又再看上一個,又娶回去麼?須知再娶一個回去時,你便和這六七個今天一樣了。若在平常人家,或者還可以重新出來,或者嫁人,或者再做生意,他們公館裡能放你出來麼?還不是活著在那裡受冷淡!我是代你耽心到這一層,好意來關照你,隨你自己打主意去。』紅玉聽了,總如冷水澆背一般,脣也青了,面也白了,做聲不得。等那客人去了,便叫外場去請舒淡湖。舒淡湖是認定紅玉是總辦姨太太的了,莫說請他他不敢不來,就是傳他他也不敢不來。來了之後,恭恭敬敬的請示。紅玉劈頭一句便道:『我不嫁了!』舒淡湖吃了一驚道:『這是甚麼話?』紅玉道:『承某大人的情,抬舉我,我有甚不願意之理。但是我想來想去,我的娘只有我一個女兒,嫁了去,他便舉目無親了。雖說是大人賞的身價不少,但是他幾十歲的一個老太婆,拿了這一筆錢,難保不給歹人騙去,那時叫他更靠誰來?』舒淡湖道:『我去和大人說,接了你娘到公館裡,養他的老,不就好了麼。』紅玉道:『便是我何嘗不想到這一層。須知官宦人家,看那小老婆的娘,不過和老媽子一樣,和那丫頭、老媽子同食同睡。我嫁了過去,便那般錦衣玉食,卻看著親生的娘這般作踐,我心裡實在過不去。若說和親戚一般看待呢,莫說官宦人家沒有這種規矩,便是大人把我寵到頭頂上去,我也不敢拿這種非禮的事去求大人啊。我十五歲出來做生意,今年十八歲了,這幾年裡面,只掙了兩副金鐲子。』說著,便在手上每副除下一隻來,交給舒淡湖道:『這是每副上面的一隻,費心舒老爺,代我轉送給大人,做個紀念,

說得入情入理,恰中妓女心病,無怪其動聽也。調侃不少。

紅玉也善於詞

令，也說得入情入理。既善於詞令，又善於作用。賴便賴了，卻叫你奈何他不得。只怕下了定也無用。

以見我金紅玉不是忘恩負義的人。上海標緻女人盡多著，大人一定要娶個人，怕少了比我好的麼。』舒淡湖聽了一番言語，竟是無可挽回的了，就和紅玉剛纔聽了那客人的話一般，唇也青了，面也白了，如水澆背，做聲不得，接了金鐲子，怏怏回去。暗想只恨不曾先下個定，倘是下了定，憑他怎樣，也不能悔議。此刻弄到這個樣子，別的不打緊，倘使總辦惱了，說我不會辦事，以後的生意便難做了。這件事竟急了他一天一夜，在床上翻來覆去想法子，總不得個善法。直至天明，忽然想了一條妙計，便一躍而起。」只因這一條妙計，有分教：

讇語不如蜚語妙，解鈴還是繫鈴人。

不知是一條甚麼妙計，且待下回再記。

每怪世俗之為父母者，其對於子女，惟知婚嫁是其責任；婚嫁既畢，則曰向平了願，一若此外更無他事也者。於教育一道，絕不知講求，復何怪滅倫沒理之事，層見疊出而不窮也。如尤雲岫之自陷於潦倒，陷其子於大辟，真世俗之龜鑑也。吾欲稱之為父母箴。

人當盛時，雖惡人亦能容於社會，且從而暱之；一旦敗壞，則群起而攻之矣。此中有微意焉，豈僅寫人情之冷暖已哉。自電學發明之後，知凡雷擊者皆觸電耳。有問何以雷擊皆惡人者，或辯曰：雷不擊者皆好人，雷擊者皆惡人，此是一定之理。蓋非雷必擊惡人也，雷未擊時，其惡處人皆不知，或知之而諱之，迨豐隆一下，則群起而暴其平日之惡矣。斯言諒哉。

# 第六十六回　妙轉圜行賄買蜚言　猜啞謎當筵宣謔語

「舒淡湖一躍而起，匆匆梳洗了，藏好了兩隻金鐲子，拿了一百元的鈔票，坐了馬車，到四馬路波斯花園對過去，找著了品花寶鑑❶上侯石翁的一個孫子，叫做侯翶初的，和他商量。這侯翶初是一家甚麼報館的主筆，當下見了淡湖，便乜斜著眼睛，放出那一張似笑非笑的臉來道：『好早啊！有甚麼好意？你許久不請我吃花酒了，想是軍裝生意忙？』淡湖陪笑道：『一向少候，今日特來，有點小事商量。』翶初拍手道：『你進門我就知道了。你們這一班軍裝大買辦，平日眼高於天，何嘗有個朋友在心上！除了呵外國人的卵脬，便是拍大人先生的馬屁，天天拿這兩件事當功課做。餘下的時候，便是打茶圍、吃花酒，放出闊老的面目去驕其娼妓了，哪裡有個朋友在心上。所以你一進門，我就知道你是有為而來的了，這纔是無事不登三寶殿啊。』淡湖被他一頓搶白，倒沒意思起來。搭訕了良久，方纔說道：『我有件事情和你商量，求你代我設一個善法，我好好的謝你。』翶初搖手道：『莫說，莫說！說到謝字，嘔得死人！前回一個朋友代人家來說項了一件事，你道是甚麼事呢？是一個賭案裡面，牽涉著三、四個體面人，恐怕上出報來，於聲名有礙，特地來託我，請我不要上報。我念朋友之情，答應了他，更兼代他

且不能驕妻妾也，可想。

❶ 品花寶鑑：清朝長篇小說，六十回。描敘京師名士與優伶之間纏綿悱惻的故事。作者陳森，字少逸，毗陵（今江蘇常州）人。有人說書中人物多有影射，侯石翁即影射袁枚，云云。

有了銀子，只要如此。

活畫出這個人來。想老於上海者，一尚能一望而知也。

讀者試猜是何事？

轉求別家報館，一齊代他諱了。到了案結之後，他卻送我一份厚禮，用紅封套封了，簽子上寫了「袍金」兩個字。我一想，也罷了，今年恰好我的狐皮袍子要換面子，這一封禮，只怕換兩個面子也夠了。及至拆開一看，卻是一張新架坡甚麼銀行的五元鈔票，這個鈔票上海是不流通的，拿出去用，每元要貼水五分，算起來只有四元七角半到手。我想這回我的狐皮袍子倒了運了，要靠著他，只怕換個斗紋布的面子還不夠呢。你說，可要嘔死人！」舒淡湖道：『翺翁，你不要罵人，我可不是那種人。你若不放心時，我先謝了你，再商量事體也使得。」說罷，拿出一百元鈔票來，擺在桌上道：『我們是老朋友，我也不客氣，不用甚麼封套、簽子，也不寫甚麼袍金、褂金，簡直是送給你用的，聽憑你換面子也罷，換裡子也罷。」翺初看見了一百元鈔票，便登時眉花眼笑起來，說道：『淡翁，有事只管商量，我們老朋友，何必客氣。」淡湖方纔把金紅玉一節事，詳詳細細，訴說了一遍。翺初聳起了一面的肩膀，側著腦袋聽完了，不住口的說：『該死，該死！此刻有甚法子挽回呢？』淡湖道：『此刻哪裡還有挽回的法子，只要設法弄得那一邊也不要討就好了。」翺初道：『這有甚麼法子呢？」淡湖便坐近一步，向翺初耳邊細細的說了兩句話，翺初笑道：『虧你想得好法子，卻來叫我無端誣謗人。」淡湖站起來一揖到地，說道：『求你老哥成全了我，我生生世世不忘報答！」翺初看在一百元的面子上，也就點頭答應了。淡湖又叮囑明天要看見的，翺初也答應了。淡湖纔歡天喜地而去，這一天心曠神怡的過去了。

「到了次日，一早起來，便等不得送報人送報紙來，先打發人出去買了一張報紙，略略看了一遍，歡天喜地的坐了馬車，到總辦公館裡去。總辦還沒有起來，好得他是走攏慣的，一切家人又都常常得他的好處，所以他到了，絕無阻擋，先引他到書房裡去坐。一直等到十點鐘，那總辦醒了，知道淡湖到了，彼時上海只有三張報也。

彼時報紙之議

想來是為金紅玉的事，便連忙升帳，匆匆梳洗，踱到書房相見。淡湖那廝，也虧他真做得出，便大人長、大人短的亂恭維一陣，然後說是娶新姨太太的日子近了，一切事情，卑職都預備了。他們向來是沒有妝奩的，新房裡動用物件，卑職也已經敬謹預備。那個馬桶，卑職想來，桶店裡買的又笨重，又不雅相，卑職親自到福利公司去買了一個洋式白瓷的，是法蘭西的上等貨。今天特地來請大人的示，幾時好送到公館裡來，專等大人示下，卑職好遵辦。總辦聽了，也是喜歡，便道：『一切都費心得狠，明後天隨便都可以送來。至於用了多少錢，請你開個帳來，我好叫帳房還你。』淡湖道：『卑職孝敬大人的，大人肯賞收，便是萬分榮耀，怎敢領價！到了喜期那天，大人多賞幾鍾喜酒，卑職是要領吃的。』一席話，說的那一位總辦大人通身鬆快，便留他吃點心。這時侯家人送進三張報紙來，淡湖故意接在手裡，自己拿著兩張，單把和侯翺初打了關節的那張，放在桌上。總辦便拿過來看，看了一眼，顏色就登時變了，再匆匆看了一會，忽然把那張報往地下一扔，跳起來大罵道：『這賤人還要得麼！』淡湖故意做成大驚失色的樣子，連忙站起來，垂了手問道：『大人為甚麼忽然動氣？』那總辦氣喘如牛的說道：『那賤人我不要了！你和我去回絕了他，叫他還是嫁給馬夫罷！至於這個情節，我不要談他！』說時，又指著扔下的報紙道：『你自己看罷！』淡湖又裝出一種惶恐樣子，彎下腰，拾起那張報來一看，那論題是『論金紅玉與馬夫話別事』。這個論題，本是他自己出給侯翺初去做的，他早起在家已是看過的了；此時見了，又裝出許多詫異神色來，說道：『只怕未必罷。』又嘮嘮叨叨的說道：『上海同名的妓女，也多得狠呢。』總辦怒道：『他那篇論上，明明說是將近嫁人，與馬夫話別。難道別個金紅玉，也要嫁人了麼！』淡湖得了這句話，便放下報紙不看，垂了手道：『那麼請大人示下辦法。』總辦啐了他一口道：『不要了，有甚麼辦法！』他得了這一句話，死因得了赦詔一般，連忙辭了出來。回到家中，把那兩隻金鐲子秤了一秤，足有五兩重，金價三十多，換，要值到二百多洋錢。他雖給了侯翶初一百元，還賺著一百多元呢。」述農滔滔而談，大家側耳靜聽。

我等他說完了，笑道：「依你這樣說，那舒淡湖到總辦公館裡的情形，算你近在咫尺，有人傳說的；那總辦在外面吃酒叫局的事，你又從何得知？況且舒淡湖的設計一層，只有他心裡自己知道的事，你如何也曉得了？這事未必足信，其中未免有些點染出來的。」述農道：「你哪裡知道，那舒淡湖後來得了個瘋癱的毛病，他的兒子出來濫嫖，到處把這件事告訴人，以為得意的，所以我們纔知道啊。」

繼之道：「你們不必分辯了，這些都是人情險惡的去處，盡著談他作甚麼。我們三個人，多年沒有暢敘，今日又碰在一起，還是吃酒罷。明天就是中秋，天氣也甚好，我們找一個甚麼地方，去吃酒消遣他半夜，也算賞月。」述農道：「是啊，我居然把中秋忘記了。如此說，我明天也還沒有公事，不要到局，正好陪你們痛飲呢。」我道：「這是上海，紅塵十丈，有甚麼好去處，莫若就在家裡的好。子安、德泉都是好量，若是到外面去，他們兩個人總不能都去，何不就在家裡，大家在一起呢。」繼之道：「這也好，就這麼辦罷。」德泉聽說，便去招呼廚房弄菜。

我對繼之道：「離了家鄉幾年，把故園風景都忘了；這一次回去，一住三年，方纔溫熟了。說起中秋節來，我想起一件事，那打燈謎不是元宵的事麼，原來我們家鄉，中秋節也弄這個頑意兒的。」繼之道：「你只怕又看了好些好燈謎來了。」我道：「看是看得不少，好的卻極難得，內中還有粗鄙不堪的呢。我記得一個狠有趣的，是『一畫，一豎，一畫，一豎，一畫，一豎；一豎，一畫，一豎，一畫，一

偏坐煞他。

論只如此，亦一怪狀也。

回顧到第六回事。

豎，一畫』，打一個字，大哥試猜猜。」繼之聽了，低頭去想。述農道：「這個有趣，明明告訴了你一豎一畫的寫法，只要你寫得出來就好了。」金子安、管德泉兩個，便伸著指頭，在桌子上亂畫；述農也仰面尋思。我看見子安等亂畫，不覺好笑。繼之道：「自然要依著你所說寫起來，纔猜得著啊，這有甚麼好笑?」我道：「我看見他兩位拿指頭在桌子上寫字，想起我們在南京時所談的，那個旗人上茶館吃燒餅蘸芝麻，不覺好笑起來。」繼之笑道：「你單拿記性去記這些事。」述農道：「我猜著一半了。這個字一定是『弓』字旁的，這『弓』字不是一畫，一豎，一畫，一豎，一畫，一豎的麼。」我道：「弓字多一個鉤，他這個字，並沒有鉤的。」繼之道：「『曹』字可惜多了一畫，不然都對了。」於是大家都伸出指頭把「曹」字寫了一回，述農笑道：「只可以向那做燈謎的人商量，叫他添一畫，算了『曹』字罷。我猜不著了。」金子安忽然拍手道：「我猜著了！可是個『亞』字?」我道：「正是，被子翁猜著了。」大家又寫了一回，都說好。述農道：「還有好的麼?」我道：「還有一個猜錯的，比原做還好的，是一個不成字的謎面，『川』，打一句四書，原做的謎底是『一介不以與人』，你猜那猜錯的是甚麼?」子安道：「我們書本不熟，這個便難猜了。」繼之道：「這個做的本不甚好，多了一個『以』字。若這句書是『一介不與人』就好了。」

說話間，酒菜預備好了，繼之起來讓坐。坐定了，述農便道：「那個猜錯的，你也說了出來罷。此刻大家正要吃酒下去，不要把心嘔了出來。」我道：「那猜錯的是『是非之心』。」繼之道：「好，卻是比原做的好，大家賞他一杯。」吃過了，繼之對述農道：「你怕嘔心出來，我卻想要借打燈謎行酒令呢。」述農未及回言，子安先說道：「這個酒令，我們不會行。打些甚麼書句，我們肚子裡哪裡還掏得出來，只怕算盤歌訣還有兩句。」繼之笑道：「會打謎的打謎，不會的只管行別的令，不要緊。」述農道：「既如此，我先出一個。」繼之道：「我是令官，你如何先出？」我道：「不如指定要一個人猜。猜不出，罰一杯；猜得好，大家賀一杯；倘被別人先猜出了，罰說笑話一個。」德泉道：「好，好，我們聽笑話下酒。」繼之道：「就依這個主意。我先出一個給述農猜。我因為去年被新任藩臺開了我的原缺，通身為之一快。此刻出一個是：『光緒皇帝有旨，殺盡天下暴官汙吏』打四書一句。」我拍手道：「大哥自己離開了那地位，就想要殺盡他們了。但不知為甚麼事開的缺，何以家信中總沒有提及？」繼之道：「此刻吃酒猜謎，你莫問這個。」述農道：「這一句倒難猜，孔、孟都沒有這種辣手段。」我道：「猜謎不能這等老實，總要從旁面著想，其中虛虛實實，各具神妙。若要刻舟求劍，只能用朱註去打四書的了。」說到這裡，我忽然觸悟起來道：「我倒猜著了。」述農道：「你且莫說出來，我不會說笑話。」繼之道：「你猜著了，何妨說出來，看對不對。」我道：「今之從政者殆而。」❷述農拍手道：「妙，妙，是罵盡了也！只是我不會說笑話，我情願吃三杯，一發請你代勞了罷。」說罷，先自吃了三杯。

德泉道：「我們可有笑話聽了。你不要把笑林廣記❸那個聽笑話的說了出來，可不算數的。」繼之道：「他沒有這種粗鄙的話，你請放心。並且老笑話也不算數。」我道：「玉皇大帝一日出巡，群仙都

❷ 今之從政者殆而：語出論語微子，意謂今天做官的人危險了。而，語助詞，同「爾」。

❸ 笑林廣記：清朝民間笑話集，十二卷，分古豔、腐流、術業、形體、殊稟、閨風、世諱、僧道、貪吝、貧窶、譏誤十二部。作者「遊戲主人」，成書於乾隆年間。

在道旁舞蹈迎駕，只有李鐵拐坐在地下，偃蹇不為禮。玉皇大怒道：『你雖然跛了一隻腳，卻還站得起來，何敢如此傲慢？』拐仙奏道：『臣本來只跛一隻腳，此刻卻兩隻都跛了也。』玉皇道：『這卻為何？』拐仙道：『下界的畫家，動輒喜歡畫八仙，那七個都畫的不錯，只有畫到臣像，有個畫臣跛的左腳，有個畫臣跛的右腳，豈非兩腳全跛了麼。』」眾人笑了一笑。繼之道：「你猜著了，應該還要你出一個給我們猜。」我道：「有便有一個。我說出來，大家猜，不必限定何人。猜著了，我除飲酒之外，再說一個笑話助興。」述農道：「這一定是好的，快說出來。」我道：「『含情疊問郎。』四書一句，唐詩一句。」述農道：「好個旖旎風光的謎兒！娶了親，領略過溫柔鄉風味，作出這等好燈謎來了。」繼之道：「他這一個謎面，倒要占兩個謎底呢。我們大家好好猜著他的，好聽他的笑話。」述農道：「這個要往溫柔那邊著想。」繼之道：「四書裡面，除了一句『寬裕溫柔』，哪裡還有第二句。只要從問的口氣上著想，只怕還差不多。」述農道：「如此說，我猜著了。四書是『夫子何為』，唐詩是『夫子何為者』。」繼之道：「這個又妙，活畫出美人香口來，傳神得狠！我們各賀一大杯，聽他的笑話。」我道：「『觀音菩薩到玉皇大帝處告狀，說：『我本來是西竺國公主，好好一雙大腳，被下界中國人搬了我去，無端裹成一雙小腳，鬧的筋枯骨爛，痛徹心脾，求請做主。』玉皇攢眉道：『我此刻自顧不暇，焉能再和你做主呢！』觀音詫問何故，玉皇道：『我要下凡去嫁老公了。』觀音大驚道：『陛下是個男身，如何好嫁人？』玉皇道：『不然，不然，我久已變成女身了。』觀音不信，玉皇道：『你如果不信，只要到凡間去打聽那一班懼內的朋友，沒有一個不叫老婆做玉皇大帝的。』」說的合席大笑。述農道：「只怕你是叫慣了玉皇大帝的，所以知道。」

我道：「你不要和我取笑。你猜著了我的，你快點出一個我們猜。」述農道：「有便有一個，只怕不好。我們江南的話，叫拿尖利的兵器去刺人，叫做『戳』。我出一句上海俗話：『戳弗殺。』打西廂一句，請你猜。」我道：「這有何難猜，我一猜就著了，是『銀樣蠟槍頭』。」述農道：「我也知道這個不好，太顯了。我罰一杯。」我道：「我出一個晦的你猜：『大會於孟津』，孟子二字。」述農道：「只有兩個字倒難了，不然就可以猜『武王伐紂』。」我道：「這兩個字，其實也是一句，所以不說一句，要說二字的緣故，就怕猜到那上頭去。」繼之道：「這個謎好的，我猜著了，是『征商』。」子安道：「妙，妙，今夜盡有笑話聽呢。」述農道：「我向不會說笑話，還是哪一位代我說個罷。」我道：「你吃十杯，我代你說一個。」述農道：「只要說得發笑，便是十杯也無妨。」我道：「你先吃了，包你發笑。」述農道：「你只會說菩薩，若再說了菩薩，雖笑也不算數。」我道：「只要你先吃了，我不說菩薩，說鬼如何？」述農只得一杯一杯的吃了十杯。正是：

只要蓮花翻妙舌，不妨麴糵❹落歡腸。

未知說出甚麼笑話來，且待下回再記。

官場挾妓飲酒，納妓作妾，已等於司空見慣矣，豈猶以為怪而記之耶，雖然，舒淡湖

---

❹ 麴糵：酒母，這裡指酒。

之作用，真可謂鬼神不測之機，能使墮其術中者，渾不自覺。吁，可畏也。皇帝要殺盡纍黍官汙吏，則今之從政者殆而，抑何言之痛也。

# 第六十七回　論鬼蜮挑燈談宦海　冒風濤航海走天津

我等述農吃過了十杯之後，笑說道：「無常鬼、齷齪鬼、冒失鬼、酒鬼、刻薄鬼、吊死鬼，圍坐吃酒行酒令，要各誇說自己的能事，誇說不出的，罰十杯。」述農道：「不好了，他要說我了！」我道：「我說的是鬼，不說你，你聽我說下去。當下無常鬼道：『我能勾魂攝魄，免吃。』齷齪鬼道：『我最能討人嫌，免吃。』冒失鬼道：『我最工於闖禍，免吃。』酒鬼道：『我最能吃酒，也免吃。』刻薄鬼道：『刻薄是我的專長，已經著名，不必再說，也免吃。』輪到吊死鬼說，吊死鬼攢眉道：『我除了求代之外，別無能處，只好認吃十杯的了。』」說得眾人一齊望著述農大笑。述農道：「好，好，罵我呢。我雖是個吊死鬼，你也未免是刻薄鬼了。」繼之道：「不要笑了。子安們說是書句不熟，我出一個小說上的人名，不知可還熟？」子安道：「也看甚麼小說。」繼之道：「三國演義總熟的了。」子安道：「姑且說出來看。」繼之道：「我說來大家猜罷：『曹丕代漢有天下』三國人名一。」德泉道：「三國人名多得狠呢，劉備、關公、張飛、趙雲、黃忠、曹操、孔明、孫權、周瑜……」述農道：「叫你猜，不叫你念，你只管念出來做甚麼。」德泉道：「我僥倖念著了，不是好麼。」我笑道：「這個名字，你念到天亮也念不著的。」德泉道：「這就難了。然而你怎麼知道我念不著呢？」我道：「我已經猜著了，是『劉禪』。」子安道：「三國演義上哪裡有這個名字？」我道：「就是阿斗。」德泉道：「這個我們哪裡

即景生情，確可發笑。

卻是可笑，抵

得一個笑話。

留心，怪不得你說念不到的了。」繼之道：「你猜了，快點出一個來。」我道：「我出一個給大哥猜：『今世孔夫子』。古文篇名一。」繼之凝思了一會道：「虧你想得好，這是後出師表。」述農道：「好極，好極！我們賀個雙杯。」於是大眾吃了。子安道：「我們跟著吃了賀酒，還莫名其妙呢。」述農道：「孔夫子只有一個，是萬世師表。他出的是今世孔夫子，是又出了個孔夫子了，豈不是後出的師表麼。」子安、德泉都點頭領會。繼之道：「我出一個：『大勾決❶』。西廂一句。大眾猜罷，不必指定誰猜了。」我道：「大哥今天為何只想殺人？方纔說殺暴官汙吏，此刻又要勾決了。」述農拍手道：「妙啊！『這筆尖兒橫掃五千人』。」我道：「果然是好，若不是五千人，也安不上這個『大』字。」述農拿筷子蘸了酒，在桌子上寫了半個字，是「示」。說道：「四書一句。」子安道：「只半個字，要藏一句書，卻難！」我道：「並不難，是一句『視而不見』。」述農道：「我本來不長此道，所以一出了來，就被人猜去了。」我道：「我出一個：『山節藻梲』❷（素腰格）。三字經一句。這個可容易了，子翁、德翁都可以猜了。」子安道：「三字經本來是容易，只是甚麼素腰格，可又不懂了。」述農道：「就是白字格。若是頭一個字是白字，叫白頭格；末了一個是白字，叫粉底格；素腰格，是白當中一個字。」德泉道：

❶ 勾決：清朝執行死刑的一種司法程序。全國各地判死刑的案件須最後呈奏皇帝，皇帝用硃筆在犯人名字上打勾，表示准照執行死刑。

❷ 山節藻梲：語出論語公冶長：「臧文仲居蔡，山節藻梲，何如其知也？」意謂魯國大夫臧文仲給大烏龜殼蓋了房子，房子斗拱雕成山形，短柱上畫著水草，這個人如何能算明智呢？烏龜殼用來占卜吉凶，只有天子才能藏它在屋內。謎面「山節藻梲」，即射「有龜藏」三字。三字經有「有歸藏」句，因指明用「素腰格」，即三字當中一字是同音白字，諧「龜」為「歸」。

「照這樣說來，遇了頭一個字是要圈聲的，應該叫紅頭格；末了一個圈聲的，要叫赤腳格；上下都要圈聲，只有當中一個不圈的，要叫黑心格；若單是圈當中一個字的，要叫破肚格了。」我道：「為甚麼要叫破肚？」德泉道：「破了肚子，流出血來，不是要紅了麼。」繼之道：「不必說那些閒話，我猜著了，是『有歸藏』。我也出一個：『南京人』（捲簾格），也是一句三字經。」子安道：「甚麼又叫捲簾格？」述農道：「要把這句書倒念上去的。你看捲簾子，不是從下面捲上去的麼。」我笑道：「纔說了『有龜藏』，就說『南京人』，叫南京人聽了，還當我們罵他呢。這『南京人』可是『漢業建』？」繼之道：「是。」述農道：「我們上海本是一個極純樸的地方，自通商之後，五方雜處，壞人日見其多了，我不禁有所感慨，出一個：『良莠雜居，教刑乃窮』。孟子二句。」我接著嘆道：「『雖日撻而求其齊也，不可得矣。』」述農道：「怎麼我出的，總被你先搶了去？」繼之道：「非但搶了去，並且亂了令了。他猜著我的，應該他出，怎麼你先出了？」

一言未了，忽聽得門外人聲嘈雜，大嚷大亂起來，大眾吃了一驚。停聲一聽，彷彿聽說是火，於是連忙同到外面去看。只見胡同口一股濃烟，沖天而起。金子安道：「不好！真是走了水也！」連忙回到帳房，把一切往來帳簿及一切緊要信件、票據，歸到一個帳箱裡，鎖起來，叫出店的拿著，往外就走。我道：「在南面胡同口，遠得狠呢。真燒到了，我們北面胡同口也可以出去，何必這樣忙！」子安道：「不然。上海不比別處，等一會巡捕到了，是不許搬東西的。」說罷，帶了出店，向北面出去了。我們站在門口，看著那股濃烟，一會工夫，烘的一聲，通紅起來，火星飛滿一天；那人聲更加嘈雜，又聽得警鐘亂響。不多一會，救火的到了，四五條水管望著火頭射去。幸而是夜沒有風，火勢不大，不久便救熄了。大家回到裡面，只覺得滿院子裡還是濃烟。大家把酒意都嚇退了，也無心吃飯，叫打雜的且收過去，等一會再說。過了一會，子安帶著出店的，把帳箱拿回來了。我道：「子翁到哪裡去了一趟？」子安道：「就在北面衚衕外頭熟店家裡坐了一會，也算受了個虛驚。」我道：「火燭起來，巡捕不許搬東西，這也未免過甚。」子安道：「他這個例，是一則怕搶火的，二則怕搬的人多，礙著救火。說來雖在理上，然而據我看來，只怕是保險行也有一大半主意。」我道：「這又為何？」子安道：「要不准你們搬東西，纔逼得著你們家家保險啊。」

德泉道：「凡是搬東西，都一律以為是搶火的，也不是個道理。人家莫說沒有保險，就算保了險，也有好些不得不搬的東西。譬如我們此地也是保了險的，這種帳簿等，怎麼能夠不搬？最好笑有一回三馬路富潤里左右火燭，那富潤里裡面住的，都是窮人家居多，有一個聽說火燭，連忙把些被褥布衣服之類，歸在一隻箱子裡，扛起來就跑。巡捕當他是搶火的，捉到巡捕房裡去，押了一夜。到明天早堂解審，那問官也不問青紅皂白就叫打。打了三十板，又判贓候失主具領。那人便叩頭道：『小人求領這個贓。』問官怒道：『你還嫌打得少呢！』那人道：『這箱子本來是小人的東西，裡面只有一床花布被窩，一床老藍布褥子，那褥子並且是破了一塊的，還有幾件布衣服。因為火起，嚇得心慌，把鑰匙也鎖在箱子裡面。老爺不信，撬開來一看便知道了。』問官叫差役撬開，果然一點不錯，未免下不了臺，乾笑著道：『我替你打脫點晦氣也。』你說冤枉不冤枉！」

金子安道：「這點冤枉算得甚麼！我記得有一回，一個鄉下人纔冤枉呢。靜安寺路（上海馬路名。）一帶，多是外國人的住宅。有一天，一個鄉下人放牛，不知怎樣，被那條牛走掉了，走到靜安寺路一個外國人家去，把他家草皮地上種的花都踐踏了。外國人叫人先把那條牛拴起來。那鄉下人不見了牛，一路尋去，尋到了那外國人家。外國人叫了巡捕，連人帶牛交給他。巡捕帶回捕房，押了一夜。明日早上，解送公堂，稟明原由，那原告外國人卻並沒有到案。那官聽見是得罪了外國人，被外國人送來的，便不由分說，給了一面大枷，把鄉下人枷上，判在靜安寺路一帶遊行示眾。一個月期滿，還要重責三百板釋放。任憑那鄉下人叩響頭哭求，只是不理。於是枷起來，由巡捕房派了一個巡捕，押著在靜安寺路遊行。遊了七、八天，忽然一天，那巡捕要拍外國人馬屁，把他押到那外國人住宅門口站著，意思要等那外國人看見，好喜歡他的意思。站了一天，到下午，那外國人從外面坐了馬車回來，下了車看見了，認得那鄉下人，也不知他為了甚事，要把這木頭東西箍著他的頸脖子。便問那巡捕，巡捕一一告訴了。那外國人吃了一驚，連忙仍跳上馬車，趕到新衙門去，拜望那官兒。那官兒聽說是一個絕不相識的外國人來拜，嚇得魂不附體，手足無措，連忙請到花廳相會。外國人說道：『前個禮拜，有個鄉下人的一隻牛，跑到我家裡……』那官兒恍然大悟道：『是，是，是。這件事，兄弟不敢怠慢，已經判了，用五十斤大枷，枷號在尊寓的一條馬路上遊行示眾。等一個月期滿後，還要重責三百板，方纔釋放。如果密司不相信，到了那天，兄弟專人去請密司來監視行刑。』外國人道：『原來貴國的法律是這般重的！』官兒道：『敝國法律上並沒有這一條專條，兄弟因為他得罪了密司，所以特為重辦的。如果密司嫌辦得輕，兄弟便再加重點也使得，只請密司吩咐。』外國人道：『我不是嫌辦得輕，倒是嫌太重了。』那官兒聽了，以為他是反話，連忙說道：『是，是。兄弟本來辦得太輕了。因為那天密司沒有親到，兄弟暫時判了枷號一個月。既是密司說了，兄弟明天改判枷三個月，期滿責一千板罷。』那外國人惱了道：『豈有此理！我因為他豈敢，豈敢。

不小心放走那隻牛，糟蹋我兩棵花，送到你案下，原不過請你申斥他兩句，警戒他下次小心點，大不了罰他幾角洋錢就了不得了。他總是個耕田安分的人，誰料你為了這點小事，把他這般凌辱起來。所以我來請你趕緊把他放了。』那官兒聽了，方纔知道這一下馬屁拍在馬腿上去了。連忙說道：『是，是，是。既是密司大人大量，兄弟明天便把他放了就是。』外國人道：『說過放，就把他放了，為甚麼還要等到明天，再押他一夜呢！』那官兒又連忙說道：『是，是，是。兄弟就叫放他。』外國人聽說，方纔一路乾笑而去。那官兒便傳話出去，叫把鄉下人放了。又恐怕那外國人不知道他馬上釋放的，於是格外討好，叫一名差役押著那鄉下人，到那外國人家裡去叩謝。面子上是這等說，他的意思，是要外國人知道他惟命是聽，如奉聖旨一般。誰知那外國人見了鄉下人，還把那官兒大罵一頓，說他豈有此理，又叫鄉下人去告他。鄉下人嚇得吐出了舌頭道：『他是個老爺，我們怎麼敢告他！』外國人道：『若照我們西例，他辦冤枉了你，可以去上控的。並且你是個清白良民，他把那辦地痞流氓的刑法來辦你，便是損了你的名譽，還可以叫他賠錢呢。』鄉下人道：『阿彌陀佛！老爺都好告的麼！』那外國人見他著實可憐，倒不忍起來，給了他兩塊洋錢。你說這件事不更冤枉麼。」繼之道：「冤枉個把鄉下人，有甚麼要緊！我在上海住了幾年，留心看看官場中的舉動，大約只要巴結上外國人，就可以升官的。至於民間疾苦，冤枉不冤枉，那個與他有甚麼相干！」我道：「此風一開，將來怕還不止這個樣子，不難有巴結外國人去求差缺的呢。」述農道：「天下奇奇怪怪的事，想不到的，也有人會做得到。你既然想得到這一層，說不定已經有人做了，也未可知。」繼之嘆了一口氣。大眾又談談說說，夜色已深，遂各各安歇。述農也留在號裡。明日是中秋佳節，又暢敘了一天，述農別去。

過了幾天，我便料理動身到天津去。附了招商局的「普濟」輪船，子安送我到船上。這回搭客極多，我雖定了一個房艙，後來也被別人搭了一個鋪位，所以房裡擠的了不得。子安到來，只得在房門口外站著說話。我想起繼之開缺的緣故，子安或者得知，因問道：「我回家去了三年，外面的事情，不甚了了。繼之前天說起開了缺，到底不知是甚麼緣故？」子安道：「我也不知底細。只聞得年頭上換了一個旗人來做江寧藩臺，和苟才是甚麼親戚，苟才到上海來找了繼翁幾次，不知說些甚麼，看繼翁的意思，好像狠討厭他的。後來他回南京去了，不上半個月光景，便得了這開缺的信了。」我聽了子安的話，纔知道又是苟才做的鬼。好在繼之已棄功名如敝屣一般的了，莫說開了他的缺，便是奏參了他，也不在心上的。當下與子安又談了些別話，子安便說了一聲「順風」，作別上岸去了。

已於言外見之，不必深求其故矣。

我也到房裡拾掇行李，同房的那個人，便和我招呼。彼此通了姓名，纔知道他姓莊，號作人，是一個記名總兵，山東人氏。向來在江南當差，這回是到天津去見李中堂的。彼此談談說說，倒也破了許多寂寞。忽然一個年輕女人走到房門口，對作人道：「從上船到此刻，還沒有茶呢，渴的要死，這便怎樣？」作人起身道：「我給你泡去。」說罷起身去了。我看那女子年紀，不過二十歲上下；說出話來，又是蘇州口音；生得雖不十分體面，卻還五官端正，而且一雙眼睛，極其流動；那打扮又十分趨時。心中暗暗納罕。過了一會，莊作人回到房裡，說道：「這回帶了兩個小妾出來，路上又沒有人招呼，十分受累。」我口中唯唯答應，心中暗想，他既是做官當差的人，何以男女僕人都不帶一個？說是個窮候補，何以又有兩房姬妾之多？心下十分疑惑，不便詰問，只拿些閒話和他胡亂談天。

到了半夜時，輪船啓行，及至天明，已經出海多時了。我因為艙裡悶得慌，便終日在艙面散步閒眺。

同船的人，也多有出來的，那莊作人也同了出來，一時船舷旁便站了許多人。我忽然一轉眼，只見有兩個女子，在那邊和一夥搭客調笑。內中一個，正是叫莊作人泡茶的那個。其時莊作人正在我這一邊，和眾人談天，料想他也看見那女子的舉動，卻只不做理會。我心中又不免暗暗稱奇。站了一會，忽然海中起了大浪，船身便顛簸起來。眾人之中，早有站立不住的，都走回艙裡去了。慢慢的風浪加大，船身搖撼更甚，各人便都一齊回房。到了夜來，風浪更緊，船身兩邊亂歪，搭客的衣箱行李都存放不穩，滿艙裡亂滾起來；內中還有女眷們帶的淨桶，也都一齊滾翻，鬧得臭氣逼人。那暈船的人，嘔吐更甚。足足鬧了一夜一天，方纔略略寧靜。及至船到了天津，我便起岸，搬到紫竹林佛照樓客棧裡，揀了一間住房，安置好行李。歇息了一會，便帶了述農給我的信，僱了一輛東洋車，到三岔河水師營，去訪文杏農。

正是：

閱盡南中怪狀，來尋北地奇聞。

未知訪著文杏農之後，還有何事，且待下回再記。

# 第六十八回　笑荒唐戲提大王尾　恣囂威❶打破小子頭

當時我坐了一輛東洋車，往水師營去。這裡天津的車夫，跑的如飛一般，風馳電掣，人坐在上面，倒反有點害怕。況且他跑的又一點沒有規矩，不似上海只靠左邊走，便沒有碰撞之虞；他卻橫衝直撞，恐後爭先。有時到了擠擁的地方擠住了，半天走不動一步，街路兩旁，又是陽溝，有時車輪陷到陽溝裡面，車子便側了轉來，十分危險。我被他擠了好幾次，方纔到了三岔河口。過了浮橋，便是水師營。

此時天色已將入黑，我下了車，付過車錢，正要進去，忽然耳邊聽見哈打打、哈打打的一陣喇叭響。抬頭看時，只見水師營門口，懸燈結彩，一個營兵正在那裡點燈；左邊站了一個營兵，手中拿了一個五六尺長的洋喇叭，在那裡鼓起兩腮，身子一俯一仰的，哈打打、哈打打吹個不住。看他忽然喇叭口朝天，忽然喇叭口貼地，我雖在外多年，卻沒有看過營裡的規矩，看了這個情景，倒也是生平第一回的見識，不覺看的呆了。正看得出神，忽又聽得咚、咚、咚的鼓聲，原來右邊坐了一個營兵，在那裡擂鼓。此時營裡營外，除了這兩種聲音之外，卻是寂靜無聲，也不見別有營兵出進。我到了此時，倒不好冒昧進去，只得站住了腳，等他一等再說。抬眼望進去，裡外燈火已是點的通明，彷彿看見甬道上，黑魆魆的站了不少人，正不知裡面辦甚麼事。

是亦一小小怪狀也。

卻是何故？

❶ 囂威：暴虐的威風。

足足等了有十分鐘的時候，喇叭和鼓一齊停了，又見一個營兵，轟、轟、轟的放了三響洋槍，我方纔走過去，向那吹喇叭的問道：「這營裡有一位文師爺，不知可在家？」那兵說道：「我也不知道，你跟我進去問來。」說罷，他在前引路，我跟著他走。只見甬道當中，對站了兩排兵士，一般的號衣齊整，擎著光焜焜的刀槍。我們只在甬道旁邊走進去，行了一箭之地，旁邊有一所房子，那引路的指著門口道：「這便是文師爺的住房。」說罷，先走到門口去問道：「文師爺在家麼？有客來。」裡邊便走出一個小廝來，我把名片交給他，說有信要面交。那小廝進去了一會，出來說「請」，我便走了進去。杏農迎了出來，彼此相見已畢，我把述農的信交給他。他接來看過道：「原來與家兄同事多年，一向少親炙得狠！」我聽說，也謙讓了幾句。因為初會，彼此沒有甚麼深談，彼此敷衍了幾句客氣說話。杏農方纔問起我到天津的緣故，我不免告訴一二。談談說說，不覺他營裡已開夜飯，杏農便留我便飯。我因為與述農相好多年，也不客氣，杏農便叫添菜添酒，我要阻止時，已來不及。

當下兩人對酌了數杯，我問起今日營裡有甚麼事，裡裡外外都懸燈結彩的緣故。杏農道：「原來你還不知！我們營裡接了大王進來呢！」我不覺吃了一驚道：「甚麼大王？」杏農笑道：「你向來只在南邊，不曾到北邊來過，怨不得你不懂。這大王是河神，北邊人沒有一個不尊敬他的。」我道：「就是河神應該尊敬，你們營裡怎麼又要接了他來呢？」杏農道：「他自己來了，指名要到這裡，怎麼好不接他呢？」我吃驚道：「那麼說，這大王居然現出形來，和人一般，並且能說話的了？」杏農笑道：「不是現人形，他原是個龍形。」我道：「有多少大呢？」杏農道：「大小不等，他們船上人都認得，一見了，便分得出這是某大王、某將軍。」我道：「他又怎會說話，要指名到哪裡哪裡呢？」杏農道：「他不說

是急要問也。

話。船上人見了他，便點了香燭，對他叩頭行禮，然後筶卜❷他的去處。他要到哪裡，問的對了，跌下來便是勝筶。得了勝筶之後，便飛跑往大王要到的地方去報。這邊得了信，便排了執事，前去迎接了來。我們這裡是昨天接著的，明天還要唱戲呢。」我道：「這大王此刻供在甚麼地方？可否瞻仰瞻仰？」杏農道：「我們飯後可以到演武廳上去看看。但是對了他，不能胡亂說話。」我笑道：「他又不能說話，我們自然沒得和他說的了。」

話且不能亂說，慎重之至。

一會飯罷之後，杏農便帶了我同到演武廳去。走到廳前，只見簷下排了十多對紅頂、藍頂、花翎、藍翎的武官，一般的都是箭袍、馬褂、佩刀，對面站著，一動也不動，聲息全無。這十多對武官之下，纔是對站的營兵，這便是我進營時，看見甬道上站的了。走到廳上看時，只見當中供桌上，明晃晃點了一對手臂粗的蠟燭，古鼎裡香烟裊繞，燒著上等檀香。供桌裡面，掛了一堂繡金杏黃幔帳，就和人家孝堂上的孝帳一般，不過他是金黃色的罷了。上頭掛了一堂大紅緞子紅木宮燈，地下鋪了五彩地氈，當中加了一條大紅拜墊，供桌上繫了杏黃繡金桌帷。杏農輕輕的掀起幔帳，招手叫我進去。我進去看時，只見一張紅木八仙桌，上面放著一個描金硃漆盤，盤裡面盤了一條小小花蛇，約摸有二尺來長，不過小指頭般粗細，緊緊盤著，猶如一盤小盤香模樣。那蛇頭卻在當中，直昂起來。我低頭細看時，那蛇頭和那蘄蛇❸差不多，是個方的。週身的鱗，溼膩且滑，映著燭光顯出了紅藍黃綠各種顏色。其餘沒有甚麼奇怪的去處。心中暗想，為了這一點點小么魔，便鬧的勞師動眾，未免過於荒唐了。我且提他起來，看是

如此陳設，如此張皇，只供

❷ 筶卜：用兩片蚌殼（或以竹、木製成其形），投空擲於地，視其俯仰，以定吉凶。筶，應作「筊」或「珓」。

❸ 蘄蛇：湖北蘄春縣所產之蛇，蛇身黑質白章，有毒。

這般一個小么魔，真是可笑。

李文忠自顯達以來，只怕是頭一次挨這般惡罵也。

個甚麼樣子。想定了主意，便仔細看準了蛇尾所在，伸手過去捏住了，提將起來（凡捕蛇之法，提其尾而抖之。雖至毒之品，亦不能施其惡力矣。此老於捕蛇者所言也），還沒提起一半，杏農在旁邊，慌忙在我附後用力打了一下，我手臂便震了一震，那蛇是滑的，便捏不住，仍舊跌到盤裡去。

杏農拉了我便走，一直回到他房裡。喘息了一會，方纔說道：「幸而沒有鬧出事來！」我道：「這件事荒唐得狠。這麼一條小蛇，怎麼把他奉如神明起來？我著實有點不信。方纔不是你拉了我走，我提他起來，把他一陣亂抖，抖死了他，看便怎樣！」杏農道：「你不知道，這順、直、豫、魯一帶，凡有河工的地方，最敬重的是大王。況且這是個金龍四大王，又是大王當中最靈異的。你要不信，只管心裡不信，何苦動起手來！萬一鬧個笑話，又何苦呢！」我道：「這有甚麼笑話可鬧？」杏農道：「你不知道，今天早起纔鬧了事呢。昨天晚上四更時候，排隊接了進來。破天亮時，李中堂便委了委員來敬代拈香。誰知這委員纔叩下頭去，旁邊一個兵丁，便昏倒在地，一會兒跳起來，亂跳亂舞，原來大王附了他的身。嘴裡大罵：『李鴻章沒有規矩，好大架子！我到了你的營裡，你還裝了大模大樣，不來叩見，委甚麼委員恭代！須知我是受了煌煌祀典，只有諭祭是派員拈香的，李鴻章是甚麼東西，敢這樣胡鬧起來！』說時，還舞刀弄棒，跳個不休。嚇得那委員重新叩頭行禮，應允回去稟復中堂，自來拈香。這兵丁纔躺了下來，過一會醒了。此刻中堂已傳了出來，明天早起，親來拈香呢。」我道：「這又不足為信的。這兵丁或者從前賞罰裡面，有憾於李中堂，卻是敢怒而不敢言，一向無可發洩，忽然遇了這件事，他便借著神道為名，把他提名叫姓的痛乎一罵，以洩其氣，也是料不定的。」杏農笑了一笑道：「那兵丁未必有這麼大膽罷。」我道：「總而言之，人為萬物之靈，怎麼向這種小小么魔，叩頭禮拜起來，當一笑。

。

卻是解頤語。

他是神明菩薩？我總不服。何況我記得這四大王，本來是宋理宗謝皇后之姪謝暨，因為宋亡投錢塘江殉國，後來封了大王。因為他排行第四，所以叫他四大王。不知後人怎樣，又加上了『金龍』兩個字。他明明是人，人死了是鬼，如何變了一條蛇起來呢？」杏農笑道：「所以牛鬼蛇神，連類而及也。」說的大家都笑了。

杏農又道：「說便這樣說，然而這樣東西，也奇得狠。聽說這金龍四大王狠是神奇的，有一回河工出了事，一班河工人員自然都忙的了不得，忽然他出現了。驚動了河督，親身去迎接他，排了職事，用了顯轎，預備請他坐的。不料他老先生忽然不願坐顯轎起來，送了上去，他又走了下來，如此數次。只得向他卜筶，誰知他要坐河督大帥的轎子。那位河督只得要讓他，然而又沒有多預備轎子，自己總不能步行；要騎馬罷，他又是賞過紫韁❹的，沒有紫韁，就不願意騎。後來想了個通融辦法，是河督先坐到轎子裡，然後把那描金硃漆盤放在轎裡扶手板上。說也作怪，走得沒有多少路，他卻忽然不見了，只剩了一個空盤。那河督是真真近在咫尺的，對了他，也不曾看見他怎樣跑的，也只得由他的了。誰知到了河督衙門下轎時，他卻盤在河督的大帽子裡，把頭昂起在頂珠子上。你道奇不奇呢！這還是我傳聞得來的。還有一回，是我親眼看見的事。我那回同了一個朋友去辦河工，——此刻我的同知直隸州，還是那回的保案，從知縣上過的班。——我那個同事姓張，別字星甫，我和他一同奉了札，去查勘要工。一天到了一個鄉莊上，在一家人家家裡借住，就在那裡耽擱兩天。這是我們辦河工常有的事。住了兩天，星甫偶然在院子裡一棵向日葵的葉子上，看見一個壁虎（即守宮，北人呼為壁虎，粵中謂之鹽蛇。）生得通身碧綠，而且布滿了淡黃

❹ 賞過紫韁：清朝皇帝賞給臣下騎馬准用紫韁繩，這是一種榮典。

既曰要工，卻如此延玩，亦一怪現狀也。相傳一切神異之說，都可作如是觀。

斑點，十分可愛。星甫便叫我去看，我便拿了一個外國人吃皮酒的玻璃杯出來，一手托著葉子，一手拿杯把他蓋住。叫星甫把葉子摘下來，便拿到房裡，蓋在桌上，細細把玩。等到晚飯過後，我們兩個還在燈底細看，星甫還輕輕的把玻璃杯移動，把他的尾巴露出來，給他拴上一根紅線，然後關門睡覺。這房裡除了我兩個之外，再沒有第三個人了。誰知到了明天，星甫一早起來看時，那玻璃杯依然好好的蓋住，裡面的東西卻不見了。星甫還罵底下人放跑了的，然而房門的確未開，是沒有人進來過的。鬧了一陣，也就罷了。又過了幾天，我們趕到工上，只見工上的人，都喧傳說大王到了，就好望合龍了。我和星甫去看那大王時，正是我們捉住的那個壁虎，並且尾巴上拴的紅線還在那裡。問他們幾時到的，他們說是某日晚上三更天到的，說的那天，正是我們拿住他的那天。你說這件事奇不奇呢。」我道：「哪裡有這等事，不過故神其說罷了。」杏農道：「這是我親眼目睹的，怎麼還是故神其說呢。」我道：「又焉見得不是略有一點影響，你卻故神其說，作為談天材料呢。總而言之，後人治河，哪一個及得到大禹治水？你看禹貢❺上面，何嘗有一點這種邪魔怪道的話，他卻實實在在把水治平了。當日『敷土刊木，奠高山大川』，又何嘗仗甚麼大王之力。那奠高山大川，明明是測量高低、廣狹、深淺，以為納水的地位，水流的方向。孔穎達疏尚書❻，不該說是『以別祀禮之崇卑』，遂開後人迷惑之漸。大約當日河工極險的時候，曾經有人提倡神明之說，以壯那工人的膽，未嘗沒有小小效驗。久而久之，變本加厲，就鬧出這邪

❺ 禹貢：尚書篇名，篇中記述九州的山川分布、交通、物產狀況以及貢賦等級等。大約成書在周秦之際，並非禹治水時所著。下文所引「敷土刊木，奠高山大川」，為篇中文字。

❻ 孔穎達疏尚書：孔穎達，唐朝經學家。疏，解釋文義。

說誣民的舉動來了。時候已經將近二炮了，我也暫且告辭，明日再來請教一切罷。」說罷，起身告辭。杏農送我出來。我仍舊雇了東洋車，回到紫竹林佛照樓客棧。夜色已深，略為拾掇，便打算睡覺了。

此時雖是八月下旬，今年氣候卻還甚熱。我順手推開窗扇乘涼，恰好一陣風來，把燈吹滅了，我便暗中摸索洋火❼。此時棧裡已是靜悄悄地，忽然間一陣抽抽噎噎的哭聲，直刺入我耳朵裡，不覺呆了一呆。且不摸索洋火，定一定神，仔細聽去，彷彿這聲音出在隔壁房裡。黑暗中看見板壁上一個脫節的地方，成了一個圓洞，洞中卻射出光來，那哭聲好像就在那邊過來的。我便輕移腳步，走近板壁那邊。那洞卻比我高了些，我又移過一張板櫈，墊了腳，向那洞中望去。只見隔壁房裡坐了一個五十多歲的頒白婦人，穿了一件三寸寬、黑緞滾邊的半舊藍熟羅衫，藍竹布紮腿袴，伸長兩腿，交放起一雙四寸來長的小腳，頭上梳了一個京式長頭，手裡拿了一根近五尺長的旱烟筒，在那裡吸烟。他前面卻跪了一個二十來歲的年輕小子，穿一件補了兩塊的竹布長衫，腳上穿的是毛布底的黑布鞋，只對著那婦人嗚嗚飲泣。那婦人面罩重霜般，一言不發。再看那小子時，卻是生得骨瘦如柴，臉上更是異常瘦削。看了許久，他兩個人只是不做聲，那小子卻哭得更利害。我看了許久，看不出其所以然來，便輕輕下了板櫈。正要重新去摸洋火，忽又聽得隔壁一陣劈拍之聲，又是一陣詈罵之聲，不覺又起了多事之心，重新站上板櫈，向那邊一張。只見那婦人站了起來，拿著那旱烟筒，向那小子頭上亂打，嘴裡說道：「我只打死了你，消消我這口氣！我只打死了你，消消我這口氣！」說來說去，只是這兩句，手裡卻是不住的亂打。那小子仍是跪在那裡，一動也不動，伸著脖子受打。不提防拍拆一聲，烟筒打斷了。那婦人嚷道：「我吃了

活畫北方婦人。

此下一段文字，乃第二十六回之反影也。

❼ 洋火：當時人稱火柴為洋火。

倒底何故？真看的悶煞人。

此所謂怪現狀也。

他是誰？奇極。

二十多年的烟袋（北人通稱烟袋。），在你手裡送折了，我只在你身上討賠！」說時，又拿起那斷烟筒，狠命的向那小子頭上打去。不料烟筒桿子短了，格外力大，那銅烟鍋兒（粵人謂之烟斗，蘇、滬間謂之烟筒頭。）恰恰打在頭上，把頭打破了，流出血來，直向臉上淌下去。那小子先把袖子揩拭了兩下，後來在袖子裡取出手帕來擦，仍舊是端端正正跪著不動。那婦人彎下腰來一看，便搥胸頓足，號啕大哭起來，嘴裡嚷道：「天呵，天呵，我好命苦呵！一個兒子也守不住呵！」我起先只管呆看，還莫名其妙，聽到了這兩句話，方纔知道他是母子兩個。卻又不知為了甚麼事。若說這小子是個逆子呢，看他那飲泣受杖的情形又不像；若說不是逆子呢，他又何以惹得他母親動了如此大氣。至於那婦人，也是測度他不出來。若說他是個慈母呢，他那副狠惡兇悍的尊容又不像；若說他不是個慈母，何以他見兒子受了傷，又那麼痛哭起來。

正在這裡胡思亂想，忽然他那房門已被人推開，便進來了四五個人。認得一個是棧裡管事的，其餘只怕是同棧看熱鬧的人。那管事的道：「你們來是一個人來的，雖是一個人吃飯，卻天天是兩個人住宿。住宿也罷了，還要天天晚上鬧甚麼神號鬼哭，弄的滿棧住客都討厭。你們明天搬出去罷。」此時跪下的小子，早已起來了。管事的回頭一看，見他血流滿面，又厲聲說道：「你們吵也罷，哭也罷，怎麼鬧到這個樣子，不要鬧出人命來！」管事的一面說，那婦人一面哭喊。那小子便走到那婦人跟前，說道：「娘不要哭，不要怕，兒子沒事，破了一點點皮，不要緊的。」那婦人咬牙切齒的說道：「就是你死了，我也會和他算帳去！」那小子一面對管事的說道：「是我們不好，驚動了你貴棧的寓客。然而無論如何，總求你擔待這一回，我們明日搬到別家去罷。」管事的道：「天天要我擔待，擔待了七、八天了。我勸你們安靜點罷。要照這個樣子，隨便到誰家去，都是不能擔待的。」說罷，出去了。那些看熱鬧的，也就一哄而散。我站的久了，也就覺得困倦，便輕輕下了板櫈，摸著洋火，點了燈，拿出表來一看，誰知已經將近兩點鐘了，便連忙收拾睡覺。正是：

貪觀隔壁戲，竟把睡鄉忘。

未知此一婦人，一男子，到底為了甚麼事，且待下回再記。

河工大王將軍之說，不知始於何時，千載迷信，終不能破除，真有欲索解人而不可得之概。此篇之說，似仍非確論，夫烏得大智慧人，一破之耶。

後半回一婦人一小子，明明是家庭之事，顧何以出於旅舍之中，令人懷疑不定。急欲尋繹下文，而記者忽然要睡覺，毋乃惡作劇！

# 第六十九回　責孝道家庭變態　權寄宿野店行沽

> 喜事之人，偏又遇見有事之人，何其巧也。諺曰：無巧不成書。第四十回原提及牛莊、廣東、天津都有交

且喜自從打破了頭之後，那邊便聲息俱寂，我便安然鼾睡。一覺醒來，已是九點多鐘，連忙叫茶房來，要了水，淨過嘴臉，寫了兩封信，拿到帳房裡，託他代寄。走過客堂時，卻見杏農坐在那裡，和昨夜我看見的那小子說話。原來佛照樓客棧除了客房之外，另外設了兩座客堂，以為寓客會客之用。杏農見我走過，便起身招呼道：「起來了麼？」我道：「想是到了許久了。」杏農道：「到了一會兒。」說著便走近過來，我順便讓他到房裡坐，他一面走，一面說道：「方纔來回候你，你未起來，恰好遇了一個朋友，有事託我料理；此時且沒工夫談天，請你等我一等，我去去再來。」說罷，拱手別去。

我回到房裡，等了許久，直到午飯過後，仍不見杏農來。料得他既然有事，未必再來的了，我便出門到外面逛了一趟，又到向來有來往的幾家字號裡去走走。及至回到棧時，已經四點多鐘，客棧飯早，茶房已經開上飯來。吃飯過後，杏農方纔匆匆的來了。喘一口氣，坐定說道：「有勞久候了。」我道：「我飯後便出去辦了一天事，方纔回來。」杏農道：「今天早起，我本來專誠來回候你。不料到得此地，遇了一個敝友，有點為難的事，就代他調排了一天，方纔停當。」我道：「就是早起在客堂裡那一位麼？」杏農道：「正是。他本來住在你這裡貼隔壁的房間。我到此地時，纔八點鐘，打你的門，你還沒有起來。我正要先到別處走走，不期遇了他開門出來，我便攬了這件事上身，直到此刻纔辦妥了。」我

易也。

是看見，不是聽見，先生誑也。

照應第二回事。

令人回想繼之老太太，穆然

道：「昨夜我聽見隔壁房裡有人哭了許久，後來又吵鬧了一陣，不知為的是甚麼事？」杏農嘆道：「說起來話長得狠。我到了天津已經十多年，初到的時候，便識了這個朋友。那時彼此都年輕，他還沒有娶親，便就了這裡招商局的事。只有一個母親，在城裡租了我的兩間餘屋，和我同住著。幾兩銀子薪水，雖未見得豐盛，卻也還過得去。」我笑道：「你說了半天他，究竟他姓甚名誰？」杏農道：「他姓石，別字映芝，是此地北通州人。他祖父是個翰林，只放過兩回副主考，老死沒有開坊❶，所以窮的了不得。他老子是個江蘇知縣，署過幾回事，臨了鬧了個大虧空，幾乎要查抄家產，為此急死了。遺下兩房姨太太，都打發了。那時映芝母子本沒有隨任，得信之後，映芝方纔到南京去運了靈柩回來。可憐那年映芝只得十五歲！」我聽了這話，不覺心中一動，暗想我父親去世那年，我也只得十五歲，也是出門去運靈柩回家的，此人可謂與我同病相憐的了。因問道：「你怎麼知道的這般詳細？」杏農道：「我同他一相識之後，便氣味相投，彼此換了帖，無話不談的。以後的事，我還要知得詳細呢。他運柩回來之後，便到京裡求了一封薦信，薦到此地招商局來。通州離這裡不遠，便接了他母親來津。那時我的家眷也在這裡，便把我住的房子騰出兩間，轉租給他。因此兩下同居，不免登堂拜母。那時卻也相安無事。映芝為人，十分馴謹，一向多有人和他做媒。映芝因為家道貧寒，雖有人提及，自己也不敢答應。

及至服闋❷之後，纔定了本天津城裡的一位貧家小姐，卻也是個書香人家，丈人是個老儒士。誰知過門之後，不到一年光景，便鬧了個婆媳不對，天天吵鬧不休，連我們同居的也不得安。」我道：「想

❶ 開坊：翰林院官員得到升轉，稱做「開坊」。翰林升階，必經詹事府，詹事府為春坊官，故名。

❷ 服闋：除孝。服孝期滿，脫去喪服。

神往。

是娶了個不賢的婦人來了。這不賢妻、不孝子，最是人生之累。」杏農嘆道：「在映芝說呢，他母親在通州和妯娌親戚們都是和和氣氣的，從來不會和人家拌嘴。在我們旁觀的呢，實在不敢下斷語。從此那位老太太因為和媳婦不對，更連兒子也厭惡起來了，逢著人便數說他兒子不孝。鬧的映芝沒有法子，便寫了一紙休書，要休了老婆。他老太太知道了，更鬧的天翻地覆起來，說映芝有心和他賭氣：『難道你休了老婆，便罷了不成！左右我和你拚了這條命！』如此一來，嚇的映芝又不敢休了。這位媳婦受氣不過，便回娘家去住幾天，那柴米油鹽的家務，未免少了人照應。老太太又不答應了，說道是『我偌大年紀了，兒子也長大了，媳婦也娶了，還要我當這個窮家』，映芝沒法子，只得把老婆接了回來。映芝在招商局領了薪水回來，總是先交給母親，老太太又說『我不當家，交給我做甚麼』，只得另外給老太太幾塊錢零用，他又不要。及至吵罵起來，他總說兒子媳婦『沒有錢給我用，我要買一根針、一條線，都要求媳婦指頭縫裡寬一寬，纔流得出來』。諸如此類的鬧法，一個月總有兩三回。他老太太高興起來，便到街坊鄰舍上去數落他兒子一番，再不然便找到映芝朋友家裡去，也不管人家認得他不認得，走進去便把自己兒子盡情數落。最可笑的，有一回我一個舍親從南邊來了，便到我家裡去，談起來是和映芝老人家認得的。我那舍親姓丁，別字紀昌，向來在南京當朋友的，談到映芝老人家虧空急死的，也十分嘆息。卻被那老太太聽見了，便到我這邊來，對紀昌著著實實的把映芝數落了一頓，總說他怎麼的不孝。這是路過的一個人，說過也就罷了，誰知後來卻累的映芝不淺。」

我道：「怎樣累呢？」杏農道：「你且莫問，等我慢慢的說來。到後來他竟跑到招商局裡去，求見總辦，要告他兒子的不孝。總辦哪裡肯見他，他便坐在大門口外面，哭天哭地的訴說他兒子怎麼不孝，只怕未必是恰好看見也。可想。

為害至於如此，可勝慨哉！真是層出不窮。

婆婆之

怎麼不孝，經映芝多少朋友勸了他纔回來。還有一回，白天鬧的不夠，晚上也鬧起來，等人家都睡了，他卻拍桌子打板凳的大罵，又把瓷器傢伙一件件的往院子裡亂摔，攪了個雞犬不寧。到明天，實在沒有法子了，映芝的老婆避回娘家去了，映芝也住在局裡不敢回家。過了一夜，這位老太太見一個人鬧的沒味了，便拿了一根帶子，自己勒起頸脖子來。恰好被我用的老媽子看見了，便嚷起來。那天剛剛我在家，便同內人過去解救。一面叫我用的一個小孩子，到招商局去叫映芝回來。偏偏映芝又不在局裡，那小孩子沒輕沒重的，便說不好了，石師爺的老太太上了吊了。這句話恰被一個和映芝不睦的同事聽了去，便大驚小怪的傳揚起來，說甚麼天津地方要出逆倫重案了，快點叫人去捉那逆子，不要叫他逃脫了。這麼一傳揚起來，叫總辦知道了，便把映芝的事情撤去，好好的二十兩銀子的館地，從此沒了。天津如何還住得下，只好搬回通州去了。住了一年，終不是事，聽說有幾個祖父的門生、父親的相好，在南京狠有局面，便湊了盤纏，到南京去希圖謀個館地。不料我方纔說的那位舍親丁紀昌，聽了他老太太的話，回到南京之後，逢人便說，沒處不談，趕映芝到了南京，一個個的無不是白眼相加。映芝起初還莫名其妙，後來有人告訴了他丁紀昌的話，方纔知道。幸虧回到上海，尋著了述農家兄，方纔弄了一份盤纏回來。你說這個不是大受其累麼。誰知回到通州，他那位老太太又出了花樣了，不住在家裡，躲向親戚家裡去了。映芝去接他回家時，他一定不肯，說是我不慣和他同居。映芝沒法，把老婆送到天津來，住到娘家去了，然後把自己母親接回家中。通州地面小，不能謀事，自己只得仍到天津來，謀了東局的一件事。東局離這裡遠，映芝有時到市上買東西，或到這裡紫竹林看朋友，天晚了不便回去，便到丈人家去借住。不知怎樣，被他老太太知道了，又從通州跑到天津來，到親家家裡去大鬧，說親家不要臉，嫁女兒猶如稱兒媳，乃用一「他」字，真是奇絕。

東局，天津之製造局也。未必是窮出來的。

婊子留客一般，留在家裡住宿。」我道：「難道映芝的老婆一回娘家之後，便永遠不回夫家了麼？」杏農道：「只有過年過節，由映芝領回去給婆婆拜年拜節，不過住一兩天便走了。倒是這個辦法，家裡過得安靜些，然而映芝卻又擔了一個大名氣了。」

我道：「甚麼名氣呢？」杏農道：「他那位老太太滿到四處的去說，說他的兒子賺了錢，只顧養老婆的全家，不顧娘的死活，所以映芝便擔了這個名氣。那東局的事，也沒有辦得長，不多幾個月，就空下來了。一向都是就些短局，一年倒有半年是賦閒的。所謂人窮志短，那映芝這兩年，鬧的神采也沒有了。今年春上，弄了一個籌防局的小館地，一個月只有六吊大錢。他自己一個人，連吃飯每月只限定用一吊五百文，給老婆五百文的零用，其餘四吊，是按月寄回通州去的。館地愈小，事情愈忙，這是一定之理。他從春上得了這件事之後，便沒有回通州去過。所以他老太太這回趕了來，先把行李落在這裡，要到籌防局去找兒子；卻不料找錯了，找到巡防局裡去。人家對他說，我們局裡沒有這個人。他便說是兒子串通了門丁，不認娘了，在那裡叫天叫地的哭罵起來。人家辦公事的地方，如何容得這個樣子，便有兩個局勇驅趕他，他又說兒子趕娘了。人家聽了這個話，越發恨了。在哪裡受了一場大辱，方纔回到這裡，哭喊了一夜。第二天映芝打聽著了，連忙到了這裡來，求他回去。他見了映芝，便是一場大罵，說他指使局勇羞辱母親。映芝和他分辯，說兒子並不在哪個局裡，是母親走錯了地方。他說既然不是這個局，是哪個局？映芝是前回招商局的事情，被他母親鬧掉了的，這回怕再是那個樣，如何敢說？他見映芝不說，便天天和映芝鬧。可憐映芝白天去辦公事，晚上到這裡來捱罵，如此一連八九天。這裡房飯錢又貴，每客每天要三百六十文，五天一結算。映芝實在是窮，把一件破舊熟羅長衫當了，纔開銷了五天房飯錢。再一耽擱，又是第二個五天到了。昨天晚上，映芝央求他回通州去，不知怎樣觸怒了他，便把映芝的頭也打破了。今天早起我來了，知道了這件事，先把他老人家連哄帶騙的，請到了我一個朋友家裡，然後勸了他一天，映芝還磕了多少頭，陪了多少小心，直到方纔，纔把他勸肯了，和他僱定了船，明天一早映芝送他回通州去。一切都說妥了，我方纔得脫身到這裡來。」

這一席長談，不覺已掌燈多時了。知道杏農沒有吃夜飯，便叫廚房裡弄了兩樣菜，請他就在棧裡便飯。飯後又談了些正事，杏農方纔別去。

我在天津住了十多天，料理定了幾樁正事，便要進京。我因為要先到河西務去辦一件事，河西務雖係進京的大路，因恐怕到那邊有耽擱，就沒有僱長車，打算要騎馬。誰知這裡馬價狠貴，只有騎驢的便宜，我便僱了一頭驢。好在我行李無多，把衣箱寄在杏農那裡，只帶了一個馬包，跨驢而行。說也奇怪，驢這樣東西，比馬小得多，那性子卻比馬壞。我向來沒有騎過，居然使他不動。出了西沽，不上十里路，他忽然把前蹄一跪，幸得我騎慣了馬的，沒有被他摔下來，然而盡拉轡繩，他總不肯站起來了。只得下來，把他拉起，重新騎上。走不了多少路，他又跪下了。如此幾次，我心中無限焦燥，只得拉著轡繩步行一程，再騎一程，走到太陽偏西，還沒有走到楊村（由天津進京尖站），越覺心急。看見路旁一家小客店，只得暫且住下，到明天再走。

北方賃騎牲口，向無人跟隨，由此站到彼站，自有人接應。

入到店裡，問起這裡的地名，纔知道是老米店。我淨過嘴臉之後，拿出幾十錢，叫店家和我去買點酒來，店家答應出去了。我見天時尚早，便到外面去閒步，走出門來，便是往來官道。再從旁邊一條小巷子裡走進去，只見巷裡頭一家，便是個燒餅攤。餅攤旁邊，還擺了幾棵半黃的青菜，隔壁便是一家鴉燒餅攤只有一家，卻容下了兩家鴉片烟店，焉得不怪。

片烟店。再走過去，約莫有十來家人家，便是盡頭，那盡頭的去處，卻又是一家賣鴉片烟的。從那賣鴉片烟的人家前面走過去，便是一片田場。再走幾十步，回頭一望，原來那老米店通共只有這幾家人家，便算是一條村落的了。信步走了一回，仍舊回到店裡，呆呆的坐了一大會。看看天要黑下來了，那店家纔提了一壺酒回來交給我。我道：「怎麼去這半天？」店家道：「客人只怕是初走這裡？」我道：「正是。」店家道：「這老米店沒有賣酒的地方，要喝一點酒，要走到十二里地外去買呢。客人初走這裡，怨不得不知道。」我一面聽他說話，一面舀出酒來呷了一口，覺得酒味極劣。暗想天津的酒甚好，何以到了此地，便這般惡劣起來。想是去買酒的人賺了我的錢，所以買這劣酒搪塞，深悔方纔不曾多給他幾文。

心裡正在這麼想著，外面又來了一個客人，卻是個老者，鬚髮皆白，臉上卻是一團書卷氣。手裡提著一個長背搭，也走到房裡來。原來北邊地方的小客店，每每只有一個房，一鋪炕，無論多少寓客，都在一個炕上歇的。那老者放下背搭，要了水淨面，便和我招呼，我也隨意和他點頭。因見桌上有一個空茶碗，順手便舀一碗酒讓他喝。他也不客氣，舉杯便飲。我道：「這裡的酒狠不好。」老者道：「這已經是好的了。碰了那不好的，簡直和水一樣。」我道：「這裡離天津不遠，天津的酒狠好，何以不到那邊販來呢？」老者道：「衛裡嗎（北直人通稱天津為衛裡，以天津本衛也）？那裡自然是好酒。老客想是初走這邊，沒知道這些情形。做酒的燒鍋都在衛裡，衛裡的酒，自然是好的了。可是一過西沽就不行了，為的是釐卡上的捐太重。西沽就是頭一個釐卡，再往這邊來，過一個卡子，就捐一趟，自然把酒捐壞了。」我道：「捐貴了，還可以說得，怎麼會捐壞了呢？」老者道：「賣貴了，人家喝不起，只得攙和些水在酒裡。那釐捐越是抽得利害，那水越是攙得利害，你說酒怎麼不壞！」我問道：「那抽捐是怎麼算法？可是照每擔捐多少算的嗎？」老者道：「說起來可笑得狠呢，他並不論擔捐，是論車捐。卻又不講每車捐多少，偏要講每個車輪子捐多少。說起來是那做官的混帳了，不知道這做買賣的也不是個好東西，他要照車輪子收捐，這邊就不用牲口拉的車，只用人拉的車。」我道：「這又有甚麼分別？」老者道：「牲口拉的車，總是兩個輪子。他們卻做出一種單輪子的車來，那輪子做的頂小，安放在車子前面的當中，那車架子卻做的頂大，所裝的酒簍子，比牲口拉的車裝的多，這車子前面用三四個人拉，後頭用兩個人推，就這麼個頑法。」正是：

真是奇事。

一任你刻舟求劍，怎當我掩耳盜鈴。

未知那老者還說出些甚麼來，且待下回再記。

嗚呼，吾讀此回而嘆家庭骨肉間之怪狀，何竟層出不窮，至於如是也！天倫之親，莫如父母子女，而愛情之摯者，尤莫如母。乃如是，乃如是，茫茫大地無可容身，蓋至是而極矣。吾聞先哲有言，「天下無不是之父母」，吾何敢責石映芝之母也。雖然，子與子言孝，操是說以往是為至德，苟父與父言慈，而仍操是說，則難乎其為人子矣。吾於此知先哲之言，必有所為而發者，固非籠統之言也。而適足以為後世頑嚚者之口實，是誠先哲所不及料，抑亦增子道之大哀已。

十餘家之村落且無行沽處，而烟館乃有兩家。真是一舉目，一投足，無非怪現狀。吾更默觀夫吾中國矣，商務最盛，莫如上海。上海精華萃於租界，租界之繁盛，又以大馬路、四馬路為首屈一指。此大馬路、四馬路者，各長三里餘，其兩旁市肆之宏闊，裝潢之富麗，幾眩人目。其間鴉片烟館，大小不知其數，幾為各種行業之冠。獨於此兩馬路中，欲求一米肆而不可得。荒涼如老米店者，如彼繁盛如大馬路、四馬路者，又如此。嗚呼，怪現狀可勝僂指計哉！

# 第七十回　惠雪舫遊說翰苑　周輔成誤娶填房

我聽那老者一席話，纔曉得這裡酒味不好的緣故，並不是代我買酒的人落了錢。於是再舀一碗讓他喝，又開了一罐罐頭牛肉請他。大家盤坐在炕上對吃。我又給錢與店家，叫他隨便弄點麵、飯來，方纔彼此通過姓名。那老者姓徐，號宗生，是本處李家莊人。這回從京裡出來，因為此地離李家莊還有五十里，恐怕趕不及，就在這裡下了店。我順便問問京裡市面情形，宗生道：「我這回進京，滿意要見焦侍郎，代小兒求一封信，謀一個館地。不料進京之後，他碰了一樁狠不自在的事，我就不便和他談到謀事一層，只住了兩天就走了。市面情形，倒未留心。」

我道：「焦侍郎可就是刑部的焦理儒？」宗生道：「正是他。」我道：「我在上海看了報，他這侍郎是纔升轉的，有甚麼不自在的事呢？」宗生道：「他們大老官，一帆風順的升官發財，還有甚麼不自在，不過為點小小家事罷了。然而據我看來，他實在是咎由自取。他自己是一個絕頂聰明人，筆底下又好；卻是學也不曾入得一名，如今雖然堂堂八座，卻是異途出身。四五個兒子，都不肯好好的念書，都是些不成材的東西。只有一位小姐，愛同拱璧，立志要招一位玉堂金馬❶的貴婿。誰知立了這麼一個志

又是家事，可嘆。

一語伏盡下文。

是官家

❶玉堂金馬：玉堂殿和金馬門的並稱。玉堂殿，原為漢未央宮的屬殿；金馬門，原為漢宮宦者署門。均為學士待詔之所。後亦沿用為翰林院的代稱。

子弟面目。

主意本不錯。

巴結堂官，自應如是。

偏是偶然談起。可見偶然者

願，便把那小姐耽誤了，直到了去年已過二十五歲了，還沒有人家。耽誤了點年紀，還沒有甚麼要緊，還把他的脾氣慣得異乎尋常的出奇，又吃上了鴉片烟癮，鬧的一發沒有人敢問名的了。去年六月間，有一位太史公斷了弦。這位太史姓周，號輔成，年紀還不滿三十歲。二十歲上便點了翰林，放過一任貴州主考，宦囊裡面多了三千金，便接了家眷到京裡來，省吃儉用的過日子，望開坊。誰知去年春上，染了個春瘟病，捱到六月間死了。你想這般一位年輕的太史公，一旦斷了弦，自然有多少人家央人去做媒的了。這太史公倒也伉儷情深，一概謝絕。這信息被焦侍郎知道了，便想著這風流太史做個快婿。雖然是個續弦，且喜年紀還差不多。想定了主意，便打算央媒說合。既而一想，自己是女家，不便先去央求。又打聽得這位太史公，凡是去做媒的，一概謝絕，更怕把事情弄僵了，所以直等到今年春天，纔請出一個人來商量。這個人便是刑部主事，和周太史是兩榜同年，卻是個旗人，名叫惠覃，號叫雪舫，為人極其能言舌辯。焦侍郎請他來，把這件事直告訴了他，又說明不願自己先求他的意思。雪舫便一力擔承在身上，說道：『大人放心，司官總有法子，說得他服服帖帖的來求親。大人這裡還不要就答應他，放出一個欲擒故縱的手段，然後許其成事，方不失了大人這邊的門面。』焦侍郎大喜，便說道：『那麼這件事，就盡託在老兄身上了。』

「雪舫得了這個差使，便不時去訪周輔成談天。周輔成老婆雖死了，卻還留下一個六歲大的男孩子，生得眉清目秀，十分可人。雪舫到了，總是逗他頑笑，考他認字。偶然談起說道：『怪可憐的一個小孩子，小小年紀沒了娘了，你父親怎麼就不再娶一個？』輔成聽了笑道：『傷心還沒有得過，哪裡便談到這一層。況且我是立志鰥居以終的了。』雪舫道：『你莫嘴強，這是辦不到的。縱使你伉儷情深，一時，萬事之因，固不可不慎此偶然也。

不向前力湊，反極力宕開，欲擒故縱，極盡能事。

未忍，久後這中饋乏人，總不是事。況且小孩子說大不大，總得要有人照應的。你此刻還趕傷心追悼的那邊去，未必肯信我這個話，久後你便要知道的。」輔成未及回答，雪舫又道：「說來也難，娶了一個好的來也罷了；倘使娶了個不賢的，那非但自己終身之累，就是小孩子對付晚娘，也不容易。」輔成道：「可不是嗎。我這立定鰥居以終之志，也是看到這一著。」雪舫道：「這也足見你的深謀遠慮。其實現在好好的女子狠少，每每聽見人家說起某家的晚娘待兒子怎樣，某家的晚娘待兒子怎樣，聽著也有點害怕。輔成兄，你既然立定主意不娶，何不把令郎送回家鄉去？自己住到會館裡，省得賃宅子，要省得多呢。」輔成道：「我何嘗不想。只為家母生平最愛的是內人，去年得了我這裡的信息，已經不知傷心的怎樣了。此刻再把小孩子送回去，老人家見子思母，豈非又撩撥起他的傷心來。何況小兒說大雖不大，也將近可以讀書了，我們衙門清閒無事，也想借課子消遣，因此未果。」雪舫道：「既如此，你也大可以搬到會館裡面去，到底省點澆裹❷。」輔成道：「我何嘗不想。只因這小孩子還小，一切料理，打辮洗澡，還得用個老媽子伺候。」雪舫道：「就是這個難，並且用老媽子，也不容易用著好的。」輔成道：「這倒不然，我現在用的老媽子，就是小孩子的奶娘，還是從家鄉帶來的。」雪舫道：「這麼說，你夫人雖是沒了，這過日子澆裹，還是一文不能省的。」輔成道：「這個自然。」雪舫道：「這麼說，你還是早點續弦的好。」輔成道：「這話怎講？」雪舫笑了一笑，卻不答話。輔成心下狐疑，便追著問是甚麼道理，雪舫道：「我要待不說，又對你不起；要待說了出來，一則怕你不信，二則怕你發急。」輔成道：「說的不近情理，不信或者有之，又何至於發急呢。」雪舫又笑了一笑，依然沒有話說。輔成道：

❷澆裹：指日常生活開銷。澆，謂飲食。裹，謂衣著。

直等他急的要死，方說出來。妙，妙！

偏要贊成。妙，妙！偏說早

「你這個樣子，倒是令我發急了。我和你彼此同年相好，甚麼話不好說，要這等藏頭露尾作甚麼呢？」雪舫正色道：「我本待不說，然而若是終於不說呢，實在對朋友不起，所以我只得直說了。但是說了，你切莫發急。」輔成發急道：「你說了半天，還是未說，你這是算甚麼呢！」雪舫道：「此刻我直說了罷。若是在別的人呢，這是稀不相干的事。無奈我們是做官的人……」說著又頓住了。輔成恨道：「你簡直爽快點，一句兩句說了罷，我又不和你作甚麼文字，只管在題前作虛冒，發多少議論作甚麼！」雪舫道：「你是身居清貴之職的，這個上頭更要緊。」輔成更急了道：「你還要故作盤旋之筆呢，快說罷。」雪舫道：「老實說了罷，你近來外頭的聲名，不大好聽呢。」輔成生平是最愛惜聲名的，平日為人謹飭的了不得，忽然聽了這句話，猶如天上吊下了一個大霹靂來，直跳起來問道：「這是哪裡來的話？」雪舫道：「我說呢，叫你不要著急！」輔成道：「到底是哪裡來的話？我不懂啊。到底說的是哪一行呢？」雪舫拍手道：「你知道我近來到你這裡來坐，格外來得勤，是甚麼意思？我是要來私訪你的。誰知私訪了這幾天，總訪不出個頭緒來，只得直說了。外頭人都說，你自從夫人沒了之後，便和用的一個老媽子搭上了，纏綿的了不得，所以凡是來和你做媒的，你都一概回絕。」輔成道：「這些謠言從哪裡來的？」雪舫道：「外頭哪個不知？還要問哪裡來的呢！不信，你去打聽你們貴同鄉，大約同鄉官沒有一個不知道的了。」輔成直跳起來道：「這還了得！我明日便依你的話，搬到會館去住，樂得省點澆裹。」雪舫道：「這一著也未嘗不是。然而你既賃了宅子，自己又住到會館裡，怎麼見得省？」輔成道：「哪裡的話！我既住到會館，便先打發了老媽子，帶著小孩子住進去了。」雪舫道：「早就該這樣辦法的了。」輔成便忙著要揀日子就搬。雪舫道：「你且莫忙，這不是一時三刻的事，我也在這裡代你打算該如此辦法。妙絕。

真是妙語如環。

呢。小孩子說小雖然不小，然而早起晚睡，還得要人招呼，還有許多說不出的零碎事情，斷不是我們辦得到的。譬如他頑皮攪溼了衣服，或者掛破了衣服等類，都是馬上要找替換，要縫補的，試問你我可以辦得到麼？這都是平常無事的話。萬一要有甚麼傷風外感，那不更費手腳麼？我正在這裡和你再三盤算，左也不是，右也不是。看不出這麼一件小小事情，倒是狠費商量的。』一席話說的輔成呆了，歇了半晌道：『不然，索性把小孩子送回家鄉去也好。』雪舫道：『你方纔不是說怕傷太夫人的心麼？』輔成搓手頓足了半晌，沒個理會。雪舫又道：『不如我和你想個法子罷，是輕而易舉，絕不費事的。不知你可肯做？』輔成道：『你且說出來，可以做的便做。』雪舫道：『你若肯依了我做去，包管你就可以保全聲名。』輔成道：『你又來作文字了，又要在題前盤旋了，快直說了罷。』雪舫道：『你今日起，便到處託人做媒，只說中饋乏人，要續弦了。這麼一來，外頭的謠言自然就消滅了。』輔成道：『這個不過暫時之計，不可久長的。況且央人做媒，做來做去，總不成功，也不是個事。萬一碰了合式的，他樣樣肯將就，任我怎樣挑剔，他都答應，那卻如何是好呢？』雪舫正色道：『那不就認真續了弦就完了。我勸你不要那麼獃，天下哪裡有從一而終的男子！你此刻還是熱烘烘的，自然這樣說。久而久之，中饋乏人，你便知道鰥居的難處了。與其後來懊悔，還是趕早做了的好。依我勸你，趁此刻自己年紀不十分大，兒子也還小，還容易求配；倘使耽擱幾年，自己年紀也大了，小孩子也長成了，那時後悔，想到續弦，只怕人家有好好的女兒，未必肯嫁給于思于思❸的老翁了。況且說起來，前妻的兒子已經若干大了，人家更多一層嫌棄。還有一層，比方你始終不續弦的話，將來開坊了，外放了，老大人、太夫人總是要迎

❸ 于思于思：鬢鬚濃密的樣子。語出左傳宣公二年：「于思于思，棄甲復來。」

說的入了夠了。

養的，同寅中官眷往來，你沒有個夫人，如何得便？難道還要太夫人代你應酬麼？你細想想，我的話是不是？」輔成聽了低下頭去，半晌沒有話說。雪舫又道：「說雖如此說，這件事卻是不能鹵莽的，最要緊是打聽人品；倘使弄了一個不賢的來，那可不是鬧頑的。」輔成嘆了一口氣，卻不言語。雪舫又道：「此刻你且莫愁這些，先撒開了話，要求人做媒，趕緊要續弦，先把謠言息一息再講。」輔成也沒有話說。雪舫又談些別樣說話，然後辭去。

「過了一日，雪舫未曾出門，輔成先去拜訪了，說是躊躇了一天一夜，沒有別的法子，只好依你之計，暫時息一息謠言再說的了。雪舫道：『既如此，便從我先做起媒來。陸中堂有一位小姐，是才貌兼備的，等我先去碰一碰看。』輔成道：『你少胡鬧！他家女兒怎肯給我們寒士？何況又是個填房。』雪舫道：『求不求在你，肯不肯由他，問一問不見得就玷辱了他，那又何妨呢。』輔成也就沒有言語了。再過一天，雪舫便來回話，說『陸中堂那邊白碰了，今日我又到張都老爺那邊去說，因為聽說張都老爺有個妹子，生得十分福氣，今日沒有回話，過幾天聽信罷』。此時輔成因為謠言可怕，也略略活動了一點了，這兩天也在別個朋友跟前提起續弦的話。一時同衙門的、同鄉的，都知道周太史要續弦了，那做媒的便絡繹不絕。這個誇說張家小姐才能，那個誇說李家小姐標緻，說的心如槁木的一位太史公，心中活潑潑起來。雪舫又時時走來打動，商量要怎麼的好，怎麼的不好。又說第一年紀要大的好，輔成問他是甚麼緣故，雪舫道：『若是元配，自然年紀不怕小的。此刻你的是續弦，進了你門，就要做娘的；翁姑又不在跟前，倘使年紀過輕，怎麼能當得起這個家？若是年紀大點的，在娘家縱使未曾經練過，也看見得多了，招呼小孩子，料理家務，自然都會的了。你想不是年紀大的好麼？』說的輔成合了意。

「他卻另外挽出一個人來，和輔成做焦侍郎小姐的媒。輔成便向雪舫打聽，雪舫道：『這一門我早就想著了，一則怕這位小姐不肯許人家做填房，二則我和焦老頭子有堂屬之分，彀不上去說這些事，所以未曾提及。這門親倘是成了，倒是好的。聽說那一位小姐，雅的是琴棋書畫，俗的是寫算操作，沒有一件不來的。況且年紀好像在二十以外一點了，於料理小孩子一層，自然是好的了。』輔成聽了，也巴望這門親定了，好得個內助。偏偏焦侍郎那邊，又沒有著實回話，倒鬧得輔成心焦起來。又託雪舫去說，求之再四，方纔應允。一連跑了四五天，把這頭親事說定。一面擇日行聘。

如此做媒，竟與騙局無異矣。奇乎不奇！

惡極！

「過了幾時，又張羅行親迎大禮，央了欽天監❹選擇了黃道吉日，打發了鼓吹彩輿去迎娶，擇定了午正三刻拜堂合巹。這一天，周太史家裡賀客盈門，十分熱鬧。格外提早點吃了中飯，預備彩輿到了，好應吉時拜堂。一班同年同館的太史公，都預備了催妝詩、合巹詞。誰知看看到了吉時，不見彩輿到門，眾親友都呆呆的等著看新人。等彀多時，已是午過未來，還是寂無消息。辦事的人便打發人到坤宅去打聽，回報說新人正在那裡梳妝呢。眾人只得仍舊呆等。等到了未末申初，兩頂大媒老爺的轎子到了，說來了來了，快了快了，馬上就登輿了。周太史一面款待大媒。鬧了一會，已交酉刻，天已晚下來了，只得張羅開席宴客。吃到半席時，忽然間鼓樂喧天的，新娘娶回來了，便連忙撤了席，拜堂、送房、合巹，又忙了一陣，直到戌正，纔重新入席。那新人的陪嫁，除了四名丫頭之外，還有兩房僕婦、兩名家人，都是狠漂亮的。眾人盡歡散席時，已是亥正了。大家寬坐了一會，便要到新房裡看新人，周太史只得陪著到新房裡去。眾人舉目看時，都不覺棱了一棱，原來那位新人早已把鳳冠除下，卻仍舊穿的蟒袍霞帔，

❹ 欽天監：掌管天文、曆法等事務的官署。

在新床上擺了一副廣東紫檀木的鴉片烟盤，盤中烟具，十分精良，新人正躺在新床上吃舊公烟❺呢。看見眾人進來，纔慢慢的坐起，手裡還拿著烟槍。兩個伴房老媽子連忙過去接了烟槍，打橫放在烟盤上，一個接手代他戴上鳳冠。陪嫁家人過來，把烟盤收起來，回身要走，忽聽得嬌滴滴的聲音叫了一聲『來』，這個聲音正是新人口中吐出來的，那陪嫁家人便回轉身子，手捧烟盤端端正正的站著，只聽得那新人又說道：『再預備十二個泡兒就彀了。』那陪嫁家人連答應了三四個『是』字，方纔退了出去。眾人取笑了一回，見新人老氣橫秋的那個樣子，便紛紛散去。新人見客散了，仍舊叫拿了烟具來，一口一口的吹，吹足了十二口時，天色已亮，方纔卸妝睡覺。

「周輔成這一氣，幾乎要死。然米已成飯，無可如何了。只打算日後設法禁制他罷了。那位新人一睡，直到三下鐘方纔起來。梳洗已畢，便有他的陪嫁家人，帶了一個面生人，手裡拿了一包東西到上房裡去。輔成此時一肚子沒好氣，也沒做理會。第二天晚上，便自己睡到書房裡去了。到了第三天，是照例回門，新婿新人先後同去，行禮已完，新婿也照例先回。及至輔成回到家時，家人送上兩張帳單。輔成接過來一看，一張是珠寶市美珍珠寶店的，上面開著珍珠頭面一副、穿珠手鐲一副、西洋鑽石戒指五個，共價銀四千五百兩；又一張是寶興金店的，上面開著金手鐲一副、押髮簪子等件，零零碎碎，共價是三百十五兩。輔成看了便道：『我家裡幾時有買過這些東西？』家人回道：『這是新太太昨天叫店裡送來的。』輔成嚇了一跳，呆了半晌，沒有話說，慢騰騰的踱到書房，換過便衣，唉聲嘆氣的坐立不安。直等到晚上十二點多鐘，新人方纔回來。輔成一肚子沒好氣，走到上房，只見那位新夫人已經躺下吃烟

❺ 舊公烟：清末廣東出產的「老公膏」，是用印度進口的鴉片烟熬成的烟膏。

了。看見丈夫進來，便慢騰騰的坐起。輔成不免也欠欠身坐下，半晌開口問道：『夫人昨天買了些首飾？』新人道：『正是。我看見今天回門，倘使還戴了陪嫁的東西，不像樣子，所以叫他們拿了來。些微揀了兩件，其實還不甚合意。』輔成道：『既然不甚合意，何不退還了他呢？』說時臉上狠現出一種不喜歡的顏色，新人聽了這話，看了新婿的顏色，不覺也勃然變色起來。」正是：

房帷未遂齊眉樂，易象先呈反目爻❻。

未知一對新人，鬧到怎麼樣子，且待下回再記。

❻ 反目爻：爻，易卦爻。易經小畜：「九三，輿說（同脫）輻，夫妻反目。象曰：夫妻反目，不能正室也。」

# 第七十一回　周太史出都逃婦難　焦侍郎入粵走官場

「當下新人變了顏色，一言不發。輔成也忍耐不住，說道：『不瞞夫人說，我當了上十年的窮翰林，只放過一回差，不曾有甚麼積蓄。』新人不等說完，便搶著說道：『罷，罷！幾吊錢的事情，你不還，我娘家也還得起！我明日打發人去要了來，不煩你費心。不過，我這個也是掙你的體面。今天回門去，我家裡甚麼王爺、貝子、貝勒的福晉、姑娘，中堂、尚書、侍郎的夫人、小姐，擠滿了一屋子，我只插戴了這一點撈什子，還覺著怪寒塵的，誰知你到那麼驚天動地起來！早知道這樣，你又何必娶甚麼親！』說著，又叫了一聲『來』，那陪嫁家人便走了進來，垂手站著。新人拿眼睛對著鴉片烟盤看了一看，那家人便走到床前，半坐半躺的燒了一口烟，裝到斗上。輔成冷眼覷著，只見那家人把烟槍向那邊一送，新人躺下來接了，向燈上去吸，那家人此時簡直也躺了下來，一手擋著槍梢，一手拿著烟籤子，撥那斗門上的烟。輔成見了，只氣得三尸亂暴，七竅生烟。只因纔做了親不過三朝，不便發作，忍了一肚子氣，仍到書房裡去安歇了。

「從此那珠寶店、金子店的人，三天五天便來催一次，輔成只急得沒路投奔。雪舫此時卻不來了，終日悶著一肚子氣，沒處好告訴，沒人好商量。一連過了二十多天，看看那娶來的新人，非但愈形驕蹇放縱，並且對於那六歲孩子，漸漸露出晚娘的面目來了。輔成更加心急，想想轉恨起雪舫來，然而徒恨

所謂功成身退，何必再來。

先在書畫算起，是翰林先生本色。

惜乎未見此信，一定是絕妙筆墨也。

也無益，總要想一個善後之策，因此焦灼的一連幾夜總睡不著。並且自從娶親以來，便和上房如同分了界一般，足跡輕易不踏到裡面。小孩子受了晚娘的氣，又走到自己跟前哭哭啼啼，益加煩悶。

「忽然一日，自己決絕起來，定下一個計策，暗地裡安排妥當。只推說家中老鼠多，損傷了書籍字畫，把一切書畫都歸了箱，送到會館裡存放，一共運去了十多箱書畫，暗中打發一個家人，到會館裡取了，運回家鄉去。等到了滿月那天，新人又照例回門去了。這一次回門，照例要娘家住幾天。這位周太史等他夫人走了，便寫了個名條，到清秘堂❶去請了一個回籍措資的假，僱了長車，帶了小孩子，收拾了細軟，竟長行回籍去了。只留下一個家人看門，給了他一個月的工錢，叫他好好看守門戶，誑他說，到天津去去就來的。他自己到了天津之後，卻寄了一封信給他丈人焦侍郎。這封信卻是駢四驪六的，足有三千多字，寫得異常的哀感頑豔。焦侍郎接了這封信，一氣一個死。無可奈何，只得把女兒權時養在家裡，等日後再做道理。我進京找他求信，恰好碰了這個當口，所以我也不便多說，耽擱了幾天，只得且回家去，過幾時再說的了。」

徐宗生一席長談，一面談著，一面喝著，不覺把酒喝完了，飯也吃了，問店家要了水來淨了面。我又問起焦侍郎為甚麼把一位小姐，慣到如此地位。宗生道：「這也不懂。論起來，焦侍郎是狠有閱歷的人，世途上、仕途上都走的爛熟的了，不知為甚麼家庭中卻是如此。」我道：「世路仕路的閱歷，本來與家庭的事是兩樣的。」宗生道：「不是這樣說。這位焦理儒，他是經過極貧苦來的，不應把小孩子慣得驕縱到這步田地。他焦家本是個富家，理儒是個庶出的晚子，十七、八歲上便沒了老子，弟兄們分家，

❶ 清秘堂：翰林院辦公處。乾隆皇帝曾為翰林院題匾曰「木天清秘」，故得名。

倒是一位美術家，可發一笑。

他名下也分到了二三萬的家當。擱不起他老先生吃喝嫖賭，無一不來，不上幾年，一份家當弄個精光。鬧的弟兄不理，族人厭惡，親戚冷眼，朋友遠避。在家鄉站不住了，賭一口氣走了出來，走到天津，住在同鄉的一家字號裡，白吃兩頓飯，人家也沒有好面目給他。可巧他的運氣來了，字號裡的棧房碰破了兩箱花椒，連忙修釘好了，總不免有漏出來的，字號裡的小夥計把他掃了回來。被這位焦侍郎看見了，不覺觸動了他的一門手藝，把那好的整的花椒揀了出來，用一根線一顆一顆的穿起來，盤成了一個班指。被字號裡的夥計看見了，歡喜他精緻，和他要了。於是這個要穿一個，那個要穿一個，弄得天天狠忙。他又會把他盤成珠子，穿成一副十八子的香珠。穿了香珠，卻沒有人要；只有班指要的人多，甚至有出錢叫他穿的。齊巧有一位候補道進京引見，路過天津，是他的世伯輩，他用了『世愚姪』的帖子去見了一回，便把所穿的香珠，湊了一百零八顆，配了一副燒料的佛頭、記念❷，穿成一掛朝珠，又穿了一個細緻的班指，作一份禮送了去。那位候補道喜歡的了不得，等他第二次去見了，便問他在天津做甚麼，他一時沒得好回答，便隨嘴答應，說要到廣東去謀事。那候補道便送了他五十兩銀子程儀，他得了這筆銀子，便當真到廣東去了。原來他有一位姑丈，是廣東候補知府，所以他一心要找他姑丈去。誰知他在家鄉那等行為，早被他哥哥們寫信告訴了姑丈了，所以他到了廣東，那位姑丈只給他一個不見。他姑母是早已亡故的了，他姑丈就在廣東續的弦，他向來沒有見過，就是請見也見不著。五十兩銀子有限，從天津到得廣東，已是差不多的了，再是姑丈不見，住了幾天客棧，看看銀子沒有了，他心急了，便走到他姑丈公館門口等著，等他姑丈拜客回來，他抓住了轎槓便叫姑丈。他姑丈到了此時，沒有法子，只

❷ 佛頭、記念：皆是隔嵌在成串朝珠裡的裝飾品。佛頭比朝珠大，記念也叫記捻兒，是朝珠旁邊的小串裝飾品。

得招呼他進去。問他來意，他說要謀事。他姑丈說：『談何容易！這廣東地方雖大，可知人也不少，非有大帽子壓下來，不能謀一個館地。並且你在家裡荒唐慣了，到了外面，要守外面的規矩，你怎樣辦得到？不如仍舊回去罷。』他道：『此刻盤纏也用完了，回去不得，只得在這裡等機會。我就搬到姑丈公館來住著等，想姑丈也不多我這一碗閒飯。』他姑丈沒奈何，只得叫他搬到自己公館裡住。這一住又是好幾個月。喜得他還安分，不曾惹出逐客令來。

「他姑丈在廣東，原是一個紅紅兒的人，除了外面兩三個差使不算，還是總督衙門的文案。這一天總督要起一個摺稿，三四個文案擬了出來，都不合意，便把這件事交代了他姑丈。他姑丈帶回公館裡去弄，也弄不好。他看見了那奏稿節略❸，便自去擬出一篇稿來，送給他姑丈看，問使得使不得。他姑丈向來鄙薄他的，如何看得在眼裡，拿過來便擱在一旁。但苦於自己左弄不好，右弄不好，姑且拿他的來看看，看了也不見得好。暗想且不要管他，明天且拿他去塞責。於是到了明天，果然袖了他的稿子去上轅。誰知那位制軍一看見了，便大加賞識，說好得狠，卻不像老兄平日的筆墨。他姑丈一時無從隱瞞，又不便撒謊，只得直說了，是卑府親戚某人代作的。制軍道：『他現在辦甚麼事？是個甚麼功名？』他姑丈回說沒有事，也沒有功名。制軍道：『有了這個才學，不出身可惜了。我近來正少一個談天的人，老兄回去，可叫他來見我。』他姑丈怎麼好不答應，回去便給他一身光鮮衣服，叫他去見制軍。那制軍便留他在衙門裡住著，閒了時，便和他談天，他談風卻極好。有時悶了，和他下圍棋，他卻又能夠下兩子；並且輸贏當中，極有分寸，他的棋子雖然下得極高，卻不肯叫制軍大敗，有時自己還故意輸去兩子。

❸ 節略：提綱、摘要。

偶然制軍高興了，在簽押房裡和兩位師爺小酌，他的酒量卻又不輸與別人；並且出主意行出個把酒令來，都是雅俗共賞的。若要和他考究經史學問，他卻又樣樣對答得上來。有時唱和幾首詩，他雖非元、白、李、杜，卻也才氣縱橫。因此制軍十分隆重他，每月送他五十兩銀子的束脩。他就在廣東闊天闊地起來。

「不多幾時，潮州府出了缺，制臺便授意藩臺給他姑丈去署了。一年之後，他姑丈卸事回來，稟知交卸。制軍便問他：『我這回叫你署潮州，是甚麼意思，你可知道？』他姑丈回說是大帥的栽培。制軍道：『那倒並不是。我想你那個親戚，總要想法子叫他出身。你在省城當差，未必有錢多，此刻署了一年潮州，總可以寬裕點了，可以代你親戚捐一個功名了。』他姑丈此時不能不答應，然而也太刻薄一點，只和他捐了一個未入流❹，帶捐免驗看，指分廣東。他便照例稟到，制軍看見只代他弄了這麼個功名，心中也不舒服，只得吩咐藩臺，早點給他一個好缺署理。總督吩咐下來的，藩司哪裡敢怠慢，不到一個月，河泊所出了缺，藩臺便委了他。原來這河泊所是廣東獨有的官，雖是個從九、未入，他那進款可了不得。事情又風流得狠，名是專管河面的事，就連珠江上妓船也管了。

「他做了幾個月下來，那位制軍奉旨調到兩江去了，本省巡撫坐升了總督，藩臺坐升了撫臺，剩下藩臺的缺，卻調了福建藩臺來做。那時候一個最感恩知己的走了，應該要格外小心的做去纔是個道理。誰知他卻不然，除了上峰到任，循例道喜之外，朔望也不去上衙門，只在他自己衙門裡，辦他的風流公案。那時新藩臺是從福建來的，所有跟來的官親幕友，都是初到廣東，聞得珠江風月，哪一個不想去賞鑑賞鑑。有一天晚上，藩臺的少爺和一個衙門裡的師爺，兩個人在穀埠（妓船麕聚之所）船上請客。不

❹未入流：清朝官制分九品，凡官階未進入九品之內的就叫未入流。

知怎樣，妓家得罪了那位師爺，師爺大發雷霆，把席面掀翻了，把船上東西打個稀爛，大呼小叫的，要叫河泊所來辦人。嚇得一眾妓女鶯飛燕散的，都躲開了。一個鴇婦見不是事，便硬著頭皮閃到艙裡去，跪下叩頭認罪。那師爺順手拿起一個茶碗，劈頭摔去，把鴇婦的頭皮摔破了，流出血來。請來的客，也有解勸的，也有幫著嚷打的。這個當口，恰好那位焦理儒帶了兩個家人，划了一艘小船出來巡河，剛剛巡到這個船邊，聽得吵鬧，他便跳過船來。剛剛走在船頭，忽見一個人在艙裡走出來，一見了理儒便道：『來得好，來得好！』理儒抬頭一看，卻是一位姓張的候補道，也是極紅的人。原來理儒在督署裡面，當了差不多兩年的朋友，又是大帥跟前極有面子的，所以那一班候補道府，沒有一個不認得他的。當下理儒看見是熟人，便站住了腳。姓張的又低低的說道：『藩憲的少大人和老夫子在裡面，是船家得罪了他。閣下來得正好，請辦一辦他們，以警將來。』理儒聽了，理也不理，昂起頭走了進去，便厲聲問道：『誰在這裡鬧事？』旁邊有兩個認得理儒的，便都道：『好了，好了！他們的管頭來了。』有個便暗暗告訴那師爺，這便是河泊所焦理儒了。那師爺便上前招呼。理儒看見地下跪著一個頭破血流的婦人，便問誰在這裡打傷人，那師爺便道：『是兄弟摔了他一下。』理儒沉下臉道：『清平世界，哪裡來的兇徒！』回頭叫帶來的家人道：『把他拿下了！』藩臺的少爺看見這個情形，不覺大怒道：『你是甚麼人，敢這麼放肆！』理儒也怒道：『你既然在這裡胡鬧，怎麼連我也不知道！想也是兇徒一類的。』喝叫家人，把他也拿了。旁邊一個姓李的候補府，悄悄對他說道：『這兩位一個是藩臺少爺，一個是藩臺師爺。』理儒喝道：『甚麼少爺、老爺，私爺、公爺！在這裡犯了罪，我總得帶到衙門裡辦去。』姓李的見他認真起來，便閃在一邊，和一班道府大人，閃閃縮縮的，都到隔壁船上去，偷看他作何舉動。只見他帶來的兩個家人，一個看守了師爺，一個看守了少爺，他卻居中坐了，喝問那鴇婦：『是哪一個打傷你的，快點說來。』那鴇婦只管叩頭，不肯供說。那師爺氣憤憤的說道：『是我打的，卻待怎樣！』理儒道：『好了，得了親供了。』叫家人帶了他兩個，連那鴇婦一起帶到衙門裡去。此時師爺、少爺帶來的家人，早飛也似的跑進城報信去了。理儒把一起人也帶進城，到衙門裡分別軟禁起來，自己卻不睡，坐在那裡等信。到得半夜裡，果然一個差官拿了藩臺的片子來要人。理儒道：『要甚麼人？』差官道：『要少爺和師爺。』理儒道：『我不懂。我是一個人在衙門裡辦公，沒帶家眷，沒有少爺。官小俸薄，請不起朋友，也沒有師爺。』差官怒道：『誰問你這個來！我是要藩憲的少大人，以及藩署的師爺！』理儒道：『我這裡沒有。』差官道：『你方纔拿來的就是。』理儒道：『那不是甚麼少爺、師爺，是兩個鬧事傷人的兇徒！』差官道：『只他兩個就是，你請他出來，我一看便知。』理儒把桌子一拍，大喝道：『你是個甚麼東西，要來稽查本衙門的犯人！』喝叫家人：『給我打出去！』兩個家人一片聲叱喝起來，那差官沒好氣，飛馬回衙門報信去了。藩臺聽了這話，也十分詫異，一半以為理儒誤會，一半以為那差官攪不清楚，只得寫了一封信，再打發別人去要。理儒接了信，付之一笑。草草的回了一個稟，交來人帶去。稟裡略言：『卑職所拿之人，確係兇徒，現有受傷人為證。無論此兇徒係何人，既以公事逮案，案未結，未便遽釋』云云。這兩次往返，天已亮了。理儒卻從從容容的吃過了早飯，纔叫打轎回公事去。誰知他昨夜那一鬧，外面通知道了，說是河泊所太爺誤拿藩臺的人，這一回是死無葬身之地的了，不難合衙門的人都有些不便呢。此風聲一夜傳了開去，到得天明，合衙門的書吏差役，紛紛請假走了，甚至於抬轎的人也沒有了。理儒看見覺得好笑，只得另外雇了一乘小轎，自己帶了那一顆小小的印把，叫家人帶了那少爺、師爺、鴇婦一同上制臺衙門去。」這一去，有分教：

胸前練雀❺橫飛出，又向最高枝上棲。

未知理儒見了制臺，怎樣回法，且待下回再記。

❺胸前練雀：九品官員補服上的圖案。焦理儒做的是未入流的河泊所司官，所穿補服綴的是練雀圖案。這裡代指小官。

# 第七十二回　逞強項再登幕府　走風塵初入京師

「前一夜藩臺因為得了幕友、兒子鬧事，被河泊所司官捉去的信，心中已經不悅，及至兩次去討不回來，心中老大不舒服。暗想這河泊所是甚麼人，他敢與本司作對。當時便有那衙門舊人告訴他，說是這河泊所本來是前任制臺的幕賓，是制臺交代前任藩臺給他這個缺的。藩臺一想，前任藩臺便是現任的撫軍，莫非他仗了撫軍的腰子麼。等到天明，便傳伺候上院去，把這件事囁囁嚅嚅的回了撫臺。撫臺道：『這個人和兄弟並沒有交情，不過兄弟在司任時，制軍再三交代給他一個缺，恰好碰了河泊所出缺，便委了他罷了。但是聽說他狠有點才幹。昨夜的事，他一定明知是公子，但不知他要怎樣頑把戲罷了。我看他既然明知是公子，斷不肯僅於回首縣，說不定還要上轅來。倘使他到兄弟這裡，兄弟自當力為排解，叫他到貴署去負荊請罪。就怕他逕到督憲那裡去，那就得要閣下自己去料理的了。』藩臺聽說，便辭了撫臺，去見制臺。喜得制臺是自己同鄉世好，可以無話不談的。一直上了轅門，巡捕官傳了手本進去，制臺即時請見。藩臺便把這件事，一五一十的回明白了，又說明這河泊所焦理儒係前任督憲的幕賓。制臺聽了這話，沉吟了一會道：『他若是當一件公事，認真回上來，那可奈何他不得，只怕閣下身上也有點不便。這個便怎生區處？』藩臺此時也呆了，垂手說道：『這個只求大師格外設法。』制臺道：『他動了公事來，實在無法可設。』藩臺正在躊躇，那巡捕官早拿了河泊所的手本上來回話了。制臺道：『他

偏使藩臺忙。妙，妙。

一個人來的麼？』巡捕道：『他還帶了兩個犯人、一個受傷的同來。』藩臺起初只知道兒子和師爺在外鬧事，不曾知道打傷人一節，此刻聽了巡捕的話，又加上一層懊惱。制臺便對藩臺說道：『這可是鬧不下來了。或者就請了他進來，你們彼此當面見了，我在旁邊打個圓場，想來還可以下得去。』藩臺道：『他這般倔強，萬一他一定頂真起來，豈不是連大帥也不好看？』制臺忽然想了一個主意道：『有了。只是要閣下每月津貼他多少錢，這件事就包在我身上，霎時間就冰消瓦解了。』藩臺道：『終不成拿錢買他？』制臺道：『不是買。你只管每月預備二百銀子，也不要你出面，你一面回去，只管揀員接署河泊所就是了。』藩臺滿腹狐疑，不便多問，制臺已經端茶送客，一面對巡捕說：『請焦大老爺。』向來傳見末秩沒有這種聲口的，那巡捕也狠以為奇，便連忙跑了出去。藩臺一面辭了出來，走到麒麟門外，恰遇見那巡捕官拿著手版，引了焦理儒進去。那巡捕見了藩臺，還站了一站班；只有理儒要理不理的，只望了他一眼。藩臺十分氣惱，卻也無可如何。

理儒進去見了制臺，常禮已畢，制臺便拉起炕來，理儒到底不敢坐，只在第二把交椅前面站定。制臺道：『老兄的風骨，實在令人可敬。請上坐了，我們好談天。將來叨教的地方還多呢。』理儒只得到炕上坐了。制軍又親手送過茶，然後開談道：『昨天晚上那件事，兄弟早知道了。老兄之強項風骨，著實可敬。現在官場中，哪裡還有第二個人！只可惜屈於末僚。兄弟到任未久，昧於物色，實在抱歉得狠。』理儒道：『大帥獎譽過當，卑職決不敢當！只是責守所在，不敢避權貴之勢，這是卑職生性使然。此刻開罪了本省藩司，卑職也知道罪無可逭，所以帶印在此，情願納還此職，只求大帥把這件事公事公辦。』說著，在袖裡取出那一顆河泊所印來，雙手放在炕桌上。制臺道：『這件事，兄弟另外叫人去辦，非發非繳，而忽然得在督署花廳炕上一放，此印榮幸多矣。一笑。

不煩閣下費心。不過另有一事，兄弟卻要叨教。』說罷，叫一聲『來』，又努一努嘴，一個家人便送上一副梅紅全帖。制臺接在手裡便站起來，對理儒深深一揖，理儒連忙還禮。制臺已雙手把帖子遞上道：『今後一切，都望指教！』理儒接來一看，卻是延聘書啓老夫子的關書❶，每月致送束脩二百兩。便連忙一揖道：『承大帥栽培，深恐駑駘，不足以副憲意。』制臺道：『前任督憲是兄弟同門世好，最有知人之明，閣下不以兄弟不才，時加教誨，為幸多矣。』當下又談了些別話，便把理儒留住。一面叫傳藩司，一面叫人帶了理儒進去，與各位師爺相見。原來那藩臺並不曾回去，還在官廳上，一則等信息，二則在那裡抱怨師爺，責備兒子。一聽得說傳，便連忙進去。制臺把上項事，仔細告訴了一遍，又道：『一則此人之才一定可用，二則借此可以了卻此事。閣下回去，趕緊委人接署。此後每月二百兩的束脩，由尊處送來就是了。』藩臺聽說，謝了又謝。制臺又把那河泊所的印交他帶去，道：『也不必等他交代，你委了人，就叫他帶印到任便了。』藩臺領命辭去。

此制臺大會打算，要人家出了束脩，代他請老夫子，他又做了兩面的好人。真是算

「從此焦河廳又做了總督幕賓。總是他生得人緣美滿，這位制軍得了他之後，也是言聽計從，叫他加捐了一個知縣，制臺便拜了一個摺，把他明保送部引見。回省之後，便署了一任香山，當了好些差使。從此連捐帶補的，便弄了個道臺。就此一帆風順，不過十年，便到了這個地位。只可憐他那姑丈，此刻六十多歲了，還是一個廣東候補府，自從署一任潮州下來，一直不曾署過事。你說這宦海升沉，有何一定呢！」

我本來和宗生談的是焦侍郎不善治家庭的事，卻無意中惹了他這一大套，又被我聽了不少的故事。

❶ 關書：聘請幕友的文書，載明報酬若干等項。

當下夜色已深，大家安睡一宿，次日便分路而行。

我到河西務料理了兩天的事，又到張家灣耽擱了一日，方纔進京，在騾馬市大街廣陞客棧歇下。因為在河西務、張家灣寄信不便，所以直等到了京城，纔發各路的信，一連忙了兩天，不曾出門，方纔料理清楚。因為久慕京師琉璃廠之名，這天早上，便在客棧櫃上問了路逕，步行前去。一路上看看各處市景，街道雖寬，卻是坎坷的了不得；滿街上不絕的駱駝來往，偶然起了一陣風，便黃塵十丈。以街道而論，莫說比不上上海，凡是我經過的地方，沒有一處不比他好幾倍的。

一路問訊到了琉璃廠，路旁店鋪，盡是些書坊、筆墨、古玩等店家。走到一家松竹齋紙店，我想這是著名的店家，不妨進去看看。想定了，便走近店門，一隻腳纔跨了進去，裡邊便走出一個白鬍子的老者，拱著手，呵著腰道：「你佇來了（你佇，京師土語，尊稱人也。發音時惟用一佇字，你字之音，蓋藏而不露者。或曰『你老人家』四字之轉音也，理或然歟）！久違了！你佇一向好！裡邊請坐！」我被這一問，不覺楞住了，只得含糊答應，走了進去。便有一個小後生，送上一支水烟筒，那老者連忙攔住，接在手裡，裝上一口烟，然後雙手遞給我。那小後生又送上一碗茶，那老者也接過來，一手拿起茶碗，一手把茶托側轉，舀了一舀，重新把茶碗放上，雙手遞過了來，還齊額獻了一獻。然後自己坐定，嘴裡說些「天氣好啊，還涼快，不比前年，大九月裡還是狠熱。你佇有好兩個月沒請過來了」，我一面聽他說，一面心中暗暗好笑。我初意進來，不過要看看，並不打算買東西。被他這麼一招呼，倒不好意思空手出去了，只得揀了幾個墨盒、筆套等件，好在將來回南邊去送人，總是用得著的。老者道：「墨盒子蓋上可要刻個上下款？」我被他提醒了，就隨手寫了幾個款給他。然後又看了兩種信箋。老者道：「小

無遺策，可發一笑。

店裡有一種『永樂箋』，頭回給你佇看過的，可要再看看？」說罷，也不等我回話，便到櫃裡取出一個大紙匣來。我打開匣蓋一看，裡面是約有八寸見方的玉版箋❷，左邊下角上一朵套色角花，紙色極舊。老者道：「這是明朝永樂年間大內用的箋紙，到此刻差不多要到五百年了，的真是古貨。你佇瞧這角花，不是印板的，是用筆畫出來的，一張一個樣子，沒有一張同樣兒的。」我拿起來仔細一看，的確是畫的。看看那紙色，縱使不是永樂年間的，也是個舊貨了。因問他價錢，老者道：「別的東西有個要價還價，這個紙是言無二價的，五分銀子一張。」我笑道：「怎麼單是這一種做不二價的買賣呢？」老者道：「你佇明見得狠，我不能瞞著你佇。別的東西，市價有個上下，工藝有個粗細，惟有這一號紙，是做不出來的，賣了一張，我就短了一張的了。小號收來是三千七百二十四張，此刻只剩了一千三百十二張了。」我心裡雖是笑他搗鬼，卻也歡喜那紙，就叫他數了一百張，一共算帳。因為沒帶錢，便寫了個條子，叫他等一會送到廣陞棧第五號。便走出來，那老者又呵腰打拱的，一路送出店門之外，嘴裡說了好些「沒事請來談談」的話。

我別過了，走到一家老二酉書店，也是最著名的，便順著腳走了進去。誰知纔進了門口，劈頭一個人在我膀子上一把抓著道：「哈哈，是甚麼風把你佇吹來了！我計算著你佇總有兩個月沒來了。你佇是最用功的，看書又快，這一向買的是誰家的書，總沒請過來！」說話時，又瞅著一個學徒的道：「你瞧你！怎麼越鬧越傻了（傻音近耍字音，京師土諺，癡呆之意也）！老爺們來了，茶也忘了送了，烟也忘了裝了。像你這麼個傻大頭，還學買賣嗎！」他嘴裡雖是這麼說，其實那學徒早已捧著水烟筒，在那裡

❷ 玉版箋：宣紙的一種，光潔堅致，也叫「玉版紙」。

伺候了。那個人把我讓到客座裡，自己用袖子拂拭了椅子，請我坐下。然後接過烟筒，親自送上。此時，已是另有一個學徒泡上茶來了。那人便問道：「你佇近來看甚麼書啊？今兒個要辦甚麼書呢？」我未及回答，忽見一個人拿了一封信進來，遞給那人。那人接在手裡，拆開一看，信裡面卻有一張銀票。那人把信放在桌上，把銀票看了一看，皺眉道：「這是松江平❸，又要叫我們吃虧了。」說著，便叫學徒的：「把李大人那箱書拿出來，交他管家帶去。」學徒的捧了一個小小的皮箱過來，擺在桌上，那箱卻不是書箱，像是個小文具箱樣子，還有一把鎖鎖著。那送信的人便過來要拿，那人交代道：「這鎖是李大人親手鎖上的，鑰匙在李大人自己身邊，你就這麼拿回去就得了。」那送信人拿了就走。這個當口，我順眼看他桌上那張信，寫的是「送上書價八十兩，祈將購定之書，原箱交來人帶回」云云。我暗想這個小皮箱，裝得了多大的一部書，卻值得八十兩銀子！忍不住向那人問道：「這箱子裡是一部甚麼書，卻值得那麼大價？」那人笑道：「你佇也要辦一份罷？這是禮部堂官❹李大人買的。」我道：「到底是甚麼書，你佇告訴了我，許我也買一部。」那人道：「那箱子裡共是三部：一部品花寶鑑，一部肉蒲團❺，一部金瓶梅❻。」我聽了，不覺笑了一笑。那人道：「我就知道這些書，你佇是不對的。你佇向來是少

❸ 松江平：晚清用銀以京平的成色為標準，松江平的銀票，兌成京平要打九八折。

❹ 禮部堂官：清時中央各衙門長官稱為堂官，禮部堂官，即禮部尚書或侍郎。禮部主管禮儀、學校貢舉等事。禁毀所謂淫褻小說是禮部該管之事，肉蒲團等書是當時禁毀的淫書，禮部堂官購得鎖在箱子裡運回家裡，恰好是一種諷刺。

❺ 肉蒲團：白話長篇小說，二十回。明末清初李漁著。小說描敘書生未央生與數名女子的情愛史。朝廷於順治九年、康熙二年指為淫詞小說，後屢申禁毀。

年老成，是人所共知的。咱們談咱們的買賣罷。」我初進來時，本無意買書的，被他這一招呼應酬，倒又難為情起來，只得要了幾種書來。揀定了，也寫了地址，叫他送去取價。我又看見他書架上庋了好些石印書，因問道：「此刻石印書，京裡也大行了？」那人道：「行是行了，可是賣不出價錢。從前還好，這兩年有一個姓王的，只管從上海販了來，他也不管大眾行市，他販來的便宜，就透便宜的賣了，鬧的我們都看不住本錢了。」我道：「這姓王的可是號叫伯述？」那人道：「正是。你佇認得他麼？」我道：「有點相熟。不知他此刻可在京裡？住在甚麼地方？」那人道：「這可不大清楚。」我就不問了。

別了出來，到各處再逛逛。心中暗想，這京城裡做買賣的人，未免太油腔滑調了。我生平第一次進京，頭一天出來閒逛，他卻是甚麼「許久不來」啊，「兩個月沒來」啊，拉攏得那麼親熱，真是出人意外。想起我進京時，路過楊村打尖，那店家也是如此，我騎著驢走過他店門口，他便攔了出來，說甚麼「久沒見你佇出京啊，幾時到衛裡去的，你佇用的還是那匹老牲口」，說了一大套。當時我還以為他認錯了人，據今日這情形看來，北路裡做買賣的，都是這副伎倆的了。

正這麼想著，走到一處十字街口，正要越走過去，忽然橫邊走出一頭駱駝，我只得站定了，讓他過去。誰知過了一頭，又是一頭，絡繹不絕。並且那拴駱駝之法，和拴牛一般，穿了鼻子，拴上繩，卻又把那一根繩，通到後面來拴後面的一頭，如此頭頭相連，一連連了二三十頭。那身軀又長大，走路又慢，

❻金瓶梅：明朝白話長篇小說，一百回。蘭陵笑笑生著。描敘北宋末年山東清河縣破落戶西門慶勾結官府，在地方巧取豪奪，斂財暴富，又賄賂買官，稱霸一方。小說以西門慶家庭生活為中心，展開一幅真實而廣闊的市井生活圖畫。情節中多有男女床笫行為的描寫，屢被清朝政府禁毀。

等他走完了，已是一大會的工夫，纔得過去。

我初到此地，路是不認得的，不知不覺走到了前門大街。老遠的看見城樓高聳，氣象雄壯，便順腳走近去望望。在城邊遶行一遍，只見甕城凸出，開了三個城門，東西兩個城門是開的，當中一個關著。這一門，是只有皇帝出來纔開的，那一種嚴肅氣象，想來總是狠利害的了。我走近那城門洞一看，誰知裡面瓦石垃圾之類，堆的把城門也看不見了。裡面擠了一大群叫化子，也有坐的，也有睡的，也有捧著燒餅在那裡吃的，也有支著幾塊磚當爐子，生著火煮東西的。我便縮住腳回頭走。走不多路，經過一家燒餅店，店前擺了一個攤，攤上面擺了幾個不知隔了幾天的舊燒餅。忽然來了一群化子，一擁上前，一人一個或兩個，搶了便飛跑而去。店裡一個人大罵出來，卻不追趕，低頭在攤枱底下，又抓了幾個出來擺上。我回眼看時，那新擺出來的燒餅，更是陳舊不堪。暗想這種燒餅，還有甚麼人要買呢。想猶未了，就看見一個人丟了兩個當十大錢在攤上，說道：「四十。」那店主人便在裡面取出兩個雪白新鮮的燒餅來交給他。我這纔明白，他放在外面的陳舊貨，原是預備叫化子搶的。順著腳又走到一個胡同裡，走了一半，忽見一個叫化子，一條腿腫得和腰一般粗大，並且爛的血液淋漓，當路躺著。迎頭來了一輛車子，那胡同狠窄，我連忙閃避在一旁，那化子卻還躺著不動。那車子走到他跟前，車夫卻把馬韁收慢了，在他身邊走過。那車輪離他的爛腿，真是一髮之頃，幸喜不曾碰著。那車夫走過了之後，纔揚聲大罵，那化子也和他對罵。我看了狠以為奇，可惜初到此處，不知他們搗些甚麼鬼。

又向前走去，忽然抬頭看見一家山東會館，暗想伯述是山東人，進去打聽，或者可以得個消息，想罷便踱了進去。正是：

此蹕路也。現狀如此，怪乎不怪？

一枚當十錢，只當兩文用，卻稱一枚當十錢為二十。此京師之風，所謂「說大話用小錢」是也。

方從里巷觀奇狀，又向天涯訪故人。

未知尋得著伯述與否，且待下回再記。

# 第七十三回 書院課文不成師弟 家庭變起難為祖孫

當下我走到山東會館裡，向長班❶問訊。長班道：「王伯述王老爺，前幾天纔來過。他不住在這裡。他賣書，外頭街上貼的萃文齋招紙，便是他的。好像也住在一家甚麼會館裡，你佇到街上一瞧就知道了。」我聽說便走了出來，找萃文齋的招貼，偏偏一時找不著。倒是沿路看見不少的「包打私胎」的招紙，還有許多不倫不類賣房藥的招紙，到處亂貼，在這輦轂❷之下，真可謂目無法紀了。走了大半條衚衕，總看不見萃文齋三個字。直走出衚衕口，看見了一張，寫的是「萃文齋洋版書籍」，旁邊「寓某處」的字，卻是被爛泥塗蓋了的。再走了幾步，又看見一張同前云云，旁邊卻多了一行小字，寫著「等米下鍋，賠本賣書」八個字。我暗想，這位先生未免太兒戲了。及至看那「寓某處」的地方，仍舊是用泥塗了的，我實在不解。在地下拾了一片木片，把那泥刮了下來，仔細去看，誰知裡面的字已經挖去的了。只得又走，在路旁又看見一張，這是完全的了，寫著「寓半截衚衕山會邑館❸」。我便一路問信，要到半截衚衕，誰知走來走去，早已走回廣陞棧門口了。我便先回棧裡，又誰知松竹齋、老二酉的夥計，把東

❶ 長班：會館裡公用的僕人。

❷ 輦轂：皇帝的車輿，代指天子，也指稱京師。

❸ 山會邑館：浙江山陰和會稽兩縣的會館。

西都送了來，等了半天了。客棧中飯早開過了，我掏出表來一看，原來已經一點半鐘了。我便拿銀子到櫃上換了票子，開發了兩家夥計去了。然後叫茶房補開飯來，胡亂吃了兩口。又到櫃上去問半截衚衕，誰知這半截衚衕就在廣陞棧的大斜對過，近得狠的。

我便走到了山會邑館，一直進去，果然看見一個房門首，貼了「萃文齋寓內」的條子。便走了進去，卻不見伯述，只有一個頒白老翁在內。我便向他叩問，老翁道：「伯述到琉璃廠去了，就回來的，請坐等一等罷。」我便請教姓名，那老翁姓應，號暢懷，是紹興人。我就坐下同他談天，順便等伯述。等了一會，伯述來了，彼此相見，談了些別後的話。我說起街上招貼塗去了住址一節，伯述道：「這是他們書店的人幹的。我的書賣得便宜，他又奈何我不得，所以出了這個下策。」我道：「怪不得呢，我在老二西打聽姻伯的住處，他們只回說不知道。」伯述道：「這還好呢，有兩回有人到琉璃廠打聽我，他們簡直的回說我已經死了，無非是妒忌我的意思。老二西家，等一回就要來拿一百部大題文府，怎麼不知我住處呢。」我又說起在街上找萃文齋招帖，看見好些「包打私胎」招紙的話，伯述道：「你初次來京，見了這個，自以為奇。其實稀奇古怪的多得狠呢，這京城裡面，就靠了這個維持風化不少。」我不覺詫異道：「怎麼這個倒可以維持風化起來？」伯述道：「在外省各處，常有聽見生私孩子的事，惟有京城裡出了這一種寶貨，就永無此項新聞了，豈不是維持風化麼。你還沒有看見滿街上貼的招紙，還有出賣婦科絕孕丹的呢，那更是弭患於無形的善法了。」說罷，呵呵大笑。又談了些別話，即便辭了回棧。

連日料理各種正事，伯述有時也來談談。一連過了一個月，接到繼之的信，叫我設法自立門面。我也想到長住在棧裡，終非久計；但是我們所做的，都是轉運買賣，用不著熱鬧所在，也用不著大房子，便到外面各處去尋找房屋。在南橫街找著了一家，裡面是兩個院子，東院那邊已有人住了，西院還空著，我便賃定了，置備了些動用傢伙，搬了進去，不免用起人來。又過了半個月，繼之打發他的一個堂房姪子吳亮臣，進京來幫我，並代我帶了冬衣來。亮臣路過天津時，又把我寄存杏農處的行李帶了來。此時又用了一個本京土人李在茲，幫著料理各項，我倒覺得略為清閒了點。

且說東院裡住的那一家人，姓符，門口榜著「吏部符宅」，與我們雖是各院，然而同在一個大門出入，總算同居的。我搬進來之後，便過去拜望，請教起臺甫，知道他號叫彌軒，是個兩榜出身，用了主事，簽分吏部。往來過兩遍，彼此便相熟了，我常常過去，彌軒也常常過來。這位彌軒先生，的真是一位道學先生，開口便講仁義道德，閉口便講孝弟忠信。他的一個兒子，名叫宣兒，只得五歲，彌軒便天天和他講朱子小學。常和我說，仁義道德是立身之基礎，倘不是從小薰陶他，等到年紀大了，就來不及了。因此我甚是敬重他。

有一天，我又到他那邊去坐，兩個談天正在入彀的時候，外面來了一個白鬚老頭子，穿了一件七破八補的棉袍，形狀十分瑟縮，走了進來。彌軒望了他一眼，他就瑟瑟縮縮的出去了。我談了一回天之後，便辭了回來，另辦正事。過了三四天，我恰好在家沒事，忽然一個人闖了進來，向我深深一揖，我不覺愕然。定睛一看，原來正是前幾天在彌軒家裡看見的老頭子。我便起身還禮。那老頭子戰兢兢的說道：「忝在同居，恕我荒唐，有殘飯乞賜我一碗半碗充饑。」我更覺愕然道：「你住在哪裡？我幾時和你同居過來？」那老頭子道：「彌軒是我小孫，彼此豈不是有個同居之誼。」我不覺吃了一驚道：「如此說是太老伯了！請坐，請坐。」老頭子道：「不敢，不敢。我老朽走到這邊，也是無可奈何的事，只求有

竟是叫化也。可憐。

吃殘的飯，賜點充饑，就狠感激了。」我聽說，忙叫廚子炒了兩碗飯來給他吃，他忙忙的吃完了，連說幾聲「多謝」，便匆匆的去了。我要留他再坐坐談談，他道：「恐怕小孫要過來不便。」說著便去了。

我遇了這件事，一肚子狐疑，無處可問，便走出了大門，順著腳步兒走去，走到山會邑館，見了王伯述，隨意談天，慢慢的便談到今天那老頭子的事。伯述道：「彌軒那東西還是那樣嗎？真是豈有此理！這是認真要我們設法告他的了。」我道：「到底是甚麼樣一樁事呢？符彌軒雖未補缺，到底是個京官，何至於把乃祖弄到這個樣子，我倒一定要問個清楚。」伯述道：「他是我們歷城（山東歷城縣也）同鄉。我本來住在歷城會館，就因為上半年，同鄉京官在會館議他的罪狀，起了底稿給他看過，要他當眾與祖父叩頭伏罪；又當堂寫下了孝養無虧的切結，說明倘使仍是不孝，同鄉官便要告他。當日議事時，我也在會館裡，同鄉中因為我從前當過幾天京官，便要我也署上一個名。我因為從前雖做過官，此刻已是經商多年了，官不官，商不商，便不願放個名字上去。好得暢懷先生和我同在一起，他是紹興人，我就跟他搬到此地來避了。論起他的家世，我是知的最詳。那老頭子本來是個火居道士❹，除了代別人唪經之外，還鬼鬼祟祟的會代人家畫符治病，偶然也有治好的時候，因此人家上他一個外號，叫做『符最靈』。這個名氣傳了開去，求他治病的人更多了，居然被他積下了幾百吊錢。生下一個兒子，卻是狠沒出息的，長大了遊手好閒，終日不務正業。老頭兒代他娶了一房媳婦，要想仗媳婦來管束兒子，誰知非但管束不來，小夫妻兩個反時時向老頭兒吵鬧，說老人家是個守財虜，守著了幾百吊錢，不知道拿出來給兒子做買賣，好歹也多掙幾文，反要怪做兒子的不務正業，你叫我從哪個上頭做起。吵得老頭兒沒了法了，便

❹ 火居道士：有妻室的道士。

拿幾吊錢出來，給兒子做小買賣，不多幾天，虧折個罄盡。他不怪自己不會打算，倒怪說本錢太少了，所以不能賺錢。老頭兒沒奈何，只得又拿些出來，不多幾天，也是沒了。如此一拿動了頭，以後便無了無休了，足足把他半輩子積攢下來的幾百吊錢，化了個一乾二淨。真是俗語說的，是個討債兒子，把他老子的錢弄乾淨了，便得了個病，那時候『符最靈』變了『符不靈』了，醫治無效，就此嗚呼了。且喜代他生下一個孫子，就是現在那個寶貨符彌軒了。他兒子死了不上一個月，他的媳婦就帶著小孩子去嫁了。這一嫁，嫁了個江西客人，等老頭子知道了時，那江西客人已經帶著那婆娘回籍去了。老頭兒急得要死，到歷城縣衙門去告，上下打點，不知費了多少手腳，纔得歷城縣向江西移提了回來，把這個寶貨孫子斷還了他。

「那時這寶貨只有三歲，虧他祖父符最靈百般撫養，方得長大。到了十二、三歲時，實在家裡窮得不能過了，老頭子便把他送到一家鄉紳人家去做書僮。誰知他卻生就一副聰明，人家請了先生教子弟讀書，他在旁邊聽了，便都記得。到了背書時，那些子弟有背不下去的，他便在旁邊偷著提他。被那教讀先生知道了，誇獎他聰明，便和東家說了，不叫他做事，只叫他在書房伴讀。一連七八年，居然被他完了篇❺。那一年跟隨他小主人入京鄉試，他小主人下了第，正沒好氣，他卻自以為本事大的了不得，便出言無狀起來。小主人罵了他，他又反脣相稽。他小主人怒極了，把他攆走了，從此他便流落在京。幸喜寫的一筆好字，並且善變字體，無論顏、柳、歐、蘇❻，都能略得神似；別人寫的字，被他看一遍，

❺ 完了篇：學做八股文，先學做前面三股：破題、承題、起講，到學會做後面五股：入手、前股、中股、後股、束股，便叫做「完了篇」。

他摹仿起來，總有幾分意思。因此就在琉璃廠賣字。倒也虧他，混了三年，便捐了個監生下鄉場，誰知一出就中了。次年會試連捷，用了主事，簽分了吏部。那時還是住在歷城會館裡。可巧次年是個恩科，他的一個鄉試座主又放了江南主考，愛他的才，把他帶了去幫閱卷，他便向部裡請了個假，跟著到了江南。從中不知怎樣鬼混，賣關節舞弊，弄了幾個錢。等主考回京覆命時，他便逗留在上海，濫嫖了幾個月，娶了一個烟花中人，帶了回山東，騙人說是在蘇州娶來的，便把他作了正室，在家鄉立起門戶。

「他那位令祖看見孫子成了名，自是歡喜。誰知他把一個祖父看得同贅瘤一般，只是礙著鄰里，不敢公然暴虐。在家鄉住了一年，包攬詞訟，出入衙門，無所不為。歷城縣請他做歷城書院的山長❼，他那舊日的小主人，偏是在書院肄業，他便擺出山長的面目來，那小主人也無可如何。有一回書院裡官課❽，歷城縣親自到院命題考試。內中有一個肄業生是山東的富戶，向來與山長有點瓜葛的，私下的孝敬只怕也不少，只苦於沒有本事，作出文字來，總不如人。屢次要想取在前列，以驕同學，私下的和山長商量過好幾次。彌軒便和他商定，如取在第一，酬謝若干；取在五名前，酬謝若干；十名前又酬謝若干。商定之後，每月師課❾時，也勉強取了兩回在十名之內，得過些酬謝。要想再取高些，又怕諸生不服。恰好這回遇了官課，照例當堂繳卷之後，彙送到衙門裡，憑官評定甲乙的。那彌軒真是利令智昏，

❻ 顏、柳、歐、蘇：唐朝的顏真卿、柳公權、歐陽詢，宋朝的蘇軾，歷史上著名書法家。

❼ 山長：書院院長。

❽ 官課：書院每三月由官府出題考試一次，叫做「官課」，也叫「期考」。優秀者給予獎金。

❾ 師課：書院每月由院長出題考試一次，叫做「師課」，也叫「月考」。優秀者給予膏火費。

等官出了題目之後，他卻偷了個空，慘淡經營作了一篇文字，暗暗使人傳遞與那肄業生。那肄業生卻也荒唐，得了這稿子，便照謄在卷上，謄好了，便把那稿子摔了，卻被別人拾得，看見字跡是山長寫的，便覺得奇怪，私下與兩個同學議論，彼此傳觀。及至出了案，特等第一名的文章貼出堂來，是和拾來的稿子一字不易。於是合院肄業生、童❿大譁起來，齊集了一眾同學，公議辦法。那彌軒自恃是個山長，眾人奈何他不得，並不理會，也並未知道自己筆跡落在他人手裡。那肄業生卻是向來恃才傲物的，任憑他人紛紛議論，他只給他一概不知。眾人議定了，聯合了合院肄業生、童，具稟到歷城縣去告。歷城縣受了山長及那富戶的關節，便捺住這件公事，並不批出來。眾人只得又催稟，他沒法，只得批了。那批的當中只說『官課之日，本縣在場監考，當堂收卷，從何作弊？諸生、童等工夫不及他人，因羨生妒，屢次冒瀆多事，特飭不准』云云。批了出來，各生、童又大譁，又聯名到學院⓫裡去告；又把拾來的底稿粘在稟帖上，附呈上去。學院見了大怒，便傳了歷城縣去，把那稟及底稿給他去看，叫他澈底根究。誰知歷城縣仍是含糊稟覆上去。學院惱了，傳了彌軒去，當堂核對筆跡，對明白了，把他當面痛痛的申飭一番，下了個札給歷城縣，勒令即刻將彌軒驅逐出院，又把那肄業生衣頂⓬革了。

「彌軒從此便無面目再住家鄉，便帶了那上海討來的婊子，撇下了祖父，一直來到京城，仍舊扯著他幾個座師的旗號，在那裡去賣風雲雷雨。有一回博山（山東縣名，出玻璃料器甚佳）運了一單料貨到

---

❿ 生、童：生，即生員（秀才）；童，即童生。

⓫ 學院：提督學政衙門，也指稱「提督學政」。學政與總督、巡撫平行，主管一省的學務。

⓬ 衣頂：秀才制服，是秀才資格的標誌。

煙臺，要在煙臺出口裝到上海，不知是漏稅或是以多報少，被關上扣住了要充公。那運貨的人與彌軒有點瓜葛，打了個電報給他，求他設法。他便出了他會試座主的銜名，打了一個電報給登萊青道⑬，叫把這一單貨放行。登萊青道見是京師大老的電報，便把他放了。事後纔想起這位大老是湖南人，何以干預到山東公事，並且自己與他向無往來，未免有點疑心。過了十多天，又不見另有墨信寄到，便寫了一封信，只說某日接到電報如何云云，已遵命放行了。他這座主接到這封信，十分詫異，連忙著人到電報局查問這個電報，是哪個發的，卻查不出來。把那電報底稿吊了去，核對筆跡，自己親信的幾個官親子姪，又都不是的。便打發幾個人出來，明查暗訪，哪裡查得出來。卻得一個少爺是個極精細的人，把門房裡的號簿吊了進來，逐個人名抄下，自己卻一個個的親自去拜訪，拜過了之後，便是求書求畫，居然叫他把筆跡對了出來。他卻又並不聲張，拿了那張電底去訪彌軒，出其不意，突然拿出來給他看。他忽然看見了這東西，不覺變了顏色，左支右吾了一會。卻被那位少爺查出了，便回去告訴了老子，把他叫了來，痛乎其罵了一頓，然後攆走了，交代門房，以後永不准他進門。

「他壞過這一回事之後，便黑了一點下來。他那位令祖，因為他雖然衣錦還鄉，卻並不曾置得絲毫產業，在家鄉如何過得活，便湊了盤川，尋到京裡來。誰知這位令孫，卻是拒而不納，老人家便住到歷城會館裡去。那時候恰好我在會館裡，那位老人家差不多頓頓在我那裡吃飯，我倒代他養了幾個月的祖父。後來同鄉官知道這件事，便把彌軒叫到會館裡來，大眾責備了他一番，要他對祖父叩頭認罪，接回宅子去奉養，以為他總不敢放恣的了，卻不料他還是如此。」

是能寫字人，卻屢次在字跡上敗露。可謂以夫子之道，反害夫子。一笑。

⑬ 登萊青道：管轄登州、萊州、青州三地的分守分巡道。

伯述正在汩汩而談，誰知那符最靈已經走了進來。正是：

暫停閒議論，且聽個中言。

未知符最靈進來有何話說，且待下回再記。

第七十回周太史若不為惠雪舫游說所動，何至演出此家庭大怪劇。第七十一至七十二回補敘焦侍郎微時何等精明，何等靈變，何等善於揣摩，以至於身膺八座，而家庭中不可對人言之事，正不知凡幾，卒以一女為代表，暴其一斑。此回祖孫之間，現狀又如此，嗚呼，何家庭怪狀之多也！家庭之怪狀，吾蓋睹之熟矣，幾於司空見慣矣。所最怪者，滅倫背親之事，乃出於日講孝弟忠信仁義道德之人。吾於此遂不得不遠避乎高談理學之士大夫，然而又不得以一符彌軒概盡天下之人也。於是乎入世擇交，從此難矣。第一回楔子曰：茫茫大地，無可容身，孰更甚於此哉。

寫京師瑣瑣屑屑之怪事，如鑄鼎象物，醜態畢呈。然老於京師者，尚曰，此特一斑耳，烏足以盡之；或又曰，京師邇來諸事改良，或不如是矣。誠如所言，則為京師昔日留一記念歷史，亦何嘗不可。

# 第七十四回　符彌軒逆倫幾釀案　車文琴設謎賞春燈

當下符最靈走了進來，伯述便起身讓坐。符最靈看見我在座，便道：「原來閣下也在這裡。早上我荒唐得狠，實在餓急了，纔蒙上一層老臉皮。」我道：「彼此同居，這點小事，有甚麼要緊。」伯述接口道：「怎麼你那位令孫，還是那般不孝麼？」符最靈道：「這是我自己造的業，老不死，活在世界上受這種罪！我也不怪他，總是我前一輩子做錯了事，今生今世受這種報應。」伯述道：「自從上半年他接了你回去之後，到底怎樣對付你？我們雖見過兩回，卻不曾談到這一層。」符最靈道：「初時也還沒有甚麼，每天吃三頓，都是另外開給我吃的。」伯述道：「不同在一起吃麼？你的飯開在甚麼地方吃？」符最靈道：「因為我同孫媳婦一桌吃不便當，所以另外開的。」伯述道：「到底把你放在甚麼地方吃飯？」符最靈囁嚅著道：「在廚房後面的一間柴房裡。」伯述道：「睡呢？」符最靈道：「也睡在那裡。」伯述把桌子一拍道：「這還了得！你為甚麼不出來驚動同鄉去告他？」符最靈道：「阿彌陀佛！如此一來，豈不是送斷了他的前程？況且我也犯不著再結來生的冤仇了。」伯述嘆了一口氣道：「近來怎樣呢？」符最靈又喘著氣道：「近來一個多月，不是吃小米粥（小米，南人謂之粟，無食之者，惟以飼鳥。北方貧人，取以作粥），便是棒子饅頭（棒子，南人謂之珍珠米。北人或磨之成屑，調蒸作饅頭，色黃如蠟，而粗如砂，極不適口，謂之棒子饅頭，亦貧民之糧也），吃的我胃口都沒了，沒奈何對那廚子

雖是一片鄉愚之言，然其中尚有舐犢情在。其辭可玩也。吁！

說，請他開一頓大米飯（南人所食之米，北方土諺謂之大米，蓋所以別於小米也），也不求甚麼，只求他弄點鹹菜給我過飯便了。誰知我這句話說了出去，一連兩天也沒開飯給我吃。我餓極了，自己到竈上看時，卻已是收拾的乾乾淨淨，求一口米泔水都沒了。今天早起，實在捱不過了，只得老著臉向同居求乞。」

伯述道：「鬧到如此田地，你又不肯告他。我勸你也不必在這裡受罪了，不如早點回家鄉去罷。」符最靈道：「我何嘗不想。一則呢，還想看他補個缺。二則我自己年紀大了，唪經畫符都幹不來了，就是幹得來，也怕失了他的體面；家裡又不曾掙了一絲半絲產業，叫我回去靠甚麼為生？有這兩層難處，所以我捱在這裡。不然啊，我早就拔碇了（拔碇，山東濟南土諺，言捨此他適也）。」伯述道：「我本來怕理這等事，也懶得理。此刻看見這等情形，我也耐不住了。明日我便出一個知單，知會同鄉，收拾他一收拾。」符最靈慌忙道：「快不要如此！求你饒了我的殘命罷！要是那麼一辦，我這幾根老骨頭就活不成了。」伯述道：「這又奇了！我們同鄉出面，無非責成他孝養祖父的意思，又何至關到你的性命呢！」符最靈道：「各同鄉雖是好意，就怕他不肯聽勸，不免同鄉要惱了。倘使當真告他一告，做官的不知道我的下情，萬一把他的功名幹掉了，叫我還靠誰呢？」伯述冷笑道：「你此刻是靠的他麼？也罷，我們就不管這個閒事，以後你也不必出來訴苦了。」符最靈被伯述幾句話一搶白，也覺得沒意思，便搭訕著走了。

此等說話，我聞之亦欲哭，不知為之孫者，果何以為情也！

應暢懷連忙叫用人來，把符最靈坐過的椅墊子，拿出去收拾過，細看有蝨子沒有。他坐過的椅子，也叫拿出去洗。又叫把他吃過茶的茶碗，也拿去了，不要了，最好摔了他，「你們捨不得，便把他拿到旁

曰「也覺得沒意思」，足見

當日眼中之符最靈，乃一渾然無知之人。此不是寫符最靈，正是寫符彌軒也。

處去，不要放在家裡。」伯述見他那種舉動，不覺棱住了，問是何故。暢懷道：「你們兩位都是近視眼，看他不見。可知他身上的蝨子，一齊都爬到衣服外頭來了，身上的還不算，他那一把白鬍子上，就爬了七八個，你說膩人不膩人！」伯述哈哈一笑，對我道：「我是大近視看不見，你怎麼也看不見起來？」我道：「我的近視也不淺了。這東西，倒是眼不見算乾淨的好。」正說話時，外面用人嚷起來，說是在椅墊子上找出了兩個蝨子。暢懷道：「是不是？倘使我也近視了，這兩個蝨子不定往誰身上跑呢。」大家說笑一陣，我便辭了回去。

剛到家未久，彌軒便走了過來，彼此相見熟了，兩句寒暄話之外，別無客氣。談話中間，我說起彼此同居月餘，向不知道祖老大人在侍，未曾叩見，甚為抱歉。彌軒道：「不敢，不敢。家祖年紀過大，厭見生人，懶於酬應，雖迎養在京寓，卻向不見客的。」我道：「年紀大的人，懶於應酬，也是人情之常。只是老人家久鬱在家裡，未免太悶，不知可常出來逛逛？」彌軒道：「說起來，我們做晚輩的狠難。寒家本是幾代寒士，家訓相承，都是淡泊自守。只有到了兄弟，僥倖通籍，出來當差。處於這酬應紛繁之地，勢難仍是寒儒本色，不免要隨俗附和，穿兩件乾淨點的衣服，就是家常日用，也不便過於儉嗇。這一點點下情，想來當世君子總可以原諒我的。然而家祖卻還是淡泊自甘。兄弟的舉動支消，較之於同寅中，已是省之又省的了。據家祖的意思，還以為太費。平日輕易不肯茹葷，偶見家人輩吃肉，便是一場教訓；就是衣服一層，平素總不肯穿一件綢衣，兄弟做了上去請老人家穿，老人家非但不穿，反惹了一場大罵，說是『暴殄天物，我又不應酬，不見客，要這個何用！』這不是叫做小輩的難過麼？兄弟襁褓時，先嚴慈❶便相繼棄養，虧得祖父撫養成人，以有今日，這昊天罔極之恩，無從補報萬一，思之真

所以一月以來只吃小米粥棒

子饅頭也，所以七穿八補、蝨生衣外也。令堂只怕還在江西。

是令人愧恨欲死。」我聽了他這一席話，不住的在肚子裡乾笑，只索由他自言自語，並不答他。等他講完了這一番孝子順孫話之後，纔拉些別的話和他談談，不久他自去了。

到了晚上，各人都已安歇，我在枕上隱隱聽得一陣喧嚷的聲音，出在東院裡。側耳細聽，卻聽不出是嚷些甚麼，大約是隔得太遠之故。嚷了一陣，又靜了一陣；靜了一陣，又嚷一陣。雖是聽不出所說的話來，卻只覺得耳根不得清淨，睡不安穩。到得半夜時，忽聽得一陣訇訇之聲，甚是利害。接著又是一陣亂嚷亂罵之聲，過了半晌，方纔寂然。我起先聽得訇訇之聲之時，便披衣坐起，側耳細聽。聽到沒有聲息之後，我的睡魔早已過了，便睡不著，直等到自鳴鐘報了三點之後，方纔朦朧睡去。

等到一覺醒來，已是九點多鐘了。連忙起來，穿好衣服，走出客堂。只見吳亮臣、李在茲和兩個學徒、一個廚子、兩個打雜，圍在一起，竊竊私語。我忙問是甚麼事。亮臣早已看見我出來，便叫他們舀洗臉水，一面回我說沒甚麼事。我一面要了水漱口，接著洗過臉，再問亮臣、在茲：「你們議論些甚麼？」亮臣正要開言，在茲道：「叫王三說罷，省了我們費嘴。」打雜王三便道：「是東院符老爺家的事。昨天晚上半夜裡，我起來解手，聽見東院裡有人吵嘴，我要想去聽聽是甚麼事。走到那邊，誰想他們院門是關上的，不便叫門，已經想回來睡覺了。忽然又想到咱們後院是統的，就摸到後院裡，在他們那堂屋的後窗底下偷聽。原來是符老爺和符太太兩個在那裡罵人，也不知他罵的是誰，聽了半天，只聽不出。後來輕輕的用舌尖把紙窗舐破了一點，往裡面偷看，原來符老爺和符太太對坐在上面，那一個到

❶ 先嚴慈：對別人稱自己死去的父母。嚴指父，慈指母。彌軒的母親改嫁去了江西，生死未知，故彌軒此言不當。

我們家裡討飯的老頭兒坐在下面，兩口子正罵那老頭子呢。那老頭子低著頭哭，只不做聲。那符太太罵得最出奇，說道：『一個人活到五六十歲，就應該死的了，從來沒見過八十多歲人還活著的！』符老爺道：『活著倒也罷了，無論是粥是飯，有得吃，吃點，安分守己也罷了。今天嫌粥了，明天嫌飯了，你可知道要吃好的，喝好的，穿好的，是要自己本事掙來的呢！』那老頭子道：『可憐我並不求好吃好喝，只求一點兒鹹菜罷了。』符老爺聽了，便直跳起來說道：『今日要鹹菜，明日便要鹹肉，後日便要雞鵝魚鴨，再過些時，便燕窩魚翅都要起來了。我是個沒補缺的窮官兒，供應不起！』說到那裡，拍桌子打板櫈的大罵。罵了一回，又是一回，說的是他們山東土話，說得又快，全都是聽不出來。罵到熱鬧頭上，符太太也插上了嘴，罵到快時，卻又說的是蘇州話，只聽得『老蔬菜』（吳人詈老人之詞）、『殺千刀』兩句是懂的，其餘一概不懂。罵轂了一回，老媽子開上酒菜來，擺在當中一張獨腳圓桌上，符老爺兩口子對坐著喝酒，卻是有說有笑的。那老頭子坐在底下，只管抽抽咽咽的哭。符老爺喝兩杯，罵兩句；符太太只管拿骨頭來逗著叭兒狗頑。那老頭子哭喪著臉，不知說了一句甚麼話，符老爺登時大發雷霆起來，把那獨腳桌子一掀，訇訇一聲，桌上的東西翻了個滿地，大聲喝道：『你便吃去！』那老頭子也太不要臉，認真就爬在地下拾來吃。符老爺忽的站了起來，提起坐的凳子，對準了那老頭子摔去，幸虧旁邊站著的老媽子，搶著過來接了一接，雖然接不住，卻擋去勢子不少，那凳子雖然還摔在那老頭子的頭上，卻只摔破了一點頭皮。倘不是那一擋，只怕腦子也磕出來了！」我聽了這一番話，不覺嚇了一身大汗，默默自己打主意。

到了吃飯時，我便叫李在茲趕緊去找房子，我們要搬家了。在茲道：「大臘月裡，往來的信正多，為甚忽然要搬家起來?」我道:「你且不要問這些,趕著找房子罷。只要找著了空房子,合式的自然合式,不合式的也要合式,我是馬上就要搬的。」在茲道:「那麼說,繩匠衚衕就有一處房子,比這邊還多兩間。也是兩個院子,北院裡住著人,南院子本來住的是我的朋友,前幾天纔搬走了,現在還空著。」我道:「那麼你吃過飯趕緊去看,馬上下定,馬上今天就搬。」在茲道:「何必這樣性急呢。大臘月裡天氣短,怕來不及。」我道:「怕來不及,多僱兩輛大敞車(敞之為言,露天也。敞車無頂篷,所以載運貨物者),一會兒就搬走了。」在茲答應著,飯後果然便去找房東下定,又趕著回來招呼搬東西。趕東西搬完了,新屋子還沒拾掇清楚,那天氣已經斷黑了,便招呼先吃晚飯。晚飯中間,我問起李在茲:「你知道今天王三說的,被符彌軒用凳子摔破頭的那老頭子,是彌軒的甚麼人?」在茲道:「雖是兩個月同居下來,卻還不得底細。一向只知道是他的一個窮親戚。」我道:「比親戚近點呢?」在茲道:「難道是自家人?」我道:「還要近點。」在茲道:「到底是甚麼人?」我道:「是他嫡親的祖父呢!」在茲吐舌道:「這還了得!」我道:「非但是嫡親的祖父,並且他老子先死了,他還是一個承重孫❷呢。你想今天聽了王三的話,怕人不怕人?萬一弄出了逆倫重案,照例左右鄰居,前後街坊,都要波及的。我們好好的作買賣,何苦陪著他見官司,所以趕著搬走了。此刻只望他昨天晚上的傷不是致命的,我們就沒事;萬一因傷致命,只怕還要傳舊鄰問話呢。」當下我說明白了,眾人纔知道我搬家的意思。一連幾日,收拾停妥了,又要預備過年。

❷ 承重孫:承受喪祭與宗廟重任的孫子。按宗法制度,本身及父俱係嫡長而父先死,於祖父母喪亡時,稱承重孫,須服喪三年。

這邊北院裡同居的，也是個京官，姓車，號文琴，是刑部裡的一個實缺主事，卻忘了他在哪一司了。為人甚是風流倜儻。我搬進來之後，便過去拜望他。打聽得他宅子裡只有一位老太太，還有一個小孩子，已經十歲，斷了弦七八年，還不曾續娶。我過去拜望過他之後，他也來回拜。走了幾天，又走熟了。

光陰迅速，殘冬過盡，早又新年。新年這幾天，無論官商士庶，都是不辦正事的。我也無非是看看朋友，拜個新年，胡亂過了十多天。

這天正是元宵佳節，我到伯述處坐了一天，在他那裡吃過晚飯，方纔回家。因為月色甚好，六街三市，甚是熱鬧，便和伯述一同出來，到各處逛逛，遶著道兒走回去。回到家時，只見門口圍了一大堆人。抬頭一看，門口掛了一個大燈，燈上糊了好些紙條兒，寫了好些字，原來是車文琴在那裡出燈謎呢。我和伯述都帶上了眼鏡來看，只見一個個紙條兒排列得十分齊整，寫的是：

（一）弔者大悅……論語一句　（二）斗……藥名一

（三）四……論語一句　（四）子不子……孟子一句

（五）硬派老二做老大……孟子一句　（六）不可奪志……孟子一句

（七）颺……書經一句　（八）徐稚下榻❸……縣名一

（九）焚林……字一　（十）老太太……字一

所冠之數目字，乃為下文射著時，只稱第幾條，可免詞句複疊而設，與謎義無涉。下仿此。

❸ 徐稚下榻：徐稚是東漢高士，陳蕃做太守時，不見賓客，唯設一榻招待徐稚，徐稚一走，即撤下此榻。故「徐稚下榻」的謎底是「陳留」。

（十一）楊玉環嫁王約❹……縣名一　（十二）地府國喪……聊❺目一
（十三）霹靂……西遊地名一　（十四）開門見山……水滸渾一
（十五）一角屏山……水滸渾一　（十六）｜……常語一句
（十七）廣東地面……孟子一句　（十八）宮❻……易經一句
（十九）監照❼……孟子一句　（二十）鳳鳴岐山……紅樓人一

看到這裡，伯述道：「我已經射著好幾條了，請問了主人，再看底下罷。」說話時，人叢裡早有一個人，踮著腳，伸著脖子望過來。看見伯述和我說話，便道：「原來是□老爺來了（第一回楔子，敘明此書為『九死一生』之筆記，此『九死一生』始終以一『我』字代之，不露姓名，故此處稱其姓之處，仍以□代之）。自己一家人，屋裡請坐罷。咱們老爺還在家裡做謎兒呢。」原來是車文琴的家人，在那裡招呼。我便約了伯述，同到文琴那邊去。纔進了大門，只見當中又掛了一個燈，上面寫的全是西廂謎兒：

❹ 楊玉環嫁王約：玉環是唐玄宗妃子楊貴妃的小名，體態豐腴，有「環肥」之稱。王約，元朝大學士，體胖。兩個胖子結合，謎底為「合肥」。

❺ 聊：聊齋誌異，清初文言短篇小說集，作者蒲松齡。

❻ 宮：宮刑，割去男子生殖器。

❼ 監照：監生的執照。捐官、捐監生叫納粟，故謎底為「以粟易之」。

（廿一）一杯悶酒尊前過

（廿二）天兵天將捉嫦娥

（廿三）望梅止渴

（廿四）相片

（廿五）破鏡重圓

（廿六）啞巴看戲

（廿七）北嶽恆山　三句

（廿八）走馬燈人物

（廿九）藏屍術

（三十）謎面太晦

（卅一）虧本潛逃

（卅二）新詩成就費推敲　白一字

（卅三）強盜宴客

（卅四）打不著的燈謎

我兩人正看到這裡，忽然車文琴從裡面走了出來，一把拉著我手臂道：「請教，請教。」我連說「不敢，不敢」。於是相讓入內。正是：

門前榜出雕蟲技，座上邀來射虎人。

未知所列各條燈謎，均能射中否，且待下回再記。

吾讀此回而不禁嘆造物之顛倒，人事之不齊也。有符最靈為祖，何不使六十九回石映芝為之孫；有六十九回石映芝之母，何不使有符彌軒為之子。彼蒼蒼者之安置人物，豈故為此嵚崎不平之態。以為觀美耶，抑果瞶瞶也。或曰：子為是言，得毋倡父不慈子不孝之說乎？則應之曰：惡。是何言？吾之此言，就人情一面言，不就倫常一面言也，何可以辭害意哉。

# 第七十五回　巧遮飾贄見❶運機心　先預防嫖界開新面

當下我和伯述兩個跟了文琴進去，只見堂屋當中還有一個燈，文琴卻讓我們到旁邊花廳裡去坐。花廳裡先有了十多個客，也有幫著在那裡發給彩物的，也有商量配搭贈品的，也有在那裡苦思做謎的。彼此略略招呼，都來不及請教貴姓臺甫。文琴一面招呼坐下，便有一個家人拿了三張條子進來，問猜的是不是。原來文琴這回燈謎比眾不同，在門外謎燈底下，設了桌椅筆硯，凡是射的，都把謎面條子撕下，把所射的寫在上面，由家人拿進來看。是射中的，即由家人帶贈彩出去致送；射錯的，重新寫過謎面粘出去。

那家人拿進來的三條，我看時，射的是第二條「百合」，第九條「樵」字，第二十條「周瑞」。文琴說對的，那家人便照配了彩物，拿了出去。伯述道：「我還記得那謎面第一條可是『臨喪不哀』？第五條可是『吾必以仲子為巨擘焉』？第十七條可是『五羊之皮』？」文琴拍手道：「對，對。非但打得好，記性更好！只看了一看，便連粘的次第都記得了。佩服，佩服！」說罷，便叫把那幾條收了進來，另外換新的出去，一面取彩物送與伯述。家人出去收了伯述射的三條，又帶了四條進來。我看時，是第三條射「非其罪也」，第四條射「當是時也」，第十九條射「以粟易之」，第六條射「此匹夫之勇」。我道：「作

❶ 贄見：初見尊長時所送的禮品。

也作得好，射也射得好。並且這個人四書狠熟，是孟子、論語的，只怕全給他射去了。」文琴給了贈彩出去。我道：「第十一條只怕我射著了，可是『合肥』？」文琴拍手道：「我以為這條沒有人射著的了，誰記得這麼一個癡肥王約！」我道：「這個應該要作捲簾格更好。」文琴想了一想，大笑道：「好，好！好個肥合！原來閣下是個老行家。」我道：「不過偶然碰著了，何足為奇。不知第二十一條可是『未飲心先醉』？」文琴道：「正是，正是。」我道：「這一條以西廂打西廂，是天然佳作。」文琴忙叫取了那兩條進來，換過新的出去，一面又送彩給我。伯述道：「兩個縣名，你射了一個難的去，我射一個容易的罷。第八條可是『陳留』？」我道：「姻伯射了第八條，我來射第十六條，大約是『小心』。」文琴道：「敏捷得狠。這第十六條是狠泛的，真了不得！」又是一面換新的，一面送彩過來，不必多贅。

文琴檢點了一回道：「西廂謎只射了一個。」我道：「我恰好想了幾個，不知對不對。第三十一可是『撇下賠錢貨』？三十二可是『反吟伏吟』？三十三可是『這席面真乃烏合』？三十四可是『只許心兒空想』？」文琴驚道：「閣下真是老行家！堂屋裡還有幾條，一併請教罷。」說著，引了我和伯述到當中堂屋裡去看，只見先有幾個人在那裡抓耳撓腮的想。抬眼看時，只見：

（卅五）與……………………孟子一、論語一　（卅六）膳……………………論語一、孟子一

（卅七）正……………………論語一、中庸一　（卅八）諫迎佛骨………………論語一、孟子一

（卅九）尸解…………………孟子二句不連　（四十）、此一點乃硃筆所點。………………孟子一、論語一

此路政不修，

我們正要再看，忽聽得花廳上哄堂大笑。連忙走過去問笑甚麼，原來第十八條謎面的「宮」字，有人射著了「乾道乃革」一句，因此大眾哄堂。伯述道：「我射一條雖不必哄堂，卻也甚可笑的，那第二十六條定是『眼花撩亂口難言』。」眾人想一想謎面，都不覺笑起來。我道：「請教那第四十條一點兒紅的，孟子可是『觀其色』？論語可是『赤也為之小』？」伯述不等文琴開口，便拍手道：「這個射得好！我也來一個，第三十八可是『故退之』，『不得於君』？」文琴搖頭道：「你兩位都是健將！」正說話時，堂屋裡走出一個人，拿了第三十五條問道：「孟子可是『可以與』？論語可是『可以興』？」文琴連忙應道：「是，是，是。」即叫人分送了彩，又換粘上新的。伯述道：「這一條別是一格。我們射的太多了，看看旁人射的罷。」於是又在花廳上檢看射進來的。只見第七條射了「四方風動」，十四條射了「沒遮攔」，十五條射了「小遮攔」，十三條射了「大雷音」。我看見第三十七條底下注明贈彩是時表一枚，一心要得他這時表來頑頑，因此潛心去想。想了一大會，方纔想了出來，因問文琴道：「三十七條可是『天之未喪斯文也』，『則其政舉』？」文琴連忙在衣袋裡掏出一個時表，雙手送與我道：「承教，承教。這一條又晦又泛，真虧你射！」我接過謙謝了，拿起來一看，卻是上海三井洋行三塊洋錢一個的，雖不十分貴重，然而在燈謎贈彩中，也算得獨豎一幟的厚彩了。伯述看見了道：「你不要瞧他是三塊錢的東西，我卻在他身上賺過錢的了。這東西買他一個要三塊錢，要是買一打，可以打九折；買十打，可以打八折；買五十打，可以打到七五折。我前年買了五十打，回濟南走了一趟，後來又由濟南到河南去，從河南再來京，我販的五十打表，一個也沒有賣去。沿路上見了當鋪，我便拿一個去當，當四兩銀子一個也有，當五兩一個的時候也有，一路當到此地，六百個表全當完了，碰巧那當票還可以賣幾百文。我仔細算了交通不便之病也，又何怪愚民之愚哉。

一算，賺的利錢比本錢還重點呢。」說笑了一回，又看別人射了幾個，夜色已深，各自散去。

過了幾天，各行生意都開市了，我便到向有往來的一家錢舖子裡去，商量一件事。到得那裡，說是掌櫃的有事，且請坐一坐。原來那掌櫃的姓惲，號洞仙，我自從入京之後，便認得了他，一向極熟的。每來了總是到他辦事房裡去坐，這一回我來了，鋪裡的人卻讓我坐到客堂裡，說辦事房裡另外有客，請在這裡等一等。我只得就在客堂裡坐下。等了一大會，纔見惲洞仙笑吟吟的送一個客出來，一直送到大門口，上了車，方纔回轉來，對我拱手道：「有勞久候了！屈駕得狠，請屋裡坐罷。」於是同到他辦事房裡去，重新讓坐，送茶。洞仙道：「兄弟今年承周中堂委了一個差使，事情忙點，一向都少候。你佇是大量的，想來也不怪我懶。」我道：「好說，好說。得了中堂的差使，一定是恭喜的。」洞仙道：「不過多點窮忙的事罷了，但得有事辦，就忙點也是值得的。」說時，手指著桌上道：「你佇瞧，這就是方纔那個客送我們老中堂的贄見，特誠來煩兄弟代送的，說不得也要給他當差。」我看那桌上時，擺著兩個紫檀木匣子。我走過去揭開蓋子一看，一匣子是平排列著五十枝筆，一匣子是平列著十錠墨，都是包了金的。我暗想雖是送中堂之品，卻未免太講究了。墨上包金，還有得好說；這筆桿子是竹子做的，怎麼都包上金呢，用兩天不要都掉了下來麼。一面想著，順手拿起一枝筆來看，誰知拿到手裡，沉甸甸的，重的了不得，不覺十分驚奇。拔去筆套一看，卻又是沒有筆頭的，更覺奇怪。洞仙在旁呵呵大笑道：「我要說一句放恣的話，這東西，你佇只怕是頭一回瞧見呢！」我道：「為甚麼那麼重？難道是整根是金子的麼？」洞仙道：「可不是！你佇瞧那墨麼？」我伸手取那墨時，誰知用力少點，也拿他不動，想來自然也是金子了。便略為看了一看，仍舊放下道：「這一份禮狠不輕。」洞仙道：「也不狠重。那筆是連筆帽兒四兩一枝（京師人呼筆套為筆帽），這墨是二十兩一錠，統共是四百兩。」我道：「這又何必！有萬把兩銀子的禮，不會打了票子送去，又輕便，在受禮的人，有了銀子，要甚麼可以置辦甚麼，何必多費工錢做這些假筆墨呢！送進去，就是受下他來，也是沒用的。」洞仙呵呵大笑道：「我看天底下就是你佇最闊，連金子都說是沒用的。」我道：「誰說金子沒用，我說拿金子做成假筆墨，是沒用的罷了。」洞仙道：「那麼你佇又傻了。他用的是金子，並不用假筆墨。我也知道打了票子進去最輕便的，怎奈大人先生不願意擔這個名色，所以纔想方做成這東西送去。人家看見送的是筆墨，狠雅的東西，就是受了也取不傷廉。」我道：「這是一份贄禮，卻送得那麼重！」洞仙道：「凡有所為而送的，無所謂輕重，也和咱們做賣買一般，一分行情一分貨。你還沒知道，去年裡頭大叔❷生日，閩浙蕭制軍送的禮，還要別緻呢，是三尺來高的一對牡丹花。白玉的花盆，珊瑚碎的泥，且不必說；用了一對白珊瑚作樹，配的是瑪瑙片穿出來的花，蔥綠翡翠作的葉子，都不算數；這兩顆花，統共是十二朵，那花心兒卻是用金絲鑲了金鋼鑽做的。有人估過價，這一對花要抵得九萬銀子。送過這份禮之後，不上半年，那位制軍便調了兩廣總督的缺。最苦是閩浙，最好是兩廣，你想這份禮送得著罷。」我道：「這一份筆墨，又是哪一省總督的呢？」洞仙道：「不配，不配。早得狠呢！然而近來世界，只要肯應酬，從府道爬到督撫，也用不著幾年工夫。你佇也弄個功名出來幹罷。」我笑道：「好，好。趕明天我捐一個府道，再來託你送筆墨。」說著大家都笑了。我便和他說了正事，辦妥了，然後回去。

回到家時，恰好遇見車文琴從衙門裡回來，手裡拿了一個大紙包。我便讓他到我這邊坐。他便同我

❷ 裡頭大叔：這裡指最得慈禧太后寵信的大太監李蓮英。裡頭，指宮內。

進來，隨意談天。我便說起方纔送金筆墨的話，文琴忙問道：「經手的是甚麼人？」我道：「是一個錢鋪的掌櫃，叫做惲洞仙。」文琴道：「這等人倒不可不結識結識。」我笑道：「你也想送禮麼？」文琴道：「我們窮京官不配。然而結識了他，萬一有甚麼人到京裡來走路子，和他拉個皮條，也是好的。」說話時，桌上翻了茶碗，把他那紙包弄溼了，透了許久，方纔覺著。連忙打開，把裡面一張一張的皮紙抖了開來，原來全是些官照。也有從九的，也有未入流的，也有巡檢的，也有典史的，也有把總的。我不覺詫異道：「哪裡弄了這許多官照來？」文琴笑道：「你可要？我可以奉送一張。」我道：「這都填了姓名、三代的，我要他作甚麼。」文琴道：「這個不過是個頑意兒罷了，頂真那姓名做甚麼。」我道：「奇極了！官照怎麼拿來做頑意兒？這又有甚麼頑頭呢？」文琴道：「你原來不知道，這個雖是官照，卻又是嫖妓的護符。這京城裡面，逛相公❸是冠冕堂皇的，甚麼王公、貝子、貝勒，都是明目張膽的，不算犯法；惟有妓禁極嚴，也極易鬧事，都老爺❹查的也最緊。逛窰姐兒的人，倘給都老爺查著了，他不問三七二十一，當街就打；若是個官，就可以免打，但是犯了這件事，做官的照例革職，所以弄出這個頑意兒來，大凡逛窰姐兒的，身邊帶上這麼一張，倘使遇了都老爺，只把這一張東西繳給他，就沒事了。」我道：「為了逛窰姐兒，先捐一個功名，也未免過於張致了。朝廷名器，卻不料拿來如此用法！」文琴道：「誰捐了功名去逛窰姐兒，這東西正是要他來保全功名之用。比方我去逛窰姐兒，被他查著了，誰願意把這好好的功名去幹掉了？我要是不認是個官，他可拉過來就打，那更犯不上了。所以備了這東

❸ 相公：當時對男妓的專稱。

❹ 都老爺：清時對都察院長官的俗稱。

西在身邊，正是為保全功名之用。」我道：「你弄了這許多來，想是一個老嫖客了。然而未見得每嫖必遇見都老爺的，又何必要辦這許多呢！」文琴道：「這東西可以賣，可以借，可以送，我向來是預備幾十張在身邊的。」我道：「賣與送不必說了，這東西有誰來借？」文琴道：「你不知道，這東西不是人人有得預備的。比方我今日請你吃花酒，你沒有這東西，恐怕偶然出事，便不肯到了。我有了這個預備，不就放心了麼。」一面說話時，已把那溼官照一張一張的印乾了，重新包起來。又殷殷的問惲洞仙是哪一家錢鋪的掌櫃，我道：「你一定要結識他，我明日可以給你們拉攏。」文琴大喜。

到了次日，一早就過來央我同去。我笑道：「你也太忙，不要上衙門麼？」文琴道：「不相干，衙門裡今日沒有我的事。」我道：「去的太早了，人家還沒有起來呢。」文琴又連連作揖道：「好人！沒起來，我們等一等。倘使去遲了，恐怕他出去了呢。」我給他纏的沒法，只得和他同去。誰知洞仙果然出門去了。問幾時回來，說是到周宅去的，不定要下午纔得回來。文琴沒法，只得回去。

我卻到伯述那裡去有事，辦過正事之後，便隨意談天。我說起文琴許多官照的事，伯述道：「這是為的從前出過一回事，後來他們纔想出這個法子的。自從行出這個法子之後，戶部❺裡卻多了一單大買賣，甚至有早上填出去的官照，晚上已經繳了的，那要嫖的人不免又要再捐一個，那纔是源源而來的生意呢。」我道：「從前出的是甚麼事？」伯述道：「京城裡的窰姐兒最粗最賤，不知怎麼，那一班人偏要去走動，真所謂逐臭之夫了。有一回，巡街御史❻查到一家門內有人吵鬧，便進去拿人。誰知裡面有

---

❺ 戶部：清朝中央政府分為六部：禮、吏、兵、刑、工、戶。戶部主管全國戶口、田賦和財政收支。

❻ 巡街御史：從監察御史裡選派出來、專司北京外城治安的官員，也叫「巡城御史」。

三個闊客：一個是侍郎，一個是京堂❼，一個是侍講❽。一聲說都老爺查到了，便都嚇得魂不附體。那位京堂最靈便，跑到後院裡，用梯子爬上墻頭，往外就跳。誰知跳不慣的人，忽然從高落下，就手足無措的了，不知怎樣一閃，把腿跌斷了，整整的醫了半年纔得好，因此把缺也開了。那一位侍郎呢，年紀略大了，跳不動，便找地方去躲，跑到毛廁裡去，以為可以躲過了。誰知走得太忙，一失腳掉到了糞坑裡去，幸得那糞坑還淺，不曾占滅頂之凶，然而已經鬧得異香遍體了。只有那位侍講，一時逃也逃不及，躲也躲不及，被他拿住了，自己又不敢說是個官。若是說了，他問出了官職，明日便要專摺奏參的了，只得把一個官字藏起來。那位都老爺拿住了，便喝叫打了四十下小板子。這一位翰林侍講平空受此奇辱，羞愧的無地自容，回去便服毒自盡了。卻又寫下了一封遺書給他同鄉，只說被某御史當街羞辱，無復面目見人。同鄉京官得了這封書，便要和那御史為難。恰好被他同嫖的那兩位侍郎、京堂知道了，一個是被他逼斷了腿的，一個是被他逼下糞坑的，如何不恨？便暗中幫忙，慫恿起眾人，於是同鄉京官斟酌定了文飾之詞，只說某侍講某夜由某處回寓，手燈為風所熄，適被某御史遇見，平日素有嫌隙，指為犯夜，將其當街笞責云云，據了這個意思，聯銜入奏。那兩位侍郎、京堂更暗為援助，鍛鍊成獄，把那都老爺革職，發往軍臺。這件事出了之後，一班逐臭之夫，便想出這官照的法子來。」

正說得高興時，家裡忽然打發人來找我，我便別過伯述回去。正是：

---

❼ 京堂：指都察院、通政司、詹事府、國子監和大理、太常、太僕、鴻臚、光祿等寺的主官，這些除左都御史外，都是三、四品官員。清中葉以後，京堂成為一種三四品官虛銜。

❽ 侍講：翰林院的散職。

只緣一段風流案，斷送功名更戍邊。

不知回去之後，又有甚事，且待下回再記。

聞諸老人言，奔競之風，京師素盛。夤緣大老之門者，諱為拜門；凡有賄賂，諱為贄敬。然光緒初葉以前，一贄敬之費，僅二百金耳，其尤者然不逾千金。觀此一筆一墨，已達萬金之外，其他可想已。時人之言曰：世界愈文明，則愈奢侈。余欲易之曰：人事愈曖昧，則愈奢侈。

卷中未揭曉之燈謎：（十）嫂字。（十二）閻羅薨。（二十二）圍住廣寒宮。（二十三）涎空蟁。（二十四）有影無形。（二十五）分明打個照面。（二十七）帶齊梁分秦晉臨幽燕。（二十八）腳跟無線如蓬轉。（二十九）留得形骸在。（三十）好著我難猜。（三十六）去食、強為善而已矣。（三十九）委而去之、所存者神。

# 第七十六回　急功名愚人受騙　遭薄倖淑女蒙冤

我回到家時，原來文琴坐在那裡等我。我問在茲，找我做甚麼，在茲道：「就是車老爺來說有要緊事情奉請的。」我對文琴道：「你也太性急了，他說下午纔得回家呢。」文琴道：「我另外有事和你商量呢。」我問他有甚麼事時，他卻又說不出來，只得一笑置之。捱到中飯過後，便催我同去。及至去了，惲洞仙依然沒回來。我道：「算了罷，我們索性明天再來罷。」文琴正在遲疑，恰好門外來了一輛紅圍車子❶，在門首停下，車上跳下一個人來，正是洞仙。一進門，見了我便連連打拱道：「有勞久候！失迎得狠！今天到周宅裡去，老中堂倒沒有多差使，倒是叫少大人把我纏住了，留在書房裡吃飯，把我灌個稀醉，纔打發他自己的車子送我回來。」說罷，呵呵大笑。又叫學徒的：「拿十吊錢給那車夫。把我的片子交他帶一張回去，替我謝謝少大人。」說罷了，纔讓我們到裡面去。我便指引文琴與他相見，彼此談得對勁，文琴便扯天扯地的大談起來。一會兒大發議論，一會兒又竭力恭維。我自從相識他以來，今天纔知道他的談風極好。

談到下午時候，便要拉了洞仙去上館子。洞仙道：「兄弟不便走開，恐怕老中堂那邊有事來叫。」文琴道：「我們約定了在甚麼地方，萬一有事，叫人來知照就是了。你大哥是個爽快人，咱們既然一見

京師之十吊，即外省之一千文。

❶ 紅圍車子：車身罩著紅呢，是當時三品以上官員才有資格乘坐的騾車。

如故，應該要借杯酒敘敘，又何必推辭呢。」洞仙道：「不瞞你車老爺說，午上我給周少大人硬灌了七八大鍾，到此刻還沒醉得了呢。」文琴道：「不瞞你大哥說，我有一個朋友從湖北來，久慕你大哥的大名，要想結識結識，一向託我。我從去年冬月裡就答應他引見你大哥的，所以他一直等在京裡，不然他早就要趕回湖北去的了。今兒咱們遇見了，豈有不讓他見見你大哥之理。千萬賞光！我今天也並不是請客，不過就這麼二三知己，借此談談罷了。」洞仙道：「你車老爺那麼賞臉，實在是卻之不恭，咱們就同去。不過還有一說，你佇兩位請先去，做兄弟的等一等就來。」文琴連忙深深一揖道：「老大哥，你不要怪我！我今兒沒具帖子，你不要怪我！改一天我再肅具衣冠，下帖奉請如何？」洞仙呵呵大笑道：「這是甚麼話！車老爺既然那麼說，咱們就一塊兒走。不過有屈兩位稍等一等，我幹了一點小事就來。」文琴大喜道：「既如此，就請便罷，咱兩個就在這裡恭候。」我道：「我卻要先走一步，回來再來罷。」文琴一把拉住道：「這是甚麼話！我知道你是最清閒的，成天沒事，不過找王老頭子談天。我和你是同院子的街坊，怎麼好拿我的腔呢！」我道：「這是甚麼話！我是有點小事，要去一去。你不許我去，我就不去也使得，何嘗拿甚麼腔呢！」洞仙道：「既如此，你兩位且在這裡寬坐一坐，我到外面去去就來。」說罷，拱拱手，笑溶溶的往外頭去了。這一去，便去得寂無消息，直等到天將入黑，還不見來，只急得文琴和熱鍋上螞蟻一般。好容易等得洞仙來了，一疊連聲只說：「屈駕，屈駕！實在是為了一點窮忙，分身不開，不能奉陪，千萬不要見怪！」文琴也不及多應酬，拉了便走。

出了大門，各人上了車，到了一家館子裡，揀定了座。文琴忙忙的把自己車夫叫了來，交代道：「你趕緊去請陸老爺，務必請他即刻就來，說有要緊話商量。」車夫去了。這邊文琴又忙著請點菜。忙了一會，文琴的車夫引了一個人進來，文琴便連忙起身相見，又指引與洞仙及我相見，一一代通姓名。又告訴洞仙道：「這便是敝友陸儉叔，是湖北一位著名的能員，這回是明保來京引見的。」又指著洞仙和儉叔說道：「這一位惲掌櫃，是周中堂跟前頭一個體己人，為人極其豪爽，所以我今兒特為給你們拉攏。」說罷，又和我招呼了幾句。儉叔便問有烟具沒有，值堂的忙答應了一個「有」字，即刻送了上來，把烟燈剪好，儉叔便躺下去燒鴉片烟。我在旁細看那陸儉叔，生得又肥又矮，雪白的一張大團臉，兩條縫般的一雙細眼睛。此時正月底邊，天氣尚冷，穿了一身大毛衣服，竟然像了一個圓人。值堂的送上酒來，他那鴉片烟還抽個不了。文琴催了他兩次，方纔起來坐席。文琴一面讓酒讓菜，一面對了儉叔吹洞仙如何豪爽，如何好客；一面對了洞仙吹儉叔如何慷慨，如何至誠。吃過了兩樣菜，儉叔又去烟炕上躺下。文琴忽然起身拉了洞仙到旁邊去，唧唧噥噥說了一會話，然後回到席上，招呼儉叔吃酒。儉叔又抽了一口，方纔起來入席。洞仙問道：「陸老爺歡喜抽兩口？」儉叔道：「其實沒有癮，不過歡喜擺弄他罷了。」這一席散時，已差不多要交二鼓，各人拱揖分別，各自回家。

從此一連十多天，我沒有看見文琴的面。有一天我到洞仙鋪裡去，恰好遇了文琴，看他二人光景，好像有甚事情商量一般。我便和洞仙算清楚了一筆帳，正要先行，文琴卻先起身道：「我還有點事，先走一步，明天問了實信再來回話罷。」說罷，作辭而去。洞仙便起身送他，兩個人一路唧唧噥噥的出去，直到門口方休。洞仙送過文琴，回身進內，對我道：「代人家辦事真難！就是車老爺那位朋友，甚麼陸儉叔，他本是個一榜，由揀選知縣❷，在法蘭西打仗那年，廣西邊防上得了一個保舉，過了同知、直隸

❷ 揀選知縣：僅有舉人功名，沒有考取進士，但經過三科以後，可以到京城參加甄選，凡及格的一等任為知縣，

州班，指省到了湖北。不多幾年，倒署過了幾回州縣。這回明保送部引見，要想設法過個道班，卻又不願意上兌❸，要避過這個『捐』字，轉託了車老爺來託我辦。你佇想，這是甚麼大事，非得弄一個特旨❹下來不為功，咱們老中堂聖眷雖隆，只怕也辦不到。他一定要那麼辦，不免我又要央及老頭子設法。前幾天拜了門，是我給他擔代的，只送得三撇頭❺的贄見。這兩天在這裡磋磨使費，那位陸老爺一天要抽三兩多大烟，沒工夫來當面，總是車老爺來說話，凡事不得一個決斷，說了幾天，姓陸的只肯出八竿❻使費。他們外官看得一班京官都是窮鬼，老實說，八千銀子，誰看在眼裡！何況他所求的是何等大事，倒處處那麼慳吝起來！我這幾天，叫他們麻煩的夠了，他再不爽爽快快的，咱們索性撒手，叫他走別人的路子去。」正說得高興時，文琴又來了，我便辭了出去。

光陰迅速，不覺到了八月。我一面打發李在茲到張家口，一面收拾要回上海一轉，把一切事都交給亮臣管理。便到伯述那邊辭行。恰好伯述因為暢懷往上海去了，許久並未來京，今年收的京版貨不少，也要到上海去，於是約定同行。僱了長車，我在張家灣、河西務兩處也並不耽擱，不過稍為查檢查檢便了。一直到了天津，仍在佛照樓住下。伯述性急，碰巧有了上海船，便先行了。我因為天津還有點事，

稱「揀選知縣」。陸儉叔是個一榜，即只取得舉人資格，謀得的是揀選知縣。

❸ 上兌：向戶部交納捐官銀兩。

❹ 特旨：皇帝給予某人以某一官職的諭旨。這種封官，不受銓選制度和程序的限制，而且格外榮耀。

❺ 三撇頭：三千兩銀子的隱語。「千」字上面是一撇，一撇頭為一千。

❻ 八竿：八千的隱語。「竿」字下面「干」與「千」形近，故以代。

未曾同行。安頓停當，先去找杏農。杏農一見我，便道：「你接了家兄的信沒有？」我道：「並未接著。有甚麼事？」杏農道：「家兄到山東去了，我今天纔接了信。」我道：「到山東有甚麼事？」杏農道：「有一個朋友叫蔡侶笙，是山東候補知縣，近日有了署事消息，打電報到上海叫他去的。」我不覺歡喜道：「原來蔡侶笙居然出身了！我這幾年從未得過他的信，不知他幾時到的山東？那邊我還有一個家叔呢。」杏農道：「家兄給我的信，說另有信給你，想是已經寄到京裡去了。」我稍為談了一會，便回到棧裡，連忙寫了一封信入京，叫如有上海信來，即刻寄出天津。把信發了，我又料理了一天的正事。

蔡侶笙事在三十四回。

次日下午，杏農來談了一天，就在棧裡晚飯。飯後約了我出去，到侯家后一家南班子裡吃酒（天津以上海所來之妓院為南班子），另外又邀了幾個朋友。這等事本是沒有甚麼好記的，這一回杏農請的都是些官場朋友，又沒有甚麼唐玉生的「竹湯餅會」故事，又何必記他呢。因為這一回我又遇了一件奇事，所以特為記他出來。你道是甚麼事呢？原來這一席中間，他們叫來侍酒的，都是南班子的人，一時燕語鶯聲，盡都是吳儂嬌語。內中卻有兩個十分面善的，非但言語聲音狠熟，便是那眉目之間，也好像在哪裡見過的，一時卻想不起來。回思我近來在家鄉一住三年，去年回到上海，不上幾天，就到北邊來了。在上海那幾天，並未曾出來應酬，從何處見過這兩個人呢？莫非四年以前所見的？然而就是四年以前，我也甚少出來應酬，何以還有這般面善的人呢？一面滿肚子亂想，一雙眼睛便不住的盯著他看。內中一個是杏農叫的，杏農看見我這情形，不覺笑道：「你敢是看中了他？何不叫他轉一個條子？」我道：「豈有此理。我不過看見他十分面善，不知從何處見來。他又叫甚麼名字？」杏農道：「他叫紅玉。」又指著一個道：「他叫香玉。都是去年纔從上海來的，要就你在上海見過他？」我道：「我已經三年沒住上

回顧三十五回事。

回顧六十七回事，提清眉目。

海了，去年到得一到，並沒有出來應酬，不上兩天，我就到這邊來了，從何見起？」杏農道：「正是。你去年進了京，不多幾天，我就認識了他，那時候他也是初到沒有幾天。」我聽了這話，猛然想起這兩個並非他人，正是我來天津時，同坐普濟輪船的那個莊作人的兩個小老婆，如何一對都落在這個地方來。不覺心中又是懷疑，又是納罕，不住的要向杏農查問，卻又礙著耳目眾多，不便開口。直等到眾人吃到熱鬧時，方纔離了座，拉杏農到旁邊問道：「這紅玉、香玉到底是甚麼出身，你知道麼？」杏農道：「這是這裡的忘八到上海販來的，至於甚麼出身，又從何稽考呢。你既然這麼問，只怕是有點知道的了。」我道：「我彷彿知道他是人家的侍妾。」杏農道：「嫁人復出，也是此輩之常事。但不知是誰的侍妾？」我道：「這個人我也是一面之交，據說是個總兵，姓莊，號叫作人。」杏農道：「既是一面之交，你怎麼便知道這兩個是他侍妾？」我便把去年在普濟船上遇見的話，說了一遍。杏農想了一想道：「呸！你和烏龜答了話，還要說呢！這不明明是個忘八，從上海買了人，在路上拿來冒充侍妾的麼。」我回頭想了一想當日情形，也覺得自己太笨，被他當面瞞過還不知道，於是也一笑歸座。等到席散了，時候已經不早，杏農還拉著到兩家班子裡去坐了一坐，方纔僱車回棧。

叩開了門，取表一看，已經兩點半鐘了。走過一個房門口，只見門是敞著的，門口外面蹲著一個人，地下放著一盞鴉片烟燈，手裡拿著鴉片烟斗，在那裡出灰；門口當中站著一個人，在那裡罵人呢，只聽他罵道：「這麼大早，茶房就都睡完了，天下哪有這種客棧！」一回眼看見我走過，又道：「你看我們說睡得晚了，人家這時候纔從外面回來呢。」我聽了這話，不免對他望一望，原來不是別人，正是在京裡車文琴的朋友陸儉叔。不免點頭招呼，彼此問了幾時到的，住在幾號房，便各自別去。

次日，我辦了一天正事，到得晚飯之後，我正要到外面去散步，只見陸儉叔踱了進來，彼此招呼坐下。儉叔道：「早沒有知道你老哥也出京；若是早知道了，可以一起同行，兄弟也可以靠個照應。」我道：「正是。出門人有個伴，就可以互相照應了。」儉叔道：「像我兄弟是個廢人，哪裡能照應人！約了同伴，正是要靠人照應。這一回雖說是得了個明保進京引見，卻賠累的不少。這也罷了，這回出京，卻又把一件最要緊的東西失落了，此刻趕信到京裡去設法，過兩天回信來，正不知怎樣呢。」我道：「丟了東西，應該就地報失追查，怎麼反到京裡去設法呢？」儉叔嘆道：「我丟了的不是別的東西，卻是一封八行書，夾在護書裡面。那天到楊村打了個尖，我在枕箱裡取出護書來記一筆帳，不料一轉眼間，那護書就不見了。連忙叫底下人去找，卻在店門口地下找著了。裡面甚麼東西都沒有丟，單單就丟了這封信，你說奇不奇呢。你叫我如何報失！」我道：「那麼說，就是寫信到京裡也是沒用。」儉叔道：「這是我的妄想，要想託文琴去說，補寫一封，不知可辦得到？」我道：「這一封是誰的信呢？」儉叔道：「一言難盡。我這封信是化了不少錢的了！兄弟的同知、直隸州，是從揀選知縣上保來的，一向在湖北當差。去年十月裡，章制軍給了一個明保送部引見。到了京城，遇了舍親車文琴，勸我過個道班。兄弟怕的是擔一個捐班的名氣，況且一捐升了，到了引見時，那一筆捐免保舉的費是狠可觀的，所以我不大願意。文琴他又說在京裡有路子可走，可以借著這明保設法過班，叫我且不要到部投到。我聽了他的話，一耽擱就把年過了，直到今年正月底，纔走著了路子，就是我們同席那一個姓惲的，煩了他引進，拜了周中堂的門。那一份贄見，就化了我八千！只見得中堂一面，話也沒有多說兩句，只問得一聲『幾時進京的？湖北地方好』，就端茶送客了。後來又是打點甚麼總管❼咧，甚麼大叔咧，前前後後化上了二萬

據洞仙言，只

有三千也。據洞仙言，只有八千也。

據此說也，則此信之來歷，及失信之原由，可想矣。

多，連著那一筆贄見，已經三萬開外了。滿望可以過班的了，誰知到了引見下來，只得了『仍回原省照例用』七個字。你說氣死人不呢！我急了，便向文琴追問。文琴也急了，代我去找著前途經手人。找了十多天，方纔得了回信，說是引見那天，裡頭弄錯了。你想裡頭便這樣稀鬆？可知道人家銀子是上三四萬的去了！後來還虧得文琴替我竭力想法，找了原經手人，向周中堂討主意。可奈他老人家也無法可想，只替我寫了一封信給兩湖章制軍，那封信卻寫得非常之切實，求他再給我一個密保，再委一個報銷或解餉的差使云云。其意是好等我再去引見，那時卻竭力想法。我得了這一封信，似乎還差強人意，誰知偏偏把他丟了，你說可恨不可恨呢！」我聽了他這一番話，不覺暗暗疑訝，又不便說甚麼。因搭訕著道：「原來文琴是令親，想來總可以為力的。」儉叔道：「兄弟就信的是這一點。文琴向來為朋友辦事是最出力的，何況我當日也曾經代他排解過一件事的。他這一回，無論如何，似乎總應該替我盡點心。」我道：「既如此，更可放心了。」嘴裡是這樣說，心中卻甚想知道他所謂排解的是甚麼事，因又挑著他道：「這排難解紛，最是一件難事，遇了要人排解的事，總是自己辦不下來的了，所以尤易感激。文琴受過你老哥這個惠，這一回一定要格外出力的。」儉叔道：「文琴那回事，其實他也不是有心弄的，不過太過於不羈，弄出來的罷了。他斷了弦之後，就續定了一位填房，也是他家老親，那女子和文琴是表兄妹，從前文琴在揚州時，是和他常見的。誰知文琴喪偶之後，便縱情花柳，直到此刻還是那個樣子，所以他雖是定下繼配，卻並不想娶。定的時候，已是沒有丈人的了；過了兩年，那外母也死了，那位小姐只依了一個寡嬸居住。等到母服已滿，仍不見文琴來娶。那小姐本事也大，從揚州找到京師，拿出老親的名

⑦ 總管：總管各宮殿的大太監。

分，去求見文琴的老太太。他到得京裡，是舉目無親的，自然留他住下。誰知這一住，就住出事情來了。」正是：

梟雁不成同命鳥，鴛鴦翻作可憐蟲。

未知住出了甚麼事，且待下回再記。

京師經手賄賂之人，最是精明強幹，而尚有車文琴其人者，從而傀儡之。可見狡詐欺騙之術，真是層出不窮。

# 第七十七回　潑婆娘賠禮入娼家　闊老官叫局用文案

「那小姐在他宅子裡住下，每日只跟著他老太太。大約沒有人的時候，不免向老太太訴苦，說依著孀娘不便，求告早點娶了過來，那是一定的了。文琴這件事卻對人不住，覷老太太不在旁時，便和那小姐說體己話，拿些甜話兒騙他。那小姐年紀雖大，卻還是一個未經出閣的閨女，主意未免有點拿不定；況且這個又是已經許定了的丈夫，以為總是一心一意的了，於是乎上了他的當。文琴又對他說：『你此時尋到京城，倘使就此辦了喜事，未免過於草草。不如你且回揚州去，我跟著就請假出京，到揚州去迎娶，方為體面。』那小姐自然順從，不多幾天，便仍然回揚州去了。文琴初意本也就要請假去辦這件事，不知怎樣被一個窰姐兒把他迷住了，一定要嫁他，便把他迷昏了，寫了一封信給他的叔丈母——便是那小姐的孀子——說『本來早就要來娶的，因為訪得此女不貞，然而還未十分相信，尚待訪查清楚，然後行事。詎料渠此次親身到京，不貞之據已被我拿住，所以不願再娶』云云。那小姐得了這個信，便羞悔交迸，自己吊死了。那女族平時好像沒有甚麼人，要那小姐依寡孀而居，及至出了人命，那族人都出來了，要在地方上告他。倘告他不動，還商量京控。那時我恰好在揚州有事，知道鬧出這個亂子，便一面打電報給他，一面代他排解。費了九牛二虎之力，把這件事弄妥了，未曾涉訟。經過這一回事之後，他是極感激我的，一向我和他通信，他總提起這件事，說不盡的感激圖報。所以我這回進京，一則因為自己抽了兩口烟，未免懶點；二則也信得他可靠，所以一切都託了他經手的。不料自己運氣不濟，一連出了這麼兩個岔子！」說罷，連連嘆氣。我隨意敷衍他幾句，他打了兩個呵欠，便辭了去，想是要緊過癮去了，所以我也並不留他。

自此過了幾天，京裡的信寄了出來，果然有述農給我的一封信。內中詳說侶笙歷年得意光景，「兩月之前，已接其來信，言日間可有署缺之望。如果得缺，即當以電相邀，務乞幫忙。前日忽接其電信，囑速赴濟南，刻擬即日動身，取道煙臺前去」云云。我見了這封信，不覺代侶笙大慰。

正在私心竊喜時，忽然那陸儉叔哭喪著臉走過來，說道：「兄弟的運氣真不好！車文琴的回信來了，說接了我的信，便連忙去見周中堂，卻碰了個大釘子。周中堂大怒，說『我生平向不代人寫私信，這回因為陸某人新拜門，師弟之情難卻，破例做一遭兒。不料那荒唐鬼、糊塗蟲纔出京，便把信丟了！丟了信不要緊，倘使被人拾了去，我幾十年的老名氣也叫他弄壞了。他還有臉來求我再寫！我是他甚麼人，他要一回就一回，兩回就兩回！你叫他趕快回湖北去聽參罷，我已經有了辦法了』云云。這件事叫我如何是好？」我聽了他的話，看了他的神色，覺得甚是可憐。要想把我自己的一肚子疑心向他說說，又礙著我在京裡和文琴是個同居，他們到底是親戚，說得他相信還好，倘使不相信，還要拿我的話去告訴文琴，我何苦結這種冤家。況且看他那獃頭獃腦的樣子，不定我說的他果然信了，他還要趕回京裡和文琴下不去，這又何苦呢。因此隱忍了不曾談，只把些含糊兩可的話，安慰他幾句就算了。儉叔說了一回，不得主意，便自去了。

再過幾天，我的正事了理清楚，也就附輪回上海去。見了繼之，不免一番敘別，然後把在京在津各

較之從前一團稚氣時，截然

兩人。寫閱歷之日深，即敘事之層次也。

事細細的說了一遍，把帳略交了出來，繼之便叫置酒接風。金子安在旁插嘴道：「還置甚麼酒呢，今天不是現成一局麼。」繼之笑道：「今天這個局，怕不成敬意。」德泉道：「成敬意也罷，不成敬意也罷，今日這個局既然允許了，總逃不了的，就何妨借此一舉兩得呢。」我問今天是甚麼局，何以碰得這般巧？繼之道：「今天這一局，是干犯名教的。然而在我們旁邊人看著，又不能不作是快心之舉。這裡上海有一個著名的女魔王，平生的強橫，是沒有人不知道的了。他的男人一輩子受他的氣，到了四十歲上便死了，外面人家說是被他磨折死的。這件以前的事，我們不得而知。後來他又拿磨折男人的手段來磨折兒子，他管兒子是說得響的，更沒有人敢派他不是了，他就越鬧越強橫起來。」我道：「說了半天，究竟他的兒子是誰？」繼之道：「他男人姓馬，叫馬澍臣，是廣西人，本是一個江蘇候補知縣。他兒子馬子森，從小是讀會英文的，自從父親死後，便考入新關❶，充當供事❷，捱了七八年，薪水倒也加到好幾十兩一月了。他那位老太太，每月要兒子把薪水全交給他，自己霸著當家。平生絕無嗜好，惟有敬信鬼神是他獨一無二的事，家裡頭供的甚麼齊天大聖、觀音菩薩，亂七八糟的，鬧了個烟霧騰天。子森已是敢怒不敢言的了。他卻又最相信的是和尚、師姑、道士，凡是這一種人上了他的門，總沒有空過的，一張符、一卷經，不是十元，便是八元，鬧的子森所賺的幾十兩銀子，不夠他用。連子森回家吃飯，一頓好飯也沒得吃，兩塊鹹蘿蔔，幾根青菜，就是一頓。有時子森熬不住了，說何不買點好些小菜來吃呢，

❶ 新關：晚清在通商口岸設立徵收國境進出口稅和商船噸位稅的稅關，因區別於舊有徵收國內貨物稅的常關，故稱「新關」，亦即「海關」。

❷ 供事：小職員。

只這一句話，便觸動了老太太之怒，說兒子不知足，可知你今日有這碗飯吃，也是靠我拜菩薩保佑來的，嘮叨的子森不亦樂乎。後來子森私下蓄了幾個錢，便與人湊股開了一家報關行，倒也連年賺錢。這筆錢子森卻瞞了老太太，留以自用的了。外面做了生意，不免便有點應酬，被他老太太知道了，找到了妓院裡去，把他捉回去了，關在家裡，三天不放出門，幾乎把新關的事也弄掉了。又有一回，子森在妓院裡赴席，被他知道了，又找了去。子森聽見說老太太又來了，嚇得魂不附體，他老太太在後面上樓，他便在前窗跳了下去，把腳骨跌斷了，把合妓院的人都嚇壞了，恐怕鬧出人命。那老太太卻別有肺腸，非但不驚不嚇，還要趕到房裡，把席面掃個一空，罵了個無了無休。眾朋友礙著子森，不便和他計較，只得勸了他回去。然而到底心裡不甘，便有個促狹鬼，想法子收拾他。前兩天找出一個人來，與子森有點相像的，瞞著子森，去騙他上套。子森的辮頂留得極小，那個朋友的辮頂也極小。那促狹鬼定下計策，布置妥當，便打發人往那位女魔王處報信，說子森又到妓院裡去了，在哪一條巷，第幾家，妓女叫甚麼名字，都說得清清楚楚。那位老太太聽了，便雄糾糾、氣昂昂的跑來，一直登樓入房。其時那促狹鬼約定的朋友，正坐在房裡等做戲，聽說是魔頭到了，便伏在桌上假裝磕睡，雙手按在桌上，掩了面目，只把一個小辮頂露出來。那魔頭跑到房裡，不問情由，左手抓了辮子，提將起來，伸出右手，就是一個巴掌。這小辮頂朋友故意問甚麼事情，那魔頭見打錯了人，翻身就跑，被隔房埋伏的一班人一擁上前，把他圍住，和他講理，問他為甚麼來打人。他起先還要硬挺，說是來找兒子的。眾人問他兒子在哪裡，你所打的可是你的兒子，他纔沒了說話，卻又叫天叫地的哭起來。那促狹鬼布置得真好，不知到哪裡去找出一個外國人，又找了兩個探夥來，一味的嚇他，要拉他到巡捕房裡去。那魔頭雖然兇橫，一見了外國人，便嚇得屁也不敢放了。於是乎一班人做好做歹，要他點香燭賠禮，還要他燒路頭（吳下風俗：凡開罪於人者，具香燭至人家燃點，叩頭伏罪，謂之點香燭。燒路頭，祀財神也，亦被除不祥之意。燒路頭之典，妓院最盛）。定了今天晚上去點香燭、燒路頭。上海妓院遇了燒路頭的日子，便要客人去吃酒，叫做『繃場面』。那一家妓院裡，我本有一個相識的在裡面，約了我今天去吃酒，我已經答應了。他們知道了這件事，便頂著我要吃花酒。」

我道：「這一枱花酒，不吃也罷。」德泉忙道：「這是甚麼話！」我道：「辱人之母博來的花酒，吃了於心也不安。」繼之道：「所以我說是干犯名教的。其實平心而論，辱人之母，吃一枱花酒，自是不該。若說懲創一個魔頭，吃一枱花酒，也算得是一場快事。」我道：「他管兒子總是正事，不能全說是魔頭。」德泉道：「他認真是拿了正理管兒子，自然不是魔頭。須知他並不是管兒子，不過要多刮兒子幾個錢去供應和尚師姑。這種人也應該要懲創懲創他纔好。」

子安道：「這還是管兒子呢。我曾經見過一個管男人的，也鬧過這麼一回事。並且年紀不小了，老夫妻都上了五十多歲了。那位太太管男人，管得異常之嚴。男人備了一輛東洋車，自己用了車夫，凡是一個車夫到工，先要聽太太吩咐。如果老爺到甚麼妓院裡去，必要回來告訴的；倘或瞞了，一經查出，馬上就要趕滾蛋的。有一回，不知聽了甚麼人的說話，說他男人到哪裡去嫖了，這位太太聽了，便登時坐了自己包車尋了去。不知走到甚麼地方，胡亂打人家的門。打開了，看見一個五六十歲的老婦人，他也不問情由，伸出手來就打。誰知那家人家是有體面的，一位老太太憑空受了這個奇辱，便大不答應起來。家人僕婦一擁上前，把他捉住。他嘴裡還是不乾不淨的亂罵，被人家打了幾十個嘴巴，方纔住口。

那包車夫見鬧出事來，便飛忙回家報信。他男人知道了，也是無可設法，只得出來打聽，託了與那家人家相識的人去說情，方纔得以點香燭服禮了事。」我道：「這種女子，真是戾氣所鍾。」繼之嘆道：「豈但這兩個女子！我近來閱歷又多了幾年，見事也多了幾件，總覺得無論何等人家，他那家庭之中，總有許多難言之隱的。若要問其所以然之故，卻是給婦人女子弄出來的居了百分之九十九。我看總而言之，是女子不學之過。」我聽了這話，想起石映芝的事，因對繼之等述了一遍，大家嘆息一番。

到了晚上，繼之便邀了我和德泉、子安一同到尚仁里去吃酒。那妓女叫金賽玉。繼之又去請了兩個客：一個陳伯琦，一個張理堂，都是生意交易上素有往來的人。我們這邊纔打算開席，忽然丫頭們跑來說：「快點看！快點看！馬老太太來點香燭了。」於是眾人都走到窗戶上去看。只見一個大腳老婆子，生得又肥又矮，手裡捧著一對大蠟燭，步履蹣跚的走了進來。他走到客堂之後，樓上便看他不見了，不知他如何叩頭禮拜，我們也不去查考了。

忽然又聽得隔房一陣人聲，嘰嘰喳喳說的都是天津話。我在門簾縫裡一張，原來也是一幫客人，在那裡大說大笑。彼此稱呼，卻又都是大人、大老爺，覺得有點奇怪。一個本房的丫頭，在我後面拉了一把道：「看甚麼？」我順便問道：「這是甚麼客？」那丫頭道：「是一幫兵船上的客人。」我聽他那邊的說話，都是粗鄙不文的，甚以為奇。忽然又聽見他們嘰哩咕嚕的說起外國話來，我以為他們請了外國客來了，仔細一看，卻又不然，兩個對說外國話的，都是中國人。

我們這邊席面已經擺好，繼之催我坐席，我便揀了一個靠近那門簾的坐位坐下，不住的回頭去張他們。忽然聽見一個人叫道：「把你們的帳房叫了來，我要請客了。」過了一會，又聽得說道：「寫一張北音「都」字與吳人「多」字，音相近也。

到同安里「都意芝」處請李大人。再寫一張到法蘭西大馬路「老宜青」去。」又聽見一個蘇州口音的問道：「『老宜青』是甚麼地方？」這個人道：「王大人，你可知李大人今天是到『老宜青』麼？」又一個道：「有甚麼不是，張裁縫請他呢，他們寧波人最相信的是他家。」此時這邊坐席已定，金賽玉已到那邊去招呼。便聽見賽玉道：「只怕是老益慶樓酒館。」那個人拍手道：「可不是嗎！我說了『老宜青』，『老宜青』，你們偏不懂。」賽玉道：「張大人請客，為甚不自己寫條子，卻叫了相幫來坐在這裡（蘇滬一帶，稱妓院之龜奴曰相幫）？」那個人道：「我們在船上，向來用的是文案老夫子，哪怕開個條子買東西，自己都不動手的。今天沒帶文案來，就叫他暫時充一充罷。」正說話間，樓下喊了一聲「客來」，接著那邊房裡一陣聲亂說道：「李大人來了！李大人來了！客票不用寫了，寫局票罷。李大人自然還是叫『都意芝』了？」那李大人道：「算了，你們不要亂說了。原來他不是叫『都意芝』，是叫『約意芝』的。那個字怎麼念成『約』字，真是奇怪！」一個說道：「怎麼要念成『約』字，只怕未必。」李大人道：「纔剛我叫張裁縫替我寫條子，我告訴他『都意芝』，他茫然不懂，寫了個『多意芝』。我說不是的，和他口講指畫，說了半天，纔寫了出來，他說那是個『約』字。」（讀者且勿看下文，猜他到底是甚麼字，可發一笑。）旁邊一個道：「管他『都』字、『約』字，既然上海人念成『約』字，我們就照著他寫罷，同安里『約意芝』，快寫罷。」又一個道：「我叫公陽里李流英。那個『流』字，卻不是三點水的，覼鎖得狠。」又聽那龜奴道：「到底是哪個『流』？我記得公陽里沒有李流英。」一個說道：「我天天去的，為甚沒有。」龜奴道：「不知在哪一家？」那個人道：「就是三馬路走進去頭一家。」龜奴道：「頭一家有一個李毓英，不知是不是？」那人道：「管他是不是，你寫出來看。」歇了一會，忽然聽見吳人讀「毓」字，亦與北人「約」字音相近也。

說道：「是了，是了。這裡的人狠不通，為甚麼任甚麼字，都念成『約』字呢？」我聽到這裡，纔恍然大悟，方纔那個「約意芝」也是「郁意芝」之誤，不覺好笑。

繼之道：「你好好的酒不喝，菜不吃，盡著出甚麼神？」我道：「你們只管談天吃酒，我卻聽了不少的笑話了。」繼之道：「我們都在這裡應酬相好，招呼朋友，誰像你那個模樣，放現成的酒不喝，卻去聽隔壁戲！到底聽了些甚麼來？」我便把方纔留心聽來的，悄悄說了一遍，說的眾人都笑不可仰。繼之道：「怪道他現成放著吃喝都不顧，原來聽了這種好新聞來。」陳伯琦道：「這個不足為奇，我曾經見過最奇的一件事，也是出在兵船上的。」正是：

鵝鸛軍中饒好漢，燕鶯隊裡現奇形。

未知陳伯琦還說出甚麼奇事來，且待下回再記。

# 第七十八回　巧蒙蔽到處有機謀　報恩施沿街誇顯耀

當下陳伯琦道：「那邊那一班人，一定是北洋來的。前一回放了幾隻北洋兵船到新架坡一帶遊歷，恰好是這幾天回到上海，想來一定是他們。他們雖然不識字，還是水師學堂出身，又在兵船上練習過，然後挨次推升的，所以一切風濤沙線，還是內行。至於一旦海疆有事，見仗起來是怎麼樣，那是要見了事纔知道的了。至於南洋這邊的兵船，那稀奇古怪的笑話，也不知鬧了多少。去年在旅順，南北洋會操，指定一個荒島作為敵船，統領發下號令，放舢舨搶敵船，於是各兵船都放了舢舨，到那島上去。及至查點時，南洋各兵，沒有一個帶乾糧的。操演本來就是預備做實事的規模，你想一旦有事也是如此，豈不是糟糕了麼。操了一趟，鬧的笑話也不知幾次！這些且不要說他，單說那當管帶的。有一位管帶，也不知他是個甚麼出身，莫說風濤沙線一些不懂，只怕連東南西北他還沒有分得清楚呢。恰好遇了一位兩江總督，最是以察察為明的，聽見人說這管帶不懂駕駛，便要親身去考察。

「然而這位先生向來最是容易蒙蔽的，他從前在廣東時候，竭力提倡蠶桑，一個月裡頭，便動了十多回公事，催著興辦，動支的公款，也不知多少。若要問到究竟，哪一個是實力奉行的？徒然添了一個題目，叫他們弄錢。過了半年光景，他忽然有事要到肇慶去巡閱，他便說出來要順便踏勘桑田。這個風聲傳了出去，嚇得那些承辦蠶桑的鄉紳屎屁直流。這回是他老先生親身查勘的，如何可以設法蒙蔽呢？

內中卻出來了一個人，出了一個好主意，只要三萬銀子，包辦這件事。眾人便集齊了這筆款，求他去辦。他得了這筆款，便趕到西南（三水縣鄉名）上游兩岸的荒田上，連夜叫人紮了籬笆，自西南上游，經過蘆包以上，兩岸三四百里路，都做起來。又在籬笆外面，塗了一塊白灰，寫了『桑園』兩個字，每隔一里半里，便做一處。不消兩天，就做好了。到得他老先生動身那天，他又用了點小費，打點了衙門裡的人役，把他耽擱到黃昏時候方纔動身。恰好是夜月色甚好，他老先生高興，便叫小火輪連夜開船，走到西南以上，只見兩岸全是桑園，便歡喜得他手舞足蹈起來。你說這麼一個混沌的人，他這回要考察那兵船管帶，還不是一樣被他瞞過麼。」我道：「他若要親身到了船上，看他駕駛，又將奈何。」伯琦道：「便親看了又怎麼。我還想起他一個笑話呢，他到了兩江任上，便有一班商人具了一個稟帖，去告一個釐局委員。他接了稟帖，便大發雷霆。恰好藩臺來稟見，他便立刻傳見，拿了稟帖當面給藩臺看了，交代即日馬上立刻把那委員撤了差，調到省裡來察看。藩臺奉了憲諭，如何敢怠慢？回到衙門，便即刻備了公事，把那委員撤了。撤了之後，自然要另委一個人去接差的了。這個新奉委的委員接了札子之後，謝過藩臺，便連忙到制臺衙門去稟知、稟謝。他老先生看見了手本，便立刻傳見。見面之後，人家還在那裡行禮叩頭謝委，未曾起來，他便拍手跳腳的大罵，說你在某處釐局，怎樣營私舞弊，怎樣被人告發，怎樣辜負憲恩，怎樣病商病民，『我昨天已經交代藩司撤你的差，你今天還有甚麼臉面來見我！』從人家拜跪時罵起，直罵到人家起來，還不住口。等人家起來了，站在那裡聽他罵。他罵完了，又說：『你還站在這裡做甚麼！好糊塗的東西，還不給我滾出去！』那新奉委的直到此時纔回說：『卑職昨天下午纔奉到藩司大人的委札，今天特來叩謝大帥的。』他聽了這話，纔呆了半天，嘴裡不住的荷荷荷荷亂叫，然後讓坐。你想這種糊塗蟲，叫他到船上去考驗管帶，那還不容易混過去麼。

「然而他那回卻考察得兇，這管帶也對付得巧。他在南京要到鎮江、蘇州這邊閱操，便先打電報到上海來調了那兵船去，他坐了兵船到鎮江。船上本來備有上好辦差的官艙，他不要坐，偏要坐到舵房裡，要看管帶把舵。那管帶是預先得了信的，先就預備好了，所以在南京開行，一直把他送到鎮江，非常安穩。騙得他呵呵大笑，握著管帶的手說道：『我若是誤信人言，便要委屈了你。』從此倒格外看重了這管帶。你說奇不奇！」我道：「既然被他瞞過了，從此成了知遇，那倒不奇。只是他向來不懂駕駛的，忽然能在江面把舵，是用的甚麼法子？這倒有點奇呢。」繼之道：「我也急於要問這個。」伯琦道：「兵船上的規矩，成天派一個兵背著一桿槍，在船頭瞭望的，每四點鐘一班。這個兵滿了四點鐘，又換上一個兵來，不問晝夜風雨、行駛停泊，總是一樣的。這位管帶自己雖不懂駕駛，那大副、二副等卻是不能不懂的。他得了信，知道制臺要來考察，他便出了一個好主意，預先約了大副，等制臺叫他把舵時，那大副便扮了那個兵，站在船頭上。舵房是正對船頭的，應該向左扳舵時，那大副便走向左邊；應該向右扳舵時，那大副便向右邊走；暫時不用扳動時，那大副就站定在當中。如此一路由南京到了鎮江，自然無事了。」眾人聽說，都讚道：「妙計，妙計！莫說由南京到鎮江，只怕走一趟海也瞞過了。」伯琦道：「所以他纔從此得了意，不到一年，便做了南洋水師統領啊。」我道：「照這樣蒙蔽，自然任誰都被蒙蔽住了。」伯琦道：「不然，那位制軍是格外與人不同的。就是那回閱操，閱到一個甚麼軍，這甚麼軍是不歸標的，另外立了名目，委了一個候補道去練起洋操來，說是練了這一軍，中國就可以自強的。他閱到這甚麼軍時，那一位候補道要賣弄他的精神，請了許多外國人來陪制臺看操。看過了操，就便在演武廳吃午飯，辦的是西菜。誰知那位制軍不善用刀叉，在席上對了別人發了一個小議論，說是西菜吃味狠好，不過就是用刀叉不雅觀。這句話被那位候補道聽見了，到了晚上，便請制臺吃飯，仍然辦的是西菜，仍用的是西式盤子，卻將一切牛排、雞排是整的都切碎了，席上不放刀叉，只擺著筷子。那制臺見了，倒也以為別緻。他便說道：『凡善學者當取其所長，棄其所短。職道向來都狠重西法，然而他那不合於我們中國所用的，未嘗不有所棄取。就如吃東西用刀叉，他們是從小用慣了的，不覺得怎樣。叫我們中國人用起來，未免總有點不便當。所以職道向來吃西菜，都是捨刀叉而用筷子的。』只這麼一番說話，就博得那制軍和他開了一個明保，那八個字的考語，非常之貼切，是『兼通中外，動合機宜』。」繼之笑道：「為了那一頓西菜出的考語，自然是確切不移的了。」說的大家一笑。大眾一面談天，一面吃喝，看著菜也上得差不多了，於是再喝過幾杯，隨意吃點飯就散了座。

賽玉忽向繼之問道：「你們明天可看大出喪（凡富家之喪，於出殯時多方鋪排，賣弄闊綽者，滬諺謂之大出喪）？」繼之道：「我不知道。是誰家大出喪？」賽玉道：「咦！哪個不知道金姨太太死了，明天大出喪，你怎麼不知道？」金子安道：「好好的，你為甚要帶了我的姓說起來？」賽玉笑道：「他是姓金的，我總不好說他姓銀。」我道：「大不了一個姨太太罷了，怎麼便大出喪起來？」子安道：「這件事提起來，你要如遇故人的。然而說起來話長，我們回去再談罷。」伯琦、理堂也同說道：「時候不早了，我們都散了罷。」於是一同出門，分路各回。

我回到號裡，就問子安為甚麼說這件事我要如遇故人。子安道：「你忘了麼？我看見你從前的筆記，記著那年到漢口去，遇了甚麼督辦夫人吃醋，帶了一個金姨太太從上海趕到漢口，難道你忘了麼？」我五十一回事。

倘遇車文琴，

道：「這件事一碰好幾年了，難道就是那位金姨太太麼？那位夫人醋性如此之利害，一個姨太太死了，怎肯容他大鋪排？」子安道：「你不曾知道這位姨太太的來歷，自然那麼說。須知他非但入門在這位繼配夫人之前，並且他曾有大恩德於這位督辦的。這位督辦本來是個宦家公子出身，他老太爺做過一任撫臺，纔告老回家。這督辦二十多歲時，便捐了個佐雜，在外面當差。老人家是現任的大員，自然有人照應，等到他老太爺告老時，他已經連捐帶保的弄到一個道臺了，只差沒有引見。因為老子回家享福了，他也就回家鬼混。不知怎樣，弄得失愛於父，就跑到上海來，花天酒地的亂鬧。那時候那金姨太太還在妓院裡做生意呢，他兩個就認識了。後來那位金姨太太嫁了一個綢莊的東家姓蒯的，局面雖大，年紀可也不小了；況且又是一個鴉片烟鬼，一年到頭，都是起居無節，飲食失時的。一個年紀輕輕的女人，況且又是出身妓院的，如何合他過得日子來？便不免與舊日情人，暗通來往。這位督辦，那時候正在上海遊手好閒，無所事事，正好有工夫做那些不相干的閒事。不知他兩人怎樣商通了，等到六月裡，那位蒯老太太照例是要帶了合家人等到普陀燒香的。本來那位姨太太也要跟著去的，他偏有計謀，悄悄地只對那鴉片鬼說，腹中震動，似是有喜。有了這個喜信，老太太自然要知道的，便說既是有喜，恐妨動了胎，就不要去了，留下他看家罷。這麼一來，正中了他的下懷，等各人走過之後，他纔不慌不忙的收拾了許多金珠物件，和那位督辦大人坐了輪船，逃之夭夭的到天津去了。從天津進京，他兩個一路上怎生的盟天誓地，這是我們旁人不得而知的。單知道那督辦答應過他，以後如果得意，一定以嫡禮相待。」

我道：「這又怎麼能知道的呢？」子安道：「你且莫問，聽我說下去，自然有交代啊。他兩個到京之後，就仗著蒯家帶出來的金珠，各處去打點。天下事，自然錢可通神，況且那督辦又是前任二品大員恐仍無濟於事也。一笑。

可見進京時不能堂皇。

補答前文之一問也。

之子，寅誼、世誼總還多，被他打通了路子，拜了兩個闊老師，引見下來，就得了一個記名簡放。他有了這個引子，就格外的打點，格外的應酬，不到半年便放了海關道，堂哉皇哉的帶了家眷出京赴任。到了地頭，自然有人辦差，打好了公館。新道臺擇了接印日期，頒了紅諭❶出去，到了良時吉日，便具了朝衣朝冠，到衙門接印。再過幾天，前任的官眷搬出衙門，這邊便打發轎子去接姨太太入衙。誰知去接一次不來，兩次不來。新道臺莫名其妙，只得親身到公館裡，問是甚麼事。那位金姨太太面罩重霜的不發一言，任憑這邊賠盡小心，那邊只是不理不睬。急得新道臺沒法，再三的柔聲下氣去問。姨太太惱過了半天，方纔冷笑道：『好個嫡禮相待！不知我進衙門該用甚麼禮，就這麼一乘轎子就要抬了去。我以為就是個丫頭，老遠的跟了大人到任，也應該消受得起的了，卻原來是大人待嫡之禮！』新道臺聽了，連忙說道：『該死，該死！這是我的不是。』又回頭罵伺候的家人道：『你這班奴才，為甚麼辦差辦得那麼糊塗！又不上來請示，一班王八都是飯桶！還不過來認罪！』在那裡伺候的家人有十來個，便一字兒排列在廊簷底下，行了個一跪三叩禮，起來又請了一個安。這一來，纔得姨太太露齒一笑道：『沒臉面的，自己做錯了事，卻壓著奴才們代你賠禮。』新道臺得了這一笑，如奉恩詔一般，馬上吩咐備了職事及綠呢大轎，姨太太穿了披風紅裙，到衙門去了。自從那回事出了之後，他那些家人傳說出來，人家纔知道他嫡禮相待之誓。」我道：「這等相待，不怕僭越了麼？」子安道：「豈但如此，他在衙門裡，一向都是穿的紅裙。後來那督辦的正室夫人也到了，倘使仍然如此，未免嫡庶不分。然而叫他不穿，他又不肯。後來想了一個變通辦法，姨太太穿的裙，仍然用大紅裙門，兩旁打百襉的，用了青黃綠白各種

❶紅諭：用紅紙繕寫的新官接任的布告。

好名色。

豔色相間，叫做『月華裙』。還要滿鑲裙花，以掩那種雜色。此刻人家的姨娘都穿了月華裙，就是他起的頭了。後來正室死了，在那督辦的意思，是不再娶的了，只把這一位受恩深重的姨太太扶正了，作為聊報涓埃。倒是他老太爺一定不肯，所以纔續娶了吃大醋的那一位。那一位雖然醋心重，然而見了金姨太太，倒也讓他三分，這也是他飲水思源的意思。此刻他死了，他更樂得做人情了，還爭甚麼呢！」我道：「這位先生不料鬧過這種笑話。」子安道：「他在北邊鬧的笑話多呢。」我道：「我最歡喜聽笑話，何妨再告訴點給我聽呢。」子安道：「算了罷，他的事情要盡著說，只怕三天三夜都說不盡呢。時候不早了，要說，等明天空了再說罷。」當下各自歸寢。

到了次日，我想甚麼大出喪，向來在上海倒不曾留心看過，倒要去看看是甚麼情形。便約定繼之，要吃了早飯一同出去看看。繼之道：「知他走哪條路，到哪裡去碰他呢？」子安道：「不消問得，大馬路、四馬路是一定要走的。」於是我和繼之吃過早飯，便步行出去，走到大馬路，自西而東，慢慢的行去。一路走過，看見幾處設路祭的，甚麼油漆字號的，木匠作頭的，煤行裡的，洋貨字號裡的，各人分著幫，擺設了豬羊祭筵，衣冠濟濟的在那裡伺候。走到石路口，便遠遠的望見從東面來了。我和繼之便站定了。此時路旁看的，幾於萬人空巷，大馬路雖寬，卻也幾乎有人滿之患。只見當先是兩個紙糊的開路神，幾幾乎高與簷齊，接著就是一對五彩龍鳳燈籠，以後接二連三的旗鑼扇傘，銜牌職事。那銜牌是甚麼「布政使司布政使」，甚麼「海關道」，甚麼「大臣」，甚麼「侍郎」，弄得人目迷五色。以後還有甚麼頂馬❷、素頂馬、細樂、和尚、師姑、道士、萬民傘、逍遙傘、銘旌亭、祭亭、香亭、喜神亭、功布、

❷ 頂馬：官員出行時，儀仗隊前導的乘騎。

亞牌、馬職事等類，也記不盡許多。還有一隊西樂。魂轎❸前面，居然用奉天誥命、誥封恭人、晉封夫人、累封一品夫人的素銜牌。魂轎過後，便是棺材，用了大紅緞子平金的大棺罩，開了六十四抬。棺材之後，素衣冠送的，不計其數，內眷轎子，足有四五百乘。過了半天，方纔過完。還要等兩旁看熱鬧的人散了，我們方纔走得動。和繼之遶行到四馬路去，誰知四馬路預備路祭的人家更多，甚麼公司的，甚麼局的，甚麼棧的，一時也記不清楚。我和繼之要找一家茶館去歇歇腳，誰知從第一樓（當時四馬路最東之茶館）起，至三萬昌（四馬路最西之茶館）止，沒有一家不是擠滿了人的，都是為看大出喪而來。我兩個沒法，只得順著腳打算走回去。誰知走到轉角去處，又遇見了他來了。我不覺笑道：「犯了法的，有遊街示眾之條。不料這位姨太太死了，也給人家抬了棺材去遊街。」正是：

任爾鋪張誇伐閱❹，有人指點笑遊街。

未知以後還有何事，且待下回再記。

---

❸ 魂轎：內供死者紙製牌位的轎子。

❹ 伐閱：世家門第。

# 第七十九回　論喪禮痛砭陋俗　祝冥壽惹出奇談

繼之笑道：「自從有大出喪以來，不曾有過這樣批評，卻給你一語道著了。我們趕快轉彎，避了他罷。」於是向北轉彎，仍然走到大馬路。此時大馬路一帶倒靜了，我便和繼之兩個，到一壺春茶館裡，泡一碗茶歇腳。只聽得茶館裡議論紛紛，都是說這件事，有個誇讚他有錢的，有個羨慕死者有福的。我問繼之道：「別的都不管他，隨便怎麼說，總是個小老婆，又不曾說起有甚麼兒子做官，那誥封恭人、晉封夫人的銜牌，怎麼用得出？」繼之笑道：「你還不知道呢，小老婆用誥命銜牌，這件事已經通了天，皇帝都沒有說話的了。」我道：「哪裡有這等事？」繼之道：「前年兩江總督死了個小老婆，也這麼大鋪張起來，被京裡御史上摺子參了一本，說他濫用朝廷名器。須知這位總督是中興名臣，聖眷極隆的，得了摺子，便降旨著內閣抄給閱看，並著本人自己明白回奏。這位總督回奏，並不推辭，簡直給他承認了，說『臣妾病歿，即令家人等買棺盛殮，送回原籍。家人等循俗例為之延僧禮懺。僧人禮懺，例供亡者靈位，不知稱謂，以問家人。家人無知，誤寫作誥封爵夫人』云云。末後自己引了一個失察之罪。這件事不是已經通了天的麼。何況上海是個無法無天的地方，曾經見過一回，西合興里死了一個老鴇，出殯起來，居然也是誥封宜人的銜牌。後來有人查考他，說他姘了一個縣役（按：姘，古文嬪字，吳儂俗諺讀若姘。不媒而合，無禮之娶，均謂之姘），這個縣役因緝捕有功，曾經奬過五品功牌❶的。這一說雖是勉強，卻還有勉強的說法。前一回死了一個妓女，他出殯起來，也用了誥封宜人、晉封恭人的銜牌，你說還有甚麼道理？」我笑道：「姘了個五品功牌的捕役，可以稱得宜人；做妓女的，難道就不許他有個四、五品的嫖客麼？」繼之道：「若以嫖客而論，又何止四五品，他竟可用夫人的銜牌了。總而言之，上海地方久已沒了王法，好好的一個人，倘使沒有學問根底，只要到上海租界上混過兩三年，便可以成了一個化外野人的。你說他們亂用銜牌是僭越，試問他那『僭越』兩個字，是怎麼解？非但他解說不出來，就是你解說給他聽，說個三天三夜，他還不懂呢！」我道：「這個未免說得太過罷。」繼之道：「你說是說得太過，我還以為未曾說得到家呢。」我道：「難道今日那大出喪之舉，他既然是做著官的，難道還不解『僭越』麼？」繼之道：「正惟這一班明知故犯的忘八蛋做了出來，纔使得那一班無知之徒跟著亂鬧啊。你以為我說他們不解『僭越』二字，是說的太過了，還有一件三歲孩子都懂的事情，他們會不懂的，我等一會告訴你。」我道：「又何必等一會呢。」繼之道：「我只知得一個大略，德泉他可以說得原原本本，你去問了他，好留著做筆記的材料。」我道：「既如此，回去罷。」於是給過茶錢，下樓回去。

痛乎言之，我欲笑矣。

到得號裡，德泉、子安都在那裡有事。我也寫了幾封信，去京裡及天津、張家灣、河西務等處。一會兒便是午飯。飯後大家都空閒了，繼之卻已出門去了，我便問德泉說那一件事。德泉道：「到底是哪一件事？這樣茫無頭緒的，叫我從何說起。」我回想一想，也覺可笑，於是把方纔和繼之的議論，告訴

❶ 功牌：清朝督撫授予建有軍功之人的獎牌，最初為銀質，後來改用紙質。隨著功牌還獎給頂戴，五品的叫五品功牌。得了這種功牌，也算有了出身。

了他一遍，又道：「繼之說三歲孩子都懂的事情，居然有人不懂的，你只向這個著想。」德泉道：「這又從何想起！」我又道：「繼之說，我聽了又可以做筆記材料的。」德泉正在低頭尋思，子安在旁道：「莫不是李雅琴的事？」德泉笑道：「只怕繼翁是說的他。去年我們談這件事時，就說過可惜你不在座，不然又可以做得筆記材料的了。」我道：「既如此，不問是不是，你且說給我聽。」

德泉道：「這李雅琴本來是一個著名的大滑頭（滑頭，滬諺。小滑頭，指輕薄少年而言；大滑頭則指專以機械陰險應人，而又能自泯其跡，使人無如之何者而言），然而出身又極其寒苦，出世就沒了老子。他母親把他寄在人家哺養，自己從寧波走到上海，投在外國人家做奶媽。等把小孩子奶大了，外國人還留著他帶那小孩子，他娘就和外國人說了個情，要把自己孩子帶出來，在自己身邊。外國人答應了，便託人從寧波把他帶了到上海。這是他出身之始。他既天天在外國人家裡，又和那小外國人在一起，就學上了幾句外國話。到了十二三歲上，便託人薦到一家小錢莊去學生意。這年把裡頭，他的娘就死了。等他在錢莊上學滿了三年，不過纔十五六歲，莊上便薦他到一家洋貨店裡做個小夥計。他人還生得乾淨，做事也還靈變，那洋貨店的東家狠歡喜他。又見他沒了父母，就認他做個乾兒子。在那洋貨店裡做了五六年，乾老子慢慢的漸見信用了；他的本事也漸漸大了，背著乾老子，挪用了店裡的錢做過幾票私貨，被他賺了幾個。乾老子又幫他忙，於是娶了一房妻子，成了家。那年恰好上海鬧時症，他乾老子自己的兩個兒子都死了，不到一個月，他乾老子也死了，只剩了一個乾娘。他就從中設法，把一家洋貨店全行乾沒了過來，就此發財起家。專門會做空架子。那洋貨店自歸了他之後，他便把門面裝璜得金碧輝煌，把些光怪陸離的洋貨，羅列在外。內中便驚動了一個專辦進口雜貨的外國人，看見他外局如此熱鬧，以為一定是個大商家了，便託出人來請他做買辦。他得了那買辦的頭銜，又格外闊起來。本事也真大，居然被他一帆風順的混了這許多年。又捐了一個不知靠得住靠不住的同知，加了個四品銜，便又戴了一個藍頂子充官場。前幾年又弄著一個軍裝買辦，走了一回南京，兩回湖北，只怕做著了兩票買賣。這軍裝買賣是最好賺錢的，不知被他撈了多少。去年又想闊闊了，然而苦於沒有題目，窮思極想，纔想得一個法子，是給他娘做陰壽。你想他從小不曾讀過書的，不過在小錢莊時認識過幾個數目字，在洋貨店時強記了幾個洋貨名目字，這等人如何會做事？所以他一向結識了一個好友華伯明。這華伯明是蘇州人，倒是個官家子弟。他父親是個榜下知縣，在外面幾十年，最後做過一任道臺。六十歲開外，告了病，帶了家眷，住在上海。這兩年只怕上七十歲了。只有伯明一個兒子，卻極不長進，文不能文，武不能武；只有一樣長處，出來見了人，那周旋揖讓是狠在行的。所以李雅琴十分和他要好，凡遇了要應酬官場的事，無不請他來牽線索，自己做傀儡。就是他到南京，到湖北，要見大人先生，也先請了伯明來，請他指教一切，甚至於在家先演過幾次禮，盤算定應對的話，方纔敢去。

官家子弟，無不如此。

「這一回要拜陰壽，不免又去請伯明來主持一切。伯明便代他鋪張揚厲起來，甚麼白雲觀七天道士懺，壽聖庵七天和尚懺，家裡頭卻鋪設起壽堂來，一樣的供如意，點壽燭。預先十天，到處去散帖。又算定到了那天有幾個客來，屈著指頭算來算去，甚麼都有了，連外國人都可以設法請幾個來撐持場面，炫耀鄰里。只可惜計算定來客，無非是晶頂的居多，藍頂的已經有限，戴亮藍頂的計算只有一個，卻沒有戴紅頂的。一定要伯明設法弄一個紅頂的來。伯明笑道：『你本來沒有戴紅頂的朋友，叫我到哪裡去設法。』雅琴便悶悶不樂起來。伯明所以結交雅琴之故，無非是貪他一點小便宜，有時還可以通融幾文。

有了這個貪念，就不免要竭力交結他。看見他悶悶不樂，便滿肚裡和他想法子，忽然得了一計道：「有便有一個人，只是難請。」雅琴便問甚麼人，伯明道：「家父有個二品銜，倒是個紅頂。只是他不見得肯來。」雅琴聽說，歡喜得直跳起來道：「原來遠在天邊，近在眼前！無論如何，你總要代我拉了來的。」伯明道：「如何拉得來？」雅琴道：「是你老子，怎麼拉不動？」伯明道：「你到底不懂事。若是設法求他請他，只怕還有法子好想。」雅琴道：「這又奇了。兒子和老子還要那麼客氣？」伯明笑道：「我便是父子，你一面也不曾見過，怎麼不要客氣？」雅琴道：「所以我叫你去拉，不是我自己去拉。」伯明道：「請教我怎麼拉法呢？又不是我給母親做陰壽。」雅琴楞了半天道：「依你說，有甚麼法子好想？」伯明道：「除非我引了你到我家裡去，先見過他，然後再下一副帖子，我再從中設法，或者可以做得到。」雅琴大喜，即刻依計而行。伯明又教了他許多應對的話，以及見面行禮的規矩。雅琴要巴這顆紅頂子來裝門面，便無不依從。果然伯明的老子華國章見了雅琴，甚是歡喜。於是雅琴回來，就連忙補送一分帖子去。此時日子更近了，陸續有人送禮來，一切都是伯明代他支應。又預備叫一班髦兒戲❷來，當日演唱。

若是令堂做陰壽，則令尊亦是主人矣，何煩拉得。一笑。

「到了正日的頭一天，便鋪設起壽堂來，伯明親自指揮督率，鋪陳停妥，便向雅琴道：『此刻可請老伯母的喜神出來了。』雅琴道：『甚麼喜神？』伯明道：『就是真容。』雅琴道：『是甚麼樣的？』伯明道：『一個人死了，總要照他的面龐，畫一個真容出來。到了過年時，掛出來供奉，這拜陰壽更是

❷髦兒戲：一種由女演員組成的戲班。初始專應堂會，唱徽調。後來也在戲園演出，主要唱京戲。因創始的班主為李毛兒而得名。

必不可少的。」雅琴愕然道：「這是向來沒有的。」伯明道：「這卻怎麼處？偏是到今天纔講起來。若是早幾天，倒還可以找了百像圖❸，趕追一個。」雅琴道：「買一個現成的也罷。」伯明道：「這東西哪裡有現成的！」雅琴道：「難道是外國的定貨？」伯明道：「你怎麼死不明白！這喜容或者取生前的小照臨下來的，或者生前沒有小照，便是纔死下來的時候，對著死者追摹下來的，各人各像，哪裡有現成的賣！」雅琴道：「死下來追摹，也得像麼？」伯明道：「哪怕不像，他是各人自己的東西，哪裡有拿出來賣的。」雅琴道：「那麼說，不像的也可以充得過了？」伯明笑道：「你真是糊塗。誰管你像不像，只要有這樣東西。」雅琴道：「我不是糊塗，我是要問明白了，倘使不像的也可以，倒有法子想。」伯明問甚麼法子，雅琴道：「可以設法去借一個來。」伯明聽說，倒也呆了一呆，暗暗服他聰明。因說道：「往哪裡借呢？」雅琴道：「借到這樣東西，並且非十分知己的不可，我想一客不煩二主，就求你借一借罷。無論你家哪一代的祖老太婆，暫時借來一用，好在只掛一天，用不壞的。就是壞了，我也賠得起。」伯明道：「祖上的都在家鄉存在祠堂裡，誰帶了這傢夥出門。只有先母是初到上海那年，在上海過的，有一軸在這裡。」雅琴道：「那麼就求你借一借罷。」伯明果然答應了，連忙回家，瞞著老子，把一軸喜神取了出來，還到老子跟前，代雅琴說了幾句務求請去吃麵的話，方纔拿了喜神，逕到李家，就把他掛起來。雅琴看見鳳冠霞帔，畫的十分莊嚴，便大喜道：「辦過這件事之後，我要照樣畫一張，倒要你多借幾天呢。」伯明一面叫人掛起來，一面心中暗暗好笑。明天他拜他娘的壽，不料卻請了我的娘來享用。並且我明天行禮時，我拜我的娘，他倒在旁邊還禮，豈不可笑。心裡一面暗想，一面忍笑，

千古奇談。

千古奇事。

❸ 百像圖：各種人物畫像，專供臨摹的一種範本。

卻不曾聽得雅琴說的話。

「到了次日，果然來拜壽的人不少，伯明又代他做了知客。到得十點鐘時，那華國章果然具衣冠來了。在壽堂行過禮之後，抬頭見了那幅喜神，不覺心中暗暗疑訝。此時伯明不便過來揖讓，另外有知客的，招呼獻茶。華老頭子有心和那知客談天，談到李老太太，便問不知是幾歲上過的，那知客回說不甚清楚，但知道雅翁是從小便父母雙亡的。老頭子一想，他既是從小沒父母，他的父母總是年輕的了，何以所掛的喜神，畫的是一個老嫗。越想越疑心，不住的踱出壽堂觀看，越看越像自己老婆的遺像，便連麵桌也不曾好好的吃，匆匆辭了回去，叫人打開畫箱一查，所有字畫都不缺少，只少了那一軸喜神。不覺大怒起來，連忙叫人趕著把伯明叫回來。那伯明在李家正在應酬的高興，忽然一連三次，家裡人來叫快回去，老爺動了大氣呢。伯明還莫名其妙，只得匆匆回家。入得門時，他老子正拄著拐杖，在那裡動氣呢。見了伯明，兜頭就是一杖，罵道：『我今日便打死你這畜生！你娘甚麼對你不住，他六十多歲上纔死的，你還不容他好好的在家，把他送到李家去，逼著你已死的母親失節。害著我這個未死的老子，當一個活烏龜！』說著又是一杖，又罵道：『還怕我不知道，故意引了那不相干的雜種來，千求萬求，要我去，要我去！我老糊塗睡在夢裡，卻去露一張烏龜臉給人家看！你這是甚麼意思！我還不打死你！』說著，雨點般打下來。打了一頓，喝家人押著去取了喜容回來。伯明只得帶了家人，仍到雅琴處，一面叫人賞酒賞面給那家人，先安頓好了，然後拉了雅琴到僻靜處，告訴了他，便要取下來。雅琴道：『這件事說不得你要擔待這一天的了，此刻正要他裝門面，如何拿得下來。』伯明正在躊躇，家裡又打發人來催了，伯明、雅琴無可奈何，只得取下交來人帶回去，換上一幅麻姑畫像。繼之對你說的，或者就是這件事。」

說聲未絕，忽然繼之在外間答道：「正是這件事。」說著走了進來，笑道：「你們說到商量借喜神時，我已經回來了，因為你們說得高興，我便不來驚動。」又對我說道：「你想喜神這樣東西，能借不能借，不是三歲孩子都知道的麼！他們居然不懂，你還想他們懂的甚麼叫做『僭越』。」子安道：「喜神這樣東西，雖然不能借，卻能當得錢用。」我道：「這更奇了！」子安道：「並不奇。我從前在寧波，每每見他們拿了喜神去當的。」我道：「不知能當多少錢？」子安道：「哪裡當得多少，不過當二三百文罷了。」我道：「這就沒法想了。倘是當得多的，那些畫師沒有生意，大可以胡亂畫幾張裱了去當。他只當得二三百文，連裱工都當不出來，那就不行了。但不知拿去當的，倘使不來贖，那當鋪裡要他那喜神作甚麼？」繼之笑道：「想是預備李雅琴去買也。」說的眾人一笑。正是：

無端市道開生面，肯代他人貯祖宗。

未知典當裡收當喜神，果然有甚麼用，且待下回再記。

# 第八十回　販鴉頭學政蒙羞　遇馬扁❶富翁中計

子安道：「哪裡有不來取贖的道理？這東西又不是人人可當，家家收當的。不過有兩個和那典夥相熟的，到了急用的時候，沒有東西可當，就拿了這個去做個名色，等那典夥好有東西寫在票上，總算不是白借的罷了。」各人聽了，方纔明白這真容可當的道理。

我從這一次回到上海之後，便就在上海住了半年。繼之趁我在上海，便親自到長江各處走了一趟，直到次年二月，方纔回來。我等繼之到了上海，便附輪船回家去走一轉。喜得各人無恙，撤兒更加長大了。我姊姊已經擇繼了一個六歲大的姪兒子為嗣，改名念椿，天天和撤兒一起，跟著我姊姊認字。我在家又盤桓了半年光景，繼之從上海回來了，我和繼之敘了兩天之後，便打算到上海去。繼之對我說道：「這一次你出去，或是煙臺，或是宜昌，你揀一處去走走，看可有合宜的事業，不必拘定是甚麼。」我道：「亮臣在北邊，料來總妥當；所用的李在茲，人也極老實。北邊是暫時不必去的了。長江一帶，不免總要去看看，幾時到了漢口，或者走一趟宜昌，或者沙市也可以去得。」繼之道：「隨便你罷。你愛怎樣就怎樣，我不過這麼提一提。各處的當事人，我這幾年雖然全用了自己兄弟子姪，至於他們到底靠得住靠不住，也要你隨事隨時去查察的。」我應允了。

❶ 馬扁：拆字格的「騙」字。

不到幾天，便別過眾人，仍舊回上海去。剛去得上海，便接了蕪湖的信，說被人倒了一筆帳，雖不甚大，卻也得去設法。我就附了江輪到蕪湖去，耽擱了十多天，吃點小虧，把事情弄妥了，便到九江走了一趟。見諸事都還妥當，沒甚耽擱，便附了上水船到漢口。考察過一切之後，便打算去宜昌。這幾年永遠不曾接過我伯父一封信，從前聽說在宜昌，此時不知還在那邊不在，便託人過江到武昌各衙門裡去打聽。不兩日得了實信，說是在宜昌掣驗局❷裡。我便等到有宜昌船開行，附了船到宜昌去，就在南門外江邊一家吉陞棧住下，安頓好行李，便去找掣驗局。

這個局就在城外，走不多路就到了。我抬頭看時，只有一間房子敞著大門，門外掛了一面「掣驗川鹽局」的牌子，兩旁掛了兩扇虎頭牌，裡面坐著兩個穿號衣的局勇。我暗想這麼就算一個局了麼，我伯父又在哪裡呢，不免上前去問那局勇。誰知我問的這個，那一個答應起來了，說道：「他是個聾子。你問的是誰？」我就告訴他，那個局勇聽見說是本局老爺的姪少爺，便連忙站起來回說道：「老爺向來不在局裡辦事，住在公館裡。」我問公館在甚麼地方，局勇道：「就在南門裡不遠。少爺初到不認得路，我領了去罷。」我道：「那麼甚好。」那局勇便走在前面，我看他走路時，卻又是個跛的，不覺暗暗好笑。他一拐一拐的在前面走，我只得在後面跟著。進了城，不多點路就到了。那局勇急拐了兩步，先到門房去告訴。門房裡家人聽說，便通報進去。我跟著到了客堂站定，只見客堂東面闢了一座打橫的花廳，西面是個書房；客堂前面的天井狠大，種了許多花，頗有點小花園的景緻；客堂後面還有一個天井，想

❷ 掣驗局：查驗鹽運的衙門。鹽為政府專營，運鹽必須持有政府發給的鹽引，掣驗即查驗所持鹽引與運載鹽量是否相符，以杜絕販賣私鹽。宜昌是川鹽進入內地的必經口岸，故專設掣驗局。

是上房了。

不一會，我伯父出來，我便上前叩見。同入到花廳，伯父命坐，我便在一旁侍坐。伯父問道：「你這回來做甚麼？」我道：「姪兒這幾年總跟著繼之，這回是繼之打發來的。」伯父道：「繼之撤了任之後，又開了缺了。近來他又有了差使麼？」我道：「沒有差使，近年來繼之入了生意一途。姪兒這回來，是到此地看看市面的。」伯父道：「好好的缺，自己去幹掉了，又鬧甚麼生意！年輕人總歡喜胡鬧。那麼說，你也跟著他學買賣了？」我道：「是。」伯父道：「宜昌是個窮地方，有甚麼市面。你們近來做買賣狠發財？」我聽了沒有答話。伯父又道：「論理要發財，就做買賣也一樣發財。然而我們世家子弟，總不宜下與市儈為伍，何況還不見得果然發財呢。像你父親，一定不肯做官，跑到杭州去，綢莊咧，茶莊咧，一陣胡鬧，究竟躺了下來剩了幾個錢？生下你來，又是這個樣，真真是父是子了。你此刻住在哪裡？」我道：「住在城外吉陞棧。」伯父道：「有幾天耽擱？」我道：「說不定，大約也不過十天半月罷了。」伯父道：「沒事可常到這裡來談。」說著，便站了起來。我只得辭了出來，依著來路出城。

回到吉陞棧，只見棧門口掛著一條紅綵綢，擠了十多個兵，那號衣是四川督學部院親兵。又有幾個東湖縣民壯，東湖縣的執事銜牌也在那裡。我入到棧，開了房門，便有棧裡的人來和我商量，要我另搬一個房，把這個房讓出來。我本是無可無不可的，便問他搬到哪裡，他帶我到一個房裡去看，卻在最後面，又黑又暗，逼近廚房的所在。我不肯要這個房，他一定要我搬來，說是四川學臺要住。我便賭氣搬到隔壁一家興隆棧裡去了。搬定之後，纔寫了幾封信，發到帳房裡，託他們代寄。

對房住了一個客，也是纔到的，出入相見，便彼此交談起來。那客姓丁，號作之，安徽人，向在四川做買賣，這回纔從四川出來。我也告訴他由吉陞棧搬過來的緣故。作之道：「不合他同一棧也罷。我合他同一船來的，一天到夜，一夜到天亮，不是罵這個，便是罵那個，弄得晝夜不寧。」我道：「怎的那麼的脾氣？」作之道：「我起初也疑心，後來仔細打聽了，纔知道他原來是受了一場大氣，沒處發洩，纔借罵人出氣的。」我道：「他從四川到此地，自然是個交卸過的了。四川學政本來甚好的，做滿了一任，滿載而歸，還受甚麼氣呢？」作之道：「四川的女人便宜，是著名的。省城裡專有那販人的事業，並且為了這事業，還專開了茶館。要買人的，只要到那茶館裡揀了個座，叫泡兩碗茶。一碗自己喝，一碗擺在旁邊，由他空著。那些人販看見，就知道你要買人了，就坐了過來，問你要買幾歲的。你告訴了他，他便帶你去看。看定了，當面議價，當面交價。你只要告訴了他住址，他便給你送到。大約不過十吊、八吊錢，就可以買一個七、八歲的了。十六、七歲的是個閨女，不過四、五十吊錢就買了來。如果是嫁過人的，那不過二十來吊錢也就買來了。這位學政大人在任上到處收買，統共買了七、八十個，這回卸了事，便帶著走。單是這班丫頭就裝了兩號大船。走到嘉定，被一個釐局委員扣住了。」我道：「這委員倒是強項的。」作之道：「並不是強項，是有宿怨的。那學臺初到任時，不知為的甚麼事，大約總是為辦差之類，說這個委員不週到，在上憲前說了他的壞話，這委員從此黑了一年多。去年換了藩臺，這新藩臺是和他有點淵源的，就得了這釐局差使。可巧他老先生趕在他管轄地方經過，所以就公報私仇起來。查著了之後，那委員還親身到船上稟見，說：『只求大人說明這七、八十個女子的來歷，卑職便可放行。卑職並不是有意苛求，但細想起來，就是大人官眷用的丫頭，也沒有如許之多，並且訊問起來，又全都是四川土音，只求大人交個諭單下來，說明白這七、八十個女子從何處來，大人帶他到何處去，卑職斷不敢有絲毫留難。』那學臺無可奈何，只得向他求情。誰知他一味的打官話，要公事公辦。一面就打疊通稟上臺，一面把官船扣住。那學臺只得去央及嘉定府去說情。留難了十多天，到底被他把兩船女子扣住，各各發回原籍，聽其父母認領，不動通稟的公事，算賣了面情給嘉定府。稟上去只說緝獲水販船二艘，內有女子若干口，水販某人，已乘隙逃遁；由嘉定府出了一角通緝文書，以掩耳目，這纔罷了。他受了這一場大氣，破了這一注大財，所以天天罵人出氣。其實四川的大員，無論到任卸任，出境入境，夾帶私貨是相沿成例的了。便是我這回附他的船，也是為了幾十擔土。」我道：「怎麼那釐卡上沒有查著你的土麼？」作之道：「他在嘉定出的事，我在重慶附他來的，我附他的船時，他早已出過了那回事了。」談了一回，各自回房。

我住了兩天，到各處去走走。大約此地係川貨出口的總匯，甚麼楠木、陰沉木❸最多；川裡的藥材也甚多，甚至杜仲、厚樸之類，每每有鄉下人挑著出來，沿街求賣的。得暇我便到作之房裡去，問問四川市面情形，打算入川走一趟。作之道：「四川此時到處風聲鶴唳，沒有要緊事，寧可緩一步去罷。」我道：「有了亂事麼？」作之道：「亂事是沒有，然而比有亂事還難過。」我道：「這又是甚麼道理呢？」作之道：「因為出了一個騙子、一個蠢材，就鬧到如此。那騙子扮了個算命看相之流，在成都也不知混了多少年了。忽然一天，遇了一個開醬園的東家來算命，他要運用那騙子手段，便恭維他是一個大貴之命，說是府上一定有一位貴人的，最好是把一個個的八字都算過。那醬園東家大喜，便邀他到家裡去，把合家人的八字都寫了出來請他算。」我道：「這醬園東家姓甚麼？」作之道：「姓張，是一個

❸ 陰沉木：因地層變動而久埋於土中的樹木，據說質香而輕，體柔膩，經久不朽。

大富翁，川裡著名的張百萬。那騙子算到張百萬女兒的一個八字，便大驚道：『在這裡了！這真是一位大貴人！』張百萬問怎麼貴法，他道：『是一位正宮娘娘的命！就是老翁的命，也是這一位的命帶起來的。不知是府上哪一位？』張百萬也大驚道：『這是甚麼話！無論皇上大婚已經多年，況且滿漢沒有聯婚之例，哪裡來的這個話？』騙子道：『這件事，自然不是凡胎肉眼所能看得見。我早就算定真命天子已經降世。我早年在湖北，望見王氣在四川，所以跟尋到川裡來，要尋訪著了那位真命天子，做一個開國元勳。此刻皇帝不曾尋著，不料倒先尋見了娘娘。這位娘娘是府上甚麼人，千萬不要待慢了他！』張百萬聽得半疑半信，答道：『這是我小女的命。』騙子聽說，慌忙跪下叩頭，道：『原來是國丈大人，恕罪，恕罪！』嚇得張百萬連忙還禮，又問道：『依先生說，我女兒便是娘娘，但不知這真命天子在哪裡？我女兒又如何嫁得到他？近來雖有幾家來求親，然而又都是生意人，哪裡有個真命天子在內！』騙子道：『千萬不可胡亂答應。倘把娘娘誤許了別人，其罪不小！大凡真龍降生，沒有一定之地。不信，你但看朱洪武皇帝，他看過牛，做過和尚，除了劉伯溫，哪個知道他是真命天子呢。』張百萬道：『話雖如此，但是我又不是劉伯溫，哪裡去尋個朱洪武出來呢？』騙子道：『國丈說的哪裡話！生命注定的，何必去尋。何況龍鳳配合，自有一切神靈暗中指引。再加我時時小心尋訪，一經尋訪著了，自然引駕到府上來。』張百萬此時將信將疑，便留那騙子在家住下。張家本有個花園，他每天晚上，約了張百萬在園裡指天畫地的，說望天子氣。天天說些蠱惑的話，蠱惑得張百萬慢慢的信服起來，所有來求他女兒親事的，一概回絕。混了一年多，張百萬又生起疑心來，說哪裡有甚麼真命天子。那騙子騙了一年多的好吃好喝，恐怕一旦失了，遂造起謠言來，說是近日望見那天子氣到了成都了，我要親身出去訪查。於是日間扮得不尷不尬，在外頭亂跑；晚上回到張百萬家裡去睡，只說是出去訪尋真命天子。如此者，又好幾個月。

「忽然一天，在市上遇了一個二十來歲的樵夫，那騙子把他一拉拉到一個僻靜去處，納頭便拜，說道：『臣接駕來遲，罪該萬死！』那樵夫是一條蠢漢，見他如此行為，也莫名其妙。問道：『你這先生，無端對我叩頭做甚麼？』騙子悄悄說道：『陛下便是真命天子！臣到處訪求了好幾年，今日得見聖駕，萬千之幸！』樵夫道：『怎麼，我可以做得真命天子？誰給我做的？』騙子道：『這是上天降生的。陛下跟了臣同到一個去處，自然有人接駕。』那樵夫便跟了騙子到張百萬家。騙子在前，樵夫在後，一直引他入了花園，安置停當，然後叫張百萬來，說皇帝駕到了，快點去見駕。張百萬到得花園，看見那樵夫粗眉大目，面色焦黃，心中暗暗疑訝，怎麼這般一個人便是皇帝？一面想著，未免住了腳步，遲疑不前。騙子連忙拉他到一邊，和他說道：『這是你一生富貴關頭，快去叩頭見駕，不可自誤。』張百萬道：『這個人，面目也沒甚奇異之處，並且衣服襤褸，怎見得是個皇帝？先生，莫非你看差了！』騙子道：『真龍未曾入海，你們凡人哪裡看得出來！你如果不相信，我便領了聖駕到別人家去，你將來錯過了富貴，不要怨我。』張百萬聽了他的話，居然千真萬真，便走過去，對了那樵夫叩頭禮拜，口稱『臣張某見駕』。那樵夫本是呆蠢一流人，見人對他叩頭，他並不知道還禮，只呆呆的看著。張百萬叩過了無數的頭，纔起來和騙子商量，怎樣款待這皇帝。騙子道：『你看罷，你的命是個大貴的，倘使不是真命天子，他如何受得起你的叩頭呢。此刻且先請皇帝沐浴更衣，擇一個潔淨所在，暫時做了皇宮，禁止一切閒雜人等，不可叫他進來，以免時時驚駕。然後擇了日子，請皇帝和娘娘成親。』張百萬道：『知道他幾時纔真個做皇帝呢，我就輕輕把女兒嫁他？』騙子道：『凡一個真命天子出世，天上便生了一條龍。要等天上那條龍鱗甲長齊了，在凡間的皇帝，纔能被世上的能人看得出，去輔佐他。還要等天上那條龍眼睛開了，在凡間的皇帝纔能登位。這一個真命天子，向來在成都，我一向都看他不出，就是天上那條龍未曾長齊鱗甲之故。近來我夜觀天象，知道那條龍鱗甲都長齊了，所以一看就看了出來。我勸你一不做，二不休。如果一定不相信，便由我帶到別處去；如果相信了，便聽我的指揮。』張百萬聽說，還只信得一半。」我道：「這件事要就全行誤信了，要就登時拒絕他，怎麼會信一半的呢？」正是：

惟有癡心能亂志，從來貪念易招殃。

未知作之又說出甚麼來，這件事鬧到怎生了結，且待下回再記。

# 第八十一回　真愚昧慘陷官刑　假聰明貽譏外族

作之道：「張百萬依了他的話，拿幾套衣服給那樵夫換過，留在花園住下。騙子見張百萬還不死心塌地，便又生出一個計策來，對張百萬說道：『凡是真命天子，到了吃醉酒睡著時，必有神光異彩現出來，直透到房頂上，但是必要在遠處方纔望見。你如果不相信，可試一試看。』張百萬聽說，果然當夜備了酒肴，請那樵夫吃酒，有意把他灌得爛醉。騙子也裝做大醉模樣，先自睡了。張百萬灌醉了樵夫，打發他睡下，便急急忙忙跑回自己宅內的一座樓上，憑欄遠眺，要看那真命天子的神光異彩。那騙子假睡在床上，聽得張百萬已經去了，花園裡伺候的人也陸續去睡了，方纔慢慢起來，取出他所預備的松香末（這松香末，就是戲場上做天神出場時撒火用的），他又加上些硝磺藥料，悄悄的取了一把短梯，爬到墻頭上，點上了火，一連向上撒了四五把，方纔下來。到了半夜時，又去撒了幾把。然後收拾停當，安心睡覺。張百萬在自己樓上，遠遠的望著花園裡，忽然見起了一陣紅光，不覺吃了一驚。誰知驚猶未了，接著又起了三四陣，不覺又驚又喜，呆呆的坐著，要等再看。誰知越等越看不見了，聽一聽四面寂無人聲，正要起身去睡，忽然又看見起了四五陣。大凡一個人，心裡有了疑念，眼裡看見的東西，也會跟著他的疑念變幻的。撒那松香火，不過是一陣火光，火光熄了，便剩了一團烟。騙子一連撒了幾把火，便有幾團烟，看在張百萬的眼裡，便隱隱成了一條龍形。他還暗自揣測，哪裡是龍頭，哪裡是龍尾，哪裡是龍爪，越看越像。一時間那烟銷滅了，他還閉著眼睛暗中去想像呢。到了次日，一早便爬起來，到花園裡去找騙子。騙子還在那裡睡著呢，張百萬把他叫醒了。他連忙一骨碌爬起來，說道：『甚時候了？我昨夜醉的了不得，一夜也不曾醒。』張百萬便告以夜來所見，又道紅光當中隱隱還現了一條龍形呢！騙子道：『可惜我也醉了，不曾看得見。不然，倒可以看看他開了眼睛不曾。』張百萬道：『這個還不容易嗎，今天晚上再請他吃一回酒，先生到我那邊樓上去看便了。』騙子吐出了舌頭道：『這是甚麼話！昨天晚上一回，已經是冒險的了。倘使多出現了，被別人看見，還了得麼！何況他已經現了龍形，更不相宜。他那原形，天天在那裡長，必要長足了，纔能登極。每出現一次，便阻他一次生機，長得慢了許多。所以從今以後，最要緊不可被他吃醉了。你已經見過一次就是了，要多見做甚麼。』張百萬果然聽了他的話，從此便不設酒了。央騙子揀了黃道吉日，把女兒嫁給那樵夫，張燈結綵，邀請親友，只說是招女婿，就把花園做了甥館❶。一切都是騙子代他主張。成過親之後，張百萬便安心樂意做國丈，天天打算代女婿皇帝預備登極，買了些綾羅綢緞來，做了些不倫不類的龍袍。那樵夫此時養得又肥又白，腰圓背厚，穿起了龍袍，果然好看。喜歡得張百萬便山呼萬歲起來。騙子在旁指揮，便叫樵夫封張百萬做國丈，自己又討封了軍師。幾個人在花園裡，就同做戲一般亂鬧。這風聲便漸漸傳了出去，外面有人知道了。騙子也知道將近要敗露了，便說：『我夜來望氣，見犍為地方出有能人，我要親去聘了他來，輔佐天子。』就向張百萬討了幾百銀子，只說置辦聘禮，便就此去了。

「這裡還是天天胡鬧。那樵夫被那騙子教得說起話來，不是孤家，便是寡人。家裡用人，都叫他萬

---

❶ 甥館：女婿的住所。

歲。鬧得地保知道了，便報了成都縣。縣官見報的是謀反大案，嚇的先稟過首府，回過司道，又稟知了總督，纔會同城守，帶了兵役，把張百萬家團團圍住，男女老幼，盡行擒下，不曾走了一個。帶回衙門，那樵夫身上還穿著龍袍，張百萬的女兒頭上還戴著鳳冠。縣官開堂審訊，他還在那裡稱孤道寡，嘴裡胡說亂道，指東畫西，說甚麼我資州有多少兵，綿州有多少馬，茂州有多少糧；甚麼寧遠、保寧、重慶、夔州、順慶、敘永、酉陽、忠州、石硅……處處都有人馬。這些話，總是騙子天天拿來騙他的，他到了公堂，不知輕重，便一一照說出來。成都縣聽了，嚇的魂不附體，拿了革命黨，馬上就可以升官，應該要喜的心癢難抓。連忙把他釘了鐐銬，通稟了上臺。上臺委了委員來會審過兩堂，他也是一樣的胡說亂道。上臺便通行了公事，到各府、廳、州、縣，一律嚴密查拿。那一班無恥官吏，得了這個信息，便巴不得迎合上意，無中生有的找出兩個人來去邀功，還想借此做一條升官發財的門路，就此把一個好好的四川省鬧的闔屬雞犬不寧。這種獃子遇了騙子的一場笑話，還要費大吏的心，拿他專摺入奏，並且隨摺開了不少的保舉。只是苦了我們行客，入店投宿，出店上路，都要稽查，地保衙役便藉端騷擾。你既然那邊未曾立定事業，又何苦去招這個累呢！」

我道：「聽說四川地方民風極是儉樸，出產又是富足，魚米之類都極便宜，不知可確？」作之道：「這個可是的。然而近年以來，也一年不如一年了。據老輩人說的，道光以前，川米常常販到兩湖去賣；近來可是川裡人要吃湖南米了。」我道：「這都為何？」作之道：「田裡的罌粟越種越多，米麥自然越種越少了。我常代他們打算，現在種罌粟的利錢，自然是比種米麥的好。萬一遇了水旱為災，那個饑荒纔有得鬧呢。」我道：「川裡吃烟的人，只怕不少？」作之道：「豈但不少，簡直可以算得沒有一個不吃烟的。也不必說川裡，就是這裡宜昌，你空了下來，我和你到街上去看看，那種吃烟情形，纔有得好看呢！」我道：「川裡除了鴉片烟之外，還有甚麼大出產呢？」作之道：「那不消說，自然是以藥材為大宗了。然而一切蠶桑礦產等類，也無一不備，也沒有一樣不便宜，所以在川裡過日子是狠好的。只有兩吊多錢一石米，幾十文錢一擔煤，這是別省所無的。」我道：「他既然要吃到湖南米，哪能這樣便宜？」作之道：「那不過青黃不接之時，偶一為之罷了。倘使終歲如此，那就不得了了！」

我道：「那煤價這等賤，何不運到外省來賣呢？」作之道：「說起煤價賤，我卻想起一個笑話來。有一位某觀察，曾經被當道專摺保舉過的，說他『留心時務，學貫中西』。他本來是一個通判，因為這一保，就奉旨交部帶領引見。引見過後，就奉旨以道員用。他本是四川人，在外頭混了幾年，便仍舊回到四川去，住在重慶。一天，他忽然打發人到外頭煤行裡收買煤斤；又在他住宅旁邊，租了一片四五十畝大的空地，買了煤來，都堆在那空地上頭。不多幾天，把重慶的煤價鬧貴了，他又專人到各處礦山去買。」我道：「他哪裡來這許多錢？買那許多煤又有甚用處呢？」作之道：「你不知道，他一面買煤，一面在那裡招股呢。」我道：「不知他招甚麼股？」作之道：「你且莫忙，等我說下去，有笑話呢！他打發人到四處礦裡收買，一連三四個月，也不知收了多少煤。非但重慶煤貴了，便連四處的煤都貴了。在我們中國人，雖然吃了他的虧，也還不懂得去考問他為甚麼收那許多煤，內中卻驚動起外國人來了。（中國之事，偏要外人留心。可發一嘆。）駐紮重慶的外國領事，看得一天天的煤價貴了，便出來查考，知道有這麼一位觀察在那裡收煤，不覺暗暗納罕，便去拜會重慶道，問起這件事來。誰知重慶道也不曉得。領事道：『被他一個人收得各處的煤都貴了，在我們雖不大要緊，然而各處的窮人未免受他的累了。還求貴道臺去問問那位某觀察，他收來有甚用處？可以不收，就勸他不要收了，免得窮民受累。』（中國窮民受累，偏有外國人體貼。可發一嘆。）

重慶道答應了，等領事去後，便親自去拜那位某觀察，問起這收煤的緣故，並且說起外面煤價昂貴，小民受累的話。某觀察卻慎重其事的說道：『這是兄弟始創的一個大公司，將來非但富家，並且可以富國。兄弟此刻，非但在這裡收煤，還到各處去找尋煤礦，要自己開採煤斤呢。至於小民吃虧受累，只好暫時難為他們幾天，到後來我公司開了之後，還他們莫大的便宜。我勸老公祖❷不妨附點股分進來，這是我們相好的知己話。若是別人，他想來入股，兄弟還不答應，留著等自己相好來呢。』重慶道道：『說了半天，到底是甚麼公司？甚麼事業？』那位觀察道：『這是一個提煤油的公司。大凡人家點洋燈用的煤油，都是外國來的，運到川裡來，要賣到七十多文一斤。我到外國去辦了機器來，在煤裡面提取煤油，每一百斤煤，最少要提到五十斤油。我此刻收煤，最貴的是三百文一擔，三百文作二錢五分銀子算，可以提出五十斤油。躉賣出去，算他四十文一斤，這四十文算他三分二釐銀子。照這麼算起來，二錢五分銀子的本錢，要賣到一兩六錢銀子，便是賺了一兩三錢五分，每擔油要賺到二兩七錢。辦了上等機器來，每天可以出五千擔油，便是每天要賺到一萬三千五百兩。一年三百六十天，要有到四百八十六萬的好處。（偏算得定許多利益。可發一笑。）內中提一百萬報效國家，公司裡還有三百八十六萬。老公祖想想看，這不是富國富家，都在此一舉麼。所以別人的公司招股分，是各處登告白，散傳單，惟恐別人不知；兄弟這個公司，卻是唯恐別人知道，以便自己相好的親戚朋友，多附幾股。倘使老公祖不是自己人，兄弟也絕不肯說的。』重慶道聽了他一番高論，也莫名其妙，又談了幾句別的話，就別去了。回到衙門裡，暗想這等

---

❷ 老公祖：明清時士紳對知府以上地方官的尊稱。

本輕利重的生意，怪不得他一向秘而不宣。他今日既然直言相告，不免附他幾股，將來和他利益均霑，豈不是好。並且領事那裡，也不必和他說穿，因為這等大利所在，外國人每每要來沾手，不如瞞他幾時，等公司開了出來，那時候他要沾手也來不及了。可謂外交能手。一笑。定了主意，便先不回領事的信，等那位觀察來回拜時，當面訂定，附了五千兩的股分。某觀察收了銀子，立刻填給收條，那收條上注明『俟公司開辦日，憑條例換股票，每年官息八釐，以收到股銀日起息』云云。某觀察更說了多少天花亂墜的話，說得那重慶道越發入了道兒。那領事來問了幾次回信，只推說事忙不曾去問得。

「俄延了一個多月，那煤越發貴了，領事不能再耐，又親自去拜重慶道。此時重慶道沒得好推擋了，只得從實告訴，說是某觀察招了股份集成公司，收買這些煤，是要拿來提取煤油的。領事愕然道：『甚麼煤油？』重慶道道：『就是點洋燈的煤油。』領事聽了，稀奇的了不得，問道：『不知某觀察的這個提油新法，是哪一國人，哪一個發明的？用的是哪一國、哪一個廠家的機器？倒要請教請教。』重慶道道：『這個本道也不甚了了。貴領事既然問到這一層，本道再向某觀察問明白，或者他的機器沒有買定，本道叫他向貴國廠家購買也使得。』領事搖頭道：『敝國沒有這種廠家，也沒有這種機器。還是費心貴道臺去問問某觀察，是從哪一國得來的新法子，好叫本領事也長長見識。』重慶道到了此時，纔有點驚訝，問道：『照貴領事那麼說，貴國用的煤油，不是在煤裡提出來的麼？』領事道：『豈但敝國，就是歐美各國，都沒有提油之說。所有的煤油，都是開礦開出來的，煤裡面哪裡提得出油來！』重慶道大驚道：『照那麼說，他簡直在那裡胡鬧了！』領事冷笑道：『本領事久聞這位某觀察，是曾經某制軍保舉過他「留心時務，學貫中西」的，只怕是某觀察自己研究出來的，也未可知。』說罷，便辭了去。重慶道便忙忙傳伺候，出門去拜某觀察。偏偏某觀察也拜客去了，重慶道只得留下話來，說有要緊事商量，回來時務必請到我衙門裡去談談。直到了第二天，某觀察纔去拜重慶道。重慶道一見了他，也不暇多敘寒暄，便把領事的一番話述了出來。某觀察聽了，不覺張嘴撟舌。」正是：

忽從天外開奇想，要向玄中奪化機。

未知他那提煤油的妙法，到底在哪裡研究出來的，且待下回再記。

# 第八十二回　紊倫常名分費商量　報涓埃夫妻勤伺候

「某觀察聽重慶道述了一遍領事的話，不覺目定口呆，做聲不得。歇了半晌，纔說道：『哪裡有這個話！這是我在上海，識了一個寧波朋友名叫時春甫，他告訴我的。他是個老洋行買辦，還答應我合做這個生意。他答應購辦機器，叫我擔認收買煤斤，此時差不多機器要到上海了。我想起來，這是那領事妒忌我們的好生意，要輕輕拿一句話來嚇退我們。天下事談何容易，我來上你這個當！』重慶道道：『話雖如此，閣下也何妨打個電報去問問，也不費甚麼。』某觀察道：『這個倒使得。』於是某觀察別過重慶道，回來打了個電報到上海給時春甫，只說煤斤辦妥，叫他速運機器來。去了五六天，不見回電。無奈又去一個電報，並且預付了覆電費，也沒有回電。這位觀察大人急了，便親自跑到上海，找著了時春甫，問他緣故。春甫道：『這件事，我們當日不過談天談起來，彼此並未訂立合同，誰叫你冒冒失失就去收起煤斤來呢！』某觀察道：『此刻且不問這些話，只問這提煤油的機器，要向哪一國定買？』時春甫道：『這個要去問起來看，我也不過聽得一個廣東朋友，說得這麼一句話罷了。若要知道詳細，除非再去找著那個廣東人。』某觀察便催他去找，找了幾天，那廣東人早不知到哪裡去了。後來找著了那廣東人的一個朋友，當日也是常在一起的，時春甫向他談起這件事，細細的考問，方纔悟過來，原來當日那廣東人正打算在清江開個榨油公司，說的是榨油機器。春甫是寧波人，一邊是廣東人，彼此言語不通，所以誤會了。大凡談天的人，每每喜歡加些裝點，等春甫與某觀察談起這件事時，不免又說得神奇點，以致弄出這一個誤會。今之所謂經濟學問貫澈中西者，無非道聽塗說耳，何獨於某觀察哉！春甫問得明白，便去回明了某觀察。某觀察這纔後悔不迭，不敢回四川，就在江南地方謀了個差使混起來。好在他是明保過人才的，又是個特旨班道臺，督撫沒有個看不起的，所以得差使也容易，從此他就在江南一帶混住了。」說到這裡，客棧裡招呼開飯，便彼此走開。

我在宜昌耽擱了十多天，到伯父處去過幾次，總是在客堂裡或是花廳裡坐，從不曾到上房去過，然而上房裡總像有內眷聲音。前幾年在武昌打聽，便有人說我伯父帶了家眷到了此地，但是一向不曾聽說他續弦。此時我來了，他又不叫我進去拜見，我又不便動問，心中十分疑惑。

有一天，我又到公館裡去，只見門房裡坐了一個家人，說是老爺和小姐到上海去了。我問道：「是哪一個小姐？是幾時動身去的？」那家人道：「就是上前年來的劉三小姐。前天動身去的。」我看那家人生得輕佻活動，似是容易探聽說話的，一向的疑心，有意在他身上打聽打聽這件事情，便又問道：「此刻上房裡還有誰？」一面說著，一面往裡走。那家人跟著進來，一面答應道：「此刻上面臥房都鎖著，沒有人了，只有家人在這裡看家。」我走到花廳裡坐下，那家人送上一碗茶。我又問道：「這劉三小姐到底是個甚麼人？在這裡住了幾年？你總該知道。」那家人看了我一眼，歇了一歇道：「怎的姪少爺不知道？」我道：「我一向在家鄉沒有出來，這裡老爺我是不常見的，怎能知道。」那家人道：「三小姐就是舅老爺的女兒。」我道：「這更奇了。怎麼又鬧出個舅老爺來呢？」那家人道：「那麼說姪少爺是不知道的了。舅老爺是親的是疏的，家人也不得而知，一向在上海的，想是姪少爺向未見過。」我聽了更覺詫異，我向在上海，何以不知道有這一門親戚呢。因答他道：「我可是未見過。」那家人道：「上前年老爺在上海頑了大半年，天天和舅老爺一起。」我道：「你且不要說這些，舅老爺住在上海哪裡？是做甚麼事的？」那家人道：「那時候家人跟在老爺身邊伺候，舅老爺公館是常去的，在城裡叫個甚麼家衖，卻記不清楚了，那時候正當著甚麼衙門的幫審差呢。」我回頭細細一想，纔知道這個人是自己親戚，卻是伯父向來沒有對我說過，所以一向也沒有往來，直到今日方知，真是奇事。因又問道：「那三小姐跟老爺到這裡來做甚麼？這裡又沒個太太招呼。」那家人道：「這個家人不知道，也不便說。」我道：「這有甚麼要緊！你說了，我又不和你搬弄是非。」那家人道：「為甚麼要來，家人也不知道。只是來的時候，三小姐捨不得父母，哭得淚人兒一般。他家還有一個極忠心的家人叫胡安，送三小姐到船上，一直抽抽咽咽的背著人哭。寫得又分明又彷彿，如看隔簾美人。直等船開了，他還不曾上岸，只得把他載到鎮江，纔打發他上岸，等下水船回上海去的。」我聽了不覺十分納悶，怎麼說了半天，都是些不痛不癢的話，內中不知到底有甚麼緣故。因又問道：「那三小姐到這裡，不過跟親戚來頑頑罷了，怎麼一住兩三年呢？又沒有太太招呼。」那家人道：「這個家人不知道。」我道：「這兩三年當中，我不信老爺可以招呼得過來，就是用了老媽子，也怕不便當。」那家人聽了，默默無言。

我道：「你好好的說了，我賞你。這是我問我自己家裡的事，你說給我，又不是說給外人去，怕甚麼呢。」那家人囁嚅了半晌，道：「三小姐到了這裡，不到三個月，便生下個孩子。」我聽了，不禁吃了一大驚，腦袋上轟的一聲響了，兩個臉蛋登時熱了，出了一身冷汗。嘴裡不覺說道：「嚇！」忽又回想了一想，道：「原來是已經出嫁的。」那家人笑道：「這回老爺送他回上海，纔是出嫁呢。聽說嫁的還是山東方撫臺的本家兄弟。」我聽了，心中又不覺煩燥起來，問道：「那生的孩子呢？此刻可還在？」那家人道：「生下來就送到育嬰堂去了。」我道：「以後怎麼耽擱住了還不走？」那家人道：「這個家人哪裡得知，但知道舅老爺屢次有信來催回去，老爺總是留住。這回是有了兩個電報來，說男家那邊迎娶的日子近了，這纔走的。」我道：「那三小姐在這裡住得慣？」那家人想了一想，無端給我請了一個安，道：「家人已經嘴快，把上項事情都說了，求少爺千萬不要給老爺說！」我笑道：「我說這些做甚麼！我們家裡的規矩嚴，就連正經話常常也來不及說，還說得到這個嗎！」那家人道：「起先三小姐從生下孩子之後，不到一個月，就鬧著要走，老爺只管留著不放，三小姐鬧得個無了無休。有一天好好的同桌吃飯，偶然說起要走，不知怎樣鬧起來，三小姐連飯碗都摔了，哭了整整一天。後來不知怎樣，又無端的惱了一天，鬧了一天。自從這天之後，便平靜了，絕不哭鬧了。家人們納罕，私下向上房老媽子打聽，纔知道接了舅老爺的信，說胡安嫌工錢不夠用，足見從前夠用也。屢次告退，已經薦了他到甚麼輪船去做帳房了。三小姐見了這封信，起先哭鬧，後來就好了。」我聽了這兩句話，又是如芒在背，坐立不安。在身邊取出兩張錢票子，給了那家人，便走了。

一路走回興隆棧，當頭遇了丁作之，不覺心中又是一動，好像他知道我親戚有這椿醜事的一般，十分難過。回頭想定了，纔覺著他是不知道的，心下始安。作之問我道：「今天晚上彝陵船開，我已經寫定了船票，我們要下次會了。」我想了一想，此處雖是開了口岸，人家十分儉樸，沒有甚麼可銷流的貨物。至於這裡的貨物，只有木料、藥材是辦得的，然而若與在川裡辦的比較起來，又不及人家了。所以決意不在這裡開號了，不如和作之做伴，先回漢口再說罷。定了主意，便告訴了作之，叫帳房寫了船票，收拾行李，當夜用划子划到了彝陵船上，揀了一個地方，開了鋪蓋。

剛剛收拾停當，忽然我伯父的家人走在旁邊，叫了我一聲，說道：「少爺動身了。」我道：「你來作甚麼？」那家人道：「送党老爺下船，因為老爺有兩件行李，託党老爺帶到南京的。」我心中暗想，既然送甚麼小姐到上海，為甚又帶行李到南京去呢？真是行蹤詭秘，令人莫測了。那家人又道：「方纔少爺走了，家人想起來，舅老爺此刻不住在城裡，已經搬到新牐長慶里去了。」我點了點頭。那家人便走到那邊去招呼一個搭客。原來這彝陵船沒有房艙，一律是統艙，所以同艙之人，彼此都可以望見的。我看著那家人所招呼的，諒來就是姓党的了，默默的記在心裡。歇了一會，那家人又走過來，我問他道：「你對党老爺可曾說起我在這裡？」那家人道：「不曾說起。少爺可要拜他？家人去回一聲。」我道：「不要，不要。你並且不要提起我。」那家人答應了，站了一會，自去了。

半夜時，啓輪動身。一宿無話。次日起來，覺得異常悶氣，那一種鴉片烟的焦臭味，撲鼻而來，十分難受。原來同艙的搭客，除了我一個之外，竟是沒有一個不吃烟的。我熬不住，便終日走到艙面上去眺望。艙裡的人，也有出來抒氣的。到了下午時候，只見那姓党的也在艙面上站著，手裡拿了一根水烟袋，一面吸烟，一面和一個人說話，說的是滿嘴京腔。其時我手裡也拿著烟袋，因想了一個主意，走到他身邊，和他借火，乘勢操了京話，和他問答起來。纔知道他號叫不群，是一個湖北候補巡檢，分到宜昌府差委的。我便和他七拉八扯的先談起來，喜得他談鋒極好，和他談談，倒大可以解悶。

過了一天，船已過了沙市，我和他談得更熟了。我便作為無意中問起來，說道：「你佇在宜昌多年，可認得一位敝本家號叫子仁的？」「子仁」二字，在第三回見過。党不群道：「你們可是一家？」我道：「不，同姓罷了。」不群道：「這回可見著他？」我道：「沒見著呢。我去找他，他已經動身往上海去了。」不群道：「你們向來是相識的？」我道：「從先有過一筆交易，趕後來結帳的時候，有一點兒找零沒弄清楚，所以這回順便的看看他，其實沒甚麼大不了的事情。」隨嘴說謊，可發一笑。不群道：「你佇再過兩個月，到南京大香爐陳家打聽他，就打聽著了。」我道：「他住在那邊麼？」不群道：「不，他下月續弦，娶的是陳府上的姑娘。」我聽了這話，不覺心下十分懷疑，因問道：「他既然到南京續娶，為甚又到上海去呢？」不群笑道：「他這一門親已經定了三四年了，被他的情人盤踞住他，不能迎娶。他這回送他情人到上海去了，回來就到南京娶親。」我聽了這話，心裡兀的一跳，又問道：「這情人是誰？為甚老遠的要送到上海去？」不群道：「他情人本是住在上海的，自然要送回上海去。」我道：「是個甚麼樣人？」不群道：「這個不便說他了。」我聽了這話，也不便細問，也不必細問了。忽然不群仰著面，哈哈的笑了兩聲，自言自語道：「料不到如今晚兒，人倫上都有升遷的，好好的一個大舅子，升做了丈人！」我聽了這話，也不去細問，胡亂談了些別的話，敷衍過去。不一天，船到了漢口，各自登岸。我自到號裡去，也不問苟不群的下落了。

我到了號裡之後，照例料理了幾條帳目。歇了兩天，管事的吳作猷便要置酒為我接風。這吳作猷是繼之的本家叔父，一向在家鄉經商，因為繼之的意思，要將自己所開各號，都要用自己人經管，所以邀了出來，派在漢口，已經有了兩年了。當下作猷約定明日下午在一品香請我。我道：「這又何必呢！我是常常往來的。」作猷道：「明日一則是吃酒，二來是看迎親的燈船，所以我預早就定了靠江邊的一個座兒，我們只當是看燈船罷了。」我道：「是甚麼人迎親？有多少燈船，也值得這麼一看？」作猷道：

「闊得狠呢！是現任的鎮臺娶現任撫臺的小姐。」我道：「是甚麼鎮臺娶甚麼撫臺的小姐，值得那麼熱鬧？」作猷道：「是鄖陽鎮娶本省撫臺的小姐，還不闊麼！」我搖頭道：「我於這裡官場蹤跡都不甚了了，要就你告訴我，我纔明白呢。」作猷道：「你不厭煩，我就一一告訴你。」我道：「你有本事說他十天十夜，我總不厭煩就是了。」

作猷道：「如此，我就說起來罷。這一位鄖陽總鎮姓朱，名叫阿狗，是福建人氏。那年有一位京官新放了福建巡撫，是姓侯的。這位侯中丞是北邊人，本有北邊的嗜好，到了福建，聞說福建恰有此風，那真是投其所好了。及至到任之後，卻為官體所拘，不能放恣，因此心中悶悶不樂。到任半年之後，忽然他簽押房裡所糊的花紙霉壞了，便叫人重裱。叫了兩個裱糊匠來，裱了兩天，方纔裱得妥當。到了第二天下午，兩個裱糊匠走了，只留下一個學徒在那裡收拾傢伙。這位侯中丞進來察看，只見那學徒生得眉清目秀，唇紅齒白，不覺動了憐惜之心。因問他姓甚名誰，有幾歲了，那學徒說道：『小人姓朱，名叫阿狗，人家都叫小的做朱狗，今年十三歲。』侯中丞見他說話伶俐，更覺喜歡。又問他道：『你在那裱糊店裡，賺幾個錢一月？』朱狗道：『不瞞大人說，小的們學生意，是沒有工錢的。到了年下，師傅喜歡，便給幾百文鞋襪錢。若是不喜歡，一文也沒有呢。』侯中丞眉花眼笑的道：『既是這麼樣，你何苦去當徒弟呢？』朱狗笑道：『大人不知道，我們窮人家都是如此。』侯中丞道：『我不信窮人家都是如此，我卻叫你不如此。你不要當這學徒了，就在這裡伺候我。我給你的工錢，總比師傅的鞋襪錢好看些。』那朱狗真是福至心靈，聽了這話，連忙趴在地下，咯嘣咯嘣的磕了三個響頭，說道：『謝大人恩典。』侯中丞大喜，便叫人帶他去剃頭，打辮，洗澡，換衣服。一會兒他整個人便變了樣子，穿了一身時式衣服，剃光了頭，打了一條油鬆辮子，越顯得光華奪目。侯中丞益發歡喜，把他留在身邊伺候。坐下時，叫他裝烟；躺下時，叫他搥腿。一邊是福建人的慣家，一邊是北直人的風尚，其中的事情，就有許多不堪聞問的了。兩個的恩愛，日益加深。侯中丞便借端代他開了個保舉，和他改了姓侯名虎，豬狗就變了猴虎了。弄了一個外委把總❶，從此他就叫侯虎了。侯中丞把他派了轅下一個武巡捕的差使，在福建著實弄了幾文。後來侯中丞調任廣東，帶了他去，又委他署了一任西關千總❷，因此更發了財。但只可憐他白天雖然出來當差做官，晚上依然要進去伺候。侯中丞念他一點忠心，便把一名丫頭指給他做老婆。侯虎卻不敢怠慢，備了三書六禮迎娶過來。夫妻兩個，飲水思源，卻還是常常進去伺候，所以侯中丞也一時少不了他夫妻兩個。前兩年升了兩湖總督，仍然把他奏調過來。他一連幾年，連捐帶保的，弄到了一個總兵。侯制軍愛他忠心，便代他設法補了鄖陽鎮。他卻不去到任，仍舊跟著侯制軍，統帶戈什哈。」正是：

改頭換面誇奇遇，浹髓淪肌感大恩。

未知後事如何，且聽下回再記。

❶ 外委把總：編制名額以外的把總，職權和把總相同，薪餉卻要少些。

❷ 西關千總：西關是當時廣州最繁華的地區；千總，負責地方治安的下級軍官。

# 第八十三回 誤聯婚家庭鬧意見 施詭計幕客逞機謀

「這一位侯總鎮的太太，身子本不甚好，加以日夕隨了總鎮伺候制軍，不覺積勞成疾，嗚呼哀哉了。侯總鎮自是傷心，那侯制軍雖然未曾親臨弔奠，卻也落了不少的眼淚。積勞成病，病得奇；不奠而落淚，落淚得奇。到此刻只怕有了一年多了，侯總鎮卻也伉儷情深，一向不肯續娶。倒是侯制軍屢次勸他，他卻是說到續娶的話，並不贊一詞，只有垂淚。侯制軍也說他是個情種。一天，武昌各官在黃鶴樓宴會，侯制軍偶然說起侯總鎮的情景來，又說道：『看不出閣下素常領略，何謂看不出。這麼一個赳赳武夫，倒是一個旖旎多情的男子。』其時巡撫言中丞也在座。這位言中丞的科第卻出在侯制軍門下，一向十分敬服，十分恭順的。此時雖是同城督撫，禮當平行，言中丞卻是除了咨移公事外，仍舊執他的弟子禮。一向知道侯總鎮是老師的心腹人，向來對於侯總鎮也十分另眼。此時被了兩杯酒，巴結老師的心格外勃勃，聽了制軍這句話，便道：『師帥賞拔的人，自然是出色的。門生有個息女❶，生得雖不十分怎樣，卻還略知大義，意思想仰攀這門親，不知師帥可肯作伐？』此時侯總鎮正在侯制軍後面伺候，侯制軍便呵呵大笑，回頭叫侯總鎮道：『虎兒，叫得奇還不過來謝過丈人麼！』侯總鎮連忙過來，對著言中丞恭恭敬敬叩下頭去。言中丞眉花眼笑的還了絕。半禮。侯總鎮又向侯制軍叩謝過了，仍到後面去伺候。侯制軍道：『你此刻是大中丞的門婿了，從前是大中丞的甚麼？

❶ 息女：親生女。息，生也。

怎麼還在這裡伺候?你去罷。』侯總鎮一面答應著,卻只不動身,俄延到散了席,仍然伺候侯制軍到衙門裡去,請示制軍,應該如何行聘。侯制軍道:『這個自然不能過於儉嗇,你自己斟酌就是了。』

侯總鎮歡歡喜喜的回到公館裡,已是車馬盈門了。原來當席定親一節,早已哄傳開去。官場中的人物,沒有半個不是勢利鬼,侯總鎮向來是制軍言聽計從的心腹,此刻又做了中丞門下新婿,哪一個不想巴結!所以闔城文武印委各員,都紛紛前來道賀;就是藩臬兩司,也親到投片,由家丁擋過駕;有幾個相識的,便都列坐在花廳上,專等面賀。侯總鎮入得門來,招呼不迭。一個個紛紛道喜,侯總鎮一一招呼讓坐送茶。送去了一班,又來了一班,倒把個侯總鎮鬧乏了。忽然一個戈什哈,捧了一角文書,進來獻上。總鎮接在手裡,便叫家人請趙師爺來。一會兒趙師爺出來了,不免先向眾客相見,然後總鎮遞給他文書看。趙師爺拆去文書套,抽出來一看,(總鎮不識字,卻如此寫出來。)不覺滿臉堆下笑來,對著總鎮深深一揖道:『恭喜大人!賀喜大人!又高升了!督帥劄委了大人做督標統領呢。』於是眾客一齊站起來,又是一番足恭道喜。一個個嘴裡都說道:『這纔是雙喜臨門呢!』總鎮也自揚揚得意。送過眾客,便騎上了馬,上院謝委。吩咐家丁,凡來道喜的,都一律擋駕。自家到得督轅,見了制軍,便叩頭謝委。制軍笑道:『這算是我送給你的一份賀禮,倒反勞動你了。』總鎮道:『恩帥的恩典,就和天地父母一般,真正不知做幾世狗馬,纔報得盡!奴才只有天天多燒幾爐香,叩祝恩帥長春不老罷了。』侯制軍道:『罷了。你這點孝心,我久已生受你的了。你趕緊回去,打點行聘接差的事罷。』總鎮又請了個安,謝過了恩帥,然後出轅上馬,回到公館。不料仍然是車馬盈門的,幾乎擠擁不開。原來是督標❷各營的管帶、幫帶❸,

❷ 督標:總督統轄的綠營兵,綠營兵由漢人編成。

以及各營官等，都來參謁。總鎮下馬，入得門來，各人已是分列兩行，垂手站班。總鎮只呵著腰，向兩面點點頭，吩咐改天再見。逕自到書房裡，和趙師爺商量擇日行聘去了。

「只苦了言中丞，席散之後，回到衙門，進入內室，被言夫人劈頭唾了幾口，嚇得言中丞酒也醒了。原來席間訂婚之事，早被家人們回來報知，這也是小人們討好的意思。誰知言夫人聽了，便怒不可壓，氣的一言不發。直等到中丞回來，方纔一連唾了他幾口。言中丞愕然道：『夫人為何如此？』言夫人怒道：『女兒雖是姓言，卻是我生下來的，須知並不是你一個人的女兒。是關著女兒的，無論甚麼事，也應該和我商量商量，何況他的終身大事！你便老賤不揀人家，我的女兒雖是生得十分醜陋，也不至於給兔崽子做老婆！更不至於去填那臭丫頭的房！你為甚便輕輕的把女兒許了這種人？須知兒女大事，我也要做一半主。你此刻就輕輕許了，我看你怎樣對他的一輩子！』一席話，罵得言中丞嘿嘿無言。半晌方纔說道：『許也許了，此刻悔也悔不過來。況且又是師帥做的媒，你叫我怎樣推託？』言夫人啐道：『你師帥叫你吃屎，你為甚不吃給他看！幸而你的師帥做個媒人，不過叫女兒嫁個兔崽子；倘使你師帥叫你女兒當娼去，你也情願做老烏龜，拿著綠帽子往自己頭上去磕了！』說話時，又聽得那位小姐在房裡嚶嚶啜泣。言夫人嘆了一口氣，說聲『作孽』，便自到房裡去了。言中丞此時失了主意，從此夫妻反目。過得兩天，營務處總辦陸觀察來上轅，稟知奉了督帥之命，代侯總鎮作伐，已定於某日行聘。言中丞只得也請了本轅文案洪太守做女媒，（一紅一綠，好一對熱鬧媒人。）一面到裡面告訴言夫人說：『你鬧了這幾天，也就夠了。此刻人家行聘日子都定了，你也應該預備點。』言夫人道：「我早就預備好了，每一個丫頭、老媽子都

❸ 幫帶：綠營兵編制，五百人為一營，統率一營的軍官為「管帶」，副職為「幫帶」。

派一根棒，來了便打出去！』言中丞道：『夫人，你這又何苦！生米已成了熟飯了。』言夫人道：『誰管你的飯熟不熟，我的女兒是不嫁他的！你給我鬧狠了，我便定了兩條主意。』言中丞道：『事情已經如此了，還有甚麼主意？』言夫人道：『等你們有了迎娶的日子，我帶了女兒回家鄉去。不啊，我就到你那甚麼師帥的地方去和他評理，問他強逼人家婚嫁，在大清律例哪一條上？』夫人想是曾讀律者。可發一笑。言中丞聽了，暗暗吃了一驚，他果然鬧到師帥那邊，如何是好呢。一時沒了主意，因為是家事，又不便和外人商量。身邊有一個四姨太太，生來最有機警，便去和四姨太太商量。四姨太太道：『太太既然這麼執性，也不可不防備著。回家鄉啊，見師帥啊，這倒是第二著。他說聘禮來了要打出去一層，倒是最要緊。並且沒有幾天了，回盤東西，一點也沒預備，也得要張羅起來。』言中丞道：『我給他鬧的沒了主意了，你替我想想罷。』四姨太太道：『別的都好打算，只有那回盤禮物，要上緊的辦起來。』言中丞道：『你就叫人去辦罷。一切都從豐點，不要叫人家笑寒塵。要錢用，打發人到帳房裡去要。』四姨太太道：『辦了來，都放在哪裡？叫太太看見了，又生出氣來。』言中丞道：『罷了，我就撥了外書房給你辦這件事罷。我自到花廳裡設個外書房。』四姨太太道：『這麼說，到了行聘那天也不必驚動上房罷，都在外書房辦事就完了。』言中丞點頭答應。於是四姨太太登時忙起來。倒也虧他，一切都辦的妥妥當當。到了行聘的前一天，一一請言中丞過目，叫書啓老夫子寫了禮單、禮書，一切都安排好了。到了這天，竟是瞞著上房辦起事來，總算沒鬧笑話。侯家送過來的聘禮，也暫時歸四姨太太收貯。不料事機不密，到了下晚時候，被言夫人知道了，叫人請了言中丞來大鬧。鬧得中丞沒了法子，便賭著氣道：『算了！我明日就退了他的聘禮，留著這女孩子老死在你身邊罷！』言夫人得了這句話，方纔罷休。這一夜，言中丞便和四姨太太商量，有甚法子可以挽回。兩個人商量了一夜，仍是沒有主意。

「次日言中丞見了洪太守，便和他商量。原來洪太守是言中丞的心腹，向來總辦本轅文案，這回小姐的媒人是叫他做的，所以言中丞將一切細情告訴了他，請他想個主意。洪太守想了半天道：『這件事只有勸轉憲太太之一法，除此之外，實在沒有主意。』言中丞無奈，也只得按住脾氣，隨時解勸。無奈這位言夫人一聽到這件事，便鬧起來，任是甚麼說話，都說不上去。足足鬧了一個多月，絕無轉機。偏偏侯制軍要湊高興，催著侯統領（委了督標統領，故改稱統領也）早日完娶，侯統領便擇了日子，央陸觀察送過去。言中丞見時機已迫，沒了法，又和洪太守商量了幾天，總議不出一個辦法。洪太守道：『或者請少爺向憲太太處求情，母子之間，或可以說得攏。』言中丞道：『不要說起！大小兒、二小兒都不在身邊，這是你知道的；只有三小兒在這裡，這孩子不大怕我，倒是怕娘，娘跟前他哪裡敢哼一個字！』洪太守道：『這就真真難了！』大家對想了一回，仍是四目相看，無可為計。須知這是一件秘密之事，不能同大眾商量的，只有知己的一兩個人可以說得，所以總想不出一條妙計。到後來洪太守道：『卑府實在想不出法子，除非請了陸道來，和他商量。他素來有鬼神不測之機，巧奪造化之妙，和他商量，必有法子。但是這個人狠貪，無論何人求他設一個法子，他總先要講價錢。前回侯制軍被言官參了一本，有旨交他明白回奏。文案上各委員擬的奏稿都不洽意，後來請他起了個稿，他也託人對制軍說：「一分錢，一分貨。甚麼價錢，是甚麼貨色。」侯制軍甚是惱他放恣，然而用人之際，無可奈何，送了他一千銀子。本打算得了他的稿子之後，借別樣事情參了他；誰知他的稿子送上去，侯制軍看了，果然是好，又動了憐才之念，倒反信用他起來。』言中丞道：『果然他有好法子，說不得破費點，也不能吝惜的了。

但是商量這件事，兄弟當面不好說，還是老哥去拜他一次，和他商議；就是他有點貪念，也可以轉圜。若是兄弟當了面，他倒不好說了。」洪太守依言，便去拜陸觀察。你道那陸觀察忽然掉轉筆端另敘一事，須知仍是吳作猷口中之言也。有甚麼鬼神不測之機，巧奪造化之妙？原來他是一個江南不第秀才，捐了個二百五的同知，在外面瞎混。頭一件精明的是打得一手好麻雀牌，大家同是十三張牌，他卻有本事拿了十六張，就連坐在他後面觀局的人，也看他不穿的。這是他天字第一號的本事。前兩年北洋那邊有一位葉軍門❹，請了他做文案。恰好為了朝鮮的事，中日失和，葉軍門奉調帶兵駐紮平壤。後來日本兵到了，把平壤圍住。圍雖圍了，其時軍餉尚足，倘能守待外援，未嘗不可以一戰。這位陸觀察卻對葉軍門說得日本兵怎生利害，不難殺得我們片甲不留，那時軍門的處分怎生擔得起！說得葉軍門害怕了，求他設法。他便說好在平壤不是朝廷土地，縱然失了，也沒甚大處分。不如把平壤讓與日本人，還可以全軍退出，不傷士卒，保全軍餉。葉軍門道：『但是怎樣對上頭說呢？』陸觀察道：『對上頭只報一個敗仗罷了。打了敗仗，還能保全士卒，不失軍火，總沒甚大處分，較之全軍覆沒總好得多。』葉軍門被他說得沒了主意。大約總是戀祿固位、貪生怕死之心太重了，不然，就和日本見一仗，勝敗尚未可知。就是果然全軍覆沒，連自己也死了，此數句可作武備學堂講義。樂得謚法上坐一個忠字，何致上這種小人的當呢。當時葉軍門被生死榮辱關頭嚇住了，便說道：『但是怎生使得日本兵退呢？』陸觀察道：『這有何難！只要軍門寫一封信給日本的兵官，求他讓我們一條出路，把平壤送給他。他不費一槍一彈得了平壤，還可以回去報捷，何樂不為呢！』葉軍門道：『既如此，就請你寫一封信去罷。』陸觀察道：『這個是軍務大事，別人如何好代？必要軍門親筆的。』葉軍

❹ 葉軍門：淮軍將領葉志超。

門道：『我如何會寫字！』陸觀察道：『等我寫好一張樣子，軍門照著寫就是了。』葉軍門無奈，只得依他。他便用八行書，寫了兩張紙。起頭無非是幾句恭維話，中間說了幾句卑汙苟賤、搖尾乞憐的話，落後便敘明求退開一路，讓我兵士走出，保全性命，情願將平壤奉送的話。葉軍門便也拿了紙，蒙在他的信上寫起來，猶如小孩子寫仿影一般。可憐葉軍門是拿長矛子出身的，就是近日的洋槍也還勉強拿得來，此刻叫他拿起一枝絕沒分量的筆，向紙上去寫字，他就猶如拿了幾百斤東西一般，撳也撳不開，捺也捺不下，不是畫粗了，便是豎細了，好容易捱了起來，畫過押，放下筆，覺得手也顫了。陸觀察拿過來仔細看過一遍，忽然說道：『不好，不好。中間落了一句要緊話不曾寫上，還得另寫一封。』葉軍門道：『算了罷！我寫不動了。』陸觀察道：『這封信去，他不肯退兵，依然要再寫的，不如此刻添上一兩句寫去的爽快。』葉軍門萬分沒法，由得他再寫一通，照樣又去描了一遍。簽過押之後，非但是手顫，簡直腰也痠了，腿也痛了，兩面肩膀就和拉弓拉傷了一般。放下了筆，便向炕上一躺道：『再要不對，是要了我命了！』陸觀察道：『對了，對了。不必再寫了，可要發了去罷？』葉軍門道：『請你發一發罷。』陸觀察便拿去加了封，標了封面，糊了口，叫一個兵卒拿去日本營投遞。日本兵官接到了這封信，還以為支那人來投戰書呢，及至拆開一看，原來如此，不覺好笑。說道：『也罷，我也體上天好生之德，不打你們，就照來書行事罷。』那投書人回去報知，葉軍門就下令準備動身。到了次日，日本兵果然讓開一條大路，葉軍門一馬當先，領了全軍，排齊了隊伍，浩浩蕩蕩，離開平壤，退到三十里之外，紮下行營。一面捏了敗仗情形，分電京、津各處。此時到處沸沸揚揚，都傳說平壤打了敗仗，哪裡知道其中是這麼一件事。當夜夜靜時，陸觀察便到葉軍門行帳裡辭行，說道：『兵凶戰危，我實在不敢在這裡伺候軍門了。求軍門借給我五萬銀子盤費。』葉軍門驚道：『盤費哪裡用得許多？』陸觀察道：『盤費數目本來沒有一定，送多送少，看各人的交情罷了。』葉軍門道：『我哪裡有許多銀子送人！』陸觀察道：『軍門牛莊、天津、煙臺各處都有寄頓，怎說沒有。』葉軍門是個武夫，聽到此處，不覺大怒道：『我有我的錢，為甚要送給你？』陸觀察道：『送不送本由軍門，我不過這麼一問罷了，何必動怒。』說罷，在懷裡取出葉軍門昨天親筆所寫那第二封信來。原來他第二封信，加了『久思歸化，惜乏機緣』兩句，可憐葉軍門不識字，就是模糊影響認得幾個，也不解字義，糊裡糊塗照樣描了。他卻仍把第一封信發了，留下這第二封，此時拿出來逐句解給葉軍門聽。解說已畢，仍舊揣在懷裡，說道：『有了五萬銀子，我便到外國遊歷一趟。沒有五萬銀子，我便就近點到北京頑頑，順便拿這封信出個首，也不無小補。』說罷起身告辭。嚇得葉軍門連忙攔住。』正是：

最是小人難與伍，從來大盜不操戈。

未知葉軍門到底如何對付他，且待下回再記。

侯虎之得功名，大抵已成通例。上回特記之，以為怪現狀，吾則謂此作者之少見多怪也。獨此回之言夫人大鬧意見，言中丞以堂堂丈夫，智出女子下，志出女子下，可謂怪事。大抵利祿為之，遂令智昏志墜耳。

陸觀察之對於葉軍門，可謂惡極，毒極。然吾不解：爾時葉軍事在手，胡不執而殺之，遂使已既被詐，復留此惡獍於天地間，以為人害，抑又何也？或曰彼蓋有術，足以制葉，使不敢殺之者。理或然歟。

陸詐葉之罪，已足令人眥裂，然其罪猶小；至其誤國之罪，則吾願率天下人共食其肉矣。

# 第八十四回　接木移花鴉鬟充小姐　弄巧成拙牯嶺屬他人

「這件事到底被他詐了三萬銀子，方纔把那封信取回。然而葉軍門到底不免於罪，他卻拿了三萬銀子，到京裡去用了幾吊，弄了一個道臺，居然觀察大人了。有人知道他這件事，就說他足智多謀，有鬼神不測之機了。」從上回『你道那陸觀察有甚麼鬼神不測之機』句起，直至此處，為另外一段，仍從作猷口中述出來。當日洪太守奉了言中丞之命，專誠到營務處去拜陸觀察，閒閒的說起兒女姻親的事情來，又慢慢的說到侯、言兩家一段姻緣，一說即合，我兩個倒做了個現成媒人。說笑一番，方纔漸漸露出言夫人不滿意這頭親事的意思。陸觀察道：『這個大約嫌他是個武官，等將來過了門，見了新婿的丰采，自然就沒有話說了。』洪太守道：『不呢。聽說這位憲太太，竟有誓死不放女兒嫁人家填房之說。只說不嫁填房，是善於詞令。這位撫帥是個懼內的，急得沒有法子，跑來和我商量。』陸觀察道：『既是那麼著，總不是一天的說話，為甚麼不早點說，還受他的聘呢？』洪太守道：『這親事當日席上一言為定的，怎麼能夠不受聘？』陸觀察笑道：『本來當日定親的地方不好，跑到那「黃鶴一去不復返」的去處定個親，此刻鬧得新娘變了黃鶴了，為之奈何！』洪太守道：『我們雖是他們請出來的現成貨，卻也擔著個媒人名色，將來怕不免費手腳代他們調停呢。』陸觀察道：『說是督帥的意思，只怕言夫人也不好過於怎樣。』洪太守道：『當日的情形，登時就有人報到內署，明明是撫帥自己先說起的，怎麼能夠賴到督帥身上？何況言夫人還說過，要到督帥那邊，問為甚要把我女兒許做人家填房呢。」陸觀察道：「這就難了。據閣下這麼說，言夫人的意思，竟是不能挽回的了？」洪太守道：「果然不能挽回。請教有甚妙策？」陸觀察道：「這又何難！揀一個有點姿色的丫頭，替了小姐就是了。」偏是他不假思索，一說就著，不媿足知多謀。洪太守道：「這個如何使得？萬一鬧穿了，非但侯統領那邊下不去，就是督帥那邊也難為情。」嘴裡雖這麼說，心裡卻暗暗佩服他的妙計。但是此計是他說出來的，不免要拉他做了一黨，方纔妥當。陸觀察道：「除此之外，再沒有別的法子。除非撫帥的姨太太連夜再生一位小姐下來，然而也來不及長大啊。」洪太守一面低頭尋思，有甚妙策可以拉他做同黨。陸觀察也在那裡默默無言，肚子裡不知打算些甚麼。歇了好一會，忽然說道：「法子便有一個，只是我也要破費點，代人家設法，未免犯不著。」洪太守道：「是甚麼妙計？倘是面面週到的，破費一層，倒好商量。」陸觀察又沉吟了一會道：「兄弟有個小女，今年十八歲，叫他去拜在撫帥膝下做個女兒，代了小姐，豈不是好。」洪太守大喜道：「得觀察如此，是好極的了！」陸觀察道：「但是如此一來，我把小女白白送掉了，將來親戚也認不得一門。」洪太守道：「這個倒不必過慮。令千金果然拜在撫帥膝下，對人家說，只說是撫帥小姐，卻是觀察的乾女兒，將來不是一樣的往來麼。」陸觀察道：「我賠了小女不要緊，雖說是妝奩一切都有撫帥辦理，然而我做老子的，不能一點東西不給他。近年來這營務處的差使，是有名無實的，想閣下也都知道。」洪太守道：「這個更不必過慮。要代令千金添置東西，大約要用多少，撫帥那邊儘可以先送過來。」陸觀察道：「這是我們知己之談，我並不是賣女兒，這一兩吊銀子的東西是要給他的。」洪太守道：「這都好商量。但不知尊夫人肯不肯？」陸觀察道：「內人總好商量，大約不至於像言憲太太那麼利害。」洪太守道：「那麼兄弟就去回撫帥照辦就是了。」說罷，辭了回去，一五一十的照回了言中丞。

「中丞正在萬分為難之際，得了這個解紛之法，如何不答應。一面進去告訴言夫人，說現在營務處陸道的閨女，要來拜在夫人膝下，將來侯家那門親，就叫他去對，夫人可以不必惱了。」言夫人道：「甚麼浪蹄子，肯替人家嫁！肯嫁給兔崽子，有甚麼好東西！我沒那麼大的福氣，認不得那麼個好女兒。你幹，你們幹去，叫他別來見我！」言中丞碰了這個釘子，默默無言。只得又去和洪太守商量，洪太守道：『既然憲太太不願意，就拜在姨太太膝下，也是一樣。』言中丞道：『但不知陸道怎樣？』洪太守道：『據卑府看，陸道這個人，只要有了錢，甚麼都辦得到的。就不知他家裡頭怎樣，等卑府再去試探他來。』於是又坐了轎子到營務處，誰知陸觀察已回公館去了。

「原來陸觀察送過洪太守之後，便回到公館，往上房轉了一轉，望著大丫頭碧蓮丟了個眼色，便往書房裡去。原來陸觀察除正室夫人之外，也有兩房姨太太。這碧蓮是個大丫頭，已經十八歲了，陸觀察最是寵愛他，已經和他鬼混得不少，就差沒有光明正大的收房。這天看見陸觀察向他使眼色，不知又有甚麼事，便跟到書房裡去。陸觀察拉他的手在身邊坐下，說道：『我問你一句話，你可老實答應我。』碧蓮道：『有甚麼話只管說。』陸觀察道：『你到底願意嫁甚麼人？』碧蓮伸手把陸觀察的鬍子一拉，瞟了一眼道：『我還嫁誰！』陸觀察道：『我送你到一個好地方去，嫁一個紅頂花翎的鎮臺做正室夫人，可好不好？』碧蓮道：『我沒有這麼個福氣，你別嘔我！』陸觀察道：『不是嘔你，是一句正經話。』說罷，便把言中丞一節事情，仔細說了一遍。又道：『此刻沒了法子，要找一個人做言小姐的替身。我在言中丞跟前，說有個女兒，情願拜在中丞膝下，替他的小姐，意思就叫你去。』碧蓮道：『那麼你又一個「又」字用得妙極，足見上文尚有一句，卻未說出來也。要做起我老子來了！」陸觀察道：「這個自然。你如果答應了，我和太太說好，即刻就改起口來。不過兩三天，就要到撫臺衙門裡去了。」碧蓮道：「你也糊塗了！還當我是個孩子，好充閨女去嫁人？」陸觀察道：「你纔糊塗！須知你是撫臺的小姐，制臺做的媒人，他敢怎樣！何況他前頭的老婆……」說到這裡，附著碧蓮的耳朵，悄悄的說了兩句。碧蓮笑道：「原來是個張著眼睛的烏龜！我可不幹這個。」陸觀察道：「你真是傻子！他又怎敢要你幹這個，便是制臺也不好意思啊。」碧蓮道：「你好會占便宜！開罈的酒，自己喝的不要喝，纔拿來送人。還不知道是拿我賣了不是呢。」不是賣，不過換兩吊銀子而已。陸觀察道：「我賣你，還要認你做女兒呢！」正說話時，家人來報洪大人來了。陸觀察叫「請」，又對碧蓮道：「這是討回信的來了，你肯不肯，快說一聲，我好答應人家。」碧蓮道：「由得你擺弄就是了，我怎敢做主。」陸觀察便到客堂裡會洪太守。洪太守難於措詞，只得把言夫人的情形，及自己的意思說了。陸觀察故意沉吟了一會，嘆一口氣道：「為上司的事情，說不得委屈點也要幹的了。」洪太守得了這句話，便去回覆言中丞。陸觀察便回到上房，對他夫人說知此事，陸太太笑對碧蓮道：「這丫頭居然是一品夫人了！」碧蓮道：「這是老爺太太的抬舉。其實到了別人家去，不能終身伏侍老爺太太，對著太太又是一種聲口，是個狐媚子也。丫頭心裡著實難過，求老爺另外叫一個去罷。」說著，流下兩點眼淚來。陸太太道：「胡說！難道做丫頭的，都應該服侍主人一輩子的麼！」陸觀察道：「叫人預備香燭，明天早起，叫他拜拜祖宗，大家改個稱呼。言中丞那邊，不知幾時來接呢。」到了明天，果然點起蠟燭來，碧蓮拜過陸氏祖宗，又拜過陸觀察夫妻兩個，改口叫爹爹媽媽，又向兩位姨娘行過禮。然後一眾家人、僕婦、丫頭們都來叩見，一律改稱小姐。陸觀察又悄悄地囑咐他，到了言家，便是我的親女，言氏是寄父母；到了侯家，便是言氏親女，我這邊是寄父母。碧蓮一一領會。這天下午，洪太守送了二千銀子的票子來，順便說明天來接小姐過去認親。陸觀察有了銀子，莫說是認親，就是斷送了，也未嘗不可，何況是個丫頭。足見真女兒亦肯斷送也。

「過了一天，言中丞那邊打發了轎子來接，碧蓮充了小姐，到撫臺衙門裡去。原來言中丞被他夫人鬧得慌了，索性把四姨太太搬到花園裡去住，就在花園裡接待乾女兒。將來出嫁時，也打算在花園裡辦事，省得驚動上房。這天碧蓮到來，一群丫頭僕婦早在二門迎著，引到花園裡去。四姨太太迎將出來，攙了手，同到堂屋裡。抬頭看見點著明晃晃的一對大蠟燭，碧蓮先向上拜過言氏祖宗，請言中丞出來拜見，又拜了四姨太太，爹爹媽媽叫得十分親熱。又要拜見言夫人，言中丞只推說有病，改日再見罷。又因為喜期不遠，叫人去和陸觀察說知，留小姐在這邊住下。碧蓮本來生得伶牙俐齒，最會隨機應變，把個言中丞及四姨太太巴結得十分歡喜，賽如親生女兒一般。丫頭們三三兩兩個的，便傳說到上房裡去。言夫人忽發奇想，叫人到冥器店裡定做了一百根哭喪棒。家人們奉命去做，也莫名其妙；便是冥器店裡也覺得奇怪，不知是哪個有福的人死了，足足一百個兒子。買回來堆在上房裡，言中丞過來看見了，問是甚麼事，弄了這個東西來？言夫人道：『我有用處，你休管我！』言中丞道：『這些不祥之物，怎麼憑空堆了一屋子？』喝叫家人快拿去燒了。言夫人怒道：『哪個敢動！我預備著要打花轎的！』言中丞道：『夫人，你這個是何苦！此刻不要你的女兒了，你算是事不干己的了，何必苦苦作對呢！』言夫人道：『我這個辦法，是代你言氏祖宗爭氣。女兒的事，是叫我板住了。偏不死心，哪裡去弄個浪蹄子來充女兒，是要抬一個兔崽子的女婿，辱沒你言氏祖宗！你自己想想，你心裡過得去過不去？』言中丞道：『此刻是別姓的女兒了，我只當代人嫁女兒，夫人又何必多管呢！』言夫人道：『他可不要到我衙門裡來娶，他踩進我轅門，我便拿哭喪棒打出來！」言中丞知道他不可以理喻的了，因定了個主意，說衙門的方向衝犯了小姐的八字，要另外找房子出嫁。又想到在武昌辦事，還怕被夫人偵知去胡鬧，索性到漢口來，租了南城公所相近的一處房子，打發幾位姨太太及三少爺陪了小姐過來。明日是親迎喜期，拜堂的吉時聽說在晚上十二點鐘，這邊新人也要晚上上轎，所以用了燈船。」

我道：「看燈船是小事，倒是聽了這段新聞有趣。但是這件事，外面人都知得這麼明亮透徹，難道哪一個侯統領是個聾子瞎子，一點風聲都沒有麼？」作猷道：「你又來了！有了風聲便怎樣？此刻做官的，哪一個不是自欺欺人，掩耳盜鈴的故智？揭穿了底子，哪一個是能見人的？此刻武漢一帶，大家都說是言中丞的小姐嫁鄖陽鎮臺，就大家都知道花轎裡面的是個替身，侯統領縱使也明知是個替身，只要言中丞肯認他做女婿，哪怕替身的是個丫頭也罷，婊子也罷，都不必論的了。就如那侯統領，哪個不知他是個兔崽子？就是他手下所帶的兵弁，也沒有一個不知他是兔崽子，他自己也明知自己是個兔崽子，並且明知人人知道他是個兔崽子，無奈他的老斗嫖像姑者曰「老斗」，京師諺也。闊，要抬舉他做統領，那些兵弁就只好對他站班唱名了，他自己也就把那回身就抱的旖旎風情藏起來，痛哉，罵乎！閱竟請浮一大白。換一副冠冕堂皇的面目了。說的是侯統領一個，其實如今做官的人，無非與侯統領大同小異罷了。」大家閒談一回，各自走開。

到了次日下午，作猷約了早點到一品香去眺望江景。到了一品香之後，又寫了條子去邀客。我自在露臺上憑欄閒眺，頗覺得心胸開豁。等到客齊入席，鬧了一回酒，席散時，已是七點多鐘。忽聽得遠遠一陣鼓樂之聲，大家趕到露臺看時，只見招商局碼頭，泊了二三十號長龍舢舨，船上燈球火把，照耀得如同白日。另外有四五號大船，船上一律的披紅掛綵，燈燭輝煌，鼓樂並作，陸續由小火輪拖了開行。

就是長龍舢舨，也用了小火輪拖帶，船上人並不打槳，只在那裡作軍樂。一時開到江心，只見旌旗招展，各舢舨上的兵士，不住的燃放鞭炮及高升炮。遠遠望去，猶如一條火龍一般，果然熱鬧。直望他到了武昌漢陽門那邊停泊了，還望得見燈火閃爍。作猷笑道：「這也算得大觀了。」我道：「我來的時候，就看見那些長龍舢舨，停在招商局碼頭，旗幟格外鮮明。我還以為是甚麼大員過境來伺候的，不料卻是迎親之用。然而迎親用了兵船兵隊，似乎不甚相宜。」作猷道：「豈但迎親，他那邊來迎的是督標兵，這邊送親的是撫標兵呢！」我笑道：「自有兵以來，未有遭如是之用者！」作猷道：「在外面如是之用，還不為奇。只怕兩個開戰時，還要他們搖旗吶喊，遙助聲威呢！」說得眾人大笑。閒談一回，各自散了。

我又住了十多天，做了幾次無謂的應酬，便到九江去走一次。管事的吳味辛接著，我清查了一向帳目。我因為到了九江好幾次，卻沒有進過城，這天沒事，邀了味辛到城裡去看看。地方異常齷齪，也與漢口內地差不多。卻有一樣與他省不同之處，大凡人家住宅房屋，多半是歪的，絕少看見有端端正正的一方天井，不是三角的，便是斜方的。問起來，纔知道江西人極信風水，其房屋之所以歪斜，都為限於方向與地勢不合之故。走到道臺衙門前面，忽見裡面一頂綠呢大轎，抬了一個外國人出來。味辛道：「這件交涉只怕還未得了，不知爭得怎樣呢。」我道：「是甚麼交涉？」味辛道：「好好的一座廬山，送給外國人了！」我吃驚道：「是誰送的？」味辛道：「前兩年有個外國人，跑到廬山牯牛嶺去逛，這外國人懂了中國話，還認得兩個中國字的。看見山明水秀，便有意要買一片地，蓋所房子，做夏天避暑的地方。不知哪裡來了個流痞，串通了山上一個甚麼廟裡的和尚，冒充做地主。那外國人肯出四十元洋銀，買『一指地』。那和尚與流痞，以為一隻指頭大的地，賣他四十元，狠是上算的。便與他成交，寫了一張契據給他，也寫的是一指地。他便拿了這個契據，到道署裡轉道契❶。道臺看了不懂，問他甚麼叫「一指地」？他說用手一指，指到哪裡，就是哪裡。道臺吃了一驚道：『用手一指，可以指到地平線上去，那可不知是哪裡地界了！我一個九江道，如何做得主，塡給你道契呢！』連忙即叫德化縣和他去勘驗，並去提那流痞及和尚來。誰知他二人先得了信，早已逃走了。那外國人還有良心，還有良心。妙極。所說的『一指地』，只指了一座牯牛嶺去。從此起了交涉，隨便怎樣，爭不回來。鬧到詳了省，省裡達到總理衙門，在京裡交涉，也爭不回來。此時那坐轎子出來的，就是領事官，就怕的是為這件事了。」我嘆道：「我們和外國人辦交涉，總是有敗無勝的，自從中日一役❷之後，越發被外人看穿了。」味辛道：「你還不知那一班外交家的老主意呢！前一向傳說總理衙門裡一位大臣，寫一封私函給這裡撫臺，那纔說得好呢！」

正是：

一紙私函將意去，五中❸深慮向君披。

未知那總理衙門大臣的信說些甚麼，且待下回再記。

---

❶ 道契：道署頒發的地契。當時外國人向地主買土地，必須拿了私人契據到當地道署換取官方地契。

❷ 中日一役：指光緒二十年（一八九四）所發生的中日甲午戰爭。

❸ 五中：五臟，後來泛指內心。

此一回情節極變幻離奇，令人讀之失驚；描寫極淋漓痛快，令人讀之失笑。已入仕途者，我不敢知；未入仕途者，讀過此回吳作猷一段論斷，而猶萌做官思想者，其人必不足教誨者矣。

# 第八十五回　戀花叢公子扶喪　定藥方醫生論病

「這封信，你道他說些甚麼？他說：『臺灣一省地方，朝廷尚且拿他送給日本，何況區區一座牯牛嶺，值得甚麼！將就送了他罷。況且爭回來，又不是你的產業，何苦呢！』是今日外交家之圭臬也。這裡撫臺見了他的信，就冷了許多，由得這裡九江道去攬，不大理會了。不然，只怕還不至於如此呢。」我聽了這一番話，沒得好說，只有嘆一口氣罷了。逛了一回，便出城去。

看看沒甚事，我便坐了下水船，到蕪湖、南京、鎮江各處走了一趟，沒甚耽擱，回到上海。恰好繼之也到了，彼此相見。我把各處的正事述了一遍，檢出各處帳略，交給管德泉收貯。

說話間，有人來訪金子安，問那一單白銅，到底要不要。子安回說價錢不對，前路肯讓點價，再作商量。那人道：「比市面價錢已經低了一兩多了。」子安道：「我也明知道。不過我們買來，又不是自己用，依然是要賣出去的，是個生意經，自然想多賺幾文。」那人又談了幾句閒話，自去了。我問是甚麼白銅，有多少貨？子安道：「大約有五六百擔。我已經打聽過，蘇州、上海兩處的腳爐作、烟筒店，盡有銷路，所以和繼翁商量，打算買下來。」我道：「是哪裡來的貨，可以比市面上少了一兩多一擔？」子安道：「聽說是雲南藩臺的少爺，從雲南帶來的。」我道：「方纔來的是誰？」子安道：「是個掮客（經手買賣者之稱，滬語也）。」我道：「用不著他，我明天當面去定了來。」繼之道：「你認得前路麼？」我道：「陳稚農，我在漢口認得他，說是雲南藩臺的兒子，不是他還有哪個。是他的東西，自然該便宜的。」子安道：「何以見得？」我道：「他這回是運他娘的靈柩回福建原籍的，他帶的東西，自然各處關卡都不完釐上稅的了。從雲南到這裡，就是那一筆釐稅，就便宜不少。我在漢口和他同過好幾回席，總沒有談到這個上頭。」繼之道：「他是個官家子弟，扶喪回里，怎麼沿途赴席起來？」我道：「豈但赴席，我和他同席幾回，都是花酒呢。此上回之所謂無謂應酬也。終日沉迷在南城公所一帶。他比我先離漢口的，不知幾時到的上海？」子安道：「這倒不了利，並且也不知他住在哪裡。」我道：「這個容易，一打聽就著了。」說罷，叫一個會幹事的茶房來，叫他去各家大客棧裡去打聽，雲南藩臺的少大人住在哪裡。那茶房道：「我有個親戚，在天順祥票號裡做出店的，前回他來說過，有個陳少大人住在那邊。此刻不知在那裡不在，一問便知道了。」說罷自去。過了一會來說：「陳少大人只在那裡歇一歇腳，就搬到集賢里天保棧去了，住在樓上第五、第六、第七號。」我聽了，等到明天飯後，便到天保棧去找他。誰知他並不在棧裡，只有幾個家人在那裡，回我說：「少爺這幾天有病，在美仁里林慧卿家養病呢。」我聽了，便記了地方，先自回去。

等吃過晚飯，再到美仁里林慧卿處，問了龜奴，說房間在樓上，我便登樓，說是看陳老爺的。那丫頭招呼到房裡，慧卿站起來招呼道：「陳老爺，朋友來了。」我卻看不見他，回轉頭來，原來他擁了一床大紅縐紗被窩，坐在床上，欠身道：「失迎，失迎。恕我不能下床，閣下幾時到的？」我道：「昨天纔到的。白天裡到天保棧去拜訪。」稚農又忙道：「失迎，失迎！」我接著道：「貴管家說是在這裡，所以特來拜望。」說著又看了慧卿一眼道：「順便瞻仰瞻仰貴相好。」慧卿笑道：「這位老爺倒會說！

來看朋友罷了，偏要拿旁人帶一帶。還不曾請教貴姓啊？」我笑道：「方纔我坐車子到這裡來，忘了帶車錢，無可奈何，拿我的姓到當鋪裡當了。」慧卿笑道：「當了多少錢？我借給你去贖出來罷。不然沒了姓，不像個老爺。」我道：「原來老爺要帶著姓做的，今天又長了見識了。」稚農道：「閣下來了就熱鬧。我這幾天正想著你的談鋒。自從到了這裡，所見的無非是幾個掮客，說出話來，無非是肉麻到入骨的恭維話，聽了就要噁心。恨的我瞀不見他們的面了，只叫法人、醉公兩個招呼他們。」原來稚農帶了兩個人同行：一個姓計，號醉公；一個姓繆，號法人。大抵是他門下清客一流人，我在漢口也同過兩回席的。我聽說，便問道：「此刻繆、計二公在哪裡？」稚農問慧卿道：「出去了麼？」慧卿用手一指道：「在那邊呢。」稚農推開被窩下床，我道：「稚翁不要客氣，何必起來招呼。」稚農道：「不，我本要起來了。」慧卿忙過去招呼伺候，稚農早立起來。我看他身上穿的洋灰色的外國縐紗袍子，玄色外國花緞馬褂，羽緞瓜皮小帽，核桃大的一個白絲線帽結，釘了一顆明晃晃白菓大的鑽石帽準。較之在漢口時打扮，又自不同。走到烟炕一邊坐下，招呼我過去談天。我此時留神打量一切，只見房裡放著一口保險鐵櫃，這東西是向來妓院裡沒有的，不覺暗暗稱奇。

談了幾句應酬話，忽然計醉公從那邊房裡跑了過來，手裡拿著一個鑽戒。見了我便彼此招呼，一面把戒指遞給稚農道：「這一顆足有九釐重。」稚農接來一看道：「幾個錢？」醉公道：「四百塊。」慧卿在稚農手裡拿過來一看道：「是個男裝的，我不要。」醉公道：「男裝女裝好改的。」慧卿道：「這裡首飾店沒有好樣式，是要外國來的纔好。」醉公便拿了過去。一面招呼我道：「沒事到這邊來談談。」我順口答應了。稚農對我道：「這回虧了他兩個，不然，我就麻煩死了。」一言未了，醉公又跑了過來道：「昨天那掛朝珠，來收錢了。」稚農道：「到底多少錢？」醉公道：「五百四十兩。」稚農道：「你打給他票子。」醉公又過去了，一會兒拿了一張支票過來。稚農在身邊掏出一個鑰匙來交給慧卿，慧卿拿去把那保險鐵櫃開了，取出一個小小拜匣來。稚農打開，取出一方小小的水晶圖書，蓋在支票上面。醉公拿了過去，慧卿把拜匣仍放到鐵櫃裡去，鎖好了，把鑰匙交還稚農。我纔知道這鐵櫃是稚農的東西。

和他又談了幾句，就問起白銅的事。稚農道：「是有幾擔銅，帶在路上壓船的。不知賣了沒有，也要問他們兩個。」我道：「如此，我過去問問看。」說罷，走了過去，先與繆法人打招呼。原來林慧卿三個房間，都叫稚農占住了。他起坐的是東面一間，當中一間空著做個過路，繆、計二人在西邊一間。我走過去一看，只見當中放著一張西式大餐檯子，鋪了白枱布，上面七橫八豎的放著許多古鼎、如意、玉器之類。除了繆、計二人之外，還坐了七八個人，都是寧波、紹興一路口氣，醉公正和他們說話。我就單向法人招呼了，說了幾句套話，便問起白銅一節。法人道：「就是這一件東西也狠討厭，他們天天來問，又知道我們不是經商的，胡亂還價。閣下倘是有銷路最好了。」我道：「不知共有多少？如果價錢差不多，我小號裡可以代勞。」法人道：「東西共是五百擔，存在招商局棧裡。至於價錢一層，我有雲南的原貨單在這裡，大家商量加點運費就是了。」說罷，檢出一張票子，給我看過，又商定了每擔加多少運費。我道：「既這麼著，我明天打票子來換提貨單便了。但不知甚麼時候可來？」法人道：「隨便下午甚時候都可以。」商定了，我又過去看稚農，只見一個醫生在那裡和他診脈，開了脈案，定了一個十全大補湯加減❶，便去了。稚農問道：「說好了麼？」我道：「說好了，明天過來交易。」慧卿拿

❶ 加減：中醫開的湯方，視病人情況，煎藥時，加進或減去幾味藥，謂之某某湯加減。

了小小的一把銀壺過來道：「酒燙了，可要吃？」稚農點點頭。慧卿拿過一個銀杯，在一個洋瓶裡，傾了些末子在杯裡，沖上了酒，又在頭上拔下一根金簪子，用手巾揩拭乾淨，在酒杯裡調了幾下，遞給稚農，稚農一吸而盡。還剩些末子在杯底，慧卿又沖了半杯酒下去，稚農又吃了，對我說道：「算算年紀並不大，身子不知那麼虛，天天在這裡參啊、茸啊亂鬧，還要吃藥。」我道：「出門人本來保重點的好。」稚農道：「我在雲南從來不是這樣，這還是在漢口得的病。」我道：「總是在路上勞頓了。」（勞頓何至成虛是應酬無聊話）慧卿道：「可不是？這幾天算好得多了，初來那兩天，還要利害呢。」我隨便應酬了幾句，便作別走了。

回到號裡，和子安說知，已經成交了。所定的價錢，比那掮客要的，差了四兩五錢銀子一擔。子安道：「好狠心！少賺點也罷了。」一宿無話。

到了次日下午，我打了票子，便到林慧卿家去，和法人換了提單。走到東面房裡，看看稚農。稚農道：「閣下在上海久，可知道有甚麼好醫生？我的病實在了不得，今天早起下地，一個頭暈就栽下來！」我道：「這還了得！可是要趕緊調理的了。從前我有個朋友叫王端甫，醫道甚好，但是多年不見了，不知可還在上海。回來我打聽著了送信來。」稚農道：「晚上有個小宴，務請屈尊。」我道：「閣下身子不好，何必又宴客？」稚農道：「不過談談罷了。」說罷略談了幾句，便作別回來，把提單交給子安，驗貨出棧的事，由他們幹去，我不管了。因問起王端甫不知可在上海，管德泉道：「自從你識了王端甫，我便同他成了老交易，家裡有了毛病，總是請他。他此刻搬到四馬路胡家宅，為甚不在上海。」我道：「在甚麼巷子裡？」德泉道：「就在馬路上，好找得狠。」過了一會，稚農那邊送了請客帖子來，還有一張知單。我看時，上面第一個是祥少大人雲甫，第二個便是我，還有兩個都士雁、褚疊三，以後就是計醉公、繆法人兩個。打了知字，交來人去了。我問繼之道：「哪裡有個姓祥的，只怕是旗人？」繼之道：「可不是。就是這裡道臺的兒子，前兩天還到這裡來。」我道：「大哥認得他麼？」繼之道：「怎麼不認得！年紀比你還輕得多。在南京時，他還是個小孩子，我還常常撫摩玩弄他呢。怪不得我們老了，眼看見的小孩子，都成了大人了。」

大家閒談了一會，沒到五點鐘，稚農的催請條子已經來了，並注了兩句「有事奉商，務請即臨」的話。我便前去走一趟，稚農接著道：「恕我有病，不能回候，倒屢次屈駕。」我笑道：「倒是我未盡點地主之誼，先來奉擾，未免慚愧！」稚農道：「彼此熟人，何必客氣！早點請過來，是兄弟急於要問方纔說的那位醫生。」我道：「我也方纔問了來，他就住在四馬路胡家宅。」稚農道：「不知可以隨時請他不？」我道：「儘可以。這個人絕沒有一點上海市醫習氣，如果要請，兄弟再加個條子，包管即刻就來。」稚農便央我寫了條子，叫人拿了醫金去請，果然不到一點鐘時候就來了。先向我道了闊別。我和他二人代通了姓名，然後坐定診脈。診完之後，端甫道：「不知稚翁可常住在上海？」稚農道：「不，本來有事要回福建原籍，就叫這個病耽誤住了。」端甫點頭道：「據兄弟愚見，還是早點回府上去，容易調理點。上海水土寒，恐怕於貴體不甚相宜。」說罷，定了脈案，開了個方子，卻是人參養榮湯的加減。說道：「這個方子只管可以服幾劑。但是第一件最要靜養。多服些血肉之品，似乎較之草根樹皮有用。」稚農道：「鹿茸可服得麼？」端甫道：「服鹿茸——」說到這裡，便頓住了，「未嘗沒點功效，但是總以靜養為宜。」說罷，又問我道：「可常在號裡？我明日來望你呢。」我道：「我常在號裡，沒事只管請過來談。」端甫便辭去了。

我又和稚農談了許久，祥雲甫來了。通過姓名，我細細打量他，只見他生得脣紅齒白，瘦削身裁。穿一件銀白花緞棉袍，罩一件夾桃灰線緞馬褂。鼻子上架一副金絲小眼鏡，右手無名指上，套了一個鑲鑽戒指。說的一口京腔。再過了一會，外面便招呼坐席。原來都、褚兩個早來了，不過在西面房裡坐，沒有過來。稚農起身，招呼到當中一間去，親自篩了一輪酒，定了坐，便叫醉公代做主人，自己仍到房裡歇息。醉公便叫寫了局票發出去。坐定了，慧卿也來周旋了一會，篩了一輪酒，唱了一支曲子，也到房裡去了。我和都、褚兩個通起姓名，纔知都士雁是骨董鋪東家，褚疊三是藥房東家。數巡酒後，各人的局陸續都來了。祥雲甫身邊的一個，也不知他叫甚名字，生得也還過得去。一隻手搭在雲甫肩膀上，只管唧唧噥噥的說話，忽然看見雲甫的戒指，便脫了下來，在自己中指上一套，說道：「送給我罷。」雲甫道：「這個不能，明日另送你一個罷。」那妓女再三不肯還他，並說道：「我要轉到褚老爺那邊了。」說罷，便走到疊三旁邊坐下。疊三身邊本有一個，看見有人轉過來，含了一臉的醋意，不多一會，便起身去了。恰好外面傳進來一張條子，是請雲甫的，雲甫答應就來，隨向那妓女討戒指。那妓女道：「你去赴席，左右是要叫局的，難道帶在我手裡，就會沒了你的嗎？」雲甫便起身向席上說聲「少陪」，一面要到房裡向稚農道謝告辭。醉公兀的一下跳起來，向房裡便跑。不料門房口立了個大丫頭，雙手下死勁把醉公一推道：「冒冒失失的，做甚麼啊！」中間有絕好文字，如隔簾看花，或曰此八股家之照下法也。可發一笑。回身對雲甫道：「陳老爺剛纔睡著了。他幾夜沒睡了，祥大人不要客氣罷。」雲甫道：「那麼他醒了，你代我說到一聲。」那丫頭答應了，又叫慧卿送客。慧卿在房裡一面答應，一面說：「祥大人走好啊！待慢啊！明天請過來啊！」卻只不出來。雲甫又對眾人拱拱手自去了。這裡醉公便和眾人豁拳鬧酒，甚麼擺莊咧，通關咧，眾人都有點陶然了。慧卿纔從房裡亭亭款款的出來，右手理著鬢髮，左手搭在醉公的椅子靠背上，說道：「黃湯又灌多了！」醉公道：「我不……」說到這裡，便頓住了。眾人都說酒多了，於是吃了稀飯散坐。我問慧卿：「陳老爺可醒著？」慧卿道：「醒著呢。」我便到房裡去，只見稚農盤膝坐在烟炕上，下身圍了一床鶯哥綠縐紗被窩。我向他道了謝，又略談了幾句，便辭了過來，和眾人作別。他們還不知在那裡議論甚麼價錢呢，我便先走了。回到號裡，纔十點鐘，繼之們還在那裡談天呢。我覺得有點醉了，便先去睡覺。一宿無話。

次日飯後，王端甫果然來訪我，彼此又暢談了許多別後的事。又問起陳稚農可是我的好友，我道：「不過在漢口萍水相識，這回不過要買他的一單銅，所以纔去訪他，並非好友。」端甫道：「這個人不久的了！犯的毛病，是個色癆。你看他一般的起行坐立，不過動生厭倦，似乎無甚大病。其實他全靠點補藥在那裡撐持住，一旦潰裂起來，要措手不及的。」我道：「你看得準他醫得好醫不好呢？」端甫道：「我昨天說叫他回去調理的話，就是叫他早點歸正首邱❷了。」我道：「這麼說，犯了這個病，是一定要死的了。」端甫道：「他從此能守身如玉起來，好好的調理兩個月後，再行決定。你可知他一面在這裡服藥，一面在那邊戕伐❸，碰了個不知起倒的醫生，還給他服點燥烈之品，正是潑油救火，恐怕他死

❷ 歸正首邱：死在家鄉。古有「狐死正首邱」之說，謂狐死時一定要把頭對著牠所住的山丘洞穴，以示不忘根本。

❸ 戕伐：這裡指縱欲戕害身體。

得不快罷了。」我道：「他還高興得狠，請客呢。」端甫道：「他昨天的花酒有你嗎？」我道：「你怎麼知道？」端甫道：「你可知道這一枱花酒，吃出事情來了。」正是：

杯酒聯歡纔昨夜，緘書挑衅遽今朝。

未知出了甚麼事，端甫又從何曉得，且待下回再記。

須知此一回雖是盡力描寫，卻全無正面文字，全是為下文蓄勢而作。若僅以扶喪嫖妓為怪現狀，則失之矣。

# 第八十六回　旌孝子瞞天撒大謊　洞世故透底論人情

我連忙問道：「出了甚麼事？你怎生得知？」端甫道：「席上可有個褚疊三？」我道：「有的。」端甫道：「可有個道臺的少爺？」我道：「也有的。」端甫道：「那褚疊三最是一個不堪的下流東西！一句先斷定。從前在城裡充醫生，甚麼婦科、兒科、眼科、痘科，嘴裡說得天花亂墜。有一回，不知怎樣，把人家的一個小孩子醫死了。人家請了上海縣官醫來，評論他的醫方，指出他藥不對症的憑據，便要去告他。嚇得他請了人出來求情，情願受罰。那家人家是有錢的，罰錢，人家並不要。後來旁人定了個調停之法，要他披麻帶孝，扮了孝子去送殯。前頭抬的棺材不滿三尺長，後頭送的孝子倒是昂昂七尺的，路上的人沒有不稱奇道怪的。及至問出情由，又都好笑起來。自從那回之後，他便收了醫生招牌，搜羅些方書，照方合了幾種藥，賣起藥來。後來藥品越弄越多了，又不知在哪裡弄了幾個房藥的方子，合起來，堂哉皇哉掛起招牌，專賣這種東西。叫一個姓蘇的，代他做幾個仿單。那姓蘇的本來是個無賴文人，便代他作得淋漓盡致，他就喜歡的了不得，拿去用起來。那姓蘇的就借端常常向他借錢，久而久之，他有點厭煩了，拒絕了兩回。姓蘇的就恨起來，做了一個稟帖，夾了他的房藥仿單，向地方衙門一告。恰好那位官兒有個兒子，是在外頭濫嫖，新近脫陽死的，看了稟帖，疑心到自己兒子也是誤用他的藥所致，即刻批准了，出差去把疊三提了來，說他敗壞人心風俗，偽藥害人，把他當堂的打了五百小板子，打得他皮開肉綻，枷號了三個月，還把他遞解回籍。那雜種也不知他是哪裡人，他到堂上時供的是湖北人，就把他遞解到湖北。不多幾時，他又逃回上海，不敢再住城裡，就在租界上混。又不知弄了個甚麼方子，熬了些藥膏，掛了招牌，上了告白，賣戒烟藥。大凡吸鴉片烟的人，勸他戒烟，他未嘗不肯戒，多半是為的從上癮之後，每日有幾點鐘是吃烟的，成了個日常功課，一旦叫他丟了烟槍，未免無所事事，因此就因循下去了。疊三這寶貨，他揣摩到了這一層，卻異想天開，誇說他的藥膏，可以在槍上戒烟。譬如吃一錢烟的，只要秤出九分烟，加一分藥膏在烟裡，如此逐漸減烟加膏，至將烟減盡為止，自然斷癮。一班吃烟的人，信了他這句話，去買來試戒。他那藥膏要賣四塊洋錢一兩，比鴉片烟貴了三倍多。大凡買來試的，等試到烟藥各半之後，纔覺得越吃越貴了，看看那情形，又不像可以戒脫的，便不用他的藥了。誰知烟癮並未戒脫絲毫，卻又上了他的藥癮了，從此之後，非用他的藥攙在烟裡，不能過癮。你道他的心計毒麼！」

我聽到這裡，笑道：「你說了半天，還不曾到題。這些閒話，與昨夜吃花酒的事，有甚干涉？」端甫道：「本是沒干涉，不過我先談談疊三的行徑罷了。他近年這戒烟藥一層弄穿了，人家都知道他是賣假藥的了，他卻又賣起外國藥來了，店裡弄得不中不西，樣樣都有點。這回只怕陳稚農又把他的牛尾巴當血片鹿茸買了，請他吃起花酒來，卻鬧出這件事。他叫的那個局，名字叫林蜚卿，相識了有兩三年的了。後來那祥少大人到了上海，也看上了蜚卿，他便有點醋意，要想設法收拾人家，可巧碰了昨天那個機會。祥雲甫所帶的那個戒指，並不是自己的東西，是他老子的。」我道：「他老子不是現任的道臺麼？」端甫道：「那還用說。這位道臺，和現在的江蘇撫臺是換過帖的。那位撫臺，從前放過一任外國欽差，從外國買了這戒指回來，送給老把弟。這戒指上面，還僱了巧匠來，刻了細如牛毛的上下款的。他少爺見了歡喜，便向老子求了來帶上。昨夜吃酒的時候，被蜚卿鬧著頑，要了去帶在手上，這本是常有之事。誰知蜚卿卻被疊三騙了去，今天他要寫信向祥雲甫借三千銀子呢。」我道：「他騙了人家的戒指，還要向人家借銀子，這是甚麼說話？」端甫道：「須知雲甫沒了這個戒指，不能見他老子，這明明是訛詐，還是借錢麼！」我笑道：「你又是哪裡來的耳報神？我昨夜當面的，還沒有知道，你倒知的這麼詳細！」端甫道：「這也是應該的。我因為天氣冷了，買了點心來家吃，往往冷了，今天早起，剛剛又來了個朋友，便同到館子裡吃點心。我們剛到了，恰好他也和了兩三個人同來，在那裡高談闊論，商量這件事，被我盡情聽了。」我道：「原來你也認得他？」端甫道：「我和他並不招呼，不過認得他那副尊容罷了。」我道：「這是秘密的事，他敢在大庭廣眾之下喧揚起來？」端甫道：「他正要鬧的通國皆知，纔得雲甫怕他呢。我今日來是專誠奉託一件事，請你對陳稚農說一聲，叫他不要請我罷。他現在的病情，去死期還有幾天，又不便回絕他，何苦叫我白賺他的醫金呢。」我道：「你放心。他那種人有甚長性，吃過你兩服藥不見效，他自然就不請你了。」端甫又談了一會，自去了。

到了晚上，我想起端甫何以說得稚農的病如此利害，我看他不過身子弱點罷了，不免再去看看他是何情景。想罷出門，走到林慧卿家，與稚農周旋了一會，問他的病如何，吃了端甫的藥怎樣。稚農道：「總是那樣不好不壞的。此刻除非有個神仙來醫我，或者就好了。」慧卿在旁邊插嘴道：「胡說！不過身子弱點罷了，將息幾天，自然會好的。你總是這種胡思亂想，那病更難好了。」稚農道：「方纔又請了端甫來，他還是勸我早點回去，說上海水土寒。」慧卿又插嘴說道：「郎中嘴是屁（吳人稱醫生為郎中），說到哪裡是哪裡。據他說上海水土寒，上海住的人，早就一個個寒的死完了。你的病不好，我第一個不放你走。已經有病的人，再在輪船上去受幾天顛簸，還了得麼！」說罷，又回頭對我道：「老爺，你說是不是？」我只含笑點點頭。稚農又道：「便是我也怕到這一層。早年進京會試，原來是一位孝廉。失敬，失敬。走過兩次海船，暈船暈的了不得。」我故意向慧卿看了一眼，對稚農道：「我看暫時回天保棧去調養幾時也好。」慧卿搶著道：「老爺，你不要疑心我們怎樣。我不過看見他用的都是男底下人，笨手笨腳，伏伺得不稱心，所以留他在這裡住下。這是我一片好心，難道怎樣了他麼！」何來如許「他」字，親暱之極。所答之言，亦極蘊藉。我笑道：「我也不過說說罷了，難道我不知道他離不了你？」慧卿笑道：「我說你不過。」正說話時，外面報客來，大家定神一看，卻是祥雲甫。招呼坐定，便走近稚農身邊，附著耳朵要說話。我見此情形，便走到西面房裡，去看繆、計二人。只見另有一個人，拿了許多裙門、裙花、挽袖之類，在那裡議價，所為何事，可想。旁邊還堆了好幾匹綢縐之類。我坐了一會，也不驚動稚農，就從這邊走了。從此我三天五天，總來看看他。此時他早已轉了醫生，大劑參、茸、瑣陽❶、肉蓯蓉❷專服下去，確見他精神好了許多。只是比從前更瘦了，兩顴上現了點緋紅顏色。如此又過了半個多月。

一天，我下午無事，又走到慧卿處，卻不見了稚農。我問時，慧卿道：「回棧房去了。」我道：「為甚麼忽然回去了呢？」慧卿道：「他今天早起，病的太重了！他兩個朋友說在這裡不便當，便用轎子抬回去了。」我心中暗想，莫非端甫的說話應驗了。我回號裡，左右要走過大馬路，便順到天保棧一看。

❶ 鎖陽：可入藥之植物。生塞北，發起如筍，上豐下儉，鱗甲櫛比，筋脈連絡，其形頗類男陰。

❷ 肉蓯蓉：可入藥之植物。寄生於木根，相傳藥性和順，補而不峻，故有從容之號。

他已經不住在樓上了，因為扶他上樓不便，就在底下開了個房間。房間裡齊集了七八個醫生，繆、計二人忙做一團。稚農仰躺在床上，一個家人在那裡用銀匙灌他吃參湯。我走過去望他，他看了我一眼，微微點了點頭。眾醫生在那裡七張八嘴，有說用參的，有說用桂的。我問法人道：「我前天看他還好好的，怎麼變動起來？」法人道：「今天早起，天還沒亮，忽然那邊慧卿怪叫起來。我兩個衣服也來不及披，跑過去一看，只見他直挺挺的躺在地下。連忙扶他起來，躺在醉翁椅上，話也不會說了。我們問慧卿是怎生的，他說：『起來小便，立腳不穩，栽了一交，並沒甚事。近來常常如此的，不過一攙他就起來，今天攙了半天，攙他不動，纔叫的。』我們沒了主意，薑湯、參湯，胡亂灌救。到天色大亮時，他能說話了，自己說是冷得狠。我們要和他加一床被窩，他說不是，是肚子裡冷。我伸手到他口邊一摸，誰知他噴出來的氣，都是冷的。我纔慌了，叫人背了他下樓，用轎子抬了回來。」我道：「請過幾個醫生？吃過甚麼藥了？」法人道：「今天的醫生，只怕不下三四十個了。吃了五錢肉桂下去，噴出氣來和暖些。此刻又是一個醫生的主意，用乾薑煎了參湯在那裡吃著。」說話時，又來了兩個醫生，向法人查問病情。我便到床前再看看，只見他兩顴的紅色格外利害，纔悟到前幾天見他的顏色是個病容。因問他道：「此刻可好點？」稚農道：「稍為好點。」我便說了聲「保重」，走了回去。和繼之說起，果然不出端甫所料，陳稚農大約是不中用的了。

到了明天早起，他的報喪條已經到了，我便循著俗例，送點蠟燭、長錠❸過去。又過了十來天，忽然又送來一分訃帖，封面上刻著「幕設壽聖庵」的字樣。便抽出來一看，訃帖當中，還夾了一扣哀啓❹。

---

❸ 長錠：用錫箔折疊成串的元寶。

及至仔細看時，卻不是哀啓，是個知啓。此時繼之在旁邊見了道：「這倒是個創見。誰代他出面？又『知』些甚麼呢？」我便攤開了，先看是甚麼人具名的，誰知竟是本地印委各員，用了全銜姓名同具的，不禁更覺奇怪。及至看那文字時，只看得我和繼之兩個幾乎笑破了肚子。你道那知啓當中，說些甚麼？且待我將原文照寫出來，大家看看。其文如下：

稚農孝廉，某某方伯之公子也。生而聰穎，從幼即得父母歡。稍長，即知孝父母，敬兄愛弟，以故孝弟之聲，聞於閭里。方伯歷仕各省，孝廉均隨任，服勞奉養無稍間，以故未得預童子試。某科，方伯方任某省監司❺，為之援例入監，令回籍應鄉試。孝廉雅不欲曰：「科名事小，事親事大，兒不欲暫違色笑也。」方伯責以大義，始勉強首塗❻。榜發，登賢書❼。孝廉泣曰：「科名雖僥倖，然違色笑已半年餘矣。」其真摯之情如此。越歲，入都應禮闈❽試，沿途作思親詩八十章，一時傳誦遍都下，故又有才子之目。及報罷，即馳驛返署，問安侍膳，較之夙昔，益加敬謹。語人曰：「將以補前此之闕於萬一也。」以故數年來，非有事故，未嘗離寢門一步。去秋，其母

❹ 哀啟：舊時死者家屬把死者生平事略及臨歿病情告知親友的書函。

❺ 監司：清朝司道以監督府縣為專責，通稱「監司」。

❻ 首塗：出發上路，也作「首途」。

❼ 登賢書：中舉。古時地方舉薦賢能，將賢能名單造冊呈送朝廷，以備任用。後來便把中舉稱做「登賢書」。

❽ 禮闈：禮部主持的會試。

某夫人示疾，孝廉侍奉湯藥，衣不解帶，目不交睫者三閱月。及冬，遭大故❾，孝廉慟絕者屢矣，賴救得蘇，哀毀骨立❿。潛告其兄曰：「弟當以身殉母，兄宜善自珍衛，以奉嚴親。」兄大驚，以告方伯。方伯復責以大義，始不敢言，然其殉母之心已決矣。故今年稟於方伯，獨任奉喪歸里，沿途哀泣，路人為之動容。甫抵上海，已哀毀成病，不克前進。奉母夫人柩，暫厝於某某山莊。己則暫寓旅舍，仍朝夕扶病，親至厝所哭奠，風雨無間，家人苦勸力阻不聽也。至某月某日，竟遂其殉母之志矣！臨終遺言，以衰絰殮⓫。嗚呼！如孝廉者，誠可謂孝思不匱矣。查例⓬載：孝子順孫，果有瓌行奇節，得詳具事略，奏請旌表。某等躬預斯事，不便湮沒，除具詳督、撫、學憲外，謹草具事略，伏望海內文壇，俯賜鴻文鉅製，以彰風化。無論詩文詞誄，將來彙刻成書，共垂不朽。無任盼切！

繼之看了還好，我已是笑得伏在桌上，差不多腸都笑斷了。繼之道：「你只管笑甚麼？」我道：「大哥沒有親見他在妓院裡那個情形，對了這一篇知啓，自然沒得好笑。」繼之道：「我雖沒有看見，也聽你說的不少了。其實並不可笑。照你這種笑法，把天下事都揭穿了，你一輩子也笑不完呢。何況他所重

❾ 大故：指母親去世。

❿ 哀毀骨立：因悲哀而形容枯槁。

⓫ 以衰絰殮：為母親披麻戴孝進棺材。

⓬ 例：禮部關於表彰孝子的例則。

的，就是一個「殉」字，古人有個成例，「醇酒婦人」也是一個殉法。」我聽了，又笑起來道：「這個代他辯的好得狠，但可惜他不曾變做人蝦。如果也變了人蝦，就沒有這段公案了。」（明社既屋，某遺老欲殉國，而畏刀繩之苦，因學信陵君之醇酒婦人，欲自速其死。詎久之不死，而佝僂殊甚，人戲呼之為人蝦。見某筆記。）繼之道：「人家說少見多怪，你多見了還是那麼多怪！你可記得那年你從廣東回來說的，有個甚麼淫婦建牌坊的事，（第五十六回事。）同這個不是恰成一對麼。依我看，不止這兩件事，大凡天下事，沒有一件不是這樣的。總而言之，世界上無非一個騙局。你看到了妓院裡，他們應酬你起來，何等情殷誼摯；你問他的心裡，都是假的！我們打破了這個關子，是知道他是假的；至於那當局者迷一流，他卻偏要信是真的。你須知妓院的關子容易打破，至於世界上的關子，就不容易破了。惟其不能破，所以世界上的人，還那麼熙來攘往；若是都破了，那就沒了世界了。」我道：「這一說，只能比人情上的情偽，與這行事上不相干。」繼之道：「行事與人情，有甚麼兩樣？你不想想，南京那塊血跡碑，當年慎而重之的，說是方孝孺⑬的血廕成的，特為造一座亭子嵌起來。其實還不是紅紋大理石，哪有血跡可以廕透石頭的道理！不過他們要如此說，我們也只好如此說，萬不宜揭破他。揭破他，就叫做煞風景；煞風景，就討人嫌。處處討了人嫌，就不能在世界上混。如此而已。這血跡碑是一件死物，我還說一件活人做的笑話給你聽：有一個鄉下人極怕官，他看見官出來，總是袍、褂、靴、帽、翎子、頂子，以為那做官的也和廟裡菩薩一般，無晝無夜都是這樣打扮起來的。有一回這鄉下人犯了點小事，捉到官裡去，提到案下聽審。他抬頭一看，只那個官果然是袍兒、褂兒、翎子、頂子，不曾缺了一樣。高

⑬ 方孝孺：字希直，又字希古，人稱正學先生。建文帝時任侍講學士。朱棣（明成祖）入京奪位，命他起草即位詔，他堅拒被殺，株連十族，被殺者竟達八百四十七人。後來方孝孺被尊為忠臣之典範。

高的坐在上面，把驚堂一拍，喝他招供。旁邊的差役，也幫著一陣叱喝。他心中暗想：果然不差，做老爺的在家裡，也打扮得這麼光鮮。正在胡思亂想的時候，忽然一陣旋風，把公案的桌帷吹開了，那鄉下人仔細往裡一看，原來老爺脫了一隻靴子，腳上沒有穿襪，一隻手在那裡摳腳丫呢。」說得我不覺笑了，旁邊德泉、子安等都一齊笑起來。繼之道：「統共是他一個人，同在一個時候，看他的外面何等威嚴，揭起桌帷一看，原來如此！可見得天下事，沒有一件不如此的了。不過我是揭起桌帷看過的，你們都還隔著一幅桌帷罷了。」

我們談天是在廂房裡，正說話之間，忽見門外跨進一個人，直向客堂裡去。我一眼瞥見這個人，十分面善，卻一時想不起來。正要問繼之，只見一個茶房走進來道：「苟大人來了。」我聽得這話，不覺恍然大悟，這個是許多年前見過的苟才。苟才自六十三回一見之後，久無消息，可謂久違了。繼之當時即到外面去招呼他。正是：

座中方論欺天事，戶外何來闊別人。

不知苟才來有何事，且待下回再記。

# 第八十七回　遇惡姑淑媛受苦　設密計觀察謀差

原來苟才的故事，先兩天繼之說過，說他自從那年賄通了督憲親兵，（此是十一回事。）得了個營務處差事，闊了幾年。就這幾年裡頭，彌補以前的虧空，添置些排場衣服，還要外面應酬，面子上看得是極闊；無奈他空了太多，窮得太久，他的手筆又大，因此也未見得十分裕如。何況這幾年當中，他又替他一個十六歲的大兒子娶了親。

這媳婦是杭州駐防旗人。父親本是一個驍騎校❶，早年已經去世，只有母親在侍。憑媒說合，把女兒嫁給苟大少爺。過門那年只有十五歲，卻生得有沉魚落雁之容，閉月羞花之貌。（他種小說凡讚美女子者，都是閒筆；此卻是伏筆，不是閒筆。）苟觀察帶了大少爺到杭州就親。喜期過後，回門、會親，諸事停當，便帶了大少爺、少奶奶，一同回了南京。少奶奶拜見了婆婆，三天裡頭，還沒話說。過了三天之後，那苟太太便慢慢發作起來。起初還是指桑罵槐，指東罵西，再過幾天，便漸漸罵到媳婦臉上來了。少奶奶早起請早安，上去早了，便罵「大清老早的，跑來鬧不清楚，我不要受你那許多禮法規矩，也用不著你的假惺惺」。少奶奶聽說，到明天便捱得時候晏點纔上去，他又罵「小蹄子不害臊，摟著漢子睡到這時纔起來！咱們家的規矩，一輩比一輩壞了！我服侍老太爺、老太太的時候，早上、中上、晚上三次請安，哪裡有不按著時候的，早晚兩頓飯，

❶ 驍騎校：清朝八旗裡正六品的武官。

還要站在後頭伏伺添飯、送茶、送手巾；如今晚兒是少爺咧、少奶奶咧，都藏到自己屋裡享福了。老兩口子，管他咽住了也罷，噲出來了也罷，誰還管誰的死活！我看，這早安免了罷，到了晚上一起來罷，省得少奶奶從南院裡跑到北院裡，一天到晚，辛苦幾回」。苟才在旁也聽不過了，便說道：「夫人算了罷。你昨天嫌他早，他今天上來遲些，就算聽你命令的了。他有甚麼不懂之處，慢慢的教起來。」苟太太聽了，兀的跳起來罵道：「連你也幫著派我的不是了！這公館裡都是你們的世界，我在這裡是你們的眼中釘！我也犯不上死賴在這裡討人嫌，明兒你就打發我回去罷！」苟才也怒道：「我在這裡好好兒的勸你，大凡一家人家過日子，總得要和和氣氣，從來說『家和萬事興』，何況媳婦又沒犯甚麼事！」這句話還未說完，苟太太早伸手在桌子上一拍，大吼道：「嚇！你簡直的幫著他們派我犯法了！」少奶奶看見公公、婆婆一齊反目，連忙跪在地下告求。那邊少爺聽見了，嚇得自己不敢過來見面，卻從一個夾衖裡遶到後面，找他姨媽。

原來這一位姨媽，便是苟太太的嫡親姊姊。嫁的丈夫，也是一個知縣，早年故亡了，身後只剩了兩吊銀子，又沒個兒子。那年恰好是苟才過了道班，要辦引見，湊不出費用，便託苟太太去和他借了來湊數。說明白到省之後，迎他到公館同住；除了一得了差缺，即連本帶利清還外，還答應養老他；將來大家有福同享，有禍同當。那位姨媽，自己想想舉目無親，就是摟了這兩吊銀子，也怕過不了一輩子，沒個親人照應，還怕要被人欺負呢。因此答應了。等苟才辦過引見之後，便一同到了南京。苟才窮到吃盡當光的那兩年，苟太太偶然有應酬出門，或有個女客來，這位姨媽曾經踐了有禍同當之約，充過幾回老媽子的了。此刻苟才有了差使，便撥了後面一間房子給他居住。

當下大少爺找到姨媽跟前，叫聲：「姨媽，我爹合我媽不知為甚吵嘴，小丫頭來告訴我，說媳婦跪在地下求告，求不下來。我不敢過去碰釘子，請姨媽出去勸勸罷。」說著，請了一個安。姨媽道：「哼！你娘的脾氣啊！」只說了這一句，便往前面去了。大少爺仍舊從夾衖遶到自己院裡，悄悄的打發小丫頭去打聽。直等到十點多鐘，纔看見少奶奶回房。大少爺接著問道：「怎樣了？」少奶奶一言不發，只管抽抽噎噎的哭。大少爺坐在旁邊，溫存了一會，少奶奶良久收了眼淚，仍是默默無言。大少爺輕輕說道：「我娘脾氣不好，你受了委屈，少不得我來賠你的不是。你心裡總得看開些，不要鬱出病來。照這個樣子，將來賢孝兩個字的名氣，是有得你享的。」大少爺只管汩汩而談，不料有一個十二歲的小少爺，就是那年吃了油麻團，（第七回事。）一雙油手抓髒了賃來衣服的那寶貨，在旁邊聽了去，便飛跑到娘跟前，一五一十的盡情告訴了。苟太太手裡正拿著茶碗喝茶，聽了這話，恨得把茶碗向地下盡命的一摔，豁啷一聲，茶碗摔得粉碎。跳起來道：「這還了得！」又喝叫小丫頭：「快給我叫他來！」小丫頭站著，垂手不動。苟太太道：「還不去嗎！」小丫頭垂手道：「請太太的示：叫誰？」苟太太伸手劈拍的打了一個巴掌道：「你益發糊塗了！」此時幸得姨媽尚在旁邊，因勸道：「妹妹你的火性也太利害了！是叫大少爺，是叫少奶奶，也得你吩咐一聲。你單說『叫他來』，他知道叫誰呢？」苟太太這纔喝道：「給我叫那畜生過來！」姨媽又加了一句道：「快去請大少爺來，說太太叫。」那小丫頭纔回身去了。

一會兒大少爺過來，知道母親動了怒，一進了堂屋，便雙膝跪下。苟太太伸手向他臉蛋上，劈劈拍拍的先打了十多下，打完了，又用右手將他的左耳盡力的扭住，說道：「我今天先扭死了你這小崽子再說！我問你，是大清律例上哪一條的例，你家祖宗留下來的哪一條家法，寵著媳婦兒，派娘的罪案？你老子寵媳滅妻，你還要寵妻滅母，你們倒是父是子！」說到這裡，指著姨媽道：「須知我娘家有人在這裡，你們須滅我不得！」一面說，一面下死勁往大少爺耳朵上擰，擰得大少爺痛狠了，不免兩淚交流，又不敢分辯一句。幸得姨媽在旁邊竭力解勸，方纔放手。大少爺仍舊屈膝低頭跪著，一動也不敢動，從十點多鐘跪起，足足跪到十二點鐘。

小丫頭來稟命開飯，苟太太點點頭，一會兒先端出杯、筷、調羹、小碟之類，少奶奶也過來了。原來少奶奶一向和大少爺兩個在自己房裡另外開飯，苟才和太太、姨媽另在一所屋子裡同吃；今天早起，少奶奶聽了婆婆說他伏侍老太爺、老太太時，要站在後頭伺候的，所以也要還他公婆這個規矩，吩咐丫頭們打聽，上頭要開飯，趕來告訴，此刻得了信，趕著過來伺候。仍是和顏悅色的，見過姨媽、婆婆，便走近飯桌旁邊，分派杯筷小碟，在懷裡取出雪白的絲巾，一樣樣的擦過。苟太太大喝道：「滾你媽的蛋！我這裡用不著你在這裡獻假殷勤！」嚇得少奶奶連忙垂手站立，沒了主意。姨媽道：「少奶奶先過去罷。等晚上太太氣平了，再過來招呼罷。」少奶奶聽說，便退了出來。

苟才今天鬧過一會之後，就到差上去了。他每每早起到了差上，便不回來午飯，因此只有姨媽、苟太太兩個，帶著小少爺同吃。及至開出飯來，大少爺仍是跪著。姨媽道：「饒他起來吃飯去罷。我們在這裡吃飯，旁邊跪著個人，算甚麼樣子！」苟太太道：「怕甚麼！餓他一頓，未見得就餓死他。」姨媽道：「旁邊跪著個人，我實在吃不下去。」苟太太道：「那麼看姨媽的臉，放他起來罷。」姨媽忙接著道：「那麼快起來罷。」大少爺對苟太太磕了三個頭，方纔起來，又向姨媽叩謝了。苟太太道：「要吃飯在我這裡吃，不准你到那邊去！」大少爺道：「兒子這會還不餓，吃不下。」苟太太猛的把桌子一拍道：「敢再給我賭氣！」姨媽忙勸道：「算了罷！吃不下，少吃一口兒。丫頭，給大少爺端座過來。」大少爺只得坐下吃飯。一時飯畢，大少爺仍不敢告退。苟太太卻叫大丫頭、老媽子們撿出一分被褥來，到姨媽的住房對過一間房裡，鋪設下來。姨媽也不知他是何用意。一天足足扣留住大少爺，不曾放寬一步。到了晚上九點鐘時候，姨媽要睡覺了，他方纔把大少爺親自送到姨媽對過的房裡，叫他從此之後，在這裡睡。又叫人把夾衖門鎖了，自己掌了鑰匙。可憐一對小夫妻，成婚不及數月，從此便咫尺天涯了。

可巧這位大少爺，犯了個童子癆的毛病。這個毛病，說也奇怪，無論男女，當童子之時，一無所覺；及至男的娶了，或者女的嫁了，不過三五個月，那病就發作起來，任是甚麼藥都治不好，一定是要死的。並且差不多的醫生，還看不出他的病源，回報不出他的病名來，不過單知道他是個癆病罷了。這位大少爺從小得了這個毛病，娶親之後，久要發作。恰好這天當著一眾丫頭、僕婦、家人們，受了這一番挫辱，又活活的把一對熱剌剌的恩愛夫妻拆開，這一夜睡到姨媽對過房裡，便在枕上飲泣了一夜。到得下半夜，便覺得遍身潮熱。及至天亮，要起來時，只覺頭重腳輕，抬身不得，只得仍舊睡下。丫頭們報與苟太太，苟太太還當他是假裝的，不去理會他。姨媽來看過，說是真病了，苟太太還不在意。倒是姨媽不住過來問長問短，又叫人代他熬了兩回稀飯，勸他吃下。足足耽誤了一天。直到晚上十點多鐘，苟才回來問起，親到後面一看，只見他當真病了，週身上下，燒得就和火炭一般，不覺著急起來。立刻叫請醫生，連夜診了，連夜服藥，足足忙了一夜。苟太太卻行所無事，仍舊睡他的覺。

有話便長，無話便短。大少爺一病三月，從來沒有退過燒。醫生換過二三十個，非但不能愈病，並且日見消瘦。那苟太太仍然向少奶奶吹毛求疵，但遇了少奶奶過來，總是笑啼皆怒，又不准少奶奶到後頭看病。一心一意，只要隔絕他小夫妻。究竟不知他是何用意，做書人未曾鑽到他肚子裡去看過，也不便妄作懸擬之詞。只可憐那位少奶奶，日夕以眼淚洗面罷了。又過了幾天，大少爺的病越發沉重，已經暈厥過兩次。經姨媽幾番求情，苟太太纔允了，由得少奶奶到後頭看病。少奶奶一看病情兇險，便暗地裡哀求姨媽，求他在婆婆跟前再求一個天高地厚之恩，准他晝夜侍疾。姨媽應允，也不知費了多少脣舌，方纔說得准了。從此又是一個來月，任憑少奶奶衣不解帶，目不交睫，無奈大少爺壽元已盡，參朮無靈，竟就嗚呼哀哉了。少奶奶傷心哀毀，自不在說；苟才痛子心切，也哭了兩三天；惟有苟太太，雖是以頭搶地的哭，那嘴裡卻還是罵人。苟才因是個卑幼之喪，不肯發訃成禮，誰知同寅當中，一人傳十，十人傳百，已經有許多人知道他遭了「喪明之痛」❷。及至明日轅門抄上，刻出了「苟某人請期服假數天」，大家都知道他兒子病了半年，這下更是通國皆知了，於是送奠禮的，送祭幛的，都紛紛來了。這是他遇了紅點子❸，當了闊差使之故。若在數年以前，他在黑路上的時候，莫說死兒子，只怕死了爹娘，還沒人理他呢。

閒話少提。且說苟才料理過一場喪事之後，又遇了一件意外之事，真是福無重至，禍不單行。你道遇了一件甚麼事？原來京城裡面有一位都老爺，是南邊人，這年春上，曾經請假回籍省親，在江南一帶狠採了些輿論，察得江南軍政、財政兩項，都腐敗不堪，回京銷假之後，便參了一本，軍政參了十八款，

❷ 喪明之痛：失子之痛。典出禮記檀弓上：「子夏喪其子而喪其明。」子夏喪子，痛哭以致雙目失明。後來便稱死了兒子為「喪明之痛」。

❸ 紅點子：清朝官員的委任狀，人名上加朱點，日期用紅筆寫，稱做標朱。於是，俗稱差事為「紅點子」。

財政參了十二款。奉旨派了欽差，馳驛到江南查辦。欽差到了南京，照例按著所參各員，咨行總督，一律先行撤差、撤任，聽候查辦。苟才恰在先行撤差之列。他自入仕途以來，只會耍牌子，講應酬，至於這等風險，卻向來沒有經過。這回碰了這件事情，猶如當頭打了個悶雷一般，嚇得他魂不附體。幸而不在看管之列，躲在公館裡，如坐針氈一般，沒了主意。一連過了三四天，纔想起一個人來。你道這人是誰？是一個候補州同，現當著督轅文巡捕的，姓解，號叫芬臣。這個人向來與苟才要好。芬臣是個極活動的人，大凡省裡當著大差的道府大人們，他沒有一個不拉攏的，苟才自然也在拉攏之列。苟才卻因他是個巡捕，樂得親近親近他，四面消息都可以靈通點。這回卻因芬臣足智多謀，機變百出，而且交遊極廣，託他或有法子好想。定了主意，等到約莫散轅之後，便到芬臣公館裡來，將來意說知。芬臣道：「大人來得正好。卑職正要代某大人去斡旋這件事，就可以順便帶著辦了。但是這裡頭總得要點綴點綴。」苟才道：「這個自然。但不知道要多少？」芬臣道：「他們也是看貨要價的。一，看官階大小；二，看原參的輕重；三，他們也查訪差缺的肥瘠。」苟才道：「如此，一切費心了。」說罷辭去。

從此之後，苟才便一心一意重託了解芬臣，到底化了幾萬銀子，把個功名保全了。從此和芬臣更成知己。只是功名雖然保全，差事到底撤了。他一向手筆大，不解理財之法，今番再幹掉了幾萬，雖不至於像從前吃盡當光光景，然而不免有點外強中乾了。所以等到事情平靜以後，苟才便天天和解芬臣在一起，釘著他想法子弄差使。芬臣道：「這個時候最難。合城官經了一番大調動，為日未久，就是那欽差臨行時交了兩個條子，至今也還想不出一個安插之法，這是一層。第二層是最標緻、最得寵的五姨太太，前天死了。」苟才驚道：「怎麼外面一點信息沒有？是幾時死的？」芬臣道：「大人千萬不要提起這件事。老帥就恐怕人家和他舉動起來，所以一概不叫知道。前天過去了，昨天晚上成的殮，在花園裡那竹林子旁邊，蓋一個小房子停放著，也不抬出來，就是恐怕人知的意思。為了此事，他心上正自煩惱，昨天今天，連客也沒會。不要說沒有機會，就是有機會，也碰不進去。」苟才道：「我也不急在一時，不過能夠快點得個差使，面子上好看點罷了。」又問：「這五姨太太生得怎麼個臉蛋？老帥共有幾房姨太太？何以單單寵他？」芬臣道：「姨太太共是六位。那五姨太太，其實他沒有大不了的姿色，我看也不過『情人眼裡出西施』罷了。不過有個人情在裡面。」苟才道：「有甚人情？」芬臣道：「這位姨太太是現任廣東藩臺魯大人送的。那時候老帥做兩廣，魯大人是廣西候補府。自從送了這位姨太太之後，便官運亨通起來，一帆順風，直到此刻地位。」苟才聽了，默默如有所思。閒談一會，便起身告辭。

回到公館，苟太太正在那裡罵媳婦呢。罵道：「你這個小賤人，命帶掃帚星！進門不到一年，先掃死了丈夫，再把公公的差使掃掉了！」剛剛罵到這裡，苟才回來，接口道：「算了罷！這一案南京城裡撤差的，單是道班的也七八個，全案算起來有三四十人，難道都討了命帶掃帚星的媳婦麼？」苟太太道：「沒有他，我沒得好賴。有了他，我就要賴他！」苟才也不再多說，由他罵去。到了晚上，夫妻兩個，切切私議了一夜。

次日是轅期，苟才照例上轅，卻先找著了芬臣，和他說道：「今日一點鐘，我具了個小東，叫個小船，喝口酒去。你我之外，並不請第三個人。在問柳（酒店名）下船。我也不客氣，不具帖子了。」芬臣聽說，知道他有機密事，點頭答應。到了散轅之後，便回公館，胡亂吃點飯，便坐轎子到問柳去。進得門來，苟才先已在那裡，便起來招呼，一同在後面下船。把自己帶來的家人留下，道：「你和解老爺的管家，都在這裡伺候罷，不用跟來了。解老爺管家，怕沒吃飯，就在這裡叫飯叫菜請他吃，可別走開。」說罷，挽了芬臣，一同跨上船去。酒菜自有伙食船跟去。苟才吩咐船家，就近點把船放到夫子廟對岸那棵柳樹底下停著。芬臣心中暗想，是何機密大事，要跑到那人走不到的地方去。正是：

要從地僻人稀處，設出神機鬼械謀。

未知苟才邀了芬臣，有何秘密事情商量，且待下回再記。

此又家庭怪現狀也。作者於此不憚再三描寫，卻是寫一回，是一回神理；寫一回，是一回分寸。務各合其分位，不知經歷幾許家庭變態。無論何等家庭，都能描寫逼真。相傳哺兒者，夫婦宜別室居，所以慎容止也。苟有事後，兒求乳，當擠去宿乳少許，然後哺之。不然，兒長即成童癆。凡患童癆者，破體後即疾作，不復可治云云。近世新學發明，動輒須求原理。若是者，其原理安在？余非醫者，無從求之。質諸醫者，或以為無是理，亦未可知。然老人相傳如是，正不妨姑妄從之。如其非是，於事無損，亦無礙。苟其然也，則保全壽命不少矣。

# 第八十八回　勸墮節翁姑齊屈膝　諧好事媒妁得甜頭

當下苟才一面叫船上人剪好烟燈，通好烟槍，和芬臣兩個對躺下來，先說些別樣閒話。苟才的談鋒，本來沒有一定。碰了他心事不寧的時候，就是和他相對終日，他也只默默無言；若是遇了他高興頭上，那就滔滔汩汩，詞源不竭的了。他盤算了一天一夜，得了一個妙計，以為非但得差，就是得缺升官，也就是在此一舉的了。今天邀了芬臣來，就是要商量一個行這妙法的線索。大凡一個人心裡想到得意之處，雖是未曾成事，他那心中一定打算這件事情一成之後，便當如何佈置，如何享用，如何酬恩，如何報怨，越想越遠，想著者是眾人肚裡蛔蟲，不然，何以知得如此詳細。就忘了這件事未曾成功，好像已經成了功的一般。世上癡人，每每如此，也不必細細表他。

單表苟才原是癡人一流，他的心中，此時已經無限得意，因此對著芬臣，東拉西扯，無話不談。芬臣見他說了半天，仍然不曾說到正題上去，忍耐不住，因問道：「大人今天約到此地，想是有甚正事賜教。」苟才道：「正是。我是有一件事要和閣下商量，務乞助我一臂之力，將來一定重重的酬謝。」芬臣道：「大人委辦的事，倘是卑職辦得到的，無有不盡力報效。此刻事情還沒辦，又何必先說酬謝呢。先請示是一件甚麼事情？」苟才便附到他耳邊去，如此這般的說了一遍。芬臣聽了，心中暗暗佩服他的法子想得到。這件事如果辦成了功，不到兩三年，說不定也陳臬開藩❶的了。因說道：「事情是一件好事，不知大人可曾預備了人?」苟才道：「不預備了，怎好冒昧奉託。」又附著耳悄悄的說了幾句，又道：「咱們是骨肉至親，所以直說了，千萬不要告訴外人！」芬臣道：「卑職自當效力。但恐怕卑職一個人辦不過來，不免還要走內線。」苟才道：「只求事情成功，但憑大才調度就是了。」芬臣見他不省，只得直說道：「走了內線，恐怕不免要多少點綴些。雖然用不著也說不定，但卑職不能不聲明在前。」苟才道：「這個自然是不可少的，從來說，欲成大事者，不惜小費啊。」兩個談完了這一段正事，苟才便叫把酒菜拿上來，兩個人一面對酌，一面談天，倒是一個靜局。等飲到興盡，已是四點多鐘，兩個又叫船戶仍放到問柳登岸。苟才再三叮囑，務乞鼎力，一有好消息，望即刻給我個信。芬臣一一答應，方纔各自上轎，分路而別。

苟才回到公館，心中上下打算。一會兒又想發作；一會兒又想到萬一芬臣辦不到，（到底是甚麼事，令人捉摸不定。）我這裡冒冒失失的發作了，將來難以為情，不如且忍耐一兩天再說。從這天起，他便如油鍋上螞蟻一般，行坐不安。一連兩天，不見芬臣消息，便以上轅為由，去找芬臣探問。芬臣讓他到巡捕處坐下，悄悄說道：「卑職再三想過，我們到底說不上去。無奈去找了小跟班祁福，祁福是天天在身邊的，說起來希冀容易點。誰知那小子不受抬舉，他說是包可以成功，但是他要三千銀子，方纔肯說。」苟才聽了，不覺一棱。慢慢的說道：「少點呢，未嘗不可以答應他。太多了，我如何拿得出！就是七拼八湊給了他，我的日子又怎生過呢！不如就費老哥的心，簡直的說上去罷。」芬臣道：「大人的事，卑職哪有個不盡心之理。並且事成之後，大人步步高升，扶搖直上，還望大人栽培呢。但是我們說上去，得成功最好；萬

❶ 陳臬開藩：做臬臺（按察使）和做藩臺（布政使）。

一碰了，連彎都沒得轉，豈不是弄僵了麼？還是他們幫忙容易點，就是一下子碰了，他們意有所圖，不消大人吩咐，他們自會想法子再說上去。卑職這兩天所以不給大人回信的緣故，就因和那小子商量少點，無奈他絲毫不肯退讓。到底怎樣辦法，請大人的示。在卑職愚見，是不可惜這個小費，恐怕反誤了大事。」苟才聽了，默默尋思了一會道：「既如此，就答應了他罷。但必要事情成了，賞收了，纔能給他呢。」芬臣道：「這個自然。」苟才便辭了回去。

又等了兩天，接到芬臣一封密信，說「事情已妥，帥座已經首肯。惟事不宜遲，因帥意急欲得人，以慰岑寂也」云云。苟才得信大喜，便匆匆回了個信，略謂「此等事亦當擇一黃道吉日。況置辦奩具等，亦略須時日，當於十天之內辦妥」云云。打發去後，便到上房來，逕到臥室裡去，招呼苟太太也到屋子裡，悄悄的說道：「外頭是弄妥了，此刻趕緊要說破了。但是一層，必要依我的辦法，方纔妥當，萬萬不能用強的。你可千萬牢記了我的說話，不要又動起火來，那就僵了。」苟太太道：「這個我知道。」便叫小丫頭去請少奶奶來。

一會兒，少奶奶來了，照常請安侍立。苟太太無中生有的找些閒話來說兩句，一面支使開小丫頭。再說不到幾句話，自己也走出房外去了。房中只剩了翁媳二人，苟才忽然間立起來，對著少奶奶雙膝跪下。這一下子，把個少奶奶嚇的昏了，不知是何事故？自己跪下也不是，站著又不是，走開又不是，當了面又不是，背轉身又不是，又說不出一句話來。苟才更磕下頭去道：「賢媳，求你救我一命！」少奶奶見此情形，猛然想起莫非他不懷好意，要學那「新臺故事」❷？想到這裡，心中十分著急。要想走出

❷ 新臺故事：春秋時，衛宣公為其子伋娶齊女，聞其美，作新臺於河上自娶之。國人厭惡衛宣公之無恥，作詩

去，怎奈他跪在當路，在他身邊走過時，萬一被他纏住，豈不是更不成事體。急到無可如何，便顫聲叫了一聲「婆婆」。苟太太本在門外，並未遠去，聽得叫，便一步跨了進去。大少奶奶正要說話，誰知他進得門來，翻身把門關上，走到苟才身邊，也對著少奶奶撲咯一聲雙膝跪下。少奶奶又是一驚，這纔忙忙對跪下來道：「公公婆婆有甚麼事，快請起來說。」苟太太道：「沒有甚麼話，只求賢媳救我兩個的命！」少奶奶道：「公公婆婆有甚差事，只管吩咐。快請起來，這總不成個樣子！」苟才道：「求賢媳先答應了，肯救我一家性命，我兩個纔敢起來。」少奶奶道：「公公婆婆的命令，媳婦怎敢不遵！」苟才夫婦兩個，方纔站了起來。苟太太一面攙起了少奶奶，捺他坐下，苟才也湊近一步坐下，倒弄得少奶奶跼蹐不安起來。

苟才道：「自從你男人得病之後，遷延了半年，醫藥之費，化了幾千；得他好了倒也罷了，無奈又死了。唉！難為賢媳青年守寡！但得我差使好呢，倒也不必說他了，無端的又把差使弄掉了。我有差使的時候，已是寅支卯糧的了；此刻沒了差使纔得幾個月，已經弄得百孔千瘡，背了一身虧累。家中親丁雖然不多，然而窮苦親戚弄了一大窩子，這是賢媳知道的。你說再沒差使，叫我以後的日子怎生得過！所以求賢媳救我一救。」少奶奶當是一件甚麼事，苟才說話時，便拉長了耳朵去聽。聽他說頭一段自己丈夫病死的話，不覺撲簌簌的淚落不止。聽他說到訴窮一段，覺得莫名其妙，自己一家人，何以忽然訴起窮來？聽到末後一段，心裡覺得奇怪，莫不是要我代他謀差使？這件事我如何會辦呢。聽完了便道：「媳婦一個弱女子，能辦得了甚麼事？就是辦得到的，也要公公說出個辦法來，媳婦纔可以照辦。」苟

諷之。是為詩經邶風新臺。

才向婆子丟個眼色，苟太太會意，走近少奶奶身邊，猝然把少奶奶捺住，苟才正對了少奶奶又跪下去。嚇得少奶奶要起身時，卻早被苟太太捺住了。況且苟太太也順勢跪下，兩隻手抱住了少奶奶雙膝。苟才卻摘下帽子，放在地下，然後鼕的鼕的碰了三個響頭。原來本朝制度，見了皇帝，是要免冠叩首的，所以在旗的仕宦人家，遇了元旦祭祖，也免冠叩首，以表敬意；除此之外，隨便對了甚麼人，也沒有行這個大禮的。所以當下少奶奶一見如此，自己又動彈不得，便顫聲道：「公公這是甚麼事？可不要折死兒媳啊！」苟才道：「我此刻明告訴了媳婦，望媳婦大發慈悲，救我一救！這件事，除了媳婦，沒有第二個可做的。」少奶奶急道：「你兩位老人家怎樣啊？哪怕要媳婦死，媳婦也去死，媳婦就遵命去死就是了！總得要起來好好的說啊。」苟才仍是跪著不動道：「這裡的大帥，前個月沒了個姨太太，心中十分不樂，常對人說，怎生再得一個佳人，方纔快活。我想媳婦生就的沉魚落雁之容，閉月羞花之貌，大帥見了，一定歡喜的。所以我前兩天託人對大帥說定，將媳婦送去給他做了姨太太，大帥已經答應下來。務乞媳婦屈節順從，這便是救我一家性命了。」少奶奶聽了這幾句話，猶如天雷擊頂一般，頭上轟的響了一聲，兩眼登時漆黑，身子冷了半截，四肢登時麻木起來。歇了半晌方定，不覺抽抽咽咽的哭起來。苟才還只在地下磕頭。少奶奶起先見兩老對他下跪，心中著實驚慌不安，及至聽了這話，倒不以為意了。苟才只管磕頭，少奶奶只管哭，猶如沒有看見一般。苟太太扶著少奶奶的雙膝，勸道：「媳婦不要傷心。求你看我死兒子的臉，委屈點救我們一家，便是我那死兒子在地底下，也感激你的大恩啊！」少奶奶聽到這裡，索性放聲大哭起來。一面哭，一面說：「天啊！我的命好苦啊！爸爸啊！你撇得我好苦啊！」苟才聽了，在地下又鼕的鼕的碰起頭來，雙眼垂淚道：「媳婦啊，這件事辦的原是我的不是，但是此刻已經說了上去，萬難挽回的了。無論怎樣，總求媳婦委屈點，將就下去。」

此時少奶奶哭訴之聲，早被門外的丫頭、老媽子聽見，推了推房門，是關著的，只得都伏在窗外偷聽。有個尋著窗縫往裡張的，看見少奶奶坐著，老爺、太太都跪著，不覺好笑，暗暗招手，叫別個來看。內中有個有年紀的老媽子，恐怕是鬧了甚麼事，便到後頭去請姨媽出來解勸。姨媽聽說，也莫名其妙，只得跟到前面來，叩了叩門道：「妹妹開門！甚麼事啊？」苟太太聽得是姨媽聲音，便起來開門。苟才也只得站了起來。少奶奶兀自哭個不止。姨媽跨進來便問道：「你們這是唱的甚麼戲啊？」苟太太一面仍關上門，一面請姨媽坐下，一面如此這般，這般如此的告訴了一遍。又道：「這都是天殺的在外頭幹下來的事，我一點也不曉得。我要是早點知道，哪裡肯由得他去幹！此刻事已如此，只有委屈我的媳婦就是了。」姨媽沉吟道：「這件事，怕不是我們做官人家所做的罷。」姨媽差矣，惟是做官人家纔做得出此等事也。苟才道：「我豈不知道！但是一時糊塗，已經做了出去，如果媳婦一定不答應，那就不好說了。大人先生的事情，豈可以和他取笑！答應了他，送不出人來，萬一他動了氣，說我拿他開心，做上司的要抓我們的錯處容易得狠，不難栽上一個罪名，拿來參了，那纔糟糕到底呢！」說著，嘆了一口氣。姨媽看見房門關著，便道：「你們真幹的好事！大白天的把個房門關上，好看呢！」苟太太聽說，便開了房門。當下四個人相對，默默無言。丫頭們便進來伺候，裝烟舀茶。少奶奶看見開了門，站起來只向姨媽告辭了一聲，便揚長的去了。苟太太對苟才道：「幹他不下來，這便怎樣？」苟才道：「還得請姨媽去勸勸他，他向來聽姨媽說話的。」說罷，向姨媽請了一個安道：旗人無長揖禮也。「諸事拜託了。」姨媽道：「你們幹得好事，卻要我去勸！這是各人的志向，如果他立志不肯，又怎樣呢？我可不耽這個干係。」苟才道：「這件事，他如果一定不肯，認真於我功名有礙的。還得姨媽費心。我此刻出去，還有別的事呢。」說罷，便叫預備轎子，一面又央及了姨媽幾句。姨媽只得答應了。苟才便出來上轎，吩咐到票號裡去。

且說這票號生意，專代人家匯劃銀錢及寄頓銀錢的。凡是這些票號，都是西幫❸所開。這裡頭的人最是勢利，只要你有二錢銀子存在他那裡，他見了你時，便老爺咧、大人咧，叫得應天響；你若是欠上他一釐銀子，他向你討起來，你沒得還他，看他那副面目，就是你反叫他老爺、大人，他也不理你呢。當時苟才雖說是撤了差，窮了，然而還有幾百兩銀子存在一家票號裡。這天前去，本是要和他別有商量的。票號裡的當手姓多，叫多祝三，見苟才到了，便親自迎了出來，讓到客座裡請坐。一面招呼烟茶，一面說：「大人好幾天沒請過來了，公事忙？」苟才道：「差也撤了，還忙甚麼！窮忙罷咧。」多祝三道：「這是哪裡的話！看你老人家的氣色，紅光滿面，還不怕馬上就有差使，不定還放缺呢！小號這裡總得求大人照應照應。」苟才道：「咱們不說閒話。我今日來要和你商量，借一萬兩銀子。利息呢，一分也罷，八釐也罷，左右我半年之內，就要還的。」多祝三道：「小號的錢，大人要用，只管拿去好了，還甚麼利不利！但是上前天纔把今年派著的外國賠款，墊解到上海，今天又承解了一筆京款，藩臺那邊的存款，又提了好些去，一時之間，恐怕調動不轉呢。」苟才道：「你是知道我的，向來不肯亂花錢。頭回存在寶號的幾萬，不是為這個功名，甚麼查辦不查辦，我也不至於盡情提了去，只剩得幾百零頭，今天也不必和你商量了。因為我的一個丫頭，要送給大帥做姨太太，由文巡廳解芬臣解大老爺做的媒人，一切都說妥了。你想給大帥的，與給別人的又自不同，咱們老實的話，我也望他進去之後，和我做一個

❸ 西幫：山西幫的簡稱。

內線，所以這一分妝奩，是萬不能不從豐的。我打算賠個二萬，無奈自己只有一萬，纔來和你商量。寶號既然不便，我到別處張羅就是了。」苟才說這番話時，祝三已拉長了耳朵去聽，聽完了，忙道：「不，因為這兩天，東家派了一個夥計來查帳。大人的明見，做晚的雖然在這裡當手，然而他是東家特派來的人，既在這裡，做晚的凡事不能不和他商量商量。他此刻出去了，等他回來，做晚的和他說一聲，先盡了我的道理，想來總可以辦得到的。辦到了，給大人送來。」苟才道：「那麼，行不行，你給我一個回信，好待我到別處去張羅。」祝三一連答應了無數的「是」字，苟才自上轎回去。

那多祝三送過苟才之後，也坐了轎子，飛忙到解芬臣公館裡來。原來那解芬臣自受了苟才所託之後，不過沒有機會進言，何嘗託甚麼小跟班。不過遇了他來討回信，順口把這句話搪塞他，也就順便詐他幾文用用罷了。在芬臣當日，不過詐得著最好，詐不著也就罷了。誰知苟才那廝，心急如焚，一詐就著。芬臣越發上緊，因為辦成了，可以撈他三千。又是小跟班扛的名氣，自己又還送了個交情，所以日夕在那裡體察動靜。那天他正到簽押房裡要回公事，纔揭起門帘，只見大帥拿一張紙片往桌子上一丟，重重的嘆了一口氣。芬臣回公事時，便偷眼去瞧那紙片，原來不是別的，正是那死了的五姨太太的照片兒。芬臣心中暗喜。回過了公事，仍舊垂手站立。大帥道：「還有甚麼事？」芬臣道：「苟道苟某人，他聽說五姨太太過了，狠代大帥傷心。因為大帥不叫外人知道，所以不敢說起。」大帥拿眼睛看了芬臣一眼道：「那也值得一回？」芬臣道：「苟道還說已經替大帥物色著一個人，因為未曾請示，不敢冒昧送進來。」大帥道：「這倒費他的心。但不知生得怎樣？」芬臣道：「倘不是絕色的，苟道未必在心。」這位大帥本是個色中餓鬼，上房裡的大丫頭，凡是稍為生得乾淨點的，他總有點不乾不淨的事幹下去，此刻聽得是個絕色，如何不歡喜？便道：「那麼你和他說，叫他送進來就是了。」芬臣應了兩個「是」字，退了出去，便給信與苟才。此時正在盤算那三千頭，可以穩到手了。正在出神之際，忽然家人報說票號裡的多老辦來了，芬臣便出去會他。先說了幾句照例的套話，祝三便說道：「聽說解老爺代大帥做了個好媒人。這媒人做得好，將來姨太太對了大帥的勁兒，媒人也要有好處的呢。我看謝媒的禮，少不了一個缺。應得先給解老爺道個喜。」說罷，連連作揖。芬臣聽了，吃了一驚。一面還禮不迭，一面暗想，這件事除了我和大帥及苟觀察之外，再沒有第四個人知道；我回這話時，並且旁邊的家人也沒有一個，他卻從何得知呢？因問道：「你在哪裡聽來的？好快的消息！」祝三道：「姨太太還是苟大人那邊的人呢，如何瞞得了我！」芬臣是個極機警的人，一聞此語，早已了然胸中。因說道：「我是媒人，尚且可望得缺，苟大人應該怎樣呢？你和苟大人道了喜沒有？」祝三道：「沒有呢。因為解老爺這邊順路，所以先到這邊來。」芬臣正色道：「苟大人這回只怕官運通了，前回的參案參他不動，此刻又遇了這麼個機會。那女子長得實在好，大帥一定得意的。」祝三聽了，敷衍了幾句，辭了出來，坐上轎子，飛也似的回到號裡，打了一張一萬兩的票子，親自送給苟才。正是：

奸刁市儈眼一孔，勢利人情紙半張。

未知祝三送了銀票與苟才之後，還有何事，且待下回再記。

人事之變，至此已極矣。抑吾聞之人言，如此之事，微獨見於苟才已也。社會亦有其人，且能舉其名，惜余忘之耳。若此人者，亦不必叩其名，即視之與苟才等，均謚之曰狗才可也。雖然，吾為世道憂，吾為倫常慟矣。

# 第八十九回　舌劍脣槍難回節烈　忿深怨絕頓改堅貞

南京地方遼闊，苟才接得芬臣的信，已是中午時候。在家裡胡鬧了半天，纔到票號裡去。多祝三再到芬臣處轉了一轉，又回號裡打票子，再趕到苟才公館，已是掌燈時候了。苟才回到家中，先向婆子問勸得怎樣了，苟太太搖搖頭，苟才道：「可對姨媽說，今天晚上起，請他把鋪蓋搬到那邊去。一則晚上勸勸他，二則要防到他有甚意外。」苟太太此時，自是千依百順，連忙請姨媽來，悄悄說知，姨媽自無不依之理。苟才正在安排一切，家人報說票號裡多先生來了，苟才連忙出來會他。祝三一見面，就連連作揖道：「耽誤了大人的事，十分抱歉。我們那夥計方纔回來，做晚的就忙著和他商量大人這邊的事。大人猜我們那夥計說甚麼來？」苟才道：「不過不肯信付我們這背時的人罷了。」祝三拍手道：「正是，大人猜著了也。做晚的倒狠狠兒給他埋怨一頓，說：『虧你是一號的當手，眼睛也沒生好，像苟大人那種主兒，咱們求他用錢，還怕苟大人不肯用！此刻苟大人親自賞光，你還要活活的把一個主兒推出去！就是現的墊空了，咱們哪裡調不動萬把銀子，還不趕著給苟大人送去』！大人，你老人家替我想想，做晚的不過小心點待他，倒反受了他的一陣埋怨，這不是冤枉嗎！做晚的並沒有絲毫不放心大人的意思，這是大人可以諒我的。下回如果大人駕到小號，見著了他，還得請大人代做晚的表白表白。」說罷，在懷裡掏出一個洋皮夾子，在裡面取出一張票子來，雙手遞與苟才道：「這是一萬兩，請大人先收了。如果再要用時，再由小號裡送過來。」苟才道：「這個我用不著，請你先拿了回去罷。」祝三吃了一驚道：「想大人已經向別家用了？」苟才道：「並不。」祝三道：「那麼還是請大人賞用了，左右誰家的都是一樣用。」苟才道：「我用這個錢，並不是今天一下子就要用一萬，是要來置備東西用的。三千一處也不定，二千一處也不定，就是幾百一處、幾十一處，都是論不定的。你給我這一張整票子，明天還是要到你那邊打散，何必多此一舉呢。」祝三道：「是，是，是，這是做晚的糊塗。請大人的示，要用多少一張的？或者開個橫單子下來，做晚的好去照辦。」以上一段文字，豈獨錢儈如是而已哉！人情世故大抵然矣。被作者一齊揭破，一座西洋鏡就此拆穿，亦一快事也。然而現狀怪矣。苟才道：「這個哪裡論得定。」祝三道：「這樣罷，做晚的回去，送一份三聯支票過來罷，大人要用多少支多少，這就便當了。」苟才道：「我起意是要這樣辦，你卻要推三阻四的，所以我就沒臉說下去了。」祝三道：「大人說這是哪裡話來！大人不怪小人錯，準定就照那麼辦，明天一早再送過來就是了。」苟才點頭答應，祝三便自去了。

苟才回到上房，恰好是開飯時候，卻不見姨媽。苟才問起時，纔知道在那邊陪少奶奶吃去了。原來少奶奶當日，本是夫妻同吃的，自從苟太太拆散他夫妻之後，便只有少奶奶一個人獨吃。那時候，已是早一頓、遲一頓的了，到後來大少爺死了，更是冷一頓、熱一頓，甚至有不能下箸的時候。少奶奶卻從來沒過半句怨言，甘之若素。卻從苟才起了不良之心之後，忽然改了觀，管廚房的老媽，每天還過來請示吃甚麼菜，少奶奶也不過如此。這天中上，鬧了事之後，少奶奶一直在房裡嚶嚶啜泣。姨媽坐在旁邊，勸了一天。等到開出飯來，丫頭過來請用飯。少奶奶說：「不吃了，收去罷。」姨媽道：「我在這裡陪少奶奶呢，快請過來用點。」少奶奶道：「我委實吃不下，姨媽請用罷。」姨媽一定不依，勸死勸活，纔勸得他用茶泡了一口飯，勉強嚥下去。飯後，姨媽又復百般勸慰。

今天一天，姨媽所勸的話，無非是埋怨苟才夫妻豈有此理的話，絕不敢提到勸他依從的一句。直到晚飯之後，少奶奶的哭慢慢停住了，姨媽纔漸漸入起彀來，說道：「我們這個妹夫，實在是個糊塗蟲！娶了你這麼個賢德媳婦，在明白點的人，豈有不疼愛得和自己女兒一般的，卻在外頭去幹下這沒天理的事情來！虧他有臉，當面說得出！我那妹子呢，更不用說，平常甚麼規矩咧、禮節咧，一天到晚鬧不清楚，我看他向來沒有把好臉色給媳婦瞧一瞧；他男人要幹這沒天理的事情，他就幫著腔，也柔聲下氣起來了。」少奶奶道：「豈但柔聲下氣，今天不是姨媽來救我，幾乎把我活活的急死了！他兩老還雙雙的跪在地下呢，公公還摘下小帽，咯嘣咯嘣的碰頭。」姨媽聽了笑道：「只要你點一點頭，便是他的憲太太了，再多碰幾個，也受得他起。」少奶奶道：「姨媽不要取笑，這等事，豈是我們這等人家做出來的！」姨媽道：「啊唷，不要說起！越是官宦人家，規矩越嚴，內裡頭的笑話越多。我還是小時候聽說的，蘇州一家甚麼人家，上代也是甚麼狀元宰相，家裡秀才舉人幾幾乎數不過來。有一天，報到他家的大少爺點了探花了，家中自然歡喜熱鬧，開發報子賞錢，忙個不了。誰知這個當刻，家人又來報三少奶奶跟馬夫逃走了。你想，這不是做官人家的故事！直到前幾年，那位大少爺早就扶搖直上，做了軍機大臣了。那位三少奶奶年紀也大了，買了七、八個女兒，在山塘燈船上當老鴇，口口聲聲還說我是某家的少奶奶，軍機大臣某人是我的大伯爺。有個人在外面這樣胡鬧，他家裡做官的還是做官。如今晚兒的世界，是只能看外面，不能問底子的了。」少奶奶道：「這是看各人的志氣，不能拿人家來講的。」姨媽道：「天唷！天底下有幾個及得來我的少奶奶的！唷，老天爺也實在糊塗，越是好人，他越給他磨折得利害！像少奶奶這麼個人，長得又好，脾氣又好，規矩、禮法、女紅、活計，哪一樣輸給人家，真正是誰見誰愛，誰見誰疼的了；卻碰了我妹子那麼個糊塗蛋的婆婆，一年到晚，我看你受的那些委屈，我也不知陪你淌了多少眼淚。他們索性頑出這個把戲來了！少奶奶啊，方纔我替你打算過來，不知你這一輩子的人怎麼過呢！他們在外頭喪良心、沒天理的幹出這件事來，我聽說已經把你的小照送給制臺看過，又求了制臺身邊的人上去回過，制臺點了頭，並且交代早晚就要送進去的，這件事就算已經成功的了。少奶奶卻依著正大道理做事，不依從他，這個自是神人共敬的；但是你公公這一下子交不出人來，這個釘子怕不碰得他頭破血流！如今晚兒做官的，哪裡還講甚麼能耐，講甚麼才情；會拉攏、會花錢就是能耐，會巴結就是才情。你向來不來拉攏，不來巴結，倒也罷了；拉攏上了，巴結上了，卻叫他落一個空，曉得他動的是甚麼氣！不要說是差缺永遠沒望，說不定還要幹掉他的功名。他的功名幹掉了，是他的自作自受，極應該的。少奶奶啊，這可是苦了你了！他功名幹掉了，差使不能當了，人家是窮了，這裡沒面子再住了，少不得要回旗去。咱們是京旗，一到了京裡，離你的娘家更遠了。你婆婆的脾氣，是你知道的，不必再說了；到了那時候，說起來，公公好好的功名，全是給你幹掉的，你這一輩子的磨折，只怕到死還受不盡呢！」說著，便淌下淚來。少奶奶道：「關到名節上的事情，就是死也不怕，何況受點折磨。」姨媽道：「能死得去倒也罷了，只怕死不去呢！老實對你說，我到這裡陪你，就是要監守住你，防到你有三長兩短的意思。你想我手裡的幾千銀子，被他們用了，到此刻不曾還我，他委託我一點事情，我哪裡敢不盡心！你又從何死起？唉，總是運氣的緣故。你們這件事鬧翻了，他們窮了，又是終年的鬧饑荒，連我養老的幾吊棺材本，只怕從此拉倒了。這纔是『城門失火，殃及池魚』呢！」少奶奶聽了這些話，只是默默無言。姨媽又道：「我呢，大半輩子的人了，就是沒了這幾弔養老本錢，好在有他們養活著我。我死了下來，這幾根骨頭怕他們不替我收拾！」說到這裡，也淌下眼淚來。又道：「只是苦了少奶奶，年紀輕輕的，又沒生下一男半女，將來誰是可靠的？你看那小子（指小少爺也），已經長到十二歲了，一本中庸❶還沒念到一半，又頑皮又笨，哪裡像個有出息的樣子！將來還望他看顧嫂嫂？」說到這裡，少奶奶也抽抽咽咽的哭了。姨媽道：「少奶奶，這是你一輩子的事，你自己過細想想看。」當時夜色已深，大眾安排睡覺。一宵晚景休提。

且說次日，苟才起來，梳洗已畢，便到書房裡找出一個小小的文具箱，用鑰匙開了鎖，翻騰了許久，翻出一個小包、一個紙捲兒，拿到上房裡來。先把那小包遞給婆子道：「這一包東西，是我從前引見的時候，在京城裡同仁堂買的，你可交給姨媽，叫他吃晚飯時候，隨便酒裡茶裡弄些下去，叫他吃了。」說罷，又附耳悄悄的說了那功用。苟太太道：「怪道呢！怨不得一天到晚在外頭胡鬧，原來是備了這些東西。」苟才道：「你不要這麼大驚小怪，這回也算得著了正用。」說罷，又把那紙捲兒遞過去道：「這東西也交代姨媽，叫他放在一個容易看見的地方。左右姨媽能說能話，叫他隨機應變罷了。」苟太太接過紙捲，要打開看看，纔開了一開，便漲紅了臉，把東西一丟道：「老不要臉的！哪裡弄了這東西！」苟才道：「你哪裡知道！大凡官照、劄子、銀票等要緊東西裡頭，必要放了這個，作為鎮壓之用。凡我們做官的人，是個個備有這樣東西的。」苟太太也不多辯論，先把東西收下。覷個便，邀了姨媽過來，

❶ 中庸：書名，與大學、論語、孟子合稱「四書」。相傳為孔子的孫子子思所作。原為禮記中的一篇，南宋朱熹把它抽出來單獨成書，是舊時學童必讀的書。

和他細細說知，把東西交給他。姨媽一一領會。

這一天，苟才在外頭置備了二三千銀子的衣服首飾之類，作為妝奩。到得晚飯時，姨媽便躡手躡腳，把那小包子裡的混帳東西，放些在茶裡面。飯後仍和昨天一般，用一番說話去旁敲側擊。少奶奶自覺得神思昏昏，老早就睡下了。姨媽覷個便，悄悄的把那一個小紙捲兒，放在少奶奶的梳妝抽屜裡。這一夜少奶奶竟沒有好好的睡，翻來覆去，短嘆長吁，直到天亮，只覺得人神困倦。盥洗已畢，臨鏡理妝，猛然在梳妝抽屜裡看見一個紙捲兒，打開一看，只羞得滿臉通紅，連忙捲起來。草草梳妝已畢，終日納悶。姨媽又故意在旁邊說些今日打聽得制軍如何催逼，苟才如何焦急等說話，翻來覆去的說了又說。到了晚上，又如法泡製，給他點混帳東西吃下。自己又故意吃兩盅酒，借著點酒意，厚著臉面，說些不相干的話。又說：「這件事，我也望少奶奶到底不要依從。萬一依從了，我們要再見一面，就難上加難了。做了制臺的姨太太，只怕候補道的老太太還不及他的威風呢。何況我們窮親戚，要求見一面，自然難上加難了。」少奶奶只不做聲。如此一連四五天，苟才的妝奩也辦好了，芬臣也來催過兩次了。

姨媽看見這兩天少奶奶不言不語，似乎有點轉機了，便出來和苟太太說知，如此如此。苟太太告訴了苟才，苟才立刻和婆子兩個過來，也不再講甚麼規矩，也不避甚麼丫頭老媽，夫妻兩個直走到少奶奶房裡，雙雙跪下。嚇得少奶奶也只好陪著跪下，嘴裡說道：「公公婆婆快點請起，有話好說。」苟才雙眼垂淚道：「媳婦啊，這兩天裡頭，叫人家逼死我了！我託了人和制臺說成功了，制臺就要人，天天逼著那代我說的人。他交不出人，只得來逼我，這個是要活活逼死我的了！『救人一命，勝造七級浮屠』，望媳婦大發慈悲罷！」少奶奶到了此時，真是無可如何，只得說道：「公公婆婆且先請起，凡事都可以從長計議。」苟才夫婦方纔起來。姨媽便連忙來攙少奶奶起來，一同坐下。苟才先說道：「這件事本來是我錯在前頭，此刻悔也來不及了。古人說的，『一失足成千古恨，再回頭是百年身』。我也明知道對不住人，但是叫我也無法補救。」少奶奶道：「媳婦從小就知道婦人從一而終的大義，所以自從寡居以後，便立志守節終身。況且這個也無須立志的，做婦人的規矩，本是這樣，原是一件照例之事。卻不料變生意外。」說到這裡，不說了。苟才站起來，便請了一個安道：「只望媳婦順變達權，成全了我這件事，我苟氏生生世世，不忘大恩！」少奶奶掩面大哭道：「只是我的天唷！」說著便大放悲聲。姨媽連忙過來解勸，苟太太一面和他拍著背，一面說道：「少奶奶別哭，恐怕哭壞了身子啊。」少奶奶聽說，咬牙切齒的跺著腳道：「我此刻還是誰的少奶奶唷！」苟太太聽了，也自覺得無味，要待發作他兩句，無奈此時功名性命，都靠在他身上，只得忍氣吞聲，咽了一口氣下去。少奶奶哭夠多時，方纔住哭，望著姨媽道：「我恨的父母生我不是個男子，凡事自己作不動主，只得聽從人家擺佈。此刻我也沒有話說了，由得人家（親情已絕，無可稱謂，故但曰「人家」也。）拿我怎樣便怎樣就是了。但是我再到別家人家去，實在沒臉再認是某人之女了。我爸爸死了，不用說他；我媽呢，苦守了幾年，把我嫁了。我只有一個遺腹兄弟，常說長大起來，要靠親戚照應的，我這一去，就和死了一樣，我的娘家叫我交付給誰！我是死也張著眼兒的！」苟才站起來，把腰子一挺道：「都是我的！」

少奶奶也不答話，站起來往外就走，走到大少爺的神主前面，自己把頭上簪子拔了下來，把頭一顛，頭髮都散了，一彎腰坐在地下，放聲大哭起來。一面哭，一面訴。這一哭，直是哭得「一佛出世，二佛涅槃」❷。任憑姨媽、丫頭、老媽子苦苦相勸，如何勸得住，一口氣便哭了兩個時辰。哭得傷心過度了，忽然暈厥過去。嚇的眾人七手八腳，先把他抬到床上，掐人中，灌開水，灌薑湯，一泡子亂救，纔救了過來。一醒了，便一咕嚕爬起來坐著，叫聲：「姨媽，我此刻不傷心了。甚麼三貞九烈，都是哄人的說話。甚麼斷鼻割耳❸，都是古人的獃氣。唱一齣戲出來，也要聽戲的人懂得，那唱戲的纔有精神，有意思；戲臺下坐了一班又聾又瞎的，他還盡著在臺上拼命的唱，不是個獃子麼！叫他們預備香蠟，我要脫孝了。幾時叫我進去，叫他們快快回我！」苟才此時還在房外等候消息，聽了這話，連忙走近門口垂手道：「憲太太馬上就是憲太太，可發一笑。再將息兩天，等把哭的嗓子養好了，就好進去。」少奶奶道：「哼！只要燉得濃濃兒的燕窩，吃上兩頓就好了，還有工夫慢慢的將息！」苟太太在旁邊，便一疊連聲叫：「快揀燕窩！要揀得乾淨，落了一根小毛毛兒在裡頭，你們小心摳眼睛，拶指頭！」丫頭們答應去了。這裡姨媽招呼著，和少奶奶重新梳裹已畢，少奶奶到大少爺神主前，行過四跪八肅❹禮，便脫去素服，換上綢衣，獨自一個在那裡傻笑。千古傷心，是此一笑。

過得一天，苟才便託芬臣上去請示。誰知那制臺已是急得了不得，一聽見請示，便說是：「今天晚上抬了進來就完了，還請甚麼，示甚麼！」苟才得了信，這一天下午，便備了極豐盛的筵席，餞送憲太

---

❷ 一佛出世，二佛涅槃：是說死去活來。涅槃，梵語「寂滅」的意思，謂脫離一切煩惱，進入自由無礙的境界。僧人死，就叫「涅槃」。

❸ 斷鼻割耳：三國時夏侯令女嫁曹文叔，文叔死，令女斷髮割耳，以示守節。後來她叔父迫她再嫁，她便割掉自己的鼻子。

❹ 四跪八肅：四跪八拜。肅，揖拜。

太。先是苟才，次是苟太太和姨媽，捱次把盞。憲太太此時樂得開懷暢飲，以待新歡。等到筵席將散時，已將交二炮時候，苟才重新起來，把了一盞。憲太太接杯在手，往桌上一擱道：「從古用計，最利害的是美人計。你們要拿我去換差換缺，自然是一條妙計。但是你們知其一，不知其二，可知道古來禍水也是美人做的！我這回進去了，得了寵，哼，不是我說甚麼……」苟才連忙接著道：「總求憲太太栽培。」憲太太道：「看著罷咧！碰了我高興的時候，把這件事的始末，哭訴一遍，怕不斷送你們一輩子！」說著，拿苟才把的一盞酒，一吸而盡。苟才聽了這個話，猶如天雷擊頂一般，苟太太早已當地跪下。姨媽連忙道：「憲太太大人大量，斷不至於如此，何況這裡還答應招呼憲太太的令弟呢。」原來苟才也防到憲太太到了衙門時，貞烈之性復起，弄出事情來，所以後來把那一盞酒，重重的和了些那混帳東西在裡面。憲太太一口吸盡，慢慢的覺得心上有點與平日不同。勉強坐定了一回，雙眼一餳，說道：「酒也夠了，東西也吃飽了，用不著吃飯了。要我走，我就走罷！」說著站起來，站不穩，重又坐下。姨媽忙道：「可是醉了？」憲太太道：「不，打轎子罷。」苟才便喝叫轎子打進來。苟太太還兀自跪在地下呢，憲太太早登輿去了，所有妝奩也紛紛跟著轎子抬去。這一去，有分教：

宦海風濤驚起落，侯門顯赫任鋪張。

不知後事如何，且待下回再記。

京師諺有曰：「哄死人兒不償命。」（哄，騙也）非為狡詐欺騙之流言，非為油嘴滑舌之流言，為世界言也。上下五千年，縱橫九萬里，無非一哄局而已。立德立功立言，此哄人之言也。立德便如何，立功便如何，立言亦便如何；不立德如何，不立功如何，不立言又便如何，我仍不失為我也。自有此立德立功立言之說以哄之，遂令世人儘力拼命，以圖立德立功立言，此之謂哄死人不償命也。一旦被大智慧人洞澈之，恰成一笑耳。然非激刺之力至於絕地，不能洞澈。此一回少奶奶之洞澈，激刺之力為之也。豈獨此一少奶奶已哉，凡世上厭世之輩，即洞澈之輩，亦即受激刺最甚之輩，吾敢斷言也。然此哄局，終不能使人人洞澈也；使人人洞澈之，即從此無世界矣，此又可斷言者也。

恒見有人竭盡生平之力，欲圖一公益之事，惟看來看去，出死力者僅此數人，其餘莫不斂手作旁觀派。久之事仍未成，當局者已力盡聲嘶，旁觀者方加以竊笑，當局者乃忿極撒手，其勢如弓反弦絕，一發不可收拾。嗚呼，是豈當局者之罪哉。此一回少奶奶唱戲聽戲之喻，所以為千古傷心之語，而非尋常失節墮行者可引為口實者也。宣統己酉十月有所感記此。

# 第九十回　差池臭味郎舅成仇　巴結功深葭莩復合

苟才自從送了自己媳婦去做制臺姨太太之後，因為他臨行忽然有禍水出自美人之說，心中著實後悔，夫妻兩個，互相埋怨。從此便懷了鬼胎，恐怕媳婦認真做弄手腳，那時候真是「賠了夫人又折兵」了。一會兒又轉念，媳婦不是這等人，斷不至於如此。只要媳婦不說穿了，大帥一定歡喜的，那就或差或缺，必不落空。如此一想，心中又快活起來。

次日，解芬臣又來說，那小跟班祁福要那三千頭了。苟才本待要反悔，又恐怕內中多一個作梗的，只得打了三千票子，遞給芬臣。說道：「費心轉交過去，並求轉致前路，內中有甚消息，大帥還對勁不，隨時給我個信。」芬臣道：「這還有甚不對勁的！今天本是轅期，忽然止了轅。九點鐘時候，祁福到卑職那裡要這個，卑職問他，為甚麼事止的轅？祁福說：『並沒有甚麼事，我也不知道為甚止轅的。』卑職又問：『大帥此刻做甚麼？』祁福說：『在那裡看新姨太太梳頭呢。』大人的明見，想來就是為這件事止的轅了，還有不得意的麼！」苟才聽了，又是憂喜交集。

官場的事情，也真是有天沒日，只要賄賂通了，甚麼事都辦得到的。不出十天，苟才早奉委了籌防局、牙釐局❶兩個差使。苟才忙得又要謝委，又要拜客，又要到差，自以為從此一帆順風，扶搖直上的

❶ 牙釐局：管理釐捐的機構。清末，政府於水陸要隘分設卡局，抽取行商貨物稅，稱做「釐捐」或「釐金」。

了。卻又恰好遇了蘇州撫臺要參江寧藩臺的故事，苟才在旁邊倒得了個署缺。這件事是個甚麼原因？先要把蘇州撫臺的來歷表白了，再好敘下文。

這蘇州撫臺姓葉，號叫伯芬，本是赫赫侯門的一位郡馬❷。起先捐了個京職，在京裡住過幾年，學了一身的京油子氣。他有一位大舅爺，是個京堂❸，倒是一位嚴正君子，每日做事，必寫日記。那日記當中，提到他那位葉妹夫，便說他年輕而紈袴習氣太重，除應酬外，乃一無所長，又性根未定，喜怒無常云云。伯芬的為人，也就可想而知了。他在京裡住的厭煩了，大舅爺又不肯照應，他便忿忿出京，仗著一個部曹❹，要在外省謀差事。一位赫赫侯府郡馬，自然有人照應，委了他一個軍裝局的會辦。這軍裝局局面極闊，向來一個總辦，一個會辦，一個襄辦，還有兩個提調。總辦向來是道臺，便是會辦、襄辦也是個道臺，就連兩個提調都是府班的。他一個部曹，戴了個水晶頂子去當會辦，比著那紅藍色的頂子，未免相形見絀。何況這局裡的委員，藍頂子的也狠有兩個，有甚麼事聚會起來，如新年團拜之類，他總不免跼蹐不安，人家也就看他不起，那總辦更是當他小孩子一般看待。伯芬在局裡覺得難以自容，便收拾行李，請了個假，出門去了。

你道他往哪裡出來？原來他的大舅爺放了外國欽差，到外國去了，所以他也跟蹤而去。以為在京時你不肯照應我罷了，此刻萬里重洋的尋了去，雖然參贊、領事所不敢望，一個隨員總要安置我的。誰知

❷ 郡馬：清朝以親王女兒和碩格格為「郡主」，郡主的丈夫叫「郡馬」。

❸ 京堂：清朝對某些高級官員的稱呼。如都察院、通政司等長官。

❹ 部曹：朝廷六部的司官稱為「部曹」。

千辛萬苦尋到了外洋，訪到中國欽差衙門，投了帖子進去，裡面馬上傳出來請，伯芬便進去相見。欽差一見了他，行禮未完，便問道：「你來做甚麼？」伯芬道：「特地來給大哥請安。」欽差道：「哼，萬里重洋的，特地為了請安而來，頭一句就是撒謊。」伯芬道：「順便就在這裡伺候大哥，有甚麼差使，求賞一個。」欽差道：「虧你還是仕宦人家出身，怎麼連這一點節目都不懂得！這欽差的隨員，是在中國時逐名奏調的，等到了此地，還有前任移交下來的人員，應去應留，又須奏明在案，某人派某事，都要據實奏明的。你當是和中國督撫一般，可以隨時調劑私人的麼？」伯芬楞了半天，說不出話來。此時他帶來的行李，早已紛紛發到，家人上來請欽差的示，放在哪裡。欽差道：「我這衙門裡沒地方放，由他擱過一邊，回來等他找定了客店搬去。」伯芬聽說，更覺楞了。欽差道：「我這裡，一來地方小，住不下閒人；二來我定的例，早晚各處都要點名，早上點過名纔開大門，晚上也點過名纔關門，不許有半個閒人在衙門裡面。所以你這回來了，就是門房裡也住你不下，你可趕緊到外頭去找地方。你是見機的，就附了原船回去；要是不知起倒，當作在中國候差委一般候著，我可不理的。這裡澆裹又大，較之中國要頂到一百幾十倍，你自己打算便了。我這裡有公事，不能陪你，你去罷。」伯芬無奈，只得退了出來。便拿片子去拜衙門裡的各隨員，誰知各隨員都受了欽差嚴諭，不敢招呼，一個個都回出來說擋駕。伯芬此時急的要哭出來，又是悔，又是恨，又是惱，又是急，一時心中把酸鹹苦辣都湧了上來。到了此地，人生路不熟，又不懂話，正不知如何是好。幸得帶來的家人曾貴，和一個欽差大臣帶來的二手廚子認得，由曾貴去央了那二手廚子出來，代他主僕兩個找定了一所客店，纔把行李搬了過來住下。天天仍然到欽差衙門來求見，欽差只管不見他。到第三天去見時，那號房簡直不代他傳帖子了，說是：「遞了上去就碰釘子，還責罵我們，說為甚不打出去。姑老爺，你何苦害我們捱罵呢！」伯芬聽了，真是有苦無處訴。帶來的盤費，看看用盡了。恰好那坐來的船，又要開到中國了，伯芬發了急，便寫一封信給欽差，求他借盤纏回去。到了下午，欽差打發人送了回信來，卻是兩張三等艙的船票。

伯芬真是氣得漲破了肚皮，只得忍辱受了，附了船仍回中國，便去銷假，仍舊到他軍裝局的差。在老婆跟前，又不便把大舅子待自己的情形說出，更不敢露出忿恨之色，那心中卻把大舅爺恨的猶如不共戴天一般。又因為局裡眾人看不起他是個部曹；好得他家裡有的是錢，他老太爺做過兩任廣東知縣，狠刮了些廣東地皮回家，便向家裡搬這銀子出來，去捐了個候補道，加了個二品頂戴，入京引過見，從此他的頂子也紅了。人情勢利，大抵如此，局裡的人看見他頭上換了顏色，也就不敢看他不起了。伯芬卻是恨他大舅爺的心事，一天甚似一天，每每到睡不著覺時，便打算我有了個道班做底子，怎樣可以謀放缺，怎樣可以升官，幾年可以望到督撫，怎樣設法可以調入軍機，那時候大舅爺的辮子自然在我手裡，那時便可以如何報仇，如何雪恨了。每每如此胡思亂想，想到徹夜不寐。

他卻又一面廣交聲氣，凡是有個紅點子的人，他無有不交結的。一天正在局子裡閒坐，忽然家人送上一張帖子，說是趙大人來拜。原來這趙大人也是一個江南候補道，號叫嘯存，這回進京引見，得了內記名❺出來。從前在京時，和葉伯芬本來是相識的，這回出京，路過上海，（此處始點出上海，故為閃爍。）便來拜訪。伯芬見了片子，連忙叫請。兩人相見之下，照例寒暄幾句，說些契闊的話。在趙嘯存無非是照例應酬，在葉伯芬看見趙嘯存新得記名，便極力拉攏。等嘯存去後，便連忙叫人到聚豐園定了座位，一面坐了馬車

❺ 內記名：因保舉而由軍機處記名，此內記名比吏部外記名更容易得到升官補缺。

去回拜嘯存，當面約了明日聚豐園。及至回到局裡，又連忙備了帖子，開了知單送去，嘯存打了知字回來。

伯芬到了次日下午五點鐘時，便到聚豐園去等候。他所請的，雖不止趙嘯存一人，然而其餘的人都是與這書上無干的，所以我也沒工夫去記他的貴姓臺甫了。客齊之後，伯芬把酒入席。坐席既定，伯芬便說悶飲寡歡，不如叫兩個局來談談。同席的人，自然都應允，只有嘯存道：「兄弟是個過路客，又是前天纔到，意中實在無人。不啊，就請伯翁給我代一個罷。」伯芬一想，自己只有兩個人：一個是西薈芳陸蘅舫，一個是東棋盤街吳小紅。蘅舫是一向有了交情的，誓海盟山，已有白頭之約，「誓海盟山，已有白頭之約」，諸公聽者。並且蘅舫又親自到過伯芬公館，叩見過葉太太。葉太太雖是滿肚醋意，十分不高興，面子上卻還不十分露出來；倒是葉老太太十分要好，大約年老人歡喜打扮得好的，自己終年在公館裡，所見的無非丫頭老媽，忽然來了個花枝招展的，自是高興，因此和他十分親熱。這些閒話，表過不提。且說伯芬當時暗想，吳小紅到底是個么二，又只得十三歲，若薦給嘯存，恐怕他不高興。好在他是個過客，不多幾天就要走的，不如把蘅舫薦給他罷。想定了主意，便提筆寫了局票發出去。一會兒各人的局，陸續來了。陸蘅舫來到，伯芬指給嘯存。嘯存一見，十分賞識，讚不絕口。伯芬又使個眼色給蘅舫，叫他不要轉局，蘅舫是吃甚麼飯的人，自然會意。席散之後，嘯存定要到蘅舫處坐坐，伯芬只得奉陪。嘯存高興，又在那裡開起宴來。席中與伯芬十分投契，便商量要換帖。伯芬暗想，他是個新得記名的人，不久就可望得缺的；並且他這回的記名，是從制臺密保上來的，縱使一時不能得缺，他總是制臺的一個紅人，將來用他之處正多呢。想到這裡，自然無不樂從。互相問了年紀，等到席散，伯芬便連忙回到公館，將一分帖子寫好，次日一早，便差一個家人送到嘯存寓所。又另外備了一分請帖知單，請今天晚上在吳小紅處。不一會，嘯存在知單上打了「知」字回來。

且慢，葉伯芬他雖不肖，也還是一個軍裝局會辦，雖是純乎用錢買來的，卻叫名兒也還是個監司大員，何以頑到么二上去？這么二妓院人物，都是些三四等貨，局面尤其狹小，只有幾個店家的小夥計們去走動走動的，豈不是做書的人撒謊也撒得不像麼？不知非也！這吳小紅本是姊妹兩個，小紅居長，那小的叫吳小芳。小紅十一歲，小芳十歲的時候，便出來應局。有叫局的，他姊妹兩個總是一對兒同來，卻只算一個局錢，這名目叫做「小雙擋」。此時已經長到十六七歲了，卻都出落得秋瞳剪水、春黛啣山。小紅更是生得粉臉窩圓，朱唇櫻小。那時候東棋盤街有一座兩樓兩底的精巧房子。房子裡面，門扇窗格一律是西洋款式；房子外面，卻是短墻曲繞，芳草平鋪，還種了一棵枇杷樹，一棵七里香。小紅的娘，帶著兩個女兒，就租了那所房子，自開門戶。這是當時出名的叫做「小花園」。因為東西棋盤街都是么二妓女麕聚之所，眾人也誤認了他做么二，其實他與那一個妓院聚了四五十個妓女的么二妓院，有天淵之隔呢。不信，但問老於上海的人，總還有記得的。或問：何以此處要插此一段？應之曰：所以明其為信史也。問：何以要明為信史？曰：你去問葉伯芬。表過不提。

且說嘯存下午也把帖子送到伯芬那裡，到了晚上，便在吳小紅那裡暢敘了一宵。嘯存年長，做了盟兄，伯芬年少，做了盟弟，非常熱鬧。到了次日，嘯存又請在陸蘅舫處鬧了一天。這兩天鬧下來，大哥老弟，已是叫得十分親熱的了。加以旁邊的朋友，以賀喜為名，設席相請，於是又一連吃了十多天花酒。每有酒局，嘯存總是帶蘅舫，伯芬總是叫小紅。他兩個也是你叫我大伯娘，我叫你小嬸嬸的，其實陸蘅舫一身兼妯娌也。一笑。好不有趣。一連二十多天混下來，嘯存便和蘅舫落了交情，兩個十分要好。嘯存便打算要娶他，來和伯芬商量。伯芬和蘅舫雖曾訂約，卻沒有說定，此時聽得嘯存要娶，也就只好由他。況且官場中紛紛傳說，嘯存有放缺消息，便索性把醋意捐卻，幫著他辦事。一面託人和老鴇說定了身價，一面和嘯存租定公館。到了吉期那天，非但自己穿了花衣前去道喜，並且因為嘯存客居上海，沒有內眷，便叫自己那位郡主太太，奉了老太太，到趙公館裡去招呼一切。等新姨太太到來，不免逐一向眾客見禮。到得上房，便先向葉老太太和葉太太行禮。這一雙婆媳，因他是勾闌出身，嘴裡雖連說「不敢當，還禮，還禮」，卻並不曾還禮。閱者記著。忙了一天，成其好事。不多幾時，嘯存便帶了新姨太太晉省。得過記名的人，真是了不得，不上一年多，嘯存便奉旨放了上海道。伯芬應酬得更為忙碌。

可巧這個時候，他的大舅爺欽差任滿回華，路過上海。此時伯芬的主意，早已改換了。從前把大舅爺恨入骨髓，後來屢閱京報，見大舅爺雖在外洋欽差任上，內裡面卻是接二連三的升官，此時已升到侍郎了。伯芬心上一想，要想報仇是萬不能的了，不如還是借著他的勢子，升我的官。主意打定，等大舅爺到了上海之後，便天天到行轅裡伺候。大舅爺本來挈眷同行的，伯芬是郎舅至親，與別的官員不同，上房咧，簽押房咧，他都可以任意穿插。又先把自己太太送到行轅裡去，兄妹相見，自有一番友于之誼。伯芬又設法先把一位舅嫂巴結上了，沒事的時候，便衣到上房，他便拿出手段去伺候，比自己伺候老太太還殷勤，茶咧，烟咧，一天要送過十多次。舅太太是個婦道人家，懂得甚麼，便口口聲聲總說姑老爺是個獨一無二的好人。他在外面巴結大舅爺呢，卻又另外一副手段。見了大舅爺，不是請教些政治學問，便是請教些文章學問。大舅爺寫字是寫魏碑的，他寫起字來，也往魏碑一路摹仿。大舅爺歡喜做詩，近體歡喜學老杜，古體歡喜學晉魏六朝；他大舅爺偶然把自己詩藁給他看，他便和了兩首律詩，專摹少陵，又和了兩首古風，專仿晉魏。大舅爺能畫畫，花卉、翎毛、山水，樣樣都來；他雖不懂畫，卻去買了兩部畫徵錄來。畫徵錄要兩部者，一部是國朝畫徵錄也。連夜去看，及至大舅爺和他談及畫理，他也略能回報一二。因此也騙動了大舅爺，說他與前大不相同了。

他得了大舅爺這點顏色，便又另外生出一番議論來，做一個不巴結之巴結，不要求之要求。他說：「做小兄弟的，這幾年來每每想到少年時候的行徑，便深自怨艾，趕忙要學好，已經覺得來不及了，只好求點實學，以贖前愆。軍裝局總辦某道，化學狠精通的，兄弟天天跟他學點；上海道趙道，政治一道狠有把握，兄弟也時時前去討教的。細想起來，我們世受國恩的，若不及早出來報效國家，便是自暴自棄。大哥這回進京復命，好歹要求大哥代兄弟圖個出身。做小兄弟的並不是要干求躁進，其實我們先人受恩深重，做子孫的若不圖個出身報效，非但無以對皇上，亦且無以對先人。此時年力正壯，若不及早出來，等將來老大徒傷，縱使出身，也怕精力有限，非但不能圖報微末，而且還怕隕越貽羞了。」那位大舅爺的老子，便是伯芬的丈人，是一生講究理學的。大舅爺雖沒有老子講的利害，卻也是岸然道貌的。伯芬真會揣摩，他說這一番話時，每說到甚麼世受國恩咧、復命咧、先人咧、皇上咧這些話，必定垂了手，挺著腰，站起來纔說的。起先一下子，大舅爺還不覺得，到後來覺著了，他站起來說，大舅爺也只得站起來聽了。只他這一番言語舉動，便把個大舅爺騙得心花怒放，說「士三日不見，當刮目相待」這句話，古人真是說得不錯。這也是葉伯芬升官的運到了，所以一個極精明、極細心、極燎亮的大舅爺，被他一騙即上。正是：

世上如今無直道，祇須狐媚善逢迎。

不知葉伯芬到底如何升官，且待下回再記。

# 第九十一回 老夫人舌端調反目 趙師母手版誤呈詞

葉伯芬自從巴結上大舅爺之後，京裡便多了個照應，禁得他又百般打點，逢人巴結，慢慢的也就起了紅點子了。此時軍裝局的總辦因事撤了差，上峰便以「以資熟手」為名，把他委了總辦。嘯存任滿之後，便陳臬開藩，連升上去。幾年功夫，伯芬也居然放了海關道。恰好同一日的上諭，趙嘯存由福建藩司坐升了福建巡撫。伯芬一面寫了稟帖去賀任，順便繳還憲帖，另外備了一分門生帖子，夾在裡面寄去，算是拜門。這是官場習氣，向來如此，不必提他。

且說趙嘯存出仕以來，一向未曾帶得家眷，只有那年在上海娶陸蘅舫，一向帶在任上。升了福建撫臺，不多幾時，便接著家中電報，知道太太死了。嘯存因為上了年紀，也不思續娶，蘅舫一向得寵，就把他扶正了，作為太太。從此陸蘅舫便居然夫人了。

又過得幾時，江西巡撫被京裡都老爺參了一本，降了四品京堂，奉旨把福建巡撫調了江西。嘯存交卸過後，便帶了夫人，乘坐海船到了上海，以便取道江西。上海官場早得了電報，預備了行轅。嘯存到時，自然是印委各員都去迎接，等憲駕❶到了行轅之後，又紛紛去稟安、稟見。嘯存撫軍傳令一概擋駕，單請道臺相見。伯芬整整衣冠，便跟著巡捕進內。行禮已畢，嘯存先說道：「老弟，我們是至好朋友，

❶ 憲駕：舊時對上級長官的尊稱。

你又何必客氣，一定學那俗套，繳起帖來，還要加上一副門生帖子，叫我怎麼敢當！一向想寄過來恭繳，因為路遠不便，然則寄去者，何以不嫌路遠？此刻我親自來了，明日找了出來，再親自面繳罷。」伯芬道：「承師帥不棄，收在門下，職道感激的了不得！師帥客氣，職道不敢當！」嘯存道：「這兩年上海的交涉，還好辦麼？」伯芬道：「涉及外國人的事，總有點齪瑣，但求師帥教訓。」伯芬的話還未說完，嘯存已是舉茶送客了。伯芬站起來，嘯存送至廊簷底下，又說道：「一兩天裡，內人要過來給老太太請安。」伯芬連忙回道：「職道母親不敢當。師母駕到，職道例當掃逕恭迎。」說罷，便辭了出來，上了綠呢大轎，鳴鑼開道，逕回衙門。

一直走到上房，便叫他太太預備著，一兩天裡頭，師母要來呢。那位郡主太太便問甚麼師母，伯芬道：「就是趙師帥的夫人。」太太道：「他夫人不早就說不在了，記得我們還送奠禮的，以後又沒有聽見他續娶，此刻又哪裡來的夫人？」伯芬道：「他雖然沒有續娶，卻把那年討的一位姨太太扶正了。」夫人道：「是哪一年討的哪一位姨太太？」伯芬笑道：「夫人還去吃喜酒的，怎麼忘了？」太太道：「你叫他師母？」伯芬道：「拜了師帥的門，自然應該叫他師母。」太太道：「我呢？」伯芬笑道：「夫人又來了！你我還有甚分別？」太太道：「幾時來？」伯芬道：「方纔師帥交代的，說一兩天就來，說不定明天就來的。」太太回頭對一個老媽子道：「周媽，你到外頭去，叫他們趕緊到外頭去打聽，今天可有天津船開？有啊，就定一個大菜間；沒有呢，就叫他打聽今天長江是甚麼船，也定一個大菜間，是到漢口去的。」周媽答應著要走，伯芬覺得詫異道：「周媽，且慢著。夫人你這是甚麼意思？」那位郡主夫人臉罩重霜的說道：「有天津船啊，我進京看我哥哥去；不啊，我就走長江回娘家。你來管我！」伯芬心中恍然大悟，便說道：「夫人，這個又何必認真，糊裡糊塗應酬他一次就完了。」夫人道：「『完了，完了！』我進了你葉家的門，一點光也沒有沾著，希罕過你的兩軸誥命！這東西我家多的拿竹箱子裝著，一箱一箱的喂蠹魚，你自看得希罕！我看的拿錢買來的東西，不是香貨！我們家的，不是男子們一榜兩榜博到的，就是丈夫們一刀一槍掙來的，我從小兒就看到大，希罕了你這點東西！開口夫人，閉口夫人，卻叫我拜臭婊子做師母！甚麼趙小子長得那個村樣兒，字也不多認得一個，居然也撫臺了！叫他到我們家去舀夜壺，看用得著他不！居然也不要臉，受人家的門生帖子！也有那一種不長進的下流東西，去拜他的門！周媽，快去交代來！我年紀雖然不大，也上三四十歲了，不能再當婊子，用不著認婊子作師母！」伯芬道：「夫人你且息怒，須知道做此官，行此禮。況且現在的官場，在外頭總要融和一點，纔處得下去。如果處處認真，處處要擺身分，只怕寸步也難行呢。」太太道：「我擺甚麼身分來！你不要看得我是擺身分，我不是擺身分的人家出身。我老人家帶了多少年兵，頂子一直是紅的，在營裡頭哪一天不是與士卒同甘苦！我當兒女的，敢擺身分嗎？」伯芬道：「那麼就請夫人通融點罷，何苦呢！」夫人道：「你叫我和誰通融？我代你當了多少年家，調和裡外，體恤下情，哪一樣不通融來？」伯芬道：「一向多承夫人賢慧……」說到這裡，底下還沒說出來，夫人把嘴一披道：「免恭維罷！少糟蹋點就夠了！」伯芬道：「我又何敢糟蹋夫人？」夫人道：「不糟蹋，你叫我認婊子做師母？」伯芬道：「唉，不是這樣說。我不在場上做官呢，要怎樣就怎樣；既然出來做到官，就不能依著自己性子了，要應酬的地方，萬不能不應酬。我再說破一句直捷痛快的話，簡直叫做要巴結的地方，萬不能不巴結！你想我從前出洋去的時候，大哥把我糟蹋得何等利害，鬧的幾幾乎回不得中國，到末了給我一張三等船票，叫我回來。這算叫他糟蹋得夠了罷！論理，這種大舅子，一輩子不見他也罷了。這些事情，我一向並不敢向夫人提起，就是知道夫人脾氣大，恐怕傷了兄妹之情。今天不談起來，我還是悶在肚裡。後來等到大哥從外洋回來，你看我何等巴結他，如果不是這樣，哪裡……」這句話還沒說完，太太把桌子一拍道：「嚇！這是甚麼話！你今天怕是犯了瘋病了！怎麼拿婊子比起我哥哥來！再不口穩些，也不該說這麼一句話！你這不是要糟蹋我娘家全家麼！我娘家沒人在這裡，我和你見老太太去，評評這個理看，我哥哥可是和婊子打比較的？」

伯芬還沒有答話，丫頭來報道：「老太太來了。」夫妻兩個連忙起身相迎。原來他夫妻兩個鬥嘴，有人通報了老太太，所以老太太來了。好個葉太太，到底是詩禮人家出身，知道規矩禮法，和丈夫拌嘴時，雖鬧著說要去見老太太評理，等到老太太來了，他卻把一天怒氣一齊收拾起來，不知放到哪裡去了，現出一臉的和顏悅色來，送茶裝烟。伯芬見他夫人如此，（只會學樣。好笑。）也便斂起那悻悻之色。老太太道：「他們告訴我，說你們在這裡吵嘴，嚇得我忙著出來看，誰知原是好好兒的，是他們騙我。」伯芬心中定了主意，要趁老太太在這裡把這件事商量妥當，省得被老婆橫亙在當中，弄出笑話。因說道：「兒子正在這裡和媳婦吵嘴呢。」老太太道：「好好的吵甚麼來！你好好的告訴了我，我給你們判斷是非曲直。」伯芬便把上文所敘他夫妻兩個吵鬧的話，一字不漏的述了一遍。老太太坐在當中，兩手柱著枴杖，側著腦袋，細細的聽了一遍。嘆了一口氣，對太太道：「唉，媳婦啊！你是個金枝玉葉的貴小姐，嫁了我們這麼個人家，自然是委屈你了！」太太嚇得連忙站起來道：「老太太言重了。媳婦雖不敢說知書識禮，然而『嫁雞隨雞，嫁狗隨狗』這句俗話，是從小兒聽到大的，哪裡有甚麼叫做委屈！」說罷，連忙跪下。（好葉太太，全書僅見。然而說話卻妙，蓋隱然罵伯芬是雞狗也。老太太連忙扶他起來道：「媳婦，你且坐下，聽我細說。這件事，氣呢，原怪不得你氣，就是我也要生氣的。然而要顧全大局呢，也有個無可奈何的時候。到了無可奈何的時候，就不能不自己開解自己。我此刻把最高的一個開解，說給你聽：我一生最信服的是佛門。我佛說：『一切眾生，皆是平等。』我們便有人畜之分，到了我佛慧眼裡頭，無論是人，是雞，是狗，是龜，是魚，是蛇蟲鼠蟻，是蝨子虼蚤，總是一律平等。既然是平等，哪怕他認真是鱉是龜，我佛都看得是平等，我們就何妨也看得平等呢，何況還是個人。這是從佛法上說起的，怕你們不信服。你兩口子都是做官人家出身，應該信服皇上。你們可知道皇上眼裡，看得一切百姓，都是一樣的麼？那做官的人，不過皇上因為他能辦事，或者立過功，所以給他功名，賞他俸祿罷了；如果他不能立功，不能辦事，還不同平常百姓一樣麼。你不要看著外面的威風勢力是兩樣的，其實骨子裡頭，一樣的是皇上家的百姓，並不曾說做官的有個官種，做平常百姓的有個平常百姓種，這就不應該誰看不起誰。譬如人家生了幾個兒子，做父母的總有點偏心，或者疼這個，或者疼那個，然而他們的兄弟還是兄弟。難道那父母疼的就可以看不起那父母不疼的麼？這是從人道上說起的。然而你們處處稱「你們」，不稱「媳婦」，是兼教兒子口吻。老太太亦善於調和處事。心中總不免有個貴賤之分，我索性和你們開解到底。媳婦啊！你不要說我袒護兒子，我這是平情酌理的說話，如果說得不對，你只管駁我，並不是我說的話都合道理的。陸蘅舫呢，不錯，他是個婊子出身。然而伯芬並不是在妓院裡拜他做師母的，亦並不是做趙家姨太太的時候拜他做師母的，甚至趙嘯存升了撫臺，這邊壁帖拜門，那時還有個真正師母在頭上；直等到真正師母死了，嘯存把他扶正了，他纔是師母。須知這個師母不是你們拜認的，是他的運氣好，恰恰碰上的。何況堂堂封疆，也認了他做老婆，非但主中饋，主蘋蘩❷，居然和他請了誥命，做了朝廷命婦。你想皇上家的誥命都給了他，還有甚門生、師母的一句空話呢？媳婦，你懂得『嫁雞隨雞，嫁狗隨狗』，須知他此刻是『嫁龍隨龍，嫁虎隨虎』了。暫時位分所在，要顧全大局，我請媳婦你委屈一回罷。」太太起先聽到不是在妓院拜師母的一番議論，已經侷促不安，聽得老太太說完了，越覺得臉紅耳熱，連忙跪下道：「老太太息怒。這都是媳婦一時偏執，惹出老太太氣來。」老太太連忙攙起來道：「唉，我怒甚麼？氣甚麼？你太多禮了。你只說我的話錯不錯？」太太道：「老太太教訓的是。」老太太道：「伯芬呢，也有不是之處。」伯芬聽見老太太派他不是，連忙站了起來。老太太道：「我親家是何等人家！你大舅爺是何等身分！你卻輕嘴薄舌，拿婊子和大舅爺打起比較來！」說著，掄起拐杖，往伯芬腿上就打。（此一打，所以平媳婦之氣也。老太太真善於作用。）伯芬見老太太動氣，正要跪下領責，誰知太太早飛步上前，一手接住拐杖，跪下道：「老太太息怒。他，他，他這話是分兩段說的，並沒有打甚麼比較。是媳婦不合，使性冤他的。老太太要打，把媳婦打幾下罷。」老太太道：「唉，你真正太多禮了！我攙你不動了，伯芬，快來代我攙你媳婦起來。」伯芬便叫丫頭們快攙太太起來。老太太拿拐杖在地下一拄道：「我要你攙！」（打渾得妙。老太太真是大慈大悲觀世音菩薩。）伯芬便要走過來攙，嚇得太太連忙站了起來，往後退了幾步。老太太呵呵大笑道：「你們的一場惡鬧，給我一席話弄得瓦解冰銷。我的嘴也說乾了，你們且慢忙著請師母，先弄一盅酒，替我解解渴罷。」伯芬看著太太陪笑道：「兒子當得孝敬。」太太也看著伯芬陪笑道：「媳婦當得伺候。」（都笑了，妙，妙！作者嘗與人言，寫此段畢，曾狂浮大白。吾願讀者讀此段畢，亦浮一大白。）老太太便拄了拐杖，扶了丫頭，由伯芬夫妻送回上頭去了。自有老太太這一番調和，纔把事情弄妥了。

❷ 主蘋蘩：詩經召南有采蘋、采蘩二篇，據傳是為讚美貴夫人主持祭祀而作。後來就以主蘋蘩指代主持家政。

過了一天，嘯存打發人來知會，說明日我們太太過來，給老太太請安。伯芬便叫人把閤衙門裡裡外外，一齊張燈掛綵。飭下廚房，備了上等滿漢酒席。又打發人去探聽明天師母進城的路由，回報說是進小東門，直到道署。伯芬便傳了保甲東局委員來，交代明天贑撫憲太太到我這裡來，從小東門起到這裡，沿道要派人伺候，局勇一律換上鮮明號衣；又傳了本轅督帶親兵的哨弁來，交代明日各親兵一個不准告假，在轅門裡面站隊伺候；又調了滬軍營兩哨勇，在轅門外站隊。一切都預備妥當。

到了這天，誥封夫人、晉封一品夫人、趙憲太太陸夫人，忽然特標全銜，祝壽耶？弔挽耶？一笑。在天妃宮行轅坐了綠呢大轎登程。前頭頂馬，後頭跟馬。轎前高高的一頂日照❸，十六名江西巡撫部院的親兵，轎旁四名戴頂拖貂佩刀的戈什，簇著過了天妃宮橋，由大馬路出黃浦灘，較之跑馬車兜圈子時如何？迤邐到十六鋪外灘。轉彎進了小東門，便看見沿路都是些巡防局勇丁，往來巡梭。這一天城裡的街道，居然也打掃乾淨了，只怕從有上海城以來，也不曾有過這個乾淨的勁兒。

走不多時，忽見前面一排兵勇扛著大旗，在那裡站隊。有一個穿了灰布缺襟袍，天青羽紗馬褂，頭戴水晶頂，拖著藍翎，腳穿抓地虎快靴的，手裡捧著手版。憲太太的轎離著他還有二三丈路，那個人便跪下，對著憲太太的轎子，吱啊，咕啊，咕啊，吱啊的，不知他說些甚麼東西，憲太太一聲也不懂他的。肚子裡還想道：「格格人朝仔倪癡形怪狀格做啥介？」忽然夾一句蘇州話，豈藉以傳耶。然已發人一笑矣。想猶未了，又聽得一聲怪叫，那路旁站的兵隊便都一齊屈了一條腿，作請安式蹲下。一路都是如此。過了旗隊，便是刀叉隊、長矛隊、洋槍隊。忽見路旁又是一個人，手裡捧著手版跪著，說些甚麼，憲太太心中十分納悶。吳儂諺曰：俏眉眼做把瞎子看。此之

❸ 日照：儀仗中的頂傘。

謂也。過去之後，還是旗隊、刀叉隊、洋槍隊。抬頭一看，已到轅門，又是一個捧著手版的東西，跪在那裡吱咕。憲太太忽然想道：「這些人手裡都拿著稟帖，莫非是要攔輿告狀的？看見我護衛人多，不敢過來。」越想越像，要待喝令停轎收他狀子，無奈轎子已經抬過了。耳邊忽又聽得轟轟轟三聲大炮，接著一陣鼓吹，又聽得一聲「門生葉某恭迎師母大駕」，憲太太猛然一驚，轉眼一望，原來已經到了宜門各衙門避今上御名，多改作「宜」門。今從之。外面。

葉伯芬身穿蟒袍補褂，頭戴紅頂花翎，在宜門外垂手站立。等轎子走近，便一手搭在轎槓上，扶著轎槓往裡去，一直抬上大堂，穿過暖閣，進了麒麟門，到二堂下轎。葉老太太、葉太太早已穿了披風紅裙，迎到二堂上，讓到上房。憲太太向老太太行禮，老太太連忙回禮不迭。禮畢之後，又對葉太太福了一福。葉太太卻要拜見師母，叫人另鋪拜氈，請師母上坐。憲太太連說「不敢當」，曾幾何時，施於人者，復受於人矣。白雲蒼狗，滄海桑田，可勝嘆哉！葉太太已經拜了下去。憲太太嘴裡連說「不敢當，不敢當，還禮，還禮」，卻並不曾還禮。三句話一說，葉太太已拜罷起身了。然後葉伯芬進來叩見師母，居然也是一跪三叩首，憲太太卻還了個半禮。回憶盟山誓海、相約白頭時，不知何以為情。伯芬退了出去。這裡是老太太讓坐，太太送茶，分賓主坐定，無非說幾句寒暄客套的話。略坐了一會，老太太便請升珠❹，請寬衣，擺上點心用過。憲太太又談談福建的景緻，又說這上房收拾得比我們住的時候好了。七拉八扯，談了半天，就擺上酒席。老太太定席，請憲太太當中坐下，姑媳兩人，一面一個相陪。憲太太從前給人家代酒代慣的，著名洪量，便一杯一杯吃起來。葉伯芬具了衣冠，來上過一道魚翅，一道燕窩。停了一會，又親來上燒烤。憲太太倒也站了起來，說道：「耐太客氣哉！」原

❹ 升珠：取下朝珠。猶如將「脫帽」說做「升冠」一樣，取其吉利之意。

來憲太太出身是蘇州人，一向說的是蘇州話，及至嫁與趙嘯存，又是浙東出乾菜地方的人氏，所以家庭之中，憲太太仍是說蘇州話；嘯存自說家鄉話，彼此可以相通的。因此憲太太一向不會說官話，隨任幾年，有時官眷往來，勉強說幾句，還要帶著一大半蘇州土話呢。就是此次和老太太們說官話，也是不三不四，詞不能達意的。至於葉伯芬能打兩句強蘇白，是久在憲太太洞鑒之中的，所以衝口而出，就說了一句蘇州話。伯芬未及回答，憲太太又道：「劃一（「劃一」，吳諺有此語，惟揣其語意，當非此二字。近人著海上花列傳作此二字，姑從之。）今早奴進城格辰光，倒說有兩三起攔輿喊冤格呀！」伯芬吃了一驚道：「來浪啥場化？」憲太太道：「就來浪路浪向噲。問倪啥場化，倪是弗認得格噲。」伯芬道：「師母阿曾收俚格呈子？」憲太太道：「是打算收俚格，轎子跑得快弗過咯，來弗及哉。」伯芬道：「是格啥底樣格人？」憲太太道：「好笑得勢！俚告到狀子哉，還要箭衣方馬褂，還戴起仔紅纓帽子。」伯芬恍然大悟道：「格個弗是告狀格，是營裡格哨官來浪接師母，跪來浪唱名，是俚篤格規矩。」憲太太聽了，方纔明白。

如此一趟應酬，把江西巡撫打發過去。葉伯芬的曳尾泥塗❺，大都如此，這回事情，不過略表一二。

正是：

泥塗便是終南徑❻，幾輩憑渠達帝閽。

---

❺ 曳尾泥塗：龜寧願活著拖著尾巴在泥塗裡爬，本意是安於貧賤而過自由自在的生活，但這裡喻指卑鄙骯髒的行徑。語出莊子秋水：「吾聞楚有神龜，死已三千歲矣，王巾笥而藏之廟堂之上。此龜者，寧其死為留骨而貴乎？寧其生而曳尾於塗中乎？」

不知葉伯芬後來怎樣做了撫臺，為何要參藩臺，且待下回再記。

一部怪現狀之中，忽然插入葉伯芬之母之妻，恰如陰霾毒霧中，忽現祥雲瑞靄，格外眩目。以葉伯芬之下流混帳，而有此賢母賢妻，又如蠻嶂中得挹醴泉，荊棘中忽茁芝草，令人驚為見所未見。

❻ 終南徑：唐盧藏用舉進士，欲做官，卻先隱居終南山，因終南山離京師很近，其隱居名聲很容易傳入宮廷，果然皇帝以高士徵召，累居要職。後來用「終南徑」比喻謀求官職或名利的捷徑。

# 第九十二回　謀保全擬參僚屬　巧運動趕出冤家

如今晚兒的官場，只要會逢迎，會巴結，沒有不紅的。你想像葉伯芬那種卑汙苟賤的行逕，上司焉有不喜歡他的道理？上司喜歡了，便是升官的捷徑。從此不到五六年，便陳臬開藩，扶搖直上，一直升到蘇州撫臺。因為老太太信佛念經，伯芬也跟著拿一部金剛經朝夕唪誦。此時他那位大舅爺早已死了，沒了京裡的照應，做官本就難點；加之他誦經成了功課，一天到晚躲在上房念經，公事自然廢棄了許多，會客的時候也極少，因此外頭名聲也就差了。慢慢的傳到京裡去，有幾個江蘇京官，便商量要參他一本。因未曾得著實據，未曾動手，各各寫了家信回家，要查他的實在劣跡。恰好伯芬妻黨還有幾個在京供職的，得了這個風聲，連忙打個電報給他，叫他小心準備。伯芬得了這個信息，心中十分納悶，思量要怎樣一個辦法，方可挽回。意思要專摺嚴參幾個屬員，貌為風厲，或可以息了這件事。無奈看看蘇州合城文武印委各員，不是有奧援的，便是平日政績超著的；在黑路裡的各候補人員，便再多參幾個也不中用；至於外府州縣，自己又沒有那麼長的耳目去覷他的破綻。正在不得主意，忽然巡捕拿了手本上來，回說時某人稟見，說有公事面回，伯芬連忙叫請。

原來這姓時的，號叫肖臣，原是軍裝局的一個司事，當日只賺得六兩銀子薪水一月。那時候伯芬正當總辦，不知怎樣看上了他，便竭力栽培他，把他調到帳房裡做總管帳。因此，時肖臣便大得其法起來，捐了個知縣，照例引見，指省江蘇，分寧候補。恰好那時候伯芬放了江海關道，肖臣由南京來賀任，伯芬便重重的託他，在南京做個坐探，所有南京官場一舉一動，隨時報知。肖臣是受恩深重的人，自然竭力報效。從此時肖臣便是伯芬的坐探。也是事有湊巧，伯芬官階的升轉，總不出江蘇、江西、安徽三省，處處都用得著南京消息的，所以時肖臣便代他當了若干年的坐探。此次專到蘇州來，卻是為了他自己的私事。凡上衙門的規矩，是一定要求見的，無論為了甚麼事，都說是有公事面回的。這時肖臣是伯芬的私人，所以見了手版就叫請。

巡捕去領了肖臣進來，行禮已畢，伯芬便問道：「你近來差事還好麼？」肖臣道：「大帥明見。卑職自從交卸揚州釐局下來，已經六個月了，此刻還是賦閒著，所以特為到這邊來給大帥請安；二則求大帥賞封信給江寧惠藩臺，吹噓吹噓，希冀望個署缺。」伯芬道：「署缺？那邊的吏治近來怎樣了？」肖臣道：「吏治不過如此罷了。近來賄賂之風極盛，無論差缺，非打點不得到手。」伯芬道：「那麼你也去打點打點就行了，還要我的信做甚麼。」肖臣道：「大帥栽培的，較之鬼鬼祟祟弄來的，那就差到天上地下了。」伯芬心中忽然有所觸，因說道：「你說差缺都要打點，這件事，可抓得住憑據麼？」肖臣道：「卑職動身來的那兩天，一個姓張的署了山陽縣，掛出牌來，合省譁然。無人不知那姓張的，是去年在保甲局內得了記大過三次、停委兩年處分的，此時纔過了一年，忽然得了缺，這裡頭的毛病，就不必細問了。有人說是化了三千得的，有人說是化了五千得的。卑職以為事不干己，也沒有去細查。」伯芬道：「要細查起來，你可以查得著麼？」肖臣道：「要認真查起來，總可以查得著。」伯芬道：「那麼寫信的事且慢著談，你的差缺，我另外給你留心。你趕緊回去，把他那賣差賣缺的實據，查幾件來。

這件事，第一要機密，第二要神速。你去罷。」說罷，照例端茶送客。肖臣道：「那麼卑職就動身，不再過來稟辭了。」伯芬點點頭。肖臣辭了出來，趕忙趕回南京去，四面八方的打聽，卻被他打聽了十來起，某人署某缺，費用若干，某人得某差，費用若干，開了一張單，寫了稟函，寄給伯芬。

伯芬得了這個，便詳詳細細寫了一封信給南京制臺，臚陳惠藩臺的劣跡，要和制臺會銜奏參。制臺得了信，不覺付之一笑。原來這惠藩臺是個旗籍，名叫惠福，號叫錫五。制臺也是旗籍，和他帶點姻親，並且惠藩臺是拜過制臺門的。有了這等淵源，旁人如何說得動壞話，何況還說參他呢。好笑葉伯芬聰明一世，曚曈一時，同在一省做官，也不知道同寅這些底細，又不打聽打聽，便貿貿然寫了信去。制臺接信的第二天，等藩臺上轅，便把那封信給藩臺看了。藩臺道：「既是撫帥動怒，司時聽參就是了。」制臺一笑道：「葉伯芬近來念金剛經念糊塗了，要辦一件事情，也不知道過細想想，難道咱們倆的交情，還是旁人唆得動的嗎！」藩臺謝過了，回到自己衙門，動了半天的氣。一個轉念，想道：「我徒然自己動氣，也無濟於事。古人說得好，『無毒不丈夫』，且待我幹他一幹，等你知道我的手段！」打定了主意，便親自起了個一百多字的電稿，用他自己私家的密碼譯了出來，送到電局，打給他胞弟惠祿。

這惠祿號叫受百，是個戶部員外郎。拜在當朝最有權勢的一位老公公❶膝下做個乾孫子，十分得寵。無論京外各官，有要走內線的，若得著了受百這條門路，無有不通的。京官的俸祿有限，他便專靠這個營生，居然臣門如市❷起來。便是他哥哥錫五放了江寧藩臺，也是因為走路子起見，以為江南是財富之

❶ 當朝最有權勢的一位老公公：指受慈禧太后寵信的太監李蓮英。老公公，太監。

❷ 臣門如市：語出漢書鄭崇傳。比喻車馬盈門，謁見奔走者甚多。

區，做官的容易賺錢，南京是個大省會，候補班的道府，較他處為多，所以弄了這個缺，要和他兄弟狼狽為奸。有要進京引見的，他總代他寫個信給兄弟，叫他照應。如此弄起來，每年也多了無限若干的生意。這回因為葉伯芬要參他，他便打了個電報給兄弟，要設法收拾葉伯芬，並須如此如此。受百接了電報，見是哥哥的事情，不敢怠慢，便坐了車子，一逕到他乾祖父宅子裡去求見，由一個小內侍引了到上房。只見他乾祖父正躺在一張醉翁椅上，雙眼迷矇，像是要磕睡的光景，便不敢驚動，垂手屏息，站在半邊。站了足足半個鐘頭，纔見他乾祖父打了個翻身，嘴裡含糊說道：「三十萬便宜了那小子！」說著，又矇矓睡去。又睡了一刻多鐘，纔伸了伸懶腰，打個呵欠坐起來。受百走近一步，跪了下來，恭恭敬敬叩了三個頭，說道：「孫兒惠祿，請祖爺爺的金安。」他乾祖父道：「你進來了。」受百道：「孫兒進來一會了。」他乾祖父道：「外頭有甚麼事？」受百道：「沒有甚麼事。」他乾祖父道：「烏將軍的禮送來沒有？」受百道：「孫兒沒經手，不知他有送宅上來沒有。」他乾祖父道：「有你經著手，他敢嗎！他別裝糊塗，仗著老佛爺❸腰把子硬，叫他看！」受百道：「這個諒他不敢，內中總還有甚麼別的事情。」他乾祖父就不言語了，歇了半天，纔道：「你還有甚麼事？」受百走近一步，跪了下來道：「孫兒的哥哥惠福，有點小事，求祖爺爺做主。」他那乾祖父低頭沉吟了一會道：「你們總是有了事情，就到我這裡麻煩。你說罷，是甚麼事情？」受百道：「江蘇巡撫葉某人，要參惠福。」他乾祖父道：「參出來沒有？」受百道：「沒有。」他乾祖父說道：「那忙甚麼！等他參出來再說罷咧。」受百聽了，不敢多說，便叩了個頭道：「謝過祖爺爺的恩典。」叩罷了起來，站立一旁，直等他乾祖父叫他「你沒事

❸ 老佛爺：這裡指慈禧太后。

去罷」，他方纔退了出來，一逕回自己宅子裡去。入門，只見興隆金子店掌櫃的徐老二在座。

原來這徐老二是一個專門代人家走路子的，著名叫徐二滑子，後來給人家叫渾了，叫成個徐二化子。大凡到京裡來要走路子的，他代為經手過付銀錢，從中賺點扣頭過活，所開的金子店，不過是個名色罷了。這回是代烏將軍經手，求受百走乾祖父路子的。當下受百見了徐二化子，便仰著臉擺出一副冷淡之色來。徐二化子走上前請了個安，受百把身子一歪，右手往下一拖，就算還了禮。徐二化子歇上一會，纔開口問道：「二爺這兩天忙？」受百冷笑道：「空得狠呢！空得沒事情做，去代你們碰釘子！」徐二化子道：「可是上頭還不答應？」受百道：「你們自己去算罷，烏某人是叫八個都老爺聯名參的，罪款至七十多條，贓款八百多萬。牛中堂的查辦，有了憑據的罪款，已經五十幾條，查出的贓款，已經五百多萬。要你們三百萬沒事，那別說我，就是我祖爺爺也沒落著一個，大不過代你們在堂官大人們、司官老爺們處，打點打點罷了。你們總是那麼推三阻四！咱們又不做甚麼買賣，論價錢，對就對，不對咱們撒手，何苦那麼一天推一天的，叫我代你們碰釘子！」徐二化子忙道：「這個呢，怨不得二爺動氣，就是我也叫他們鬧的厭煩了。但是君子成人之美，求二爺擔代點罷。我纔到刑部裡去來，還是沒個實在。我也勸他，說已經出到了二百四十萬了，還有那六十萬，值得了多少！麻麻糊糊拿了出來，好歹顧全個大局。無奈烏老頭子總像仗了甚麼腰把子似的。」受百道：「叫他仗腰把子罷。已經交代出去，說我並不經管這件事，上頭又催著要早點結案，叫從明天起，只管動刑罷！」徐二化子大驚道：「這可是今天的話？」受百不理他，逕自到上房去了。徐二化子無可奈何，只得出了惠宅，幹他的事去。

到了下午，又來求見，受百出來會他。徐二化子道：「前路呢，三百萬並不是不肯出，實在因為籌不出來，所以不敢胡亂答應。我纔去對他說過，他也打了半天的算盤，說七拼八湊，還勉強湊得上來，三天之內，一定交到，只要上頭知道他冤枉就是了。可否求二爺再勞一回駕，進去說說，免了明天動刑的事。」受百道：「老實說，我祖爺爺要是肯要人家的錢，二十年頭裡早就發了財了，還等到今天！這不過代你們打點的罷了。要我去說是可以的，就是動刑一節話，已經說了出去，只怕不便就那麼收回來，也要有個辦法罷。」徐二化子聽了，默默無言，歇了一會道：「罷，罷！無非我們做中人的晦氣罷了。我再走一回罷。二爺，你佇等我來了再去。」說罷，匆匆而去。歇了一大會，又匆匆來了，又跟著一個人，捧了一大包東西。徐二化子親自打開包裹，只見裡面是一個紫檀玻璃匣，當中放著一柄羊脂白玉如意。匣子裡還有一個圓錦匣子，徐二化子取了出來，打開一看，卻是一掛朝珠，一百零八顆都是指頂大的珍珠穿成的。徐二化子又在身邊取出兩個小小錦匣來，道：「這如意、朝珠，費心代送到令祖老太爺處，是不成個禮的，不過見個意罷了。」說罷，遞過那兩個小匣子道：「這點點小意思，是孝敬二爺的，務乞笑納。」受百接過，也不開看，只往桌上一放道：「你看天氣已經要黑下來了，鬧到這會纔來，又要我連夜的走一趟。你們差使人，也得有個分寸！」徐二化子連忙請了個安道：「我的二爺！你佇那裡不行個方便，這個簡直是作好事！二爺把他辦妥了，就是救了他一家四五十個人的性命，還不感動神佛，保佑二爺升官發財嗎。」受百道：「一個人總不要好說話，像我就叫你們麻煩死了！」徐二化子又請了一個安道：「務求二爺方便這一回，我們隨後補報就是。我呢，以後再有這種齷瑣事情，我也不敢再經手了。」受百哼了一聲，又嘆了一口氣，便直著嗓子喊「套車子」。徐二化子又連忙請了個安道：「謝二爺。」方纔辭了出去。忽然又回轉來道：「那兩樣東西，請二爺過目。」受百道：「誰要他的東西！你給他拿回去罷。」徐二化子道：「請二爺留著賞人罷。」一面說，一面把兩個小匣子打開，等受百過了目，方纔出去。受百看那兩樣東西，一個是玻璃綠的老式班指，一個是銅錢大的一座鑽石帽花。仍舊把匣子蓋好，揣在懷裡。叫家人把如意、朝珠拿到上房裡去。一面心中盤算，這如意可以留著做禮物送人，帽花、班指留下自用，只有這掛朝珠，就是留著他也掛不出去，不如拿去孝敬了祖爺爺，和哥哥斡旋那件事，曉得代哥哥打算，還不失為小人中之君子。左右是我動刑的一句話嚇出來的。定了主意，專等明天行事，一夜無話。

次日，趕一個早，約莫是他乾祖父下值的時候，便懷了朝珠，趕到他宅子裡去。叩過頭，請過安，便稟道：「烏將軍那裡，一向並不是敢慳吝，實在一時湊不上來。昨天孫兒去責備過了，他說三天之內，照著祖爺爺的吩咐送過來。請祖爺爺大發慈悲，代他們打點打點。」他乾祖父道：「可不是嗎！我眼睛裡還看得見他的錢嗎！現在那些中堂大人們，哪一個不是棺材裡伸出手來，死要的！」受百跪下來磕了個頭道：「孫兒孝敬祖爺爺的。」一面將一匣朝珠呈上。他乾祖父並不接受道：「你揭開看。」受百揭開匣蓋，他乾祖父定睛一看，見是一掛珍珠朝珠。暗想老佛爺現在用的，雖然有這個圓，卻還沒有這個大。我一向要弄這麼一掛，可奈總配不勻停，今天可遇見了！想罷，纔接在手裡道：「怎好生受你的？」受百又磕了一個頭，謝過賞收，纔站起來道：「這個不是孫兒的，是孫兒哥哥差人連夜趕送進來，叫孫兒代獻祖爺爺的。」他乾祖父道：「是啊，你昨天說甚麼人要參你哥哥？」受百道：「是江蘇巡撫。」他乾祖父道：「你哥哥在哪裡？」受百道：「是江寧藩司。」他乾祖父想了一想道：「江寧藩司，江蘇巡撫，不對啊，他怎麼可以參他呢？」受百道：「他終究是個上司，打起官話來，他要參就參了。」他乾祖父道：「豈有此理！你哥哥也是我孫子一樣，是朝珠說話也。咱家的小孩子出去，都叫人家欺負了，那還成個話！你想個甚麼法子懲治懲治那姓葉的，我替你辦。」受百道：「孫兒不敢放恣，只求把姓葉的調開了就好。」他乾祖父道：「你有甚麼主意，去和軍機上華中堂說去，就說是我的主意。」受百又叩頭謝過，辭了出來，就去謁見華中堂，把主意說了，只說是祖爺爺交代如此辦法。華中堂自然唯唯應命。

過了幾天，新疆巡撫出了缺，軍機處奉了諭旨，新疆巡撫著葉某人調補，江蘇巡撫著惠福補授，卻把一個順天府府尹放了江寧藩司，另外在京員當中，簡了個順天府府尹。這一個電報到了南京，頭一個是藩臺快活，闔城文武印委各員紛紛稟賀。制臺因為新藩臺來，尚須時日，便先委巡道署理了藩臺，好等升撫交代藩篆，先去接印，卻委苟才署了巡道。苟才這一喜，正是：

憲恩深望知鼇戴❹，僉事❺威嚴展狗才。

未知苟才署了巡道之後，又復如何，且聽下回分解。

❹鼇戴：古代神話謂渤海之東，有五座山浮於水上，隨波上下往還，天帝命十五隻巨鼇舉首戴之，五座山才得以穩定。事見列子湯問和屈原天問。後來用此作為感恩戴德之詞。

❺僉事：分巡道的別稱。僉事原是按察使下屬，負責巡察各府、州、縣，後來的分巡道職權與之相同，故稱。

# 第九十三回　調度才高撫臺運泥土　被參冤抑觀察走津門

苟才得署了巡道，那且不必說。只說惠升撫交卸了藩篆，便到各處辭行。乘坐了鈎和差船，到了鎮江起岸，自長鎮道、鎮江府以下文武印委各員，都到江邊恭迓憲節。丹徒、丹陽兩縣，早已預備行轅。新撫臺捨舟登陸，坐了八抬綠呢大轎，到行轅裡去。轎子走過一處地方，是個河邊，只見河岸上的土，堆積如山，沿岸迤邐不絕。惠撫臺坐在轎子裡，默默尋思：這鎮江地方，想不到倒是出土的去處。一路思思想想，不覺已到行轅，徒、陽兩縣已在那裡伺候。惠撫臺便叫兩縣上來見，兩縣連忙進內。行禮已畢，惠撫臺問道：「方纔兄弟走過一處地方，看見一條河道，兩岸上的土卻堆放得不少，那是甚麼地方？」丹陽縣一想，回道：「那條河便是丹徒、丹陽的分界，叫做徒陽河。因為年久淤塞，近來僱工挑濬，兩岸的土都是從河底挖上來的，一時沒地方送，暫時堆在那裡的。」惠撫臺大喜道：「兄弟倒代你們想了一個送處。南京現在開闢馬路，漫到四處的找土填地，誰知南京的土少得狠。這裡有了那麼許多土，從明日起，就陸續把他送到南京去，以為填馬路之用。」徒、陽兩縣一時未便稟駁，只得應了幾個「是」字下來。恰好遇了開濬徒陽河工程委員進去，兩縣便把上項話告訴了他。委員道：「這個辦不到。為了那不相干的泥土，還出了運費，運到南京呢！」說罷，自跟了手版上去謁見。

原來惠撫臺的意思，到了鎮江，只傳見幾個現任官，那地方上一切委員，都不見的。因為看了這個手版，是開濬徒陽河的工程委員，他心中有了運土往南京的一篇得意文章，恰好這是個工程委員，便傳見了。委員行過禮之後，撫臺先開口道：「那甚麼河的工程，是你老哥辦著？」委員道：「是卑職辦著徒陽河工程。」撫臺道：「我不管『徒羊』也罷，『徒牛』也罷，河裡挖出來的土，都給我送到南京去。因為南京此刻要修馬路沒土，這裡挖出來的土太多，又沒個地方存放，往南京一送，豈不是兩得其便嗎。」委員道：「這裡的土往南京送，恐怕僱不出那許多船。並且船價貴了，怕不合算。」撫臺道：「何必要僱船，就由輪船運去就行了，又快。」委員不敢多說，只得答應了幾個「是」字，撫臺也就端茶送客。

委員退了出來，一肚子又好氣又好笑，一逕到鎮江府去，上衙門稟知這件事，求府尊明日謁見時轉個圜。府尊道：「這個怎樣辦得到？那稀髒的，人家外國人的輪船肯裝嗎？我明日代你們回就是了。」委員退了出來，又到長鎮道衙門去求見，稟知這件事。道臺聽了，不覺好笑起來道：「好了！有了這種精明上司，咱們將來有得伺候呢。你老哥也太不懂事了，這是撫憲委辦的，你不就照辦，將來報銷多少，是這一筆運費，都注著『奉撫憲諭』的，款子不夠，管上來領，也說是『奉撫憲諭』的，咱們好駁你嗎。」委員聽了道臺一番氣話，默默無言。道臺又道：「趕明天見了再說罷。」一面拿起茶碗，一面又道：「還是你們當小差使的好。像這種事情，到兄弟這裡一回，老兄的干係就都卸了，釘子由得我去碰。」委員也無言可答，又不便說是是是，只得一言不發，退了出來。

到了明日，道、府兩位一同到行轅稟安、稟見。及至相見之下，撫臺又說起要運土往南京的話。府尊道：「昨天委員已經到卑府這邊說過，用民船運呢，怕沒那麼些民船；要用輪船運罷，這個稀髒的東西，怕輪船不肯裝。」撫臺道：「外國人的輪船不肯罷了，咱們招商局的船呢，也不肯裝，說不過去罷。」府尊道：「招商局船，也是外國人在那裡管事。」撫憲道：「他們嫌髒，也有個法子，弄了麻布袋來，一袋一袋的都盛起來，縫了口，不就裝去了嗎。」府尊道：「那麼一來，費用更大了，恐怕不上算，到底不過是點土罷了。」撫臺怒道：「你們怎都沒聽見？南京地方沒土，這會兒等土用，化了錢還沒地方買。你當兄弟真糊塗了？」府尊和撫臺答話時，道臺坐在半邊，一言不發，只冷眼看著府尊去碰釘子。此時撫臺卻對道臺說道：「凡是辦事的人，全靠一個調度。你老哥想，這裡挖出來的土，堆得漫到四處都是，走路也不便當；南京恰在那裡等土用。這麼一調度，不是兩得其益麼！」道臺道：「往常職道晉省，看見南京城裡的河道也淤塞的了不得，其實也狠可以開濬開濬，那土就怕要用不完了。」撫臺一想，這話不錯。然而又不肯認錯，便道：「那麼這邊的土，就由他那麼堆著？」道臺道：「這邊租界上有人造房子，要來墊地基，叫他們挑去，非但不化挑費，多少還可以賣幾個錢呢。」撫臺道：「南京此刻沒有開河的工程。咱們既然辦到這個工程，也不在乎賣土那點小費，叫人家聽著笑話。還是照兄弟的辦法罷。」道府二人無可奈何，只得傳知工程委員去辦。

那工程委員聽說用麻袋裝土，樂得從中撈點好處，便打發人去辦。登時把鎮江府城廂內外各麻包店的麻包、蓆包買個一空，僱了無限若干人，在那裡一包一包的盛起來，又用了麻線縫針，一律的縫了口，從徒陽河邊一直運送到江邊，上了招商躉船。這東西雖然不要完稅，卻是出口貨物，照例要報關的，又要忙著報關。等上水船到了，便往船上送。船上人問知是爛泥，便不肯放在艙裡，只叫放在艙面上，把一個艙面堆積如山的堆起來。到了南京，又要在下關運到城裡，鬧的南京城廂內外的人，都引為笑話。

說新撫臺一到鎮江，便刮了多少地皮，卻往南京來送。如此裝運了三四回，還運不到十分之一。

恰好一回土包上齊了船之後，船便開行，卻遇了一陣狂風暴雨，那艙面的土包一齊溼透了，慢慢的溶化起來。加之船上搭客看見船上堆了那許多麻包，不知是些甚麼東西，挖破了來看，看見是土，還以為土裡藏著甚麼呢，又要挖進去看，那窟窿便越挖越大；又有些是縫口時候沒有縫好的，遇了這一陣狂風大雨，便溶化得一齊卸了下來，鬧得滿艙面都是泥漿。船主恨極了，叫了買辦來罵。買辦告訴他，這是蘇州撫臺叫運往南京去的。外國人最是勢利，聽說是撫臺的東西，他就不敢多說了。一面叫人洗。哪裏禁得黃豆般大的雨點，四面八方打過來，如何洗得乾淨，只好由他。等趕到南京時，天色還沒大亮，輪船剛靠了躉船，便有一班挑夫、車夫，以及客棧裡接客的，一齊擁上船來。有個喊的是「挑子要罷」，有個喊的是「車子要罷」，有兩個是「大觀樓啊」、「名利棧啊」，不道一律的聲猶未了，或是仰跌的，或是扑跌的。更有一班挑夫，手裡拿著扁擔扛棒，打在別人身上的。及至爬起來，立腳未定，又是一跌。那站得穩，不至於跌的，被旁邊的人一碰，也跌下去了。登時大亂起來，不上一會功夫，帶得滿艙裡面都是泥漿。

恰好這一回有一位松江提督，附了船來，要到南京見制臺的。船到時，便換了行裝衣帽，預備登岸。這裡南京自然也有一班營弁接他的差，無奈到了船上，一個個都跌得頭暈眼花，到官艙裡稟見時，沒有一個不是泥蛋似的。那提督大人便起身上岸，不料出了官艙，一腳踏到外面，仰面就是一個跟斗，把他一半跌在裡面，一半跌在外面。嚇得一眾家人，連忙趕來攙扶，誰知一個站腳不穩，恰恰一跌，爬在提督身上，趕忙爬起來時，已被提督大罵不止。一面起來，重新到艙裡去開衣箱換衣服，一根花翎幸而未曾跌斷。更衣既畢，方纔出來。這回卻是戰戰兢兢的，低下頭一步一步的捱著走，不敢擺他那昂藏氣概了。那一班在艙外站班的，見他老人家出來，軍營裡的規矩，總是請一個安，誰知這一請安，又跌下了四五個人。那提督也不暇理會，慢慢的一步一步捱到躉船上，又從躉船上捱到碼頭上。這一回幸未隕越，方纔上轎而去。

再說船上那些爛泥包兒，一個個多已癟了，用手提一提，便擠出無限泥漿，碼頭上小工都不肯搬。鬧了一會，船上買辦急了，通知了岸上巡防局，派了局勇到船上來彈壓，眾小工無奈，只得連拖帶拽的起到躉船上。好好的一座躉船，又變成一隻泥船了。躉船上人急了，只得又叫人拖到岸上去。偏偏連日大雨不止，鬧得招商局碼頭，泥深沒踝。只這一下子，便鬧到怨聲載道。以後招商船也不肯裝運了，方纔罷休。

且說惠撫臺在鎮江耽擱了兩天，遊過金山、焦山、北固山等名勝，便坐了官船，用小火輪拖帶，向蘇州進發。一面頒出紅諭，定期接印。蘇州那邊，合城文武自然一體恭迎。在八旗會館備了行轅。撫臺接見過僚屬之後，次日便去拜前任撫臺，無非說幾句寒暄套話。到了接印那天，新撫臺傳諭，因為前任官眷未曾出署，就在行轅接印。舊撫臺便委了中軍，齎了撫臺印信及旗牌、令箭等，排齊了職事，送至八旗會館。新撫臺接印、謝恩、受賀等煩文，不必細表。

且說舊撫臺某伯芬交過印之後，便到新撫臺惠錫五處辭行。坐談了一會，伯芬興辭。錫五道：「兄弟有一句臨別贈言的話，不知閣下可肯聽受？」伯芬當他是甚麼好話，連忙應道：「當得領教。」錫五道：「閣下到了新疆那邊，正好多參兩個藩司。」伯芬聽了，不覺目定口獃，漲紅了臉，回答不上來，只好搭訕著走了。到了動身那天，錫五只差人拿個片子去送行，伯芬也自覺得無味。這裡錫五卻又專人到京裡去和他兄弟受百商量，羅織了伯芬前任若干款，買出兩個都老爺奏參出去。有旨即交惠福查明覆奏。他那覆奏中，自然又加了些油鹽醬醋在裡面，葉伯芬便奉旨革職。可憐他萬里長征的到了新疆，上任不到半年，便碰了這一下子，好不氣惱。卻又無可出氣，只揀了幾十個屬員，有的沒的出了些惡毒考語，繕成奏摺，倒填日子，奏參出去，以洩其忿。等他交卸去了之後，過了若干日子，纔奉了上諭：「葉某奏參某某等，著照所請，該部知道。」這一個大參案出了來，新疆官場無不恨如切骨，無奈他已去的遠了，奈何他不得。只此一端，亦可見葉伯芬的為人了。

且說苟才自從署了巡道之後，因為是個短局，卻還帶著那籌防局、牙釐局的差使。署了兩個多月，新任藩臺到了，接過了印，那原任巡道應該要回本任的了，因為制臺要栽培苟才，就委原任巡道去署淮揚道。傳見的時候，便說道：「老兄交卸藩篆下來，極應該就回本任。無奈揚州近日出了一起鹽務訟案，連鹽運司都被他們控到兄弟案下，兄弟意思要委員前去查辦。無奈此時第一要機密，若是委員前去，恐怕他們得了信息，倒查不出個實情來，並且兄弟意中，也沒有第二個能辦事的人，所以奉託辛苦一趟。務請到任之後，暗暗查訪，務得實情，以憑照辦。所有那訟案的公事，回來叫他們點查清楚，送過來就是了。」巡道受了這個米湯，自然是覺得憲恩高厚、憲眷優隆了，奉了公事，便到署任去了。這裡苟才便安安穩穩署他的巡道。此時一班候補道見苟才的署缺變了個長局，便有許多人鑽謀他的籌防局、牙釐局了。制臺也覺得說不過去，便委了別人。苟才雖然不高興，然而自己現成抓了印把子，也就罷了。誰知這個當刻兒，又出了調動。那位兩江制臺調了直隸總督，並且有「迅速來京陛見」字樣，兩湖總督調了兩江。電報一到，那南京城裡的官場，忙了個奔走汗流，登時稟賀的轎馬，把「兩江保障」、「三省鈞衡」❶兩面轅門，都塞滿了。制臺忙著交卸進京，照例是藩臺護理總督，巡道署理藩臺。苟才這一樂，登時就同成了天仙一般。雖然是看幾天印把，沒有甚麼大不了的好處，面子上卻增了多少威風，因此十分得意。

誰料他所用的一個家人，名叫張福的，係湖北江夏人。他初署巡道時，正是氣燄初張的時候，那張福忽然偷了他一點甚麼東西，他便拿一張片子，叫人把張福送到首縣去叫辦，首縣便把張福打了兩百小板子，遞解回籍。張福是個在衙門公館當差慣了的人，自有他的路子，遞回江夏之後，他便央人薦到總督衙門文案委員趙老爺處做家人。他心中把苟才恨如徹骨，沒有事時，便把苟才送少奶奶給制臺的話，加點材料，對同事各人淋漓盡致的說起來，大家傳作新聞。久而久之，給趙老爺聽見了，便把張福叫上去問。張福見主人問到這一節，便盡情傾吐。趙老爺聽了，也當作新聞，茶餘酒後，未免向各同事談起。久而久之，連兩湖督憲都知道了，說南京道員當中有這麼一個人，還叫他署事，那吏治就可想了。加以他的大名叫得別緻，大家都叫別了，總是叫他「狗才」，所以一入耳之後，便不會忘記的。因此苟才的行為，久已在兩湖督憲洞鑒之中的了。

兩湖督憲奉了上諭，調補兩江之後，便料理交代，這邊的印務是奉旨交湖北巡撫兼署的。交代過後，便料理起程，坐了一號淺水兵輪，到了南京，頒出紅諭，定期接印。那時離原任總督交卸的日子，雖然

❶ 兩江保障、三省鈞衡：清初設江南總督，轄江蘇、安徽兩省，後來把江西也劃入轄區，改稱兩江總督。「兩江保障、三省鈞衡」八個字，書於兩江總督官署轅門左右，這裡引用有諷刺之意。

不過十多天，然而苟才已經心滿意足了。卻是新制臺初到時，各官到碼頭迎迓，新制臺見了苟才手版，心中已是一條刺。及至延見之時，不住的把雙眼向苟才釘住。苟才哪裡知道這裡面的原委，還以為新制臺賞識他的相貌呢。及至新制臺接印之後，苟才也交卸藩篆，仍回署任。不出三日之內，忽然新制臺一個札子下來，另委一個候補道去署淮揚道篆，卻飭令原署淮揚道仍回巡道本任，現署巡道苟才，著另候差委。這麼一個札子下來，別人猶可，惟有苟才猶如打了個悶雷一般，正不知是何緣故。要想走走路子，無奈此時督轅內外各人，都已換了，重新交結起來，狠要費些日子。有兩個新督憲奏調過來的人，明知他是紅的，要去結交他時，他卻有點像要理不理的樣子。苟才心中滿腹狐疑，無從打聽。不料新督憲到任三個月之後，照例甄別屬員，便把苟才插入當中，用了「行止齷齪，無恥之尤」八個字考語，把他參掉了。這一氣，把苟才氣的直跳起來，罵道：「從他到任之後，我統共不過見了他三次，他從哪裡看見我的『行止齷齪』，從何知道我是『無恥之尤』！我這官司要和他到都察院裡打去！」罵了一頓，於事無濟，又不免拿家人僕婦去出氣。那些家人僕婦看見主人已經革職，便有點看不在眼裡的樣子。從前受了主人的罵，無非逆來順受，此時受罵，未免就有點退有後言了。何況他是借此出氣的，罵得不在理上，便有兩個藉此推辭，另投別人的了。苟才也無可如何，回到上房，無非是唉聲嘆氣。

還是姨媽有主意，說道：「自從我們把少奶奶送給前任制臺之後，也不曾得著他甚麼好處，他便走了。」苟才忙道：「可不是！早知道這樣，我不會留下，等送這一個！」奇想。姨媽道：「不是這樣說。你要送姨太太給他，也要探聽著他的脾氣，是對這一路的，纔送得著。要是不對這一路的，送他也不受呢。」苟太太道：「罷，罷！我看他們男人們，沒有一個不對這一路的，隨便甚麼臭婊子，都拿著當寶貝，何況是人家送的呢！」第四十四回直至此處，猶吃醋餘波復蕩漾不止。姨媽道：「你們都不知說些甚麼，我在這裡替你們打算正經事呢。大凡人總有一個情字，前任制臺白受了我們一位姨太太，我們並未得著他甚麼好處，他便走了。此時妹夫壞了功名，這邊是站不住的了。我看不如到北洋走一趟，求求他，總應該有個下文。你們看我的話怎樣？」只這一句話，便提醒了苟才道：「是呀，我到天津伸冤去！」即日料理到北洋去。正是：

三窟未能師狡兔❷，一枝尚欲學鷦鷯❸。

不知苟才到北洋去後如何，且待下回再記。

---

❷ 三窟未能師狡兔：狡兔三窟，語出戰國策齊策：「狡兔有三窟，僅得免其死耳。」苟才謀了三個官職，卻都丟掉，仍陷於困境，故謂「三窟未能師狡兔」。

❸ 一枝尚欲學鷦鷯：語出莊子逍遙遊：「鷦鷯巢林，不過一枝。」謂苟才丟了三個差缺，不得不像鷦鷯那樣去找一個棲身之處。

# 第九十四回　圖恢復冒當河工差　巧逢迎壟斷銀元局

苟才自從聽了姨媽的話，便料理起程到天津去。卻是苟太太不答應，說是「要去大家一股腦兒去，你走了，把我們丟在這裡做甚麼？」苟才道：「我這回去，不過是盡人事，以聽天命罷了，說不定有差使沒差事。要是大家同去，萬一到了那邊沒有事情，豈不又是個累。好歹我一個人去，有了差使，仍舊接了你們去；謀不著差事，我總要回來打算的。一個人往來的澆裹輕，要是一家子同去，有那澆裹，就可以過幾個月的日子了，何苦呢！」姨媽也從旁相勸。苟太太道：「你不知道，放他一個人出去，又是他的世界了，甚麼浪蹄子，臭婊子，弄個一大堆還不算數，還要叫他們充太太呢！」姨媽道：「此刻他又多了好幾年的年紀了，斷不至於這樣了，你放心罷。」苟太太仍是不肯，苟才道：「如果必要全眷同行，我就情願住在南京餓死，也不出門去了。」還是虧得姨媽從旁百般解勸，勸的苟太太點了頭，苟才方纔收拾行李，打點動身。

附了江輪，到得上海，暫時住在長發棧。卻在棧裡認得一個人，這個人姓童，號叫佐誾，原是廣東人氏。在廣東銀元局裡做過幾天工匠，犯了事革出來，便專門做假洋錢，向市上混用，被他騙著的錢不少。此時因為事情穿了，被人告發，地方官要拿他，他帶了家眷逃到上海，也住在長發棧。恰好苟才來了，住在他隔壁房間，兩人招呼起來，從此相識。苟才問起他到上海何事的，佐誾隨口答道：「不要說起！是兄弟前幾年向制臺處上了一個條陳，說現在我們中國所用的全是墨西哥銀圓，利權外溢，莫此為甚；不如辦了機器來，我們設局自鑄。制臺總算給我臉，批准了，辦了機器來，開了個銀元局鼓鑄，委了總辦、會辦、提調。因為兄弟上的條陳，機器化學一道，兄弟也向來考究的，就委了兄弟做總監工。當時兄弟曾經和總辦說明白，所有局中出息，兄弟要用二成。餘下八成，歸總辦、會辦、提調，以及各司事等人攤分。辦了兩年，相安無事。不料前一向換了個總辦，他卻要把那出息一股腦提去，只給我五釐，因此我不願意，辭了差到上海頑一頑。」苟才道：「那銀元局總辦，一年的出息有多少呢？」佐闇道：「那就看他派幾成給人家了。我拿他二成，一年就是八十萬。」苟才聽了，暗暗把舌頭一伸。從此天天應酬佐闇。佐闇到上海，原是為的避地而來，住棧究非長策，便在虹口篷路地方租了一所洋房，置備家私搬了進去。在新賃房子裡，也請苟才吃過兩頓。苟才有事在身，究竟不便過於耽擱，便到天津去了。

到得天津，下了客棧，將息一天，便到總督衙門去稟見。制臺見了手本，觸起前情，便叫請。苟才進去，行禮之後，制臺先問道：「幾時來的？」苟才道：「昨天纔到。」制臺道：「我走了之後，你到底怎麼攪的，把功名也弄掉了？」苟才道：「革道一向當差謹慎，是大帥明鑒的。從大帥榮升之後，不到半個月，就奉札交卸巡道印務，以後並沒得過差使。究竟怎樣被革的，革道實在不明白。」制臺道：「你這回來有甚麼意思沒有？」苟才道：「求大帥栽培。」制臺道：「北洋這邊呢，不錯，局面是大；然而人也不少，現在候差的人，兄弟也記不了許多。況且你老哥是個被議的人，你只管候著罷。有了機會，我再來知照。」說罷，端茶送客。苟才只得告辭出來。從此苟才十天八天去上一趟轅，朔望照例掛號請安。上轅的日子未必都見著，然而十回當中，也有五六回見著的。幸得他這回帶得澆裹豐足，在天津一耽擱就是大半年，還不至於拮据。而且制臺幕裡，一個代筆文案，姓冒，號叫士珍，被他拉攏得極要好，兩個人居然換了帖，苟才是把兄，冒士珍是把弟，因此又多一條內線。看看候到八個月光景，仍無消息，又不敢當面儘著催。

正想託冒士珍在旁邊探一探聲口，忽然來了個戈什，說是大帥傳見。苟才連忙換了衣冠，坐轎上轅。手版上去，馬上就請。制臺一見面，便道：「你老兄來了差不多半年了罷？」苟才想了一想，回道：「革道到這邊八個多月了。」制臺道：「我一點事沒給你，也抱歉得狠。」苟才道：「革道當得伺候大帥。」制臺道：「今天早起，來了個電報，河工上出了事了，口子決得不小。兄弟今天忙了半天，人都差不多委定了，纔想起你老兄來。」苟才道：「這是大帥栽培！」制臺道：「你雖是個被議的人員，我要委你個差使呢，未嘗不可以；但是無端多你一個人去分他們的好處，未免犯不上。你曉得他們巴了多少年，就望這一點工程上撈兩個，幸災樂禍，直說出來。此刻仗了我的面子，多壓你一個人下去，在我固然犯不上，在你老哥，也好像……」說到這裡，就停住了口。苟才道：「只求大帥的栽培，甚麼都是一樣。」制臺道：「所以啊，我想只管給你一個河工上的公事，你也不必到差，我也不批薪水，就近點就在這裡善後局領點夫馬費，暫時混著。等將來合龍的時候，我隨摺開復你的功名。」苟才聽到這裡，連忙爬在地下叩了三個頭，道：「謝大帥恩典！」制臺道：「這麼一來啊，我免了人家的閒話，你老哥也得了實在了。」苟才連連稱「是」。制臺端茶送客。苟才回到下處，心中十分得意。到了明日，轅上便送了札子來，苟才照例賞了札費，打發去了。看那札子時，雖不曾批薪水，卻批了每月一百兩的夫馬費，也就樂得拿來往侯家后去送。

光陰似箭，日月如梭，早又過了三四個月，河工合龍了，制臺的保摺出去了。不多幾日，批回到了。別的與這書上不相干的，不要提他，單說苟才是賞還原官、原銜，並賞了一枝花翎。苟才這一樂，樂得他心花怒放。連忙上轅去叩謝憲恩，一面打電報到南京，叫匯銀來，要進京引見。不日銀子匯到，便上轅稟見請咨❶，恭辭北上。到京之後，他原想指到直隸省的，因為此時京裡京外，沸沸揚揚的傳說，北洋大臣某人，聖眷優隆，有召入軍機之議，苟才恐怕此信果確，不難北洋一席，又是調來南京那魔頭，我若指了直隸，豈非自己碰到太歲頭上去。因此進京之後，未曾引見，先走路子，拜了華中堂的門。心中一算，安徽撫臺華筱池是華中堂的堂兄弟，並且是現任北洋大臣的門生，因此引見指省，便指了安徽。在京求了新拜老師華中堂一封信，到了天津，又求了制臺一封信。對制臺只說澆裹帶得少，短少指省費，是摯簽摯了安徽的。制臺自然給他一封信。苟才得了這封信，卻去和冒士珍商量，不知鬼鬼祟祟的送了他多少，叫他再另寫一封。原來大人先生薦人的信，若是泛泛的，不過由文案上寫一封楷書八行就算了；要是親切的，便是親筆信。但是說雖說是親筆，仍由代筆文案寫的。這回制臺給他的信，已是冒士珍代筆的了，他卻還嫌保舉他的字眼不甚著實，所以不惜工本，央求冒士珍另寫一封異常著實的，方纔上轅辭行，仍走海道到了上海。先去訪著了童佐誾，查考了銀元局的章程，機器的價錢，用人多少，每天能造多少，官中餘利多少，一一問個詳細。便和童佐誾商定，有事大家招呼。方纔回南京去，見了婆子，把這一年多的事情，約略述了一遍。消停幾天，便到安慶去到省。

❶ 請咨：請求咨文。凡保舉上京引見者，都要持有保舉者開出的給吏部的咨文，以證明身分。

安徽撫臺華熙，本是軍機華中堂的遠房兄弟，號叫筱池。因他歡喜傻笑，人家就把他叫渾了，叫他做「笑痴」。當下苟才照例穿了花衣稟到，一面繳憑❷投信，一面遞履歷。（署過藩司，想這履歷也大有可觀了。一笑。）撫臺見有了一封軍機哥哥的信，一封老師的信，自然另眼相看。並且老師那封信，還說得他「品端學粹，才識優長」，更是十分器重。當下無非說兩句客套話，問問老中堂好啊，老師帥好啊，京裡近來光景怎樣啊，兄弟在外頭，一碰又七、八年沒進京了，你老哥的才具是素仰的，這回到這裡幫忙，將來仰仗的地方多著呢，照例說了一番過去。不上半個月，便委了他一個善後局總辦。苟才一面謝委，拜客，到差；一面租定公館，專人到南京去接取眷屬。一面又自己做了一個條陳底稿。自到差之後，本來請的有現成老夫子，便叫老夫子修改。老夫子又代他斟酌了幾條，又把他連篇的白字改正了，文理改順了，方纔謄正，到明日上轅，便遞了上去。他是北洋大臣說過保「才識優長」的，他的條陳撫臺自然要格外當心去看。當下只揭了一揭，看了大略，便道：「等兄弟空了，慢慢細看罷。」苟才又回了幾件公事，方纔退出。

又過了兩天，他南京家眷到了，正在忙的不堪，忽然來了個戈什，說院上傳見。苟才立刻換了衣冠上院，撫臺一見了便道：「老兄的才具，著實可以！我們安徽本來是個窮省分，要說到理財呢，無非是往百姓身上想法子。安徽百姓窮，禁得住幾回敲剝？難為老兄想得到！」苟才一聽，知道是說的條陳上的事情，便道：「大帥過獎了！其實這件事，首先是廣東辦開的頭，其次是湖北，此刻江南也辦了，職道不過步趨他人後塵罷了。」撫臺道：「是啊。兄弟從前也想辦過來，問問各人，都是說好的，甚麼『裕國便民』啊，『收回利權』啊，說得天花亂墜。等問到他們要竅的話，卻都棱住了。你老哥想，沒一個內

❷ 繳憑：繳納憑限。憑限為吏部開出的文書，註明持憑官員到任所報到的期限。

行懂得的人，單靠兄弟一個，哪裡擔待得許多。老哥的手摺，兄弟足足看了兩天，要找一件事再問問都沒有了，都叫老哥說完了。」苟才此時心中十分得意，因說道：「便是職道承大帥栽培，到了善後局差之後，細細的把歷年公事看了一遍，這安徽公事，實在難辦！在底下當差的，原是奉命而行，沒有責任的，就難為上頭的籌劃。所以不能不想個法子出來，活動活動。」撫臺道：「是啊。這句話對極了。當差的人，要都跟老哥一樣，還有辦不下來的事情嗎？但是這件事情，必要奏准了，纔可以開辦。你老兄肯擔了這個干紀，兄弟就馬上拜摺了。」苟才道：「大帥的栽培，職道自然有一分心，盡一分力。」撫臺喜孜孜的，送客之後，便去和奏摺老夫子商量，繕了個奏摺，次日侵晨拜發出去。

苟才上院回家之後，滿面得意，自不必說。忙了兩天，纔把一座公館收拾停當。那位苟太太卻在路上受了風寒，得了感冒，延醫調治，迄不見效，纏綿了一個多月，竟嗚呼哀哉了。苟才平日本是厭惡他悍妒潑辣，樣樣俱全，巴不得他早死了，不過有姨媽在旁，不能不乾號兩聲罷了。苟才一面料理後事，一面叫家人拿手版上稟去請十天期服假。可巧這天那奏摺的批回到了，居然准了。撫臺要傳苟才來見，偏偏他又在假內，把個撫臺急的了不得。苟才是撫帥的紅人，同寅中哪個不巴結！出了個喪事，弔唁的人自然不少。忙過了盛殮之後，便又商量刻訃，擇日開弔，又到城外一個甚麼廟裡商量寄放棺木。

諸事辦妥，假期已滿，上院銷假。撫臺便和他說：「上頭准了，這件事要仰仗老兄的了。兄弟的意思，要連工程建造的事，都煩了老兄。」苟才道：「這一著且慢一慢，先要到上海定了機器，看了機器樣子，量了尺寸，纔可以造房子呢。」撫臺見他樣樣在行，越覺歡喜，又說了兩句唁慰的話，苟才便辭了回家。到下晚時，院上已送了一個札子來，原來是委他到上海辦機器的。苟才便連忙上院謝委辭行，乘輪到了上海，先找著了童佐閭，和他說知辦機器一事。童佐閭在上海已經差不多兩年了，一切情形都甚熟悉，便帶苟才到洋行裡去，商量了兩天，妥妥當當的定了一分機器，訂好了合同，交付過定銀。他上條陳時，原是看定了一片官地，可以作為基址的。此番他來時，又叫人把那片地皮量了尺寸四至，草草畫了一個圖帶來的，又託佐閭找一個工程師，按著地勢打了一個廠房圖樣。凡以上種種，無非是童佐閭教他的，他哪裡懂得許多。事情已畢，還不到二十天功夫，他便忙著趕回安慶，給死老婆開弔。一面和童佐閭商定，一力在撫臺跟前保舉他，叫他一得信就要趕來的。童佐閭自然答應。

苟才回到安慶之後，上院銷差，順便請了五天假，因為後天便是他老婆五七開弔之期。到了那天，卻也熱鬧異常，便是撫院也親臨弔奠，當由家丁慌忙擋駕。忙過了一天，次日便出殯，出殯之後，又謝了一天客，方纔停當，上院銷差。順便就保舉了童佐閭，說他熟悉機器工藝，又深通化學。撫臺就答應了將來用他，先叫他來見。苟才又呈上那張廠房圖，撫臺看過道：「這可是老兄自己畫的？」苟才道：「不，職道不過草創了個大概，這回奉差到上海，請外國工程師畫的。」撫臺道：「有了這個，工程可以動手了罷？」苟才道：「是。」撫臺送過客之後，跟著就是一個督辦銀元局房屋工程的札子下來。苟才一面打電報給童佐閭，叫他即日動身前來，撫院立等傳見。不多幾天，佐閭到了，苟才便和他一同上轅，撫院也都一齊請見，無非問了幾句機器製造的話，便下來了。

從此苟才專仗了佐閭做線索，自己不過當個傀儡。一面招募水木匠前來估價，起造房屋，有應該包工做的，有應該點工造的。又揀幾個平素肯巴結他的佐貳，稟請下來，派做了甚麼木料處、磚料處、灰料處的委員，便連他自己公館裡一班不識字、沒出息、永遠薦不出事情的窮親戚都有了事了，甚麼督工司事、監工司事、某處司事、某處司事，胡亂裝些名目，一個個都支領起薪水來了。誰知他當日畫那片地圖時，畫擰了一筆，稍為畫開了二三分。那個打樣的工程師，是照他的地勢打的，此時按圖布置起來，卻少了一個犄角，約莫有四尺多長，是個三角式。雖然照面積算起來，不到十方尺的地皮，然而那邊卻是人家的一座祠堂，若把那房子挪過點來，這邊又沒出路。承造的工匠便來請示，苟才也無法可想，只得和佐闓商量。佐闓自去看過，又把這圖樣再三審度，也無法可想，道：「為今之計，只有再畫清楚地圖，再叫人打樣的了。」苟才道：「已經動了工了，哪裡來得及！」佐闓道：「不然，就把他那房子買了下來。」苟才一想，這個法子還可以使得，便親自去拜懷寧縣，告知要買那祠堂的緣故，請他傳了地保來查明祠主，給價買他的。懷寧縣見是省裡第一個紅人委的，如何敢不答應？便傳了地保，叫了那業主來，說明要買他祠堂的話。那業主不肯道：「我這個是七八代的祠堂，如何賣得！」縣主道：「你看築起鐵路來，墳墓也要遷讓呢，何況祠堂！這個銀元局是奏明開辦的，是朝廷的工程。此刻要買你的，是和你客氣辦法。不啊，就硬拆了你的，你往哪裡告去！」那業主慌道：「這不是我一個人的事，這是合族的祠堂，就是賣，也要和我族人父老商量妥了，纔賣得啊。」懷寧縣道：「那麼限你明天回話，下去罷。」那人回去，只好驚動了族人父老商量，他以官勢壓來，無可抵抗，只得賣了，含淚到祠堂裏請出神主。至於業主到底得了多少價，那是著書的無從查考，不能造他謠言的。不過這筆錢，苟才是不能報銷的，不知他在哪一項上的中飽提出來彌補的就是了。從此之後，直到廠房落成，機器運到，他便一連當了兩年銀元局總辦。直到第三個年頭，卻出了欽差查辦的事。正是：

追風莫漫誇良驥，失火須防困躍龍。

從第八十六回之末，苟才出現，八十七回起，便敘苟才的事，直到此處九十四回已終，還不知苟才為了何事，再到上海。誰知他這回到上海，又演出一場大怪劇的，且待下回再記。

# 第九十五回　苟觀察就醫遊上海　少夫人拜佛到西湖

苟才自從當了兩年銀元局總辦之後，腰纏也滿了。這兩年當中，弄了五六個姨太太。送了一個，弄來五六個，卻是上算也。可發一笑。等那小兒子服滿之後，也長到十七八歲了，又娶了一房媳婦。此時銀子弄得多，他也不想升官得缺了，只要這個銀元局總辦由得他多當幾年，他便心滿意足了。不料當到第三年上，忽然來了個九省欽差，是奉旨到九省地方清理財賦的。那欽差奉旨之後，便按省去查。這一天到了安慶，自撫臺以下各官，無不懍懍慄慄。第一是個藩臺，被他纏了又纏，弄得走頭無路，甚麼釐金咧、雜捐咧、錢糧咧，查了又查，駁了又駁。後來藩臺走了小路子，向他隨員當中去打聽消息，纔知道他是個色厲內荏之流，外面雖是雷厲風行，裝模作樣，其實說到他的內情，只要有錢送給他，便萬事全休的了。藩臺得了這個消息，便如法泡製，果然那欽差馬上就圓通了，回上去的公事，怎樣說怎樣好，再沒有一件駁下來的了。

欽差初到的時候，苟才也不免慄慄危懼，後來見他專門和藩臺為難，方纔放心。後來藩司那邊設法調和了，他卻纔一封咨文到撫臺處，叫把銀元局總辦苟道先行撤差，交府廳看管，俟本大臣澈底清查後，再行參辦。這一下子，把苟才嚇得三魂去了二魂，六魄剩了一魄。他此時功名倒也不在心上，一心只愁兩年多與童佐閶狼狽為奸所積聚的一注大錢，萬一給他查抄了去，以後便難於得此機會了。當時奉了札子，府經廳❶便來請了他到衙門裡去。他那位小少爺名叫龍光，此時已長到十七八歲了，雖是娶了親的人，卻是字也不曾多認識幾個，除了吃喝嫖賭之外，一樣也不懂得。此刻他老子苟才撤差看管，他倘是有點出息的，就應該出來張羅打點了；他卻還是昏天黑地的，一天到晚躲在賭場妓館裡胡鬧。苟才打發人把他找來，和他商量，叫他到外頭打聽打聽消息。龍光道：「銀元局差事又不是我當的，怎麼樣的做弊，我又沒經過手，這會兒出了事，叫我出來打聽些甚麼！」苟才大怒，著實把他罵了一頓。然而於實事到底無濟，只好另外託人打聽。幸得他這兩年出息的好，他又向來手筆是闊的，所有在省印委候補各員，他都應酬得面面週到，所以他的人緣還好。自從他落了府經廳之後，來探望他、安慰他的人，倒也絡繹不絕。便有人暗中把藩臺如何了事的一節，悄悄地告訴了他。苟才便託了這個人，去代他竭力斡旋，足足忙了二十多天，苟才化了六十萬兩銀子，好欽差，就此偃旗息鼓的去了。苟才把事情了結之後，雖說免了查辦，功名亦保住了，然而一個銀元局差使卻弄掉了。化的六十萬雖多，幸得他還不在乎此，（六十萬，還不在乎此，真是嚇煞人！）每每自己寬慰自己道：「我只當代他白當了三個月差使罷了。」幸得撫臺憲眷還好，欽差走後，不到一個月，又委了他兩三個差使，雖是遠不及銀元局的出息，面子上卻是狠過得去的了。如此又混了兩年，撫臺調了去，換了新撫臺來，苟才便慢慢的不似從前的紅了。幸得他宦囊豐滿，不在乎差使的了。閒閒蕩蕩的過了幾年，覺得住在省裡沒甚趣味，兼且得了個怔忡之症，夜不成寐，聞聲則驚，在安慶醫了半年，不見有效，便帶了全眷來到上海，在靜安寺路租了一所洋房住下，遍處訪問名醫。醫了兩個月，也不見效，所以又來訪繼之，也是求薦名醫的意思。已經來過多次，我卻沒有遇著，不過就聽得繼之談起罷了。

❶ 府經廳：知府的屬官，也稱「府經歷」。

當下繼之到外面去應酬他，我自辦我的正事。等我的正事辦完，還聽得他在外面高談闊論。我不知他談些甚麼，心裡熬不住，便走到外面與他相見。他已經不認得我了，重新談起，他方纔省悟，又和我拉拉扯扯說些客氣話。我道：「你們兩位在這裡高談闊論，不要因我出來了，打斷了話頭，讓我也好領教領教。」苟才聽說，又回身向繼之汩汩而談，直談到將近斷黑時，方纔起去。我又問了繼之他所談的上半截，方纔知道是苟才那年帶了大兒子到杭州去就親，聽來的一段故事，今日偶然提起了，所以談了一天。

你道他談的是誰？原來是當日做兩廣總督汪中堂的故事。那位汪中堂是錢塘縣人，正室夫人早已沒了，只帶了兩個姨太太赴任，其餘全眷人等，都住在錢塘原籍。把自己的一個妹子接到家裡來當家。他那位妹子是個老寡婦了，夫家沒甚家累，哥哥請他回去當家，自然樂從。汪府中上下人等，自然都稱他為姑太太。中堂的大少爺早已亡故，只剩下一個大少奶奶；還有一個孫少爺，年紀已經不小，已娶過孫少奶奶的了。那位大少奶奶向來治家嚴肅，內外界限極清，是男底下人，都不准到上房裡去，丫頭們除了有事跟上人出門之外，不准出上房一步。因此家人們上他一個徽號，叫他迂奶奶。自從中堂接了姑太太來家之後，迂奶奶把他待得如同婆婆一般，萬事都稟命而行。教訓兒子也極有義方，因此內外上下都有個賢名。只有一樣未能免俗之處，是最相信的菩薩，除了家中香火之外，還天天要入廟燒香。別的婦女入廟燒香起來，是無論甚麼廟都要到的，迂奶奶卻不然，只認定了一個甚麼寺是他燒香所在，其餘各廟，他是永遠不去的。

有一天，他去燒香回來，轎子進門時，看見大門上家裡所用的裁縫，手裡做著一件實地紗披風，便喝停住了轎，問那披風是誰叫做的。裁縫連忙垂手稟稱是孫少爺叫做的，大約是孫少奶奶用的。迂奶奶便不言語，等轎子抬了進去，回到上房之後，把兒子叫來。孫少爺不知就裡，連忙走到，迂奶奶見了劈面就是一個巴掌，問道：「你做紗披風給誰？」孫少爺被打了一下，吃了一驚，不知何故，及至迂奶奶問了出來，方纔知道，回道：「這是媳婦要用的，並不是給誰。」迂奶奶道：「他沒有這個？」孫少爺道：「有是有的，不過是三年前的東西，不大時式了，所以再做一件。」迂奶奶聽說，劈面又是一個巴掌。嚇得孫少爺連忙跪下，孫少奶奶知道了，也連忙過來跪著陪不是。迂奶奶只是不理。旁邊的丫頭、老媽子看見了，便悄悄的去報知姑太太。姑太太聽了，便過來說情。迂奶奶道：「這些賤孩子，我平日並不是不教訓他，他總拿我的話當做耳邊風！出去應酬的衣裳，有了一件就是了，偏是時式咧，不時式咧，做了又做！三年前的衣服，就說不時式了，我穿的還是二十年前的呢。不要說是自己沒能耐，不能進學中舉，自己混個出身去賺錢，吃的穿的，都是祖老太爺的。就是自己有能耐，做了官，賺了錢，（必要做官方能賺錢，是仕宦人家口吻。）也要想想朱柏廬先生治家格言❷的話，『一絲一縷，當思來處不易』。這些話，我少說點，一天也有四五遍教他們，他們拿我的話不當話，你說氣人不氣人！」姑太太道：「少奶奶說了半天，到底誰做了甚麼來啊？」迂奶奶道：「那年辦喜事，我們盤裡是四季衣服都全的。他那邊陪嫁過來的，完全不完全，我可沒留神。就算他不完全罷，有了我們盤裡的，也就夠穿了。叫甚麼少奶奶嫌式子老了，又在那裡做甚麼實地紗披風了。你說，他們闊不闊！」姑太太道：「年輕孩子們，要時式，要好看，是有的。少奶奶教訓過就是了，饒了他們叫起去罷，叫他們下回不要做就是了。」迂奶奶道：「呀！姑太太！這

❷ 治家格言：又叫朱子家訓。作者朱用純，號柏廬，明末理學家。

句話可寵起他們來了！甚麼叫做年輕小孩子，就應該要時式，要好看？我也從年輕小孩子上過來的，不是下娘胎就老的，我可沒那樣過。我偏不饒他們，看拿我怎麼！」姑太太無端碰了這麼個釘子，心裡老大不快活，冷笑道：「不要說我們這種人家，多件把披風算不了甚麼，就是再次一等的人家，只要做起來不拿他瞎糟蹋，也就算得一絲一縷，想到來處不易的了。要是天下人都像了少奶奶的脾氣，只怕那開綢緞鋪子的人，都要餓死了。」迂奶奶聽了，並不答姑太太的話，卻對著兒子、媳婦道：「好，好！怨得呢，你們是仗了硬腰把子來的！可知道你們終究是我的兒子、媳婦，憑你腰把子再硬點，是沒用的！」姑太太聽了，越發氣了上來，說道：「少奶奶這是甚麼話！他是姓汪的人，化他姓汪的錢，再化多點，也用不著我旁人做甚麼腰把子！」迂奶奶道：「就是這個話！我嫁到了姓汪的，就是姓汪的人，管得著姓汪的事，我可沒管到別姓人家的去。」姑太太這一氣，更是非同小可。要待和他發作起來，又礙著家人僕婦們看著不像樣，暫時忍了這口氣，不再理他。回到自己房裡，把迂奶奶近年的所為，起了個電稿，用自己家裡的密碼，編了電報，叫家人們送到電報局發到廣東。

那位兩廣制軍得了電報，心裡悶悶不樂，想了半天，纔發一個電報給錢塘縣。這裡錢塘縣知縣無端接了廣東一個頭等印電❸，心中驚疑不定，不知是何事故，連忙叫師爺譯了出來。原來是：「某寺僧名某某，不守清規，祈速訪聞，提案嚴辦，餘俟函詳。」共是二十二個字。其餘便是收電人名、發電人名及一個印字。知縣看了，十分惶惑，不知這位老先生為了甚事，老遠的從廣東打個電報來，辦一個和尚？這和尚又犯了甚麼事，杭州城裡多少紳士都不來告發，卻要勞動他老先生老遠的告起來？又叫我作為訪

❸ 印電：官方電報。

案，又叫我嚴辦，卻又只說得他「不守清規」四個字，叫我怎樣嚴辦法呢？辦到甚麼地步纔算嚴呢？便拿了這封電報，和刑名老夫子商量。老夫子道：「據晚生看來，我們這位老中堂，是一位阿彌陀佛的人，聽說他在廣東殺一回強盜，他還代那強盜念一天往生咒❹呢。（千古奇事，若使之行兵，當如何？）他有到電報要辦的人，所犯的罪，一定是大的；不啊，便怕有關涉到他汪府上的事。據晚生的意思，不如一面先把和尚提了來，一面打個電報請示辦法。好得他有『餘俟函詳』一句，他墨信裡頭，總有一個辦法在內，我們就照他辦就是了。老父臺（刑名皆紹興人，故稱錢塘縣為老父臺也。）以為如何？」知縣也沒甚說得，只好照他的辦法，立刻出了票子，傳了值日差役去提和尚，說馬上要人問話。不一會提到了，知縣意思要先問一堂，回想這件事又沒個原告，那電報又叫我作為訪案的，叫我拿甚麼話問他呢？沒奈何，叫把他先押起來，明天再問。

誰知到了明天，大清老早，知縣纔起來，門上來報汪府上大少奶奶來了。知縣吃了一驚，便叫自己孺人迎接款待。迂奶奶行過禮之後，便請見老父臺。知縣在房中聽見，十分詫異，只得出來相見。見禮已畢，迂奶奶先開口道：「聽說老父臺昨天把某寺的某和尚提了來，不知他犯了甚麼事？」知縣聽說，心中暗想，刑席昨天料說這和尚關涉他家的事，這句話想是對了。此刻他問到了，叫我如何回答呢？若說是我訪拿的，他更要釘著問，他犯的是甚麼罪？那更沒得回答了。迂奶奶見知縣不答話，又追問一句道：「這個案，又是誰的原告？」知縣道：「原告麼，大得狠呢。」嘴裡這麼說，心裡想道，不如推說上司叫拿的，他便不好再問；回想又不好，他們那等人家，哪個衙門他不好去，我頂多不過說撫臺叫拿的，萬一他走到撫臺那裡去問，我豈不是白碰釘子。迂奶奶又頂著問道：「到底哪個的原告？大到那麼

❹ 往生咒：佛教淨土宗信徒經常持誦的一種經咒，也用於超度亡人。

個樣子，也有個名兒？」知縣此時主意已定，便道：「是閩浙總督，昨天電札叫拿的。」迂奶奶吃了一驚道：「他有甚麼事犯到福建去，要那邊電札來拿他？」兩句「他」字，奇極。知縣道：「這個侍生❺哪裡知道，大約福建那邊有人把他告發了。」迂奶奶低頭一想道：「不見得。」知縣道：「沒有人告發，何至於驚動到督帥呢。」

迂奶奶道：「這麼罷，此刻還不知道他犯的是甚麼罪，老父臺也不便問他，拿他擱在衙門裡，倒是個累贅。你拿去了，又嫌累贅。一笑。念他是個佛門子弟，准他交了保罷。」知縣道：「這是上憲電拿的犯人，似乎不便交保。」迂奶奶道：「交一個靠得住的保人，隨時要人，隨時交案，似乎也不要緊。」知縣道：「那麼侍生回來叫保出去就是。」迂奶奶道：「叫誰保呢？」知縣道：「那得要他自己找出人來。」迂奶奶道：「就是我來保了他罷。」知縣心中只覺好笑，因說道：「府上這等人家，少夫人出面保個和尚，似乎叫旁人看著不大好看。不如少夫人回去，叫府上一個管家來保去罷。」迂奶奶臉上也不覺一紅，說道：「那就叫我的轎夫具個名，可使得？」知縣道：「這也使得。」迂奶奶便叫跟來的老媽子，出去叫轎夫阿三具保狀，馬上保了和尚出去。知縣便道：「如此，少夫人請寬坐，侍生出去發落了他們。」說罷，便到外頭去，叫傳地保。原來知縣心中早就打了主意，知道這裡面一定有點蹊蹺。不過看著那迂奶奶也差不多有五十歲的人，疑心不到那裡去就是了。但是叫他們保了去，萬一將來汪中堂一定要人，他們又不肯交，未免要怪我辦理不善。所以特地出來傳了地保，硬要他在保狀上也具個名字，並交代他切要留心：「如果被他走了，追你的狗命！」那地保無端背了這個干係，只得自認晦氣，領命下去。

❺ 侍生：對同輩或晚輩的婦女的自我謙稱。

這件事早又傳到姑太太耳朵裡去了，不覺又動了怒，詳詳細細的又是一個電報到廣東去。此時錢塘縣也有電報去了。不一日，就有回電來，和尚仍請拿辦，並請到西湖邊某圖某堡地方，額鐫某某精舍❻屋內，查抄本宅失贓，並將房屋發封云云。知縣一見，有了把握，立刻飭差去提和尚，立時三刻就要人。一面親自坐了轎子，帶了差役書吏，叫地保領路，去查贓封屋。到得那裡，入門一看，原來是三間兩進的一所精緻房屋，後面還有一座兩畝多地的小花園。外進當中，供了一尊哥窯觀音大士像，有幾件木魚鐘磬之類。入到內進，只見一律都是紅木傢伙，擺設的都是夏鼎商彝。墻上的字畫，十居其九是汪中堂的上款。再到房裡看時，紅木大床，流蘇熟羅帳子，妝奩器具，應有盡有，甚至便壺馬桶，也不遺一件。衣架上掛著一領袈裟，一頂僧帽，床下又放著一雙女鞋。還有一面小鏡架子，掛著一張小照，仔細一看，正是那個迂奶奶，知縣先拿過來，揣在懷裡。書吏便一一查點東西登記。差役早把一個十二三歲的小和尚，及兩個老媽，一個丫頭拿下了。查點已畢，便打道回衙，一面發出封條，把房屋發封。

知縣回到衙門時，誰知迂奶奶已在上房了。見了面，就問道：「聽說老父臺把我西湖邊上一所別墅封了，不知為著何事？」知縣回來時，本要到上房更衣歇息，及見了迂奶奶，不覺想起一樁心事來。便道：「侍生是奉了老中堂之命而行，回來問過了，果然是少夫人的，自然要送還。此刻侍生要出去發落一件稀奇古怪的案件，就在二堂上問話。」又對孺人道：「你們可以到屏風後面看看。」說著，匆匆出去了。正是：

❻ 精舍：供佛念經的房屋。

只為遭逢強令尹，頓教愧煞少夫人。

不知那錢塘縣出去發落甚麼稀奇古怪案件，且待下回再記。

近日見一文鈔，所為文高談忠孝節義，良知良能。罵他人之屈膝事敵，賣國求榮者，幾於十之五六。以為必大君子之作矣。掩卷視書眉，乃錢謙益❼之文也。嗚呼，今而後，吾又當換一副讀史之眼矣。雖高談忠義之古人，而畢生未遭顛沛如文文山❽、謝枋得❾者，吾不敢信其果能躬行實踐矣。此非吾之厚誣古人，錢謙益有以啟之也。吾亦不敢輕於發言矣，吾言之，吾不敢自知能行之否，亦非吾之甘於自棄，錢謙益有以啓之也。今更觀於迂奶奶之得賢名，觀人之道，益滋懼矣。

❼錢謙益：字受之，號牧齋，明末清初人。明崇禎時曾官禮部侍郎，南明弘光時官禮部尚書，後投降清朝，以禮部侍郎管秘書院事。是當時著名的貳臣。

❽文文山：文天祥，字履善，號文山，南宋人，曾任右丞相，被元兵俘虜，拒不投降，慷慨就義。

❾謝枋得：字君直，號疊山，南宋人，與文天祥為同科進士。率兵抗元失敗後，流亡建陽，元朝強制送往大都，迫其出仕，堅不做貳臣，絕食而死。

# 第九十六回　教供詞巧存體面　寫借據別出心裁

原來那錢塘縣知縣未發跡時，他的正室太太不知與和尚有了甚麼事，被他查著憑據，欲待聲張，卻又怕於面子有礙，只得咽一口氣，寫一紙休書，把老婆休了，再娶這一位孺人的。此刻恰好遇了這個案子，那迂奶奶又自己碰了來，他便要借這個和尚出那個和尚的氣，借迂奶奶出他那已出老婆的醜。真是奇想，然而事到其間，卻人人有此心理也。

當時坐了二堂，先問：「和尚提到了沒有？」回說提到了。又叫先提小和尚上來，問道：「你有師父沒有？」回說：「有。」又問：「叫甚名字？」回說：「叫某某。」又問：「你還有甚麼人？」回說：「有個師太。」問：「師太是甚麼人？」回說：「師太就是師太，不知道是甚麼人。」問：「師父、師太，可是常住在哪裡？」回說：「不是，他兩個天天來一遍就去了。」問：「天天甚時候來？」回說：「或早上，或午上，說不定的。」問：「他們住在哪裡？」回說：「師父住在某廟裡，師太不知道住在哪裡。」可見辦得極秘密也。問：「他們天天來做甚麼？」回說：「不知道。來了便都到裡面去了，我們都趕在外面，不許進去，不知他們做甚麼。有一回，我要偷進去看看，老媽媽還喝住我，不許我進去，說師父和師太□□呢。」小孩子語，可發一笑。知縣喝道：「胡說！」隨在身邊取出那張小照，叫衙役遞給小和尚，問他：「這是誰？」小和尚一看見，便道：「這就是我的師太。」知縣叫把小和尚帶下去，把和尚帶上來。知縣叫抬起頭來，和尚抬起頭，知縣把他仔細一端詳，只見他生得一張白淨面孔，一雙烏溜溜的色眼，倒也脣紅齒白。知縣把驚堂一拍道：「你知罪麼？」和尚道：「僧人不知罪。」知縣冷笑道：「好個不知罪！本縣要打到你知罪呢！」把簽子往下一撒，差役便把和尚按倒，褪下袴子，一啊、二啊的打起來，打到二十多下，知縣喝叫停住了。問那行刑的差役道：「你們受了那和尚多少錢，打那個虛板子？」差役嚇得連忙跪下道：「小的不敢，沒有這件事。」知縣道：「哼！我做了二十多年老州縣，你敢在我跟前搗鬼呢！」喝叫先把他每人先打五十大杖，鎖起來；打得他兩個皮開肉綻，鎖了下去。知縣喝叫再打和尚。這回行刑的雖是受了錢，也不敢做手腳了，用盡平生之力，沒命的打下去，打得那和尚殺豬般亂叫。一口氣打了五百板，打得他血肉橫飛，這纔退堂。入到上房，只見那迂奶奶臉色青得和鐵一般，上下三十二個牙齒一齊叩動，渾身瑟瑟亂抖。

原來知縣說是發落稀奇古怪案子，又叫他孺人去看，孺人便拉了迂奶奶同去。迂奶奶就有點疑心，不肯去，無奈一邊儘管相讓。迂奶奶回念一想，那和尚已經在保，今天未聽見提到，或者不是這件事也未可知，不妨同去看看。原來那和尚被捉時，他一黨的人都不在寺裡，所以沒人通信。及至同黨的人回來知道了，趕去報信，迂奶奶已先得了封房子的信，趕到衙門裡來了，所以不知那和尚已經提到。當下走到屏風後頭，往外一張，見只問那小和尚。心中雖然吃了一驚，回想小和尚不知我的姓氏，問他，我倒不怕，諒他也不敢叫我去對質。後來見知縣拿小照給小和尚看，方纔顏色大變，身上發起抖來。孺人不知就裡，見此情形，也吃了一驚，忙叫丫頭仍扶了到上房去。再三問他覺得怎麼，他總是一言不發。又叫：「打轎子，我回去。」誰知這縣衙門宅門在二堂之後，若要出去，必須經過二堂，堂上有了堂事，是不便出去的。迂奶奶愈加驚怪，以為知縣故意和他為難。又聽得老媽子們來說：「老爺好古怪！問了小和尚的話，卻拿一個大和尚打起來，此刻打的要死快了！」迂奶奶聽了，更是心如刀刺，又是羞，又是惱，又是痛，又是怕。羞的是自己不合到這裡來當場出醜；惱的是這個狗官不知聽了誰的唆使，毫不留情；痛的是那和尚的精皮嫩肉，受此毒刑；怕的是那知縣雖然不敢拿我怎樣，然而他退堂進來，著實拿我挖苦一頓，又何以為情呢！有了這幾個心事，不覺越抖越利害，越見得臉青唇白，慢慢的通身抖動起來。嚇得孺人沒了主意。恰好知縣退堂進來，他的本意是要說兩句挖苦話給他受受的，及至見了他如此光景，也就不便說了。連忙叫人去拿薑湯來，調了定驚丸灌下去。歇了半晌，方纔定了，又不覺一陣陣的臉紅耳熱起來。知縣道：「少夫人放心。這件事只怪和尚不好。別人不打緊，老中堂臉上，侍生是要顧著的。將來辦下去，包管不礙著府上絲毫的體面。」迂奶奶此時說謝也不是，說感激也不是，不知說甚麼好，把一張臉直紅到頸脖子上去。知縣便到房裡換衣服去了。迂奶奶無奈，只得搭訕著坐轎回府。

這邊知縣卻叫人拿了傷藥去替和尚敷治，說用完了再來拿，他的傷好了來回我。家人拿了出去，交代明白。過了幾天，卻不見來取傷藥。知縣心裡疑惑，打發人去問，回說是已經有人從外頭請了傷科醫生，天天來診治了。知縣不覺一笑。等過了半個月，人來說和尚的傷好了，他又去坐堂，提上來喝叫打，又打了一百板押下去；那邊又請醫調治，等治得差不多好了，他又提上來打。如此四、五次，那知縣借這個和尚出那個和尚的氣，也差不多了。粵諺有云：黑狗得食，白狗當災。其是之謂乎。然後叫人去給那和尚說：「你犯的罪，你自己知道。你到了堂上，如果供出實情，你須知汪府上是甚麼人家，只怕你要死無葬身之地呢！我此刻教你一個供法，你只說向來以化齋為名，去偷人家的東西；並且不要說都是偷姓汪的，只揀那有款的字畫，說是偷姓汪的，其餘一切東西，偷張家的，偷李家的，胡亂供一陣。如此，不過辦你一個積竊，頂多不過枷幾天就沒事了。」和尚道：「他提了我上去，一問也不問就是打，打完了就帶下來，叫我從何供起。」那人道：「包你下次上去不打了。你只照我所教的供，是不錯的。」和尚果然聽了他的話，等明日問起來，便照那人教的供了。知縣也不再問，只說道：「據你所供東西是偷來的，是個賊。但是你做和尚的，為甚又置備起婦人家的妝奩用具來，又有女鞋在床底下？顯見得是不守清規了。」喝叫拖下去打，又打了三百板，然後判了個永遠監禁。一面叫人去招呼汪家，叫人來領贓，只把幾張時人字畫領了去。一面寫個稟帖稟復汪中堂，也只含含糊糊的，說和尚所偷贓物，已訊明由府上領去；和尚不守清規，已判定永遠監禁。汪中堂還感激他辦得乾淨呢。他卻是除了汪府領去幾張字畫之外，其餘各贓，無人來領，他便聲稱存庫，其實自行享用了。更把那一所甚麼精舍，充公召賣，卻又自己出了二百吊錢，用一個旁人出面來買了，以為他將來致仕❶時的菟裘❷。

苟才和繼之談的，就是這麼一樁故事。我分兩橛聽了，便拿我的日記簿子記了起來。天已入黑了，我問繼之道：「苟才那廝說起話來，沒有從前那麼亂了。」繼之道：「上了年紀了，又經過多少閱歷，自然就差得多了。」我道：「他來求薦醫生，不知大哥可曾把端甫薦出去？」繼之道：「早十多天我就薦了，吃了端甫的藥，說是安靜了好些。他今天來，算是謝我的意思。」

❶ 致仕：辭官歸居。

❷ 菟裘：原為地名，故地在山東泗水境。左傳隱公十一年：「羽父請殺桓公，以求大宰。公曰：『為其少故也，吾將受之矣。』使營菟裘，吾將老焉。」後來就稱告老退隱的居處為「菟裘」。

說話間，已開夜飯。忽然端甫走了來，繼之便問吃過飯沒有，端甫道：「沒有呢。」繼之道：「那麼不客氣，就在這裡便飯罷。」端甫也就不客氣，坐下同吃。飯後，端甫對繼之道：「今天我來，有一件奇事奉告。」繼之忙問甚麼事，端甫道：「自從繼翁薦我給苟觀察看病後，不到兩三天，就有一個人來門診，說是有了個怔忡之症，夜不成寐，聞聲則驚，求我診脈開方。我看他六脈調和，不像有病的，便說『你六脈裡面都沒有病象，何以說有病呢』。他一定說是晚上睡不著，有一點點小響動，就要嚇的了不得。我想這個人或者膽子太小之過，這膽小可是無從醫起的，雖然藥書上間或有此一說，我看也不過說說罷了，未必靠得住，就隨便開了個安神定魄的方子給他。他又問這個怔忡之症，會死不會？我對他說：『就是真正得了怔忡之症，也不見得一時就死，何況你還不是怔忡之症呢。』他又問忌嘴不忌，我回他說不要忌的，他纔去了。不料明天他又來，仍舊是覶覶瑣瑣的問，要忌嘴不要，怕有甚麼吃了要死的不。我只當他一心怕死，就安慰他幾句。誰知他第三天又來了，無非是那幾句話，我倒疑心他得了痰病❸了。及至細細的診他脈象，卻又不是，仍舊胡亂開了個寧神方子給他。叫他纏了我六七天。上前天我到苟公館裡去，可巧巧兒碰了那個人。他一見了我，就漲紅了臉回身去了。當時我還不以為意，後來仔細一想，這個情形不對，他來看病時，口口聲聲說的病情，和苟觀察一樣的，卻又口口聲聲只問要忌嘴不要，吃了甚麼是要死的，從來沒問過吃了甚麼快好的話，這個人又是苟公館裡的人，不覺十分疑惑起來。要等他明天再來問他，誰知他從那天碰了我之後，就一連兩天沒來了。真是一件怪事！我今天又細細的想了一天，忽然又想起一個疑竇來。他天天來診病，所帶來的原方，從來是沒有抓過藥的。大凡

❸ 痰病：指精神病。

到藥鋪裡抓藥，藥鋪裡總在藥方上蓋個戳子，打個碼子的。我最留神這個，因為常有開了要緊的藥，那病人到那小藥鋪子裡去抓，我常常知照病人，誰家的藥靠得住，誰家的靠不住，所以我留神到這個。繼翁，你看這件事奇不奇！」我和繼之聽了，都不覺楞住了。我想了一想道：「這個是他家甚麼人，倒不得明白。」端甫道：「他家一個少爺，一個書啓老夫子，一個帳房，我都見過的。並且我和他帳房談過，問他有幾位同事，他說只有一個書啓，並無他人。」我道：「這樣說來，難道是底下人？」端甫道：「那天我在他們廳上碰見他，他還手裡捧著個水烟袋抽烟，並不像是個下人。」繼之道：「他跟來的窮親戚本來極多，然而據他說，早都打發完了。」端甫道：「不問他是誰，我今天是過來給繼翁告個罪，那個病我可不敢看了。他家有了這種人，不定早晚要出個甚麼岔子，不要怪到醫生頭上來。」繼之道：「這又何必呢。端翁只管就病治病，再知照他忌吃甚麼，他要在旁邊出個甚麼岔子，可與你醫生是不相干的。」端甫道：「好在他的病，也不差甚麼要痊癒了。明天他再請我，我告訴他要出門去了，叫他吃點丸藥。他那種闊佬，知道我動了身，自然去請別人。等別人看熟了，他自然就不請我了。」說罷，又談了些別的話，方纔辭去。

我和繼之參詳這個到底是甚麼人，聽那個聲口，簡直是要探聽了一個吃得死的東西，好送他終呢。繼之道：「誰肯作這種事情，要就是他的兒子。」我道：「幹是旁人是不肯幹這個的。幹到這個，無非為的是錢，旁人幹了下來，錢總還在他家裡，未必拿得動他的。要說是兒子呢，未必世上真有這種梟獍❹。」繼之道：「這也難說。我已經見過一個差不多的了。這裡上海有一個富商，是從極貧寒、極微

❹ 梟獍：傳說梟（一種鳥）食母，獍（一種獸）食父，因而把殘害父母的子女稱做梟獍。

賤起家的。年輕時候，不過提個竹筐子，在街上叫賣洋貨，那出身就可想而知了。不多幾時，便發了財，到此刻是七八家大洋貨鋪子開著，其餘大行大店，他有股份的也不知多少。生下幾個兒子，都長大成人了。內中有一個最不成器的，終年在外頭非嫖即賭，他老子知道了，便限定他的用錢，每月叫帳房支給他二百洋錢。這二百塊錢，不定他兩三個時辰就化完了，哪裡夠他一個月的用！鬧到不得了，便在外頭借債用。起初的時候，仗著他老子的臉，人家都相信他，商定了利息，訂定了日期，寫了借據。及至到期向他討時，非但本錢討不著，便連一分幾釐的利錢也付不出。如此攬得多了，人家便不相信他了。他可又鬧急了，找著一個專門重利盤剝的老西兒，（京師土諺，稱山西錢儈為老西兒。蓋亦輕之之意也。）要和他借錢。老西兒道：『咱借錢給你是容易的，但是你沒有還期，咱有點不放心，所以啊，咱就不借了。』他說道：『我和你訂定一個日子，說明到期還你。如果不還，憑你到官去告。好了罷？』老西兒道：『哈哈！咱老子上你的當呢！打到官司，多少總要化兩文，這個錢叫誰出啊！你說罷，你說訂個甚期限罷？』他說道：『一年如何？』老西兒搖頭不說話。他道：『半年如何？』老西兒道：『不對，不對。』他道：『那麼準定三個月還你。』老西兒哈哈大笑道：『你越說越不對了。』他想這個老西兒，倒不信我短期還他，我就約他一個遠期，看他如何。他要我訂遠期，無非是要多刮我幾個利錢罷了，好在我不在乎此。（窮到乞貸，尚言不在乎此。的是闊少口吻。）因說：『短期你不肯，我就約你的長期，三年五年，隨便你說罷。』老西兒搖搖頭。他急道：『那麼十年八年，再長久了，恐怕你沒命等呢！』老西兒仍是搖頭不語。他著了氣道：『長期又不是，短期又不是，你不過不肯借罷了。你既然不肯借，為甚不早說，耽擱我這半天！』老西兒道：『咱老子本說過不借的啊。但是看你這個急法兒，也實在可憐，咱就借給你。但是還錢的日期，要我定的。』他道：『如此要哪一天還?你說。』老西兒道:『咱也不要你一定的日子,你只在借據上寫得明明白白的,說我借到某人多少銀子,每月行息多少,這筆款子等你的爸爸死了,就本利一律清算歸還,咱就借給你了。』他聽了一時不懂,問道:『我借你的錢,怎麼要等你的爸爸死了還錢?莫非你這一筆款子,是專預備著辦你爸爸喪事用的麼?』老西兒道:『呸!咱說是等你的爸爸死了,怎麼錯到咱的爸爸頭上來!呸,呸,呸!』他心中一想,這老西兒的主意卻打得不錯,我老頭子不死,無論約的哪一年一月,都是靠不住的,不如依了他罷。想罷,便道:『這倒依得你。你可以借一萬給我麼?』老西兒道:『你依了咱,咱就借你一萬,可要五分利的。』他嫌利息太大,老西兒說道:『咱這個是看見款子大,格外相讓的。咱平常借小款子給人家,總是加一加二的利錢呢。』兩個人你爭多,我論少,好容易磋磨到三分息。那老西兒又要逐月滾息,一面不肯,於是又重新磋磨,說到逐年滾息,方纔取出紙筆寫借據。可憐那位富翁的兒子,從小不曾好好的讀書,提起筆來,要有十來斤重。平常寫十來個字的一張請客條子,也要費他七八分鐘時候,內中還要犯了四五個別字;筆畫多點的字,還要拿一個字來對著臨仿;及至仿了下來,還不免有一兩筆裝錯的。此刻要他寫一張借據,那可就比新貢士殿試寫一本策還難點了。好容易寫出了『某人借到某人銀一萬兩』幾個字,以後便不知怎樣寫法。沒奈何,請教老西兒。老西兒道:『咱是不懂的,你只寫上等爸爸死了還錢就是。』他一想,先是『爸爸』兩個字,非但不會寫,並且生平沒有見過。不要管他,就寫了個『父親』罷。提起筆來先寫了一個『父』字,卻不曾寫成『艾』字,總算他本事的了。又寫了半天,寫出一個『親』字來,卻把左半邊寫了個『幸』字底下多了兩點,右半邊寫成一個『頁』字,又把底下兩點變成個『几』字。自己看看有點不像,也似乎可以將就混過去了。又想一想,就寫『死了」兩個字，總不成文理，還講文理。可發一笑。卻又想不出個甚麼字眼來。拿著筆，先把寫好的念了一遍。偏又在『父』字上頭漏寫了個『等』字，只急得他滿頭大汗。沒奈何，放下筆來說道：『我寫不出來，等我去找一個朋友商量好稿子，再來寫罷。』老西兒沒奈何，由他去。他一走走到一家烟館裡，是他們日常聚會所在，自有他的一班嫖朋賭友。他先把緣由敘了出來，叫眾人代他想個字眼。一個道：『這有甚麼難！只要寫「等父親死後」便了。』一個說：『不對，不對。他原是要避這個「死」字，不如用「等父親歿後」。』一個道：『也不好。我往常看見人家死了父母，刻起訃帖來，必稱孤哀子❺，不如寫「等做孤哀子後」罷』。」正是：

局外莫譏墻面子❻，此中都是富家郎。

不知到底鬧出個甚麼笑話，且待下回再記。

描摹富家子之寫借據，可謂淋漓盡致。吾每嘅夫吾國中之富家兒，尠❼有保守至三代者。初不得其故，由此觀之，則不教之為害也，明矣。字且不識，遑問義理哉；義理

---

❺ 孤哀子：唐宋以來，父喪稱「孤子」，母喪稱「哀子」；父母雙亡，稱「孤哀子」。

❻ 墻面子：語出尚書周官：「不學墻面，蒞事惟煩。」謂面墻而立，目無所見。後用以稱愚昧無知的人。

❼ 尠：「尟」之俗字，少也。

不明，則入於流蕩；流蕩所以破家也。恒見為父母者，對於子女，惟知以婚嫁為急務。一若捨是之外，更無父母之事也者。其尤甚者，則惟恐其子女之不得暢於逸豫，又從而導之。嗚呼！無異乎創業者猶僅見，而守成者且絕無也。傷哉！

昔聞人談一笑柄云：山西人託友帶家信與其子，外並銀六十四兩。其友疑之，私發其函，則空無一字。惟一紙中畫飛蛾二，蛾下畫一螺，螺下畫一繩，繩作結狀，再下畫一蠅，蠅下連畫兩鼈而已。友益疑，仍封固，交其子，而僅予以銀六十兩。其子閱函畢，曰：「何故缺四兩？」友益奇之，曰：「誠然。第吾不解函中意，請為我詳言之，當返璧。」其子曰：「是何難解！指二飛蛾以次而下曰：蛾（我）兒蛾（我）兒螺（老）子結（寄）（結繩之「結」也。凡下註之字，以山西音讀之，均諧上一字。）蠅（銀）子鼈（八）鼈（八）六十四兩也。」由此觀之，對於山西人，繪圖諧聲為之足矣，富家子毋乃多事。附記之，以博一笑。

# 第九十七回　孝堂上伺候競奔忙　親族中冒名巧頂替

「內中有一個稍為讀過兩天書的，卻是這一班人的篾片❶，起來說道：『列位所說的幾個字眼，都是狠通的，但是都有點不狠對。』眾人忙問何故，那人道：『他因為「死了」兩個字不好聽，纔來和我們商量改個字眼，是嫌那「死」字的死面不好看之故。諸位所說的，還是不免「死」啊、「歿」啊的，至於那「孤哀子」三個字，也嫌不祥。我倒想了四個字狠好的，包你合用。但是古人一字值千金，我雖不及古人，打個對折是要的。』他屈指一算，四個字是二千銀子。便說道：『承你的情，打了對折，卻累我借來的款就打了八折了，如何使得！』於是眾人做好做歹，和他兩個說定，這四個字，一百元一個字，還要那人跟了他去代筆。那人應允了，纔說出是『待父天年』四個字。眾人當中還有不懂的，那人早拉了他同去見老西兒了。那人代筆寫了，老西兒又不答應，說一定要親筆寫的，方能作數。他無奈又辛辛苦苦的對臨了一張，簽名畫押，式式齊備。老西兒自己不認得字，一定要拿去給人家看過，方纔放心。他又恐怕老西兒拿了借據去，不給他錢，不肯放手。於是又商定了，三人同去。他自己拿著那張借據，走到胡同口，有一個測字的，老西兒叫給他看。測字的看了道：『這是一張寫據。』又顛來倒去看了幾遍，說道：『不通，不通。甚麼「父天年！」老子年紀和天一般大，也寫在上頭做甚麼！』老西兒聽了，

❶ 篾片：指豪門富家幫閒的清客。

就不答應。那人道：「這測字的不懂，這個你要找讀書人去請教的。」老西兒道：『有了，我們到票號裡去，那裡的先生們自然都是通通兒的了。』於是一起同行，到得一家票號，各人看了，都是不懂；偏偏那個寫往來書信的先生，又不在家。老西兒便嚷靠不住：『你們這些人串通了，做手腳騙咱老子的錢，那可不行！』其時票號裡有一個來提款子的客人，老西兒覺得票號裡各人都看過了，惟有這個客人沒有看過，何不請教請教他呢。便取了那借據，請那客人看，那客人看了一遍，把借據向桌子上一拍道：『這是哪一個沒天理、沒王法、不入人類的混帳畜生忘八旦（好一條崇銜！）幹出來的！』老西兒未及開口，票號裡的先生見那客人忽然如此臭罵，當是一張甚麼東西，連忙拿起來再看，一面問道：『到底寫的是甚麼？我們看好像是一張借據啊。』那客人道：『可不是個借據！他卻拿老子的性命抵錢用了，這不是放他媽的狗臭大驢屁！』票號裡的先生不懂道：『是誰的老子，可以把性命抵得錢用？』客人道：『我知道是哪個梟獍幹出來的！他這借據上寫著等他老子死了還錢，這不是拿他老子性命抵錢嗎！唉，外國人常說雷打是沒有的，不過偶然觸著電氣罷了。唉，雷神爺爺不打這種人，只怕外國人的話有點意思的。』一席話，當面罵得他置身無地，要走又走不得。幸得老西兒聽了，知道寫的不錯，連忙取回借據，辭了出來，去劃了一萬銀子給他。那人坐地分了四百元。他還問道：『方纔那個客人拿我這樣臭罵，為甚又忽然說我孝敬呢？』那人不懂道：『他幾時說你孝敬？』他道：『他明明說著「孝敬」兩個字，不過我學不上他那句話罷了。』那人低頭細想，方悟到「梟獍」二字被他誤作「孝敬」，（孝敬其貌，梟獍其心，作者於此有微詞矣。）不覺好笑，也不和他多辯，樂得拿了四百元去享用。這個風聲傳了出去，凡是曾經借過錢給他的，一律都拿了票子來，要他改做了待父天年的期，他也無不樂從，免得人家時常向他催討。據說他寫出去的這種票子，已經有

七、八萬了。」我聽了不禁吐舌道：「他老子有多少錢，禁得他這等胡鬧。」繼之道：「大約分到他名下，幾十萬總還有。然而照他這樣鬧，等他老子死下來，分到他名下的家當，只怕也不夠還債了。」說話時，夜色已深，各自安歇。

過得幾天，便是那陳稚農開弔之期。我和他雖然沒甚大不了的交情，但是從他到上海以來，我因為買銅的事，也和他混熟了，況且他臨終那天，我還去看過他，所以他訃帖來了，我亦已備了奠禮過去。到了這天，不免也要去磕個頭應酬他，借此也看看他是甚麼場面。吃過點心之後，便換了衣服，坐個馬車，到壽聖庵去。我一逕先到孝堂去行禮。只見那孝帳上面，七長八短，掛滿了輓聯，當中供著一幅電光放大的小照。可是沒個親人，卻由繆法人穿了白衣，束了白帶，戴了摘纓帽子，在旁邊還禮謝奠。我行過禮之後，回轉身，便見計醉公穿了行裝衣服，迎面一揖。我連忙還禮，同到客座裡去。座中先有兩個人，由醉公代通姓名，一個是莫可文，一個是卜子修。這兩位的大名，我是久仰得狠的，今日相遇了，真是聞名不如見面。可惜我一枝筆不能敘兩件事，一張嘴不能說兩面話，只能把這開弔的事敘完了，再補敘他們來歷的了。

當下計醉公讓坐送茶之後，又說道：「當日我們東家躺了下來，這裡道臺知道稚翁在客邊，沒有人照應，就派了卜子翁來幫忙。子翁從那天來了之後，一直到今天，調排一切，都是他一人之力，實在感激得狠。」卜子修接口道：「哪裡的話！上頭委下來的差事，是應該效力的。」我道：「子翁自然是能者多勞。」醉公又道：「今天開弔，子翁又薦了莫可翁來，同做知客。一時可未想到，今天有好些官場要來的，他二位都是分道差委的人員，上司來起來，他二位招呼，不大便當。閣下來了最好，就奉屈在這邊多坐半天，吃過便飯去，代招呼幾個客。」說罷連連作揖道：「沒送帖子，不恭得狠。」我道：「不敢，不敢。左右我是沒事的人，就在這裡多坐一會，是不要緊的。」卜子修連說：「費心，費心。」我一面和他們周旋，一面叫家人打發馬車先去，下半天再來。一面卸下玄青罩褂，一面端詳這客座。只見四面掛的都是輓幛、輓聯之類，卻有一處墻上，粘著許多五色箋紙。我既在這裡和他做了知客，此刻沒有客的時候，自然隨意起坐，因走到那邊仔細一看，原來都是些輓詩，詩中無非是讚嘆他以身殉母的意思。我道：「訃帖散出去沒有幾天，外頭弔輓的倒不少了。」醉公道：「我是初到上海，不懂此地的風土人情。幸得卜子翁指教，略略吹了個風到外面去，如果有人作了輓詩來的，一律從豐送潤筆。這個風聲一出去，便天天有得來，或詩，或詞，或歌，或曲，色色都有。就是所掛的輓聯，多半也是外頭來的，他用詩箋寫了來，我們自備綾綢重寫起來的。」我道：「這件事情辦得好，陳稚翁從此不朽了。」醉公道：「這件事已經由督、撫、學三大憲聯銜出奏，請宣付史館❷，大約可望準的。」

說話之間，外面投進帖子來，是上海縣到了，卜、莫兩個便連忙跑到門外去站班，我做知客的，自不免代他迎了出去。先讓到客座裡。這位縣尊是穿了補褂來的，便在客座裡罩上玄青外褂，方到靈前行禮。卜、莫兩個，早跑到孝堂裡，筆直的垂手挺腰站著班。上海縣行過禮之後，仍到客座裡，脫去罩褂坐下，纔向我招呼，問貴姓臺甫。此時我和上海縣對坐在炕上，卜、莫兩個，在下面交椅上斜簽著身子，把臉兒身子向裡，只坐了半個屁股。上海縣問：「道臺來過沒有？」他兩個齊齊回道：「還沒有來。」

❷ 宣付史館：史館負責編纂國史。凡有卓越功績以及道德操守足以垂範世人的，都由皇帝宣付史館，在國史中為之立傳。

忽然外面轟轟轟放了三聲大砲，把雲板❸聲音都蓋住了，人報淞滬釐捐局總辦周觀察、糖捐局總辦蔡觀察同到了。上海縣便站起來，到外頭去站班迎接。卜、莫兩個，更不必說了。這兩位觀察卻是罩了玄青褂來的，逕到孝堂行禮，他三個早在孝帳前站著班了。行禮過後，我招呼著讓到客座升炕。他兩個就在炕上脫去罩褂，自有家人接去。略談了幾句套話，便起身辭去。大家一齊起身相送。到得大門口時，上海縣和卜、莫兩個先跨了出去，垂手站了個出班，等他兩個轎子去後，上海縣也就此上轎去了。卜、莫兩個，仍舊是站班相送。從此接連著是會審委員、海防同知、上海道，及各局總辦、委員等，紛紛來弔。卜、莫兩個，但是遇了州縣班以上的，都是照例站班，計醉公又未免有些瑣事，所以這知客竟是我一個人當了。幸喜來客無多，除了上海幾個官場之外，就沒有甚麼人了。

忙到十二點鐘之後，差不多客都到過了。開上飯來，醉公便招呼升冠升珠，於是大眾換過小帽，脫去外褂，法人也脫去白袍。因為人少，只開了一個方桌，我和卜、莫兩個各坐了一面，繆、計二人同坐了一面。醉公起身把酒。我正和莫可文對坐著，忽見他襟頭上垂下了一個二寸來長的紙條兒，上頭還好像有字，因為近視眼，看不清楚，故意帶上眼鏡，仔細一看，上頭確是有字的，並且有小小的一個紅字，像是木頭戳子印上去的。我心中莫名其妙，只是不便做聲。席間談起來，纔知道莫可文現在新得了貨捐局稽查委員的差使。卜子修是城裡東局保甲委員，這是我知道的。大家因是午飯，只喝了幾杯酒就算了。

吃過飯後，莫可文先辭了去。我便向卜子修問道：「方纔可翁那件袍子襟上，拴著一個紙條兒，上頭還有幾個字，不知是甚道理？」卜子修愕然，棱了一棱，纔笑道：「我倒不留神，他把那個東西露出

❸ 雲板：舊時官署、寺院、貴族府邸用以傳事的鐵製（也有木製）響器，多鑄成如意雲頭形板狀，故名。

來了。」醉公道：「正是。我也不懂，正要請教呢。那紙條兒上的字，都是不可解的，末了還有個甚麼四十八兩五錢的碼子。」卜子修只是笑，我此時倒省悟過來了。禁不住醉公釘著要問，卜子修道：「莫可翁他空了多年下來了，每有應酬，都是到兄弟那邊借衣服用。今天的事，兄弟自己也要用，怎麼能夠再借給他呢。兄弟除了這一身灰鼠之外，便是羔皮的。褂子是個小羔，還可以將就用得，就借給了他那件袍子，可是毛頭太大了，這個天氣穿不住。叫他到別處去借罷，他偏又交遊極少，借不出來。幸得兄弟在東局多年，彩衣街一帶的衣莊都認得的，同他出法子，昨天去拿了兩件灰鼠袍子來，說是代朋友買的，先要拿去看過，看對了纔要。可是這個朋友在吳淞，要送到吳淞去看，今天來不及送回來，要耽擱一天的。那衣莊上看兄弟的面子，自然無有不肯的，不過交代說，鈕絆上的碼子是不能解下來的，解了下來，是一定要買的。其實解了下來，穿過之後，仍舊替他拴上，有甚要緊。這位莫可翁太老實了，恐怕他們拴的有暗記，便不敢解下來。大約因為有外褂罩住，想不到要寬衣吃飯，穿上時又不曾掖進去，就露了人眼。真是笑話！」醉公聽了，方纔明白。

坐了一會，家人來說馬車來了，我也辭了回去。換過衣服，說起今天的情形，又提到陳稚農要宣付史館一節，不禁嘆道：「從此是連正史都不足信的了！」繼之道：「你這樣說，可當二十四史❹都是信

❹ 二十四史：歷代紀傳體史書，至清朝乾隆四年修成明史，合為二十四史。計有史記（西漢司馬遷）、漢書（東漢班固）、後漢書（南朝宋范曄）、三國志（晉陳壽）、晉書（唐房玄齡）、宋書（南朝梁沈約）、南齊書（南朝梁蕭子顯）、梁書（唐姚思廉）、陳書（唐姚思廉）、魏書（北齊魏收）、北齊書（唐李百藥）、周書（唐令狐德棻）、隋書（唐魏徵）、南史（唐李延壽）、北史（唐李延壽）、舊唐書（五代後晉劉昫）、新唐書（宋歐陽修）、

史了？」我道：「除他之外，難道還有比他可信的麼？」繼之道：「你只要去檢出南北史❺來看便知，盡有一個人的列傳，在這一朝是老早死了，在那一朝卻又壽登耄耋的，你信哪一面的好？就舉此一端，已可概其餘了。後人每每白費精神，往往引經註史，引史證經，生在幾千年之後，瞎論幾千年以前的事，還以為我說得比古人的確。其實極顯淺的史事，隨便一個小學生都知道的，倒沒有人肯去考正他。」我道：「是一件甚麼史事？」繼之道：「天下最可信的書莫如經。禮記❻上載的：『文王九十七乃終，武王九十三而終。』這可是讀過禮記的小孩子都知道的。武王十三年伐紂，十九年崩。文王是九十七歲死的，再加十九年，是一百十六歲。以此算去，文王二十三歲就生武王的了。通鑑❼卻載武王生於帝乙二十三祀，計算起來，這一年文王六十三歲。請教依哪一說的好？還有一層，依了通鑑，武王十九年崩，那年纔得五十四歲；那又列入六經❽的禮記反為不足信了。有一說，說是五十四歲，是依竹書紀年❾的。竹書紀年託稱晉太康二年，發魏襄王墓所得的，其書未經秦火，自是可信。然而我看了幾部版子的竹書

舊五代史（宋薛居正）、新五代史（宋歐陽修）、宋史（元托克托）、遼史（元托克托）、金史（元托克托）、元史（明宋濂）、明史（清張廷玉）。

❺ 南北史：唐李延壽編纂之南史、北史的合稱。南史記南朝宋、齊、梁、陳四朝一百七十年歷史；北史記北朝由魏到隋，三百四十二年歷史。

❻ 禮記：記載古人禮節的書，西漢戴聖採自先秦古籍編定，共四十九篇。

❼ 通鑑：宋司馬光編纂之資治通鑑的簡稱，是自戰國至唐五代一千三百六十二年的編年史。

❽ 六經：對詩經、尚書、禮記、樂記、易經、春秋六種書的總稱。

❾ 竹書紀年：書名。晉朝從魏襄王墓中發掘出來，是魏國的史書，共十三篇。

紀年，都載的是武王九十四歲，並無五十四歲之說。據此看來，九十三、九十四，差得一年，似是可信的了，似乎可以印證禮記的了；然而武王死了下來，他的長子成王，何以又只得十三歲？難道武王八十一歲纔生長子的麼？你只管拿這個翻來覆去的去反覆印證，看可能尋得出一個可信之說來？這還是上古的事。最近的莫如明朝，並且明朝遺老，國初尚不乏人，只一個建文皇帝❿的蹤跡，你從哪裡去尋得出信史來？再近點的，莫如明末，只一個宏光皇帝⓫，就有人說他是個假的，說是張獻忠捉住了老福王宰了，和鹿肉一起煮了下酒，叫做『福祿酒』。那時候福王世子，亦已被害了，家散人亡，庫藏亦已散失，這廝在冷攤上買著了福王那顆印，便冒起福王來。亦有人說，是福王府中奴僕等輩冒的。但是當時南都許多人，難道竟沒有一個人認得他的？貿貿然推戴他起來，要我們後人瞎議論，瞎猜摩！但是看他童妃一案⓬，始終未曾當面，又令人不能不生疑心。像這麼種種的事情，又從哪裡去尋一個信據？」我道：「據此看來，經史都不能信的了？」繼之道：「這又不然。總而言之，不能泥信的就是了。大凡有一篇本紀，或世家，或列傳的，總有這個人；但不過有這個人就是了，至於那本紀、世家、列傳所說的事跡，只能當小說看，何必去問他真假。他那內中或有裝點出來的，或有傳聞失實的，或有故為隱諱的，怎麼

❿ 建文皇帝：明惠帝朱允炆，明太祖朱元璋之嫡孫，建文為其年號。其叔父朱棣（即後來的明成祖）起兵推翻了他，他在南京被攻陷後下落不明。

⓫ 宏光皇帝：即弘光皇帝朱由崧。因避乾隆名諱，「弘」改作「宏」。他原是福王，崇禎皇帝在北京死後，他在南京稱帝，年號弘光。

⓬ 童妃一案：福王在南京稱帝時，一河南婦人童氏自稱是福王妃子，福王拒不和她見面，斷定為假冒，將她治罪。

能信呢！譬如陳稚農宣付史館，將來一定入孝子傳的了。你生在今日，自然知道他不是孝子；百年以後的人，那就都當他孝子了。就如我們今日看古史，那些孝子傳，誰敢保他那裡頭沒有陳稚農其人呢。」

說話之間，外面有人來請繼之去有事。繼之去了，我又和金子安們說起今天莫可文袍子上帶著紙條兒的事，大家說笑一番。我又道：「這兩個人，我都是久仰大名的，今日見了，真是聞名不如見面！」子安道：「據此說來，那兩個人又是一定有甚故事的。你每每叫人家說故事，今天你何妨說點給我們聽呢。」我道：「說是可以，叫我先說哪一個呢？」德泉道：「你愛先說誰就說誰，何必問我們呢。」我道：「我頭一次到杭州，就聽得這莫可文的故事。原來他不叫莫可文，叫莫可基。十八歲上便進了學，一直不得中舉。保過兩回廩，都被革了。他的行為，便不必說了。一向以訓蒙為業，但是訓蒙不過是個名色；骨子裡頭，唆攬詞訟，魚肉鄉民，大約無所不為的了。到三十歲頭上，又死了個老婆，便又借著死老婆為名，硬派人家送奠分，撈了幾十吊錢。可巧出了那莫可文的事。可文是可基的嫡堂兄弟。可文的老子，是一個江西候補縣丞，候了不知若干年，得著過兩次尋常保舉，好容易捱得過了班，滿指望署缺抓印把子，誰知得了一病，就此嗚呼了。可文年紀尚輕，等到三年服滿之後，纔得二十歲左右。一面娶親，一面想克承父志，便寫信到京城，託人代捐了一個巡檢，並代辦驗看，指省江蘇，到部領憑。領到之後，便寄到杭州來。誰知可文連一個巡檢都消受不起，部憑寄到後，正要商量動身到省稟到，不料得了個急痧症死了。可基是嫡堂哥哥，至親骨肉無多，不免要過來幫忙料理喪事。虧得他足智多謀，見景生情，便想出一個法子來，去和弟婦商量，說此刻兄弟已經死了，又沒留下一男半女，弟婦將來的事，我做大伯子的自然不能置身事外。但是我只靠著教幾個小學生度日，如何來得及呢。兄弟捐官的憑照，放在家裡，左右是沒用的，白糟蹋了；不如拿來給我，等我拿了他去到省，弄個把差使，也可以顧家，總比在家裡坐蒙館好上幾倍。他弟婦見人已死了，果然留著也沒用，又不能抵錢用的，就拿來給了他。他得了這個，便馬上收拾趁船，到蘇州冒了莫可文名字去稟到。」正是：

源流雖一派，涇渭竟難分。

未知假莫可文稟到之後，尚有何事，且待下回再記。

# 第九十八回　巧攘奪弟婦作夫人　遇機緣僚屬充西席

「從此之後，莫可基便變成了莫可文了；從此之後，我也只說莫可文，不再說莫可基了。莫可文到了蘇州，照例稟到繳憑，自不必說。他又求上頭分到鎮江府當差，上頭自然無有不准的。他領到札子，又忙到鎮江去稟到。你道他這個是甚麼意思？原來鎮江府王太尊是他同鄉，並且太尊的公子號叫伯丹，小時候曾經從他讀過兩三年書的，他向來雖未見過王太尊，卻有個賓東之分在那裡。所以莫可文到得鎮江，稟見過本府下來，就拿帖子去拜少爺，片子後面注明『原名可基』。王伯丹見是先生來了，倒也知道敬重，親自迎了出來，先行下拜。行禮已畢，便讓可文上坐。可文也十分客氣，口口聲聲只稱少爺，只得分賓坐了。說來說去，無非說些套話。在可文的意思，是要求伯丹在老子跟前吹噓，給個差使。但是初見面，又不便直說，只說得一句『此次到這邊來，都是仰仗尊大人栽培』。伯丹還是個十七八歲的孩子，只當他是客氣話，也支些客氣話回答他。可文住在客棧裡十多天，不見動靜，又去拜過兩次伯丹。伯丹請他吃過一回館子，卻是個早局，又叫了四五個局來，都是牛鬼蛇神一般的，伯丹卻傾倒的了不得。可文狠以為奇，暗暗的打聽，纔知道王太尊自從斷弦之後，並未續娶，又沒有個姨太太，衙門裡頭並無內眷。管兒子極嚴，平常不准出衙門一步，閒話也不敢多說一句。伯丹要出來頑頑，無非是推說哪裡文會，哪裡詩會，出來頑個半天，不到太陽下山，就急急的回去了。就是今天的請客，也是稟過命，說出去會文，纔得出來的。所以雖是牛鬼蛇神的妓女，他見了就如海上神山一般，可望不可即的了。可文得了這個消息，知道伯丹還純乎是個孩子家，雖託了他也是沒用。據如此說，太尊還不知我和他是賓東呢。要想當面說，自己又初入仕途，不知這話說得說不得。躊躇了兩天，忽然想了一個辦法，便請了幾天假，趕回杭州去。

「此時他住的兩間祖屋，早已租了給人家住了，這一次回來，便把行李搬到弟婦家去。告訴弟婦『已經稟過到了，此刻分在鎮江，不日就可以有差使了。我此刻回來，接你到鎮江同住。從此就一心一意在鎮江當差候補，免得我身子在那邊，心在這邊，又不曉得你幾時沒了錢用，又恐怕不能按著時候給你，因此想把你接了去，同住在一起，我賺了錢，便交給你替我當家。有是有的過法，沒有是沒有的過法，自己一家人，那是總好說話的。』弟婦聽了他這個話，自然是感激他，便問幾時動身，可文道：『我來時只請了十五天的假，自然越趕快越好。今天不算數，我們明天收拾起來罷。』弟婦答應了。因為他遠道回來，便打了二斤三白酒❶，請他吃晚飯。居鄉的人，不甚講究規矩，便同桌吃起飯來。可文自吃酒，讓弟婦先吃飯。等弟婦飯吃完了，他的酒還只吃了一半，卻仗著點酒意，便和弟婦取笑起來，說了幾句不三不四的話。他弟婦本是個鄉下人，雖然長得相貌極好，卻是不大懂得道理，聽了他那不三不四的話，雖然知道漲紅了臉，卻不解得迴避開去。可文見他如此，便索性道：『弟婦，我和你說一句知己話。你今年纔二十歲，……』弟婦道：『只有十九歲，你兄弟纔二十歲呢。』可文道：『那更不對了！你十九歲便做了寡婦，往後的日子怎樣過？雖說是吃的穿的，有我大伯子當頭，但是人生一世，並不是吃了穿

❶ 三白酒：以白麵為麴，舂白秫，和潔白之水釀成的酒。

了就可以過去的啊。並且還有一層，我雖說帶了你去同住，但是一個公館裡面，只有一個大伯子帶著一個小嬸，人家看著也不雅相。我想了一個兩得其便的法子，但不知你肯不肯？」弟婦道：「怎樣的法子呢？」可文道：「如果要兩得其便，不如我們從權做了夫妻。」弟婦聽了這句話，不覺登時滿面通紅，連頸脖子也紅透了，卻只低了頭不言語。是小家女子神情。可文又連喝了兩杯酒道：「你如果不肯呢，我斷不能勉強你。不過有一句話，你要明白：你要替我兄弟守節，那是再好沒有的事。不過像你那個守法，就守到頭髮白了，那節孝牌坊都輪不到你的頭上。街鄰人等，都知道你是莫可文的老婆；我此刻到了省，通江蘇的大小官員，都知道我叫莫可文。兩面證起來，你還是個有夫之婦。你這個節，豈不是白守了的麼？可巧我的婆子死在前頭，我和你做了夫妻，豈不是兩得其便！並且你肯依了，跟我到得鎮江，便是一位太太。我亦並不拘束你，你歡喜怎樣就怎樣，出去看戲咧、上館子咧，只要我差使好，化得起，盡你去化，我斷不來拘管你的。你看好麼？」他弟婦始終不曾答得一句話，還伏侍他吃過了酒飯，兩個人大約就此苟且了。

「幾日之間，收拾好家私行李，僱了一號船，由內河到了鎮江，仍舊上了客棧。忙著在府署左近，找了一所房子，前進一間，後進兩間，另外還有個小小廚房，甚為合式，便搬了進去。喜得木器家私，在杭州帶來不少，稍為添置，便夠用了。搬進去之後，又用起人來。用了一個老媽子，又化幾百文一月，用了一個十四五歲的男孩子，便當是家人。弟婦此時便升了太太。安排妥當，明日便上衙門銷假，又去拜少爺。消停了兩天，自己家裡弄了兩樣菜，打了些酒，自己一早專誠去請王伯丹來吃飯。說是前回擾了少爺的，一向未曾還東，心上十分不安；此刻舍眷搬了來，今日特為備了幾樣菜，請少爺賞光去吃頓晚飯。伯丹道：『先生賞飯，自當奉陪。爭奈家君向來不准晚上在外面，天未入黑，便要回署的，因此不便。』可文道：『那麼就改作午飯罷，務乞賞光！』伯丹只得答應了。不知又向老子討個甚麼鬼，早上溜了出來，到可文家去。可文接著，自然又是一番恭維。又說道：『兄弟初入仕途，到此地又沒得著差使，所以租不出好地方，這房子小，簡慢得狠。好在我們同硯❷，彼此不必客氣，回來請到裡面去坐，就是內人也無容迴避。』伯丹連稱：『好說，好說。門生本當要拜見師母。』坐了一會，可文又到裡面走了兩趟，方纔讓伯丹到裡面去。到得裡面，伯丹便先請見師母。可文揭開門帘到房裡，一會便帶了太太出來，伯丹連忙跪下叩頭，太太也忙說：『不敢當。還禮，還禮。』一面說，一面還過禮。可文便讓坐，太太也陪在一旁坐下，先開口說道：『少爺，我們都同一家人一般，沒有事時候，不嫌簡慢，不妨常請過來坐坐。』伯丹道：『門生應該常來給師母請安。』閒話片時，老媽子端上酒菜來，太太在旁邊也幫著擺設。一面是可文敬酒，伯丹謙讓入座，又說：『師母也請喝杯酒。』可文也道：『少爺不是外人，你也來陪著吃罷。』太太也就不客氣，坐了過來，敬菜敬酒，有說有笑。暢飲了一回，方纔吃飯。飯後，就在上房散坐。可文方纔問道：『兄弟到了這裡，不知少爺可曾對尊大人提起我們是同過硯的話？』伯丹道：『這個倒不曾。』原來伯丹這個人有點傻氣，他老子恐怕他學壞了，不許他在外交結朋友。其時有幾個客籍的文人，在鎮江開了個文會，他老子只准他到文會上去，與一班文人結交。所以他在外頭識了朋友，回去絕不敢提起。這回他先生來了，也絕不敢提起。在可文是以為與太尊有個賓東之分，自己雖不便面陳，幸得學生是隨任的，可以借他說上去，所以稟到之後，就去拜少爺，誰知碰了這

❷ 同硯：舊時稱同學為「同硯」。可文對自己的學生伯丹稱同硯，是客氣話。

麼個傻貨！今天請他吃飯，正是想透達這個下情。當下又說道：『少爺何妨提一提呢？』伯丹道：『家君向來不准學生在外面交結朋友，所以不便提起。』可文道：『這個又當別論。尊大人不准少爺在這裡交結朋友，是恐怕少爺誤交損友，尊大人是個官身，不便在外面體察的緣故。像我們是在家鄉認得的，務請提一提。』伯丹答應了，回去果然向太尊提起，又說這位莫可文先生是進過學的。太尊道：『原來是先生，你為甚不早點說？我還當是一個平常的同鄉，想隨便安插他一個差使呢。你是幾歲上從他讀書的？』伯丹道：『十二、三、四歲那幾年。』太尊道：『你幾歲上完篇的？』伯丹道：『十三歲上。』太尊道：『那麼你還是他手上完的篇。』隨手又檢出莫可文的履歷一看，道：『他何嘗在庠，是個監生報捐的功名。』伯丹道：『孩兒記得清清楚楚，先生是個秀才。』太尊道：『我是出外幾十年的人，家鄉的事，全都糊裡糊塗的了。你既然在他手下完篇的，明天把你文會上作的文章，膳一兩篇去請他改改看，可不必說是我叫的。』伯丹答應了，回到書房，膳好了一篇文章，明日便拿去請可文改。可文讀了一遍，搖頭擺尾的不住讚好，道：『少爺的文章進境，真是了不得！這個叫兄弟從何改起，只有五體投地的了！』伯丹道：『先生不要客氣，這是家君叫請先生改的。』他偏要說起。妙。可文兀的一驚道：『少爺昨天回去，可是提起來了？』伯丹道：『是的。』可文丟下了文章不看，一直釘住問，如何提起，如何對答，尊大人的顏色如何。伯丹不會撒謊，只得一一實說。可文聽到秀才、監生一說，不覺呆了一呆。低頭默默尋思，如果問起來，如何對答，須要預先打定主意。到底包攬詞訟的先生，主意想得快，一會兒的功夫，早想定了。並且也料到叫改文章的意思，便不再和少爺客氣，拿起筆來，颼颼颼的一陣改好了，加了眉批、總批，雙手遞與伯丹道：『放恣，放恣。尊大人跟前，務求吹噓吹噓！』伯丹連連答應。坐了一會，便去了。

「到了明日是十五，一班佐雜太爺，站過香班❸，上過道臺衙門，又上本府衙門。太爺們見太尊，向來是班見❹，沒有坐位的。這一天號房拿了一大疊手版上去，一會兒下來，把手版往桌上一丟，卻早抽出一個來道：『單請莫可文莫太爺。』眾佐雜太爺們聽了這句話，都把眼睛向莫可文臉上一望，覺得他臉上的氣色是異常光彩，運氣自然與眾不同，無怪他獨荷垂青了。莫可文也覺得洋洋得意，對眾同寅拱拱手，說聲『失陪』，便跟了手版進去。走到花廳，見了太尊，可文自然常禮請安。太尊居然回安拉炕，可文哪裡敢坐，只在第二把交椅上坐下。太尊先開口道：『小兒久被化雨❺，費心得狠。老夫子到這邊來，又不提起，一向失敬。還是昨天小兒說起，方纔知道。』可文聽了這番話，又居然稱他老夫子，真是受寵若驚，不知怎樣纔好，答應也答應不出來，末了只應得兩個『是』字。太尊又道：『聽小兒說，老夫子在庠？』可文道：『卑職僥倖補過廩，此次為貧而仕，是不得已之舉，所以沒有用廩名報捐。到了鄉試年分，還打算請假下場。』太尊點頭道：『足見志氣遠大。』說罷，舉茶送客。可文辭了出來，只見一班太爺們還在大堂底下，東站兩個，西站三個的，在那裡談天。見了可文，便都一哄上前圍住，

---

❸ 站過香班：屬員和僕人在長官出行時均要排列兩旁低頭垂手侍立，是為「站班」。農曆初一、十五，長官到孔廟、關廟等廟宇拈香，屬員僕人循例所站之班，叫「站香班」。

❹ 班見：佐雜一班人同時接見。

❺ 化雨：比喻教化人，像時雨沾溉田地一樣。語出孟子盡心上：「君子之所以教者五：有如時雨化之者……」後多用「春風化雨」比喻善教。

問見了太尊說些甚麼，想來一定得意的。可文洋洋得意的說道：『無意可得。至於太尊傳見，不過談談家鄉舊事，並沒有甚麼意思。』內中一個便道：『閣下和太尊想來必有點淵源？』可文道：『沒有，沒有，不過同鄉罷了。』說著，便除下大帽子，自有他帶來那小家人接去，送上小帽換上。他又卸下了外褂，交給小家人。他的公館近在咫尺，也不換衣服，就這麼走回去了。

「從此之後，伯丹是奉了父命的，常常到可文公館裡去。每去，必在上房談天，那師母也絕不迴避，一會兒送茶，一會兒送點心，十分殷勤。久而久之，可文不在家，伯丹也這樣直出直進的了。可文又打聽得本府的一個帳房師爺，姓危，號叫瑚齋的，是太尊心腹，言聽計從的。於是央伯丹介紹了見過幾面之後，又請瑚齋來家裡吃飯，也和請伯丹一般，出妻見子的，絕無迴避。那位太太近來越發出落得風騷，逢人都有說有笑，因此危瑚齋也常常往來。如此又過了一個來月，可文纔求瑚齋向太尊說項。太太從旁也插嘴道：『正是。總要求危老爺想法子，替他弄個差使當當纔好。照這樣子空下去，是要不得了的！這裡鎮江的開銷，樣樣比我們杭州貴，要是鬧到不得了，我們只好回杭州去的了。』是何說話？是何神理？說罷，嫣然一笑。危瑚齋受了他夫妻囑託，便向太尊處代他說項。太尊道：『這個人啊，我久已在心的了。因為不知他的人品如何，還要打聽打聽，所以一直沒給他的事。只叫小兒仍然請他改改課卷，我節下送他點節敬罷了。』瑚齋道：『莫某人的人品，倒也沒甚麼。』太尊道：『你不知道。我看讀書人當中，要就是中了進士，點了翰林，飛黃騰達上去的，十人之中還有五六是個好人；若是但進了個學，補了個廩，以後便蹭蹬住的，那裡頭簡直要找半個好人都沒有。他們也有不得不做壞人之勢，單靠著坐館，能混得了幾個錢，自然不夠他用；不夠用起來，自然要設法去弄錢。你想他們有甚弄錢之法？無非是包攬詞訟，干預公事，魚肉鄉里，傾軋善類，布散謠言，混淆是非，甚至窩娼庇賭，暗通匪類，那一種奇奇怪怪的事，他們無做不到。我府底下雖然沒有甚麼重要差使，然而委出去的人，也要揀個好人，免得出了岔子，叫本道說話。莫某人他是個廩生，他捐功名，又不從廩貢❻上報捐，另外弄個監生，我狠懷疑他在家鄉幹了甚麼事，是個被革的廩生，那就好人有限了。』瑚齋道：『依晚生看去，莫某人還不至於如此。不過頭巾頭巾上應加一「綠」字。一笑。氣太重，有點迂腐騰騰的罷了。晚生看他世情都還不甚了了，太尊所說種種，他未必會去做。』太尊道：『既然你保舉他，我就留心給他個事情罷了。』既而又說道：『他既是世情都不甚了了的，如何能當得差呢。我看他筆墨還好，我這裡的書啓張某人，他屢次接到家信，說他令兄病重，一定要辭館回去省親，我因為一時找不出人來，沒放他走，不如就請了莫某人罷。好在他本是小兒的先生，一則小兒還好早晚請教他，二來也叫他在公事上歷練歷練。』瑚齋道：『這是太尊的格外栽培。如此一來，他雖是個壞人，也要感激的學好了。』說罷，辭了出來，揮個條子，叫人送給莫可文，通知他。可文一見了信，直把他喜得賽如登仙一般。」正是：

任爾端嚴衡品行，奈渠機智善欺蒙。

不知莫可文當了鎮江府書啓之後，尚有何事，且待下回再記。

---

❻ 廩貢：以廩生的資格做了貢生。

或謂王太尊論讀書人一段，毋乃太虐。應之曰：虐乎哉？猶恕詞也。但觀其舉種種劣跡，而於莫可文之舉動，猶未道著一字，則其他之未曾道著者，不知凡幾從可知矣！且曰他們也有不得不做壞人之勢，豈非恕乎？然而士林羞矣。

# 第九十九回　老叔祖娓娓講官箴　少大人殷殷求僕從

「莫可文自從做了王太尊書啓之後，辦事十分巴結。王伯丹的文章，也改得十分週到。對同事各人，也十分和氣。並備了一分鋪蓋，在衙門裡設一個床鋪，每每公事忙時，就在衙門裡下榻。人家都說他過於巴結了，自己公館近在咫尺，何必如此。王太尊也是說他辦事可靠，哪裡知道他是別有用心的呢。他書啟一席，就有了二十兩的薪水；王太尊喜他勤慎，又在道臺那邊代他求了一個洋務局掛名差使，也有十多兩銀子一月；連他自己鬼鬼祟祟做手腳弄的，一個月也不在少處。後來太湖捕獲鹽梟案內，太尊代他開個名字，向太湖水師統領處說個人情，列入保舉案內，居然過了縣丞班。過得兩年，太尊調了蘇州首府，他也跟了進省。不幸太尊調任未久，就得病死了。那時候，他手邊已經積了幾文，想要捐過知縣班，到京辦引見，算來算去，還缺少一點。正在躊躇設法，他那位弟婦過班的太太，不知和哪一個情人一同逃走了，把他幾年的積蓄，雖未盡行捲逃，卻已經十去六七了。他那位夫人，一向本來已是公諸同好，作為謀差門路的，一旦失了，就同失了靠山一般；何況又把他積年心血弄來的捲了一大半去，只氣得他一個半死。自己是個在官人員，家裡出了這個醜事，又不便聲張，真是『啞子吃黃連，自家心裡苦』。久而久之，同寅中漸漸有人知道了，指前指後，引為笑話。他在蘇州蹲不住了，纔求分了上海道差遣，跑到上海來。因為沒了美人局，只怕是一直瘺到此刻的。這是莫可文的來歷。

「至於那卜子修呢，他的出身更奇了。他是寧波人，姓卜，卻不叫子修，叫做卜通。小時候，在寧波府城裡一家雜貨店當學徒。有一天他在店樓上洗東西，洗完了，拿一盆髒水，從樓窗上潑出去。不料鄞縣縣大老爺從門前經過，這盆水不偏不倚，恰恰潑在縣大老爺的轎子頂上。」金子安聽我說到這裡，忙道：「不對，不對。他在樓上看不見底下，容或有之；大凡官府出街，一定是鳴鑼開道的，難道他聾了，聽不見？」我道：「你且慢著駁，這一天恰好是忌辰，官府例不開道鳴鑼呢。縣大老爺大怒，喝叫停轎，要捉那潑水的人。眾差役如狼似虎般擁到店裡，店裡眾夥計誰敢怠慢，連忙從樓上叫了他下來。那差役便橫拖豎曳，把他抓到轎前。縣大老爺喝叫打，差役便把他按倒在地，褪下袴子，當街打了五十小板子。」金子安道：「忌辰例不理刑名，怎麼他動起刑來？」我道：「這就叫做『只許州官放火，不准百姓點燈』。當時把他打得血流漂杵。只這一打，把他的官興打動了，奇談。他暗想：『做了官便如此威風，可以任意打人。若是我們被人潑點水在頭上，頂多不過罵兩聲，他還可以和我對罵；我如果打他，他也就不客氣和我對打了。此刻我的水不過潑在他轎子上，並沒有潑溼他的身，他便把我打得這麼利害！』一面想，一面喊痛，哼聲不絕。一面又想道：『幾時得我做了官，也拿人家這樣打打，纔出了今日的氣。』可憐這幾下板子，把他打得潰爛了一個多月，方纔得好。東家因為他犯了官刑，便把他辭歇了。

「他本是一個已無父母，不曾娶妻的人，被東家辭了，便無家可歸。想起有個遠房叔祖，曾經做過一任哪裡典史的，刻下住在鎮海，不免去投奔了他，請教請教，做官是怎樣做的。像我們這樣人，不知可以去做官不可以。如果可以的，我便上天入地，也去弄個官做做，方纔遂心。主意打定，便跑到鎮海去。不一日到了，找到他叔祖家去。他叔祖名叫卜士仁，曾經做過幾年溧陽縣典史，後來因為受了人家二百文銅錢，私和了一條命案，偏偏弄得不週到，苦主那邊因止淚費上吃了點虧，告發起來，便把他功名幹掉了，他才回到鎮海，其時已經七十多歲了。兒子卜仲容，在鄉間的土財主家裡，管理雜務，因此不常在家；孫子卜才，在府城裡當裁縫；還有個曾孫，叫做卜兒，只有八歲，代人家放牛去了。卜士仁一個老頭子，在家裡甚是悶氣，雖然媳婦、孫媳婦都在身邊，然而和女人們總覺沒有甚麼談頭。忽看見姪孫卜通來了，自是歡喜，問長問短，十分親熱。卜通也一一告訴，只瞞起了被鄞縣大老爺打屁股的事。不知他談談便問起做官的事，說道：『叔公是做了幾十年官的了，外頭做官的規矩，總是十分熟的了。不知怎樣才能有個官做？不瞞叔公說，姪孫此刻也狠想做官，所以特地到叔公跟前求教的。』卜士仁道：『你的志氣倒也不小，將來一定有出息的。至於官，是拿錢捐來的，錢多官就大點，錢少官就小點。你要做大官小官，只要問你的錢有多少。至於說是做官的規矩，那不過是叩頭、請安、站班，卻都要歷練出來的。任你在家學得怎麼純熟，初出去的時候，總有點蹩手蹩腳的。等歷練得多了，自然純熟了。這是外面的話。至於骨子裡頭，第一個秘訣是要巴結。只要人家巴結不到的，你巴結得到；人家做不出的，你做得出。我明給你說穿了，你此刻沒有娶親，沒有老婆；如果有了老婆，上司叫你老婆進去當差，你送了進去，那是有缺的馬上可以過班，候補的馬上可以得缺，不消說的了。次一等的，是上司叫你呵屁股，你便馬上遵命，還要在這屁股上頭加點恭維話，這也是升官的吉兆。你不要說做這些事難為情，你須知他也有上司，他巴結起上司來，也是和你巴結他一般的，沒甚難為情。譬如我是個典史，巴結起知縣來是這樣；那知縣巴結知府，也是這樣；知府巴結司道，也是這樣；司道巴結督撫，也是這樣。總而言之，大家都是一樣，沒甚難為情。你千萬記著「不怕難為情」五個字的秘訣，做官是一定得法的。如果心中存了「難為情」三個字，那是非但不能做官，連官場的氣味也聞不得一聞的了。以上一大篇，卻是大好官箴也。這是我幾十年老閱歷得來的，此刻傳授給你。但不知你想做個甚麼官？」卜通道：「其實姪孫也不知做甚麼官好。譬如要做個縣大老爺，不知要多少錢捐來？」卜士仁道：「好，好，好大的志氣！那個叫做知縣，是我的堂翁了。」又問：「你讀過幾年書了？」卜通道：「讀書幾年？一天也沒有讀過！不過在學堂門口聽聽，聽熟了「趙錢孫李，周吳鄭王」兩句罷了。」卜士仁道：「沒有讀過書，怎樣做得文官。你看我足足讀了五年書，破承題也作過十多次，出起身來不過是個捕廳❶；像你這不讀書的，只好充地保罷了。」卜通不覺楞住了，說道：「不讀書，不能做官的麼？」卜士仁道：「如果沒讀過書都可以做官的，哪個還去讀書呢？」又沉吟了一會道：「我看你志氣甚高，你文官一途雖然做不得，但是武弁一路，還不妨事。我有一張六品藍翎的功牌，從前我出一塊洋錢買來的，本來打算給我孫子去用的，爭奈他沒志氣，學了裁縫；我此刻拿來給了你，你只要還我一塊洋錢就是了。」卜通道：「六品藍翎的功牌，是個甚麼官？」卜士仁道：「不是官，是個頂戴。你有了他，便可以戴個白石頂子，拖根藍翎，到營裡去當差。」卜通道：「此刻姪孫有了這個，可是跑到營裡，就有人給我差使？」卜士仁道：「哪裡有這麼容易！就有了這個，也要有人舉薦的。」卜通道：「那麼姪孫有了這個，到哪裡去找人薦事情呢？」卜士仁又沉吟了一會道：「路呢，是有一條，不過是要我走一趟。」卜通道：「如果叔公可以薦我差使，我便要了那張甚麼功牌。」卜士仁道：「這麼說罷，我們大家賭個運氣，我們做伴到定海去走一趟。定海鎮的門

❶ 捕廳：典史主管捕盜，也稱做「捕廳」。

政大爺，是我拜把子的兄弟，我去託他，把你薦在那裡，吃一份口糧。這一趟的船錢，是各人各出。事情不成，我白賠了來回盤纏；如果事成了，你怎樣謝我？』卜通道：『叔公怎說怎好，只請叔公吩咐就是了。』卜士仁道：『如果我薦成功了你的差使，我要用你三個月口糧的。但是你每月的口糧都給了我，你自己一個錢都沒了，如何過得？我和你想一個兩得其便的法子：三個月的口糧，你分六個月給我。這六個月之中，每月大家用半個月的錢，你不至於吃虧，我也得了實惠了。你看如何？』卜通道：『不知每月的口糧是多少？』卜士仁道：『多多少少是大家的運氣，你此刻何必多問呢？』卜通道：『那麼就依叔公就是了。』卜士仁道：『那功牌可是一塊錢，我是照本賣的，你不能少給一文。』卜通道：『去吃一份口糧，也要用那功牌麼？』卜士仁道：『暫時用不著，你帶在身邊，總是有用的。將來高升上去，做百長，做哨官，有了這個，就便宜許多。』卜通道：『這樣罷，姪孫身邊實在不多幾個錢，來不及買了。此刻一塊洋錢兌一千零二十文銅錢，我出了一千二百文。如果事情成功，我便要了，也照著分六個月拔還，每月還二百文罷。可有一層，事情不成功，我是不要他的。』卜士仁見有利可圖，便應允了。當日卜士仁叫添了一塊臭豆腐，留姪孫吃了晚飯。晚上又教他叩頭、請安、站班，各種規矩，卜通果然聰明，一學便會。

「次日一早，公孫兩個附了船，到定海去。在路上，卜士仁悄悄對卜通道：『你要得這功牌的用處，你就不要做我姪孫。』卜通吃驚道：『這話怎講？』卜士仁道：『這張功牌填的名字叫做賈沖，你要了他，就要用他的名字，不能再叫卜通了。』卜通還不懂其中玄妙，卜士仁逐一解說給他聽了，他方纔明白。說道：『那麼我一輩子要姓賈，不能姓卜的了？』卜士仁道：『只要你果然官做大了，可以呈請歸宗的。」卜通又不懂那歸宗是甚麼東西，卜士仁又再三和他解說，他纔明白。卜士仁道：「有此一層道理，所以你就不能做我的姪孫了。回來到了那邊，你叫我一聲外公，我認你做外孫罷。」兩個商量停當，又把功牌交給卜通收好。到了定海，卜士仁帶著卜通，問到了鎮臺衙門，挨到門房前面，探頭探腦的張望。便有人問找哪個的，卜士仁忙道：「在下要拜望張大爺，不知可在家裡？」那人道：「那麼你請裡面坐坐，他就下來的。」卜士仁便帶了卜通到裡面坐下。歇了一會，張大爺下來了，見了卜士仁，便笑吟吟的問道：「老大哥，是甚麼風吹你到這裡的？許久不見了。」卜士仁也謙讓了兩句，便道：「我有個外孫，名叫賈沖，特為帶他來叩見你。」說罷，便叫假賈沖過來叩見。賈沖是前一夜已經演習過的，就走過來跪下，恭恭敬敬叩了三個頭，起來又請了一個安。張大爺道：「好漂亮的孩子！」卜士仁道：「過獎了。」又交代賈沖道：「張大爺是我的把兄，論規矩，你是稱呼太老伯的。然而太覶瑣了，我們索性親熱點，你就叫一聲叔公罷。」張大爺道：「不敢當，不敢當！」一面問：「幾歲了？一向辦甚麼事？」卜士仁道：「一向在鄉下，不曾辦過甚麼。我在江蘇的時候，曾經代他弄了個六品功牌，打算拜託老弟，代他謀個差使當當，等他小孩子歷練歷練。」張大爺道：「老大哥，你也是官場中過來人，文武兩途總是一樣的。此刻的世界，唉，還成個說話嗎！游擊、都司，空著的一大堆；守備、千總，求當個什長，都比登天還難。靠著一個功牌，想當差使，不是做兄弟的說句荒唐話，免了罷。」卜士仁忙道：「不是這麼說。但求鼎力位置一件事，或者派一分口糧，至於事情，是無論甚麼都不拘的。」張大爺道：「那麼或者還有個商量。」卜士仁連連作揖道謝。賈沖此時真是福至心靈，看見卜士仁作揖，他也走前一步，請了個安，口稱：「謝叔公大人栽培。」張大爺想了一會道：「事情呢，是現成有一個在這裡，但是我的意思，是要留著給一個人的。』卜士仁連忙道：『求老弟臺栽培了罷。左右老弟臺這邊衙門大，機會多，再揀好的栽培那一位罷。』說時，賈沖又是一個安。張大爺道：『但不知你們可嫌委屈？』卜士仁道：『豈有此理！你老弟臺肯栽培，那是求之不得的，哪裡有甚委屈的話！』張大爺道：『可巧昨天晚上，上頭攆走了一個小跟班。方纔我上去，正是上頭和我要人。這個差使，只要當得好，出息也不算壞。現在的世界，隨便甚麼事，都是事在人為的了。但不知老大哥意下如何？』卜士仁道：『我當是一件甚麼事，老弟臺要說委屈！這是面子上的差使，便連我愚兄也求之不得，何況他小孩子，就怕他初出茅廬，不懂規矩，當不來是真的。』張大爺道：『這個差使沒有甚麼難當，不過就是跟在身邊，伺候茶烟，及一切零碎的事。不過就是一樣，一天到晚是走不開的，除了上頭到了姨太太房裡去睡了，方纔走得開一步。』卜士仁道：『這是當差的一定的道理，何須說得。但怕他有多少規矩禮法，都不懂得，還求老弟臺教訓教訓。』張大爺道：『這個他狠夠的了，但是穿的衣服不對。』低頭想了一想道：『我暫時借一身給他穿罷。』賈沖又忙忙過來請安謝了。張大爺就叫三小子❷去取了一身衣服，一雙挖花雙梁鞋子來，叫他穿上。那身衣服，是一件嫩藍竹布長衫，二藍寧綢一字肩的背心❸。賈沖換上了，又換鞋子。張大爺道：『衣服長短倒對了，鞋子的大小對不對？』賈沖道：『小一點，不要緊的，還穿得上。』穿上了，又向張大爺打了個扦謝過。張大爺笑道：『這身衣服，還是我五小兒的，你就穿兩天罷。』賈沖又道了謝。卜士仁道：『穿得小心點，不要弄壞了。弄髒了，那時候賠還新的，你叔公還不

❷ 三小子：官署差役所用的小廝。

❸ 一字肩的背心：一種上面橫排有十三個鈕扣的背心，俗稱「十三太保」。

願意呢。』張大爺又道：『你的帽子也不對，不要戴罷，左右天氣不十分冷，還要重打個辮子。』三小子在旁邊聽了，連忙叫了剃頭的來，和他打了一根油鬆辮子。張大爺端詳一會道：『狠過得去了。』這時候已是吃中飯的時候了，便留他祖孫兩個便飯。吃飯中間，張大爺又教了賈沖多少說話。又叫他買點好牙粉，把牙齒刷白了。又交代蔥蒜是千萬吃不得的。獨惜板花❹掩飾不過。一笑。卜士仁在旁又插嘴道：『叔公教你的，都是金石良言，務必一一記了，不可有負栽培。』一時飯罷，略為散坐一會，張大爺便領了賈沖上去。賈沖因為鞋子小，走起路來一扭一捏的，甚為好看。果然總鎮李大人一見便合，叫權且留下，試用三天再說。三天過後，李大人便把他用定了，批了一分口糧給他。他從此之後，便一心一意的伺候李大人。又十分會巴結，大凡別人做不到的事，他無有做不到的。李大人站起來，把長衣一撩，他已是雙手捧了便壺，屈了一膝，把便壺送到李大人胯下。李大人偶然出恭，他便拿了水烟袋，半跪著在跟前裝烟；李大人一面纔起來，他早已把馬子捧到外間去了；連忙回轉來，接了手紙，纔帶馬子蓋出去；跟著就是捧了熱水進來，請李大人洗手。凡此種種，雖然是他叔祖教導有方，也是他福至心靈，官星透露，纔得一變而為聞一知十的聰明人。所以不到兩個月功夫，他竟做了李大人跟前第一個得意的人，無論坐著睡著，寸步離他不得。又多賞了他一分什長口糧，他越是感激厚恩的了不得。卻有一層，他面子上雖在這裡當差，心裡卻是做官之念不肯稍歇，沒事的時候和同事的談天，不出幾句話，不是打聽捐官的價錢，便是請教做官的規矩。同事的既妒他的專寵，又嫌他的獃氣，便相約叫他『賈老爺』。他道：『你們莫笑我，我賈沖未必沒有做老爺的時候。』同事的都不理他。光陰似箭，不覺在李大人那裡伺候了三四個年

❹板花：屁股上留下的挨了板子的傷痕。

頭，他手下也積了有幾個錢了。李大人有個兒子，捐了個同知，從京裡引見了回來，向李大人要了若干錢，要到河南到省去。這位少大人是有點放誕不羈的，暗想此次去河南，行李帶的多，自己所帶兩個底下人恐怕靠不住，看見賈沖伺候老人家，一向小心翼翼，若得他在路上招呼，自己可少煩了多少心，不如向老人家處要了他去，豈不是好。主意定了，便向李大人說知此意。李大人起初不允，禁不得少大人再四相求，無奈只得允了，叫了賈沖來說知，並且交代送到河南，馬上就趕回來，路上不可耽擱。賈沖得了這個差使，不覺大喜。」正是：

騰身逃出奴才籍，奮力投歸仕宦林。

不知賈沖此次跟了小主人出去，有何可喜之處，且待下回再記。

# 第一〇〇回　巧機緣一旦得功名　亂巴結幾番成笑話

「賈沖得了送少大人的差使，不覺心中大喜。也虧他真有機智，一面對著李大人故意做出多少戀戀不捨的樣子，一面對於少大人竭力巴結。少大人是家眷尚在湖南原籍，此次是單身到河南稟到。因為一向以為賈沖靠得住，便把一切重要行李，都交代他收拾。他卻處處留心，甚麼東西裝在哪一號箱子裡，都開了一張橫單。他雖不會寫字，卻叫一個能寫的人在旁邊，他口中報著，叫那個人寫。忙忙的收拾了五天，方纔收拾停當。這一天長行，少大人到李大人處叩辭。賈沖等少大人行過了禮，也上去叩頭辭行。李大人對少大人道：『你此次帶賈沖出去，只把他當一員差官相待，不可當他下人。等他這回回來，我也要派他一個差使的了。』賈沖聽了，連忙叩謝。少大人道：『孩兒的意思就是如此，不消爹爹吩咐。』說罷，便辭別長行。自有一眾家人親兵等，押運行李。賈沖緊隨在少大人左右，招呼一切。上了輪船，到了上海，便到一家甚麼吉陞棧住下。

「那少大人到了上海，自有他一班朋友請吃花酒，吃大菜，看戲，自不必提。那兩個帶來的家人，也有他的朋友招呼應酬，不時也抽個空跑到外頭頑去。只有賈沖獨自一個守在棧裡，看守房間。你道他果然赤心忠良，代主人看行李麼？原來他久已存了一個不良之心，在寧波時，故意把某號箱子裝的甚麼東西，某號箱子裝的甚麼衣服，都開出帳來，交給主人。主人是個闊佬，拿過來不過略為過目，便把那篇帳夾在靴掖子❶裡去了，哪裡還一一查點。他卻在收拾行李時，每個衣箱裡，都騰出兩件不寫在帳上；這不寫在帳上的，又都做了暗號，又私下配好了鑰匙。到了此時，他便乘隙一件件的偷出來，放在自己箱子裡。他為人又乖巧不過，此時是四月天氣，那單的、夾的、紗的，他卻絲毫不動，只揀棉的、皮的動手。那棉皮東西，是此時斷斷查不著的；等到查著時，已經隔了半年多，何況自己又有一篇帳交出去的，箱子裡東西，只要和帳上對了，就隨便怎樣，也疑心不到他了。你道他的心思細不細？深不深？險不險？他在棧裡做這個手腳，也不是一天做得完的。恰好這天做完了，收拾停當，一個家人名叫李福的，在外回來了，坐下來就嘆氣。賈沖笑問道：『哪裡受了氣來了，卻跑回來長吁短嘆？』李福道：『沒有受氣，卻遇了一件極不得意的事。』賈沖道：『在這裡不過是個過客罷了，有甚得意不得意的事？』李福道：『說來我也是事不干己的。我從前伺候過一位卜老爺，叫做卜同群，是福建候補知縣，安徽人氏。』賈沖聽得一個『卜』字，便伸長了耳朵去聽。李福又道：『一位少爺，名叫卜子修，隨在公館裡。恰好那兩年臺灣改建行省，劉省三大人放了臺灣撫臺。少爺本只有一個監生，想弄個官出來當差，便到臺灣投效，得了兩個獎札。後來卜老爺死了，少爺扶柩回籍安葬。起復後，便再到福建，希圖當個差使。誰知局面大變了，在那裡一住十年，窮到吃盡當光。此刻老太太病重了，打電報叫他回去送終，他到得上海來，就盤纏斷絕了。此刻拿了一張監照，兩個獎札，在這裡兜賣。』賈沖道：『是獎的甚麼功名？要賣多少錢呢？』李福道：『頭一個獎，是不論雙單月，選用從九。第二個是免選本班，以縣丞歸部儘先選用。都是臺灣改省，開墾案內保的，只要賣二百塊錢。聽說此刻單是一個三班縣丞，捐起來，最便

❶ 靴掖子：可以塞在靴筒裡的皮製或綢緞製成的夾子，用以收藏銀票、帳單一類單張重要文件。

宜也要三百多兩呢，還是會想法子的人去辦，不然還辦不來。此刻只要賣二百塊，東西是便宜的。』賈沖道：『只要是真的，我倒有個朋友要買。』李福道：『東西自然是真的，這是我們看他弄來的東西，怎麼會假。但不知你這朋友可在上海？』賈沖道：『是在上海的。你去把東西拿來，等我拿把前路看看，我們也算代人家做了一件方便事情。』李福道：『如果真有人要，我便馬上去拿來。』賈沖道：『自然是有人要，我騙你做甚麼。』李福道：『那麼我去拿來。』說罷，匆匆去了。原來賈沖在定海鎮衙門混了幾年，他是一心要想做官的，遇了人便打聽，又隨時在公事上留心。他雖然不認得字，但是何處該用硃筆，何處該用墨筆，咨、移、呈、札，各種款式，他都能一望而知的了。並且一切官場的毛病，甚麼冒名頂替，假札假憑等事，他尤為查察得爛熟胸中。此刻恰好碰了一個姓卜的獎札，如何不心動？因叫李福去取來看。不一會，李福取了來。他接過仔細察看了一遍，雖然不識字，然而公事的款式，處處不錯。便說道：『待我拿去給朋友看看。但不知二百塊的價錢，可能讓點？』李福道：『果然有人要了再說罷。』賈沖便拿了這東西，到外面去混跑了一回。心中暗暗打算，這東西倒像真的，可惜沒有一個內行人好去請教。但是據李福說，看著他弄來的，料來假不到哪裡。一個人蕩來蕩去，沒個著落，只得到占卦攤上去占個卦，以定吉凶。那占卦的演成卦象，問占甚麼事，賈沖道：『求名。』占卦的道：『求名卦，財旺生官，近日已經有了機緣，可惜還有一點點小阻礙。過了某日，日干沖動官爻，當有好消息。』（江湖糢稜話，千篇一律。）賈沖道：『我只問這個功名是真的是假的？』占卦的道：『官爻持世，真而又真，可惜未曾發動。過了某日，子水子孫，沖動己火官鬼。況且財爻得助，又去生官，那就恭喜，從此一帆順風了。』賈沖聽了，付過卦資，心中倒有幾分信他。因他說的甚麼財旺生官，自己本要拿錢去買這東西，這句已經應了；又說甚麼目下有點阻礙，這明明是我信不過他的真假，做了阻礙了。又回頭一想，在衙門裡曾聽見人說，拿了假官照出來當差，只要不求保舉，是一輩子也鬧不穿的，但不知獎札會鬧穿不會。忽又決意道：『管他真的假的，我只要透便宜的還他價，他若是肯的，就是在外頭當不得差，拿回鄉下去嚇唬鄉下人，也是好的。』定了主意，便回到棧去。只見仍是李福一個人在那裡，便把東西交還他道：『前路怕東西靠不住，不肯還價。』李福著急道：『這明明是我的舊日小主人在臺灣當差得來的，那時候還有上諭登過申報，我們還戴上大帽子和老主人叩喜的，怎麼說靠不住！』賈沖道：『就是真的，前路也出不起這個價。他說若是十來塊洋錢，不妨談談。』李福道：『那是上天要價，下地還錢，我不怪他。若說是個假的，他買了這東西，我肯跟他到部裡投供去。如果部裡說是假的，那就請部裡辦我！』賈沖聽了這話，心中又一動，暗想看他這著急樣子，確是像真的。因說道：『你且去問問他價錢如何再說。』李福嘆道：『人到了背時的時候，還有甚說得！』說罷，自去了。過了一會，又回來說道：『前路因為老太太有病，急於回去，說至少要一百塊，少了他就不賣了。』賈沖又還他二十塊，叫他去問，李福不肯；賈沖又還到三十，李福方纔肯去。如此往返磋商，到底五十塊洋錢成的交。

「少大人應酬過幾天，便要到外面買東西，甚麼孝敬上司的，送同寅的，自己公館用的，無非是洋貨。他們闊少到省，局面自然又是一樣。凡買這些東西，總是帶了賈沖去，或者由賈沖到店裡，叫人送來看。買完了洋貨，又買綢緞。這兩宗大買賣，又調劑賈沖賺了不少。賈沖心中一想：『我買了那獎札，是要謀出身的，此刻除了李福，沒有人知道。萬一我將來出身，這名字傳到河南去，叫他說穿了，總有許多不便，不如設法先除了他。』恰好這幾天李福在外面打野雞，身上弄了些毒瘡，行走不便。那野雞妓女，又到棧裡來看他。賈沖便乘勢對少大人說：『李福這個人，狠有點不正經，恐怕靠不住。就在棧裡這幾天，他已經鬧的一身毒。還弄些甚麼婆娘，三天五天到棧裡來。照這個樣子，帶他到河南去，恐怕於少大人官聲有礙。此刻不過出門在客中，他尚且如此；跟少大人到了河南，少大人得了好差使，他還了得麼！在外頭歡喜頑笑的人，又沒本事賺錢，少不免偷拐搶騙，亂背虧空，鬧出事情來，卻是某公館的家人，雖然與主人不相干，卻何苦被外頭多這麼一句話呢。何況這種人，保不住他不借著主人勢子，在外頭招搖撞騙。請少大人的示，怎樣儆戒儆戒他纔好，不然，帶到河南去，倒是一個累。』他天天拿這些話對少大人說，少大人看看李福，果然滿面病容，走起路來，是有點不便當的樣子，便算給工錢，把他開發了，另外託朋友薦過一個人來。又過了幾天，少大人頑夠了，要動身了，賈沖忽然病起來，一天到晚哼聲不絕，一連三天，不茶不飯。請醫生來給他看過，吃了藥下去，依然如此。少大人急了，親到他榻前問他怎樣了，可能走得動？他爬在枕上叩頭道：『是小的沒福氣跟隨少大人，所以無端生起病來。望少大人上緊動身，不要誤了正事。小的在這裡將養好了，就兼程趕上去伺候。』少大人道：『我想等你病好了，一起動身呢。』賈沖道：『少大人的前程要緊，不要為了小的耽誤了。小的的病，自己知道早晚是不會好的。』少大人無奈，只得帶了兩個家人，動身到鎮江，取道清江浦，往河南去了。

「這邊少大人動了身，那邊賈沖馬上就好了，另外搬過一家客棧住下，不叫賈沖，就依著獎札的名字，叫了卜子修，結交起朋友來。託了一家捐局，代他辦事，就把這獎札寄到京裡，託人代他在部裡改了籍貫，（或問：何以不改三代？曰：他的三代本無非阿貓阿狗，無可稽考的，不如不改也。）辦了驗看，指省江蘇。部憑到日，他便往蘇州稟到，分在上海道差遣。他那上衙門是天天不脫空的，又稟承了他叔祖老大人的教訓，見了上司，那一種巴結的勁兒，簡直形容他不出來，所以他分道不久，就得了個高昌廟巡防局的差使。

「高昌廟本是一個鄉僻地方，從前沒有甚麼巡防局的。因為同治初年，湘鄉曾中堂、合肥李中堂，奏准朝廷，在那邊設了個『江南機器製造總局』，那局子一年年的擴充起來，那委員、司事便一年多似一年，至於工匠小工之類，更不消說了，所以把局前一片荒野之地，慢慢的成了一個聚落，有了兩條大街，居然是個鎮市了，所以就設了一個巡防局。卜子修是初出茅廬的人，得了那個差使，猶如抓了印把子一般，倒也凡事必躬必親。他自己坐在轎子裡，看見路上的東洋車子攔路停著，他便喝叫停下轎子，自己拿了扶手板跑出來，對那些車夫亂打，嚇得那些車夫四散奔逃，他嘴還是混帳王八蛋、娘摩洗亂炮（「娘摩洗亂砲」，寧波人罵人之詞也，故作別字，可發一笑。）的亂罵。製造局裡的總辦、提調都是些道府班，他又多一班上司伺候了。新年裡頭，他忽然到總辦那邊稟見。總辦不知他有甚公事，便叫請他進來。見過之後，就有他的家人拿了許多魚燈、荷花燈、兔子燈之類上來，還有一個手版，他便站起來，垂手稟道：『這是卑職孝敬小少爺頑的，求大人賞收。』總辦見了，又是可笑，又是可惱，說道：『小孩子頑的東西，何必老兄費心！』卜子修道：『這是卑職的一點窮孝心，求大人賞收了。』又對總辦的家人道：『費心代我拿了上去，這手版說我替小少爺請安。』總辦倒也拿他無可如何。從此外面便傳為笑柄。那年恰好碰了中東之役❷，製造局是個軍火重地，格外戒嚴。每天晚上，各廠的委員、司事都輪班查夜，就是總辦、提調也每夜輪流著到處稽查。到半夜時，都在公務廳會齊一次，叫做會哨。這卜子修雖是局外的人，到了會哨時候，他一定穿了行裝，帶了兩名巡勇去獻殷勤，常時還帶著些點心，去孝敬總辦，請各委員、司事。有一天晚上，他叫

❷ 中東之役：即「中日甲午戰爭」。

人抬了一口行竈，放在公務廳天井裡，做起湯圓來。總辦來了，看見了，問是做甚麼的，家人回說是巡防局卜老爺做湯圓的。總辦道：『算了！東洋人這場仗打下來，如果中國人打了勝仗，講起和來，開兵費賠款的帳，還要把卜老爺的點心帳開上一筆呢。』不提防卜子修已在旁邊站著班，聽了這句話，走前一步請了個安道：『謝大人栽培。』（令人笑不可仰。）總辦見了，又是好氣，又是好笑，卻又不好拿他怎樣；只有對著別人，微微的冷笑一聲。此時會哨的人都已齊集，大家不過談些日來軍事新聞，只有卜子修趕出趕進，催做湯圓。眾人見他那副神氣，都在肚子裡暗笑，卜子修只不覺著。催得湯圓熟時，一碗一碗的盛在那裡，未曾拿上去，子修自己親來一看，見是每碗四個，便拿起湯匙來，在別個碗上取了兩個，湊在一個碗裡，過細數一數是六個無疑了，便親自雙手捧了，送至總辦跟前，雙手一獻至額道：『這是卑職孝敬大人的祿位高升！』總辦倒也拿他無可如何，笑說道：『老兄太忙了！破了鈔不算數，還要那麼忙，這是叫我們下回不敢再查夜了。』總辦說話時，他還垂著手，挺著腰，洗耳恭聽。等總辦說完了，他便接連答應『是，是，是』。旁邊的人都幾乎笑起來，他總是不覺著。又去取一碗，添足了九個，親自捧了，又拿了一個手板，走到總辦的家人跟前道：『費心，費心，代我拿上去孝敬老太太，說是卑職卜子修孝敬老太太的，久長富貴。這個手板，費心代回一回，是卑職卜子修恭請老太太晚安。』總辦道：『算了罷，不要覼瑣了，老太太早已睡了。』卜子修道：『這是卑職的一點孝心，老太太雖然睡了，也一定歡喜的。』總辦無可如何，只得由他去鬧。諸如此類的笑話，也不知鬧了多少！

「最可笑的，是有一回一個甚麼大員路過上海，本地地方官自然照例辦差。等到那位大員駕到之日，自然閤城印委各員，都到碼頭恭迓。那卜子修打聽得大員坐的是招商局船，泊在金利源碼頭，便坐了轎子去迎迓。偏偏那轎子走得慢，看見那製造局總辦、提調，以及各廠的紅委員，凡夠得上去接的，一個個都坐了馬車，超越在轎子前頭，如飛的去了。那總辦、提調，都是一個人一輛馬車，其餘各委員，也有兩個人一輛的，也有三個人一輛的，最寒塵的是四個人一輛。卜子修心中無限懊悔，悔不和別人打了夥，僱個馬車，那就快得多了。一面想，一面罵轎班走得慢：「你們吃老爺的飯，都吃到哪裡去了！腿也跑不動了！」一面罵，一面在轎子裡跺腳，跺得轎班的肩膀生疼，越發走不動了。他更是恨的了不得，罵道：「等一會回到局子裡，叫你們對付我的板子！」嘴裡罵著，心中生怕到得遲了，那邊已經上了岸，那就沒意思了。又想道：「怎樣能再遇見一個熟人，是坐馬車的，那就好了！我就不管三七二十一，喊住了他，附坐了上去了。」思想之間，轎子將近西門，忽然看見一輛轎子馬車，從轎後超越到轎前去。卜子修定睛從那轎車後面的玻璃看進去，內中只坐了一人，便大呼小叫起來道：「馬車停一停！馬車停一停！」前頭那馬車夫聽見了，回頭一看，是卜老爺坐在轎子裡，招手叫停車。也不知他有甚麼要緊公事，姑且把馬韁勒住，看他作何舉動。卜子修見馬車停住了，便喝叫停轎，自己走了下來，交代轎班趕緊到碼頭去伺候，「到遲了，誤了我的差使，小心你們的狗腿！」說罷，三步兩步跑到那馬車跟前，伸手把機關一擰，用力一拉，開了門，一腳跨了上去。抬頭一看，只把他急個半死！你道車子上是誰？正是卜子修的頂頭上司，欽命二品銜、江南分巡蘇松太兵備道。卜子修這一嚇，竟是魂不附體！那馬夫看見他一腳上了車，便放開韁繩，那馬如飛而去了。只有卜子修此時臉紅過耳，連頸脖子都紅了，還有一半身子在車子外面，跨又跨不進去，退又退不出來，彎著身子，站又站不直，急的又開口不得。道臺見了這個情形，又可笑，又可惱，便冷笑道：「你坐下罷。」卜子修如奉恩詔一般，纔敢把第二條腿拿了進來，順手關上車門。誰知身上佩帶的檳榔荷包上一顆料珠兒，夾在門縫裡，那門便關不上，只好把一隻手拉著門。這一邊呢，又不敢和道臺平坐，若要斜簽著身子呢，一條腿又要壓到道臺膝蓋上，鬧得他左不是右不是。他平日見了上司是最會說話的，這回卻急得無話可說。」正是：

大人莫漫嫌唐突，卑職專誠附驥來。

未知卜子修到底怎樣下場，且待下回再記。

曾聞諸人言，合肥李文忠❸恒語人曰：「天下最易的是做官，連官都不會做，真是無用的東西了。」昔者聞而疑之，何文忠之輕視做官，一至於此？今觀此回，以一蠢如鹿豕之人，僅在官署當僕役數年，即能袍笏登場，儼然人上，始信文忠之言為不謬也。以不通一，進而為不知羞，即可做官。是殆作者之微言歟！昔年晤余晉珊中丞，言任滬道時，某甲附車事，猶吃吃笑不休。曰：「此傖❹亦可憐也。」忽借以綴於此，殊足以博一噱。

❸ 李文忠：李鴻章卒於光緒二十七年（一九〇一），諡文忠。

❹ 傖：舊時譏粗俗鄙賤之人為傖。

# 第一〇一回　王醫生淋漓談父子　梁頂糞恩愛割夫妻

「幸喜馬車走得快，不多幾時便到了金利源碼頭了。卜子修連忙先下了車，垂手站著，等道臺下車時，他還回道：『是大人叫卑職坐的。』道臺看了他一眼，只得罷了。後來他在巡防局裡沒有事辦，便常常與些東洋車夫為難，又每每誤把製造局委員、司事的包車夫拿了去，因此大家都厭惡了他，有起事情來，偏偏和他作對。他自己也覺得乏味了，便託人和道臺說，把他調到城裡東局去，一直當差到此刻，也算當得長遠的了。這個便是卜子修的來歷。」

且慢，從九十七回的下半回起敘這件事，是我說給金子安他們聽的，直到此處一百一回的上半回，方纔煞尾。且莫問有幾句說話，就是數數字數，也一萬五六千了。一個人哪裡有那麼長的氣？又哪個有那麼長的功夫去聽呢？不知非也，我這兩段故事，是分了三四天和子安們說的，不過當中說說停住了，那些節目，我懶得敘上，好等這件事成個片段罷了。這三四天功夫，早又有了別的事了。

原來這兩天苟才又病了，去請端甫，端甫推辭不去。苟才便寫個條子給繼之，請繼之問他，是何緣故。繼之便去找著端甫，問道：「聽說苟觀察來請端翁，端翁已經推掉了？」端甫道：「不錯，推掉了。」繼之道：「端翁，你這個就太古板了。他這個又不是不起之症，你又何必因一時的疑心，就辭了人家呢？」端甫道：「不起之症，我還可以直說；他公館裡住著一個要他命的人，叫我這做醫生的，如何好過問？我在上海差不多二十年了，雖然沒甚大名氣，卻也沒有庸醫殺人的名聲，我何苦叫他栽我一下！雖然是非曲直，自有公論，但是現在的世人，總是人云亦云的居多，況且他家裡人既然有心弄死他，等如願以償之後，賊人心虛，怕人議論，豈有不盡力推在醫生身上之理？此刻只要苟觀察離了他公館，或者住在寶號，或者逕到我這裡住下，二十天、半個月光景，我可以包治好了。要是他在公館裡請我，我一定不去的。」繼之聽了，倒也沒得好說，只得辭了出來，便去找苟才。其實苟才沒甚大病，不過仍是怔忡氣喘罷了。繼之見面之下，只得說端甫這個人，是有點脾氣的，偶然遇了有甚不如意的事，莫說請出門，就是到他那裡門診，他也不肯診的；說是心緒不寧，恐怕診亂了脈，誤了人家的事。真是善於詞令，不可不學。苟才道：「這個倒好，這種醫生纔難得呢。等他心緒好了，再請他。」

說話時，苟才兒子龍光走進來，和繼之請過安，便對苟才道：「前天那個人又來了，在那屋裡等著，家人們都不敢來回。」苟才道：「你在這裡陪著吳老伯。」又對繼之道：「繼翁請寬坐，我去去就來。」說罷，自出去了。繼之不免和龍光問長問短，又問公館裡有幾位老夫子及令親。龍光道：「從前人多，現在只有帳房先生丁老伯，書啓老夫子王老伯；至於舍親等人，早年就都各回旗去了，此刻沒有甚麼。」繼之忽然心中一動道：「我何妨設一個法，試探試探他看呢？」因問道：「尊大人的病，除了咳喘怔忡，還有甚麼病？近來請哪一位先生？」龍光道：「一向是請的老伯所薦的王端甫先生。這兩天請他，不知怎的，王先生不肯來了。昨天今天都是請的朱博如先生。」繼之道：「是哪一位薦的？」龍光道：「沒有人薦的，不過在報上看見告白，請來的罷了。老伯有甚朋友高明的，務求再薦一兩個人，好去請教請教，也等家父早日安痊。」繼之又想了一想道：「尊大人這個病是不要緊的，不過千萬不要吃錯了東西。

據我聽見的，這個咳喘怔忡之症，最忌的是鮑魚。」龍光道：「甚麼鮑魚？」繼之道：「就是海味鋪裡賣的鮑魚，還有洋貨鋪子裡賣那個東洋貨，是裝了罐子的。這東西吃了，要病勢日深的。」剛說完了話，苟才已來了。龍光站起來，俄延了一會，就去了。

繼之和苟才略談了一會，也就辭回號裡，對我們眾人談起朱博如來。管德泉道：「朱博如，這個名字熟得狠，是在哪裡見過的。」金子安道：「就是甚麼兼精辰州符，失物圓光❶的那個，天天在報上上告白的，還有誰！」德泉道：「哦，不錯了。然而苟觀察何以請起這種醫生來？」繼之道：「他化了錢，自然是愛請誰請誰，誰還管得了他？我不過是疑心端甫那句說話，他家裡說共一個兒子，一個帳房，一個書啓，是哪個要弄死他？這件事要做，只有兒子做。說起憤世嫉俗的話來，自然處處都有梟獍；但是平心而論，又何必人人都是梟獍呢？何況龍光那孩子，心裡我不得而知，看他外貌，不像那樣人。我今天已下了一個探聽的種子，再過幾天，就可以探聽出來了。」我道：「怎麼探聽有種子的？」繼之道：「你且不要問，你記著下一個禮拜，提我請客。」我答應了。

光陰似箭，轉瞬又過了一禮拜了。繼之便叫我寫請客帖子，請的苟才是正客，其次便是王端甫，餘下就是自己幾個人；並且就請在自己號裡，並不上館子。下午，端甫先來，問起：「請客是甚意思，可是又要我和苟觀察診脈？」繼之道：「並不，我並且代你辯得甚好的。你如果不願意，只說自己這兩天心緒不寧，向來心緒不寧，不肯替人家診脈的就是了。」不多一會，苟才也來了。大家列坐談天。苟才

❶ 圓光：舊時術士持鏡或白紙念咒，讓兒童觀看，說上面能出現種種形象，從而預卜吉凶禍福、為人治病消災，並找回想要尋找的失物等。

又央及端甫診脈，端甫道：「診脈是可以，方子可不敢開，因為近來心緒不寧，恐怕開出來方子不對。」苟才道：「不開方不要緊，只要賜教脈象如何？」端甫道：「這個可以。」苟才便坐了過來，端甫伸出三指，在苟才兩手上診了一會道：「脈象都和前頭差不多，不過兩尺沉遲一點，這是年老人多半如此，不要緊的。」苟才道：「不知應該吃點甚麼藥？」端甫道：「這個，實在因為心緒不安，不敢亂說。」苟才也就罷了。一會兒席面擺好了，繼之起身把盞讓坐。酒過三巡，上過魚翅之後，便上一碗清燉鮑魚。繼之道：「這是我這個廚子拿手的一樣精品。」說罷，親自一一敬上兩片。苟才道：「可惜這東西，我這兩天吃的膩了。」繼之聽了，顏色一變，把筷子往桌上一擱。苟才不曾覺著。我雖覺著了，因為繼之此時，尚沒有把對龍光說的話告訴我，所以也莫名其妙，因問苟才道：「想來是頓頓吃這個？」苟才道：「正是。因為那醫生說是要多吃鮑魚纔易得好，所以他們就頓頓給我這個吃。」端甫道：「據食物本草❷，這東西是滋陰的，與怔忡不寐甚麼相干？這又奇了！」

繼之問苟才道：「公子今年貴庚多少了？」苟才道：「二十二歲了。」繼之道：「年紀也不小了，何不早點代他弄個功名，叫他到外頭歷練歷練呢？」苟才道：「我也有這個意思，並且他已經有個同知在身上。等過了年，打算叫他進京辦個引見，好出去當差。」繼之道：「這又不是揀日子的事情，何必一定要明年呢？」苟才笑道：「年裡頭也沒有甚麼日子了。」端甫是個極聰明、極機警的人，聽了繼之的話，早已有點會意，便笑著接口道：「我們年紀大的人，最要有自知之明。大凡他們年輕的少爺奶奶，看見我們老人家，是第一件討厭之物。你看他臉上十分恭順，處處還你規矩；他那心裡頭，不知要罵多

❷食物本草：一種列敘各種動物、植物服食功用的書，明朝吳文炳、盧和等著。

少老不死、老殺才呢！」說的合席人都笑了。端甫又道：「我這個是在家庭當中閱歷有得之言，並不是說笑話。所以我五個小兒，沒有一個在身邊，他們經商的經商，處館的處館，雖是娶了兒媳，我卻叫他們連媳婦兒帶了去。我一個人在上海，逍遙自在，何等快活！他們或者一年來看我一兩趟，見了面那種親熱要好孝順的勁兒，說也說不出來，平心而論，那倒是他們的真天性了。何以見得呢？大約父子之間，自然有一分父子的天性。你把他隔開了，他便有點掛念，越隔得遠，越隔得久，越是掛念的利害，一旦忽然相見，那天性不知不覺的自然流露出來。若是終年在一起的，我今天惱他做錯了一件甚麼事，他明天又怪我罵了他哪一項，久而久之，反為把那天性汩沒了。至於他們做弟兄的，尤其要把他遠遠的隔開，他那友于之情纔篤。若是住在一起，總不免那爭執口角的事情，一有了這個事情，總要鬧到兄弟不和完結。這還是父母窮的話。若是父母有錢的，更是免不了爭家財、爭田舍等事。若是個獨子呢，（點睛語，何苟才猶未悟也。）他又惱著老子在前，不能由得他揮霍，他還要恨他老子不早死呢！」說著，又專對苟才說道：「這是兄弟泛論的話，觀察不要多心。」（再逼近一句，惜乎其不悟也。）苟才道：「議論得高明得狠，我又多心甚麼！兄弟一定遵兩位的教，過了年，就叫小兒辦引見去。」繼之道：「端翁這一番高論，為中人以下說法，是好極了！」端甫道：「若說為中人以下說法，那就現在天下算得沒有中人以上的人。別的事情我沒有閱歷，這家庭的閱歷是見得不少了。大約古聖賢所說的話，是不錯的。孟夫子說是『父子之間不責善』❸、『責善，賊

---

❸ 父子之間不責善：語出孟子離婁上：「古者易子而教之，父子之間不責善。責善則離，離則不祥莫大焉。」意思是說，古時互相交換兒子來教育，父子之間不互相責求行善。互相責求行善，會使父子疏遠，父子疏遠，那就沒有比這更不祥的事了。

恩之大者』❹，此刻的人，卻昧了這個道理，專門責善於其子。這一著呢，還不必怪他，他期望心切，自然不免出於責善一類。最奇的，他一面責善，一面不知教育，你想父子之間，還有相得的麼。還有一種人，自己做下了多少男盜女娼的事，卻責成兒子做仁義道德，那纔難過呢！」談談說說，不覺各人都有了點酒意，於是吃過稀飯散坐。苟才因是有病的人，先辭去了。

繼之纔和端甫說起前兩天見了龍光，故意說不可吃鮑魚的話，今日苟才便說吃的膩了，看來這件事，竟是他兒子所為。端甫拍手道：「是不是呢，我斷沒有冤枉別人的道理！但是已經訪得如此確實，方纔為甚不和他直說，還是那麼吞吞吐吐的？你看苟才，他應酬上狠像精明，但是於這些上頭，我看也平常得狠，不見得他會得過意來。」繼之道：「直說了，恐怕有傷他父子之情呢。」端甫跳起來道：「罷了，罷了！不直說出來，恐怕父子之情傷得更甚呢！」繼之猛然省悟道：「不錯，不錯。我明天就去找他，來不及了。把他請出來，明告訴他這個底細罷。」端甫道：「這纔是個道理。」又談了一會，端甫也辭去了。一宿無話。

次日，繼之便專誠去找苟才，誰知他的家人回道：「老爺昨天赴宴回來，身子不大爽快，此刻還沒起來。」繼之只得罷了。過一天再去，又說是這兩天厭煩得狠，不會客，繼之也只得罷休。誰知自此以後，一連幾次，都是如此。繼之十分疑心，便說：「你們老爺不會客，少爺是可以會客的，你和我通報通報。」那家人進去了一會，出來說請。繼之進去，見了龍光，先問起：「尊大人的病，為甚連客都不

---

❹ 責善，賊恩之大者：語出孟子離婁下：「責善，朋友之道也。父子責善，賊恩之大者。」意思是說，互相責求行善，是朋友相處的原則。父子之間互相責求行善，是最傷害感情的事。

會了？不知近日病情如何？」龍光道：「其實沒甚麼，不過醫生說更務要靜養，不可多談天，以致費氣勞神，所以小姪便勸家父不必會客。五庶母留在房裡，早晚伏侍。方纔睡著了，失迎老伯大駕。」繼之聽說，也不能怎樣，便辭了回來。過一天，又寫個條子去約苟才出來談談，詎接了回條，又是推辭。繼之雖是疑心，卻也無可如何。光陰如駛，早又過了新年。到了正月底邊，忽然接了一張報喪條子，是苟才死了。大家都不覺吃了一驚。繼之和他略有點交情，不免前去送殯，順便要訪問他那致死之由，誰知一點也訪不出來。倒是龍光哭喪著臉，向繼之叩頭，說上海並無親戚朋友，此刻出了大事，務求老伯幫忙。繼之只得應允。

到了春分左右，北河開了凍，這邊號裡接到京裡的信，叫這邊派人去結算去年帳目。我便附了輪船，取道天津。此時張家灣、河西務兩處所設的分號，都已收了，歸併到天津分號裡。天津管事的是吳益臣，就是吳亮臣的兄弟。我在天津盤桓了兩日，打聽得文杏農已不在天津了，就僱車到京裡去。此時京裡分號，已將李在茲辭了，由吳亮臣一個人管事。我算了兩天帳目，沒甚大進出，不過核對了幾條出來，叫亮臣再算。

我沒了事，就不免到琉璃廠等處逛逛。順便到山會邑館問問王伯述蹤跡，原來應暢懷倒在那裡，伯述是有事回山東去了。只見一個年輕貌美的少年，在暢懷那裡坐著，暢懷和我介紹，代通姓名。原來這個人是旗籍，名叫喜潤，號叫雨亭，是個內閣中書。這一天拿了一個小說回目，到應暢懷這邊來，要打聽一件時事，湊上對一句。原來京城裡風氣，最歡喜謅些對子及小說回目等，異常工整，謅了出來，便一時傳誦，以為得意。但是謅的人，全是翰林院裡的太史公。這位喜雨亭中書有點不服氣，說道：「我不信只有翰林院裡有人才，我們都彀他不上。」因得了一句，便硬要對一句，卻苦於沒有可對的事情。我便請教是一句甚麼，暢懷道：「你要知道這一句，卻要先知道這樁事情的底細纔有味。」我道：「那就費心你談談。」暢懷道：「有一位先生，姓溫，號叫月江。孟夫子說的：『人之患在好為人師。』❺這位溫月江先生卻是最喜的是為人師，凡有來拜門的，他無有不笑納；並且視贄禮之多少，為情誼之厚薄。生平最惱的是洋貨，他非但自己不用，就是看見別人用了洋貨，也要發議論的。有一天，他又收了一個門生，預先託人送過贄禮，然後謁見。那位門生去見他時，穿了一件天青呢馬褂，他便發話了，說甚麼：『孟子說的：「吾聞用夏變夷者，未聞變於夷者❻也。」若是服夷之服，簡直是變於夷了。老弟的人品學問，我久有所聞，是狠純正的；但是這件馬褂，不應該穿。我們不相識呢，那是彼此無從切磋起；今日既然忝在同學，我就不得不說了。』那門生道：『門生這件馬褂，還是門生祖父遺下來的。門生家寒，有了兩個錢，買書都不夠，哪裡來得及置衣服。像這個馬褂，門生一向都不敢穿的，因為係祖父遺物，恐怕穿壞了，無以對先人。今天因為拜見老師，禮當恭敬的，纔敢請出來用一用。』溫月江聽了，倒肅然起敬起來，說道：『難得老弟這一點追遠之誠，一直不泯，真是可敬！我倒失言了。』那門生道：『門生要告稟老師一句話，不知怕失言不怕？』溫月江道：『請教是甚麼話？但是道德之言，我們盡談。』那門生道：『門生前天託人送進來的贄禮一百元，是洋貨。』溫月江聽了，臉紅過耳，張著

❺ 人之患在好為人師：語出孟子離婁上。意思是說，人的毛病在於喜歡做別人的老師。

❻ 吾聞用夏變夷者，未聞變於夷者：語出孟子滕文公上。意思是說，我只聽說過用華夏文化來改變蠻夷的，沒聽說過反被蠻夷改變的。

口半天，纔說道：『這……這……這……這……這……可……可……可……可……可不是嗎！我……我……我馬上就叫人拿去換了銀子來了。』自從那回之後，人家都說他是個臭貨。但是他又高自位置，目空一切，自以為他的學問，誰都及不了他。人家因為他又高又臭，便上他一個徽號，叫他做『樑頂糞』，取最高不過屋樑之頂，最臭不過是糞之義。那年溫月江來京會試，他自以為這一次禮闈一定要中、要點的，所以進京時就帶了家眷同來。來到京裡，沒有下店，也不住會館，住在一個朋友家裡。可巧那朋友家裡，已經先住了一個人，姓武，號叫香樓，卻是一位太史公。溫月江因為武香樓是個翰林，便結交起來。等到臨會場那兩天，溫月江因為這朋友家在城外，進場不便，因此另外租了考寓，獨自一人住到城裡去。這本來是極平常的事情，誰知他出場之後，忽然出了一個極奇怪的變故。」正是：

白戰不曾持寸鐵，青巾從此晉頭銜。

未知出了甚麼變故，且待下回再記。

# 第一〇二回　溫月江義讓夫人　裘致祿孽遺婦子

「溫月江出場之後，回到朋友家裡，入到自己老婆房間，自以為這回三場得意，一定可以望中的。正打算拿頭場首藝❶念給老婆聽聽，以自鳴其得意；誰知一腳纔跨進房門口，耳邊已聽得一聲『哇』！溫月江吃了一驚，連忙站住了。抬頭一看，只見他夫人站在當路，喝道：『你是誰？走到我這裡來！』月江訝道：『甚麼事？甚麼話？』他夫人道：『嚇！這是哪裡來的？敢是一個瘋子？丫頭們都到哪裡去了？還不給我打出去！』說聲未了，早跑出四五個丫頭，手裡都拿著門閂棒槌打將出來。溫月江只得抱頭鼠竄而逃，自去書房歇下。這書房本是武香樓下榻所在，與上房雖然隔著一個院子，卻與他夫人臥室遙遙相對。溫月江坐在書桌前面，臉對窗戶，從窗戶望過去，便是自己夫人的臥室，不覺定著眼睛，出了神，忽然看見武香樓從自己夫人臥室裡出來，向外便走。溫月江直跳起來，跑到院子外面，把武香樓一把捉住。讀者亦代武香樓嚇煞，將謂必有一場鬭矣。嚇得香樓魂不附體，登時臉色泛青，心裡突突兀兀的跳個不住，身子都抖起來。溫月江把他一把拖到書房裡，捺他坐下，然後在考籃❷裡取出一個護書，在護書裡取出一疊場稿

❶ 頭場首藝：會試第一場作的第一篇文章。

❷ 考籃：科舉考試時，考生用以放置文具、食物、炊具的提籃。清朝鄉試、會試，都是考生前一天入場，後一天交卷出場，故除文具外還需帶食物炊具等。

來道：『請教請教看，還可以有望麼？』武香樓這纔把心放下，定一定神，勉強把他頭場文稿看了一遍，不住的擊節贊賞道：『氣量宏大，允稱元作❸，（氣量宏大是實話；元者，元緒公❹也。可發一笑。）這回一定恭喜的了！』月江不覺洋洋得意，又強香樓看了二、三場的稿。香樓此時，心已大放，便樂得同他敷衍，無非是讀一篇，讚一篇，讀一句，讚一句。及至三場的稿都看完了，月江呵呵大笑道：『兄弟此時也沒有甚麼望頭，只望在閣下跟前稱得一聲老前輩❺（可知他已稱了你做老前輩也。一笑。）就夠了！』香樓道：『不敢當！不敢當！這回一定是恭喜的！』從此以後，倒就相安了，不過溫、武兩個，易地而處罷了。這一科溫月江果然中了，連著點了。誰知他偏不爭氣，纔點了翰林，便上了一個甚麼摺子，激得萬歲爺龍顏大怒，把他的翰林革了，他纔死心塌地回家鄉去。近來聽說他又進京來了，不知鑽甚麼路子，希圖開復。人家觸動了前事，便謅了一句小說回目，是『溫月江甘心戴綠帽』。這位喜雨翁要對上一句，卻對了兩天，沒有對上。」我道：「這個難題，必要又有個那麼一回實事，纔謅得上呢。若是單對字面，卻是容易的，不過溫對涼，月對星，江對海之類，就得了。」喜雨亭道：「無奈沒有這件實事，總是難的。」當下我見伯述不在，談了幾句就走了。

回到號裡，只見一個人在那裡和亮臣說話，不住的噯聲嘆氣，滿臉的愁眉苦目，談了良久纔去。亮臣便對我說道：「所謂『貨悖而入者亦悖而出』，這句話真是一點不錯。」我問是甚麼事，亮臣道：「方纔這個人，是前任福建侯官縣知縣裘致祿的妾舅。裘致祿他在福建日子甚久，仗著點官勢，無惡不作，

❸ 元作：頭一名之作。

❹ 元緒公：龜的別名。

❺ 老前輩：清朝翰林稱比自己早五科進翰林院的為老前輩，早三科的為前輩。

歷署過好幾任繁缺❻，越弄越紅。後來補了缺，調了侯官首縣，所刮得的地皮，也不知他多少。後來，被新調來的一位閩浙總督，查著他歷年的多少劣跡，把他先行撤任，著實參了他一本，請旨革職，歸案訊辦。這位裘致祿信息靈通，得了風聲，便逃走到租界地方去，等到電旨到日，要捉他時，他已是走的無影無蹤了。後來訪著他在租界，便動了公事，向外國領事要人。他又花言巧語，對外國人說他自己並沒有犯事，不過要改革政治，這位總督不喜歡他，所以冤枉參了他的。外國人向來有這麼個規矩，凡是犯了國事的，叫做『國事犯』，別國人有保護之例。據他說所犯的是改革政治，就是『國事犯』，所以領事就不肯交人。閩浙總督急的了不得，派了委員去辯論，派了一起，又是一起，足足耽誤了半年多，好容易纔把他要了回來。自然是惱得火上加油，把他重重的定了罪案，查抄家產，發極邊充軍。當時就把他省城寓所查抄了，又動了電報，咨行他原籍，也把家產抄沒了，還要提案問他寄頓之處。裘致祿便供家產盡絕了，然後起解充軍。這裘致祿有個兒子，名叫豹英，（豹英者，報應也。一笑。）因為家產被抄，無可過活，等他老子起解之後，便悄悄向各處寄頓的人家去商量，取回應用。誰知各人不約而同的，一齊抵賴個乾乾淨淨。你道如何抵賴得來？原來裘致祿得了風聲時，便將各種家財，分向各相好朋友處寄頓，一一要了收條，藏在身邊。因為兒子豹英一向揮霍無度，不敢交給他，他自己逃到租界時，便帶了去。等到一邊外國人把他交還中國時，他又把那收條託付他一個朋友，代為收貯。其時他還仗著上下打點，以為頂多定我一個革職查抄罷了；萬不料這一次總督大人動了真怒，錢神技窮，竟把他發配極邊。他當紅的時候，

---

❻ 繁缺：政務繁忙的職位。地方官政務繁忙者，其轄區一定是人口、賦稅都多的地方，也是能收刮較多錢財的地方，也可稱為「肥缺」。

是傲睨一切的，多少同寅，沒有一個在他眼裡的，因此同寅當中，也沒有一個不恨他入骨。此次他犯了事，凡經手辦這個案的人，沒有一個不拿他當死囚看待的。有時他兒子到監裡去看他時，前後左右看守的人，寸步不離，沒有一個不是虎視眈眈的，父子兩個要通一句私話都不能夠，要傳遞一封信，更是無從下手。直到他發配登程的那天，豹英去送他，纔覷了個便，把幾家寄頓的人家說個大略，還不曾說得周全，便被那解差叱喝開了，又忘記了說寄放收條的那個朋友。豹英呢，也是心忙意亂，聽了十句，倒忘了四五句，所以鬧得不清不楚，便分手去了。代他存放收條的那個朋友，本是福建著名的一個大光棍，姓單，名叫占光。當日得了收條，點一點數，一共是十三張。每張上都開列著所寄的東西，也有田產房契的，也有銀行存據的，也有金珠寶貝的，也有衣服箱籠的，也有字畫古董的，估了估價，大約總在七八十萬光景。單占光暗想，這廝原來在福建刮的地皮有這許多，此刻算算已有七八十萬，還有未曾拿出來的，以及匯回原籍的呢，還許他另有別處寄頓的呢。此刻單占光已經有意要想他法子的了。等到裘致祿定了充軍罪案，見了明文，他便帶了收條，逕到福州省城，到那十三家出立收條人家，挨家去拜望，只說是裘致祿所託，要取回寄頓各件，又拿出收條來照過，大家自然沒有不應允的道理。他卻是只有這麼一句話，說過之後，卻不來取。等十三家人家挨次見齊之後，裘致祿的案一天緊似一天，那單占光又拿了收條挨家去取，卻都只取回一半，譬如寄頓十萬的，他只取回五萬，在收條上注了某月某日取回某物字樣，底下注了裘致祿名字。然後發出帖子去請客，單請這十三家人。等都到齊了，坐了席，酒過三巡，單占光舉起酒杯，敬各人都乾了一鍾，道：『列位可知道，裘致祿一案，已是無可挽回的了。當日他跑到租界，兄弟也曾經助他一臂之力，無如他老先生運氣不對，以至於有今日之事。想來各位都與他相好，一定是代他扼腕的。』眾人聽了，莫不齊聲嘆息。單占光又道：『兄弟今天又聽了一個不好的消息，不知諸位可曾知道？』各人齊說：『弟等不曾聽得有甚消息。』占光道：『兄弟也知道列位未必有那麼信息靈通，所以特請了列位來，商量一個進退。』眾人又齊說：『願聞大教。』占光道：『兄弟這兩天，代他經手取了些寄頓東西出來，原打算向上下各處打點打點，要翻案的。不料他老先生不慎，等我取了東西，將收條交還他時，卻被禁卒看見了，一齊收了去，說是要拿去回上頭。我想倘使被他回了上頭，是連各位都有不是的，一經吊審起來，各位都是窩家，就是兄弟這兩天代他向各位處取了些東西，也要擔個不是。所以請了各位來商量個辦法。』眾人聽了，面面相覷，不知所對。占光又催著道：『我們此刻統共一十四個人，真正同舟共命，務求大家想個法子，脫了干係纔好。』眾人歇了半天無話，占光又再三相促，眾人道：『弟等實無善策，還求閣下代設個法兒，非但閣下自脫干係，就是我等眾人，也是十分感激的。』占光道：『法子呢，是還有一個。幸而那禁卒頭兒，兄弟和他認得，一向都還可以說話。為今之計，只有化上兩文，把那收條取了回來，是個最高之法。』眾人道：『如此最好。但不知要化多少？』占光道：『少呢，我也不能向前途說；多呢，我也不能對眾位說。大約你們各位，多則一萬一個人，少則八千一個人，是要出的。』眾人一聽，大驚道：『我們哪裡來這些錢化？』占光把臉一沉，默默不語，慢慢的說道：『兄弟是洋商所用的人，萬一有甚麼事牽涉到我，只要洋東一出面，就萬事都消了。兄弟不過為的是眾位，或在官的，或在幕的，一旦牽涉起來，未免不大好看，所以多此一舉罷了。各位既然不原諒我兄弟這個苦衷，兄弟也不多管閒事了。』說著連連冷笑。內中有一個便道：『承閣下一番美意，弟等並不是不願早了此事，實係因為代姓裘的寄存這些東西，並無絲毫好處，卻無辜被累，憑空要化去一萬、八千，未免太不值得，所以在這裡躊躇罷了。』占光呵呵大笑道：『虧你們！虧你們！還當我是壞人，要你們掏腰呢！化了一萬、八千，把收條取回來，一個火燒掉了，他來要東西，憑據呢？請教你們各位，是得了便宜？是失了便宜？至於我兄弟，為自己脫干係起見，絕不與諸位計較，辦妥這件事之後，酬謝我呢，我也不卻，不酬謝我呢，我也不怪，聽憑各位就是了。』眾人聽了，恍然大悟道：『如此，我等悉聽占翁吩咐辦理就是了。』占光道：『辦，我只管去辦。至於各出多少使費，那是要各位自願的，兄弟不便強派。』眾人聽了，又互相商議，有出一萬的，有出八千的，有出五六千的，統共湊起來，也有十一萬五千了。占光搖頭道：『這點恐怕不夠。白費脣舌不要緊，兄弟是在洋東處告了假出來，不能多耽擱的，怕的是耽擱時候。』眾人見他這麼說，便又商商量量，湊夠了十二萬銀子給他，約定日子過付。他等銀子收到了，又請了一天客，把十三張收條取了出來，一一交代清楚，眾人便把收條燒了。所以等到豹英去取時，眾人樂得賴個乾乾淨淨。豹英至此，真是走頭無路。忽然想起他父親有一房姨太太，寄住在泉州。那姨太太還生有一個小兄弟，今年也有八歲了。那裡須有點財產，不免前去分點來用用。想罷便逕到泉州來，尋著那位姨娘，說明來意。那姨娘道：『阿彌陀佛！我這個個月靠的是老爺寄來十兩銀子過活，此刻有大半年沒寄來了，我娘兒兩個正愁著沒處過活，要投奔大少爺呢。』說著，便抽抽咽咽起來。豹英不覺楞住了。但既來之，則安之，姑且住下再說。姨娘倒也不能攆他，只得由他住下。豹英終日覷瑣，總說老人家有多少錢寄頓在這裡，姨娘如果不拿出來，我只得到晉江縣去告了。姨娘急了，便悄悄的請了自己兄弟來商量，不如把家財各項，暫時寄頓到乾媽那裡去。原來這位姨娘，是裘致祿從前署理晉江縣的時候所置，及至卸任時，因為家中太太潑惡不過，不敢帶回去，便另外置了一所房屋給他居住。又恐怕沒有照應，因在任時，有一個在籍翰林楊堯蒿太史，十分交好。這楊堯蒿，本名叫楊堯嵩，因為應童子試時屢試不售，大家都說他名字不利，他有一回小試，就故意把嵩字寫成蒿字，果然就此進了學，聯捷上去。因為點到翰林那年，已經四十多歲了，就不肯到京供職，只回到家鄉，靠著這太史公的頭銜，包攬幾件詞訟，結識兩個官府，也就把日子過去了。裘致祿在任時，和他十分相得。交卸之後，這位姨娘已經有了六個月身孕，因為叫他獨住在泉州，放心不下，所以和楊太史商量，把這個姨娘拜在楊太史的姨太太膝下做乾女兒。過了三四個月，姨娘便生下個孩子。此時致祿早已晉省去了。這邊往來得十分熱鬧，楊太史又給信與致祿，和他道喜。致祿得了信，又到泉州走了一次，見母子相安，又重新拜託了楊太史照應。所以一向乾爹、乾媽、乾女兒叫的十分親熱。此時豹英來了，開口告官，閉口告官，姨娘沒了主意，便悄悄叫了自己兄弟來，和他商量，不如把緊要東西，先寄頓在乾娘那裡，就是他告起來，官府來抄，也沒得給他抄去。定了主意，便把那房產田契，以及金珠首飾值錢的東西，放在一個水桶裡，上面放了兩件舊布衣服，叫一個心腹老媽子，裝做到外頭洗衣服的樣子堂哉皇哉，拿出了大門，姨娘的兄弟早在外頭接應著，跟著那老媽子，看著他進了楊太史的大門，方纔走開。如此一連三天，把貴重東西都運了出去，連姨娘日常所用的金押髮簪子，都除了下來拿去，自己換上一支包金的。恰好豹英這天吃醉了酒，和姨娘大鬧，鬧到不堪，便仗著點酒意，竟然翻箱倒篋起來。搜了半天，除了兩件細毛衣服之外，竟沒有一樣值錢東西。豹英至此，也自索然無味，別有有味的在哪裡。只得把幾件父親所用的衣服，及姨娘幾件細毛衣服要了，動身回省。這邊姨娘等大少爺去了，便親帶了那老媽子去見乾媽，仍舊十分親熱。及至問起東西時，楊姨太太不勝驚訝，說是不曾見來。姨娘也大驚，指著老媽子道：『是我叫他送來的，一共送了三次，難道他交給乾爹了？』連忙請了楊太史來問，楊堯蒿道：『我沒看見啊，是幾時拿來的？』姨娘道：『是放在一個水桶裡拿來的。』楊姨太太笑道：『這便有了。』連忙叫人在後房取出三個水桶來，姨娘一看，果然是自己家中之物，幾件破舊衣服還在那裡。連忙把衣服拿開一看，裡面是空空洞洞的，哪裡有甚麼東西。姨娘不覺目定口呆。老媽子便插嘴道：『是我第一天送來這個桶，裡面兩個拜匣，我都親手拿出來交給姨太太的。我還要帶了水桶回去，姨太太說是不必拿去了，你出來時候，那衣服堆在桶口，此刻回去卻癟在桶底，叫人見了反要起疑心，我纔把桶丟在這裡。第二天送來是一個大手巾包，也是我親手交給姨太太的。姨太太還說有甚要緊東西，趕緊拿來，如果被你家大少爺看見了，就不是你家姨娘的東西了。第三天送來是兩個福州漆盒，因為那盒子沒有鎖，還用手巾包著，也是我親手點交姨太太的。怎麼好賴得掉！』楊太史道：『住了！這拜匣、手巾包、盒子裡，都是些甚麼東西？你且說說。』姨娘道：『一個拜匣裡全是房契、田契，其餘都是些金珠首飾。』楊太史道：『嚇，你把房契田契，金珠首飾，都交給我了！好好你家的東西，為甚要交給我呢？』姨娘道：『因為我家大少爺要來霸占，所以纔寄到乾爹這裡的。』楊太史道：『那些東西，一股腦兒值多少錢呢？』姨娘道：『那房產是我們老爺說過的，置了五萬銀子。那首飾是陸續買來的，一時也算不出來，大約也總在五六萬光景。』楊太史道：『你把十多萬銀子的東西交給我，就不要我一張收條，你就那麼放心我！你就那麼糊塗！哼！我看你也不是甚麼糊塗人！你不要想在這裡撒賴！』姨娘急的哭起來，又說老媽子乾沒了。老媽子急的跪在地下，對天叩響頭，賭咒，把頭都碰破了，流出血來。楊太史索性大罵起來，叫攆。姨娘只得哭了回去，和兄弟商量，只有告官一法。你想一個被參謫戍知縣的眷屬，和一個現成活著的太史公打官司，哪裡會打得贏？因此縣裡、府裡、道裡、司裡，一直告到總督，都不得直。此刻跑到京裡來，要到都察院裡去告。方纔那個人，便是那姨娘的兄弟，裘致祿的妾舅了。莫說告到都察院，只怕等皇帝出來叩閽，都不得直呢！」正是：

莫怪人情多鬼蜮，須知木腐始蟲生。

不知這回到都察院去控告，得直與否，且待下回再記。

嘗聞古人對於解一衣、推一食者，即感恩知己，誓以死報。不知武香樓之對於溫月江，更當如何也？可發一笑。

兄弟鬩於墻，外禦其侮❼，斯言諒哉。裘致祿以其子之揮霍無度，不之信，轉以收條付諸單占光，遂使數十萬資財於無影無形之中，盡歸於他人之手。姨娘不願以資產益其嫡子，寄頓於楊太史，遂致一旦被占，而無冤可伸。嗚呼！何其愚耶！天下未有內訌不已，而外援可恃者也。雖然，今之士夫猶有倡言借外債以興實業，聘客卿以修內政者，何竟智與致祿、姨娘等也。

❼兄弟鬩於墻，外禦其侮：語出詩經小雅常棣。意思是說，兄弟在家內鬧糾紛，受到外人欺侮仍共同抵禦。

# 第一〇三回 親嘗湯藥媚倒老爺 婢學夫人難為媳婦

我這回進京，纔是第二次。京裡沒甚朋友，符彌軒已經丁了承重憂❶，出京去了。北院同居的車文琴，已經外放了，北院裡換了一家旗人住著，我也不曾去拜望。只有錢鋪子裡的惲洞仙，是有往來的，時常到號裡來談談。但是我看他的形跡，並不是要到我號裡來的，總是先到北院裡去，坐個半天，纔到我這邊略談一談；不然就是北院裡的人不在家，他便到我這邊來坐個半天，等那邊的人回來，他就到那邊去了。我見得多次，偶然問起他，洞仙把一個大拇指頭豎起來道：「他麼？是當今第一個的紅人兒。」我聽了這個話，不懂起來，近日京師奔競之風，是明目張膽、冠冕堂皇做的，他既是當今第一紅人，何以大有「門庭冷落車馬稀」的景象呢？因問道：「他是做甚麼的？是哪一行的紅人兒？門外頭宅子條兒也不貼一個？」洞仙道：「他是個內務府郎中，是裡頭大叔的紅人。差不多的人，到了裡頭去，是沒有坐位的；他老人家進去了，是有個一定的坐位，這就可想了。」我道：「永遠不見他上衙門拜客，也沒有人拜他，哪裡像個紅人？」洞仙道：「你佇不大到京裡來，怨不得你佇不知道。這紅人兒裡頭，有明的，有暗的，像他那是暗的。」我道：「他叫個甚名字？說他紅，他究竟紅些甚麼？你告訴告訴我，等我也好巴結巴結他。」洞仙道：「巴結上他倒也不錯，像我兄弟一家大小十多口人吃飯，仰仗他的地方

❶ 丁了承重憂：作為承重孫為祖父母去世服喪了三年。符彌軒虐待祖父的事見第七十四回。

也不少呢。」我笑道：「那麼我更要急於請教了。」

洞仙也笑道：「他官名叫多福，號叫貢三，是裡頭經手的事，他都辦得到，而且比別人便宜。每年他的買賣，也不在少處。這兩年元二爺住開了，買賣也少了許多。」我道：「怎麼又鬧出個元二爺來了？」洞仙道：「這位多老爺有兩個兒子：大的叫吉祥，我們都稱他做祥大爺，是個傻子；第二個叫吉元，我們都稱他做元二爺，捐了個主事，在戶部裡當差。他父子兩個，向來是連手，多老爺在暗裡招呼，元二爺在明裡招徠生意。」我道：「那麼為甚麼又要住開了呢？」洞仙道：「這個一言難盡了。多老爺年紀大了，斷了弦之後，一向沒有續娶。先是給傻子祥大爺娶了一房媳婦，不到兩年，就難產死了。多老爺也沒給他續娶，只由他買了一個姨娘就算了。卻和元二爺娶了親。親家那邊是狠體面的，一副妝奩十分豐厚，還有兩個陪嫁丫頭，大的十五歲，小的纔十二歲。過了兩三年，那大丫頭有了十七八了，就嫁了出去。只有這個小的，生得臉蛋兒狠俊，人又機靈，元二爺狠歡喜他，一直把他養到十九歲還沒嫁。元二爺常常和他說笑鬼混，那位元二奶奶看在眼裡，惱在心裡。到底是大家姑娘出身，懂得規矩禮法，雖是一大罈子的山西老醋，擱在心上，卻不肯潑撒出來，只有心中暗暗打算，覷個便，要早早的嫁了他。後來越看越不對了，那丫頭眉目之間有點不對了，行動舉止也和從前兩樣了，心中越加焦急。那丫頭也明知二奶奶吃他的醋，不免懷恨在心。

「恰好多老爺得了個脾泄的病，做兒媳婦的，別的都好伺候，惟有這攙扶便溺，替換小衣，是辦不到的，就是僱來的老媽子，也不肯幹這個。元二奶奶一想，不如撥了這丫頭去伺候公公，等伺候得病人好了，他兩個也就相處慣了，希冀公公把他收了房做個姨娘，就免了二爺的心事了。打定了主意，便把丫頭叫了來，叫他去伺候老爺。這丫頭是一個絕頂機警的人，一聽了這話，心中早已明白，便有了主意，唯唯答應了，即刻過去伺候老爺。多老爺正苦沒人伺候，起臥都覺得不便，忽然蒙媳婦派了這個丫頭來伺候，心中自是歡喜。況且這丫頭又善解人意，嘴脣動一動，便知道要茶；眼睛抬一抬，便知道要烟。無論是茶是藥，一定自己嘗過，纔給老爺吃。起頭的兩天，還有點縮手縮腳的，過得兩天慣了，更是伺候得周到。老爺要上馬子，他抱著腰；老爺躺下來，他捶著背。並且他自從過來之後，便把自己鋪蓋搬到老爺房裡去，到了晚上，就把鋪蓋開在老爺炕前地下假寐。那炕前又是夜壺，又是馬子，又是痰盂，他並不厭煩。半夜裡老爺要小解了，他怕老爺著了涼，拿了夜壺遞到被窩裡伏侍小解。那夜壺是瓷的，老爺大腿碰著了，哼了一聲，說冰涼的；丫頭等小解完後，便把夜壺舀乾淨，拿來焐在自己被窩裡，等到老爺再要用時，已是焐得暖暖兒的了。（春秋誅心云爾：此等舉動，求之於孝子慈孫，亦不多覯也。果有此婢，吾願母之。）及至次日，請了大夫來，凡老爺夜來起來幾次，小解大解幾次，是甚麼顏色，稀的稠的，幾點鐘醒，幾點鐘睡，有吃東西沒有，只有他說得清清楚楚，所以那大夫用藥，就格外有了分寸。有時晚上老爺要喝參湯，坐起來呢，怕冷，轉動又不便當，他便問准了老爺，用茶漱過口，刷過牙，刮過舌頭，把參湯呷到嘴裡，伏下身子，一口一口的慢慢哺給老爺吃。有時老爺來不及上馬子，弄髒了袴子，他卻早就預備好了的。你說他怎麼預備來？他預先拿一條乾淨袴子，貼肉橫束在自己身上，等到要換時，他伸手到被窩裡拭擦乾淨了，纔解下來，替老爺換上，又是一條暖暖兒的袴子了。這一條纔換上，他又束上一條預備了。（春秋誅心云爾：誠哉，可母也。）

「如此伺候了兩個多月，把老爺伺候好了。雖然起了炕，卻是片時片刻也少他不得了。便和他說道：『我兒！（叫得親熱好聽。）辛苦你了！怎樣補報你纔好！』他這兩個多月裡頭，已經把老爺巴結得甜蜜兒一般，由得老爺撫摩玩弄，無所不至的了。聽了老爺這話，便道：「奴才伺候主子是應該的，說甚麼補報！」老爺道：「我此刻倒是一刻也離不了你了。」丫頭道：「那麼奴才就伏侍老爺一輩子！」老爺道：「這不是誤了你的終身！你今年幾歲了？」丫頭道：「做奴才的，還說甚麼終身！奴才今年十九歲，不多幾天就過年，過了年就二十歲了。半輩子都過完了，還有那半輩子，不還是奴才就結了嗎。」老爺道：「不是這樣說。我想把你收了房，做了我的人，你說好麼？」丫頭聽了這句話，卻低頭不語。老爺道：「你可是嫌我老了？」丫頭道：「奴才怎敢嫌老爺！」老爺道：「那麼你為甚麼不答應？」丫頭仍是低頭不語。問了四五遍，都是如此。老爺急了，握著他兩隻手，一定要他說出個道理來。丫頭道：「奴才不敢說。」老爺道：「我這條老命是你救回來的，你有話，管說就是了，哪怕說錯了，我不怪你。」丫頭道：「老爺、少爺的恩典，如果打發奴才出去，哪怕嫁的還是奴才，甚至於嫁個化子，奴才是要一夫一妻做大的，不願意當姨娘。如果要奴才當姨娘，不如還是當奴才的好。」老爺道：「這還不容易！我收了你之後，慢慢的把你扶正了就是。」丫頭道：「那還是要當幾天姨娘。」老爺道：「那我就簡直把你當太太，拜堂成禮如何？」丫頭道：「老爺這句話，可是從心上說出來的？」老爺道：「有甚不是！」丫頭咕咚一聲，跪下來叩頭道：「謝過老爺天高地厚的恩典！」老爺道：「我和你已經做了夫妻，為甚還行這個禮？」丫頭道：「一天沒有拜堂，一天還是奴才。等拜過了堂，纔算夫妻呢。還有一層，老爺便這般抬舉，還怕大爺、二爺他們不服呢。」老爺道：「有我擔了頭，怕誰不服！」丫頭此時也不和老爺客氣了，挨肩坐下，手握手的細細商量。丫頭說道：「雖說是老爺擔了頭，沒誰敢不服，但是事前必要機密，不可先說出來。如果先說出來，總不免有許多阻擋的說話；不如先不說出來，到了當天纔發作，一會兒生米便成了熟飯，叫他們不服也來不及。至於老爺續娶，禮當要驚動親友，擺酒請客的，我看這個不如也等當天一早出帖子，不過多用幾個家人分頭送送罷了。』此時老爺低著頭聽吩咐，丫頭說一句，老爺就答應一個『是』字，猶如下屬對上司一般。等吩咐完了，自然一切照辦。

「好丫頭！真有本事，有能耐！一切都和老爺商量好了，他卻是不動聲色，照常一般。有時伺候好了老爺，還要到元二奶奶那邊去敷衍一會。這件事竟是除了他兩個之外，沒有第三個人知道的。家人們雖然承命去刻帖子，卻也不知道娶的是哪一門親。就是那帖子簽子都寫好了，只有日子是空著，等臨時填寫的，更不知道是哪一天。老爺又吩咐過，不准叫大爺、二爺知道的，更是無從打聽，只有照辦就是了。直到了辦事的頭一天下午，老爺方纔吩咐出來，叫把帖子填了明天日子，明日清早派人分頭散去。又吩咐明天清早傳儐相，傳喜娘，傳樂工，預備燈彩。這一下子，合宅上下人等都忙了。卻一向不見行聘，不知女家是甚甚麼人。祥大爺是傻的，不必說他；元二爺便覺著這件事情古怪，想道：『這兩三個月都是丫頭在老爺那邊伺候，叫他來問，一定知道。』想罷，便叫老媽子去把丫頭叫來，問道：『老爺明天續弦，娶的是哪一家的姑娘？何不應之曰：就是自己家的。怎麼我們一點不曉得？你天天在那邊伺候，總該知道。』丫頭道：『奴才也不知道，也是方纔叫預備一切，纔知道有這回事。』二爺道：『那邊要鋪設新房了，老爺的病也好了許久了，你的鋪蓋也好搬回這邊來了。』丫頭道：『是。奴才就去回了老爺搬過來。』說著去了，過了一會，又空身跑了過來道：『老爺說要奴才伺候新太太，等伺候過了三朝，纔叫奴才搬過來呢。』說罷，又去了。元二爺滿腹疑心，又暗笑老頭子辦事糊塗，卻還猜不出個就裡。到了明天早起，元二爺夫妻兩個方纔起來，只見傻大爺的姨娘跑了來，嘴裡不住的稱奇道怪道：『二爺、二奶奶，可知道老爺今天娶的是哪一個姑娘？』二爺見他瘋瘋傻傻的，不大理會他。二奶奶問道：『這麼大驚小怪的做甚麼！不過也是個姑娘罷了，不見得娶個三頭六臂的來！』姨娘道：『只怕比三頭六臂的還奇怪呢！娶的就是二奶奶的丫頭！』二爺、二奶奶聽了這話，一齊吃了一驚，問道：『這是哪裡來的話？』姨娘道：『哪裡來的話？喜娘都來了，在那裡代他穿衣服打扮呢。我也要去穿衣服了，回來怕有女客來呢。』說著，自去了。

「這邊夫妻兩個，如同獃了一般，想不出個甚麼道理來。歇了一會，二爺冷笑道：『吃醋咧，怕我怎樣咧，叫他去伺候老人家咧！當主子使喚奴才不好，倒要做媳婦去伺候婆婆！你看罷咧，日後的戲有得唱呢！』一面說，梳洗過了，換上衣服，上衙門去了。可憐二奶奶是個沒爪子的螃蟹，走不動，只好穿上大衣，先到公公那邊叩喜。此時也有得帖子早的來道喜了。一會兒吉時已到，喜娘扶出新太太，儐相贊禮拜堂。因為辦事匆促，一切禮節都從簡略，所有拜天地、拜花燭、廟見、交拜，都併在一時做了。過後便是和眾人見禮。傻大爺首先一個走上前去，行了一跪三叩首的禮。老爺自是兀然不動，便連新太太也直受之而不辭。傻大爺行過禮之後，家人們便一疊連聲叫二爺。有人回說二爺今天一早奉了堂諭，傳上衙門去了。老爺已是不喜歡。二奶奶沒奈何，只得上前行禮，可惱這丫頭居然兀立不動。一時大眾行過禮之後，便有許多賀客紛紛來賀，熱鬧了一天。二爺是從這天上衙門之後，一連三天不曾回家。只苦了二奶奶，要還他做媳婦的規矩，天天要去請早安，請午安，請晚安。到了請安時，碰了新太太高興的時候，鼻子裡哼一聲；不高興的時候，正眼也不看一看。二奶奶這個冤枉，真是無處可伸。倒是傻大爺的姨娘上去請安，有說有笑。二爺直到了第四天纔回家，上去見過老爺，請過安便要走，老爺喝叫『站著』，二爺只得站著。老爺歇了好一會，纔說道：『你這一向當的好紅差使！大清早起就是堂官傳了，一傳傳了三、四天，連老子娘都不在眼睛裡了！』二爺道：『兒子的娘早死了，兒子丁過內艱來。』老爺把桌子一拍道：『嚇！好利嘴！誰家的繼母不是娘！』二爺道：『老爺在外頭娶一百個，兒子認一百個娘；娶一千個，兒子認一千個娘。這是兒媳婦房裡的丫頭，兒子不能認他做娘！』老爺正待發作，忽聽得新太太在房裡道：『甚麼丫頭不丫頭！我用心替你把老子伺候好了，就娘也不過如此！』老爺道：『可不是！我病在炕上，誰看我一看來？得他伺候的我好了，大家打夥兒倒翻了臉了。你出來，看他認娘不認！』新太太巴不得一聲走了出來，二爺早一翻身向外跑了。老爺氣得叫『抓住了他！抓住了他！』二爺早一溜烟跑到門外，跳上車子去了。這裡面一個是老爺氣的暴跳如雷，大叫『反了反了！』一個是新太太撒嬌撒癡，哭著說：『二爺有意丟我的臉，你也不和我做主！你既然做不了主，就不要娶我！』哭鬧個不了。

「二奶奶知道是二爺闖了禍，連忙過來賠罪，向公公跪下請息怒。老爺氣得把鬍子一根根都豎了起來。新太太還在那裡哭著。良久，老爺纔說道：『你別跪我！你和你婆婆說去！』二奶奶站了起來，千委屈，萬委屈，對著自己賠嫁的丫頭跪下。新太太撅著嘴，把身子一扭，端坐著不動。（王莽謙恭下士時，全為新皇帝之一日耳。此誅心之筆，所不可廢也。）二奶奶千不是，萬不是，賠了多少不是，足足跪了有半個鐘頭，新太太纔冷笑道：『起去罷，少奶奶！不要折了我這當奴才的！』二奶奶方纔站了起來，依然伺候了一會，方纔退歸自己房裡。越想越氣，越氣越苦，便悄悄的關上房門，取一根帶子，自己弔了起來。老媽子們有事要到房裡去，推推房門不開，聽了聽寂無聲息，把紙窗兒戳破一個洞，往裡一瞧，嚇得魂不附體，大聲喊救起來。驚動了闔家人等，前來把房門撞開了。兩個粗使老媽子，便端了凳子墊了腳，解將下來，已經是筆直挺硬的了，舌頭吐出了半段，眼睛睜得滾圓。傻大爺的姨娘一看道：『這是不中用的了。』頭一個先哭起來。便有家人們一面去找二爺，一面往二奶奶娘家報信去了。這裡幸得一個解事的老媽子道：『你們快別哭別亂！快來抱著二奶奶，此刻是不能放他躺下的。』便有人來抱住。那老媽子便端一張凳子來，自己坐下，纔把二奶奶抱過來道：『你們扳他的腿，扳的彎過來，好叫他坐下。』於是就有人去扳彎了。這老媽子把自己的波羅蓋兒❷，堵住了二奶奶的穀道❸；一隻手便把頭髮提起，叫人輕輕的代他揉頸脖子，捻喉管；又叫人揪他肩膀，又叫拿管子來吹他兩個耳朵。眾人手忙腳亂的，搓揉了半天，覺得那舌頭慢慢的縮了進去。那老媽子又叫拿個雄雞來，要雞冠血灌點到嘴裡，這纔慢慢的覺著鼻孔裡有點氣了。

「正在忙著，二爺回來了。可巧親家老爺、親家太太也一齊進門。二爺嚷著『怎樣了』，親家太太一跨進來就哭了。那老媽子忙叫：『別哭，別哭！二爺快別嚷！快來和他度一口氣罷！』二爺趕忙過來度氣，用盡平生之力，度了兩口，只聽得二奶奶哼的一聲哼了出來。那老媽子道：『阿彌陀佛！這算有了命了。快點扶他躺下罷。只能灌點開水，薑湯是用不得的。』那親家太太看見女兒有了命，便叫過一個老媽子來，問那上吊的緣由，不覺心頭火起。此時親家老爺也聽明白了，站起來便去找老爺，見了面，就是一把辮子。」正是：

❷ 波羅蓋兒：膝蓋。

❸ 穀道：肛門。

好事誰知成惡事，親家從此變冤家。

不知親家老爺這一把辮子，要拖老爺到哪裡去，且待下回再記。

# 第一〇四回　良夫人毒打親家母　承舅爺巧賺朱博如

「你道那親家老爺是誰？原來是內務府掌印郎中❶良果，號叫伯因，是內務府裡頭一個紅人。當著這邊多老爺散帖子那天，元二爺不是推說上衙門，大早就出去了麼？原來他並不曾上衙門，是到丈人家去，把這件事情告訴了丈人丈母。所以這天良伯因雖然接了帖子，卻並不送禮，也不道喜，只當沒有這件事，打算將來說起來，只說沒有接著帖子就是了。他那心中，無非是厭惡多老爺把丫頭抬舉的太過分了，卻萬萬料不到有今天的事。今天忽然見女婿又來了，訴說老人家如此如此，良伯因夫妻兩個正在嘆息，說多老爺年紀大了，做事顛倒了。忽然又見多宅家人來說二奶奶上了吊了！這一嚇非同小可，連忙套了車，帶了男女僕人，喝了馬夫，重重的加上兩鞭，和元二爺一同趕了來。一心以為女兒已經死了，所以到門便奔向二奶奶那邊院子裡去。看見眾人正在那裡救治，說可望救得回來的，鼻子裡已經有點氣了，夫妻兩個權且坐下。等二奶奶一聲哼了出來，知道沒事的了。良夫人又把今天新太太如何動氣，二奶奶如何下跪賠罪的話，問了出來。良伯因站起來，便往多老爺那邊院子裡去。多老爺正在那裡罵人呢，說甚麼『婦人女子，動不動就拿死來嚇唬人！你們不要救他，由他死了，看可要我公公抵命！』說聲未

---

❶ 內務府掌印郎中：內務府掌管印信的郎中。內務府為專管皇帝事務的機構，郎中為尚書、侍郎、丞以下的高級部員。

了，良老爺飛跑過來，一把辮子拖了就走道：『不必說抵命不抵命，咱們都是內務府的人，官司也不必打到別處去，咱們同去見堂官，評評這個理看！』多老爺陡然吃了一驚道：『親……親……親家！有話好好的說！』良老爺道：『說甚麼！咱們回堂去，左右不叫你公公抵命的。』多老爺道：『回甚麼堂？你撒了手好說話啊！』良老爺道：『世界已經反了，還說甚麼話！我也不怕你跑了，有話你說！』說著，把手一撒，順勢向前一推，多老爺跌了兩步，幾乎立腳不住。良老爺揀了一把椅子坐下道：『有話你說！』此時家人僕婦，紛紛的站了一院子看新聞。三三兩兩傳說，幸得二奶奶救過來了，不然，還不知怎樣呢！這句話，被多老爺聽見了，便對良老爺說道：『你的女兒死了沒有啊？就值得這麼的大驚小怪！』良老爺道：『你是要人死了纔心安呢！我也不說甚麼，只要你和我回堂去，問問這縱奴凌主，是哪一國的國法？哪一家的家法？』

「正說話時，只見家人來報，說親家太太來了。多老爺吃了一驚，暗想一個男的已經鬧不了，又來一個女的，如何是好！想猶未了，只見良夫人帶了自己所用的老媽子，咯噔咯噔的跑了過來，見了多老爺也不打招呼，直奔到房裡去。房裡的新太太，正在那裡打主意呢。他起頭聽見說二奶奶上吊，心裡還不知害怕，以為這是他自己要死的，又不是我逼死他，就死了有甚麼相干？正這麼想著，家人又說親家老爺、親家太太都來了，新太太聽了這話，倒吃了一驚。暗想這是個主子，他回來拿起主子的腔來，我就怎樣呢。回頭一想，他到了這裡須是個客，我迎出去，自己先做了主人，和他行賓主禮，叫他親家母，他自然也得叫我親家母，總不能拿我怎樣。心中正自打定了主意，卻遇了良老爺過來，要拉多老爺到內務府裡去，聲勢洶洶，不覺又替多老爺擔憂，呆呆的側耳細聽，倒把自己的心事擱過一邊。不提防良夫人突如其來，一直走到身邊，伸出手來，左右開弓的，劈劈拍拍早打了七八個嘴巴。只算親家母的見面禮。一笑。新太太不及提防，早被打得耳鳴眼花。良夫人喝叫帶來的老媽子道：『王媽！抓了他過去！我問他！』王媽便去攙新太太的膀子，良夫人把桌子一拍道：『抓啊！你還和他客氣！』原來這王媽是良宅的老僕婦，這位新太太當小丫頭時，也曾被王媽教訓過的，此刻聽得夫人一喝，便也不客氣，伸手把新太太的簪子一拔，一把頭髮抓在手裡。新太太連忙掙扎，拿手來擋，早被王媽劈臉一個巴掌，罵道：『不知死活的蹄子！你當我抓你，這是太太抓你呢！』王媽的手重，這一下只把新太太打得眼中火光迸裂，耳中轟的一聲，猶如在耳邊放了一門大炮一般。良夫人喝叫抓了過去，王媽提了頭髮，橫拖豎曳的先走，良夫人跟在後頭便去。多老爺看見了道：『這是甚麼樣子！這是甚麼樣子！』嘴裡只管說，卻又無可如何，由得良夫人押了過去。到得二奶奶院裡，良夫人喝叫把他衣服剝了，王媽便去動手。新太太還要掙扎，哪裡禁得二奶奶所用的老媽子，為了今天的事，一個個都把他恨入骨髓，一哄上前，這個捉手，那個捉腳，一霎時把他的一件金銀嵌的大襖剝下，一件細狐小襖也剝了下來。良夫人又喝叫把棉袴也剝了。纔叫把他綁了，喝叫帶來的家人包旺：『替我用勁兒打！今天要打死了他纔歇！』這包旺又是良宅的老家人，他本在老太爺手下當書僮出身，一直沒有換過主子，為人極其忠心。今天聽見姑爺來說，那丫頭怎生巴結上多老爺，怎生做了太太，怎生欺負姑娘，他便嚷著磨腰刀：『我要殺那浪蹄子去！』後來良老爺帶他到這邊來，他一到，便想打到上房裡，尋丫頭廝打，無奈規矩所在，只得隱忍不言。今聽得太太吩咐打，正中下懷，連忙答應一聲『喏』，便跑到門外，問馬夫要了馬鞭子來，對準丫頭身上，用盡平生之力，一下一下抽將下去。抽得那丫頭殺豬般亂喊，滿地打滾。包旺不住手的一口氣抽了六七十，把皮也抽破了，那血跡透到小衣外面來。新太太這纔不敢撒潑了，膝行到良夫人跟前跪著道：『太太饒了奴才的狗命罷！奴才再也不敢了！情願仍舊到這邊來伏侍二奶奶。』良夫人劈臉又是一個嘴巴道：『誰是你二奶奶！你是誰家的奴才！你到了這沒起倒的人家來，就學了這沒起倒的稱呼！我一向倒是模模糊糊的過了，你們「你們」，妙！連親家老爺罵在裡頭也。越鬧越不成話了！奴才跨到主子頭上去了！誰是你的二奶奶？你說！』說著，又是兩個嘴巴。新太太忙道：『是奴才糊塗！奴才情願仍舊伺候姑奶奶了！』良夫人叫包旺道：『把他拉到姑娘屋裡再抽，給姑娘下氣去！』新太太聽說，也不等人拉，連忙站起來跑到二奶奶屋裡。二奶奶正靠著炕枕上哭呢。新太太咕咚一下跪下來，可憐他雙手是反綁了的，不能爬下叩頭，只得彎下腰，把頭向地下咯嘣咯嘣的亂碰，說道：『姑奶奶啊，開恩罷！今天奴才的狗命，就在姑奶奶的身上了！再抽幾下，奴才就活不成了！』說猶未了，包旺已經沒頭沒腦的抽了下來，嘴裡說道：『不是天地祖宗保佑，如聞其聲，真寫得出。其愚在此，其忠亦在此也。可想。我姑奶奶的性命，就送在你這賤人手裡！今兒就是太太、姑奶奶饒你，我也不饒你！活活的抽死你，我和你到閻王爺那裡打官司去！』一面說，一面著力的亂抽，把新太太臉上也七縱八橫的，抽了好幾條血路。包旺正抽得著力時，忽然外面來了兩三個老媽子，把包旺的手拉住道：『包二爺，或疑京師之稱少爺者，輒曰幾爺幾爺，將與稱家人者無別，如此回元二爺之與包二爺是也。不知當面稱謂時，上一字聲低，爺字曼長其音者，為稱少爺；上一字聲重，爺字聲低，略一吐音，更無餘韻者，為稱家人。此南方人讀小說，所不可不知者也。且住手，這邊的舅太太來了。』包旺只得住了手出來，對良夫人道：『太太今天如果饒了這賤人，天下從此沒有王法了！就是太太、姑奶奶饒了他，奴才也要一頭撞死了，到閻王爺那裡告他，要他的命的！』愚得可憐，忠得可敬。怪現狀中有此人物，真是鳳毛麟角。良夫人道：『你下去歇歇罷，我總要懲治他的。』

原來元二爺陪了丈人、丈母到家，救得二奶奶活了，不免溫存了幾句。二奶奶此時雖然未能說話，也知道點點頭了。元二爺便到多老爺院子裡去，悄悄打聽，只聽得良老爺口口聲聲要多老爺去見堂官，這邊良夫人又口口聲聲要打死那丫頭。想來這件事情，是自己父親理短，牽涉著自己老婆，又不好上去勸。哥哥呢，又是個傻子。今天這件事，沒有人解勸，一定不能下場的。躊躇了一會，便撇下了二奶奶，出門坐上車子，趕忙到舅老爺家去，好，好。若不如是，惟知有老婆，便不成人了。如此這般說了一遍，要求娘舅、舅母同去解圍。舅老爺先是惱著妹夫糊塗，不肯去，禁不得元二爺再三央求，又叩頭請安的說道：『務望娘舅不看僧面看佛面，只算看我母親的面罷。』舅老爺纔答應了，叫套車。元二爺恐怕耽擱時候，把自己的車讓娘舅、舅母坐了，自己騎了匹牲口，跟著來家。虧得這一來，由舅老爺、舅太太兩面解勸，方纔把良老爺夫妻勸好了，坐了車子回去。元二爺從此也就另外賃了宅子，把二奶奶搬開了。向來的生意，多半是元二爺拉攏來的；自從鬧過這件事之後，元二爺就不去拉攏了，生意就少了許多。」我笑道：「原來北院裡住的是個老糊塗。但不知那丫頭後來怎樣發落？」洞仙道：「此刻不還是當他的太太。」我道：「他兒子、媳婦雖說是搬開了，然而總不能永不上門，以後怎樣見面呢？」洞仙道：「這個就沒有去考求了。」說著，北院裡有人來請他，洞仙自去了。

我在京又耽擱了幾天，接了上海的信，說繼之就要往長江一帶去了，叫我早回上海。我看看京裡沒事，就料理動身。到天津住了兩天，附輪船回上海。在輪船上卻遇見了符彌軒，我看他穿的還是通身綢縐，不過帽結是個藍的。暗想京裡人家都說他丁了承重憂出京的，他這個裝扮，哪裡是個丁憂的樣子。又不便問他，不過在船上沒有伴，和他七拉八扯的談天罷了。船到了上海，他殷殷問了我的住處，方纔分手。我自回到號裡，知道繼之前天已經動身了，先到杭州，由杭州到蘇州，由蘇州到鎮江，這麼走的。

歇息了一天，到明天忽然外面送了一封信來，拆開一看，卻是符彌軒請我即晚吃花酒的。到了晚上，我姑且去一趟。座中幾個人，都是浮頭滑腦的，沒有甚麼事可記。所最奇的，是內中有一個是苟才的兒子龍光。我屈指一算，苟才死了好像還不到百日，龍光身上穿的是棗紅摹本銀鼠袍，泥金寧綢銀鼠馬褂，心中暗暗稱奇。席散回去，和管德泉說起看見龍光並不穿孝，屈指計來，還不滿百日，怎麼荒唐到如此的話。德泉道：「你的日子也過糊塗了。苟才是正月廿五死的，二月三十的五七開弔，繼之還去弔的。初七繼之動身，今天纔三月初十，離末七還有三四天呢，你怎便說到百日了？」我聽了倒也一呆。德泉又道：「繼之還留下一封長信，叫我給你，說是苟才致死的詳細來歷，都在上頭，叫我交給你，等你好做筆記材料。是我忘了，不曾給你。」我聽了，便連忙要了來，拿到自己房裡，挑燈細讀。

原來龍光的老婆，是南京駐防旗人，老子是個安徽候補府經歷。因為當日苟才把寡媳送與上司，以謀差缺，人人共知，聲名洋溢，相當的人家都不肯和他對親，纔定了頭親事。誰知這位姑娘有一個隱疾，是害狐臭的，所以龍光與他不甚相得，雖不曾反目，卻是恩義極淡的。倒是一個妻舅，名叫承暉的，龍光與他十分相得，把他留在公館裡，另外替他打掃一間書房，郎舅兩個終日在一處廝鬧，常常不回臥室歇息，就在書房抵足。龍光因為不喜歡這個老婆，便想納妾。卻也奇怪，他的老婆聽說他要納妾，非但並不阻擋，並且竭力慫慂。也不知他是生性不妒呢，還是自慚形穢，或是別有會心，那就不得而知了。龍光自是歡喜。然而自己手上沒錢，只得和老子商量。苟才卻不答應，說道：「年紀輕輕的，不知道學好，只在這些上頭留心。你此刻有了甚麼本事？養活得起多少人？不能瞞你們的，我也是五十歲開外纔納妾的。」一席話，教訓得龍光閉口無言。退回書房，喃喃吶吶的，不知說些甚麼東西。承暉看見，便問何事，龍光一一說知。承暉道：「這個叫做『只許州官放火，不許百姓點燈』，向來如此的。你看太親翁那麼一把年紀，有了五個姨娘還不夠，前一回還討個六姨。姊夫要討一個，就是那許多說話。這個大約老頭子的通脾氣，也不是太親翁一個人如此。」龍光道：「他說他五十歲開外纔討小的，我記得小時候，他在南京討了個釣魚巷的貨，住在外頭，後來叫先母知道了，找得去打了個不亦樂乎，後來不知怎樣打發的，這些事他就不提一提呢。」承暉道：「總而言之：是自己當家，萬事都可以做得了主；若是自己不能當家，莫說五十歲開外，只怕六十、七十開外，都沒用呢。」說得龍光默然。

兩個年輕小子天天在一起，沒有一個老成人在旁邊，他兩個便無話不談，真所謂言不及義，哪裡有好事情串出來。承暉這小子，雖是讀書不成，文不能文，武不能武，若要他設些不三不四的詭計，他卻又十分能幹，就和龍光兩個幹了些沒天理的事情出來。龍光時時躲在六姨屋裡，承暉卻和五姨最知己，四個人商量天長地久之計。承暉便想出一個無毒不丈夫的法子來。恰好遇了苟才把全眷搬到上海來就醫，龍光依舊把承暉帶了來，卻不叫苟才知道。到了上海，租的洋房地方有限，不比在安慶公館裡面，七八個院子，隨處都可以藏得下一個人，龍光只得將自己臥室隔作兩間，把後半間給舅爺居住。雖然暫時安身，卻還總嫌不便，何況地方促迫，到處都是謦欬相聞的，因此逼得承暉毒謀愈急。起先端甫去看病時，承暉便天天裝了病，到端甫那裡門診，病情說得和苟才一模一樣，卻不問吃甚麼可以痊癒，只問忌吃甚麼。在他與龍光商量的本意，是要和醫生串通，要下兩樣反對的藥，好叫病人速死。因看見端甫道貌岸然，不敢造次，小人偏有眼力，亦奇。所以只打聽忌吃甚麼，預備打聽明白，好拿忌吃的東西給苟才吃，好送他的老命。誰知問了多天，都問不著。偏偏那天又在公館裡被端甫遇見，做賊心虛，從此就不敢再到端甫處搗鬼了。過了兩天，家人去請端甫，端甫忽然辭了不來。承暉、龍光兩個心中暗喜，以為醫生都辭了，這病是不起的了。誰知苟才按著端甫的舊方調理起來，日見痊癒。承暉心急了，又悄悄的和五姨商量，凡飲食起居裡頭，都出點花樣，年老人禁得幾許食積，禁得幾次勞頓，所以不久那舊病又發了。

原來苟才煞是作怪，他自到上海以來，所寵幸的就是五姨一個，日夜都在五姨屋裡，所以承暉愈加難過。在五姨也是一心只向承暉的，看見苟才的鬑鬑鬍子，十分討厭，有鬍子之人聽者：討小老婆，須妨此著也。所以聽得承暉交代，便依計而行，苟才果然又病了。承暉又打聽得有一個醫生叫朱博如，他的招牌是「專醫男婦老幼大小方脈❷」，又是專精傷寒、咽喉、痘疹諸科，包醫楊梅結毒，兼精辰州神符治病、失物圓光，不倫不類，寫來一笑。是江湖上一個人物，在馬路上租了一間門面，兼賣點草頭藥的，便慫恿龍光請朱博如來看。龍光告知苟才，苟才因為請端甫不動，也不知上海哪個醫生好，只得就請了他。那承暉卻又照樣到朱博如那裡門診，也是說的病情和苟才一模一樣，問他忌吃甚麼。朱博如是個江湖子弟，一連三天，早已看出神情，卻還不說出來。這天繼之去看苟才的病，故意對龍光說忌吃鮑魚，龍光便連忙告訴了承暉，承暉告訴五姨。五姨交代廚子：「有人說老爺這個病，要多吃鮑魚纔好。」從此便煎的是鮑魚，燉的是鮑魚，湯也是鮑魚，膾也是鮑魚，把苟才吃膩了。繼之的請客，也是要試探他有吃鮑魚沒有，可惜試了出來，當席未曾說破他，就誤了苟才一命。

原來繼之請客那天，正是承暉、龍光、朱博如定計的那天。承暉一連到博如處去了幾天，朱博如看出神情，便用言語試探，彼此漸說漸近，不多幾天，便說合了龍。這一天便約定在四馬路青蓮閣烟間裡，會齊商量辦法。龍光、承暉到時，朱博如早已到了，還有三四個不三不四的人，同在一起。博如見了他兩個，便撇了那幾個人，迎前招呼，另外開了一隻燈。博如先道：「你兩位的意思，是要怎樣辦法？」

❷ 大小方脈：中醫專治成人病的叫「大方脈科」，專治兒童病的叫「小方脈科」，合稱「大小方脈」。

承暉道：「我們明人不必細說，只要問你先生辦得到辦不到，要多少酬謝便了。」博如道：「這件事要辦，是人人辦得到的，不過就是看辦得乾淨不乾淨罷了。若要辦得不乾淨的，也無須來與我商量，就是潘金蓮對付武大郎❸一般就得了。我所包的就是一個乾淨，隨便他叫神仙來驗，也驗不出一個痕跡。不過不是一兩天的事情，總要個把月纔妥當。」龍光道：「你要多少酬謝呢？」博如道：「這件事不小，弄起來是人命關天的，老實說，少了我不幹，起碼要送二萬銀子！」龍光不覺把舌頭吐了出來。承暉默然無語，忽然站起來，拉龍光到闌桿邊上，唧唧噥噥的好一會，又用手指在欄干上再三畫給龍光看。龍光大喜道：「如此，一聽尊命便了。」承暉便過來和朱博如再三磋商，說定了一萬兩銀子。承暉道：「這件事，要請你先說出法子來呢，你不信我；要我先付銀呢，我不信你。怎生商量一個善法呢？」博如聽了，也呆著臉，一籌莫展。承暉道：「這樣罷，我們立個筆據罷。不過這個筆據，若是真寫出這件事來，我們龍二爺是萬不肯的；若是不明寫出來，只有寫借據之一法。若是就這麼糊裡糊塗寫了一萬銀子借據，知道你的法子靈不靈呢？借據落了你手，你就不管靈不靈，也可以拿了這憑據來要錢的。這張票子，到底應該怎樣寫法呢？若是想不出個寫法來，這個交易只好作為罷休。」正是：

舌底有花翻妙諦，胸中定策賺醫生。

未知到底想出甚麼法子來，且待下回再記。

❸ 潘金蓮對付武大郎：小說水滸傳裡，潘金蓮用砒霜毒死自己的丈夫武大郎。

# 第一〇五回 巧心計暗地運機謀 真膿包當場寫伏辯

朱博如聽得承暉說出的話，句句在理上，不覺回答不出來。並且已經說妥的一萬銀子好處，此刻十有九成的時候，忽然被這難題目難住，看著就要撒決了。但是看承暉的神情，又好像胸有成竹一般。回心一想，我幾十年的老江湖，難道不及他一個小孩子？這裡頭一定有個奧妙，不過我一時想不起來罷了。想到這裡，拿著烟槍在那裡出神。承暉卻拉了龍光出去，到茶堂外面，看各野雞妓女，逗著談笑。胸有成竹，自然暇豫。良久，纔到烟榻前去，問博如道：「先生可想出個法子來了？」博如道：「想不出來。如果閣下有妙法，請賜教了罷。」承暉道：「法子便有一個，但是我也不肯輕易說出。」博如道：「如果實在有個妙法，其餘都好商量。」承暉道：「老實說了罷。你這一萬銀子肯和我對分了，我便教你這個法子。」博如道：「哪裡的話！我也擔一個極大干係的，你怎麼就要分我一半？」承暉道：「也罷，你不肯分，我也不能強你。時候不早了，我們明天會罷。」博如著急道：「好歹商量妥了去，忙甚麼呢。」龍光道：「一萬兩我是答應了，此刻是你兩個的事情，你們商量罷，我先走了。」博如道：「索性三面言明了，就好動手辦事了。」承暉道：「這是你自己不肯通融，與我們甚麼相干？」博如道：「你要分我一半，未免太狠。這樣罷，我打八折收數，歸你二成罷。」承暉不答應。後來再三磋商，言定了博如七折收數，以三成歸承暉，兩面都允了。承暉又要先訂合同。博如道：「我這裡正合同都不曾定，這個忙甚麼！」承暉道：「不行！萬一我這法子說了出來，你不認帳，我又拿你怎樣呢。」博如沒法，只得由他。承暉在身邊取出紙筆來，紙筆都帶便了，可見來時已先有成算也。一揮而就，寫成一式兩紙，叫博如簽字。博如一看，只見寫的是：

茲由承某介紹朱某，代龍某辦一要事。此事辦成之後，無論龍某以若干金酬謝朱某，朱某情願照七折收數，其餘三成，作為承某中費。兩面訂明，各無異言。立此一式兩紙，各執一紙為據。

朱博如看了道：「怎麼不寫上數目？」承暉道：「數目是不能寫的。我們龍二爺出手闊綽，或者臨時他高興，多拿一千、八百出來，請你吃茶吃酒，那個我可也要照分的。如果此時寫實了一萬，一萬之外，我可不能分你絲毫了。這個我不幹。」博如聽了，暗暗歡喜，便簽了字，承暉也簽了字，各取一紙，放在身邊。

博如就催著問是何妙法，承暉道：「這件事難得狠呢！我拿你三成謝金，實在還嫌少。你想罷，若不明寫出來，不成個憑據；若明寫了，說是某人託某人設法致死其父，事成酬銀若干，萬一鬧穿了，非但出筆據的人要凌遲，只怕代設法的人也不免要殺頭呢！這個非但他不敢寫，寫了，你也不敢要。」博如道：「這個我知道。」承暉道：「若是不明寫，卻寫些甚麼？總不能另外謅一樁事情出來。若說是憑空寫個欠據，萬一你的法子不靈呢，欠據落在你手裡，你隨意可以來討的，叫龍二爺拿甚麼法子對付你？數目又不在少處，整萬呢！」博如道：「這個我都知道，你說你的法子罷。」承暉道：「時候不早了，這裡人多，不是談機密地方，你趕緊吃完了烟，另外找個地方去說罷。」博如只得匆匆吸完了烟，叫堂倌來收燈，給過烟錢。博如又走過去，和那幾個不三不四的人說了幾句話，方纔一同走出。

龍光約了到雅敘園揀一個房間坐下，點了菜。博如又急於請教，承暉坐近一步，先問道：「據你看起來，那老頭子到底幾時纔可以死得？」博如道：「弄起來看，至遲明年二月裡，總可以成功了。」承暉又坐近一步，拿自己的嘴對了博如的耳朵道：「此刻叫龍二爺寫一張借據給你，日子就寫明年二月某日，日子上空著，由得你臨時填上。那借據可是寫的：『立借券某人，今因猝遭父喪大故，匯款未到，暫向某人借到銀一萬兩。匯款一到，立即清還。蒙念相好，不計利息。棘人❶某某親筆。』等到明年二月，老頭子死了，你就可以拿這個借據向他要錢了。」博如側著頭一想道：「萬一不死呢？」承暉道：「就是為的是這個。如果老頭子不死，他又何嘗有甚父喪大故，向人借錢？又何故好好的自稱棘人？這還不是一張廢紙麼？當真老頭子死了，他可是為了父喪大故借用的，又有蒙念相好，不計利息的一層交情在裡面，他好欠你分毫嗎？」朱博如不覺恍然大悟道：「妙計，妙計！真是鬼神不測之機也！」誰知還有鬼神不測的在後頭。於是就叫龍光照寫。龍光拿起筆來，猶如捧了鐵棒一般，半天纔照寫好了，卻嫌「萬」字的筆畫太多，只寫了個「方」字缺一點的「万」字。朱博如看過了，十分珍重的藏在身邊。恰好跑堂的送上酒菜，龍光讓坐，斟過一巡酒，然後承輝請教博如法子。博如道：「要辦這件事，第一要緊不要叫他見人，恐怕有人見愈調理病愈深，要疑心起來。也是做賊心虛的話。明日再請我，等我把這個話先說上去，只說第一要安心靜養，不可見人，不可勞動，不可多說話費氣，包管他相信了。你們自己再做些手腳。我天天開的藥方，你們只管撮了來煎，卻不可給他吃。」龍光道：「這又是何意？」博如道：「這不過是掩人耳目，就是

❶ 棘人：居父母喪時自稱「棘人」。

別人看了方子，也是藥對脈案的。但是服了對案的藥，如何得他死？所以掩了人耳目之後，就不要給他吃了。我每天另外給你們兩個方子，分兩家藥店去撮，回來和在一起給他吃。」龍光又道：「何必分兩家撮呢？」博如道：「兩個方子是寒熱絕不相對的，恐怕藥店裡疑心。」承暉道：「這也是小心點的好。」（都是做賊心虛的話。）博如又附耳教了這甚麼法子，方纔暢飲而散。

從次日起，他們便如法泡製起來，無非是寒熱兼施，攻補並進，拿著苟才的臟腑，做他藥石的戰場。上了年紀的人，如何禁受得起！從年前十二月，捱到新年正月底邊，那藥石在臟腑裡面，一邊要堅壁清野，一邊要架雲梯、施火炮，那戰場受不住這等蹂躪，登時城崩池潰，四郊延蔓起來，就此嗚呼哀哉了。

三天成殮之後，龍光就自己當家。正是「一朝權在手，便把令來行」，陸續把些姨娘先打發出去，有給他一百的，有給他八十的，任他自去擇人而事。大、二、三、四，四個姨娘，都不等滿七，就陸續的打發了。後來這班人無非落在四馬路❷，也不必說他了。只有打發到五姨，卻預先叫承暉在外面租定房子，然後打發五姨出去，面子上是和眾人一般，暗底子不知給了承暉多少。只有六姨留著。又把家中所用男女僕人等，陸續開除了，另換新人。開過弔之後，便連書啟、帳房兩個都換了。這是他為了六姨，要掩人耳目的意思。

朱博如知道苟才已死，把那借據填了二月初一的日子，初二便去要錢。承暉道：「你這個人真是性急。你要錢，也要有個時候，等這邊開過弔，纔像個樣子。照你這樣做法，難道這裡窮在一天，初一急急要和你借，初二就有得還你了？天下哪有這種情理！」一席話說得朱博如閉口無言，只得別去。直捱

❷四馬路：當年上海的妓院多在四馬路一帶，「四馬路」也就成了妓院的代名詞。

到開弔那天，他還買了點香燭紗元，親來弔奠。承暉看見了大喜，把他大書特書記在禮簿上面。又過了三天，認真捱不住了。恰好這天龍光把書啓、帳房辭去，承暉做了帳房，一切上下人等都是自己牙爪，是恣無忌憚的了。承暉見博如來了，笑吟吟的請他坐下，說道：「先生今天是來取那筆款子的？」博如道：「是。」承暉道：「請把票據取出來。」博如忙在身邊取出，雙手遞與承暉。承暉接過看了一看道：「請坐，請坐。我拿給先生。」博如此時真是心癢難抓，眼看著立時三刻，就是七千兩銀子到手了，忙向旁邊一張椅子上坐下。承暉拿了借據，放在帳桌上，提起筆來，點了兩點，隨手拿了一張七十兩銀子的莊票，交給博如道：「一向費心得狠！」博如吃了一驚道：「這，這，這是怎麼說？」承暉道：「那三成歸了兄弟，也是早立了字據的。」博如道：「不錯，我只收七折。但是何以變做七十兩呢？」承暉笑道：「難道先生眼睛不便，連這票據上的字，都沒有看出來？」博如連忙到案頭一看，原來所寫那一万的「万」字，被他在一撇一鉤的當中，加了兩點，變成個「百」字了。此是青蓮閣闌干上所教者也。博如這一怒非同小可，一手便把那借據搶在手裡。承暉笑道：「先生惱甚麼！既然不肯還我票據，就請仍把莊票留下。」博如氣昏了，便把莊票摔在地下要走。承暉含笑攔住道：「先生惱甚麼？到哪裡去？茶還沒喝呢。來啊！舀茶來啊！客來了茶都不舀了，你們這班奴才，是幹嗎的是啊！」一面說，一面重復讓坐。又道：「先生還拿了這票子到哪裡去呢？」博如怒道：「我只拿出去請大眾評評這道理，可是『萬』字可以改『百』字的！」承暉道：「『萬』字本來不能改『百』字啊，這句話怎講？」博如道：「我不和你說，你們當初故意寫個小寫的『萬』字，有意賴我！」承暉笑道：「這句話先生你說錯了。數目大事，你再看看，那票子上『一』字尚且寫個『壹』字，豈有『萬』字倒小寫起來之理？只怕說出去，人家也不相信。」博如道：「我不管，我就拿了這票子到上海縣去告，告你們塗改數目，明明借我的一萬銀子，硬改作一百。這個改的樣子明明在那裡，是瞞不過的。」說話時，家人送上茶來。承暉接過，雙手遞了一碗茶，說道：「好，好。這個怪不得先生要告，整萬銀子的數目變了個一百，在我也是要告的。但不知先生憑甚麼作證？」博如道：「你就是個證人！見了官，我不怕你再賴！」承暉道：「是，是，我絕不敢賴。但是恐怕上海縣問起來，他不問先生你，只問我。問道：『苟大人是兩省的候補道，當過多少差使，署過首道，署過藩臺。上海道臺是苟大人的舊同寅，就是本縣，從前也伺候過苟大人來。後來到了安徽，當了多少差使，誰不知道苟大人是有錢的。一旦不幸身故了，何至於就要和人家借錢辦喪事？就說是一時匯款沒到，湊手不及，本縣這裡啊，道臺那裡啊，還有多少闊朋友，哪裡不挪動一萬、八千，卻要和這麼個賣草頭藥的江湖醫生去借錢？苟大人是署過藩臺的，差不多的人，哪裡彀得上和他拉交情，這個甚麼朱博如，他彀得上和苟大人的少爺說相好，不計利息的話嗎？他們究竟有甚麼交情？你講！』這麼一篇話問下來，應該怎樣回答，還請先生代我打算打算，預先串好了供，免得臨時慌張。」朱博如聽了，默默無言。良久，承暉又道：「先生，這官司你是做原告，上海縣他也不能不問你話的。譬如他問：『你不過是個江湖醫士，你從哪裡和苟大人父子拉上的交情，可以整萬銀子，不計利息的借給他？你這個人，倒狠慷慨，本縣狠敬重你。但不知你借給他的一萬銀子，是哪裡來的？在哪裡賺著的？交給龍光的時候，還是鈔票？還是元寶？還是洋錢？還是哪家銀行的票子？還是哪家錢莊的票子？』這麼一問，先生你又拿甚麼話回答，也得要預先打算打算，免得臨時慌張。」朱博如本來是氣昂昂、雄糾糾的，到了此時，不覺慢慢的把頭低下去，一言不發。

承暉又道：「大凡打到官司，你說得不清楚，官也要和你查清楚的，況且整萬銀子的出進，豈有不查之理。他先把你寶號的帳簿吊去一查，有付這邊一萬銀子的帳沒有；再把這裡的帳簿吊去一查，看有收到你一萬銀子的帳沒有。你的帳簿呢，我不敢知道；我們這邊帳簿，是的確沒有這一筆。沒有這筆倒也罷了，反查出了某天請某醫生醫金若干，某天請某醫生醫金若干，官又問了，說：『你們既然屬在相好，整萬銀子都可以不計利息的，何以請你診病，又要天天出醫金呢？相好交情在哪裡？』並且查到禮簿上，你先生的隆奠是『素燭一斤，紗元四匣』，與不計利息的交情，差到哪裡去了！再拿這個一問，先生你又怎樣說呢？這個似乎也要預備預備。」說罷，仍舊坐到帳桌上去，取過算盤帳簿，剔剔撻撻算他的帳去了。一會兒就有許多人來領錢的，來回事的，絡繹不絕。一個家人拿了票子來，說是綢莊上來領壽衣價的，共是七十一兩五錢六分銀子，承暉呆了一呆道：「哪裡來這覶瑣帳，甚麼幾錢幾分的！」想了一會道：「這麼罷，這一張七十兩的票子，是朱先生退下來不要的，叫他先拿去罷。那個零頭併在下回算，總有他們便宜。」那家人拿了去。朱博如坐在那裡聽著，好不難過，站起來急到帳桌旁邊，要和承暉說話。承暉又是笑吟吟的道：「先生請坐。我這會忙，沒功夫招呼你。要茶啊，烟啊，只管叫他們，不要客氣。來啊！招呼客的茶烟！」說著又去辦他的事了。一會兒，又跑了一個家人來，對承暉說道：「二爺請。」承暉便把帳簿往帳箱裡一放，拍撻一聲鎖上了，便上去。博如連忙站起來要說話，承暉道：「先生且請坐，我馬上就來。」博如再要說話時，承暉已去的遠了，無奈只得坐著等。心中暗想，這件事上當上的不小，而且這口氣咽不下去。看承暉這廝，今天神情大為兩樣，面子上雖是笑口吟吟的，那神氣當中卻純乎是挖苦我的樣子。我想這件事，一不做，二不休，縱使不能告他欠項，他藥死父親可是真的，我就拿這個去告他。我雖然同謀，自首了總可以減等，我拚了一個充軍的罪，博他一個淩遲，總博得過。心裡顛來倒去，只是這麼想，那承暉可是一去不來了。

看看等到紅日沉西，天色要黑下來了，纔聽得承暉一路嚷著說：「怎麼還不點燈啊？你們都是幹嗎的？一大夥兒都是木頭，撥一撥動一動！」一面嚷著，走到帳房裡，見了博如，又道：「噯呀！你看我忙昏了，怎麼把個朱先生撂在這裡！」連連拱手道：「對不住，對不住。不知先生主意打定了沒有？如果先生有甚麼意思，我們都好商量。」博如道：「總求閣下想個法兒，替我轉個圜，不要叫我太吃虧了。」承暉道：「在先生的意思，怎樣辦法呢？」博如道：「好好的一萬，憑空改了個一百，未免太下不去！」承暉道：「你先生還是那麼說，我就沒了法子了。」博如道：「這件事情，如果一定鬧穿了，只怕大家也不大好看。」承暉道：「甚麼不好看呢？」博如道：「你們請我做甚麼來的呢？」承暉正色道：「下帖子，下片子，請了大夫來，自然為的是治病。」正說話間，忽然龍光走了進來，一見了博如，便回身向外叫道：「來啊！」外面答應一聲，來了個家人。龍光道：「趕緊出去，在馬路上叫一個巡捕來，把這忘八蛋先抓到巡捕房裡去！」那家人答應去了。博如吃了一大驚道：「二爺，這是哪一門？」龍光不理他，又叫：「王二啊！」便有一個人進來，龍光道：「你懂兩句外國話不是？」王二道：「是，家人略懂得幾句。」龍光又叫：「來啊！」又走了一個人進來，龍光道：「到我屋裡去，把那一疊藥方子拿來。」那人去了，龍光方纔坐下。博如又道：「二爺，你這個到底是哪一門？」龍光也不理他，此時承暉已經溜出去了。一會兒，那個人拿了一疊藥方來，龍光接在手裡，指給王二說道：「這個都是前天上海縣官醫看過了的。你看哪，這一張是石膏、羚羊、犀角，這一張是附子、肉桂、泡薑，一張一張都是你不對我，我不對你的。上海縣方大老爺前天當面說過，叫把這忘八蛋扭交捕房，解新衙門，送縣辦他。你可拿好著，這方子上都蓋有他的姓名圖書，是個真憑實據。回來巡捕來了，你跟著到巡捕房裡去，說明這個緣故，請他明天解新衙門。巡捕房要這方子做憑據的，就交給他；若不要的，帶回來明日呈堂。」王二一一答應了。龍光又問：「舅爺呢？」家人們便一疊連聲請舅爺，承暉便走了進來。龍光道：「那天上海縣方大老爺說這個話的時候，新衙門程大老爺也在這裡聽著的，你隨便寫個信給他，請他送縣。我現在熱喪裡頭，不便出面，信上就用某公館具名就是了。」承暉一一答應。只見那去叫巡捕的家人來說：「此刻是巡捕交班的時候，街上沒有巡捕。」龍光道：「你到門口站著，有了就叫進來，不問是紅頭❸白臉的。」那家人答應出去了。龍光又指著博如對王二道：「他就交給你，不要放跑了！」說著揚長而去。

博如此時真是急得手足無措，走又走不了，站著不是，坐著不是，心裡頭就如臘月裡喝了涼水一樣，瑟瑟的亂抖。無奈何走近一步，向承暉深深一揖道：「這是哪一門的話？求大爺替我轉個圜罷！」承暉仰著臉冷笑道：「鬧穿了，不過大家不好看，有甚要緊！」博如又道：「大爺，我再不敢胡說了，求你行個方便罷。」承暉道：「你就認個『庸醫殺人』，也不過是個杖罪，好像還有罰鍰贖罪的例，化幾兩銀子就是了，不要緊的。」說著，站起來要走。嚇得博如連忙扯住跪下道：「大爺，你救救我罷！這一到官司啊，這上海我就不能再住了。」一面說，一面取出那借據來，遞給承暉道：「這個我也不敢要了。」承暉道：「還有一張甚麼七折三成的呢？」博如也一併取了出來，交給承暉。承暉接過道：「你可再胡

❸ 紅頭：指以紅布包頭的印度人巡捕。

鬧了？」博如道：「再也不敢了。」承暉道：「你可肯寫下一張伏辯❹來，我替你想法子。」博如道：「寫，寫，寫！大爺要怎樣寫，就怎樣寫。」正是：

未得羊肉吃，惹得一身臊。

未知這張伏辯如何寫法，且待下回再記。

❹ 伏辯：承認罪行、表示悔改的字據。

# 第一〇六回　符彌軒調虎離山　金秀英遷鶯出谷

朱博如當下被承暉布置的機謀所窘，看著龍光又是赫赫官威，自己又是個外路人，帶了老婆兒子來上海，所有吃飯穿衣，都靠著自己及那草頭藥店賺來的，此刻聽說要捉他到巡捕房裡去，解新衙門，送上海縣，如何不急？只急得他上天無路，入地無門，便由得承暉說甚麼是甚麼。承暉便起了個伏辯稿子來，要他照寫。無非是：「具伏辯人某某，不合妄到某公館無理取鬧，被公館主人飭僕送捕。幸經某人代為求情，從寬釋出。自知理屈，謹具伏辯，從此不敢再到某公館滋鬧，並不敢在外造言生事。如有前項情事，一經察出，任憑送官究治」云云。博如一一照寫了，承暉方纔放他出去。他們辦了這件事之後，自以為神不知鬼不覺的了。誰知他打發出來的幾個姨娘，以及開除的男女僕人，不免在外頭說起，更有那朱博如，雖說是寫了伏辯，不得在外造言生事，哪禁得他一萬銀子變了七千，七千又變了七十，七十再一變，是個分文無著，還要寫伏辯，那股怨氣如何消得了，總不免在外頭逢人伸訴。旁邊人聽了這邊的，又聽了那邊的，四面印證起來，便知得個清清楚楚。古語說的「若要人不知，除非己莫為」，果然說得不錯。我仔仔細細把繼之那封信看了一遍，把這件事的來歷透底知道了，方纔安歇。

此次到了上海之後，就住了兩年多。這兩年多，凡是長江、蘇、杭各處，都是繼之去查檢，因為德泉年紀大了，要我在上海幫忙之故。我因為在上海住下，便得看見龍光和符彌軒兩個演出一場怪劇。原來符彌軒在京裡頭，久耳苟才的大名，知道他創辦銀元局，發財不少。恰遇了他祖父死了，他是個承重孫，照例要報丁憂。但是丁憂之後，有甚事業可做呢？想來想去，便想著了苟才。恰好那年的九省欽差到安慶查辦事件，得了苟才六十萬銀子的那位先生，是符彌軒的座主，那一年安慶查案之後，苟才也拜在那位先生的門下，論起來是個同門，因此彌軒求了那位先生一封信給苟才，便帶了家眷，扶了靈柩出京。到得天津，便找了一處義地❶，把他祖父的棺材厝了。又找了一處房子，安頓下家眷。在侯家后又胡混了兩個多月，方纔自己一個人動身到上海。一到了，安頓下行李，即刻去找苟才。誰知苟才已經死了，見著了龍光。彌軒一看龍光這個人舉止浮躁，便存了一個心，假意說是從前和苟才認得，又把求來那封信交給龍光。他們旗人是最講究交情禮節的，龍光一聽見說是父親的同門相好，便改稱老伯，彌軒謙不敢當。談了半天，彌軒似有行意。龍光道：「老伯尊寓在哪裡？恕小姪在熱喪裡，不便回候。」彌軒道：「這個閣下太迂了！我並不是要閣下回候，但是住在上海，大可以從權。你看兄弟也是丁著承重憂，何嘗穿甚麼素！雖然，也要看處的是甚麼地位。如果還在讀書的時候，或是住在家鄉，那就不宜過於脫略；如果是在場上應酬的人，自己又是個創事業的材料，那就大可以不必守這些禮節了。況且我看閣下是個有作有為的人才，隨時都應該在外頭碰碰機會，而且又在上海，豈可以過於拘謹，叫人家笑話。我明天就請閣下吃飯，一定要賞光的。」說著，便辭了去。又去找了幾個朋友，就有人請他吃飯。上海的事情，上到館子，總少不免叫局，彌軒因為離了上海多年，今番初到，沒有熟人，就託朋友薦了一個。當席就約了明天吃花酒。

❶ 義地：舊時由私人或團體設置埋葬貧民的公共墳場。

到了次日，他又再去訪龍光，面訂他晚上之局。龍光道：「老伯跟前，小姪怎敢放恣。」彌軒道：「你這個太客氣。其實當日我見尊大人時，因尊大人齒德俱尊，我是稱做老伯的。此刻我們拉個交情，拜個把罷。晚上一局，請你把帖子帶到席上，我們即席換帖。」龍光道：「這個如何使得！」彌軒道：「如果說使不得，那就是你見外了。」龍光見彌軒如此親熱，便也欣然應允。彌軒又諄囑晚上不必穿素衣，須知花柳場中，就是炎涼世界，你穿了布衣服去，他們不懂甚麼道理，要看不起你的。我們既然換到帖，總不給你當上的。龍光本是個無知紈袴，被彌軒一次兩次的說了，就居然剃了喪髮，換上綢衣，當夜便去赴席。從此兩個人便結交起來。

龍光本來是個混蛋，加以結識了彌軒，更加昏天黑地起來。不到百日孝滿，便接連娶了兩個妓女回去，化錢猶如潑水一般。彌軒屢次要想龍光的法子，因看見承暉在那裡管著帳，承暉這個人甚是精明強幹，而且一心為顧親戚，每每龍光要化些冤枉錢，都是被他止住，因此彌軒不敢下手。暗想總要設法把他調開了，方纔妥當。看苟才死的百日將滿，龍光偶然說起，嫌這個同知太小，打算過個道班。彌軒便乘機竭力慫慂，又說：「徒然過個道班，仍是無用。必要到京裡去設法走路子，最少也要弄個內記名，不然就弄個特旨班纔好。」龍光道：「這樣又要到京裡跑一趟？」彌軒道：「你不要嫌到京裡跑一趟辛苦，只怕老弟就去跑一趟，受了辛苦，還是無用。」龍光道：「何以故呢？」彌軒道：「不是我說句放恣的話，老弟太老實了。過班上兌，那是沒有甚麼大出進的。要說到走路子的話，一碰就要上當，白冤了錢，影兒也沒一個。就是路子走的不差，會走的和不會走的，化錢差得遠呢。」龍光道：「既然如此，也只好說說罷了。」彌軒道：「那又不然。只要老弟自己不去，打發一個能辦事的人替你去就得了。」

龍光道：「別樣都可以做得，難道引見也可以叫人代的麼？」彌軒笑道：「你真是少見多怪！便是我，就替人家代過引見的了。」龍光歡喜道：「既如此，我便找個人代我走一趟。」彌軒道：「這個人必要精明強幹，又要靠得住的纔行。」龍光道：「我就叫我的舅爺去，還怕靠不住麼！」彌軒暗喜道：「這是好極的了。」龍光性急，即日就和承暉商量，要辦這件事。承暉自然無不答應，便向往來的錢莊上，託人薦了一個人來做公館帳房，承暉便到京裡去了。

彌軒見調虎離山之計已行，便向龍光動手，說道：「令舅爺進京走路子，將來一定是恭喜的。然而據我看來，還有一件事要辦的。」龍光問是甚麼事，彌軒道：「無論是記名，是特旨，外面的體面是有了，所差的就是一個名氣。老弟纔二十多歲的一個人，如果不先弄個名氣在外頭，將來上司見了，難保不拿你當紈袴相待。」龍光道：「名氣有甚麼法子可以弄出來的？」彌軒道：「法子是有的，不過要化幾文，然而倒是個名利兼收的事情。」龍光忙問是怎麼個辦法，要化多少錢？彌軒道：「現在大家都在那裡講時務。依我看，不如開個書局，專聘了人來，一面著時務書，一面翻譯西書。等著好了，譯好了，我們就拿來揀選一遍，揀頂好的出了老弟的名，只當老弟自己著的譯的，那平常的就仍用他本人名字，一齊印起來發賣。如此一來，老弟的名氣也出去了，書局還可以賺錢，豈不是名利兼收麼？等到老弟到省時，多帶幾部自己出名的書去，送上司，送同寅，那時候誰敢不佩服你呢。博了個『熟識時務，學貫中西』的名氣，怕不久還要得明保密保呢。」龍光道：「著的書還可以充得，我又沒有讀過外國書，怎樣好充起翻譯來呢？」彌軒道：「這個容易，只要添上一個人名字，說某人口譯，你自己充了筆述，不就完了麼。」龍光大喜，便託彌軒開辦。

彌軒和龍光訂定了合同，便租起五樓五底的房子來，亂七八糟請了十多個人，翻譯的，著撰的；一面向日本人家定機器，定鉛字。各人都開支薪水。他認真給人家幾個錢一月，不得而知；他開在帳上，總是三百一月，五百一月的，鬧上七八千銀子一月開銷。他自己又三千一次，二千一次的，向龍光借用。龍光是糊裡糊塗的，由他混去。這一混，足足從四五月裡混到年底下，還沒有印出一頁書來，龍光也還莫名其妙。

卻遇了一個當翻譯的，因為過年等用，向彌軒借幾十塊錢過年，彌軒道：「一局子差不多有二十人，過年又是人人都要過的，一個借開了頭，便個個都要借了。」因此沒有借給他。彌軒開這書局，是專做毛病的，差不多人人都知道，只有龍光一個是糊塗蟲。那個借錢不遂的翻譯先生，挾了這個嫌，便把彌軒作弊的事情，寫了一封匿名信給龍光。後來越到年底，人家等用的越急，一個個向他借錢，他卻是一個不應酬，因此大家都同聲怨他。那翻譯先生就把寫信通知東家的一節，告訴了兩個人，於是便有人學樣起來。龍光接二連三的接了幾封信，也有點疑心，便和帳房先生商量。帳房先生道：「做書生意，我本是外行。但是做了大半年，沒有印出一部書來，本是一件可疑的事。為今之計，只有先去查一查帳目，看他一共用了多少錢，統共譯了著了多少書，要合到多少錢一部，再問他為甚還不印出來的道理，看是怎樣的再說。」龍光暗想，這件事最好是承暉在這裡，就辦得爽快，無奈他又到京裡去了。雖然他有信來過，說過班一事已經辦妥，但是走路子一事，還要等機會，正不知他幾時纔回上海。此刻無可奈何，只得就叫這個帳房先生去查的了。想罷，就將此意說出來。帳房先生道：「查帳是可以查的，但是那所譯所著的書，精粗美惡，我可不知道。」龍光道：「好歹你不知，多少總看得見的，你就去查個多少罷了。」帳房先生奉命而行。

次日一早，便去查帳。彌軒問知來意，把臉色一變道：「這個局子是東家交給我辦的，就應得要相信我。要查帳，應得東家自己來查。這個辦書的事情，不是外行人知道的。並且文章價值，有甚一定，古人一字千金尚且肯出。你回去說，我這裡的帳，是查不得的，等我會了他面再說。」帳房先生碰了一鼻子灰，只得回去告訴龍光。龍光十分疑訝，且等見面之後再說。當天晚上，彌軒便請龍光吃花酒。龍光以為彌軒見面之後，必有一番說話，誰知他卻是一字不提，猶如無事一般。龍光甚是疑心，自己又不好意思先問。席散之後，回去和帳房先生說起，帳房先生道：「他不服查帳，非但是有弊病，一定是存心不良的了。此刻已到年下，且等過了年，想個法子收回自辦罷。」龍光也只好如此。

光陰荏苒，又過了新年，龍光又和帳房先生商量這件事。帳房先生道：「去年要查一查他的帳，尚且不肯，此刻要收他回來，更不容易了。此刻的世界，只有外國人最兇，人家怕的也是外國人。不如弄個外國人去收他回來，諒他見了外國人，也只得軟下來了。」龍光道：「哪裡去弄個外國人呢？」帳房先生道：「外國人是有的，只要主意打定了，就好去弄。」龍光道：「就是這個主意罷。叫他再辦下去，不知怎樣了局呢！」帳房先生便去找了一個外國人來，帶了翻譯，來見龍光。龍光說知要他收回書局的話，由翻譯告訴了外國人。又兩面傳遞說話，言明收回這家書局之後，就歸外國人管事，以一年為期，每月薪水五百兩。外國人又叫龍光寫一張字據，好向彌軒收取，龍光便寫了，遞給外國人。外國人拿了字據，興興頭頭去見彌軒，說明來意。彌軒道：「我在這裡辦得好好的，為甚又叫你來接辦？」外國人道：「我不知道。龍大人叫我來辦，是有憑據給我的。」說罷，取出字據來給彌軒看。彌軒道：「龍大人雖然有憑據叫我接辦，卻沒有憑據叫我退辦，我不能承認你那張憑據。」外國人道：「東家的憑據，你哪裡有權可以不承認？」彌軒道：「我自然有權。我和龍大人訂定了合同，辦這個書局，合同上面沒有載定限期，這個書局我自然可以永遠辦下去。就是龍大人不要我辦了，也要預先知照我，等我清理一切帳目，然後約了日子，註銷了合同，你纔可以拿了憑據來接收啊。」外國人說他不過，只得去回覆龍光。龍光吃了一驚，去對帳房先生說，帳房先生吐出了舌頭道：「這個人連外國人都不怕，還了得！」世俗之見，自然如此。然味其所言，則又如外國人不可不怕者。論者皆怪社會媚外之性根，不知實國勢之弱所致也。傷哉。再和他商量時，他也沒了法子了。過了三天，那外國人開了一篇帳來，和龍光要六千銀子，說是講定在前，承辦一年，每月薪水五百，一年合了六千。此刻是你不要我辦，並不是我不替你辦，這一年薪水是要給我的。龍光沒奈何，只得給了他。暗想若是承舅爺在這裡，斷不至於叫我面面吃虧，此刻不如打個電報，請他先回來罷。定了主意，便打個電報給承暉，叫他不要等開河，走秦皇島先回來。

這邊的符彌軒，自從那外國人來過之後，便處處迴避，不與龍光相見，卻拿他的錢，格外撒潑的支用起來，又天天去和他的相好鬼混。他的相好妓女名叫金秀英，年紀已在二十歲外了，身邊掙了有萬把銀子金珠首飾，然而所背的債，差不多也有萬把。原來上海的妓女，外面看著雖似闊綽，其實他穿的戴的，十個有九個是租來的，而且沒有一個不背債。這些債，都是向那些龜奴、鱉爪，大姐、娘姨等處借來的，每月總是二三分利息。龜奴等輩借了債給他，就跟著伺候他，其名叫做「帶擋」。這個風氣，就同官場一般，越是背得債多的，越是紅人；那些帶擋的，就如官場的帶肚子師爺❷一般。這金秀英也是上

❷ 帶肚子師爺：一種與主官有特別金錢關係的幕賓。主官上任前即約定入幕，並出資給主官做活動經費，主官

海一個紅妓女，所以他手邊雖置了萬把銀子首飾，不至於去租來用，然而所欠的債也足抵此數。符彌軒是一個小白臉，從來姐兒愛俏，彌軒也垂涎他的首飾，（醉翁之意不在酒也。可想。）便一個要娶，一個要嫁起來。這句話也並非一日了，但是果然要娶他，先要代他還了那筆債，彌軒又不肯出這一筆錢，只有天天下功夫去媚秀英，甜言蜜語去騙他。騙得秀英千依百順，兩個人樣樣商量妥當，只待時機一到，即刻舉行的了。

可巧他們商量妥當，承暉也從京裡回來。龍光便和他說知彌軒辦書局的事情，不服查帳，不怕外國人，一一都告訴了。承暉又一一盤問了一遍道：「你此刻是打算追回所用的呢？還是不要他辦算了呢？」龍光道：「算了罷！他已經用了的，怎麼還追得回來！能夠不要他辦，我就如願了。」承暉道：「這又何難，怎麼這點主意都沒有？你只要到各錢莊去知照一聲，凡是書局裡的摺子，一律停止付款，他還辦甚麼！」（真是蠢材。）龍光恍然大悟，即刻依計而行。彌軒見忽然各莊都支錢不動，一打聽，是承暉回來了。想道：「這傢伙來了，事情就不好辦了。」連忙將自己箱籠鋪蓋搬到客棧裡去，住了兩天。這天打聽得天津開了河，泰順輪船今天晚上開頭幫，廣大輪船同時開廣東。彌軒便寫了兩張泰順官艙船票，叫底下人押了行李上泰順船。卻到金秀英家，說是附廣大輪船到廣東去，開銷了一切酒局的帳。金秀英自然依依不捨，就是房裡眾人，因為他三天碰和，兩天吃酒的，也都有些捨不得他走之意。這一天的晚飯，是在秀英家裡吃的。吃過晚飯，又俄延到了十二點多鐘，方纔起身。秀英便要親到船上送行，於是叫了一輛馬車同去，房裡一個老媽子也跟著同行。三個人一輛車，直到了金利源碼頭，走上了泰順輪船，尋到官艙，底下人已開好行李在那裡伺候。彌軒到房裡坐下，秀英和他手攙手的平排坐著喁喁私語。那老媽子

---

上任後，他把許多重要權益都包攬在手。

屢次催秀英回去，秀英道：「忙甚麼！開船還早呢。」直到兩點鐘時，船上茶房到各艙裡喊道：「送客的上岸啊！開船啊！」那老媽子還不省得，直等喊過兩次之後，外邊隱隱聽得抽跳的聲音，秀英方纔正色說出兩句話來，只把老媽子嚇得尿屁直流。正是：

報道一聲去也，情郎思婦天津。

未知金秀英說出甚麼話來，且待下回再記。

# 第一〇七回　覷天良不關疏戚　驀地裡忽遇強梁

當時船將開行，船上茶房到各艙去分頭招呼，喊道：「送客的上坡啊！開船咧！」如此已兩三遍，船上汽筒又嗚嗚的響了兩聲。那老媽子再三催促登岸，金秀英直到此時方纔正色道：「你趕緊走罷！此刻老實對你說，我是跟符老爺到廣東的了。你回去對他們說，一切都等我回來，自有料理。」老媽子大驚道：「這個如何使得！」秀英道：「事到其間，使得也要使得，使不得也要使得的了。你再不走，船開了，你又沒有鋪蓋，又沒有盤纏，外國人拿你吊起來，我可不管！無論你走不走，你快到外頭去罷，這裡官艙不是你坐的地方。」說時，外面人聲嘈雜，已經抽跳了。那老媽子連爬帶跌的跑了出去，急忙忙登岸，回到妓院裡去，告訴了龜奴等眾，未免驚得魂飛魄散。當時夜色已深，無可設法，惟有大眾互相埋怨罷了。這一夜，害得他們又急又氣又恨，一夜沒睡。到得天亮，便各人出去設法，也有求神的，也有問卜的。那最有主意的，是去找了個老成的嫖客，請他到妓院裡來，問他有甚法子可想。那嫖客問了備細，大家都說是坐了廣大輪船到廣東去的，就是昨天跟去的老媽子，也說是到廣大船去的。又是晚上，又是不識字的人，他如何鬧得清楚。就是那嫖客，任是十分精明，也斷斷料不到再有他故，所以就代他們出了個法子，作為拐案，到巡捕房裡去告。巡捕房問了備細，便發了一個電報到香港去，叫截拿他兩個人。誰知那一對狗男女，卻是到天津去的。只這個便是高談理學的符彌軒所作所為的事了。

唉，他人的事，且不必說他，且記我自己的事罷。我記以後這段事時，心中十分難過。因為這一件事，是我平生第一件失意的事，所以提起筆來，心中先就難過。你道是甚麼事？原來是接了文述農的一封信，是從山東沂州府蒙陰縣發來的，看一看日子，卻是一個多月以前發的了。文述農何以又在蒙陰起來呢？原來蔡侶笙自弄了個知縣到山東之後，憲眷極隆，歷署了幾任繁缺，述農一向跟著他做帳房的。侶笙這個人，他窮到擺測字攤時，照應三十四回事。還是一介不取的，他做起官來，也就可想了。所以雖然署過幾個缺，仍是兩袖清風。前兩年補了蒙陰縣，所以述農的信，是從蒙陰發來的。當下我看見故人書至，自是歡喜，連忙拆開一看，原來不是說的好事，說是：「久知令叔聽鼓山左❶，弟自抵魯之後，亟謀一面，終不可得。後聞已補沂水縣汶河司巡檢，至今已近十年，以路遠未及趨謁。前年蔡侶翁補蒙陰，弟仍為司帳席。沂水於此為鄰縣，汶水距此不過百里，到任後曾專車往謁，得見顏色，鬚鬢蒼然矣。談及閣下，令叔亦以未得一見為憾。今年七月間，該處癘疫盛行，令叔令嬸，相繼去世。遺孤二人，纔七、八歲。聞身後異常清苦。此間為鄉僻之地，往來殊多不便，弟至昨日始得信。閣下應如何處置之處，敬希裁奪。專此通知」云云。我得了這信，十分疑惑。十多年前，就聽說我叔父有兩個兒子了，第十六回伯母口中之言也。何以到此時仍是兩個，又只得七八歲呢？我和叔父雖然生平未嘗見過一面，但是兩個兄弟同是祖父一脈，我斷不能不招呼的，只得到山東走一趟，帶他回來。又想這件事我應該要請命伯父的。想罷，便起了個電稿，

❶ 聽鼓山左：即在山東候補。古代官署卯刻擊鼓，召集僚屬，午刻擊鼓下班，因稱官吏到衙門值班為「聽鼓」。後來官員赴缺候補，也稱「聽鼓」。山左，即山東。坐北朝南看，左方即東方。山東省在太行山之東，故稱「山左」。

發到宜昌去。等了三天，沒有回電。我沒有法子，又發一個電報去，並且代付了二十個字的回電費。電報去後，恰好繼之從杭州回來，我便告知底細。繼之道：「論理，這件事你也不必等令伯的回電，你就自己去辦就是了。不過令叔是在七月裡過的，此刻已是十月了，你再趕早些去也來不及，就是再耽擱點，也不過如此的了。我在杭州，這幾天只管心驚肉跳，當是有甚麼事，原來你得了這個信。」我道：「到沂水去，這條路還不知怎樣走呢。還是從煙臺走？還是怎樣？」繼之道：「不，不。山東沂州是和這邊徐州交界，大約走王家營去不遠。要走煙臺，那是要走到登州了。」管德泉道：「要是走王家營，我清江浦有個相熟朋友，可以託他招呼。」我道：「好極了！等我動身時，請你寫一封信。」

閒話少提。轉眼之間，又是三日，宜昌仍無回電，我不覺心焦之極，打算再發電報。繼之道：「不必了。或者令伯不在宜昌，到哪裡去了，你索性再等幾天罷。」我只得再等。又過了十多天，纔接著我伯父的一封厚信，連忙拆開一看，只見雞蛋大的字，寫了四張三十二行的長信紙，說的是「自從汝祖父過後，我兄弟三人，久已分炊，東西南北，各自投奔，禍福自當，隆替無涉。汝叔父逝世，我不暇過問，汝欲如何便如何。據我之見，以不必多事為妙」云云。我見了這封信，方悔白等了半個多月。即刻料理動身，問管德泉要了信，當夜上了輪船到鎮江。在鎮江耽擱一夜，次日一早上了小火輪，到清江浦去。

到了清江，便叫人挑行李到仁大船行，找著一個人，姓劉，號叫次臣，是這仁大船行的東家，管德泉的朋友，我拿出德泉的信給他。他看了，一面招呼請坐，喝茶，一面拿一封電報給我道：「這封電報，想是給閣下的。」我接來一看，不覺吃了一驚，我纔到這裡，何以倒先有電報來呢？封面是鎮江發的。連忙抽出來一看，只見「仁大劉次臣轉某人」幾個字已經譯了出來，還有幾個未譯的字。連忙借了電報新編譯出來一看，是「接滬電，繼之丁憂返里」幾個字，我又不覺添一層煩悶。怎麼接二連三都是些不如意的事？電報上雖不曾說甚麼，但是內中不過是叫我早日返滬的意思。我已經到了這裡，斷無折回之理，只有早日前去，早日回來罷了。

當下由劉次臣招呼一切，又告訴我到王家營如何僱車上路之法，我一一領略。次日便渡過黃河，到了王家營。僱車長行，走了四天半，纔到了汶河，原來地名叫做汶河橋。這回路過宿遷，說是楚項王❷及伍子胥❸的故里。過郯城，說有一座孔子問官祠❹。又過沂水，說是二疏❺故里、諸葛孔明故里，都有石碑可證。許多古蹟，我也無心去訪了。到了汶河橋之後，找一家店住下，要打聽前任巡檢太爺家眷的下落，那真是大海撈針一般，問了半天，沒有人知道的。後來我想起一法，叫了店家來，問你們可有誰認得巡檢衙門裡人的沒有，店家回說沒有。我道：「不管你們認得不認得，你可替我找一個來，不問他是衙門裡的甚麼人，只要找出一個來，我有得賞你們。」店家聽說有得賞，便答應著去了。

過了半天，帶了一個弓兵❻來，年紀已有五十多歲。我便先告訴了我的來歷，並來此的意思。弓兵便叫一聲「少爺」，請了個安，一旁站著。我便問他：「前任太爺的家眷住在哪裡，你可知道？」弓兵回

❷ 楚項王：即秦末與劉邦爭天下的楚霸王項籍，字羽。史記項羽本紀：「項籍者，下相人也，字羽。」秦下相縣，清時在宿遷縣。

❸ 伍子胥：名員，春秋時人。史記伍子胥列傳稱他為楚人，未詳籍貫。

❹ 孔子問官祠：事見左傳。說孔子曾到郯城向郯子（郯國的國君）問官名。

❺ 二疏：漢宣帝時的兩位名臣：疏廣、疏受，二人為叔姪。

❻ 弓兵：巡檢手下以弓箭為武器的兵丁。

說：「在這裡往西去七十里赤屯莊上。」我道：「怎麼住到那裡呢？兩個少爺有幾歲了？」弓兵道：「大少爺八歲，小少爺只有六歲。」我道：「你只說為甚住到赤屯莊去？」弓兵道：「前任老爺聽說斷過好幾回弦，娶過好幾位太太了，都是不得到老。少爺也生過好幾位了，聽說最大的大少爺，如果在著，差不多要三十歲了，可惜都養不住。那年到這邊的任，可巧又是太太過了，就叫人做媒，把赤屯馬家的閨女兒娶來，養下兩個少爺。今年三月裡，太太害春瘟過了。老爺打那麼也得了病，一直沒好過，到七月裡頭就過了。」我道：「躺下來之後，誰在這裡辦後事呢？」弓兵道：「虧得舅老爺剛剛在這裡。」我道：「哪個舅老爺？」弓兵道：「就是現在少爺的娘舅，馬太太的哥哥，叫個馬茂林。」我道：「後事是怎樣辦的？」弓兵道：「不過買了棺木來，把老爺平日穿的一套大衣服裝裹了去，就把兩個少爺帶到赤屯去了。」我道：「棺木此刻在哪裡呢？」弓兵道：「在就近的一塊義地上丘著。」我道：「遠嗎？」弓兵道：「不遠，不過二三里地。」我道：「你有公事嗎？可能帶我去看看？」弓兵道：「沒事。」我就叫他帶路先走。我沿途買了些紙錢香燭之類，一路同去，果然不遠就到了。弓兵指給我道：「這是老爺的，這是太太的。」我叫他代我點了香燭，叩了三個頭，化過紙錢。生平雖然沒有見過一面，然而想到骨肉至親，不過各為謀食起見，便鬧到彼此天涯淪落，各不相顧，今日到此，已隔著一塊木頭，不覺流下淚來。細細察看，那棺木卻是不及一寸厚的薄板。我不禁道：「照這樣，怎麼盤運呢？」弓兵道：「如果要盤運，是要加外槨的了。要用起外槨來，還得要上沂州府去買呢。」

徘徊了一會，回到店裡。弓兵道：「少爺可要到赤屯去？」我道：「去是要去的，不知一天可以趕個來回不？」弓兵道：「七十多里地呢！要是夏天還可以，此刻冬月裡，怕趕不上來回。少爺明日動身，後天回來罷。弓兵也去請個假，陪少爺走一趟。」我道：「你是有公事的人，怎好勞動你？」弓兵道：「哪裡的話！弓兵伺候了老爺十年多，老爺平日待我們十分恩厚，不過缺苦官窮，有心要調劑我們，也力不從心罷了。我們難道就不念一點恩義的麼！少爺到那邊，他們一個個都認不得少爺，知道他們肯放兩個小的跟少爺走不呢？多弓兵一個去了，也幫著說說。」我道：「如此，我感激你得狠。等去了回來，我一起謝你。」弓兵道：「少爺說了這句話，已經要折死我了！」說著，便辭了去。一宿無話。

次日一早，那弓兵便來了。我帶的行李，只有一個衣箱，一個馬包。因為此去只有兩天，便不帶衣箱，寄在店裡，只把在清江浦換來的百把兩碎紋銀，在箱子裡取出來，放在馬包裡，重新把衣箱鎖好，交代店家，便上車去了。此去只有兩天的事，我何必拿百把兩銀子放在身邊呢？因為取出銀包時，許多人在旁邊，我怕露了人眼不便，因此就整包的帶著走了。我上了車，弓兵跨了車簷，行了半天，在路上打了個尖，下午兩點鐘光景就到了。是一所七零八落的村莊。

那弓兵從前是來過的，認得門口，離著還有一箭多地，他便跳了下來，一疊連聲的叫了進去，說甚麼「大少爺來了啊！你們快出來認親啊！」只他這一喊，便驚動了多少人出來觀看。我下了車，都被鄰里的人圍住了，不能走動。那弓兵在人叢中伸手來拉了我的手，纔得走到門口。弓兵隨即在車上取了馬包，一同進去。弓兵指著一個人對我道：「這是舅老爺。」我看那人時，穿了一件破舊繭綢面的老羊皮袍，腰上束了一根腰裡硬❼，腳上穿了一雙露出七八處棉花的棉鞋，雖在冬月裡，卻還光著腦袋，沒帶帽子。我要對他行禮時，他卻只管說：「請坐啊，請坐啊！地方小，委屈得狠啊。」看那樣子，是不懂

❼ 腰裡硬：一種寬長線織腰帶，中幅為夾層，可貯藏銀錢。

行禮的，我也只好糊裡糊塗敷衍過了。忽然外面來了個女人，穿一件舊到泛白的青蓮色繭綢老羊皮襖，穿一條舊到泛黃的綠布紮腿棉袴，梳一個老式長頭，手裡拿了一根四尺來長的旱烟袋。弓兵指給我道：「這是舅太太。」我也就隨便招呼一聲。舅太太道：「這是姪少爺啊！往常我們聽姑老爺說得多了，今日纔見著。為甚不到屋裡坐啊？」於是馬茂林讓到房裡。

只見那房裡占了大半間是個土炕，炕上放了一張矮腳几，几那邊一團東西，在那裡蠕蠕欲動。弓兵道：「請炕上坐罷，這邊就是這樣的了。那邊坐的，是他們老姥姥。」我心中又是一疑，北邊人稱呼外祖母多有叫姥姥的，何以忽然弄出個「老姥姥」來？實在奇怪。我這邊纔坐下，那邊又說姥姥來了，就見一個老婆子，一隻手拉了個小孩子同來。我此刻是神魂無主的，也不知是誰打誰，惟有點頭招呼而已。弓兵見了小孩子，便拉到我身邊道：「叫大哥啊！請安啊！」那孩子便對我請了個安，叫一聲「大哥」。我一手拉著道：「這是大的嗎？」弓兵道：「是。」我問道：「你叫甚麼名字？」孩子道：「我叫祥哥兒。」我道：「你兄弟呢？」舅太太接口道：「今天大姨媽叫他去吃大米粥去的，已經叫人叫去了。小的叫魁哥兒，比大的長得還好呢。」說著話時，外面魁哥兒來了，兩手捧著一個吃不完的棒子饅頭，一進來便在他姥姥身邊一靠，張開兩個小圓眼睛看著我。弓兵道：「小少爺！來，來，來，這是你大哥，怎麼不請安啊？」說著，伸手去攙他，他只管躲著不肯過來。姥姥道：「快給大哥請安去！不然，要打了！」魁哥兒纔慢騰騰的走近兩步，合著手，把腰彎了一彎，嘴裡說得一個「安」字，這想是夙昔所教的了。我彎下腰去，拉了過來，一把抱在膝上，這隻手又把祥哥兒拉著，問道：「你兩個的爸爸呢？好苦的孩子啊！」說著，不覺流下淚來。這眼淚煞是作怪，這一流開了頭，便止不住了。兩個孩子見我哭了，也就譁然大啼。請教哭些甚麼？即哭者當日也不知道。此之謂天性。登時惹得滿屋子的人一齊大哭，連那弓兵都在那裡擦眼淚。哭夠多時，還是那弓兵把家人勸住了，又提頭代我說起要帶兩個孩子回去的話。馬茂林沒甚說得，只有那姥姥和舅太太不肯。後來說得舅太太也肯了，姥姥依然不肯。追冬日子短得狠，天氣已經快斷黑了。舅太太又去張羅晚飯，炒了幾個雞蛋，烙了幾張餅，大家圍著糊裡糊塗吃了，就算一頓。這是北路風氣如此，不必提他。這一夜我帶著兩個兄弟，問長問短，無非是哭一場，笑一場。

到了次日一早，我便要帶了孩子動身。那姥姥又一定不肯，說長說短，說到中午時候，他們又拿出麵、飯來吃，好容易說得姥姥肯了。此時已是擠滿一屋子人，都是鄰居來看熱鬧的。我見馬家實在窮得可憐，因在馬包裡取出那包碎紋銀來，也不知哪一塊是輕的是重的，生平未曾用過戥子，只揀了一塊最大的遞給茂林道：「請你代我買點東西，請姥姥他們吃罷。」茂林收了道謝。我把銀子包好，依然塞在馬包裡。舅太太又遞給我一個小包裹，說是小孩子衣服，我接了過來，也塞在馬包裡，車夫提著出去。我抱了魁哥兒，弓兵抱了祥哥兒，辭別眾人，一同上車。兩個小孩子哭個不了，他的姥姥在那裡倚門痛哭，我也禁不住落淚。那舅太太更是「兒啊肉啊」的哭喊，便連趕車的眼圈兒也紅了。那哭聲震天的光景，猶如送喪一般。外面看的人擠滿了，把一條大路緊緊的塞住，車子不能前進。趕車的拉著牲口慢慢的走，一面嘴裡喊著「讓，讓，讓，讓啊！讓啊！」纔慢慢的走得動。路旁看的人，也居然有落淚的。走過半里多路，方纔漸漸人少了。

我在車上盤問祥哥兒，纔知道那老姥姥是他姥姥的娘，今年一百零四歲，只會吃，不會動的了。還活著做甚麼？一笑。在車上談談說說，不覺日已沉西。今天這兩匹牲口煞是作怪，只管走不動，看看天色黑下來了，問問程途，說還有二十多里呢。忽然前面樹林子裡，一聲嘯嚮，趕車的失聲道：「罷了！」弓兵連忙抱過魁哥兒，跳下車去道：「少爺下來罷，好漢來了！」我雖未曾走過北路，然而「響馬❽」兩個字是知道的，但不知對付他的法子。看見弓兵下了車，我也只得抱了祥哥兒下來。趕車的仍舊趕著牲口向前走。走不到一箭之地，那邊便來了五六個彪形漢子，手執著明晃晃的對子大刀❾，奔到車前，把刀向車子裡一攛，伸手把馬包一提，提了出來便要走。此時那弓兵和趕車的都站在路旁，行所無事，任其所為。我見他要走了，因向前說道：「好漢，且慢著！東西你只管拿去，內中有一個小包裹，是這兩個小孩子的衣服，你拿去也沒用，請你把他留了，免得兩個孩子受冷，便是好漢們的陰德了。」那強盜果然就地打開了馬包，把那小包裹提了出來，又打開看了一看，纔提起馬包，大踏步向樹林子裡去了。我們仍舊上車前行。那弓兵和那趕車的說起這一夥人，是從赤屯跟了來的，大約是瞥見那包銀子之故。趕車的道：「我和你懂得規矩的。我狠怕這位老客，他是南邊來的，不懂事，鬧出亂子來。」我道：「鬧甚麼亂子呢？」弓兵道：「這一路的好漢，只要東西，不傷人。若是和他爭論搶奪，他便是一刀一個！」我道：「那麼我問他討還小孩子衣服，他又不怎樣呢。」趕車的道：「是啊，從來沒聽見過遇了好漢，可以討得情的。」一路說著，加上幾鞭，直到定更時分，方纔趕回汶水橋。正是：

只為窮途憐幼稚，致教強盜發慈悲。

未知到了汶水橋之後，又有何事，且待下回再記。

❽ 響馬：舊時結夥攔路搶劫的強盜。因馬身繫鈴，搶劫時先放響箭，故稱。

❾ 對子大刀：兩人並排各持一把大刀，稱對子大刀。

# 第一〇八回　負屈含寃賢令尹結果　風流雲散怪現狀收場

我們趕回汶水橋，仍舊落了那個店。我仔細一想，銀子是分文沒有了，便是鋪蓋也沒了。取過那衣箱來翻一翻，無非幾件衣服。計算回南去還有幾天，這大冷的天氣，怎樣得過？翻到箱底，卻翻著了四塊新板洋錢❶，不知是幾時，我愛他好頑，把他收起來的。此時交代店家弄飯。那弓兵還在一旁。一會兒店家送上些甚麼片兒湯、烙餅等東西，我就讓那弓兵在一起吃過了。我拿著洋錢問他，這裡用這個不用？弓兵道：「大行店還可以將就，只怕吃虧不少。」我道：「這一趟我帶的銀子一起都沒了，辛苦你一趟，沒得好謝你，送你一個頑頑罷。」弓兵不肯要。我再四強他，說這裡又不用這個的，你拿去也不能使用，不過給你頑頑罷了，他纔收下。

我又問他這裡到蒙陰有多少路，弓兵道：「只有一天路，不過是要趕早。少爺可是要到那邊去？」我道：「你看我錢也沒了，鋪蓋也沒了，叫我怎樣回南邊去？蒙陰縣蔡大老爺是我的朋友，我趕去要和他借幾兩銀子纔得了啊。」弓兵道：「蔡大老爺嗎？那是一位真正青天佛菩薩的老爺！少爺你和他是朋

❶ 新板洋錢：清末政府仿外國銀元自鑄的銀元，上有龍形花紋，又稱「龍洋」。這種洋錢每圓重七錢二分，廣東鑄最早，其後江南、湖北、安徽等省亦鑄之。第九十四回苟才在安徽經營銀元局，即鑄此洋錢。其偷工減料可知，故這種銀幣價值低，有些地方不能通用。

友嗎？那找他一定好的。」我道：「他是鄰縣的縣大老爺，你們怎麼知道他好呢？」弓兵道：「今年上半年，這裡沂州一帶起蝗蟲，把大麥小麥吃個乾淨，各縣的縣官非但不理，還要徵收上忙錢糧呢。只有蔡大老爺墊出款子，到鎮江去販了米糧到蒙陰散賑。非但蒙陰百姓忘了是個荒年，就是我們鄰縣的百姓趕去領賑的，也幾十萬人，蔡大老爺也一律的散放，直到六月裡方纔散完。這一下子，只怕救活了幾百萬人。這不是青天佛菩薩嗎！少爺你明天就趕著去罷。」說著，他辭去了。我便在箱子裡翻出兩件衣服，代做被窩，打發兩個兄弟睡了，我只和衣躺了一會。次日一早，便動身到蒙陰去。這裡的客店錢，就拿兩塊洋錢出來，由得他七折八扣的勉強用了。催動牲口，向蒙陰進發。偏偏這天又下起大雪來，直趕到斷黑，纔到蒙陰，已經來不及進城了，就在城外草草住了一夜。

次日趕早，仍舊坐車進城。進城走了一段路，忽然遇了一大堆人，把車子擠住，不得過去。原來這裡正是縣前大街的一個十字街口，此時頭上還是紛紛大雪，那些人並不避雪，都擠在那裡。我便下車，分開眾人過去一看，只見沿街鋪戶，都排了香案，供了香花燈燭，一盂清水，一面銅鏡。幾十個年老的人，穿了破缺不全的衣帽，手執一炷香，都站在那裡，涕淚交流。我心中十分疑惑，今天來了，又遇了甚麼把戲？正在懷疑之間，忽然見那一班老者都紛紛在雪地上跪下，嘴裡紛紛的嚷著，不知他嚷些甚麼，人多聲雜，聽不出來，只彷彿聽得一句「青天大老爺」罷了。回頭看時，只見一個人，穿了玄青大褂，頭上戴了沒頂的大帽子，一面走過來，一面跺腳道：「起來啊！這是朝廷欽命的，你們怎麼攔得住？」我定睛細看時，這個人正是蔡侶笙。面目蒼老了許多，嘴上留了鬍子，顏色亦十分憔悴。我不禁走近一步道：「侶翁，這是甚麼事？」侶笙向我仔細一看，拱手道：「久違了。大駕幾時到的？我此刻一言難盡！述農還在衙門裡，請和述農談罷。」說著，就有兩個白鬍子的老人過來跪下說：「青天大老爺啊！你這是去不得的哪！」侶笙跺腳道：「你們都起來說話。我是個好官啊，皇上的天恩，我是保管沒事的；我要不是個好官呢，皇上有了天恩，天地也不容我。你們替我急的是哪一門啊！」一面說，一面攙起兩個老人，又向我拱手道：「再會罷，恕我打發這班百姓都打發不了呢。」說著，往前行去。有兩個老百姓，撐著雨傘，跟在後頭，代他擋雪。得百姓如此，失官何憾！又有一頂小轎跟在後頭，緩緩的往前去了。後頭圍隨的人，也不知多少，一般的都是手執了香，涕淚交流的，一會兒漸漸都跟隨過去了。我暗想侶笙這個人真了不得！鬧到百姓如此愛戴，真是不愧為民父母了。

一面過來招呼了車子，放到縣署前，我投了片子進去，專拜前任帳房文師爺。述農親自迎出外面來，我便帶了兩弟進去，教他叩見。不及多說閒話，只述明了來意。述農道：「幾兩銀子，事情還容易。不過你今天總不能動身的了，且在這裡住一宿，明日早起動身罷。」我又談起遇見侶笙如此如此，述農道：「所以天下事是說不定的。我本打算十天半月之後，這裡的交代辦清楚了，還要到上海，和你或繼之商量借錢，誰料你倒先遇了強盜！」我道：「大約是為侶笙的事？」述農道：「可不是！四月裡各屬鬧了蝗蟲，十分利害，侶笙便動了常平倉❷的款子，先行賑濟。後來又在別的公款項下，挪用了點。統共不過化到五萬銀子，這一帶地方，便處治得安然無事。誰知各鄰縣同是被災的，卻又匿災不報，鬧得上頭疑心起來，說是蝗蟲是往來無定的，何以獨在蒙陰？就派了查災委員下來查勘。也不知他們是怎樣查的，都報了無災。上面便說這邊揑報災情，擅動公款，勒令繳還。侶笙鬧了個典盡賣絕，連他夫人的首飾都

❷ 常平倉：為調節糧價、備荒賑恤而設的糧倉。穀賤時買進儲存，穀貴時售出，以平抑糧價，故稱。

變了，連我歷年積蓄的都借了去，我幾件衣服也當了，七拼八湊，還欠著八千多銀子。上面便參了出來，奉旨革職嚴追。上頭一面委人來署理，一面委員來守提。你想這件事冤枉不冤枉！」我道：「好在只差八千兩，總好商量的。倒是我此刻幾兩銀子，求你設個法。」述農道：「你急甚麼！我頂多不過十天八天，算清了交代，也到上海去代侶笙張羅，你何妨在這裡等幾天呢？」我道：「我這車子是從王家營僱的長車，回去早一天，少算一天價，何苦在這裡耽擱呢。況且繼之丁憂回去了。」述農驚道：「幾時的事？」我道：「我動身到了清江浦，纔接到電報的。電報簡略，雖沒有說甚麼，然而總是囑我早回的意思。」述農道：「雖然如此，今天是萬來不及的了。」我道：「一天半天，是沒有法子的。」述農事忙，我便引過兩個孩子，逗著頑笑，讓述農辦事。

捱過了一天，述農借給我兩分鋪蓋，二十兩銀子，我便坐了原車，仍舊先回汶水橋。此時缺少盤費，靈柩是萬來不及盤運的了，備了香楮，帶了兩個兄弟，去叩別了，然後長行。到了王家營，開發了車價，渡過黃河，到了清江浦，入到仁大船行。劉次臣招呼到裡面坐下，請出一個人來和我相見。我抬頭一看，不覺吃了一大驚，原來不是別人，是金子安。我道：「子翁為甚到這裡來？」子安道：「一言難盡！我們到屋裡說話罷。」我就跟了他到房裡去。子安道：「我們的生意已經倒了！」我吃驚道：「怎樣倒的？」子安道：「繼之接了丁憂電報，我們一面發電給你，一面寫信給各分號。東家丁了憂，通個信給夥計，這也是常事。信裡面不免提及你到山東，大約是這句話提壞了，他們知道兩個做主的都走開了，漢口的吳作猷頭一個倒下來，他自己還捲逃了五萬多。恰好有萬把銀子藥材裝到下江來的，行家知道了，便發電到沿江各埠，要扣這一筆貨，這一下子，可全局都被牽動了。那天晚上，一口氣接了十八個電報，把德泉這老頭子當場急病了。我沒了法子，只得發電到北京、天津，叫停止交易。蘇杭是已經跟著倒下來的了。當夜便把號裡的小夥計叫來，有存項的都還了他，工錢都算清楚了，還另外給了他們一個月工錢，叫他們悄悄的搬了鋪蓋去，次日就不開門了。管德泉嚇得家裡也不敢回去，住在王端甫那裡。我也暫時搬在文述農家裡。」我道：「述農不在家啊。」子安道：「杏農在家裡。」我道：「此刻大局怎樣了？」子安道：「還不知道。大約連各處算起來，不下百來萬。此刻大家都把你告出去了，卻沒有繼之名字。」我道：「本來當日各處部是用的我的名字，這不能怪人家。但是這件事怎了呢？」子安道：「我已有電給繼之，大約能設法弄個三十來萬，講個折頭，也就了結了。我恐怕你貿貿然到了上海，被他們扣住，那就糟糕了！好歹我們留個身子在外頭好辦事，所以我到這裡來迎住你。」我聽得倒了生意，倒還不怎樣，但是難以善後，因此坐著呆想主意。

子安道：「這是公事談完了，還有你的私事呢。」說罷，在身邊取出一封電報給我，我一看，封面是寫著宜昌發的。我暗想何以先有信給我，再發電呢？及至抽出來一看，卻是已經譯好的：「子仁故，速來！」五個字。不覺又大吃一驚道：「這是幾時到的？」子安道：「同是倒閉那天到的，連今日有七天了。」我道：「這樣我還到宜昌去一趟，家伯又沒有兒子，他的後事，不知怎樣呢。還急些甚麼，真是到死不悟。子翁你可有錢帶來？」子安道：「你要用多少？」我便把遇的強盜一節告訴了他，又道：「只要有了幾十元，夠宜昌的來回盤費就得了。」子安道：「我還有五十元，你先拿去用罷。」我道：「那麼兩個小孩子，託你代我先帶到上海去。」子安道：「這是可以的。但是你到了上海，千萬不要多露臉，一直到述農家裡纔好。」我答應了。當下又商量了些善後之法。

次日一早，坐了小火輪到鎮江去。恰好上下水船都未到，大家便都上了躉船，子安等下水到上海，我等上水到漢口去。到了漢口，只得找個客棧住下。等了三天，纔有宜昌船。船到宜昌之後，我便叫人挑了行李進城，到伯父公館裡去。入得門來，我便逕奔後堂，在靈前跪拜舉哀。續弦的伯母從房裡出來，也哭了一陣。我止哀後，叩見伯母，無非是問幾時得信的，幾時動身的，我問問伯父是甚麼病，怎樣過的。講過幾句之後，我便退到外面。

到花廳裡，只見坐著兩個人：一個老者，鬚髮蒼然；一個是生就的一張小白臉，年紀不過四十上下，嘴上留了漆黑的兩撇鬍子，眉下生就一雙小圓眼睛，極似貓兒頭鷹的眼，猝然問我道：「你帶了多少錢來了？」我愕然道：「沒有帶錢來。」他道：「那麼你來做甚麼？」我拂然道：「這句話奇了！是這裡打了電報叫我來的啊。」他道：「奇了！誰打的電報？」說著，往裡去了。我纔請教那老者貴姓，原來他姓李，號良新，是這薦一個電報生的老太爺，因為伯父過了，請他來陪伴的。他又告訴我，方纔那個人，姓丁，叫寄甚，南京人，是這位陳氏伯母的內親。排行第十五，人家都尊他做十五叔。自從我伯父死後，他便在這裡幫忙，天天到一兩次。我兩個纔談了幾句，那個甚麼丁寄甚又出來了，伯母也跟在後頭，大家坐定。寄甚說道：「我們一向當令伯是有錢多的，誰知他躺了下來，只剩得三十吊大錢，算一算他的虧空，倒是一千多吊。這件事怎樣辦法，還得請教。」我冷笑一聲，對良新道：「我就是這幾天裡，纔倒了一百多萬，從江漢關道起，以至九江道、蕪湖道、常鎮道、上海道，以及蘇州、杭州，都有我的告案。這千把吊錢，我是看得稀鬆，既然伯父死了，我來承當，叫他們就把我告上一狀就是了。如果伯母怕我倒了百多萬的人拖累著，我馬上滾蛋也使得。」我說這話時，眼睛卻是看著丁寄甚。伯母道：

「這不是使氣的事，不過和少爺商量個辦法罷了。」我道：「姪兒並不是使氣，所說的都是真事。不然啊，我自己的事都打發不開，不過接了這裡電報，當日先伯母過的時候，我又兼祧過的，所以不得不來一趟。」伯母道：「你伯父臨終的交代，說是要在你叔叔的兩個兒子裡頭，擇繼一個呢。」丁寄甚道：「照例有一房有兩個兒子的，就沒有要單丁那房兼祧的規矩。」我道：「老實說一句，我老人家躺下來的時候，剩下萬把銀子，我錢毛兒也沒撈著一根，也過到今天了。兼祧不兼祧，我並不爭；不過要擇繼叔父的兒子，那可不能！」丁寄甚變色道：「這是他老人家的遺言，怎好不依？」我道：「伯父遺言我沒聽見，可是伯父先有一個遺囑給我的。」說罷時，便打開行李，在護書裡取出伯父給我的那封信，遞給李良新道：「老伯，你請先看。」良新拿在手裡看，丁寄甚也過去看，又念給伯母聽。我等他們看完了，我一面收回那信，一面說道：「照這封信的說話，伯父是不會要那兩個姪兒的。要是那兩個孩子還在山東呢，我也不敢管那些閒事。此刻兩個孩子，經我千辛萬苦帶回來了，倘使承繼了伯父，叫我將來死了之後見了叔叔，叔叔問我，你既然得了伯父那封信，為甚還要把我的兒子過繼他？叫我拿甚麼話回答叔叔！」丁寄甚聽了，看看伯母，伯母也看丁寄甚。寄甚道：「那兩位令弟，是在哪裡找回來的？」我便將如何得信，如何兩次發電給伯父，如何得伯父的信，如何動身，如何找著那弓兵，那弓兵如何念舊，如何帶我到赤屯，如何相見，如何帶來，如何遇強盜，如何到蒙陰借債，如何在清江浦得這裡電報，一一說了。又對伯母說道：「姪兒斗膽說一句話：我從十幾歲上，拿了一雙白手空拳出來，和吳繼之兩個混，我們兩個向沒分家，掙到了一百多萬，大約少說點，姪兒也分得著四五十萬的了。此刻並且倒了，市面也算見過了。那個忘八蛋崽子，纔想著靠了兼祧的名目，圖謀家當！既然十五叔這麼疑心，我就搬到客棧裡住去。」寄甚道：「啊，啊，啊。這是你們的家事，怎麼派到我疑心起來？」伯母道：「這不是疑心，不過因為你伯父虧空太大了，大家商量個辦法。」我道：「商量有商量的話。我見了伯父，還我伯父的規矩，這是我們的家法。他姓差了一點的，配嗎！」寄甚站起來對伯母道：「我還有點事，先去去再來。」說罷，去了。我對伯母道：「這是個甚麼混帳東西！我一來了，他劈頭就問我道『你來做甚麼？』我又不認得他，真是豈有此理！他要不來，來了，我還要好好的當面損他呢！」伯母道：「十五叔向來心直口快，每每就是這個上頭討人嫌。」又說了幾句話，便進去了。我便要叫人把行李搬到客棧裡去，倒是良新苦苦把我留住。

坐了一會，忽聽得外面有女子聲音，良新向外一張，對我道：「寄甚的老婆來了。」我也並不在意。到了晚上，我在花廳對過書房裡開了鋪蓋，便寫了幾封信，分寄繼之、子安、述農等，又起了一個訃帖稿子，方纔睡下。無奈翻來覆去總睡不著，到得半夜時，似乎房門外有人走動，我悄悄起來一張，只見幾個人，在那裡悄悄的抬了幾個大皮箱往外去，約莫有七八個。我心中暗暗好笑，我又不是山東路上強盜，這是何苦。

到了明日，我便把訃帖稿子發出去叫刻。查了有幾處是上司，應該用寫本的，便寫了。不多幾日，寫的寫好了，刻的印好了，我就請良新把伯父的朋友，一一記了出來，開個橫單，一一照寫了簽子。也不和伯母商量，填了開弔日子，發出去。所有送奠禮來的，就煩良新經手記帳。到了受弔之日，應該用甚麼的，都拜託良新在人家送來的奠分錢上開支。我只穿了期親的服制，在旁邊回禮。那丁寄甚被我那天說了之後，一直沒有來過，直到開弔那天纔來，行過了禮就走了。

忙了一天，到了晚上，我便把鋪蓋拿到上房，對著伯母打起來。又把箱子拿進去開了，把東西一一檢出來，請伯母看過，道：「姪兒這幾件東西來，還是這幾件東西去，並不曾多拿一絲一縷。姪兒就此去了。」伯母呆呆的看著，一言不發。我在靈前叩了三個頭，起來便叫人挑了行李出城。偏偏今天沒有船，就在客棧住了兩夜，方纔附船到漢口。到了漢口，便過到下水船去，一直到了上海，叫人挑了行李進城。走到也是園濱文述農門首，抬頭一看，只見斷壁頽垣，荒涼滿目，看那光景是被火燒的。那燒不盡的一根柱子上，貼了一張紅紙，寫著「文宅暫遷運糧河濱」八個字。好得運糧河濱離此不遠，便叫挑夫挑了過去，找著了地方挑了進去。只見述農敝衣破冠的迎了出來，彼此一見，也不解何故，便放聲大哭起來。我纔開發了挑夫，問起房子是怎樣的。述農道：「不必說起！我在蒙陰算清了交代，便趕回上海，纔知道你們生意倒了，只得回家替侶笙設法。本打算把房子典去，再賣幾畝田，雖然不夠，姑且帶到山東，在他同鄉、同寅處再商量設法。看見你兩位令弟，方代你慶慰。誰知過得兩天，廚下不戒於火，延燒起來，燒個罄盡，連田上的方單都燒掉了。不補了出來，賣不出去。要補起來呢，此刻又設了個甚麼升科局，補起來，那費用比買的價還大。幸而只燒我自己一家，並未延及鄰居。此刻這裡是暫借舍親的房屋住著。」我道：「令弟杏農呢？」述農道：「他又到天津謀事去了。」我道：「子安呢？」述農道：「這裡房子少，住不下，他到他親戚家去了。」我道：「我兩個舍弟呢？」述農道：「在裡面。這兩天和內人混得狠熟了。」說著，便親自進去，帶了出來見我。彼此又太息一番。述農道：「這邊的訟事消息，一天緊似一天，日間有船，你不如早點回去商議個善後之法罷。」我到了此時，除回去之外，也是束手無策，便依了述農的話。又念我自從出門應世以來，一切奇奇怪怪的事，都寫了筆記，這部筆記足足盤弄了二十年了。今日回家鄉去，不知何日再出來，不如把他留下給述農，覓一個喜事朋友，代我傳揚出去，也不枉了這二十年的功夫。因取出那個日記來，自己題了個簽是二十年目睹之怪現狀，又注了個九死一生筆記，交給述農，告知此意。述農一口答應了。我便帶了兩個小兄弟，附輪船回家鄉去了。

看官：須知第一回楔子上說的，那在城門口插標賣書的，就是文述農了。死裡逃生得了這部筆記，交付了橫濱新小說社。後來新小說停版，又轉託了上海廣智書局，陸續印了出來。到此便是全書告終了。

正是：

悲歡離合廿年事，隆替興亡一夢中。

上回之覓弟，為著者生平第一快意事，曾倩畫師為作赤屯得弟圖。旋以遷徙流離，不知失落何所，以滿腹眼淚寫之者。此事以快意起，仍以失意終也。惜乎全書於此殺青，不克窺其全豹耳。

此回之治喪，為著者生平第一懊惱事。當時返棹，道出荊門，曾紀以一律云：「此身原似未歸魂，匝月羈留滋淚痕。猶子窮途禮多缺，旁人誹語舌難捫。而今真抱無涯戚，往事翻成不白冤。回首彝陵何處是，一天風雨出荊門。」為錄於此，以見此雖小語，顧不盡空中樓閣也。

# 總評

全書一百八回，以省疾遭喪起，以得電奔喪止。何也？痛死者之不可復生也。死者長已矣，痛之何益？記此痛也亦何益？蓋非記死者也，記此九死一生者也。意若曰：死者長已矣，吾雖九死而幸猶留得一生，吾當愛惜此僅有之一生，以為報致我於九死者之用，且宜振奮此僅有之一生，急起直追，毋令致我於九死者之先我而死，得逃吾報也。若是乎，此書皆寃憤之言也，吾豈妄測之哉。吾曾讀著者之詩矣，其詠伍員曰：「鞭屍三百仍多事，何若當年早進兵。」可以見矣。

讀新著小說者，每咎其意味不及舊著之濃厚。此書所敘悲歡離合情景，及各種社會之狀態，均能令讀者如身入個中，竊謂於舊著不必多讓。

新著小說，每每取其快意，振筆直書，一瀉千里；至支流衍蔓時，不復知其源流所從出。散漫之病，讀者議之。此書舉定一人為主，如萬馬千軍均歸一人操縱，處處有江漢朝宗之妙，遂成一團結之局。且開卷時幾個重要人物，於篇終時皆一一回顧到，首尾聯絡，妙轉如圜。行文家有神龍掉尾法，疑即學之。

## 儒林外史

吳敬梓／撰　繆天華／校注

《儒林外史》堪稱是清代小說中一部不朽的諷刺傑作，作者吳敬梓對於當時醜惡的社會、炎涼的環境、八股文考試的弊病等，深有所感，因發而為諷世的寫實小說。筆法生動逼真，諷刺諧謔，使炎涼世態一一呈現眼前。本書以嘉慶藝古堂本為底本，市井俗語並有注釋，便於讀者賞閱。

## 官場現形記

李伯元／撰　張素貞／校注　繆天華／校閱

晚清吏治黑暗，官場的腐敗，遠超過宋、明等朝代。讀者由小說《官場現形記》的描摹，可以清楚看到晚清的時代風氣與社會病態。從書中人物於軍務和洋務上表現的怯懦、顢頇與敷衍，以及在現實層面上表露的逐利狠貪手段，皆可略窺晚清吏治腐敗之一斑。作者李伯元用諧謔滑稽的筆墨，批露官場醜態，為大眾喉舌，可謂大快人心。而對於人物之刻劃唯妙唯肖，恰如其分，更是值得一讀的佳作。

## 文明小史

李伯元／撰　張素貞／校注　繆天華／校閱

《文明小史》是晚清一部出色的小說。作者李伯元以諷刺與幽默的筆調，具體呈現了一個變革動亂的維新時代，不但表露當代官場對新學與新政的態度，更深入刻劃了當代人物新舊思想的衝突，辛辣的筆意，並不比《官場現形記》遜色。

## 竇娥冤

關漢卿／撰　王星琦／校注

《竇娥冤》是元代戲曲家關漢卿的代表作，也是中國古代經典悲劇。全劇曲詞渾樸自然，生動凝鍊，情節則跌宕起伏，反映了當時社會、吏制的腐敗黑暗。竇娥臨刑前因悲憤而發的三樁誓願，筆墨奇崛，創造全劇的高潮，也使竇娥含冤不屈的形象深植人心，撼動世人。本書校勘以王季思《全元戲曲》為本，同時比對各家校注，審慎斟酌擇善而從。注釋則顧及語詞出處以及時代用語，務求簡明扼要，以利讀者閱讀。

## 豆棚閒話　照世盃(合刊)

艾衲居士、酌元亭主人／編撰　陳大康／校注　王關仕／校閱

本書為《豆棚閒話》、《照世盃》二本小說集合刊。《豆棚閒話》共十二則，書中篇目反映了明代末年的社會現實，或直接抨擊和諷刺了投靠清政府的明代士大夫文人，或揭露了明末吏治腐敗，人情澆薄的現象。《照世盃》共四回，其描寫社會狀態，人情世故，深刻周至。全書沒有枯燥、呆板的道德說教，表現出明顯的獨創性和新鮮活潑的藝術風格。

## 型世言

陸人龍／著　侯忠義／校注

本書為明末短篇話本小說，全書共四十回，各回為獨立的故事，均取材於明代的社會生活，人物豐富多樣，有官員大臣、僧人道士、商人農民、節婦妓女等，組成一幅社會采風圖，有很強烈的現實性。而面對明末這一政治黑暗、社會底層民不聊生的時代，作者表現出強烈的批判精神，在他筆下揭露了官員惡行、科場舞弊的狀況，同時也表彰了善良與正義，以起到警醒世人的作用。

## 二刻拍案驚奇

凌濛初／原著　徐文助／校注　繆天華／校閱

承襲《拍案驚奇》的風格，本書為凌濛初另一力作，收錄四十篇白話短篇小說，對於明代民風土俗、社會各階層生活、官場內幕等，都具有相當的研究價值，寫作技巧也有值得重視之處。本書正文綜合各種《二刻拍案驚奇》版本之優劣，取長補短，同時將艱僻的俗字、古字改為正體字，每篇文章所附注釋簡明扼要，讀者可免去查考之煩，方便閱讀。

國家圖書館出版品預行編目資料

二十年目睹之怪現狀／吳趼人著,石昌渝校注.——二版一刷.——臺北市：三民，2020
冊；　公分.——（中國古典名著）

ISBN 978-957-14-7004-7（一套：平裝）

857.44　　109017354

中國古典名著

# 二十年目睹之怪現狀（下）

作　　者　吳趼人
校 注 者　石昌渝

發 行 人　劉振強
出 版 者　三民書局股份有限公司
地　　址　臺北市復興北路 386 號（復北門市）
　　　　　臺北市重慶南路一段 61 號（重南門市）
電　　話　(02)25006600
網　　址　三民網路書店 https://www.sanmin.com.tw

出版日期　初版一刷 2017 年 6 月
　　　　　二版一刷 2020 年 12 月
書籍編號　S857400
I S B N　978-957-14-7004-7



三民書局